中國近‧現代文學叢刊　*10*

「民族」想像與國家統制

1928~1949 年國民黨的文藝政策及文學運動

著◎倪　偉

人間出版社

目錄

序

呂正惠

　　倪偉的《「民族」想像與國家統制》有兩項非常明顯的優點，任何人只要稍加翻閱，馬上就可以看得出來。長期以來，國民黨的文藝政策及其實踐、以及文學作品，很少受到嚴肅學者的重視。坦白講，絕大部份的現代文學專家都認爲，在講述中國現代文學時，這是可有可無的一個部分，沒有也無所謂。但是，客觀的看，國民黨畢竟統治全中國二十多年（1927-1949），要說它的文藝政策完全不值得重視，也是不對的。問題是，誰願意耗費極大的時間，去從事這一項也許價值不大的研究工作。

　　倪偉在他的初版後記中說，「當我日復一日地面對那些枯燥乏味的作品，重溫前人光華黯淡的思想言論時，我常常絕望地想：這一切是否值得？」我非常同情，因爲我絕對不肯去幹這種工作。同時我也非常感激，因爲他已經做了，我只要讀他的書就可以了。他把這個工作做得極爲出色，以至於別人也許不用再做了。他又說，「記得在南京圖書館查閱舊報刊的那些寒冷而漫長的日子裡，每天面對那些半個多世紀沒人翻過的發黃變脆的紙頁，常常會感到一絲傷感。那些凝結著作者心血的文字，倘若不是遇見我，也許還會在圖書館的某個陰暗角落裡

繼續沈睡下去。」事實確實如此,沒有倪偉竭澤而漁式的認真閱讀資料,別人就必需再做一次。倪偉幫所有現代文學研究者做了一項非常了不起的服務工作,每一個人都應該感激他。

倪偉書的第二項特點是,分析深入,文字流暢易讀。這本書並不缺乏理論辨析,但倪偉並不刻意假作高深,引用許多別人看不懂的理論來加以裝璜,而只是平平實實的分析。事實上這是很難做到的,因為難以做到,所以許多學者更願意把文章寫得讓人看不懂。下了大功夫,又把全書寫得這麼清析,這本書的價值很容易讓人認定,不需要我再多費言辭。

我想藉此說一些好像題外、又好像題內的話,是我一直想說而沒有機會說的。倪偉在書中談到,文學史研究首先應是歷史的研究,必須把文學作為整個社會系統不可分割的一部分,要探討特定的社會歷史語境裡,文學是以何種方式實現其生產和再生產的,又是哪些因素決定了這種生產和再生產的方式。我完全贊成這種說法。不過,倪偉又似乎假定了文學要有一種主體性,所以他對黨派性的文藝政策有一種先天的反感。對於他這種傾向,薛毅已經提出他的批評,倪偉也把他的批評附在他的書中。不同思想傾向的人可以藉此澄清自己的立場,並以更清醒的態度來閱讀這本書,關於這方面,我也就不再多說了。

我想提出來的問題是,為什麼共產黨的文藝理論和傾向表現了那麼鮮明的黨派性,卻還吸引了許多支持者,而國民黨卻做不到?這個問題,似乎很少人從歷史語境中來加以探討。

首先要澄清一點的是,有不少知名的文藝界人士是(或曾經是)支持國民黨的,如胡適、聞一多、梁實秋、朱光潛、沈從文等,但在意識形態上他們屬於自由派,並不支持國民黨的

文化政策和文藝理論。同樣的，他們也不喜歡（或原來也不喜歡）共產黨。知名的文藝界人士，認同國黨的文藝理論的人，似乎一個也找不到。對於一個統治全中國的政黨來講，這實在是一件很尷尬的事。

我以爲這要從民國時期的社會形態和知識分子群體這兩方面來加以討論。從晚清以來，知識分子認識到，教育是救國的重要工作之一。此後中國的教育就日漸普及化，以至於原來無力接受教育的社會階層的子弟，也可以想盡辦法讓自己得到教育。但是由於家庭經濟的限制，他們的教育不可能很完整；同時由於他們的社會地位，他們在受完教育後，也很難找到好的職業（可以想像一下民國時期的混亂）。於是，中國就出現一大批上不著天、下不著地的貧困家庭出生的小知識分子。由於他們的家庭出身，也由於他們自己的遭遇，他們對於社會的不平等和農民的苦難，有深切的感受。對他們來講，只有大革命才能解決普遍貧窮的問題，也只有大革命才能達到普遍的平等。這就是他們寧願選擇共產黨，而不願意選擇國民黨的原因（國民黨在當權後連孫中山的「平均地權」都做不到）。如果我們以量化的方式去探討支持共產黨的小資產階級知識分子的家庭出身，我相信，一定可以印證我這種出於直覺的想法。

當然也有許多出身較好的知識分子選擇共產黨，因爲他們認爲，只有共產黨能救中國。這樣，就有各種不同出身的人支持共產黨。當共產黨打贏內戰，統治全國後，知識分子之間的歧見就會表現出來，這也是後來黨內出現嚴重鬥爭的源頭之一。但無論如何，出身貧困家庭的小知識分子絕對是共產黨中不可忽視的一股力量。

現在很多人反對《延安文藝座談會講話》，放在現在的時

空背景下，是可以理解的。但是，如果反過來看，從延安時代
的革命背景來看，《講話》的出現也是可以理解的。薛毅說，
「假如我們把文藝政策、意識形態都綜合在文學生產方式中來
觀察，那麼我們確實有必要重新想像『文學』，重新定義『文
學』。」這話我完全贊成。我們只要回顧一下十八世紀法國資
產階級革命準備階段的啟蒙主義文學，或者俄國大革命之前的
俄羅斯文學，就可以了解，在現代世界史中，文學如何變成意
識形態戰場的主要角色。資產階級在取得政權前，以及在取得
政權後，對文學的態度是截然不同的，這一點也值得我們深
思。

　　我想說的只是，文學在現代社會具有非常不同於傳統的角
色，至於如何判斷每一部作品在文學上的終極價值，那是另一
個問題，這裡就不便多談了。從這個角度來看，倪偉的書是一
個開放的文本，可以讓任何立場的人重新思考他自己的問題。
譬如我自己到現在還不能解決文學的意識形態角色和文學本身
的價值之間的矛盾。倪偉也在台灣版後記裡談到他思想的轉
變，但這一點也不影響本書的價值。一本書如果寫得好，它本
身就具有開放性，這也是薛毅和我願意坦誠講出我們意見的原
因，倪偉是能理解的。

2011/7/20

引言

　　在 20 世紀中國文學和文化史上，1949 年前國民黨統治大陸時期所制定、推行的文藝政策以及組織、策劃的屢次文學運動，一直被輕易地忽視了。人們通常認爲，國民黨是在敗退臺灣之後，才有意識地制定文藝政策，對文藝加以管束。在大陸的迅速潰敗，使許多國民黨人痛定思痛，開始思考和探究國民黨在政治和軍事上一敗塗地的根源所在。有意思的是，有相當一部分國民黨人，特別是那些在文化藝術領域效力多年的文化官員，認爲國民黨在大陸的失敗，在很大程度上要歸因於意識形態鬥爭上的不力，而對文藝重視不夠，沒能有效地抵擋共產黨在文藝戰線上發動的進攻，致使國民黨失去了對於文藝的領導權和控制權，則是這種意識形態鬥爭失敗的癥結所在。正是意識形態鬥爭上的失敗，使國民黨喪失了民心，特別是知識份子和青年的支持，從而引發了一連串的失敗，最終導致江山易幟。[1] 這種檢討顯然是很膚淺的，它無法解釋一個僅僅統治了20 年的政權何以會如此迅速地覆滅。誠然，意識形態的鬥爭是現代政黨政治鬥爭的主要內容和形式之一，這種鬥爭的失敗也確會在某種程度上動搖執政黨的政權基礎，但是國家政權在政治、經濟乃至軍事等各個方面的全面潰敗，卻不能完全歸結爲

意識形態鬥爭上的失敗。國民黨在大陸的失敗，既有在政策措施的制定和實行上屢屢犯錯等實際原因，也有特殊的國內和國際環境等多重社會歷史因素在其中起作用，甚至其建國的方針和理念所存在著的種種缺陷，也是一個不容忽視的重要原因。

我無意在這本書裡詳細地探討國民黨在大陸遭到失敗的種種原因，儘管在後面的具體討論中可能會涉及到其中的某些方面。在這裡提出國民黨人的自我反省，是爲了說明只是在到了臺灣以後，國民黨才充分認識到了他們在文藝上領導、控制不力所造成的嚴重後果。這種反思實際上過於誇大了文藝在社會整體運作和在維護政權統治中的作用，但它卻直接導致了國民黨在五、六十年代的台灣對文藝實施高壓統制。

可是，這種反思所描述的歷史是否可信呢？在 1949 年以前，國民黨果眞絲毫不重視文藝戰線上的領導權和控制權，因而沒有制定任何文藝政策，沒有組織起像樣的對共產黨領導的左翼文學運動的反攻？歷史若是果眞如此，反倒要令人不解了。現代民族國家政治的一個主要特點是社會各個領域的整合程度大大加強了，在由專制政黨領導、推行的創建現代民族國家的過程中，國家政權對於社會每一領域的約束和管制常常是無所不在的，文藝作爲意識形態鬥爭的主要領域之一，卻完全遭到忽視，這當然是難以想像的。

實際上，當 1928 年國民黨定都南京、初步統一中國之後，即開始著手制定並推行其雄心勃勃的現代民族國家建設計畫。在推出一系列政治、經濟和軍事的整頓措施的同時，在文化藝術上要求黨治文化、黨治文學的呼聲也開始出現。其時蓬勃興起的左翼文學運動使不少國民黨內的文化人感受到了巨大的壓力，他們擔心左翼文學運動所宣傳的階級論會激化國內階級矛

盾，造成人們思想上的混亂，從而直接危及國民黨的建國方略的實施，甚至從根本上動搖國民黨統治的理論基礎。出於這種憂慮，他們竭力主張要用三民主義理論統帥文學藝術，及早制定「本黨的文藝政策」，以扼制左翼文學力量的蓬勃發展。他們所要制定的「本黨文藝政策」，主要體現在以下兩個方面：一是要加強對文化藝術領域的控制，即通過書報檢查制度、查封書店以及對左翼作家的捕殺，來打擊、封殺左翼文學力量；二是努力培植自己的文學力量，即以少數黨內作家為核心，拉攏、團結一批中間派作家，與左翼文學進行正面的交戰。從1928到1949這二十多年裡，這種要求制定、建立「本黨文藝政策」的呼聲，一直沒有斷絕過。在此期間，國民黨政府確實也曾為此做出過實際的努力，不僅加強了書報檢查制度，設立了「全國圖書雜誌審查委員會」等機構，而且也策劃、發動了一系列與左翼文學針鋒相對的文學運動，其中較為人所知的即為1930年代初的民族主義文學運動。

　　為了能夠在理論上和以階級論為核心的左翼理論相抗衡，國民黨打出了民族主義的旗號，強調文學應該反映民族的意識，塑造民族的意識，民族主義遂成為這二十年裡國民黨的一切文藝政策和文學運動的理論基礎。以民族主義來對抗左翼的階級論，應該說是一個聰明的選擇。在中國尚未完成現代民族國家建設的任務，國家主權和領土完整還不能得到充分保證，尤其是在日本侵略的威脅始終揮之不去的歷史境遇裡，民族主義是一個很有號召力的口號，頗能獲得相當一部分知識份子的認同。1931年「九一八」事變爆發後，中國國內民族主義情緒空前高漲，民族主義一時之間成了壓倒一切的主流思潮。正是由於這種特殊的時代境況，國民黨所倡導的民族文藝才會在與

左翼文學的鬥爭中漸漸站住腳跟，並在 1930 年代中期成為與左翼文學、幽默文學鼎足而立的文學派別。抗戰爆發初期，民族救亡理所當然地成了主宰一切的最強音。在文藝界內部，無論是原先的左翼作家們，還是自由派作家，抑或國民黨內的文藝作者，對於文藝的目標和任務第一次有了比較一致的認識，即文藝必須為民族救亡服務。隨著抗戰進入相持階段，黨派和階級集團之間的矛盾又重新顯露出來，滯留在國統區裡的左翼作家開始批評國民黨當局消極抗日，對國統區的種種黑暗、腐敗的社會現象痛加揭露。這種批判馬上引起了國民黨文化當局的重視，作為回應，他們又重新彈起三民主義文藝的老調，鼓吹要確立「我們需要的文藝政策」。然而像這樣簡單地舊調重彈，顯然難以說服人。如何在新的更為複雜的歷史條件下，調整自己的文藝政策和意識形態的理論指導，這是一項需要慎重對待的艱巨任務，而國民黨文化當局在這一方面顯然做得相當不夠。既然無力回應時代提出的挑戰，國民黨在文藝領域的影響力自然就急劇地下降，最終只能以失敗而告終。

總之，在這二十年裡，國民黨的文藝政策和文學運動雖然缺乏非常嚴密的一貫性和連續性，而且在同一陣營的各文學團體之間也存在著諸多分歧，甚至是爭鬥，但是其基本立場和傾向還是比較一致的，大致可以理出一條或隱或現的脈絡線索。

然而，在以往的新文學史著作中，這條並不引人注目的文學史發展線索卻完全被忽略掉了，偶爾提到，也總是被作為與左翼文學相對立的「反動文學」的標本而遭到徹底的否定和批判。這種過於簡單化的文學史觀當然是解放後特殊的社會歷史文化限定的產物。1950 年代以來出現的幾本影響較大的新文學史史稿，無論是王瑤先生的《中國新文學史史稿》，還是唐弢

先生的《中國現代文學史教程》，以及其他一些個人的或集體編寫的文學史稿本，其文學史觀念和框架完全是同一種模式，而這種模式又恰恰是毛澤東關於五四以來的新文化發展歷史的權威敘述在新文學研究中的回聲。在 1940 年發表的〈新民主主義論〉裡，毛澤東將五四以後的中國文化定性為新民主主義文化，這種文化「是無產階級領導的人民大眾的反帝反封建的文化」，它「屬於世界無產階級的社會主義的文化革命的一部分。」[2] 這一權威論述構成了上述各種中國現代文學史著作的思想基準，自然也決定了它們的敘述結構乃至每一個細微部分——比如對作家或作品——的具體論述和評價。在這些文學史著作提供的歷史視野裡，20 世紀中國文學是一個連續的統一整體，其主幹便是五四白話新文學。白話新文學這一註定要完成某種偉大歷史使命的健碩的嬰兒，在經歷了長期而艱難的孕育後，終於以其洪亮的聲音宣告一種新文化的來臨，其後的歲月不過是它與各種反動力量猲身搏殺、終至攀上革命的浪漫主義和革命的現實主義相結合的社會主義文學這一巔峰的輝煌歷史。

在這種帶有歷史決定論色彩的文學史敘述模式中，紛繁複雜的文學史材料和現象首先必須經過主流意識形態的過濾，剩下的材料經過精心的組織、編排，構造成立場分明、脈絡清晰的新文學敘述結構。因此，在這種觀念決定一切的文學史敘述模式中，自然不可能有對國民黨一派的文學運動和文學社團的較為完整的敘述，甚至那些沒有明確的黨派色彩的中間派的文學流派也遭到了忽視或是面目全非的改寫。於是，呈現在我們面前的新文學史就變成了某種歷史本質或邏輯的辯證展開的歷史，是朝向一個設定的永恆歷史目標而去的自發性的運動過程，而歷史發展過程中的曲折頓挫、縈繞洄漩，以及那些非本

質性的插曲和細節則統統被刪削掉了。

就以 1930 年代文學而言，在這種僵硬的文學史敘述模式裡，這十年通常被稱爲「左翼十年」，王瑤先生在《中國新文學史稿》中，更乾脆把這十年稱作「左聯十年」，他認爲這十年文學的主潮是由左聯直接領導的、沿著魯迅所奠定的方向，向著社會主義的文學發展的革命的現實主義文學。[3] 劉綬松在其《中國新文學史初稿》裡，更是從恢宏的歷史視野出發，以洋溢著革命豪情的雄辯口吻對這十年總結道：

> 這是中國革命力量遭受了挫敗而仍在繼續深入地發展的時代；這是黨在極端困難的條件下達到政治上的成熟和推動革命的新高潮的年代，這是中國的反動統治者以白色恐怖殘酷地鎮壓中國革命、大規模地屠殺廣大革命群眾的年代；這是日本帝國主義勾結中國的賣國政府，強佔了我國的東北，並想進而席捲全中國的年代，同時，這也是我們偉大的奠基者和導師——魯迅在黨的領導之下號召和領導全國革命的文藝工作者，向反動統治者及其幫兇、幫閒的走狗們進行堅韌不屈的戰鬥的年代。[4]

很顯然，在這種敘述中，文學只是宏大的革命歷史敘事中的一個聲部，文學史的敘述必須忠實地圍繞革命的主旋律來展開，而不允許有其獨立的聲音。如此一來，1930 年代文學就變得異常乾淨了，它僅僅是左翼文學戰鬥的歷史。

這當然是不符合歷史事實的。1930 年代是中國現代文學史上創作最爲繁榮的十年，湧現出許多作家以及文學流派，值得關注的文學史現象也決不僅僅是左翼文學與各種敵對力量之間

的鬥爭。即以文學派別來說，除了左翼文學之外，還有另外一些色彩各異的文學流派和社團，比如以周作人為精神領袖的京派，信奉自由主義價值理念的新月派，以及染有現代商業文化色彩的海派文學，等等。正是各種力量和聲音的交織與撞擊使1930年代文學在理論和創作上都達到了前所未有的高峰。

　　1980年代以來，隨著「二十世紀中國文學」以及「重寫文學史」等一系列命題的提出，1950年代開始形成的上述意識形態化的文學史敘述模式漸漸被打破，五四以來的新文學史不再圍繞著左與右、進步與反動的革命主線來編織了。觀念上的解放使現代文學的研究視野大大拓寬，許多以前不能進入研究視野的作家、作品和文學史現象都開始受到重視，獲得了比較充分的研究。這種文學史範式的突破是在下述兩個方向上展開的：一是再次舉起五四時代的啓蒙主義旗幟，以五四精神傳人的姿態完成五四未竟的事業；二是強調文學的藝術性，認定文學有其獨立的藝術價值，以形式批評來解除文學研究中的主流意識形態的禁錮。當然，這兩個方向上的突破並不是完全獨立的，而往往是交織在一起的。

　　以「二十世紀中國文學」和「重寫文學史」為代表的這種文學史範式的革命，確實給中國現代文學研究帶來了生機，產出了一大批具有相當品質的研究成果。但是，以啓蒙的意識形態代替革命意識形態來重寫文學史，這只是對以前的文學史敘述結構的某種顛倒，還不能從根本上改變其基本結構。因此，這種新的更有彈性的文學史研究範式儘管在不斷地擴大其研究範圍，將一些以往被忽略的作家、作品和文學史現象納入到文學史敘述框架之中，或是從新的價值座標出發重估作家、作品，但其視野仍然有所局限，特別是在把藝術審美價值當作一

種反抗手段加以著力抬高，並把它作爲文學史研究中最重要的品評尺度時，就更容易使研究視野局限於某個狹小的領域。正是由於沒能徹底地從傳統的以某種意識形態爲綱、以作家作品爲緯的文學史研究模式中超脫出來，到了 1990 年代，這種文學史研究範式漸呈疲憊、枯竭之態，現代以來的作家、作品幾乎已被挖掘殆盡，可是新的有價值的問題卻並沒有隨著研究對象的增多而魚貫而出。這說明中國現代文學研究已經到了必須徹底轉換研究範式的時候了。

要改變現代文學研究目前的疲軟狀況，就得給它注入新的活力，這就有賴於新的理論視角的引入。過去我們總是習慣於在文學內部來談論文學，有時雖然也逾越了純文學的範圍，但也只是探入到思想文化層面，而且還多半是局限在其表層的某個問題領域，缺乏一種全局性的觀照，這使得現代文學研究始終不能提供一種從文學的視角出發的關於中國百年來社會思想文化之滄桑巨變的整體認識，無法滿足我們探詢歷史奧蹟的願望。在我看來，現代文學研究的這種狹隘化、零碎化、淺層化的現象，反映出研究者對這門學科的任務和目的還缺乏十分自覺的認識。要克服這些弊端、缺陷，就有必要重新思考現代文學研究的任務和目的。

從 1950 年代一直延續到 1980 年代的舊的文學史研究模式，其任務和目的是非常明確的，即用主流的革命意識形態來梳理、貫串五四以來的新文學歷史，通過種種移位、置換、改寫、塗抹的手法，構造出一種與主流的革命的社會歷史觀相符合的文學史敘述，從而爲構築現存社會制度和政權體制的合法性基礎提供某種支持。不止於此，這種精心構造的文學史敘述還通過大學教育體制在不斷地實現自身的再生產。而 1980 年

代以後逐漸成形的新的文學史研究模式，在很長一段時間裡是把打破上述那種意識形態化的文學史研究模式作為自己的任務和使命的，通過對五四以來的啟蒙主義的精神資源的開掘和疏浚，以及對虛假的意識形態話語的批判，它基本上完成了顛覆舊模式的任務。但是當其對立面轟然倒塌，自身漸漸成為主流模式時，它卻一步步陷入到四顧茫然的困惑之中。儘管啟蒙的任務還遠沒有完成，啟蒙的話語也還沒有完全喪失其有效性，但是啟蒙主義作為一種思想和理論資源，它在把握和解釋現代文學的整個歷史過程上，卻已日益顯現出其局限性。更何況把文學研究當作思想啟蒙的工具，這和以往那種把文學當作意識形態宣傳工具的做法相距不遠，同樣會把文學研究引入工具論的歧途，使文學研究喪失其豐富性和內在活力。

　　現代文學研究的任務是什麼？其意義究竟何在？這確實是一個頗費思量的問題。是繼續堅持走思想啟蒙的道路，還是放棄理想主義的高調，回縮到純文學的形式美學的領域？在我看來，思想啟蒙是一種宏大話語，儘管在特定的社會歷史語境裡，它有著較為明確的所指，但對於文學史研究來說，卻仍然是一個過於宏大的目標，它不應當由文學史研究來承擔。而如果把文學與社會的其他領域隔絕開來，僅僅滿足於對文學進行純粹的形式美學的研究，那又未免過於狹隘，會使文學史研究退化為對個別文學作品或文學體裁的研究。我認為文學史研究首先應是歷史的研究，它必須能夠在對文學生產和演變歷史的研究中體現出某種深邃的歷史觀，提供對於包括文學在內的整個社會歷史運動的某種洞見。

　　因此，文學史研究不應孤立地研究文學的發展演變史，而必須把文學作為整個社會系統不可分割的一部分來研究，探討

文學的生產與其所處的特定歷史時期的社會政治、經濟、文化相互交織、糾纏的複雜關係。具體來說，就是要探討在特定的社會歷史語境裡，文學是以何種方式實現其生產和再生產的？又是哪些因素決定了這種生產和再生產的方式？它在社會整體的歷史運動中居於何種地位？起到了什麼作用？總之，文學史研究應該把特定歷史時期的社會歷史的整體運動作爲自己的後設視野，只有在這種宏觀的研究視野中，一些在先前的較爲單純、較爲狹隘的文學研究視野裡難以想見的問題才會突現出來，一些長久以來被忽視、被廢棄的文學材料和文學現象才會被啓動，顯現出其不可替代的價值。正在形成中的這種文學史研究範式將從根本上改變以作家作品爲主幹的傳統的文學史研究模式，而把關注的重點轉移到作爲社會的象徵表意系統的文學，在特定歷史時期裡生產機制的形成與演變，以及這一象徵表意系統與其他社會子系統之間的密切關聯上來。

一旦引入了新的文學史研究視野，20 世紀中國文學研究的整體格局就會相應地發生重心的偏移，新的問題也會湧現出來。我認爲，20 世紀中國文學研究是 20 世紀中國研究的一部分，它應該緊扣住中國的現代性來展開論題，探討中國特殊的現代性是如何在文學的創作、生產以及演變過程中呈現出來的，也即是說中國文學的現代性是如何得以實現的。具體而言，它將關注以下一些重大的問題域：何謂「現代文學」？文學的現代觀念是如何形成的？現代「文學」的生產和流通方式發生了何種變化？文學生產與中國社會的現代化進程是怎樣結合起來的？我個人更感興趣的問題是文學與現代民族國家建設之間的關係，即文學是如何被整合進民族國家建設的方案之中的？它在民族認同或是民族意識的形成過程中發揮了什麼樣的

作用？在我看來，這個問題極其重要。自近代以來，建立現代民族國家一直是中國現代化的首要目標。而文學也一直被認為是一種能夠啓發民智、凝聚民心、再造國民的重要工具，理應在民族國家的建設中起到推動作用。對於文學的這種功利化的認識，對 20 世紀中國文學的走向產生了很大的影響，而且也直接影響到現代文學創作中一些基本母題的形成。因此，把現代文學放在民族國家建設的大背景下加以審視，可以使我們對 20 世紀中國文學獲得一種新的認識。

正是出於上述思考，我選擇了國民黨的文藝政策和文學運動作為我的研究課題。在我看來，南京國民黨政府在其統治時期所制定的文藝政策以及策動的文學運動，在表面上看來，是為了對付左翼文學的，完全是出於政黨意識形態鬥爭的需要，但是再往深裡想，這一切又是和國民黨所制定的建國綱領緊密關聯。換言之，國民黨政府所推行的文藝政策在一定程度上可以說是其建國方略在文藝領域裡的具體實踐。由此入手，我們可以對文學與現代民族國家建設之間的互動關係展開具體的分析，從一個側面揭示中國現代性艱難而獨特的展開過程。

當然，文學和民族國家建設畢竟是兩個不同而且也是不對等的範疇，兩者之間的關聯並不是直接的、顯在的，考察它們之間的關聯必須通過一些中介範疇，即通過對一些具體問題的分析，來揭示它們之間隱秘的互動關係。這些問題包括：文學是怎樣表現「國家」、「民族」這樣一些現代概念的？它給讀者提供了關於「國家」和「民族」的什麼樣的想像？這些表現或是想像方式在何種程度上受到了官方意識形態的制約？對於與己相異的表現和想像方式，官方意識形態又是通過什麼方式、運用什麼手段，進行打壓，或是加以彎曲、塗改，以納入

到自己許可的軌道中來的？對文學表現或想像方式的控制其後果如何？這些都是值得深入探討的問題，圍繞它們所展開的研究，不僅能幫助我們重新認識那個特定時代裡的文學生產狀況和國家意識形態機器的運作方式，而且也能為我們認識新中國建立後發展出來的對文藝創作和生產加以控制的高度成熟的體制化模式提供一個參照性的框架。

除了上述核心問題之外，在這項研究中我還會涉及其他一些有意思的話題，它們之中有些也許已經越出了文學研究的範圍，但與我所要探討的主要問題卻是緊密相關的。比如：如何看待 1928 年以後知識份子群體的分化？雖然在五四新文化運動後期，知識份子群體就已經開始出現分化，但那基本上還是出於個人思想取向的不同，還沒有被充分組織化。1928 年以後，隨著國共兩黨鬥爭的日趨激烈，知識份子紛紛被捲入政黨意識形態鬥爭之中，形成了親共的左翼知識份子和親政府的「右翼」知識份子兩大陣營。在對中國社會現實和未來發展道路的認識上，雙方存在著尖銳的分歧。左翼知識份子認為國內的階級壓迫和不平等是最嚴重、最迫切的問題，這個問題不解決，其他一切問題都不可能獲得徹底的解決。而「右翼」知識份子則認為，中國最迫切的問題是民族的生存問題，國力的疲弱使中國無法獲得徹底獨立的國家主權，而且日本帝國主義的覬覦使中國隨時都面臨被侵略的危險。中國的當務之急是要謀求國家在政治、經濟和文化思想上的統一，為國家實現現代化掃除障礙。因此，他們激烈地反對左翼的階級論觀點，認為這會造成國人思想的混亂，危害民族的整體利益。儘管存在著如此鮮明的分歧，但雙方在許多地方仍然有著一致的認識。國民黨同樣以革命政黨自居，其革命理念亦為許多國民黨內的知識

份子所秉持，國民黨內的激進左派（比如改組派）即極其重視民生主義，強調調和國內各階級利益的重要性，其言論和主張與左翼已相差不遠。更為有趣的是，雙方的言說雖然迥不相同，但運思的理路和方式卻是驚人地相似，黨同伐異的立場，浮躁凌厲的心態，使得對任何問題的討論都無法真正深入，而迅速流為意識形態的膚泛爭辯。除了這兩派有政黨背景色彩的知識份子之外，站在第三者地位的自由派知識份子也是一枝不容忽視的力量。以胡適為首的新月派以及其後圍繞在《獨立評論》周圍的一批知識份子，可以稱為中國的自由主義者。他們既反對共產黨的階級鬥爭論和寬泛無邊的國際主義，又對國民黨的專制統治提出了嚴厲批評，要求實行民主憲政。置身於左和右的夾縫之中，其處境之艱苦可想而知。然而，到了1930年代中期，自由派知識份子與政府的關係卻日漸親近起來，有些人甚至提出了開明獨裁的主張，從而在自由派知識份子內部引發了民主與獨裁的論爭。這種轉向雖然未必是思想上的徹底更張，而可能僅僅是一種比較現實的策略性考慮，但論爭本身卻是耐人尋味的，它在某種程度上展露了中國知識份子某些根深柢固的思想痼疾。總之，知識份子群體的分化展現了許多與論題相關的問題域，就此進行探討，能夠把關於20世紀中國思想文化的討論進一步引向深入。

民族主義是我在本書中探討的另一個重要問題。作為國民黨政府官方意識形態的三民主義雖然強調民族、民權、民生三大主義具有同等的重要性，不可偏廢，但是從孫中山的論述方式來看，民族主義顯然被放在了一個更為重要的位置上：民族的生存權和民族的自由高於公民個人的生存權和自由，只有在民族強盛的前提下，民權和民生才能得到保障，而民族主義則

是挽救中國危亡、使中國復興的最好藥方。民族主義在三民主義中的首要地位實際上是由現代中國的具體的歷史語境所決定的，民族危亡的焦慮使得民族主義自近代以來，始終是一種強勢的主流思潮，其影響遍及社會的方方面面，而且深入民心，是一種最有效的動員工具。就此而言，民族主義的興起，顯然有其歷史的合理性。但是，任何一種歷史合理性一旦被推到極端，就難免會走向其反面，逐漸喪失其合理性。在中國現代歷史上，民族主義作為一種籠罩性的思潮，在被有意識地逐步強化、拔高之後，壓制了其他思想話語的自由生長，在 1930 年代中期甚至一度有和法西斯主義合流的趨向，民族主義成了國民黨政府在政治、經濟和文化上厲行專制、鉗制自由的直接的思想基礎。這樣的民族主義是值得反思和警醒的。

　　民族主義是一個和現代性緊密關聯的龐大而複雜的問題，對它展開正面的理論探討，這並非本書的主要任務，而且事實上也超出了我的能力範圍。我更關心的是在中國特殊的歷史文化環境中叢結在民族主義周圍的一系列話語形態，它們是如何產生的？和民族主義意識形態有何關係？彼此之間又有何關聯和矛盾衝突？其中尤為關鍵的一個問題是中國是如何在中西對立的全球背景中構想自身與作為強者的西方之間的關係的？這個問題實際上牽涉到一個更為根本的問題，即中國的現代民族意識是如何產生的？在我看來，這些似乎早有定論的問題，其實仍然是曖昧不明的，尤其欠缺的一點是未能揭示出在民族意識的形成過程中想像所發揮的巨大作用。我認為，1930 年代初期以「前鋒社」為代表的民族主義文學創作為解答這個問題提供了一個較好的分析範本。在那些不免有些粗糙的作品中，我們可以看到想像的民族主體是如何通過自我的他者化，把自我

與他者的關係轉換爲他者之間的關係，從而使自我佔據了一個超級主體的位置。這種簡單的置換在某種程度上揭示了一個想像的民族主體是如何被塑造出來的，主體的焦慮又是如何通過文學得以暫時緩釋的。

　　此外，在本書中我還將論及 1920 年代末期以降文學生產方式的變化以及由此而起的一系列後果。1920 年代末，文學的生產迅速走向商品化，其明顯的標誌是書局大量湧現，報刊雜誌的數量也成倍地增長。到了 1930 年代中期，中國的書報出版業達到了空前繁榮的地步，以致 1934 年被認爲是中國的雜誌年。有意思的是，文學生產的商品化竟然是與意識形態領域的鬥爭纏結在一起的。1928 年起，普羅文學的流行與上海許多小書局蜂擁跟進、競相出版普羅文學作品大有關係，普羅文學竟然成了出版界商機之所在，這恐怕是當時許多人所始料不及的。也正是由此開始，出版界成爲國共兩黨展開控制與反控制鬥爭的戰場。文學的商品化生產還直接地助長了消費性文學的產生。1930 年代中期以林語堂創辦或主編的幾家雜誌爲代表的「幽默文學」的興起，是 1930 年代上海日漸成熟的消費文化在文學領域裡的迴響。這種消費性的文學講究性靈、筆調，多談風月，少談竟或不談政治，這與國共兩黨的意識形態要求都相去甚遠，因此遭到了來自左右兩個方向的夾擊和圍攻。

　　消費文化的興起與現代性之間有一種緊密的關聯，從某種意義上說，消費文化是現代性的世俗性維度展開的必然結果，文學的生產、流通和消費逐漸形成一套商業化的機制也是勢所必然。但是在現代中國特殊的歷史文化語境中，文學始終被置放在民族國家政治的高位上，文學是啓蒙的工具，是挽救民族危亡的利器。這樣一種高調的文學觀自然不會容忍文學跌落到

聊供賞玩、休閒之用的消費品的地位。因此，任何一種試圖把
文學從現實政治的層面剝離出來的創作主張和實踐，都會遭到
來自官方和民間的啓蒙精英的雙重打擊，這種嚴酷的文化環境
決定了像「幽默文學」這種標舉性靈、格調，與現實政治有意
拉開距離的文學流派，必然難以找到順利發展的空間。當然，
消費文化和主流意識形態也並不是完全對立的。事實上，只要
細心考察，便會發現消費文化也在某種程度上受到了主流意識
形態的影響，無論是在音樂、電影還是在畫報、通俗小說等大
衆文化產品中，我們都能發現其中迴響著民族國家政治的聲
音。即以「幽默文學」爲例，除了無涉政治的風花雪月之外，
它也會偶爾對時政進行諷喻和譏評。因此，1930 年代的消費文
化與以民族國家政治爲主幹的主流意識形態之間的關係是極其
複雜的，它們既有著互相對抗的一面，也有著互相貫通、利用
的一面。這種複雜性，也從一個層面反映了現代性在中國艱難
展開的獨特過程。

　　上述這些問題實際上都牽涉到一些比較複雜的理論問題，
其中有些顯然是無法單獨放在文學領域中予以考察就能獲得比
較滿意的解答的，要理清其脈絡線索，給出精到而有說服力的
分析，必須跨越許多學科、佔有大量材料才行，而這顯然已超
出了本書論題所能承擔的範圍。我所能期望的是，通過對這 20
多年間國民黨所推行的文化政策及文學運動的考察和分析，爲
一些相關的重大理論問題提供補充性的例證和說明，同時也借
此清理我個人對於 20 世紀中國文學發展的某種理解。

1 參見《中國國民黨與文化教育》，台北：正中書局，1984，第 56
頁。

2 毛澤東：〈新民主主義論〉，《毛澤東選集》第 2 卷，北京：人民
出版社，1991，第 698 頁。

3 見王瑤：《中國新文學史稿》「重版代序」及第二編「左聯十年」
部分，上海文藝出版社，1982。

4 劉綬松：《中國新文學史初稿》上冊，北京：作家出版社，1956，
第 199 頁。

第一章
三民主義文學：
從口號到實踐

第一節　三民主義文藝的提出

　　1928 年 6 月，隨著二次北伐的完成，新疆通電歸順以及東三省的即將「改旗換幟」，國民黨形式上統一了中國，南京國民黨政權作爲中央政府的地位也得到了確立。同年 10 月 26 日，南京國民政府發表〈訓政宣言〉，宣佈進入「以黨治國」的訓政時期。

　　孫中山在制訂「軍政—訓政—憲政」三階段的建國方略時，著重強調訓政是由專制向民主過渡的必要步驟。[1] 這一構想是建立在他對中國民眾的政治和文化素質的低調估價之上的，他認爲「中國人民久處於專制之下，奴性已深，牢不可破，不有一度之訓政時期，以洗除其舊染之汙，奚能享民國主人之權利？」[2] 因此國民黨在完成軍政之後，有責任以「保姆」的身份訓導教化民眾，爲將來進入民主憲政階段培植基礎。進入 1920 年代後，受到蘇俄高度集權的黨治國家的成功經驗的鼓舞，孫中山更加堅定了以黨治國的信念。1924 年 1 月，國民黨第一次全國代表大會正式確立了黨治形式，明確宣稱在「既取得政權樹立政府之時，爲制止國內反革命運動及各國帝國主

義壓制吾國民衆勝利之陰謀，芟除實行國民黨主義之一切障礙，更應以黨爲掌握政權之中樞」。[3]

「以黨治國」是一種典型的精英政治，也是 20 世紀非西方後發展國家經常採用的一種發展模式，其目標是在以現代政黨爲核心的少數精英集團的領導下，通過對國內資源的全面控制和利用，以國家主導的形式來快速地實現現代化。這種政治模式因強調對社會各個領域的全面干預和高度控制，而帶有較爲強烈的極權主義傾向。[4]

南京國民政府訓政伊始，便積極制訂和推行一系列意在加強中央集權的政策：在政治上繼續厲行反共，強調要掃除「軍閥官僚及社會上之一切障礙」，「萃全國之治入一黨」，[5] 以三民主義、五權憲法建設國家；在經濟上對外力爭收回關稅自主權，對內則整頓鹽稅和其他稅收，並開始籌畫在兩三年內裁撤厘金，企圖從經濟上打擊地方勢力，憑藉統一國內市場的努力來擴大中央政府的政治和經濟影響力；[6] 在軍事上則積極籌備編遣裁軍，削弱地方軍閥的實力。

與此同時，南京國民政府也加強了對思想文化領域的干預和控制。首先是樹立了三民主義在意識形態領域獨尊一統的地位，對與三民主義不相容的思想學說則一概予以排斥，在〈暫行反革命治罪法〉中更是規定對宣傳與三民主義不相容之主義者將以反革命罪論處。三民主義的意識形態泛化還擴展到教育領域。1928 年 5 月召開的第一次全國教育會議確定三民主義爲國民教育的宗旨；7 月，國民黨中常委通過決議，決定在全國學校中增加黨義課程，強制實行黨化教育。在竭力推行「一個主義」政策的同時，國民黨政府還加強了對出版言論自由的控制。1929 年 1 月，國民黨中執委議決通過〈宣傳品審查條

例〉，規定凡與黨政有關之各種宣傳品均須呈送中央宣傳部審查，凡「宣傳共產主義及階級鬥爭者」，「宣傳國家主義、無政府主義及其他主義，而攻擊本黨主義、政綱、政策及決議案者」均為反動宣傳品，應予「查禁、查封或究辦之」。為加強對宣傳品的檢查和控制，國民黨於 1929 年 8、9 月中，分別在南京、上海、北平、天津、漢口、廣州等重要城市設立了郵件檢查所，對違反〈宣傳品審查條例〉之郵件立即扣押，並送當地黨部宣傳部依例處理。僅 1929 年一年，國民黨中央宣傳部所查禁的各類刊物即達 270 種之多，其中包括《創造月刊》、《幻洲》、《無軌列車》等文學刊物。[7]

　　文學是思想文化鬥爭的主要陣地之一，其重要性也引起了國民黨的重視。1928 年春，創造社和太陽社等左翼文學社團揭起「革命文學」的旗號，以激進的姿態全面地批判了五四文學革命以來的白話新文學，要求文學必須以無產階級的意識為意識，描寫和反映無產階級的生活和理想。「革命文學」口號的提出，引出了一場激烈的文學論戰，當時有影響的代表性文學刊物，像《語絲》、《小說月報》和《新月》等，都捲入了這場論戰。由於論戰各方缺乏必要的理論準備，又加上囿於宗派主義的門戶之見和個人意氣之爭，「革命文學」論爭並沒有達到應有的理論水準，論戰各方堅執己見，互相攻伐，上演了一場爭奪文學話語權力的混戰。儘管如此，這場論戰卻在客觀上擴大了無產階級文學的影響，使馬克思主義的意識形態得以迅速地傳播開來。令國民黨人頗為難堪的是，在這場爆熱的文學論戰中，他們竟然無從置喙，提不出什麼獨到的見解和主張，當然就更沒有能力來引導和控制這場論戰的走向了。共產黨意識形態在文學領域的迅速滲透和擴張，以及國民黨在制定相應

對策上的軟弱無力，使國民黨內的一些文藝人士深感憂慮，他們指出中國的文藝界已為「共產派、無政府派，以及保守派」所把持，而本黨的文藝刊物卻寥若晨星。他們呼籲國民黨當局效法蘇俄統一後所採取的那種集中控制的模式，儘早「召集全國文學團體以及政治要人討論文藝政策」。在具體的政策上，他們建議「國民黨的文藝界要聯合一起，成一個大規模中國國民黨文藝戰爭團」，「政府要給這種團體相當的援助，以及指導」，而「對於一切反革命派的刊物，要檢查，禁止，以免影響青年，致有錯誤的思想」。[8]

正是在訓政的政治背景以及左翼革命普羅文學蓬勃興起的刺激之下，國民黨迫切地感到必須在文藝戰線上迎接共產主義意識形態的挑戰，扶植以三民主義為思想指導的本黨文藝，即所謂的三民主義文藝。從 1928 年下半年起，在國民黨所把持的一些報刊的文藝副刊上，陸續出現了一批鼓吹三民主義文藝的文章，它們猛烈地抨擊普羅文學，要求必須把文藝納入到三民主義的思想軌道中來。在這些文藝副刊中，最有影響的當數上海《民國日報》副刊「青白之園」和「覺悟」以及南京《中央日報》的兩個副刊「大道」和「青白」。

「青白之園」創辦於 1928 年 12 月 9 日，由上海「青白社」主編。「青白社」自稱「是愛好文藝而願意從事革命的同志們的組織」，其口號是「從文藝的園中走到革命的路上，在革命路上遍植文藝的鮮花」。「青白社」似乎並不是一個組織嚴密的文學社團，它在吸收成員上沒有什麼嚴格的要求，「只要是愛好文藝而願意從事於三民主義的革命的同志」皆可成為其社員。[9]「青白之園」實際上由上海市黨部的宣傳幹事許性初負責編輯，主要撰稿人有蘇鳳[10]、葛建時、卜少夫[11]、張帆、

吳銘心、陳穆如、程天厚、火雪明、許德佑等。在可以考定的撰稿人中，至少葛建時當時任職於江蘇省黨部宣傳部，卜少夫則是嘉興《民國日報》編輯，可見「青白社」的成員是散佈於江浙各地的，這決定了「青白社」不可能像稍後的「中國文藝社」那樣通過頻繁的社內活動來聯絡社員之間的感情，增強團體的凝聚力，這也是「青白社」沒能維持長久且產生較大影響的一個重要原因。

在一則編後記裡，許性初交代了創辦「青白之園」的最初動機：「我們因爲感覺到國內共產黨文藝宣傳的囂張和一般趣味文學的無聊，想在這層層夾縫之中爲革命文學開闢一道新的出路」。然而僅隔幾個月之後，他卻不能不滿懷失望地承認：「我們這般向無深切研究而便要爲革命文學建築新出路的小子，……努力於今的結果，除見園門日咨冷落，園景日益蕭條外，簡直找不出一點足爲我們滿意的」，「既沒有達到共產黨文藝宣傳的那樣『猛烈』的精神，同時更沒有趣味文學那樣的程度，這是多麼一件痛心的事實」。[12]

「青白之園」上揭載的文字，除了一些叫囂跳踉的詩歌和少數翻譯作品之外，主要有以下兩類：一是謾罵攻擊「革命文學」，以及「語絲」和「新月」等其他文學流派。其中較有代表性的文章有綿炳的〈從「創造」說到「新月」〉（1929 年 2月 17、24 日），競文女士的〈靡蕪龐雜的革命文學〉（1929年 2 月 24 日），王兆麒的〈浪漫的文學家滾開去吧〉（1929年 4 月 7 日），以及笑鵞等人的批評專欄〈十字街頭〉。〈從「創造」說到「新月」〉回顧了 1928 年的中國文壇，認爲這一年的中國文藝界雖然由於筆戰層出不窮而顯得「五光十色，目不暇接」，但讓人感到的卻「只有無限的沉悶，無限的煩

躁」。作者集中火力攻擊了創造社、語絲社、文學研究會和新月派四個主要的文學社團和流派，認爲所謂的「革命文學」是創造社的一般頹廢文人關在洋樓裡閉門造車的產物，其內容不外乎「一，革命的：『罷工，手槍，秘密會議，炸彈……』」，「二，手淫的：『性交，野鷄，女工，女招待……』」，「三，頹廢的：『自殺，失戀，痛飲，花，樹……』」。語絲派「因爲越不到新的時代，失去了創造的活力，不能有新的腦，新的力，新的心，來寫新的文藝」，所以這一派是沒有希望的，只能「讓他們自生自滅，在現代的新潮中」；文學研究會的一群則是「彷徨歧路，低徊於趣味之中，不知所從」，在他們的刊物中表現出來的「只有消沉，徘徊，空虛」；新月的一群卻是「極力將新文藝向古典的道路上拉去」，「在《新月》中，只能見著骷體的復活，及五光十色，前後錯雜的佈景，並沒有看見文藝的眞實，也沒有看見『新』」。二是呼籲制定國民黨的文藝政策，建設本黨文學。這方面較具代表性的文章有紹先的〈革命的文藝和文藝的革命〉（1929 年 3 月 24 日至 4 月 14 日連載）。紹先認爲，「要使一般民衆對於三民主義由澈底認識而至於完全接受」，就必須在文藝上「做一種有系統底工夫，運用國民黨的文藝政策」，剷除腐化民衆的舊的或新的惡劣文藝，「實行『文藝底革命』，同時，趕緊創造適於三民主義、富有革命性底民衆文藝」，以此推進黨義宣傳工作，組織民衆，訓練民衆。作者還建議：爲了迅速地創造革命文藝，最好是由中央黨部把散在各地的作家和藝術界人士組織起來，結成「文藝革命底聯合戰線」，儘快地完成文藝的革命，建立起革命的文藝來。

聚集在南京的國民黨文人，以王平陵主編的《中央日報》

的兩個副刊「青白」和「大道」為陣地，也不斷呼籲國民黨當局趕快制定本黨的文藝政策。楊晉豪在一篇文章中，對南京的文藝刊物之少大表不滿。他指出，在南京，除了一些報紙副刊外，幾乎就沒有別的文藝刊物，而那些副刊，多半不是純文藝的，即有一兩種是純文藝的，「其中的評論卻是毫無特殊的創見和有價值的學說的，其中的創作都是平淡軟弱、枯燥乏味的」。[13] 首都文藝界在評論和創作上的極端貧弱，顯然不利於官方對文壇的引導和控制。王平陵更是痛切地指陳：充斥文壇之上的「大多數的作品，幾乎是千篇一律，不是充滿著頹廢的色彩，就是無病呻吟，和變態心理的描寫」，在這種情勢下，「真正的『革命文學』的建設，實在是急不容緩的問題。」[14]

　　1929 年 6 月召開的全國宣傳會議回應了國民黨內要求制定本黨文藝政策的呼聲。這次會議通過了「確定本黨之文藝政策案」，議決：「（一）創造三民主義的文學（如發揚民族精神，闡發民治思想，促進民生建設等文藝作品），（二）取締違反三民主義之一切文藝作品（如斫喪民族生命，反映封建思想，鼓吹階級鬥爭等文藝作品）」。[15] 會議還通過了一項「規定藝術宣傳案」，該案要求各省、特別市和縣黨部「應遴選有藝術修養之同志若干人，組織藝術宣傳委員會」，並「在可能範圍內，應根據本黨之文藝政策，舉辦文藝刊物」，「中央對於三民主義之藝術作品應加以獎勵」，對成績優異的各省市縣黨部宣傳部「應予經濟上之補助」。[16] 從表面上看，這次歷時五天的全國宣傳會議因為蔣介石和胡漢民先後到會訓詞而顯得規格頗高，似乎顯示了南京國民黨政府對制定本黨文藝政策的高度重視，但是這次會議卻並沒有制定出可供落實的具體的執行方案，特別是沒有在政策上為各省市縣黨部開展三民主義文

藝之建設提供必要的人員配備和固定的資金保障，故而所謂的「確定本黨之文藝政策案」實際上只是一紙空文而已。

　　三民主義文學口號的出籠，並沒有在當時的文壇引起很大的反響，即便在國民黨內，其影響也僅止於國民黨中央宣傳部系統內，鼓吹三民主義文學較爲賣力的仍然只有中宣部所控制的《中央日報》和上海《民國日報》上的幾個副刊。更具諷刺性的是，連前期鼓吹「本黨文藝」最爲賣力的「靑白之園」，不久後竟也「因爲報館裡要加增新聞的篇幅」而被迫關園大吉。[17] 在此後的將近半年時間裡，除了在《中央日報》的副刊「大道」上還能見到零星幾篇關於三民主義文學的文章外，三民主義文學這個話題竟鮮有人提起。可見所謂確定本黨文藝政策、創造三民主義文學，終究還只是停留在空頭文件之上。中央在文藝上領導不力，引起了地方黨部的不滿，[18] 一些心懸黨國利益、積極鼓吹三民主義文學的黨內人士更是滿腹辛酸，備感委屈。曾在「大道」上發表長篇大文〈何謂三民主義文學〉的周佛吸，在給王平陵的信中大吐苦水，說自己「曾以研究之所得，商之於研究文藝的朋友們，收穫到的卻是些譏笑和輕侮」，自研究三民主義文學以來，所收穫到的這種譏笑和輕侮，「眞是不能以車載斗量」。[19]

　　1930 年 1 月 1 日，國民黨中央宣傳部部長葉楚傖在上海《民國日報》「元旦特刊」上發表〈三民主義的文藝底創造〉一文，強調「文藝創造，是一切創造根本之根本，而爲立國的基礎所在」，「若沒有三民主義之文藝，則三民主義之革命，成爲孤立無援，而非常危險」。他特別警告道：共產黨徒正在乘虛而入，「用一種很熱烈的情調」、「很富於挑撥性的色彩」和「很富於煽動性的文字」，以及「不複雜而簡易的構

造」，做他們的文藝工作，國民黨若是任其發展下去，自己卻「一點也不去運動」，那簡直是「自暴自棄」。葉楚傖儘管再三強調「建設三民主義之文藝乃是目前至重要的工作」，但是對於怎樣去建設，他卻顯得並無辦法，只是含含糊糊地說「要以三民主義之思想為思想，思想統一以後，三民主義的文藝自然會產生了」。

　　1930 年 3 月 2 日，中國左翼作家聯盟在上海成立，這對國民黨的文化宣傳官員們震動很大。4 月 28 日，國民黨上海特別市執委會宣傳部召開了第一次全市宣傳會議。會上，市黨部宣傳部長陳德徵檢討道：「有許多事情，往往我們想到但還沒有做，如談了好久的三民主義文學，至今尚未完全實現，只看見一般不穩思想結晶的文藝作品，以及表現不穩思想的戲劇」。他認為要扭轉這種局面，僅僅依靠消極的取締是不行的，「根本方法，尤在我們自己來創造三民主義的文藝，來消滅他們」。這次會議通過了「如何建設革命文藝以資宣傳案」，要求各區黨部宣傳刊物上「儘量刊載革命文藝之理論及創作」，市宣傳部也要著手編輯革命文藝刊物。[20]

　　從 5 月起，上海《民國日報》每週三在「覺悟」副刊上開闢關於文藝作品的專刊，加緊宣揚三民主義文學。給這個專刊撰稿的主要是上海市黨部的宣傳官員，有幾位還是以前的「青白社」的成員。與「青白之園」相比，「覺悟」文學專刊明顯地加強了對普羅文學特別是剛成立的左聯的攻擊火力，它幾乎每次都刊載一兩篇文章專門批駁普羅文學和左翼作家。但是這些批駁卻沒有多大的理論說服力，其觀點不外乎以下幾種：一是認為中國產業落後，不存在什麼階級鬥爭，因此鼓吹階級鬥爭的無產階級文學不符合中國的國情。在「革命初定」、「實

業不振」、「外交緊急」的中國，提倡無產階級文學只能造成
民眾思想的混亂和社會的分裂。二是認爲中國的無產階層文化
水準落後，絕大多數都不識字，根本讀不懂所謂的普羅文學，
當然就更沒有能力創造本階級的文學。所以在中國不可能有眞
正的普羅文學產生，而彌漫文壇的所謂普羅文學，不過是一小
撮小資產階級知識份子用來沽名釣譽的冒牌貨而已。三是攻擊
普羅作家對馬克思主義缺乏眞正的瞭解，基本的文學修養也還
欠缺，更爲致命的是他們對普羅階級的生活和感情毫無瞭解，
因此他們所創作的普羅文學實際上只是從歐美販入的新玩意，
「滿現著西洋色彩」。[21] 儘管這些批評也觸及到了普羅文學的
一些弱點，比如缺乏眞切的生活體驗，和眞正的普羅階級在情
感上還有相當的隔膜，但是僅僅如此還是難以服人，它們沒能
解答一個關鍵性的問題，即爲何在 20 年代後期普羅文學會風
起雲湧，幾乎壟斷了整個中國文壇，這種局面當然絕非僅憑少
數文人的鼓噪就能造成，它的產生應該有著更爲深刻的社會政
治和思想文化方面的原因。然而，幾乎所有這些攻擊普羅文學
的批判性文字，都未能深入地剖析普羅文學興起的社會政治和
思想文化根源，看不到普羅文學產生的現實合理性，自然也就
難以找到其致命的弱點，從而有的放矢地在理論上展開反攻。

　　既然在理論上不能擊潰對方，「覺悟」文學專刊的作者們
就只好求助於謾罵來打擊普羅文學作家，他們指稱普羅作家
「受了蘇俄的盧布的津貼，就甘心做赤色帝國主義的走狗、工
具，鼓吹在中國不能運用的階級鬥爭，和殺人放火的暴動，而
來破壞中國三民主義的革命」；[22] 他們還譏嘲普羅作家寫普羅
文學完全是想「向書店老闆硬賣幾個錢以充作咖啡跳舞場的經
費罷了」，[23] 普羅作家的實際生活則絕對不「普羅」，而是奢

佻、淫靡、放蕩：「在他們提筆之前，是上海大戲院，或是『卡爾登』看了戲，後來到了『新雅』或『秀色酒家』吃了飯，然後跑到靜安寺路什麼CAT去跳了一回舞，又到『遠東』或『東方』去親女人的嘴，然後在三元一天的『新世界飯店』的房間中提起筆來大寫其『機器輪』、『窮苦工人』、『紗廠』……還沒有寫完的時候，大東的電話來了，開步走，走到大東去！」。[24] 這就未免顯得有些無聊了，這種意在醜化對方人格的措辭絲毫不能擊潰對手，而只能暴露出自己的無能和淺薄。

　　標榜三民主義文學，試圖為三民主義文學奠定理論基礎，是「覺悟」文學專刊的另一重點。這方面的代表性文章有：東方的〈我們的文藝運動〉（1930 年 5 月 21、28 日，6 月 18 日），張帆的〈三民主義的文學之理論的基礎〉（1930 年 10 月 22、29 日，11 月 5、19 日），郭全和的〈三民主義文學的建設〉（1930 年 11 月 19、26 日）。這些國民黨內的文藝人士也意識到，三民主義文學倘若只是停留在鼓噪喧嚷而沒有堅實的理論基礎，那就必然會陷於「散亂而不一致」，當然也就無法抵擋普羅文學的進攻。因此，要建立三民主義文學，首先是要確立三民主義的文學理論，用它來統一國民黨文藝界的思想，結成一個大規模的國民黨的文藝陣線。但是究竟應該如何建立三民主義的文學理論呢？對此他們仍然束手無策。東方認為，三民主義文學應當負起維護和發揚革命之後所產生的新的民族精神的責任，它「應該是社會底，……而且應該是指示社會組織，促進社會生活的理想底作品」，它不僅要「體認一切被壓迫革命民眾底生活」，而且還要能夠「指導大眾生活底行動，做革命民眾前導的明燈，做革命民眾反省的明鏡，做革命

民眾生活底燃料」。爲此，作家必須深切地認識時代，「把握著時代的啓示」，並且要堅執革命的立場，「以革命的宇宙觀認識大自然，以革命的歷史觀批判歷史的演變，以革命的人生觀解釋人生，肯定人生，以民生史觀探討大眾的要求，測候大眾生活的表像和內容」。三民主義文學的取材範圍也相當廣泛，舉凡「帝國主義侵略的狂暴，手工業的沒落，小有產者的破產，豪紳地主的貪婪，貪污投機的卑污，反動分子的搗亂，男女的互相誤解，青年心理的矛盾，饑荒兵匪的撩亂，老弱的顛沛流離」，都可以成爲描繪的對象。不難看出，除了強調用三民主義思想來統帥文學外，所謂三民主義文學並沒有多少特別的內容。國民黨文人顯然也意識到了這種理論上的貧困，所以乾脆就承認「文藝本來是不分派別的，加上三民主義四個字，不過是一種標榜罷了」。[25]

「覺悟」文學專刊常常登出「徵求三民主義文藝作品」的廣告，但應徵者卻寥寥無幾，那些鼓吹三民主義文學甚力的宣傳官員們又沒有能力寫出像樣的文學作品來。這確像張帆所說，「現在的三民主義文學……還是只在肚子痛，孩子還沒有鑽出娘肚來」。[26] 從「覺悟」文學專刊上發表的不多的幾篇詩歌和獨幕劇來看，其水準甚至還不如普羅文學。[27] 理論和創作的雙重貧困，使「覺悟」文學專刊在當時沒能激起大的反響，即使在國民黨文藝界，它的影響也遠不如幾乎同時出現的上海「前鋒社」。1930 年 12 月，「覺悟」改由姚蘇鳳編輯，「覺悟」文學專刊便只好草草收場，結束了其慘澹而寂寞的短暫生命。[28]

三民主義文學並沒有貢獻出像樣的作品來。鼓吹三民主義文藝的幾個副刊陣地，在創作方面除了刊登一些詩歌外，偶爾也刊載一些獨幕劇和短篇敘事作品，但這些作品非常粗糙，基

本上是在直露地宣講一些國民黨的意識形態理念。從這些作品來看，它們顯然都是出自於國民黨內一些愛好文學的中下層官員的手筆，在技巧上缺乏必要的磨練，其幼稚和粗糙是可想而見的。

朱公樸的獨幕劇〈星夜〉[29]可以算得上是一篇有代表性的作品。這個不到三千字的獨幕劇其實並沒有什麼故事情節，而充其量只是一個場景的速寫。一位國民黨內的少年黨員在奔赴前線的前夜，趕到一座寺廟去看望在那裡躲避兵變的女友，女友卻批評他不該為了兒女私情而甘心丟棄自己肩負的重大責任。兩人談起兵變中的種種慘像，更是血脈賁張，深感革命責任之重大。最後，少年黨員在童僧的充滿革命意味的弦歌聲中，決定即刻奔赴前線，他的女友也決定隨他一同前往，而把自己年老的母親託付給了童僧。最可笑的是，當女友的母親對少年說他此去是「升官發財」了，是「一件多麼榮耀的事」時，少年馬上否認了這個說法，並宣講了一通大道理：

　　我們沒有做官發財的思想，頻年戰亂，民不聊生，便是這種壞思想所演成的結果啊！我們所痛恨的就是做官發財的那般人；我們只想實行孫總理的三民主義，永久為實現三民主義而努力，私人的狹義的利益是不管的。

像這種直接把黨義生硬地塞進作品的手法，在所謂的三民主義文學作品中，是極為常見的。這樣創作出來的作品，幾乎談不上有什麼文學價值，其全部價值似乎就在於它們宣傳了國民黨的革命理念，儘管這種宣傳也許恰恰只會起到相反的效果。

三民主義文學創作中的唯一一部有點文學味的作品，恐怕

要算是〈杜鵑啼倦柳花飛〉。這部小說號稱是「三民主義文藝的第一部創作」，1930年7月由上海建國月刊社出版。作者魯覺吾是山東省黨部宣傳官員，曾作為代表參加過1929年6月召開的全國宣傳會議。據稱，他「在兩年前已感到赤色份子利用所謂第四階級的文藝來破壞中國青年的心靈，建築他們的下層工作，知道非創造純正的革命文藝，不足以挽救這莫大的精神侵略」，[30] 故而在參加全國宣傳會議歸來後，即埋首創作，完成了這部作品。

該書出版時曾在南京、上海各報大登廣告，號稱是「三民主義文藝的第一部創作」，「全書情調完全為反頹廢、反肉感、反普羅、有生氣、有血流，使中國青年向前向上的，其材料用青年最陶醉的革命、戀愛合成，並不因主義而乾枯」。[31] 實際上，這是一部缺乏新意且帶有很生硬的說教意味的小說，在故事敍述上更是抄襲了在普羅文學中司空見慣的「革命＋戀愛」的模式。男主人公初聲是一個熱血青年，他不滿於家鄉的閉塞、落後和沉悶，期待著一場革命風暴的來臨。北伐戰爭的爆發使他振奮不已，他終於衝破了重重障礙——包括讓人銷魂的愛情的羈縻，投身到革命戰爭之中。在經歷了戰場上血與火的洗禮後，他終於找到了真正屬於自己的愛情。女主人公松青卻是一個處於新舊之間的人物，她雖然受過新式教育，「對於婚姻問題已有自決的覺悟」，但是在強大的名教的迫壓下，卻沒有勇氣徹底反抗舊觀念和舊習俗，只好以標榜獨身來消極反抗。初聲的到來，使她重新燃起了對幸福自由生活的渴望，可當初聲鼓動她一起離開家鄉投身革命時，她又卻步不前，甘心成為「陳舊的信用和誓言」的犧牲品。作者意在通過初聲和松青這兩個人物塑造出兩種類型的時代青年，一種是像初聲那樣

充滿熱力、能夠積極勇敢地走向光明的革命前途的青年，另一種是像松青那樣雖有覺悟的能力卻沒有奮鬥的勇氣，結果只能走上消極的道路的青年。在作者看來，惟有前者才能瞭解到人生的真諦，找到自己生命的價值，成為時代的強者。

　　無論是就思想主題還是就敘述結構來看，這部小說都十分接近於普羅文學，甚至在一些細節上它也非常逼肖普羅文學，比如作者也喜好用西文字母來代表人物姓名，而在文本中夾雜西文字母，恰恰是三民主義文學的鼓吹者們對普羅文學大加詬病的地方。另外，像小說作者在文本中現身說法，大談革命與人生的大道理，也都和普羅文學如出一轍。那麼作為三民主義文藝的第一部創作，它究竟在哪些地方體現了三民主義文學的特性呢？這恐怕是個連作者自己都難以說清楚的問題。在別人看來，稱其為三民主義文學作品，大概是因為作者忘不了不時地現身宣講黨義的緣故吧。更值得注意的是這部小說在語言意象和思想意識深處所表現出來的濃厚的傳統色彩。儘管小說中不乏流行的革命話語，可一當轉入比較細膩的感情抒寫時，其文字意象上的傳統氣息便變得濃重起來。下面這段文字就很具有代表性，它出自松青寄給初聲的一封賀年信：

　　　初聲，這兩朵梅花送給你，怕你的鼻子早忘了二年前的香氣。……初聲，她的確可愛，她可愛不僅在浮動的暗香上面，在她玉潔的心骨中，在她冰堅的操守中……初聲，請你把它好好地供養著，你該時時瞧瞧她，不要使她落寞，但不許你接近她，否則會使她受累甚至夭折。……

　　在這裡，梅花的意象所暗含的語蘊完全是在傳統的語義鏈

上延展的：折梅寄遠以表懷戀之情，梅花的幽寂、高潔和堅貞象徵著人的精神氣質和操守，梅花的可遠觀賞鑒而不可褻玩則比喻人與人之間相互敬重的基本的道德倫理關係。這段文字用來表現松青這個處於新舊夾縫之間的女性倒不失爲恰切，但從意象的選用以及意象內包的封閉性，又可以看出舊文學對作者的影響之深，這種影響已沉積到作者的無意識之中，從而決定了其語言的內在質地和色澤。

也許正是在這些細微的地方，〈杜鵑啼倦柳花飛〉暴露出了它與普羅文學在審美趣味上的巨大差別。普羅文學倡導的是一種充滿力量的美，由於對敍述幾乎不加刻意的控制，普羅文學常常流於情緒的氾濫，也導致了作品結構上的凌亂和近乎痙攣的扭曲；在行文上，普羅文學襲用的是類似於翻譯的極其歐化的語言，語句之密集繁複以及質地之堅硬，在現代白話文學中堪稱前所未有。而從意象的選用看，普羅文學非常自覺地棄絕了帶有中國古典文學審美情調的意象，而大量地採用了工廠、煙囪、街道、霓虹燈等帶有強烈的現代城市色彩的意象。這種美學趣味當然是普羅文學作家們的自覺追求，在他們看來，描寫「第四階級」的普羅文學必須和一切舊的文學形式劃分開來，在普羅文學裡不應該有風花雪月和「情人的戀歌」之類的小資產階級的趣味和情調，它應該是「粗暴的叫喊」，是「暴風驟雨的文學」，在藝術手法上則應該「是 Simple and Strong」。[32] 在美學上的這種自覺要求雖然不免使普羅文學在藝術上顯得相當粗糙，但是這種粗糙卻相當有力，在美學上它對傳統的審美範疇和標準造成的衝擊極具破壞力，在某種程度上也開拓了現代審美的新的空間；而從表現的效果來看，這種粗獷簡單的美學追求和普羅文學對於文學的意識形態內容的要求

基本上是一致的，一種陌生而粗硬的美學風格的出現，在某種程度上恰好象徵著一股新的以往被漠視的社會力量的崛起。與普羅文學相比，三民主義文學在美學上並沒有什麼自覺的追求。從鼓吹三民主義文學的一些批評文章看，國民黨批評家們對普羅文學攻擊最激烈的一點，就是普羅文學的這種嶄新的美學風格。他們指責普羅文學作品詰屈聱牙，類同歐美文學的硬譯，是在「販賣歐美文明，滿現著西洋色彩」。[33] 很顯然，這種「滿現著西洋色彩」的美學風格是國民黨批評家們所不能接受的，在他們看來，這種美學風格不僅脫離中國的當下現實——因為真正的普羅大眾是讀不懂這樣堅硬的作品的，而且更為重要的是它與民族的固有的審美精神是相背離的。三民主義強調要繼承民族固有文化，維護傳統美德，這種文化態度上的保守性當然也會影響到以宣揚三民主義為宗旨的三民主義文學創作，從而在某種程度上決定其相對保守的美學趣味。所以，儘管〈杜鵑啼倦柳花飛〉同樣也在宣揚「革命」，而且襲用了普羅文學的「革命＋戀愛」的敘事模式，但是其內在的精神氣質卻是與普羅文學迥然相異的。在〈杜鵑啼倦柳花飛〉裡出現的，當然絕不會是蔣光慈筆下的章淑君（〈野祭〉）、王曼英（〈沖出雲圍的月亮〉）這一類熱烈、決絕得近乎病態的女性形象，而只能是松青這樣的薄敷著革命油彩的現代「林黛玉」。而它在敘述語言和意象上的較為明顯的傳統文學色彩，雖然未必是出自自覺的美學選擇，但事實上卻是與三民主義意識形態在文化價值上的保守取向相吻合的。

令人感到有些意外的是，〈杜鵑啼倦柳花飛〉在問世後並沒有獲得國民黨文藝人士的高度贊同。「覺悟」文學專刊和《申報》「書報介紹」雖然各發表了一篇書評，[34] 讚揚它是一

部「有正當的中心思想的文藝創作」,但又都不同程度地批評了它存在的種種缺陷,特別是對作者時常在不經意之中流露出一些迂腐陳舊的思想觀念而大為不滿。比如當松青意欲出家避世時,初聲並沒有用熱烈的革命理想來打消她的想法,而是出人意料地試圖用大乘佛法的義理來說服、勸阻;另外,像松青的妹妹代姊出嫁,初聲終獲如花美眷,這些地方流露出來的陳腐意識顯然是與革命的意識形態不能相合的。最令人吃驚的是,國民黨中宣部在 1930 年第三季度的雜誌刊物審查報告中竟然極其尖銳地批評了這部小說,聲稱:「該書作者的動機,本來似乎是很想宣揚三民主義的,所以在這民族主義文藝運動正在勃興的時期,他也就自告奮勇的標出三民主義文藝第一部創作的旗幟來,在京滬各報大登廣告,藉以宣傳,可惜他描寫的技巧太不高妙,不能暢所欲言,而且還有許多欠通欠妥的地方。單以他的這個名稱來講,就覺得滿含了有閒階級的頹廢口吻,沒有稍帶革命文學的意義。……該書內容既甚平淡,描寫的技術又極蠢拙,修詞不文不白,造句異常生硬,對於黨義宣傳,更是莫明其妙,根本就不是文藝的作品,更配不上稱為三民主義的文藝。」[35] 這種刻意的貶低和打壓雖然可能摻雜著國民黨文藝界內部派系鬥爭的因素,但也在一定程度上真實地反映了國民黨內文藝人士對這部作品的不滿:它不僅沒能表現出他們所企盼的三民主義文學的「革命」性,反倒剿襲了普羅文學慣用的套路和手法,這對於立意在反擊普羅文學的三民主義文學的倡導者們來說,不啻是一種難以忍受的羞辱。

很難想像魯覺吾在遭到來自上司的激烈批評後會作何感想,大概是既感到委屈之至,又感到萬分的無奈吧。不管怎樣,這肯定極大地挫傷了他的創作積極性,他的第二部小說

〈參商兩星〉儘管已經構思成熟，但最終還是胎死腹中。[36]〈杜鵑啼倦柳花飛〉也就成了三民主義文學的第一部也是最後的一部創作。

第二節 作為意識形態的三民主義

三民主義文學從提出口號到悄沒聲息地偃旗息鼓，前後不到兩年時間。作為國民黨在文藝上的一種政策意向，它沒能得到實現：既沒有落實為一套切實可行的政策措施，也沒能形成具有一定影響的文學社團和流派，因此對當時的文壇沒有產生多大的影響。

全國宣傳會議上通過的「確定本黨之文藝政策案」剛剛宣佈，梁實秋就站在新人文主義的立場上強烈表示反對。他認為「文藝的價值，不在做某項的工具，文藝本身就是目的」，「以任何文學批評上的主義來統一文藝尚且不可能，用政治上的一種主義來統一文藝就更其不可能」。他不無譏諷地暗示，所謂的三民主義文學並不是單憑制定政策就能創造出來的，想要一統文壇就更不可能。[37]梁實秋的批評雖然不乏道理，但他對意識形態在現代社會中的動員和控制能力卻未免過於低估了。事實上，在進入現代社會以後，文學已被納入到整個社會生產體系之中，文學創作已不完全是純粹個人性的行為，在某種程度上它可以被視為一種社會性的生產活動，社會的其他領域——包括精神的和物質的，都對文學的生產起著不可低估的制約作用，而意識形態對文學的滲透力尤其巨大。從 20 世紀各國文學的發展情況來看，意識形態是有可能借助於強大的國家機器全面宰制文學的。最突出的例子莫過於蘇聯。十月革命後，蘇維埃政權通過將新聞、出版、電影、劇院、教育等文化

機構和部門收歸國有，以及加強對文化團體和組織的嚴密控制，逐步完成了對精神文化領域的全面控制。到了1930年代，蘇聯的文化生產已完全體制化，它承擔的首要任務就是為主流意識形態大批量地生產詮釋符號，為其製造合法性神話。文學在其中所起的作用是非常突出的，蘇俄文學以「無產階級文學」為起點，在經歷了1920年代以「崗位派」和「鍛冶場」為代表的極端激進的文學派別之間的劇烈爭鬥後，到1930年代終於規撫為一統天下的社會主義的現實主義文學。[38]

蘇聯的經驗表明，某種意識形態對包括文學在內的思想文化領域實行全面宰制，是有可能獲得成功的。[39] 就此而言，國民黨企圖以三民主義文學來統一文壇也並非是荒唐可笑之舉。事實上，「三民主義文學」的一套主張正是從蘇聯學來的。三民主義文學的鼓吹者們非常艷羨蘇聯全面統制文化的成功經驗，他們竭力建議國民黨當局仿效蘇聯，「設立大規模的國立出版部，以經營三民主義文化運動所需之著作」，並同時「頒發一個三民主義之文藝政策，使文學知所趨向」。[40]

然而與蘇聯的情形形成鮮明對照的是，「三民主義文學」卻以失敗而告終。失敗的原因有多種。從現實因素的層面來看，首先是國民黨政府領導不力。提倡三民主義文學的多半是國民黨的中下層黨員，國民黨高層領導特別是政治領袖對此缺乏熱情，他們忙於應付黨內各派系之間的權力鬥爭和層出不窮的地方軍閥的武裝挑戰，幾乎無暇「關照」文學。因此儘管有個別中央一級的高級官員如中宣部部長葉楚傖、劉蘆隱出來講話，[41] 支持建設三民主義文藝，並在全國宣傳會議上通過了「確定本黨之文藝政策案」，但是由於沒能在人員配備和經費來源方面提供制度保障，加上又缺乏可賴以執行的具體的政策條

文，所謂的三民主義的文藝政策實際上還是僅僅停留在紙面上。其次是國民黨內文藝人才奇缺。雖然在國民黨內有一批人在積極鼓吹三民主義文藝，但這些人的數量卻委實太少，據說集京滬漢杭四地也僅止二十餘人，[42] 其力量之單薄可想而知。更何況這些人中真正懂文學、能創作的並不多，在文壇上稍有名聲、可算得上作家的，大概只有王平陵等寥寥幾人。這樣的陣容自然難與聲雄勢壯的普羅文學相抗衡。

「三民主義文學」的失敗還不能完全歸因於上述現實條件的制約。眾所周知，蘇俄建立的初期也曾面臨政權不穩和黨內文藝人才缺乏的嚴重困難，但是蘇維埃政權卻憑藉其強大的意識形態號召力，把像馬雅可夫斯基、勃洛克甚至葉賽寧這樣一些思想激進的俄國知識份子吸引過來，這些在文壇上已享有盛名的「同路人」作家，以其創作實績為新生的蘇俄文學帶來了卓著的聲譽。謳歌革命、為新生的蘇維埃政權而歡呼並展望其光明未來的蘇俄文學對於宣揚蘇維埃政權的合法性，起到了相當大的作用。蘇俄的經驗表明，某種主流意識形態僅僅依靠國家暴力機器是無法全面宰制文學的，要達此目的，除了制定必要的政策措施之外，還必須經過一個運用意識形態理念耐心勸說、誘導的階段，即通過對現有作家隊伍的分化、拉攏和打擊，逐步奪取在文學領域的領導權。這就要求意識形態本身必須有能力提供某種具有強大的精神吸引力並可以使知識份子甘願認同的象徵符號，而強大的符號生產能力正是意識形態最基本的功能之一。

蘇俄之所以能夠比較成功地全面宰制文學，一個重要的原因就是作為主流意識形態的布爾什維克主義對相當一部分俄國知識份子頗具精神吸引力。布爾什維克主義是馬克思主義的俄

國版，它繼承了馬克思關於人類歷史發展規律的充滿雄辯力量的描述，以及與之相應的一整套道德和認知模式，同時也巧妙地揉合了俄羅斯思想傳統的精髓，比如對平等和兄弟之愛的珍視，對共同體的迷戀，尤其是俄羅斯思想中根深蒂固的彌賽亞情結。布爾什維克主義在深邃的歷史哲學的基礎上，給人們描繪了一個恢宏而燦爛的人類社會前景：在一個階級和國家都已消亡的社會共同體裡，每個人都是完全平等的，都享有充分的自由，他們懷著真誠的兄弟之愛和諧相處。這一烏托邦遠景與俄羅斯思想中對「千年王國」的堅定信念有著精神血緣上的親和性。[43] 正是因為布爾什維克主義在一種嶄新的思想理論框架下成功地創造出諸如「平等」、「愛」、「共同性」這樣一些極具魅力且又包蘊了民族思想文化精華的精神價值符號，它才獲得了相當一批俄羅斯知識份子的熱烈認同，也只有在這些符號的魅惑下，像馬雅可夫斯基、勃洛克這樣極端激進的詩人才會甘願成為革命的歌手，擁護並讚美新生的蘇維埃政權。[44]

　　和布爾什維克主義相比，三民主義的符號生產能力明顯地要弱一些。作為一種意識形態，三民主義存在著不少內在的缺陷，這在很大程度上決定了它只能是一種比較脆弱的意識形態。按照愛德華・希爾斯（Edward Shils）的界定，意識形態是那些由關於人、社會以及與人和社會有關的宇宙的認知和道德信念所構成的普遍性模式之一，它通常圍繞著諸如拯救、平等和種族純粹性這樣一些突顯的價值建構起高度整合的理論體系。在觀念表達的明確性，高度的內部整合或體系化，內容的包羅廣富，訴諸行動的迫切要求，以及聚焦於某些最根本的主張和價值的強烈的核心化傾向等方面，意識形態都與一般的看法（outlook）、信條（creed）、綱領（program）以及思想學

說和思想運動等區別開來。[45]

　　希爾斯認為，意識形態主要有以下幾個方面的特性：一是高度的內部整合或體系化。意識形態出自少數奇理斯瑪人物[46]的創造，這些具有非凡魅力的個人擁有卓異的智慧和想像力，以及審視世界的既簡明又深刻的洞察力，他們關於種族、社會乃至整個宇宙的基本看法構成了意識形態的內核，但是奇理斯瑪人物的天才洞見仍然必須經過一個理論化的過程，即由他本人或是一些具有高度理論修養的追隨者在理論上予以論證和闡發，把這些見解和主張編織成一個具有內在完整性的精緻的思想體系。否則奇理斯瑪人物的卓識將只能散落為一些信條，而不能整合成嚴密的意識形態體系，其影響也只能及於少數最初的追隨者群體，一旦奇理斯瑪人物辭世，這些信條就會很快成為明日黃花。二是超凡脫俗的崇高感和神聖性。一種意識形態不論它是宗教的還是反宗教的，都總是與神聖性聯結在一起，它常常通過將現實存在的每一部分置於終極真理的支配之下而把它們神聖化。意識形態極其強調它與某些神聖符號以及充分顯現在現實存在之中的某種神聖性之間的聯繫，它必須為其信奉者提供一個崇高而神聖的目標，使他們甘願為這一目標的圓滿實現而奮鬥不息，並由此獲得與終極真理融為一體的神聖感。三是對佔據支配地位的舊的文化價值的批判精神。意識形態儘管也從傳統價值裡汲取資源，但它更強調自身與佔據支配地位的舊制度、舊價值之間的根本差異及不可調和的衝突。事實上，意識形態正是在與佔據支配地位的舊制度、舊價值的激烈抗爭中產生和發展起來的。意識形態的支持者總是激烈地批判現存的舊制度和舊價值，他們否認其存在的合理性，並以推翻這些舊的制度和價值體系為己任，為此他們強調只有通過全

面改造社會，才能實現其神聖理想。[47] 就此而言，意識形態在本質上是一種激進的富於革命性的信仰和價值體系，其精神價值指向是超越於現實層面之上的。

希爾斯對意識形態概念所作的上述闡釋與我們通常對意識形態這一概念的理解顯然有所差別。[48] 但是既然「沒有一種意識形態概念獲得該領域理論家們的普遍認同」，[49] 我們似乎不必太在意希爾斯的解釋是否真能站得住腳。我之所以在此不厭其煩地援引希爾斯的相關論述，是因為覺得希爾斯提供的意識形態概念框架似乎更能映照出作為一種意識形態的三民主義的薄弱之處。

倘若嚴格按照希爾斯所揭示的意識形態特性來衡量，三民主義簡直就很難稱得上是一種意識形態，而是接近於綱領、信條，或許稱之為准意識形態反倒更為恰切些。三民主義缺少可以用來統帥、整合其龐雜內容的核心價值，沒能形成為一個精密的理論體系。孫中山自稱其三民主義理論「有因襲吾國固有之思想者，有歸撫歐洲之學說事蹟者，有吾所獨見而創獲者」，[50] 然而從三民主義的價值內涵來看，它基本上只是中外古今的一些思想觀點的大雜燴，真正富於獨創性的東西並不很多。其思想資源主要有三個部分，即英美民主主義、中國傳統道德文化和蘇聯革命專政思想。孫中山試圖調和西方的社會政治思想和中國固有的道德文化價值，使它們融為一體，但由於缺少一種原創性的認知和價值模式作為強大的凝聚劑，他所撿拾的思想文化價值始終處於游離散亂的狀態，沒能聚合為一體。所以，三民主義儘管內容極富，包羅極廣，但還是沒能構成鮮明而嚴密的理論體系。不僅如此，它內包的多元價值之間還存在著矛盾和衝突，比如民族主義和世界大同的理想之間，

取向西方的現代化理念和節制資本的主張之間，以及歐美式的民主政治原則和革命政黨專政的思想之間，都存在著深刻的內在矛盾。孫中山畢生致力於調和、消弭諸如上述的各種價值理念之間的緊張和衝突，[51] 他似乎從來沒能意識到要調和這些相互對立的價值理念之間的矛盾是多麼地困難，在他樂觀地認為已經解決了問題的地方，實際上卻仍然是矛盾叢結，因此他一生的奔走和奮鬥實際上只塑造了他作為一個「壯志未酬的愛國者」的偉大形象。[52] 由於存在著上述種種缺陷，三民主義看上去很像是一些信條和綱領的鬆散結合。信條和綱領雖然也能轉化為意識形態，但它們必須經過一個在理論上精緻化和體系化的過程，否則在其創始人辭世後，信條綱領之間原本就很鬆散的聯繫會逐漸喪失殆盡，其直接的結果便是追隨者和信奉者們各執一端，取其所需任意闡發，並紛紛以正統自居。這不僅使信條和綱領整合為意識形態的希望變得愈益渺茫，更會極大地損害團體存在的合法性基礎，甚至導致團體的最終解體。孫中山逝世後的不多幾年裡，國民黨內部便迅速地裂變出眾多的派系和集團，[53] 每一個派系和集團都以孫中山的繼承人自居，宣稱擁有思想上的正統地位，這也在某種程度上反證了三民主義在理論體系上是遠不夠嚴密的。1920 年代中後期，戴季陶等人雖也曾試圖將三民主義精緻化，使之成為一種無所不包的龐大的思想理論體系，但是戴季陶等人極端的文化保守主義態度卻使得他們更偏向於發揮三民主義中與中國傳統思想相聯繫的一面，結果使三民主義的保守氣息越加濃重，與當時的思想文化主潮之間的距離越拉越遠了。[54] 從三民主義對相異意識形態所持的曖昧態度上，也能看出其理論體系上的含混性。意識形態作為一種高度嚴密的信仰價值體系，其思想宗旨一般來說總是

很鮮明的，因而不可避免地會帶有強烈的排他性，它常常以終極眞理自居，拒絕承認自身與其他意識形態或信條、綱領之間存在任何的一致或相同之處。然而在 1920 年代，孫中山卻認爲蘇俄所實現的社會主義與三民主義中的民生主義相合，甚至認爲「民生主義，就是社會主義，又名共產主義，即是大同主義」。[55] 其後制定的聯俄容共的政策，雖然是出自現實的政治考慮，[56] 但也和把三民主義和共產主義混同一氣的模糊認識不無關係。

其次是三民主義缺少超越性的精神價値指向。三民主義沒能有效地和某種超越於現實層面之上、帶有終極意味的神聖價値符號結合在一起，它雖然包含有衆多的價値單元，但是在這些價値中卻沒有一種具有不可侵犯的神聖性。比如民主和自由的價値理念在西方資產階級的意識形態裡是和個人的天賦權利不可分割地聯結在一起的，因而被認爲是優先於一切制度和價値的終極價値，因而也被認爲是神聖不可侵犯的。三民主義雖然也談民權，談自由，但是在三民主義的思想體系裡，自由民主並沒有被賦予價値優先的地位，而是被當作建立獨立而強大的現代民族國家的手段。孫中山雖然在演講和著述中反復宣揚主權在民的思想，認爲人民享有選舉、罷免、創制、複決四項基本的政治權利，但事實上他並不相信人民具備行使基本政治權利的能力。他把人分爲先知先覺、後知後覺和不知不覺三種，在他看來，「中國人民都是不知不覺的多，就是再過幾千年，恐怕全體人民還不曉得要爭民權」，[57] 因此，就必須由先知先覺的革命領袖和後知後覺的革命戰士來代替不知不覺的人民管理政治，行使治權。這就是孫中山引以爲自豪的獨創性思想，即所謂的權與能的分離——人民享有政權，政府行使治

權。權、能分離本身無可厚非，因爲即使在最充分的民主制度
下，全民政治也難以完全實現，但是權、能分離必須保證人民
擁有行使主權的制度管道。衆所周知，英美式民主的一個最爲
重要的前提便是對統治者及統治的精英階層的品德和才能的懷
疑，正是出於這種深刻的懷疑，英美式民主強調必須要有一整
套嚴密的制度來制約和監督統治精英的權力運作，這就是所謂
的制度主義，它是英美式自由主義民主的不可或缺的重要組成
部分。而制度主義的一個重要內容便是爲政治多元化及權力的
分化提供制度保障，使各種政治力量及政府的各個權力機構互
相制衡。孫中山對英美式民主得以建立的這一懷疑論基礎似乎
缺乏深刻的認識，在一種強烈的使命感和自信心的推動下，他
更爲強調政治精英領導群倫、爲生民立法的作用，認爲必須把
一切權力集中於他所領導的革命政黨，只有這樣，才能完成國
內革命，取消列強強加於中國的不平等條約。所以儘管他也宣
稱主權在民，還參照美國的三權分立的體制制定了五權分立的
政府管理模式，並允諾在完成軍政和訓政之後還政於民，實現
憲政，但是由於五權分立的模式仍然是卵翼於一黨專政的集權
體制之下的，它只是在執政黨內部分化權力而不能從根本上制
約執政黨一黨獨大的權力，更沒有向全社會開放權力空間，以
形成權力的社會化的全面制衡的局面，所以五權分立的模式實
際上只是徒有美國模式之表，而全無其內在的政治理念。至於
還政於民的允諾，由於在三民主義的思想體系裡幾乎沒有涉及
憲政制度的根本理念和具體構想，因而基本上等同於一張空頭
支票。在制度匱缺的情況下，如何來限制和監督執政的國民黨
的權力運作呢？怎樣才能又憑什麼能保證國民黨在向憲政過渡
的訓政時期裡，會有雅量容忍其他的有組織的政治力量的存

在，並甘願通過競爭選舉來獲得合法權力呢？所以，孫中山所提出的民權主義實際上與他欣慕的英美式民主的內在精神相去甚遠，反倒很容易被利用來爲一種帶有極權主義傾向的獨裁政體提供合法性解釋。[58] 在一黨專制獨裁的政體下，所謂的人民享有主權不過是一句空話而已，在人民主權的堂皇旗號下掩蓋著的是少數人專制之實。同樣，在三民主義裡，自由也並沒有被視爲個體不可剝奪的權利。孫中山認爲「中國自古以來，雖無自由之名，而確有自由之實，且極其充分」，正是因爲自由太多，中國成了一片散沙，不能抵抗帝國主義列強的侵略和壓迫。所以，在中國，自由「萬不可再用到個人上去，要用到國家上去」，爲爭得國家和民族的自由，個人必須無條件地犧牲自由。[59] 這種看法雖然在現代中國的特定語境中有其部分的合理性，[60] 但顯然是與自由的眞義相背離的。國家的存在原本是爲了維護公民的自由權利，在國家共同體裡，公民的個人自由雖然必不可免地要受到限制，但個體自由的權利卻不容以任何藉口予以剝奪。以人民、國家、民族等虛假的社會總體之名強迫個體放棄理應享有的自由，[61] 無論其標榜的目的多麼神聖、多麼美好，都必將帶來奴役的恐怖魔影。事實上，三民主義中幾乎所有的價值單元都被手段化了，它們統統服從於一個至高無上的目標——即建立一個強大的現代民族國家。就此而言，三民主義實際上只是一套建國綱領而已。[62] 國家建設畢竟只是一個暫時性的目標，它不具備超越性的神聖價值。到了 1920 年代，在蘇俄共產主義意識形態的刺激下，孫中山愈益抬高了大同說在三民主義中的地位，把它看作是實現三民主義的最終目標。表面上看，三民主義對未來世界大同的設想和馬克思主義對共產社會的描述非常相近，但是三民主義的大同思想並不是

從其理論體系中經過嚴密的論證而推導出來的，它根本上是外鑠性的，[63] 這和馬克思主義完全不同。馬克思主義對共產主義社會的設想建立在宏大的歷史哲學的基礎之上，它具有強大的思辯力量，而這恰恰是三民主義所匱乏的。所以，三民主義的大同說只能流爲蒼白無力的幻想，而不可能擁有共產主義理想的光彩。神聖符號的匱缺嚴重地損害了三民主義作爲一種意識形態的政治動員能力。國民黨發動和引導民衆的能力一直顯得比較薄弱，與此不無相關。國民黨只是在和共產黨聯姻的短暫時期裡，它才迅速地增強了政治動員的能力，而隨著淸共反共的開始，這種政治動員能力便逐漸地削弱了。[64]

　　三民主義的缺陷還在於其文化價值取向上的保守性。對主流的制度和價值系統，三民主義所持態度非常矛盾，一方面它對傳統的政治制度持徹底否定的態度，力主採取西方的現代政體，另一方面它對傳統文化特別是傳統的道德倫理價值卻眷戀不捨。三民主義自稱繼承了中國文化的道統，它強調自身與中國文化傳統之間的天然聯繫，企圖以此構築其合法性基礎。孫中山即堅定地認爲三民主義「不過演繹中華三千年來漢民族所保有之治國平天下之理想而成之者也」，它「首淵源於孟子，基於程伊川之說」。[65] 在展開對未來世界大同前景的設想時，孫中山也強調其精神資源來自傳統儒家思想，而非共產主義學說，他甚至不屑地貶斥列寧及其他近世社會主義者的思想乃糟粕而已，共產主義更「不過中國古代所留之小理想者哉」。[66] 孫中山強調中國精神文化特別是道德倫理價值的優越性，[67] 是針對淸末以來逐漸興起的民族文化虛無主義而發的，意在增強國民在文化上的自信，使他們樹立起重建國家的信心。三民主義在文化價值取向上的保守態度雖然也取得了一定的效果，比

如獲得了社會上的保守勢力特別是那些在傳統文化中浸淫頗深、思想偏右、半新不舊的知識精英的支持，[68] 但是這種保守性卻是與時代潮流背道而馳的。從晚清以來，傳統文化價值體系已逐漸分崩離析，在經歷了五四反傳統主義的急風暴雨之後，更是已喪失其合法性。革故鼎新、輸入西方思想文明以重建中國，日益成為知識界的共識。孫中山對這一思想文化變動趨向似乎缺乏足夠的認識，而仍然堅持其昌明中國固有道德文化的保守立場，[69] 給三民主義定下了保守的基調。孫中山之後的國民黨理論家如戴季陶等人，不僅沒有根據現實形勢的變化對三民主義進行必要的理論上的調整和修改，反而不恰當地助長了三民主義的保守傾向，使三民主義日趨僵化，沒能及時地跟上迅速變化的時代思想潮流，在應答和解釋社會發展變化上也缺乏足夠的靈活性，從而失去了在五四精神薰陶下成長起來的一代青年的支持。在進入 1930 年代以後，三民主義已蛻變成一個僵化的思想體系，國民黨也迅速蛻化為一個暮氣沉沉的政黨。[70]

意識形態對社會生活各領域特別是思想文化領域的有效滲透和控制，是以它能否提供一個令人信服的認知模式為前提的，只有當意識形態有能力為其信奉者提供強大的認知武器並拿來解釋和評價現實世界，進而說服引導人們遵從它所制定的思想規範和行為模式時，意識形態才能有效地證明其存在的合理性與合法性。三民主義理論上的脆弱性和含混的保守性卻使其無法充分發揮意識形態干預和解釋社會現實的功能。因此，當國民黨試圖在文學領域內反擊共產黨意識形態的進攻時，便顯得束手無策，除了亮出一面毫無光彩的「三民主義文學」的旗幟外，提不出什麼有說服力的文學主張來。連何謂三民主義文學都弄不清楚，三民主義的文學創作自然更無從產生。似

此，三民主義文學就只能徒喚「肚痛」，難怪要被人譏嘲爲「一無所有的噪音」了。[71]

第三節　文藝宣傳論：意識形態的泛化

三民主義文學雖然在理論和創作上都無甚建樹，但它作爲一種文學史現象的重要性卻是不容忽視的，它標誌著政黨意識形態將從此有意識、有目的地全面介入到文學領域，從而使文學演變成國共兩黨政治鬥爭的另一片戰場。

文學在 1920 年代逐步意識形態化，是當時整個中國社會意識形態泛化所導致的結果之一。當五四新文化運動從單純的思想文化啓蒙走向政治動員和政黨組建時，一種全新的內容便被注進了中國的政治生活和社會生活之中。由此開始，政治意識形態將挾現代政黨組織之力迅速滲透到社會的各個領域。

在一個政黨意識形態全面泛化的社會裡，文學作爲重要的精神生產領域，不可避免地要受到意識形態的污染。文學的意識形態化在文學觀念領域裡表現得最爲集中，也最鮮明。當某一政黨試圖用其意識形態來干涉和操縱文學創作時，它必然會首先從本黨意識形態的角度出發，對文學的目的、性質、作用和地位重新予以規定和解釋，企圖以此來規範作家的創作。因此，文學的意識形態化通常首先表現爲文學觀念上的劇烈變動。早在 1920 年代中期，五四文學革命所開創的新文學觀念便已呈現出即將發生重大變化的跡象。以傳統爲敵對面的個性解放思想開始退潮，文學「爲人生」的呼聲日趨低弱，「爲社會」、「爲民族」、「爲國家」的調子則越唱越高。瞿秋白、鄧中夏、惲代英、蕭楚女、沈澤民等共產黨人紛紛撰文，對新文學表示不滿。他們認爲新文學沒有相應地跟上時代發展的步

伐，當革命形勢日益高漲之時，新文學作家卻「遨遊於高山流水之間，或躺在沙發上，閉著眼睛謳歌愛和美」，[72] 這樣浮光掠影地觸及人生，當然不可能揭示出社會的動向。他們要求新文學必須反映時代的面貌，特別是要描繪和表現已經覺醒的無產階級的鬥爭生活和革命精神。[73] 這一聲音在 1928 年拉開的革命文學論爭中被放大到了極點。成仿吾在〈從文學革命到革命文學〉一文中全盤否定了五四文學革命的成果，聲言新文學必須由文學革命邁進到革命文學，即以農工大眾的意識為文學的意識，以農工大眾為文學創作的對象。蔣光慈則批判了那種認為「文學只是作者個人生活或個性的表現」的觀點，他認為中國「社會生活之中心」已「漸由個人主義趨向到集體主義」，「現代革命的傾向，就是要打破以個人主義為中心的社會制度，而創造一個比較光明的，平等的，以集體為中心的社會制度」。因此，「革命文學應當是反個人主義的文學，它的主人翁應當是群眾，而不是個人；它的傾向應當是集體主義，而不是個人主義」。[74] 文學上的反個人主義在邏輯上必然會發展到徹底否定作家主體的創造性，所以郭沫若認為作家的最高目的便是成為一架留聲機器，忠實地記錄和反映這個時代的英雄主體——農工大眾的呼聲。

無獨有偶，三民主義文學的鼓吹者們雖然對普羅文學大加撻伐，但對普羅文學的一些基本觀念前提卻是暗自首肯的，他們也一再強調文學必須反映時代生活，「闡發人類集團生活底精神」，激發民族奮鬥向上的意志，為此就必須「摒棄個人無政府主義的和遁世的山林文學，以及一切個人主義的傷感的或喜悅的作品」，而要站在三民主義的立場上表現被壓迫民族外抗帝國主義侵略、內除反動分子搗亂的鬥爭生活和精神。[75] 不

難看出，除了意識形態上的根本分歧以外，國民黨和共產黨對文學的看法基本上是一致的，它們都極其嚴厲地批判了文學上的個人主義傾向，要求文學必須把「階級」、「民族」、「時代精神」這樣一些集體主體作為描寫的對象，而這正是政黨意識形態在全面滲透和控制社會生活各領域的過程中對文學所提出的必然要求。[76]

　　與反個人主義傾向相關聯的是「文學即宣傳」論調的強勁抬頭。事實上，當政黨意識形態開始把文學當作政治組織和動員的手段時，文學便已必不可免地要淪為意識形態的宣傳工具。如前所述，在 1920 年代中期儘管還沒人明確提出「文學是宣傳」的觀點，但從那些政黨中人要求文學必須反映時代和社會的真實狀況，表達民族或某個階級的意識的言論中，已不難看出強制文學為本黨意識形態宣傳的苗頭來。在其後的革命文學論爭中，以創造社為代表的一班左翼文人援引美國作家辛克萊的「一切的文學，都是宣傳」的觀點，斬截地認為文學即宣傳，無產階級文學作為階級鬥爭的武器在本質上是「宣傳的、煽動的、革命的」，「宣傳的效果愈大，那麼這無產階級藝術價值亦愈高」。[77] 把文學等同於宣傳，即意味著根本無視文藝自身的特性，簡單地把文學看作是某種政治思想或主張的傳聲筒，其直接的結果便是「標語文學」、「口號文學」和「傳單文學」氾濫成災。這種狀況引起了當時許多作家的憂慮。茅盾即指出由於過於強調把文學作為宣傳工具，所謂的「新作品」有意無意地「走入了『標語文學』的絕路」，從而喪失了大批本來是誠意地贊成革命文學的讀者。[78] 更具代表性的意見來自魯迅。他認為「一切文藝固是宣傳，而一切宣傳卻並非全是文藝」，言外之意是要使文藝獲得良好的宣傳效果，

還必須顧及到文藝自身的藝術特性。但是魯迅並沒有反對文藝是宣傳的觀點，他也是辛克萊的信徒，認爲「一切文藝，是宣傳」的觀點是毋庸置疑的，「作品一寫出，就有宣傳的可能」，而「只要你一給人看」，就成了宣傳。所以，文學「用於革命，作爲工具的一種，自然也可以的」。[79] 在這裡，魯迅實際上是把宣傳理解成「表達」了，他似乎認爲既然一切文藝作品都不免要表達作者的某種看法或意見，那麼文藝當然就是宣傳了。這其實是一個極大的誤解。宣傳怎能簡單地等同於表達呢？宣傳的內涵要遠遠比表達狹窄得多。對此，還是有一部分作家保持了高度的警覺。冰禪即認爲作家在其作品中表現他的理想，這和所謂「宣傳」是大異其趣的，「因爲所謂『宣傳』是要宣傳某種『主義』以及『打倒』『擁護』……之類」，而藝術與文學卻不見得都爲了某個階級宣傳某種主張的。[80] 還有人尖銳地指出宣傳的「主要手段，常要借用誇大，蒙蔽，捏造等等」，這是老實人所做不來的。[81] 這些人儘管也朦朧地認識到宣傳在內容和手段方式上都與一般所謂的表達截然不同，因而不能簡單地把文藝等同於宣傳，但是作爲傾向革命的知識份子，他們又都承認文藝應該發揮其宣傳作用。所以最後只好態度曖昧地修正道「藝術有時是宣傳」，但同時也「不可因此而破壞了藝術在美學上的價值」。[82]

對於自覺地站在政黨意識形態立場上看待文學的作家們來說，如何在理論上理清文學與宣傳之間的微妙關係，確實是一個讓人頭疼的難題。三民主義文學的提倡者們自然也不例外。馬星野在一篇談三民主義文學的文章中，劈首就提出「我最擔心的，是大家把宣傳和文學弄混了」，他認爲文學固然可以拿來作宣傳主義的利器，但倘若作家在創作的時候，先就有個宣

傳的目的，「那麼，他的創作一定毫無價值」，而「如果三民主義文學提倡之結果引起標語文學傳單文學，則倒不如目前不提倡好」。[83] 馬星野的觀點很快遭到了「黨內同志」的反駁，王通權即詰問道：既然提倡三民主義文學，「出發點是為三民主義」，其「目的地亦為三民主義的完成」，怎可說文學「當其創作時，非具宣傳目的」呢？「三民主義文藝的創作，不以宣傳為目的，是以什麼為目的呢？」因此他堅持說宣傳「乃是文藝本身目的」，而「三民主義文藝就是為宣傳三民主義而創造之文藝」。[84] 馬星野是因為擔心黨內同志「為抵制共產黨的文藝而走上共產黨文藝觀的錯誤」，[85] 所以喋喋不休地想把文藝和宣傳區分開來，但他沒想到一旦把文藝和宣傳截然分開，也就抽空了三民主義文學存在的合理性，取消了其實際意義。三民主義文學的出世原本就是為了反擊普羅文學，宣傳「本黨主義」，馬星野卻不免有點迂執，竟然體察不到黨內同志的滿腔苦衷，難怪要引起他們的不滿與憤怒了。大多數的「黨內同志」在這一問題上則持騎牆態度，他們也承認藝術就是宣傳，但同時又強調藝術與一般的宣傳不同，藝術是一種「更沉著，更深刻，更永久的宣傳」，藝術用為宣傳，「不能拋棄了美感原則，粗暴的喊幾句口號」，[86] 而應該採取「引誘、暗示的方法」，在潛移默化中達到宣傳主義的目的。[87]

由此可見，無論是同情革命的左翼作家，還是倡導三民主義文學的國民黨文人，都沒法決然否定「文學是宣傳」。他們執持的意識形態立場決定他們必然要強調文學的工具性，即其作為思想整合手段的性質，因此他們必須從邏輯前提上承認宣傳是文學的基本作用。只有那些超脫於政黨意識形態鬥爭的自由主義知識份子才有可能在這個問題上持比較徹底的態度。梁

實秋就堅決反對將文學當作宣傳品，他說：「我們不反對任何人利用文學來達到另外的目的，這與文學本身無害的，但是我們不能承認宣傳式的文字就是文學」，「即使宣傳文字果有文學意味」，也不能就此認爲「宣傳作用是文學的主要任務」。[88] 他斷言「凡是宣傳任何主義的作品」都不會有多少文藝價值，因爲「文藝的價值，不在做某項的工具，文藝本身就是目的」。[89] 在捍衛文學的自主性的同時，他還進一步銳利地指出宣傳其實是某些人用來圖謀思想統一的手段。他首先引用了羅素的觀點，認爲「宣傳根本就是訴於情感而非訴於理性的一種伎倆，其效力可以使人入於一種催眠狀態」，[90]「發表思想不算是宣傳，以空空洞洞的名詞不斷的映現在民衆眼前，使民衆感受一種催眠的力量，不知不覺的形成了支配輿論的勢力，這便是宣傳」。宣傳本是被作爲統一思想的工具來使用的，但事實上宣傳只對那些沒有多少知識的人才會發生效用，使他們「在精神上受麻醉，不知不覺的受了宣傳的支配」。所以歸根到底宣傳並不能造成思想統一，它只會起到取消人的積極思考的消極作用，而「造成群衆的『盲從』」以及「一種緊張的空氣」。[91]

關於文學與宣傳問題的爭論之所以會出現那麼多說不清道不明的分歧，在很大程度上要歸因於對宣傳的誤解。令人感到不解的是當時似乎沒有一個人想到要去仔細厘定「宣傳」一詞的內涵，大多數人都想當然地把宣傳等同於表達思想，因而不加思索地接受了「文藝即宣傳」的觀點。宣傳當然不能簡單地看作是思想表達。準確地說，宣傳就是在人們常常爭辯不休的信仰、價值和行爲方面，有目的地通過運用符號（文字、手勢、旗幟、音樂、偶像、紀念物等）來操控他人的思想或行動的一種行爲方式。意圖操控他人是宣傳最本質的特徵，正是這

使它區別於通常的思想溝通或自由交流。宣傳也不同於教育，教育家的目的是把一個問題的方方面面都表述清楚，至於他所說的是否正確或是否有價值，則留待接受者自己判斷。與此相反，宣傳家表述的卻是事先就構想好的觀點或一套單一的符號。[92] 正像梁實秋所說的，宣傳通常訴諸人的情感，而非人的理性，它借助於符號的魅惑力，在接受者心中煽起非理性的激情，使他們進入一種類似於催眠的狀態從而加以有效的控制。

宣傳作為一種思想行為的間接控制方式，早在人類文明的初期即已出現，在古希臘城邦國家裡，宣傳是律師、煽動家和政客們常用的手段，古希臘高度發達的修辭學和雄辯術就是為適應宣傳的需要而產生的。在古代，宣傳基本上局限於小範圍內，而且通常採用面對面的方式。在工業革命之後，隨著商業經濟的發展，媒體的大量湧現，以及政黨政治活動的廣泛開展和深入，宣傳開始成為一種在商業上和政治上大規模採用的行為誘導和控制方式。到了 20 世紀，宣傳和意識形態的結合更加緊密，在許多不發達國家和地區，政治宣傳被看作是發動革命乃至奪取政權的必要手段。在宣傳高度政治行為化的過程中，列寧的影響是至關重要的，他從理論上闡述了宣傳作為政治動員和意識形態控制手段的重大作用：在無產階級政黨奪取政權以前，宣傳可以用來擴大無產階級政黨的政治影響，組織和發動工人群眾；而在無產階級政權建立以後，宣傳又能起到強化共產主義意識形態的作用，他強調蘇維埃政權必須加強「日常的宣傳和鼓動」，「使每一個普通的工人、士兵、農民都能通過我們報刊上每天不斷報導的活生生的事實，認識到無產階級專政的必要性」。[93] 他認為「黨的一切組織和團體每天經常進行的全部工作」，就是「宣傳、鼓動和組織」。[94] 宣傳

被放在了黨的日常工作的首位，可見列寧是何等地重視宣傳！
事實上，布爾什維克黨之所以能夠在革命中迅速擊敗國內各種
政治力量執掌政權，其後又能夠牢牢地控制住國內局勢，在很
大程度上也得力於強大且富有成效的政治宣傳。

　　1920 年代中，隨著蘇俄開始捲入中國政治生活，它的宣傳
理論和方法也傳入了中國。孫中山參照蘇俄的經驗，總結了自
辛亥革命以來國民黨成敗得失的經驗教訓。他沉痛地指出，辛
亥革命後的十餘年間，國民黨之所以屢遭挫折，根本的原因就
在於放棄了宣傳。由於宣傳不力，一方面黨內同志的革命精神
迅速衰退，一些不肖黨員更是行為不正，假黨員名義在外招
搖，失去了民心；另一方面，廣大民眾對三民主義缺乏瞭解，
對革命持冷漠的觀望態度，結果是「弄到全國沒有是非，引起
軍閥的專橫」。[95] 他認為「俄之成功，亦不全靠軍力，實靠宣
傳」，[96] 國民黨要完成國內革命的任務，改造中國，就必須要
「倚靠宣傳之力」，[97] 只有廣泛深入地宣傳三民主義，才能發
動民眾，使他們心悅誠服地接受主義，投身革命。鑒於這一認
識，國民黨在改組後，把宣傳工作放在了一個重要的位置。[98]

　　宣傳作為政黨意識形態滲透的主要方式在 1920 年代的中
國備受重視，也是由當時快速的政治發展要求所決定的。[99] 辛
亥革命成功後，中國表面上是建立了現代共和政體，但政治的
發展卻仍然停滯不前，這突出地表現在沒能建立以民族國家為
主體的體制化的政治運作方式，也沒能發展出整合社會政治生
活的有效手段。政治參與權被控制在少數軍事、政治精英手
中，他們為了各自利益爭鬥不休，廣大民眾特別是其中的西方
化的新型知識份子以及工人和農民，都被排除在政治舞台之
外。政治資源分配上的極端不平衡造成的後果是極其嚴重的，

在北洋政府統治的十餘年間，中國社會始終沒能形成一個在橫向上融合社會群體、在縱向上同化社會和經濟階級的政治共同體，大小軍閥盤踞各地，擁兵自重，中樞政權也頻頻易手。這種分崩離析的政治局面顯然不利於中國的現代化，也和民衆中間日益滋蔓的民族主義情緒相抵觸。到了 1920 年代，中國政治力量出現了多元分化的趨向，一些新的社會階層和集團在社會政治生活中逐漸發揮出重要的作用，像在第一次世界大戰期間迅速壯大起來的城市資產階級和以靑年學生爲主體的新知識群體，即明顯地增強了參與政治的意識，他們要求變革國內混亂而低效的政治狀況的呼聲獲得了廣泛的同情和支持。在中國共產黨成立後的數年間，特別是在國共兩黨合作後，國內政治動員無論是在廣度還是在深度上都達到了前所未有的程度。尤其引人矚目的是城市產業工人和農民開始作爲新的社會力量加入到政治生活之中。在這一政治發展過程中，宣傳發揮了巨大的作用。除了派遣黨員深入社會底層直接開展民衆動員和組織工作之外，國共兩黨還以自己所控制的報刊爲陣地展開強大的宣傳攻勢，像上海《民國日報》、《新靑年》、《嚮導》、《中國靑年》等報刊，在宣傳南方革命政權的政策主張方面就發揮了重大的影響。正是依靠廣泛深入的政治宣傳，國共兩黨合作的南方政權才迅速地獲得了國內民衆的擁護，掀起了國民革命的狂潮。在宣傳的作用被不斷拔高的情況下，宣傳的嚴重泛化是很難避免的現象，宣傳以革命的名義強行徵用一切符號，一切都變成了宣傳的工具，文學當然也不能倖免。

　　文學即宣傳的觀點之所以盛行於 1920 年代，除了上述的社會政治大環境的影響之外，也和近代以來形成的工具論色彩頗濃的文學觀念有關。中國近代文學從一開始就是和民族危亡

的社會政治背景不可分割地交織在一起的,把文學當作救國強種之道的思路一直就隱含在近代以來形成的文學傳統之中。梁啓超提倡小說界革命,要求小說負起「新民」的責任,從而在根本上改良群治關係,爲中國現代化發展創造一個良好的社會政治運行環境,其強烈的功利色彩是顯而易見的。[100] 五四文學革命高舉個性解放的旗幟,倡白話而廢文言,對包括傳統文學在內的整個傳統文化體系展開了總體性的批判和否棄,主張全盤迎受西方現代學說思想以再造民族文化。從表面看來,這場急風暴雨式的革命完全偏離了近代文學觀念發展的基本軌跡,其實卻不然。仔細分析,便不難發現引發這場革命的根本動力仍然是那種拂拭不去的民族主義的內在焦慮。民族主義的內在理路決定了五四時期所提出的一些思想主題都帶有一種過於急切的功利主義傾向。比如五四所標舉的個性解放,其思想核心即與西方意義上的個人主義全然不同,它強調的並不是個人和群體之間不可避免的矛盾和衝突,而是個人和作爲壓抑性總體的傳統世界之間的對立和衝突。在五四文學中,群體很少被視爲先定的壓抑性力量,只有當群體深中傳統之毒時,它才會成爲一種非人的力量冷酷無情地虐殺個體生命。從這個意義上來說,五四文學中所反復出現的個人對抗社會的主題實際上不過是現代與傳統之間對抗模式的一種轉換而已。質而言之,五四式的個性解放並不是以個人的自由爲其旨歸,它對個人生命的自主性和唯一性的強調,仍然是以「民族」、「國家」、「團體」等普遍性觀念所要解決的問題爲其目標。最顯明的例子莫過於魯迅。因爲深受尼采思想的影響,魯迅所持的個人觀念比之於五四時期的其他啓蒙主義者要徹底得多,他對「無名的殺人團」的控訴顯示出他對庸眾壓抑和摧殘個體生命的敏銳的洞

察力，但魯迅對個體生命及其價值的思考仍是以「民族」、「文化」這些普泛性概念爲背景的。對於魯迅來說，「尊個性而張精神」是「立人」之道，「人立而百事舉」，「沙聚之邦乃始能救其偏枯，轉爲人國，雄長於天下」。[101] 這種思路和梁啓超的新民說是一脈相承的。所以五四式的個性解放決不可能長久地堅持下去，尤其是在現代中國這樣一個污濁紛亂的社會環境裡。進入 1920 年代後，個性解放的大潮便迅速退落，個人主義和無政府主義、虛無主義綁在一塊遭到嚴厲批判。以陳獨秀、李大釗爲代表的啓蒙主義者開始把目光轉向了「階級」、「民族」、「國家」這樣一些普遍性的觀念，強調個人解放必須以社會制度的根本變革爲基本前提。[102] 與階級、民族、國家等總體性概念的強勁上升相應的是，在文學創作中，個人的生命體驗逐漸讓位於對社會問題的關注，底層民眾特別是城市產業工人和農民作爲群體形象開始佔據了文學的中心。從五四文學革命一轉而爲 1920 年代的革命文學，表面看來似乎有點突兀，但倘若從文學觀念這一線溯源而上，便不難發現五四文學革命把文學當作啓蒙工具，主張文學必須是「爲人生」、「爲社會」的，已爲日後要求文學爲階級、爲國家、爲民族埋下了種子。隨著民族危機愈益深重以及民族主義情緒日趨高漲，激進的知識份子當然不能滿足於五四時那種迂緩的文學觀念，而必定會要求文學更直接地爲現實政治服務，以更大的力度干預社會現實。由此可見，正是近代以來所形成的工具論的文學觀念在某種程度上決定了中國文學在 20 世紀前半葉的基本走向，而文學即宣傳的觀點不過是在邏輯上把這種工具論文學觀推到了極點而已。認識到這點，便不難理解魯迅作爲五四文學革命的主將，怎麼會在革命文學論爭中不加深思地贊

同「文藝即宣傳」的觀點。對於像魯迅這樣的知識份子來說，
旣然文學必定是「爲××」的，那麼，文學作爲啓蒙的工具和
作爲宣傳革命的工具，又能有多大的區別呢？

　　宣傳作爲一種重要的政治動員手段在 1920 年代中國的受
寵和迅速泛化，當然有其歷史的合理性，宣傳儘管不可避免地
帶有意識形態的欺騙性，甚至還會導致思想上的專制與暴力，
但它畢竟也通過不懈的鼓動在一定程度上傳播了現代的思想觀
念，更爲重要的是宣傳能夠促進廣泛的政治參與，將處於邊緣
和下層的社會階級和集團拉進現代政治生活之中，從而有力地
推進社會的一體化進程。對於像中國這樣的由龐大的傳統帝國
向現代民族國家艱難轉變的後發現代化國家來說，宣傳具有的
重要作用和意義是不言而喻的。事實上，從世界範圍內的現代
化運動來看，幾乎所有後發現代化國家都不同程度地訴諸宣傳
來推動社會的變革，謀求整合支離破碎的後傳統社會。但是，
宣傳本身畢竟不可能成爲變革的力量，任意拔高宣傳的作用，
乃至要求諸如文學這樣相對獨立的精神領域也必須奉宣傳爲圭
臬，這不僅暴露了後發國家常見的現代性焦慮，而且也顯現出
一種根深蒂固的前現代的精神印痕，即迷信思想本身具有改變
世界的巨大能量。

　　從另一方面看，由於宣傳乃是有意識地試圖控制和操縱人
們的思想和行動，因而它在本質上是與思想自由爲敵的。在缺
乏思想自由傳統的社會裡，宣傳更易於成爲專制統治者及某些
掌握著精神資源的社會集團影響和操縱普通民眾的工具，它所
造成的危害也就更加巨大。哈耶克在《通往奴役之路》裡探討
了極權主義制度下宣傳的作用，他認爲宣傳是極權主義統治的
重要一環，極權主義制度要有效地發揮作用，僅靠強制力是不

夠的，還必須使人們自覺地認同於極權主義國家替人們選擇好的價值標準和信仰，使之成爲一套被普遍接受的信條，從而使個人盡可能自願地按照統治者所要求的方式行動。因此，在極權主義制度下，宣傳總是備受重視，它承擔著向人民灌輸官方的價值標準、進而造成全體人民的思想「一體化」的重大任務。極權主義宣傳對一切道德都具有破壞性，「因爲它們侵蝕了一個一切道德的基礎，即對眞理的認識和尊重。」[103] 就宣傳的運作方式看，它本身即包含有某種異化的力量，即使宣傳的內容包含有某些眞理，但一經宣傳的運作，這些眞理也會異化成宣傳者用以贏得追隨者的一種手段。這就像霍克海默和阿多爾諾所尖銳地指出的那樣，宣傳與欺騙和謊言形影不離，它「把語言變成了一副工具，一種手段和一台機器」，訴諸人們的情感並以此來支配其行動。「它所鼓吹的政治應當依賴共識的基本方針只不過是一種空洞的托詞罷了。」。[104] 就此而言，宣傳不僅消蝕了人們對眞理應有的尊重，而且也包含了自我解構的因素，所以，宣傳儘管在某一段時間裡也能起到一定的作用，但從長遠看它必將流爲一具空洞的話語軀殼而遭到人們的唾棄。事實上，就在宣傳爲某種意識形態的擴張搖旗吶喊的同時，它也給這種意識形態掘好了冰涼的墓床。

　　出於意識形態的需要，把文學和宣傳強行扭合在一起，給文學造成了巨大的傷害。文學應該是創作者個體生命的自由發抒和流露，決不能成爲意識形態的傳聲筒。一旦意識形態成功地滲透和控制了文學，文學的生命便必然會枯萎、凋零，此時，文學將惡變成某種意識形態的空洞而抽象的圖解和演繹。三民主義文學的失敗就是一個顯著的例證。令人遺憾的是，三民主義文學的迅速衰亡，並沒有給文學的意識形態化劃上一個

句號，恰恰相反，它卻拉開了文學意識形態化的序幕，在以後漫長的歲月裡，文學的意識形態化將愈演愈烈，成為中國文學史上最為觸目驚心的一道景觀。

1 　國內一些學者認為孫中山晚年放棄了訓政的主張，其論據是：1924年 10 月馮玉祥發動北京政變以後，孫中山提出召開國民會議以決定國是，在北上宣言中，他更是完全不提建國三階段論，而以國民會議為全國最高權力機關。（徐矛：《中華民國政治制度史》，上海人民出版社，1992，第 219-220 頁；賀淵：《三民主義與中國政治》北京：社會科學文獻出版社，1995，第 159 頁）此說非是。召開國民會議的主張，是孫中山在第二次直奉戰爭後為謀求南北統一而制定的權宜之計，而非經過深思熟慮後的政治思想上的更張。有兩點可以為證：一、早在 1924 年 2 月，孫中山即在與日人某君的談話中提出要召開南北統一國民大會，議定約法和其他國憲（《孫中山全集》第九卷，北京：中華書局，1986，第 535 頁），而在不到一個月之前，孫中山為國民黨第一次全國代表大會起草的《國民政府建國大綱》裡卻明確規定建國之程式分為軍政、訓政、憲政三期。在這樣短暫的時間裡，孫中山不可能完成政治思想上的如此重大的轉變。同年 4 月孫中山手書《建國大綱》，在遺囑中又把它視為必須依照執行的基本方針政策，可見孫中山至死都沒有放棄《建國大綱》中的建國思想和方針。二、孫中山在《北上宣言》中表示，在國民會議實現後，將以國民黨第一次全國代表大會宣言所列舉的政綱，「提出國民會議，期得國民徹底的明瞭與贊助」（《孫中山選集》下冊，北京：人民出版社，1956，第 883 頁），國民會議只有權「明瞭與贊助」國民黨的政綱，而無修改及否決的權力，可見所謂的國民會議並非制度化的全國最高權力機關，召開國民會議顯然只是一個為解決當時國內南北分裂的局面而採取的臨時性的舉措。

2 　《孫中山選集》上冊，第 157 頁。

3 　〈國民黨第一次全國代表大會宣言〉。《中國國民黨歷次代表大會及中央全會資料》，榮孟源編，北京：光明日報出版社，1981，第 19 頁。

4 　極權主義（Totalitarianism）是第一次世界大戰以後出現的一個理論概念，主要用來指兩次世界大戰之間的一些激進的獨裁體制，即義大

利的法西斯主義和納粹德國的國家社會主義，也有些學者如 Hannah Arendt，把 1930 年代開始形成的史達林主義看作是極權主義的一種主要形式。一般認為極權主義是 20 世紀的現象，現代工業和技術的發展及其變革，構成了極權統治的內在基礎，它們是極權統治存在的必不可少的前提條件。極權主義大致具有如下特徵：完全的中央集權，在政治、社會和學術生活等各個方面實行統一管轄，宣傳哄騙和威脅恐嚇並用的高壓統治等等。極權統治在政治上尤其強調一個政黨和一種意識形態的絕對領導，敵對的政黨或集團則遭到嚴厲禁止，個人自由和公民權利的基本要求也被否定。1930 年代中期，國民黨政權的極權主義傾向愈加明顯，黨內要求效法納粹德國和墨索里尼統治下的義大利法西斯政權以及史達林鐵腕下的蘇聯，對政治、經濟、文化等各個領域全面實行統制的呼聲日趨高漲，然而從制定的部分統制政策的推行結果來看，中國當時並不具備實行極權統治的基本條件。統制政策的甚囂塵上徒然給國民黨政權蒙上了法西斯主義的惡名。關於這個問題，我將在後面論 1930 年代中期的文化統制政策時詳細探討。關於極權主義的簡要介紹，可參看：《布萊克維爾政治學百科全書》，北京：中國政法大學出版社，1992，769-771 頁；John H. Kautsky: *Political Changes in Underdeveloped Countries*, John Wiley and Sons, INC., New York London.1963. 90-119 頁。

5　〈國民黨第三次全國代表大會對於政治報告之決議案〉。《中國國民黨歷次代表大會及中央全會資料》，第 636 頁。

6　關於南京政權建立初期採取的經濟政策及其施行情況，參見【美】亞瑟‧恩‧楊格：《一九二七至一九三七年中國財政經濟情況》（*China's Nation-building Effort, 1927-1937: The Financial and Economic Record*），北京：中國財經出版社，第 11-35 頁。

7　〈國民黨中央宣傳部民國十八年查禁書刊情況報告〉。《中華民國史檔案資料彙編》第五輯第一編「文化」（一），南京：江蘇古籍出版社，1994，第 214-217 頁。

8　廖平：〈國民黨不應該有文藝政策嗎〉，《革命評論》（週刊）第 16 期。《革命評論》是國民黨內改組派首領陳公博創辦的政論性刊物，1928 年 5 月 7 日創刊於上海，因其對南京政府持激烈的批評態度而於同年 9 月 3 日被迫停刊，一共出版了十八期。

9　〈青白社簡約〉，1929 年 2 月 3 日上海《民國日報》「青白之園」。

10　蘇鳳（1905-1974），原名姚賡夔，蘇州人。他與鴛鴦蝴蝶派的重要社團「星社」關係密切，曾在「星社」的主要陣地《星報》上發表〈密縷〉等作品，是《星報》的主要撰述員。蘇鳳後來正式加入「星社」。因其與「星社」的關係非同一般，加上作品風格纖靡柔麗，故而常被視為鴛蝴中人。他於 1920 年代中期始任上海《民國日報》編輯，主編「閒話」專欄；1930 年代初追隨民族主義文藝運動，常

在報刊發表「表現民族主義精神」的詩歌，遭到魯迅等左翼文人的譏刺；1933 年曾任上海市教育局督學，主編《晨報》「每日電影」副刊。

11　卜少夫（1909－），江蘇江都人。上海吳淞中國公學肄業，日本明治大學新聞系畢業。先後任嘉興《民國日報》編輯、南昌《真實報》編輯主任、南京《新民報》編輯、南京《扶輪日報》採訪主任等，1930 年代投身於民族主義文藝運動，為南京開展文藝社主要成員。

12　1929 年 5 月 12 日上海《民國日報》「青白之園」。

13　楊晉豪：〈南京的文藝界〉，1929 年 3 月 24 日《中央日報》「大道」副刊。楊當時系中央大學學生。

14　王平陵：〈蹈進「革命文藝」的園地〉，1929 年 4 月 21 日《中央日報》「青白」副刊。

15　〈全國宣傳會議第三日〉，1929 年 6 月 6 日《中央日報》。

16　〈全國宣傳會議第四日〉，1929 年 6 月 7 日《中央日報》。

17　「青白之園」正式停刊於 1929 年 9 月 18 日，前後共出 37 期。

18　1929 年 11 月 18 日，國民黨山東省黨部呈請中央取締語絲派和創造社的反動文藝作品，並要求中央「從速制定創造三民主義的文學，及取締反三民主義之一切文藝作品之具體辦法」。見 1929 年 11 月 23 日上海《民國日報》。

19　周佛吸：〈怎樣實現三民主義的文學──復大道編者先生〉，1929 年 11 月 24 日《中央日報》「大道」副刊。

20　1930 年 4 月 29 日上海《民國日報》。

21　這一類文章主要有：真珍的〈大共鳴的發端〉、管理的〈解放中國文壇〉、陳穆如的〈中國今日之新興文學〉（以上均見 1930 年 5 月 14 日），陶愚川的〈談談左翼作家聯盟〉（1930 年 5 月 21 日），唐薰南的〈當今中國文壇的分析〉（1930 年 5 月 28 日），劉公任的〈對普羅文學的驚訝失望與懷疑〉（1930 年 6 月 11 日），遠觀的〈普羅文學的譯者及其他〉（1930 年 6 月 18 日），陶愚川的〈如何突破現在普羅文藝囂張的危機〉（1930 年 8 月 16 日），仲的〈普羅文學雜談〉（1930 年 8 月 13 日），何如的〈什麼叫無產階級文學？〉（1930 年 8 月 13、20 日）。

22　管理：〈解放中國文壇〉，1930 年 5 月 14 日上海《民國日報》「覺悟」。

23　仲：〈普羅文學雜談〉，1930 年 8 月 13 日上海《民國日報》「覺悟」。

24　〈讀者來函〉，1930 年 4 月 29 日上海《民國日報》「覺悟」。

25　陶愚川：〈我們走那條路〉，1930 年 8 月 13 日上海《民國日報》「覺悟」。

26　張帆：〈三民主義文學的理論基礎〉（續），1930 年 10 月 29 日上海《民國日報》「覺悟」。

27　「覺悟」文學專刊上登載的文學作品主要有：寒梅的〈詩人之覺醒〉（獨幕劇，1930 年 9 月 10 日至 10 月 8 日連載），朱復鈞的〈古小五〉（小說，1930 年 10 月 15 日），朱公樸的〈星夜〉（獨幕劇，1930 年 7 月 23 日），殷夢萍、朱白萍的〈夜之歌〉（獨幕劇，1930 年 8 月 20 日）。

28　上海《民國日報》「覺悟」副刊一向以黨國思想文化的重要宣傳陣地自居，但是頗具諷刺性的是，同時期的民族主義文藝陣營中人卻把它與鴛蝴派的《申報》副刊「快活林」、「自由談」以及蘇鳳主編的鴛蝴氣較濃的上海《民國日報》副刊「閒話」相提並論，認為這些報屁股把文壇搞得烏煙瘴氣，要「救救文藝，……對於這些屁，是應該不再讓他存在了，正如要掃滅梅毒，非得注射六〇六不可」。見 1930 年 7 月 27 日《前鋒週報》第六期《談鋒‧六〇六》。

29　刊登於 1930 年 7 月 23 日上海《民國日報》「覺悟」。

30　見 1930 年 7 月 14、15、16 日《中央日報》所登之廣告「三民主義文藝的第一部創作：杜鵑啼倦柳花飛」。

31　同上。

32　《流沙》創刊號（1928 年 3 月）「前言」。

33　三如：〈什麼叫無產階級文學？〉，上海《民國日報》1930 年 8 月 20 日「覺悟」副刊。

34　寒：〈杜鵑啼倦柳花飛〉，1930 年 7 月 30 日上海《民國日報》「覺悟」；楊企雲：〈杜鵑啼倦柳花飛〉，1930 年 8 月 9 日《申報‧本埠增刊》「書報介紹」。

35　〈審查全國報紙雜誌刊物總報告（十九年七八九月份）〉，國民黨中央執行委員會宣傳部編印。

36　據稱「〈參商兩星〉仍以革命為經，戀愛為緯」，與〈杜鵑啼倦柳花飛〉不同的是，《杜》表現的是男女主人公之間的新舊之爭，

《參》表現的則是「新與新之爭」。「該書結局在故事上為悲劇，在力量上仍屬積極。全書近十萬字」。見 1930 年 8 月 20 日上海《民國日報》「覺悟」〈文壇消息〉。

37 梁實秋：〈論思想統一〉，1929 年 5 月 10 日《新月》2 卷 3 號。

38 關於蘇聯文化體制的沿革和文學創作生產的演變，參見：馬龍閃《蘇聯文化體制沿革史》，北京，中國社會科學出版社，1996；舍舒科夫《蘇聯二十年代文學鬥爭史實》，上海譯文出版社，1994。

39 雖然這種憑藉國家暴力機器來推行的對文學的宰制很難擴及純粹個人性的文學創作，但是文學作品倘若失去了最低限量的讀者，其影響和意義也就微乎其微了。在某些極端的情況下，即使是純粹個人性的創作也會因為無孔不入的監視機制而遭到干涉乃至強行的取締和懲罰。

40 周佛吸：〈倡導三民主義的文學〉，《中央日報》「大道」副刊，1929 年 9 月 29 日，10 月 1、2 日。

41 葉楚傖：〈三民主義的文藝底創造〉，上海《民國日報》1930 年 1 月 1 日；劉蘆隱：〈三民主義的文藝之意義〉，上海《民國日報》1930 年 7 月 9 日。

42 見 1930 年 8 月 20 日上海《民國日報》「覺悟」〈文壇消息〉。

43 關於俄羅斯思想傳統中的彌賽亞情結和千年王國說，可參見別爾嘉耶夫：《俄羅斯思想》，北京：三聯出版社，1995。

44 當然，馬雅可夫斯基和勃洛克等人在其後也經歷了懷疑、破滅和絕望的精神歷程，但他們精神上的崩潰似乎更多地是因為看到了現實與理想目標之間的巨大差距，而那些神聖而抽象的價值理念對於他們仍然具有相當大的吸引力。

45 對意識形態這一概念的闡述有很多種，每一種說法都不盡相同。此處關於意識形態概念的論述，基本上采自愛德華·希爾斯（Edward Shils）為《國際社會科學百科全書》（*International Encyclopedia of Social Science*）所撰寫的精審而詳盡的條目「意識形態的概念和作用」。希爾斯對意識形態概念的界定要比通常所說的意識形態範圍稍狹小些。關於意識形態概念的論述，還可參見：《布萊克維爾政治學百科全書》，第 345-347 頁；特里·伊格爾頓（Terry Eagleton）：〈意識形態〉，《歷史中的政治、哲學、愛欲》，北京：中國社會科學出版社，1999，第 78-101 頁；路易·阿爾都塞（Louis Althusser）：〈意識形態和意識形態國家機器〉，《外國電影理論文選》，上海文藝出版社，1995，第 616-665 頁；馬克思、恩格斯：〈德意志意識形態〉，《馬克思恩格斯選集》第 1 卷，北京：人民

出版社；卡爾‧曼海姆（Karl Mannheim）《意識形態與烏托邦》
（*Ideology and Utopia*）Trans. by Louis Wirth and Edward Shils, Harcourt,
Brace & Company, New York, 1940. 第 49-63, 173-184 頁；雷蒙德‧威
廉斯（Raymond Williams）《關鍵詞》（*Keywords*），Fontana/Croom
Helm, seventh, 1981. 第 126-130 頁；西摩‧馬丁‧李普塞特（Seymour
Martin Lipset）《一致與衝突》，上海人民出版社，1995，第 96-132
頁。需要指出的是，在馬克思和恩格斯那裡，意識形態這個概念帶
有強烈的貶意，它被認為在本質上是一種「虛假意識」，而曼海姆、
希爾斯等人則秉承韋伯「價值中立」的社會學研究原則，把「意識
形態」納入知識社會學的研究視野之中，視其為一套在文化構造中
發揮重要作用的符號系統，對意識形態展開分析，目的是要考察它
與現實政治及社會行動之間的複雜的相互作用關係。阿爾都塞更是
強調意識形態不僅僅是一套完整的觀念體系，它還是一整套實踐體
系，意識形態通過意識形態國家機器的運作，把個體「詢喚」為主
體，從而使我們內化一種壓迫「法則」，由此建構起我們的主體性。
我是在後兩種意義上使用「意識形態」這一概念的，並力圖站在知
識社會學的立場上來展開相關的分析。

46　奇理斯瑪（chrisma）是韋伯提出的概念，用來指稱某類卓異人物的
人格特徵。韋伯認為，奇理斯瑪人物「是在精神、物質、經濟、倫
理、宗教或政治的危難時期湧現出來的天生的領袖，他們既非掌權
者，也非現今所謂的具備專業知識並為報酬而工作的固定『職業』
者。這些生於危難之秋的天生的領袖，在身體和精神上都擁有非凡
的稟賦，這種稟賦通常被認為是超自然的，並不是每個人都能獲得
的」。《韋伯社會學文選》（*From Max Weber: Essays in Sociology*），
Trans. by H. H. Gerth and C. Wright Mills, Oxford University Press, New York,
1946. 245-248。還可參見蘇國勳：《理性化及其限制》，上海人民
出版社，1988，第 194-198，204-210 頁。

47　事實上，意識形態企圖全面改造社會的想法是不可能實現的，即便
是在其信奉者執掌政權之後，也無法實現這一目的。其原因首先在
於一般群眾和以前的舊的主流價值觀念之間的聯繫非常堅固，意識
形態精英所能利用的資源不足以徹底割斷這種聯繫，況且他們所能
監視和控制的範圍也畢竟有限。其次也是更為重要的是，意識形態
的創始群體（primary group）的成員在掌權之後會逐漸喪失原先的意
識形態激情，而墮落到他們先前所激烈反對的舊的價值觀念的羅網
中。因此，隨著時間的消逝，舊的主流價值觀念便又改頭換面、堂
而皇之地捲土重來。

48　一般認為，「意識形態就是權力的迫切需要所產生或扭曲了的一種
思想形式。……（它）是種種話語策略，對統治權力會感到難堪的
現實予以移置、重鑄、或欺騙性的解說，為統治權力的自我合法化
不遺餘力。」（特里‧伊格爾頓：〈意識形態〉，《歷史中的政治、
哲學、愛欲》，第 86 頁）雷蒙德‧威廉斯在《關鍵詞》中指出，中

立意義上的意識形態是與科學對立區別的，即意識形態是幻想的或者說是完全抽象的思想，它遮蔽了真實的存在。意識形態與科學的區分實際上是從恩格斯的有關論述中發展而來的，恩格斯認為，一旦人們認識到他們真實的生活狀況並由此而認識到他們的真正動力，意識形態就會宣告終結，此後人們就會獲得科學的意識，因為那時他們將接觸到真實。（見《關鍵詞》第 129 頁）對於意識形態的這種理解儘管因其過於強調意識形態乃是具有欺騙性的「虛假意識」而對其作為物質存在的一面重視不夠而遭到一些意識形態理論家的詬病，但它仍然是最能為人們所接受的一種解釋。

49 特里·伊格爾頓：〈意識形態〉，《歷史中的政治、哲學、愛欲》，第 94 頁。

50 《孫中山全集》第八卷，第 572 頁。

51 史扶鄰指出，孫中山在組織革命的方法上的一個重要特點便是「調和各種不同的、相互排斥的因素」，以此來控制各種不同的社會集團，樹立自己的領導權威。（《孫中山與中國革命的起源》，北京：中國社會科學出版社，1981，第 304-305 頁）在我看來，孫中山在三民主義理論的建構上也鮮明地體現了這種試圖調和各種相互矛盾的因素的方法論特點。

52 韋慕廷在其資料詳贍的《孫中山——壯志未酬的愛國者》一書中把孫中山描繪成一個不切實際的夢想家。有趣的是，在 1920 年代初期，共產國際遠東局也根據維金斯基等人的報告，認為孫中山是不管用的夢想家，因而轉向支持吳佩孚的北洋政府。見：〈馬林赴華回憶錄〉，《「一大」前後》（二），北京，人民出版社，1980，第 569 頁；向青等主編《蘇聯與中國革命》，北京：中央編譯出版社，1994，第 40-41 頁。

53 關於國民黨內部的派系鬥爭，可參見：郭緒印主編《國民黨派系鬥爭史》，上海人民出版社，1992；田宏懋：〈1928-1937 年國民黨派系政治闡釋〉，《國外中國近代史研究》第 24 輯，北京：中國社會科學出版社，1994。

54 孫中山辭世後，國民黨內對三民主義的闡述和發揮主要沿著兩個方向進行：以戴季陶和蔣介石為代表的國民黨右派著重強調三民主義和中國傳統思想特別是儒家道統之間的聯繫，聲稱「中山先生的思想，完全是中國的正統思想，就是繼承堯舜以至孔孟中絕的仁義道德的思想」，是「中絕的中國道德文化的復活」（戴季陶：〈孫文主義之哲學的基礎〉），並進而把孫中山捧為「孔子以後，中國道德文化上繼往開來的大聖」（戴季陶：〈民生哲學系統表說明〉）。而以鄧演達為代表的國民黨左派則竭力發揮三民主義中和社會主義相接近的一面，主張要發動群眾，推進民族、民權、民生三大革命，建立以工農為中心的「平民政權」，最終走向社會主義。

在這左、右兩極之間，還有胡漢民的粵系，汪精衛、陳公博為首的改組派，以及以周佛海、薩孟武為核心的《新生命》派等。在上述各派中，戴季陶主義的影響最大，它構成了南京政府官方意識形態的主要基礎。需要指出的是，所有這些理論家或派別都沒能把孫中山的三民主義煉鑄成能用來有效地解釋當下社會現實的精密的理論體系。不僅如此，黨內的理論紛爭反而極大地暴露了三民主義自身粗疏混亂的理論缺陷，從而削弱了三民主義作為一種思想意識形態的權威性。關於 1925 年後國民黨內各派對三民主義的理論闡述和發揮，可參見賀淵：《三民主義與中國政治》，第 129-212 頁。

55　《孫中山全集》第九卷，第 355 頁。

56　孫中山決定聯俄容共，除了因為思想上的共鳴外，更多地是出於現實政治的需要。陳炯明的反戈以向，南方政府在國際上所處的孤立無援的境地，尤其是其瀕於崩潰的財政狀況，使得頻送秋波的蘇俄成了孫中山唯一可以依賴的力量。而容共則是為取得蘇俄的經濟和軍事援助而付出的必要的代價。這方面可參看韋慕廷的《孫中山——壯志未酬的愛國者》，廣州：中山大學出版社，1986；陳福霖：〈國共合作以外：孫中山與香港〉，《國外中國近代史研究》第五輯，北京：中國社會科學出版社，1983。

57　《孫中山全集》第九卷，第 324 頁。

58　關於這個問題可參看 Jurgen Domes：〈中國的現代化與民主主義〉（China's Modernization and the Doctrine of Democracy），見：鄭竹園編（Chu-yuan Cheng）《現代世界中的孫文學說》（Sun Yat-sen's Doctrine in the Modern World），Westview Press, Boulder & London, 1989. 209。
羅勒夫（Roelofs, H. Mark）把民主分為兩種，即自由主義的民主和社會革命的民主。前者以英美為代表，它把個體的獨立和自由看作是最為重要的價值，認為最好的政府管理方式便是最大限度地放鬆對人民的約束，讓每一個人自由地去獲得其自身的道德價值。在自由主義民主那裡，社會和國家被認為是必然會侵害個人的自由權益的否定性因素，因此它強調必須通過包括代議制在內的一整套制度來限制國家權力的過度膨脹。社會革命民主始源於法國大革命，而以蘇俄、中國、古巴等國為代表。自由主義民主強調所有人都擁有不容侵犯的天賦權利，而政府的首要職責便是確保每一個人都能擁有這些權利，與此相反，社會革命民主則激烈地強調社會的總體需要，因此「人民」、「社會」、「國家」、「民族」等總體性概念常常被置於突出的重要地位。與此相應的是，這種民主理念極其強調政治領導的絕對尊崇的地位，秉持這種民主理念的政治精英常常以特選者自居，認為自己經過特殊的鍛煉，充滿著超乎尋常的獻身精神，因而能夠代表人民的意志和利益，也應該得到人民的信賴。（The Language of Modern Politics: An Introduction to the Study of Government.

The Dorsey Press, Illinois, 1967，第 188-201 頁）孫中山顯然是更多地受到了後一種民主理念的影響，而不是他自稱的以及通常所認為的那樣，是英美民主的信奉者。

59　《孫中山全集》第九卷，第 281-282 頁。

60　這是就民族國家建設這一角度而言的。現代中國的首要任務一直是建設現代民族國家，在國家以及相應的各方面制度尚未建樹之前，個體基本上是游離於社會和國家之外的，是難以控制的非國民。這種狀況也就是近代以來包括梁啟超、孫中山等人在內的許多人所指出的中國的「一盤散沙」的狀況。

61　實際上孫中山所說的中國人的自由並不是真正的自由。現代意義上的自由是在履行國民的基本責任的前提下由制度加以保護的個人選擇和行動的自決權，傳統中國人那種化外之民式的自在是不能和現代意義上的自由相提並論的。

62　和意識形態相比，綱領往往只專注於某些較為特殊的、分散的對象領域，而不尋求包括政治、經濟、文化等各個領域在內的整個社會的全盤性改造，因此，綱領總是不徹底的，它易於和主流價值體系達成妥協。

63　孫中山的大同思想來源於儒家傳統思想學說，其所受的直接的影響則來自康有為。關於這一方面，可參見余英時：〈孫文學說與中國傳統文化〉（Sun Yat-sen's Doctrine and Traditional Chinese Culture），鄭竹園編《現代世界中的孫文學說》，第 86-91 頁。

64　三民主義的政治動員力基本上來自其民族主義的一面，應該承認，在 1920 年代和 1930 年代初，它還能獲得民眾的部分認同。但在 1930 年代中期以後，隨著民族主義情緒的日益高漲，特別是在中國共產黨改變了戰略之後，它在更為激進也更為徹底的共產主義化的民族主義的比照下，便顯得過於迂緩保守了。國民黨的失勢與此不無關係。

65　《孫中山全集》第九卷，532 頁。

66　同上注。

67　孫中山認為西方的文化是「霸道」文化，它注重物質，講究功利，而且好以武力壓迫別人；東方文化為「王道」的文化，崇尚仁義道德，愛好和平。因而東方文化比西方文化更具生命力，能夠引導人類共同走向大同。見〈對神戶商業會議所等團體的演說〉，《孫中山全集》第十一卷，第 401-409 頁。

68　國民黨的中堅力量基本上是這一批出身於晚清學堂的軍人和知識份

子，像蔣介石、汪精衛、胡漢民、葉楚傖等國民黨高層領導都有此背景，這些人雖然也接受了西方現代文明的影響，但在骨子裡卻仍然眷戀著中國的傳統道德文化。

69　孫中山對五四新文化運動基本上持消極的態度。雖然他在知識背景和生活習性上都深受西方的影響，但他似乎更傾慕於中國的傳統文明。新文化運動對中國傳統文化的全盤性批判和否定，使他感到極為焦慮。他批評道：「一般醉心新文化的人，便排斥舊道德，以為有了新文化，便可以不要舊道德。不知道我們固有的東西，如果是好的，當然是要保存，不好的才可以放棄」。（《孫中山全集》第九卷，第 243 頁）他也不贊成五四運動所取的激進的戰鬥性姿態，他對帝國主義列強的態度始終很矛盾，這是因為一方面他認識到中國要實現現代化，必須得到列強的支持，特別是大量的資金的輸入，因此不願意持和列強徹底決裂的敵對立場；另一方面是他向來對其稱之為「暴民行動」的遊行示威、罷工、罷課和聯合抵制沒有好感，在 1923 年接見全國學生總會代表時，他仍然表示「學生們枝枝節節的去鬧外交，在我早已知其無謂」。（《孫中山年譜長編》下冊，第 1657 頁）只是在看到五四運動所爆發出的巨大的動員民眾的力量時，孫中山才有保留地改變了態度，同新文化運動的倡導者們言歸於好，稱讚新文化運動「實為最有價值之事」，並決心利用學生和知識份子的民族主義激情來實現自己的政治目的。關於這個問題，可參看史扶鄰：《孫中山：勉為其難的革命家》，第 172-174 頁。

70　三民主義儘管有其保守的一面，但它與通常所說的保守主義思想又相距甚遠。保守主義思想的精髓在於它堅信人類的生存以緊張狀態為其特性，政治活動可以使之緩和，但決不可能使之完全消除。在和激進主義學說作比較時，保守主義的特性表現得最為顯著：激進主義認為邪惡和苦難的主要原因並非埋藏於人類生活的本質之中，而是源於不合理的社會結構和制度。因此，可以考慮通過對社會結構和制度的徹底變革來消除邪惡和苦難的根源，從而解放全人類。而保守主義則相信邪惡和苦難是人類生存所無法擺脫的，明智的做法不在於用宏大的烏托邦方案去試圖一勞永逸地解決，而在於以溫和的措施去抑制和減少其影響，因此保守主義在政治上維護有限政治，以調和、平衡和節制為其內容。具體而言，保守主義有下述五項特徵：（1）抵拒變化，（2）尊崇傳統，對人類理性持不信任的態度，（3）拒絕運用政府之力來改進人類狀況，認為政府活動有另外之目的，（4）偏愛個人自由，但又樂意限制自由以維護傳統價值，（5）反對平等主義，對人類本性抱不信任態度。不難看出，三民主義與通常意義上的保守主義思想之間僅有部分的相同，在對人性的基本估價、對人類社會發展前景的展望以及對政治在其間所能起到的作用的估價等方面，三民主義更接近於激進主義思想。三民主義是激進主義和保守主義的奇特的混雜物，最激進的革命理念和文化價值上的極端保守態度統統摻雜在一塊，這使得三民主義的面目極為模糊，很難單一地判定其為保守主義抑或激進主義。以前，

學術界一般認為國民黨是一個保守主義占思想上風的政黨，其思想意識形態是與五四以來的新文化相悖的一股保守逆流，這種看法似乎有失簡單，國民黨的所謂保守主義其實際情狀要遠比我們先前所想像的複雜。

關於保守主義思想的論述，可參見：Lyman Tower Sargent, *Contemporary Political Ideologies*, 91-101；Schwartz Benjamin I. "Notes On Conservatism in General and in China in Particular". *The Limits of Change*, 3-21；Kenneth R. Hoover, Conservatism, *Encyclopedia of Government and Politics, Vol.1*, 139-154, 弗里德利希·馮·哈耶克：《自由秩序原理》下冊，187-206 頁。

71 張大明：《不滅的火種——左翼文學論》，成都：四川文藝出版社，1992，第 271 頁。

72 秋士：〈告研究文學的青年〉，1923 年 11 月 17 日《中國青年》第 5 期。

73 關於這些共產黨人文學觀的具體論述，參見張大明：《不滅的火種——左翼文學論》，第 24-30 頁。

74 蔣光慈：〈關於革命文學〉，1928 年 2 月 1 日《太陽月刊》2 月號。

75 東方：〈我們的文藝運動〉，上海《民國日報》「覺悟」副刊，1930 年 5 月 21、28 日，6 月 18 日。

76 文學上的反個人主義實際上反映了整個社會思潮的轉向。到了 1920 年代，五四時期提出的個性解放已讓位於社會革命，當時的知識界普遍認為個人的解放必須以整個社會的政治制度和經濟制度的革命為前提，所以個人主義作為一種價值理念越來越受到批評和質疑。個人主義之所以沒能在現代中國扎下根來，在我看來主要有以下兩方面的原因：一是中國文化思想中缺少可供個人主義滋長的養料，中國文化中從來沒有類似於西方的天賦人權觀念和社會契約說，它強調的是「公」，而不是「私」，是「群」，而不是「己」，中國文化追求的最高境界是統一和融合，這落實到個體生命，即是個體與文化傳統以及天道的融合無間。相應的文化資源的匱乏，使得個人主義不容易被國人所接受，個人主義所包含的責任倫理的精義，在現代中國似乎沒有得到充分的認識，因此個人主義往往被錯誤地等同於自私自利而遭到排拒。二是近代以來愈演愈烈的民族主義抑制了個人主義的自由生長，從梁啟超開始，西方的個人主義即被看作是種群圖強的有效手段；五四新文化運動儘管揭舉「天賦人權」的旗幟，提倡個人的本位主義，但其思想的推動力仍然來自於民族主義。因此，新文化運動倡導者中以陳獨秀為代表的激進的一翼，不久即轉向社會主義，自此社會革命取代個性解放而佔據了優先考慮的地位。陳獨秀們還不遺餘力地批判了當時也打著個人主義旗號且頗具影響的無政府主義，認為無政府主義是中國思想中以老子為

代表的虛無主義在現代中國的復活。個人主義被與無政府主義、虛
無主義混為一談，其形象受到了嚴重損傷，這也是個人主義未能在
現代中國扎下根來的一個原因。1920 年代的反個人主義基本上出自
於日益強烈的民族主義要求，它對個人主義的價值內涵和理論前提
缺少認真的探討和清理，因此這種批判實際上不具有充分的理論說
服力。

77　忻啟介：〈無產階級藝術論〉，1928 年 5 月 1 日《流沙》半月刊第
　　4 期，轉引自《「革命文學」論爭資料選編》，北京：人民文學出
　　版社，1981，第 379 頁。

78　茅盾：〈從牯嶺到東京〉，《「革命文學」論爭資料選編》，第
　　690-691 頁。

79　魯迅：〈文藝與革命〉，《「革命文學」論爭資料選編》，第 328
　　頁。

80　冰禪：〈革命文學問題〉，《「革命文學」論爭資料選編》，第 333
　　頁。

81　甘人：〈拉雜一篇答李初梨君〉，《「革命文學」論爭資料選
　　編》，第 406 頁。

82　冰禪：〈革命文學問題〉，《「革命文學」論爭資料選編》，第 333
　　頁。

83　馬星野：〈略談三民主義文藝〉，《民族文藝論文集》，杭州正中
　　書局印行，1934；上海書店重印，1984，第 142-143 頁。

84　王通權：〈讀〈略談三民主義文藝〉以後〉，《民族文藝論文
　　集》，第 150-152 頁。

85　馬星野：〈再談三民主義文藝〉，《民族文藝論文集》，第 171 頁。

86　東方：〈我們的文藝運動〉，上海《民國日報》「覺悟」副刊，
　　1930 年 5 月 21、28 日，6 月 18 日。

87　真珍：〈大共鳴的發端〉，1930 年 5 月 14 日上海《民國日報》「覺
　　悟」。

88　梁實秋：〈文學是有階級性的嗎？〉，《新月》月刊 2 卷 6、7 合
　　刊。

89　梁實秋：〈論思想統一〉，《新月》月刊 2 卷 3 號。

90　梁實秋：〈羅素論思想自由〉，《新月》月刊 1 卷 11 號。

91　梁實秋：〈羅素論思想自由〉，《新月》月刊 1 卷 11 號。。

92　關於「宣傳」的概念及其歷史演變，參看：Bruce. L. Smith, "Propa-
　　ganda", *International Encyclopedia of the Social Science*, Vol.12。

93　列寧：〈為共產國際第二次代表大會準備的文件〉，《列寧全集》
　　第 39 卷，第 199 頁。

94　列寧：〈社會民主黨在民主革命中的兩種策略〉，《列寧全集》第
　　2 卷，第 2 頁。列寧對宣傳工作的論述，集中見於 1929 年出版的小
　　冊子《宣傳與鼓動》。列寧對宣傳和鼓動作了區分：宣傳是從哲學、
　　歷史和科學中理智地援用一些觀點來影響少數受過教育、具有理性
　　思考能力的人；而鼓動則是用情感化的口號、伊索式的寓言以及半
　　真半假的陳述來影響那些沒有受過教育或只是接受過粗淺教育因而
　　缺乏理性思考能力的人。但無論是宣傳還是鼓動，實際上都是借助
　　於一些象徵符號來進行的，而符號的力量來自其強勁的暗示與誘惑
　　力，它在接受者身上激發的是情感的風暴，而非理性的思索。試圖
　　從接受對象上來區分宣傳和鼓動，也缺乏足夠的說服力。一個人所
　　受的教育程度和他的理性思考傾向之間，並無必然的聯繫。正如我
　　們常常見到的，一些受過高等教育、有一定社會地位的人，也常常
　　對諸如「烏托邦神話」、「伊索式的寓言」以及早年經驗的「非理
　　性殘餘」，比之清醒的分析性的陳述更具熱情。列寧對宣傳和鼓動
　　的區分不過是給宣傳抹上了一層真誠、理智的虛假色彩罷了。從他
　　的具體行文來看，他對這兩個概念的區分並沒有給予過多的強調，
　　他看重的是它們所能取得的效果，而從效果上來說，宣傳和鼓動是
　　完全可以不分彼此的。

95　孫中山：〈革命成功全靠宣傳主義〉，《孫中山選集》下冊，第 492
　　頁。

96　孫中山：〈黨員應協同軍隊來奮鬥〉，《孫中山選集》下冊，第
　　489、487 頁。

97　同上注。

98　1923 年 12 月 30 日，孫中山在廣州對國民黨員的演說中明確指出：
　　「這次國民黨改組，變更奮鬥的方法，注重宣傳，不注重軍事。」
　　（轉引自《孫中山年譜長編》下冊，北京：中華書局，1991，第
　　1780 頁）改組後的國民黨在中央設立了宣傳部，並且先後開辦了宣
　　傳講習所和農民運動講習所，積極培養深入社會底層的宣傳鼓動人
　　員。

99　美國政治學家阿爾蒙德和小鮑威爾認為，政治發展就是政治體制對
　　其社會和國際環境的變化作出的反應，特別是對國家構成、民族構
　　成、政治參與和權力分配等的挑戰作出的反應，他們提出政治發展

的三項標準是結構的分化、分支體制的自主性和文化的世俗化。白魯恂在 1965 年相當全面地羅列了政治發展這個概念包含的十個含義：（1）經濟發展的政治前提；（2）代表工業社會的政治；（3）政治現代化；（4）民族國家的運轉方式；（5）行政和法律的發展；（6）大規模的群眾動員和群眾參與；（7）民主建設；（8）穩定和有秩序的變化；（9）動員與權力；（10）社會變化多方位過程中的一個方面。一般認為政治發展是一個包含了多種不同過程的綜合概念。雖然亨廷頓強調必須把政治發展和政治現代化區別開來，可大多數政治學家仍然傾向於把這兩者等同起來。事實上，政治發展這個概念也正是在討論現代化的一般過程時提出的，它所涉及到的問題面和政治現代化在很大程度上是重合的。關於政治發展的討論，參看 JamesA. Bill Robert L. Hardgrave, Jr. *Comparative Politics: The Quest for Theory*, Charles E. Merrill Publishing Company, Ohio, 1973. 66-83.

100　在「小説界革命」之前，一些西方傳教士像傅蘭雅、林樂知等，就已提倡「時新小説」，號召以小説來革除舊弊，感化民眾，林樂知甚至認為文學乃興國的根本之策：「有教化者必興，無文學者國必敗」。梁啟超「欲新一國之民，不可不新一國之小説」的觀點，顯然是脱胎於此。關於傳教士的文學主張，可參見陳伯海、袁進主編：《上海近代文學史》，上海人民出版社，1993，第 29-38 頁。

101　魯迅：〈文化偏至論〉，《魯迅全集》第 1 卷，第 56-57 頁。

102　陳獨秀在〈新教育是什麼？〉一文中指出：「要想改革社會，非從社會一般制度上著想不可，增加一兩個善的分子，不能夠使社會變為善良；除去一兩個惡的分子，也不能夠使社會變不惡。」個人是由社會所支配的，如果不徹底從制度上變革社會，個人的幸福和自由是不可能完全實現的。見《獨秀文存》，合肥：安徽人民出版社，1987，第 377-378 頁。

103　哈耶克對極權主義制度下宣傳作用的論述，見《通往奴役之路》第十一章「真理的終結」，北京：中國社會科學出版社，1997，第 146-158 頁。

104　霍克海默、阿多爾諾對宣傳的論述，見《啟蒙辯證法》，渠敬東、曹衛東譯，上海人民出版社，2006，第 238 頁。

第二章
在民族主義的旗幟下
——1930 年代初期的民族主義文學社團

第一節 上海:「前鋒社」

　　幾乎是在上海《民國日報》「覺悟」文學專刊開張的同時,群集在上海的另一批國民黨文人也在緊鑼密鼓地籌組一個文學社團,以對抗剛剛成立不久的中國左翼作家聯盟。1930 年 6 月 1 日,一群自稱為「中國民族主義文藝運動者」的文人在上海結集,宣告成立上海「前鋒社」,並發表了〈民族主義文藝運動宣言〉,正式提倡民族主義文藝。

　　「前鋒社」的組建,迎合了國民黨統制文藝的需要。1930 年代初,左翼普羅文學勢力的迅速膨脹尤其是左聯的成立,使國民黨深感威脅;事實上,從 1920 年代後期開始,左翼普羅文學就以其頗具煽惑力的作品消解了國民黨的意識形態,在某種程度上也搖動了國民黨統治的合法性基礎。這種局面引起了國民黨文人的普遍憂慮,因此,1930 年代初期湧現出來的國民黨文學社團和刊物,不論是直接秉承官方旨意的,還是自發創建的,都不約而同地把左翼普羅文學當作頭號敵人。「前鋒社」自然也不例外。〈民族主義文藝運動宣言〉劈首即指出「中國的文藝界近來深深地陷入於畸形的病態的發展進程

中」，一方面是「一切殘餘的封建思想，仍在那裡無形地支配一切」，另一方面也是更為嚴重的是，「那自命左翼的所謂無產階級的文藝運動」在極力鼓吹將藝術呈獻給血腥的階級鬥爭，以所謂的「無產階級在這黑暗的階級社會『中世紀』裡面所感覺的感覺為內容」，從而加速了文壇的分裂和混亂，使得「今日中國的新文壇藝壇上滿呈著零碎的殘局，……文藝的中心意識遂致不能形成」，「其結果將致我們的新文藝運動永無發揮之日，而陷於必然的傾圮」。[1] 民族主義文藝就是針對這種紛亂擾攘的局面而出世的，其任務即在為文藝樹立一個正確的中心意識，即民族主義。

在《前鋒週報》第十期的〈編輯室談話〉裡，民族主義文藝的這一層用意表露得更加分明。這篇文章認為，中國文壇現下的紛歧錯雜的現象是最可痛心的事，「封建思想，頹廢思想，出世思想，仍是烏煙瘴氣的彌漫著；而所謂左翼作家大聯盟，更是甘心出賣民族，秉承著蘇俄的文化委員會的指揮，懷著陰謀想攫取文藝為蘇俄犧牲中國的工具，致使偉大作品之無從產生，正確理論之被抹殺；作家之被包圍，被排斥；青年之受迷蒙，受欺騙；一切都失了正確的出路：在蘇俄陰謀的圈套下亂轉。這些，無一不斷送我們的文藝，犧牲我們的民族。在這現象下，我們實在不忍再坐視了，而危急的環境也絕對不容我們再坐視了。因此，便齊集於民族主義文藝運動的旗幟下，而負起突破中國文壇當前的危機的任務；同時，更進一層，完成民族主義文藝的使命」，即在文藝上「為民族而呼喊，為民族而盡力」。[2] 可見「前鋒社」確實是為滿足國民黨政治上反共的需要而成立的，其矛頭所向主要的還是左翼普羅文學。對這一點，「前鋒社」似乎並不想多加掩飾，朱應鵬[3]在回答《文

藝新聞》社記者的提問時，就婉轉地說到：倡導三民主義文藝
的中國文藝社「是由於黨的文藝政策所決定的，而所謂黨的文
藝政策，又是由於共產黨有文藝政策而來的；假如共黨沒有文
藝政策，國民黨也許就沒有文藝政策」。[4] 朱應鵬雖然沒有明
說「前鋒社」是否和中國文藝社路線一致，但其言外之意是不
言而喻的。

　　「前鋒社」被視爲有官方背景的文學社團，不只是因爲其
鮮明的意識形態立場，更主要的還在於其骨幹成員的官方身
份。「前鋒社」的領袖人物是范爭波和朱應鵬，范爭波是國民
黨上海市黨部執行委員會委員、上海警備司令部的偵緝處長；
[5] 朱應鵬的正式身份雖是《申報》資深編輯，但他又是國民黨
上海市黨部監察委員會委員。除范、朱兩人之外，「前鋒社」
的另外一些成員如李翼之、方光明等也都有國民黨的背景。正
是由於其成員較顯眼的政治身份，「前鋒社」在當時被認爲是
官方一手策劃、拼湊而成的文學社團，[6] 魯迅更是尖刻地稱之
爲「上海灘上久已沉沉浮浮的流屍」的「堆積」，它所提倡的
民族主義文學是爲「流氓政治」盡「寵犬」之職分的「流屍文
學」。[7]

　　當然，「前鋒社」的面目也並非那麼單一，它儘管得到了
國民黨一些官方機構的讚賞和支持，[8] 但畢竟是以民間文學社
團的身份出現的，其成員也並非都是清一色的「黨內同志」。
[9] 除了范爭波、朱應鵬等人擁有公開的官方身份外，「前鋒社」
中也有不少人是沒有多少官方背景的文藝界人士，比如傅彥長
當時是同濟大學教授，[10] 與他身份相近的還有汪倜然、葉秋原、
陳穆如、陳抱一、李金髮等人。後來成爲「前鋒社」紅人的黃
震遐當時也不過是國民黨軍隊裡一個極普通的下級軍官[11]。「前

鋒社」中最活躍的恐怕還得數一幫尚在大學讀書或是剛剛走出校門的文學青年，他們中除了王鐵華、湯增敭、黃奐若、鄒枋等「草野社」成員外，風頭較勁的還有徐蘇靈、張季平、湯冰若等。就「前鋒社」的整個陣容看，其隊伍構成面還不算狹窄單一，既有立場鮮明、態度強硬的國民黨官員和文化人，又有像傅彥長等思想較溫和、但又傾向於民族主義的文化界人士，還吸引了一批血氣方剛、思想激進的文學青年。「前鋒社」能夠形成一個較具影響的文學社團，一方面是因為它所提出的民族主義口號在當時確實有一定的市場，能夠得到一些知識份子的同情，另一方面也和朱應鵬、范爭波等人的領導有方不無關係。朱、范兩人不同於一般的國民黨官員，他們確實愛好文藝，而且從他們所發表的作品看，他們的文藝修養也不算太壞，更重要的是他們與上海文藝界有較廣泛的聯繫，這就和《民國日報》「覺悟」文學專刊形成了鮮明的對照。「覺悟」文學專刊和上海文學藝術界基本上沒有接觸，它只是一幫國民黨宣傳官員在那裡關起門來自說自話，被人冷落也是情理中事。「前鋒社」則要聰明得多，這首先體現在它打出了「民族主義文藝」這樣一個黨派政治色彩不算太刺眼的旗號，因而能夠包容更多的人加入進來，其次它也很注重拉攏中間派文化人和青年學生，因此能夠比較快地擴充隊伍，其實力自然也要遠比「覺悟」文學專刊強。

　　「前鋒社」能較快地打開影響，主要還是得力於它創辦的幾份刊物。「前鋒社」剛成立，就於 6 月 22 日正式推出了《前鋒週報》。《前鋒週報》是一份十六開四版的小報，由李錦軒負責編輯，上海光明出版部出版，每逢星期日出刊。《前鋒週報》的主要撰稿人有范爭波、李錦軒、朱大心、李翼之、方光

明、張季平、易康、湯冰若、雷盛、襄華、蕭葭、魏緒民等，
[12]他們都是「前鋒社」中的鷹派，態度更加偏激、強硬，因此，
從文風上看，《前鋒週報》要遠比稍後面世的《前鋒月刊》和
《現代文學評論》銳利、兇悍。

　　《前鋒週報》上的文章主要有以下幾類：一是闡發民族主
義「精義」和民族主義文藝理論的文章，如雷盛的〈民族主義
的文藝〉（第 1 期）、方光明的〈苦難時代所要求的文藝〉
（第3期）、朱大心的〈民族主義文藝的使命〉（第5、6期）、
葉秋原的〈民族主義文藝之理論的基礎〉（第8、9、10期）、
襄華的〈民族主義的文藝批評論〉（第 11、12、13 期）、張季
平的〈民族主義文藝的題材問題〉（第16期）、湯冰若的〈民
族主義的詩歌論〉（第 17 至 20 期）等。二是文藝創作，主要
是詩歌和短篇小說。詩歌僅有少數幾篇，最具代表性的是朱大
心的〈劃清了陣線〉（第 2 期），在這首詩裡，作者宣稱要和
「馬克思列寧的養子們」「劃清了陣線」，「起來作戰」，
「刀對刀／劍對劍」。小說方面，最突出的作家是李翼之，主
要作品有〈白馬山〉（第7期）、〈異國的青年〉（第8期）、
〈到武漢〉（第 12、13 期）和〈胭脂馬〉（第 22 期）。三是
「談鋒」欄裡的精短雜文，它們大都出自李錦軒的手筆，文字
犀利、悍狠，其鋒芒所向，主要還是普羅文學和左翼作家。遭
到批評的左聯作家有魯迅、錢杏邨、田漢、馮乃超等，連已赴
日本的郭沫若也未能倖免於外。此外，國粹派和商業化的文學
也是「談鋒」批判的對象。值得注意的是，一些國民黨內的文
學刊物和陣地，比如上海《民國日報》「覺悟」文學專刊和
《長風》半月刊，也遭到了嚴厲的批評。「談鋒」可說是《前
鋒週報》的特色所在，其形式和風格對其他民族主義文藝刊物

影響較大，像稍後出現的《開展》月刊的「開展線下」和《矛盾》月刊的「矛盾陣營」，就都沿襲了「談鋒」的形式和風格。

《前鋒週報》創刊後雖然產生了一定影響，但其容量畢竟有限，無法刊載較長篇幅的論文和創作。鑑於此，「前鋒社」又於同年 10 月 10 日推出了大型綜合類文藝刊物《前鋒月刊》。[13]《前鋒月刊》由朱應鵬和傅彥長負責編輯，上海現代書局出版發行，[14] 至次年 4 月停刊爲止，共出七期。《前鋒月刊》出版後，「前鋒社」對旗下兩份刊物作了分工：《前鋒週報》「專刊短篇的文字，以文藝方面爲範圍」，《前鋒月刊》則「刊登長篇的文字，除了文藝之外，還要刊登關於民族運動及社會科學等各種文字」。[15]

《前鋒月刊》的內容要遠比《前鋒週報》豐富。論文方面，除了繼續闡發民族主義的中心意識外，[16] 還增添了一些介紹世界各國的民族運動和民族文藝的文章，比如鄭行巽的〈最近印度民族革命運動〉（第 1 期），柯蓬洲的〈安南民族獨立運動的過去與現在〉（第 1 期），易康的〈黑人詩歌中民族意識之表現〉（第 1 期）、〈新興民族的民族運動與文學〉（第 2 期）和〈黑人民族運動之鳥瞰〉（第 3 期）等。社會科學方面的論文則相形較少，僅有百川的〈少數民族問題研究〉（第 2 期）、鄭行巽的〈剩餘價值論評的發端〉（第 3、4 期）、楊公達的〈傾銷與商戰論〉（第 6 期）等不多的幾篇。外國文學作品的翻譯和介紹是《前鋒月刊》很注重的一個方面，翻譯上偏重於選擇諸如保加利亞、亞美尼亞、猶太等弱小民族的文學作品。此外，也有選擇地翻譯了一些「帝國主義國家」的作家的能反映民族意識的作品，比如莫泊桑的〈朱龍老丈〉（第 4

期）和〈一場決鬥〉（第 7 期），法國作家羅蒂的長篇〈北京的末日〉（第 2 至 6 期連載）。

《前鋒月刊》上最具影響份量也最重的還得數創作，代表之作便是遭到左聯猛烈攻擊的〈隴海線上〉、〈黃人之血〉和〈國門之戰〉。除此三篇外，較值得注意的作品還有：心因的〈野玫瑰〉（第 1 期），易康的〈勝利的死〉（第 1 期）和〈陰謀〉（第 4 期），李贊華的〈變動〉（第 2 期）和〈矛盾〉（第 4 期），徐蘇靈的〈朝鮮男女〉（第 4 期）和〈三里廟的黃昏〉（第 5 期），萬國安的〈剎那的革命〉（第 5 期）和〈準備〉（第 7 期），以及范爭波的連載小說〈秀兒〉。這些作品雖然多數在藝術上還嫌粗糙，但在民族主義文學陣營裡，確實算得上是較好的作品了。事實上，「前鋒社」能夠在文壇產生一定影響，[17] 多半要歸功於這批作品。

《現代文學評論》是繼《前鋒月刊》而起的「前鋒社」的又一份重要刊物，它創刊於 1931 年 4 月 10 日，由李贊華主編，現代書局出版發行。在「前鋒社」的幾份刊物中，《現代文學評論》的民族主義氣味最爲淡薄，看上去更像是一份中間派的純文學刊物。給《現代文學評論》撰稿的，除了「前鋒社」成員外，還有王平陵、潘子農、向培良、楊昌溪、賀玉波等其他的國民黨文學社團中人，趙景深、謝六逸、朱湘、馬彥祥、張資平、錢歌川等中間派作家也都曾爲其寫過稿。讓人感到意外的是，郁達夫、葉靈鳳、周毓英、周揚、陳子展、何家槐、孫席珍等左聯作家竟然也會在《現代文學評論》上頻頻露面。之所以會出現這種奇怪的現象，一方面或許是因爲「前鋒社」迫於現代書局的要求而不得不稍稍收斂其咄咄逼人的「前鋒氣」，另一方面恐怕也是「前鋒社」有意識地想拉攏左翼作

家，分化左聯作家隊伍。[18]

　　《現代文學評論》上正面鼓吹民族主義文藝的文章數量很少，比較引人注目的是創刊號上的兩篇文章——范爭波的〈民國十九年中國文壇之回顧〉和張季平的〈中國普羅文學的總結〉；除此之外，僅有幾篇評介文章尚能看出民族主義文藝的立場。總的來說，《現代文學評論》的態度比較溫和，它似乎更注重介紹世界各國文學的現狀和發展趨向，翻譯和評論外國文學作品，當然，它所選擇的外國文學作家和作品的範圍也和《前鋒月刊》相仿，即偏重於紹介弱小民族和國家的作家作品；藝術水準很高的名家名作則相對較少。

　　創作是《現代文學評論》的另一重頭，較有特色的是詩歌。在上面發表作品較多的詩人有孫俍工、邵冠華、丁丁、顧詩靈、湯增敭、虞岫雲等。孫俍工被稱爲與黃震遐並列的民族主義詩歌的兩大詩人，其主要作品——四幕詩劇〈理想之光〉就是在《現代文學評論》上連載發表的（未刊完）。邵冠華等人的詩作各有其特點，但除了個別作品外，大多數都是發抒青春的苦悶和憂傷，和民族主義文藝似乎並無太大的聯繫。《現代文學評論》上發表的小說絕大多數是短篇，其取材範圍頗爲廣泛，既有寫「共匪」作亂致使百姓流離失所的（李贊華的〈飄搖〉和陳穆如的〈急轉〉），也有寫城鄉下層民眾的淒苦生活、風格頗似普羅文學的（林枝女士的〈出路〉、周樂山的〈褪了紅的襯衣〉），還有一些則是寫青年的愛戀生活的，比如周樂山的〈他人婦〉和謝晨光的〈鄉間所做的夢〉。這些作品中，除了李贊華的幾個短篇技巧較圓熟，尚有可觀之處外，多數都還嫌粗糙，藝術上值得稱道之處不多。

　　《現代文學評論》儘管已經放下「前鋒」的姿態，面目也

較爲和善，但處境卻還是很不妙，第一卷的三期尚能按期出版，以後則每期都必延期，以至不得不每兩期合併出版。所以，《現代文學評論》雖說共出了七期，但實際上卻只出了五次。在 1931 年 10 月 20 日的 2 卷 3 期和 3 卷 1 期合刊出版後，終於只得宣告停刊。

　　除了上述三種期刊外，朱應鵬編輯的《申報》「本報增刊」上的三個副刊——「書報介紹」、「藝術界」和「青年園地」——也是「前鋒社」的重要陣地。「藝術界」側重於刊登闡發民族主義文藝理論、介紹世界各國的民族運動和民族文藝的文章，「書報介紹」專門介紹「前鋒社」以及其他民族主義文學社團的刊物及其作品，「青年園地」則多半發一些青年學生附和、讚揚民族主義文藝運動的來稿。其中「書報介紹」尤其值得注意，幾乎是在每一期《前鋒週報》和《前鋒月刊》出版前，「書報介紹」上都會登出預告，簡要介紹其主要內容。此外還有大量的批評文章，是對「前鋒社」的兩份刊物上發表的重要論文和作品進行大肆吹捧的。「書報介紹」還很注意介紹其他的民族主義文學刊物，被專文紹介的有《草野週刊》、《時代青年》、《長風》（半月刊）、《文藝月刊》、《開展》月刊、《青燈》、《電影雜誌》「民族主義電影運動專號」、《初陽旬刊》、《青萍月刊》、《當代文藝》、《星期文藝》等，這幾乎囊括了前期民族主義文藝運動中所有比較重要的文學刊物。「書報介紹」對其他民族主義文藝刊物基本上都是讚譽有加，這就和《前鋒週報》截然不同。比如《前鋒週報》曾嚴厲地批評過《長風》（半月刊），認爲其專論部分只是「雖不爲民族主義努力，亦不反對民族主義而已」，創作則「既有哥哥妹妹的戀愛，又有哎哎喲喲的感傷，更有幽幽雅雅的閒

暇，還有 A 縣 B 村的歐化」，對徐慶譽拉徐志摩、李青崖等名人作招牌尤為不滿，認為他「大概只專於小學方面」，對於主義「恐怕還有點朦朧不專之處罷」，最後還開導徐不要「羊頭狗肉的藉著什麼專家名家而走上反動的路上去」。[19]「書報介紹」則對「以介紹世界學術及發揚民族精神為目的」的《長風》（半月刊）稱讚不已，言其「專論」欄內「都是精密之巨作」，其「思想的統一、把握著民族的中心意識」更是「必然的而毋庸贅述」。[20]「書報介紹」這種較寬厚的態度顯然要比《前鋒週報》聰明，這有利於民族主義文學社團之間的團結。《申報》是一份影響很大的老牌大報，「前鋒社」能夠在上面擁有一塊地盤，對於擴大自身的影響顯然大有幫助。

從 1930 年 10 月《前鋒月刊》創刊到次年 3、4 月間，是「前鋒社」最為風光的時期，在此期間，不僅《前鋒月刊》在文壇造成了一定影響，而且還有一些文學社團紛紛投身於民族主義文藝運動，一時之間民族主義文學儼然形成了一股勢力。然而好景不長，《前鋒月刊》停刊後，「前鋒社」便迅速地走上了下坡路。此時，雖然還有《前鋒週報》和《現代文學評論》在苦苦支撐，但畢竟已是近黃昏了。[21]

「前鋒社」之所以能夠造成一定的聲勢，也部分地得力於圍繞在其周圍的其他一些文學社團及刊物，其中最主要的就是「草野社」。「草野社」成立於 1929 年 5 月 1 日，四位創辦人——宋鴻銘、周沛生、郭蘭馨和金寬生，都是上海正風文科大學國學系學生。宋、周二人後轉到持志大學肄業，因興趣關係，很早就脫離了「草野社」，郭則一直到《草野週刊》出至 2 卷末期才漸漸疏遠。在郭退出後，王鐵華、湯增敭、黃枀若、鄒枋先後加入，王在東吳大學法科讀法政，湯、黃、鄒三人均

系復旦大學學生。[22]「草野社」的出版物計有《草野週刊》、《草野年刊》和「草野叢書」等數種，[23] 其中影響最大的無疑要數《草野週刊》。《草野週刊》創刊於 1929 年 5 月 4 日，據言其第一卷和第二卷因各個作者「思想不統一」、「站於各個立場上表現自己」，所以內容「沒有一貫性」，思想上不免給人紛亂的印象，「不能顯示出草野整個的中心」。[24] 從 1930 年 7 月 26 日 3 卷 1 號起，《草野週刊》實行革新，正式宣告投身於民族主義文藝運動。在「革新號」上，《草野週刊》的編者宣稱今後要「極端地使它（即《草野週刊》——引者注）有一貫的統一性，確定中心的思想，這當然是民族主義的中心思想，對於畸形的、病態的文藝是加以不客氣的排斥」[25]。「草野社」的成員幾乎全都是尚未脫盡稚氣的大中學生，他們思想還沒有完全成熟，藝術修養也遠欠火候，所以《草野週刊》雖然號稱是「國內唯一的純文藝刊物」，[26] 其實是名實難符，更何況它畢竟只是一份單張的小報，不可能容納很多內容，所以儘管它小說、詩歌、散文、對話、隨筆、論文、批評乃至文壇消息等各體皆備，實際上卻還是偏重於詩歌。《草野週刊》上的詩歌因基本上出自青年學生之手，故而帶有青春期特有的粗豪躁厲之氣，詩的內容則多半是鼓動、號召青年人不惜犧牲血肉之軀，為民族而戰，用魯迅的話來說，在這些詩裡，我們所看見的是民族主義旗下的「小勇士們的憤激和絕望」。[27]《草野週刊》上的小說創作其主題也和詩歌率多類似，比如王啓懷的〈梁定遠〉講述的是「一個向上的青年」目睹內憂外患的時局，感到「生在這時代狂瀾下的我們，應當具有向上奮鬥的精神，我不入地獄，誰下地獄？我不負這個責任誰來負去？」於是便立志效班定遠投筆從戎的故事，離開大學，考入了軍官學

校，「要爲全中華民族的生存振興，在危困的環境中而掙扎奮鬥了」。[28]

　　據說《草野週刊》在青年學生中很受歡迎，「一般學生分子，差不多沒有一個不愛讀的，所以它的銷路是一期一期的增加」，[29] 這或許含有自我吹噓的成分，但有一點卻是可以肯定的，即《草野週刊》的讀者基本上都是在校的青年學生，憑著它那種風格，迷住一幫容易激動的青年學子，似乎也並非全無可能。[30]

　　「草野社」和「前鋒社」關係非常密切，「草野社」的核心人物王鐵華、湯增敭、黃奐若、鄒枋、宓羅等也是「前鋒社」中的活躍分子，經常在「前鋒社」的刊物上發表作品；而「前鋒社」對這幫「小勇士們」也是勤於提攜，在《申報‧本埠增刊》「書報介紹」上，除了《前鋒週報》和《前鋒月刊》外，介紹最多的就是數《草野週刊》了，而且對其評價之高竟不下於「前鋒社」自身的刊物。

　　和《草野週刊》性質相近的還有《時代青年》，它創刊於1930年8月6日，由時代青年社編輯出版，大光書店、現代書局總發行，各校門房及零售報販發售。《時代青年》因「內容具有民族主義的中心意識」，被稱爲是「突現於國內出版界唯一的青年讀物」。[31] 和《草野週刊》略爲不同的是，《時代青年》是一份綜合性的刊物，除了文藝創作和論評外，還登載政治等社會科學方面的論文。《時代青年》上的文藝創作，最搶眼的也還是「含有『力的美』的詩歌」，其特點與《草野週刊》上的詩作相似。[32]

　　「前鋒社」更有力的盟友恐怕還得數《當代文藝》月刊。[33] 它創刊於1931年1月15日，由陳穆如主編，上海神州國光

社印行。《當代文藝》的作者除趙景深、傅東華等少數幾位文藝界名人外，大多數是傾向於民族主義文藝的文學青年，最爲活躍的有「草野社」王、湯、鄒、黃四「虎將」及孫俍工、邵冠華、王墳、丁丁等，有這樣一幫人在舞台上，演什麼戲也就可想而知了。

　　《當代文藝》的「民族主義文學」傾向在其批評文章中表現得最爲明顯，其中給人印象較深的有陳穆如的〈中國今日之新興文學〉（創刊號）、狄克的〈一九三〇年中國文藝雜誌之回顧〉（創刊號）和朋淇的〈一九三〇年中國普羅詩歌批評〉（第 2 期）。陳穆如批評道：「所謂的新興文學（即無產階級文學——引者注）完全被一幫盲目的作者戴著新的面具借來宣傳他們的主義或受某一階級的利用——俄國共產主義的一種革命政策，一種企圖獲得政權的運動——絕不是大公無私，本著研究文藝的宗旨而提倡起來的」，普羅作家之所以會犯這種錯誤，「是因爲他們不明白文學的目的是什麼」。他認爲，「文學的目的，在以想像而連貫的事實，表現人生的眞理」，文學作品只要能反映出時代的精神，描繪出人生的眞諦，「什麼新興不新興，大衆不大衆，普羅不普羅，這是完全不成問題的。只要寫得深刻，能得到讀者的同情，便是文學。」狄克則逐一批評了《萌芽》、《拓荒者》、《現代小說》、《大衆文藝》等左翼文學刊物，指斥普羅文學「在文字上實在沒有一篇比較是精彩的，有價值的。使我們讀了，所得的印象只是感到那文字異常的淺薄，更說不上什麼藝術的表現，技巧的圓熟」，他特別稱讚了《前鋒週報》，認爲「它的篇幅雖小，內容卻極形精彩，無論是關於此項文藝的（指民族主義文藝——引者注）的論著，詩歌，創作，以及隨筆等，都另具有一種力量，含有

雄渾激昂的氣分，使讀者讀了會引起向上的進取的心」，《前鋒月刊》「每期所載的創作雖不多」，但像心因的〈野玫瑰〉和李贊華的〈變動〉，「都是表現得極精采之作」，黃震遐的詩也「具有雄渾的魄力，能促進讀者的奮進心」。狄克還肯定了《新月》、《新文藝》（施蟄存主編，水沫書店出版）等中間派文學刊物，認爲徐志摩的詩、沈從文和淩叔華的小說創作都有相當的水準，施蟄存和劉吶鷗的小說則是「一時不易多見」的「另有生面之作」；他還特別提到穆時英的〈咱們的世界〉，稱其雖然「在意識上是屬於普羅的，但在藝術上卻有獨特風格」，非《拓荒者》等可比。朋淇對普羅詩歌的批評更加嚴厲，他指稱普羅詩歌都是些粗暴、盲目的呼喊，沒有什麼藝術價值可言，他還歸納出普羅詩歌的兩個創作公式，即「失望＋詛咒＋空喊＝普羅詩歌」和「空喊＋空喊＋空喊＝普羅詩歌」，認爲前者「比較是具有相當的詩的成分了」，後者則毫無價值可言。在論及殷夫的詩時，他聲稱殷夫的詩只有一句是可取的，即「還有詩人像春天的狗」，由此他更斥罵普羅詩人「有似『春天的狗』在狂『叫』狂『跳』」，充滿了街頭，「因爲他們是，只要能夠寫幾句粗暴的標語，高呼幾句無意識的口號，就可以戴起詩人的桂冠」。

相比之下，《當代文藝》上的創作卻看不出有多鮮明的「民族主義文學」的色彩，其小說、詩歌和隨筆有不少是寫愛戀之情的，其「頹廢」的情調恐怕不亞於民族主義文藝運動者們所深惡痛疾的供「有閑階級」消遣的商業化文學刊物。

同一時期在上海出現的帶有國民黨黨派色彩的文學刊物還有《南風月刊》，它創刊於 1931 年 4 月 1 日，由上海光華書局印行。在當時，《南風月刊》也被一般人看作是民族主義文

學刊物，但就內容看，它事實上和民族主義文學並無緊密的關係，而且《申報》「書報介紹」也從未提到過它，可見「前鋒社」並沒有把它看作是民族主義文學旗下的「戰友」。《南風月刊》的主要編輯人是蔡步白，此人系國民黨上海市黨部宣傳部的官員，而且《南風月刊》的作者中有不少是南京方面的國民黨文人，比如周子亞、繆崇群就是南京「中國文藝社」的骨幹，息影也是南京《長風》（半月刊）的主要作者，這似乎表明《南風月刊》是中宣部線上的刊物，也惟其如此，「前鋒社」才會在「書報介紹」上絕口不提這份同在上海的「黨內同志」辦的文學刊物。《南風月刊》所持立場基本上與三民主義文學同調，理論主張較頑固、僵硬，缺乏「民族主義文學」那種靈活性，這在創刊號上就表現得極為明顯。《南風月刊》創刊號上的重頭文章是周子亞的〈中國新文藝的缺陷及今後的展望〉和饒谷亦的〈健全的革命論〉。周文指出，中國新文藝的缺陷在於只注重技巧而沒有思想，模仿的色彩太濃厚，而且取材也「太偏於個人的經驗之事」，感傷主義和個人主義過於濃厚；他還著重批評普羅文學是「顯斯底里亞的狂喊」，「把已經喧嘈的文壇，弄得更是烏煙瘴氣」，他最後提出「文藝應該站在大眾集團的觀念，寫出合於大眾集團之意識的文學，不單要素描被壓迫者受苦的外相，並且要進一步表現他內在的生命；從時代的底裡，找出精神底傷害」。相比之下，〈健全的革命論〉要拙劣得多，此文劈首就斷言「共產黨在我們中國所作所為，都是反革命，共產黨在我們中國就不應該存在，既不應該存在，我們就要秉著除奸務盡之旨，將它橫掃而空」。《南風月刊》上的創作也幾乎都是露骨的反共作品，蔣用宏的〈嫁妝〉（創刊號）就頗具代表性。這篇小說講的是：朱太太

的女兒馬上要結婚了，女婿是一個曾在「五卅」運動中斷指寫血書的大學生，就在這時，留在內地鄉下的女婿的全家卻被紅軍擄去，女婿籌集了兩萬元贖金匆忙趕回家營救，卻不料也被一併捉佳，「一個一個的剝皮」；沒隔幾天，滯留鄉下的朱太太的女兒也被紅軍輪奸致死，而朱太太卻還被蒙在鼓裡，成天樂呵呵地忙著爲女兒張羅嫁妝。〈嫁妝〉在《南風月刊》的創作中已算是比較「含蓄」的了，還有不少作品更是破口大罵共產黨「是吃人的猛獸，太古的洪水，……口口聲聲唱著解放工農，然而農工倒做了他們的戰具。他們革命在哪裡？不過留些燒、殺、奸、擄的慘狀，供人們灑淚！」（四幕劇〈祭品〉，載於創刊號）這樣粗劣的作品，其反共效果可想而知。所以，《南風月刊》僅僅出到第三期，便草草收場了。

第二節　南京：「中國文藝社」、《開展》、《流露》

幾乎是在「前鋒社」樹起民族主義文藝的大旗的同時，南京的文壇也頓形熱鬧起來，一些有國民黨背景的文學社團紛紛建立，並推出了自己的刊物，其中影響最大的是「中國文藝社」。

「中國文藝社」成立於 1930 年 7 月間，由國民黨中宣部直接領導，其骨幹成員有王平陵、左恭、鐘天心、繆崇群、周子亞等，出版刊物兩種，即《文藝月刊》和《文藝週刊》。前者創刊於 1930 年 8 月 15 日，每期容量達十五至二十萬字，是當時不多的幾種大型文學月刊之一，後者約創刊於 1930 年 9 月間，附於《中央日報》。「中國文藝社」既然歸中宣部領導，似乎應屬於三民主義文學的陣營，在當時也確有不少人這樣認爲，[34] 但事實上「中國文藝社」在其刊物上卻很少提及三民主

義文學，《文藝月刊》在創刊後的前兩年裡幾乎就從未正面提過三民主義文學。在徵求社員的啓事上，「中國文藝社」宣稱其宗旨是「站在革命的立場，發揚民族精神，介紹世界思潮，創造中國新文藝」；[35] 這就和民族主義文藝有點相近了。[36]

但是，「中國文藝社」和上海「前鋒社」畢竟不同。「前鋒社」更像是同人社團，黨派色彩要更濃厚一些，思想言論的立場也更鮮明。「中國文藝社」的面目則要模糊得多，它似乎是有意識地要淡化自己的黨派色彩，因此幾乎從不正面闡發其隱含的民族主義立場，只是從《文藝月刊》上時而發表的一些批評左翼普羅文學的文章，我們才能看出其背後的黨派立場。

《文藝月刊》的發刊詞〈達賴滿 DYNAMO 的聲音〉比較細緻地闡述了「中國文藝社」的文學主張。這篇文章的著力點主要還是在於反駁左翼普羅文學的階級論，它反復強調文藝是眞實人性的自然表現，文藝不過是「人性自發的最天眞的衝動，爲愉快而創造，爲創造而愉快」，文藝家「只是感覺到一個最深刻的印象，引起了極眞摯的同情，這同情好比是瀑泉一般的要自然的流走，像繁卉逢著夜雨一般的要自然的生長，一切都是聽之於自然罷了」，「文藝所要求的，是忠於人性的描寫，文藝家的修養，就在如何發揮眞實的人性，文藝家的責任，就在如何可以把這眞實的人性用純粹的藝術方式表現出來。」文藝家如果「默認自己爲某一階級而創作文藝」，那麼其作品「只不過是人類意識的複寫紙，巴黎臘人館裡像人的面具，就再也不會有一毫蘇蘇的生氣了，就再也不會得著全人類的同情了。」更嚴重的是這樣的作品還能導致階級意識「逐漸至於尖銳化」，滋長出階級之間的「無謂的仇恨」，互相「迴圈報復，變亂相循，必使人類一切的文明，完全瀕於絕滅的境

界」。針對當時普羅革命文學流行的描寫工廠、炭礦、牢獄、平民窟生活題材的風氣，該文認為「所謂革命與不革命反革命的文藝的區別」，不在於「慘苦的材料」、「呼打喊殺」「這些形式上的摹仿和捏造」，「只要是為著表示堅實的自信，為著暴露純潔的感動，為著宣洩大眾的憂鬱，為著鼓舞民族的自覺，並不勉強創造一種特殊的語句，去說明抽象的不可捉摸的夢境，不故意纏綿顛沛於消極的境遇裡，沉重地束縛住奔放的熱情，從怨苦，嫉恨，憤怒的意象上，找尋歌唱的材料。無論是描寫的什麼，無論你是用那種文藝的方式，誰能說這些不是文藝呢！」強調文藝是作家個人情感的自然宣洩，雖然可以在一定程度上反擊文藝的階級論，但同時也會不可避免地取消掉民族主義者對於文藝的目的和功能的規定。為了調和這一矛盾，該文聲稱，儘管文藝家是為了愉快而創造，「並不存心代表任何階級來說話」，但「任何階級的苦痛確是在文藝家那種明澈無塵的懸鏡裡映照出來；文藝家並不有意表現著什麼時代精神，而時代精神卻常常在文藝家真情的狂瀾裡沖蕩出來。」這也就是說文藝反映現實和時代精神無需作家的充分意識，作家只要表現自己的真情實感，也就真切地反映了現實和時代精神。仔細分析，可以發現這種論述實際上包含了一個奇怪的悖論，一方面它強調文藝不能屈服於任何外在的目的，尤其是不能充當階級鬥爭的工具，因而極力聲稱文藝只能是文藝家個人真實人性的自然表現；但另一方面，民族主義的論述本身又規定了文藝不能僅僅是個人情性的宣洩，它要求文藝必須致力於創建一個想像的共同體，使「大家走攏來些，手攜著手，肩並著肩，把自己最真實最寶貴的東西貢獻出來，為我們自己，為我們的民族，為我們的國家。」既要用文學的個人主體論打擊

文學的階級論，同時又要把這種主體論統攝到民族主義的論述之中，就只有把文藝家神秘化：「文藝家是時代的預言者」，「他具有純潔無邪的熱忱，超越一切的敏銳的感覺，透視一切的犀利的目光，熱烈的豐富的情緒和想像；他能夠深切的瞭解自己的痛苦，同時又最沉摯的憐憫社會的沉淪；……他能很清楚的看透了『現在』，最明顯的預測了『將來』」，文藝家的先知先覺使得他的個人情愫的發抒，本身即包含了時代精神，預示著前進的方向。在文藝家個人與時代、民族之間的這種勉強的鉤連，表面上是把文藝家重新放回主體的位置，但是這一主體實際上卻是預先設定的抽象主體，是社會現實、時代精神等宏大概念的人格化身，因而也是虛假的主體。我們可以把這一論述與郭沫若等人在革命文學論爭中的相關論述作一個比較。郭沫若們同樣認為文藝應該迴響時代的最強音，傳導革命的呼聲，並鼓吹文藝青年要當一個留聲機器，然而不同的是，他們卻十分強調必須「去我」，即剔除個人主義的意識形態。在他們看來，強調自我表現和描寫社會生活，都是以個人為中心的資產階級意識在作祟。「文學與其說它是自我的表現，毋寧說它是生活意志的要求。……與其說它是社會生活的表現，毋寧說它是反映階級的實踐。」[37] 文學作為組織社會生活的一種手段，應該是非個人、反個人的，創作主體應該完全客體化，成為時代聲音、階級意志的留聲機。但是這種表面上的去主體化實際上卻對主體提出了更高的要求，它要求主體必須努力獲得無產階級的階級意識，並把理論與實踐統一起來，在實踐活動中重新鑄造主體。[38] 我們由此看到，與革命文學論述試圖以否定的方式重造主體相反，〈達賴滿 DYNAMO 的聲音〉雖然表面上肯定了主體的作用，但是對主體的抽象設定卻在實

質上抽空了主體，所謂的主體情性的自然流淌，在某種意義上只是達賴滿（喇叭）的空洞迴響。

〈達賴滿 DYNAMO 的聲音〉對普羅革命文學論述的反駁是相當蒼白的，文藝是文藝家自我情性的自然表現，文藝要把捉現在，要發揚生命，要替陷於迷夢中的人們舉起智慧的火炬，這些論調實際上都是早期創造社的自我表現論和文學研究會的文學是爲人生、爲社會的觀點的並不很高明的摻和，由於缺乏內在統一的理論構造，這種支離破碎且不乏相互矛盾之疑點的論述自然難以擊破在理論起點上明顯要高出一籌的普羅革命文學論述。但是也不能因此而忽略這樣一種相對粗糙的論述在當時紛亂的話語空間中所能起到的作用。革命文學論述雖然有著強大的理論威力，但在一般知識份子圈中還不能取得壓倒一切的優勢，多數知識份子，包括新月派一流的資產階級自由知識份子和相當一部分爲人生的文學研究會作家，都還不同程度地執守著啓蒙的立場，用階級的觀念打量一切、規範文學是他們所無法接受的，個人、自我、人性等概念依然是構成他們思想觀念的核心，在這樣一種背景下，普遍人性和自我這些概念順理成章地被用來抵抗階級論。〈達賴滿 DYNAMO 的聲音〉顯然也是在這一思路上展開對普羅文學階級論的反駁的，也正因爲如此，它的聲音在當時還能得到一點回應，也有助於《文藝月刊》樹立其相對溫和的立場，拉到不少中間派作家的稿子。

《文藝月刊》上類似的批評文章還有王平陵的〈會見謝壽康先生的一點鐘〉（創刊號）、繆崇群的〈亭子間的話〉（1卷2期）、克川的〈十年來中國的文壇〉（1卷3期）等。〈會見謝壽康先生的一點鐘〉借謝壽康 [39] 之口宣稱「文藝是無階級

的，無國界的，不是代表某一時代的某一階級的留聲機」，
「現代中國文壇上，那些畸形的不成樣的東西」完全離開了現
實生活，「中國勞動界的痛苦，並不就是他們所描寫的那樣，
他們那樣虛無縹緲的理想，也絕不是中國勞動界所需要的東
西。」繆崇群的〈亭子間的話〉則借著引用李錦軒發表在《前
鋒週報》創刊號上的〈符咒與法師〉中的文字，暗中嘲諷了普
羅文學。克川的〈十年來中國的文壇〉批評蔣光慈、郭沫若、
洪靈菲、戴平萬等左翼作家的作品「不是個人主義的思想，便
是英雄崇拜，或者是放進了些感傷和悲觀的氣分。……即使在
技術方面，也是不大高明的東西。」

　　《文藝月刊》上眞正值得注意的批評文字是沈從文的兩篇
文章──〈現代中國文學的小感想〉（1 卷 5 期）和〈論中國
現代創作小說〉（2 卷 4 期，5、6 合期）。沈從文把革命文學
的興起與 1920 年代中期文學生產方式的變化結合起來加以考
察。他認爲從 1924 年起，隨著新文學中心由北平南移上海，
在出版業中「起了一種商業的競賣，一切趣味的附就，使中國
新的文學，與爲時稍前低級趣味的『海派文學』，有了許多混
淆的機會，因此影響創作方向與創作態度非常之大」。**40**1927
年後中國文學向「革命」的轉向，乃是因爲「日本人年來對這
文學新問題的興味」，而日文轉譯又尤爲方便，可以大量地生
產與介紹，逐「支配了許多人的興味」。**41**他譏誚已經「轉變」
了的上海作家「爲階級爭鬥的頑強」欲望其實是「轉販」而來
的：

　　　（他們）安居在上海一隅，坐在桌邊五十支燭光的電
　燈下，讀日本新興文學雜誌，來往租界乘電車或公共汽

車，無聊時就看看電影，工作便是寫值三元到五元一千字
的作品，送到所熟習的書鋪去。……（他們）讀高爾基，
或辛克萊，或其他作品，又看看雜誌上文壇消息，從那些
上面認識一切，使革命的意識從一個傳奇上培養，在一個
傳奇上生存。作者所謂覺悟了，便是模仿那粗暴，模仿那
憤怒，模仿那表示粗暴與憤怒的言語與動作，使一個全身
是農民的血的佃戶或軍人，以誇張的聲色，在作品中出
現，這便是革命文學所做到的事。又在另一方面，用一種
無賴的聲色，攻擊到另一群人，這成就便是文學家得意的
戰績，非常的功勳。……若是把所謂使一切動搖的希望，
求之於這類賢人，求之於這類文字，那只是一個奢侈的企
圖，一個不合事實的夢想罷了。[42]

他主張要「用我們『自己的言語』，說明我們『自己的欲
望』，以『平常的形式與讀者接近』」，而這卻決不是上海的
作家們所能辦得到的。他把希望寄託在一些經歷了內戰的無名
的年輕人身上，「他們看到一切殺戮爭奪的情形，聽到一切爆
裂哭喊的聲音，嗅到一切煙藥血腥的氣味，他們經驗這個人
生，活到過那個時代裡，才能說明那現象，以及從那現象中，
明白我們租界以外的人的愛憎和哀樂。」[43]

沈從文敏銳地抓到了 1920 年代中期尤其是 1927 年以後文
學生產的商業化對於創作風氣的塑造和影響，在文學革命時
期，「文學為主張而製作，卻沒有『行市』」，作家是憑著思
想解放與改造的「熱誠」而不是「物質的欲望」進行創作的，
可到 1928 年以後，情況似乎變化了，「一萬塊錢或三千塊錢，
由一個商人手中，分給作家們，便可以購一批戀愛的或革命的

創作小說，且同時就支配一種文學空氣」。[44] 很顯然，在文學的整個生產過程中，作家的角色和作用都發生了很大的變化。在五四文學運動中，作家不僅僅是業餘的寫作者，更重要的是他們還是文學生產的組織者，主要以同人性質的刊物為陣地實現其文學志業；而到 1920 年代中期以後，大量湧現的書店開始逐步取代作家作為文學生產組織者的地位，書店更多地是出於商業利潤的考量，來組織出版，引導和塑造讀者的文學趣味，而靠書店「吃飯穿衣」的職業作家的出現，表明作家在某種程度上已經淪為文學生產流程中的雇傭的角色。文學生產方式的這一變化對於創作自然會產生相當的影響。但是如果僅僅以此來解釋 1927 年以後革命普羅文學的迅速崛起和走紅，顯然是遠遠不夠的。歸根到底，是階級差異巨大的社會現實為普羅文學的產生提供了充分的生長空間和歷史合理性，而馬克思主義的傳播則使得知識份子得以突破五四時期過於籠統抽象的人道主義觀念，而採用階級論的觀點來重新打量、分析中國的社會現實。若是沒有深厚的現實土壤以及思想上的累積和突破，僅僅憑藉商業化的運作，普羅文學是決無可能在短時間內獲得那樣廣泛的共鳴的。沈從文的批評雖然不乏銳敏之處，但對普羅文學思潮得以產生的社會根源和思想脈絡疏於考察，因而不免失之於片面，而且在客觀上也容易被國民黨所利用。也許由於其反普羅文學的言論，又加上他頻頻在《文藝月刊》上發表作品，所以，在一段時間裡，沈從文竟然被看作是民族主義文藝的最有力的作家。[45]

　　《文藝月刊》意在辦成一份像《小說月報》那樣具有相當影響但又為國民黨所控制的文學刊物，就必須拉攏一批已成名的中間派作家為其寫稿，這樣才能在文壇站住腳跟。為此，

《文藝月刊》除了用優厚的稿酬來吸引作家外，在辦刊方針上，也儘量地弱化其黨派色彩，以消除中間派作家的畏懼心理。這一招確實收到了一定的成效，為其撰稿的作家面非常之廣，既有沈從文、梁實秋、陳夢家、方瑋德等新月派作家，也有袁牧之、馬彥祥等原南國社和摩登社的成員，還有巴金、卞之琳、戴望舒、金滿成、李青崖、施蟄存、石民等自由作家，一些左聯作家如何家槐、聶紺弩、魯彥等，也都曾在《文藝月刊》上發表過作品。[46] 因此，就《文藝月刊》的總體創作內容看，它基本上是屬於中間偏右的一份純文學刊物，其反共傾向遠不如同一時期的其他國民黨文學刊物鮮明。

由王平陵、繆崇群負責編輯的《文藝週刊》雖然也曾登載過葉楚傖、陳立夫等關於文藝的講話（〈葉楚傖先生的「藝術論」〉，1931 年 1 月 15 日；陳立夫講〈中國文藝復興運動〉，1931 年 2 月 19 日），以及諸如洪為法的〈普羅文學之崩潰〉（1931 年 2 月 26 日至 3 月 5 日）這樣的長篇批評，但此類文章數量較少，相反，倒是「中國文藝社」社員的一些與政治並無多少瓜葛的詩文擠掉了不少版面，這使得《文藝週刊》頗有些像是「中國文藝社」社員們的自家的遊藝園。

由於「中國文藝社」直接臣伏於中央宣傳部，而且其社員中有不少是中央黨政機構的官員，所以，它獲得的官方津貼也要比其他國民黨文學社團豐厚得多，[47] 這就為其開展活動提供了便利，《文藝月刊》能夠用優厚的稿酬來吸引中間作家，與此當然不無關係。「中國文藝社」還常常舉行各種活動，如組織社員聚餐、郊遊，有時還赴鎮江等周邊城市旅遊，這都是其他國民黨文學社團所望塵莫及的。最能體現「中國文藝社」之「豪侈」的是《茶花女》之公演。1931 年 6 月 13 至 15 日，

「中國文藝社」戲劇組公演《茶花女》，共耗費三千餘元，僅
演員在中央飯店的住宿費一項即達 450 元，被人譏諷說是打破
了「中國戲劇界之用錢記錄」。[48] 總的來看，「中國文藝社」
確實帶有較濃厚的「官氣」，然而也恰是這種「官氣」養成了
一種優遊從容的精神氣氛，所以「中國文藝社」儘管也嚴屬地
批評普羅文學，但也還不忘強調文藝「有它自己的世界」，甚
至還認為根據描寫的對象和材料來區別革命與不革命反革命的
文藝，「根本就沒有多大的關係」，「只要是為著表示堅實的
自信，為著暴露純潔的感動，為著宣洩大眾的憂鬱，為著鼓舞
民族的自覺，……無論是描寫的什麼，無論你是用那種文藝的
方式，誰能說這些不是文藝呢！」[49] 這種相對平和的觀點和態
度與其他國民黨文學社團的區別還是很明顯的。

　　「中國文藝社」的相對溫和的立場引起了其他一些國民黨
文學社團的不滿。「開展文藝社」的一位成員就批評「中國文
藝社」：「否認了文藝與時代的連繫而以極端模棱極端灰色的
態度，主張藝術至上主義者那種為藝術而藝術的論調」，從而
「十分頑固地將自己脫出了社會的核心，退落到時代的水平線
之最下層去了」。他們還批評《文藝月刊》不像個同人刊物，
拉攏幾個偶像作家裝幌子，社員的作品反而絕少，倒像是側重
於商業化的書局的刊物了。對「中國文藝社」的這種「沒
落」，他們深表惋惜，以為「以中國文藝社那樣完備的組織，
及其充足的財力，至少在南京的文壇上是應該開拓一點光榮的
歷史出來的」，然而它現在「給予大眾的一切實在是太少
了」，「這是很足以惋惜的缺憾！」[50]

　　「開展文藝社」是南京的另一個較重要的文學社團，最初
發起人是曹劍萍、翟開明、劉祖澄三人，[51] 不久潘子農、卜少

夫等相繼加入，「開展文藝社」的實力得到了增強。從 1930 年 11 月 15 日《開展》月刊上刊登的「開展文藝社」第一屆職員表名單看，其社員多半供職於南京各黨政部門，三位理事中，曹劍萍在南京市黨部秘書處工作，趙光濤是江蘇省立民眾教育館主任，潘子農估計也在南京某機構供職。[52] 幹事中也有數位來自黨政機構，如總務組幹事揚拔一來自中央黨部組織部，出版組幹事程景頤來自鐵道部，戲劇組幹事葉定來自南京市黨部。社員則除了南京本地，還散佈於上海、鎮江、杭州、寧波等地，其中較活躍的有王墳、[53] 婁子匡、[54] 王沉予、仇良燧、段夢暉等。

　　「開展文藝社」的定期出版物計有《開展》月刊、週刊及《青年文藝》三種，此外還有一種《民俗》週刊，由在杭州的鐘敬文、婁子匡等組織的民俗學會撰稿，「開展文藝社」負責編輯和出版。[55]《開展》月刊前七號由曹劍萍編輯，自第八號起，編輯事務改由潘子農、曹劍萍、翟開明三人共同負責，曹編論文與散文，潘編創作和譯作，翟編「開展線下」，[56] 實際上編輯大權已落到潘的手中。《開展》月刊編輯權的轉移引發了「開展文藝社」內部的矛盾，不久《開展》月刊便宣告停刊，「開展文藝社」也隨之解體。[57]《青年文藝》由曹劍萍主編，每週二借《中央日報》「青白」副刊的地盤出版，從 1931 年 4 月 28 日創刊至同年 9 月 22 日為止，共出 20 號。《青年文藝》自稱「取平和態度，公開主義」，[58] 但事實上，其民族主義文藝的立場還是很明顯的，只不過因篇幅所限，難以盡情「發力」而已。《開展》週刊附於南京《新京日報》出版，由卜少夫主編，「裡面全刊登一些短小精悍的創作，以及辛辣的隨筆」，[59] 後亦隨著「開展文藝社」的解體而告停刊，共出三

十餘期。

　　正如「開展文藝社」成員辛予所言，「開展文藝社」和「前鋒社」有極密切的聯繫，它「自發動以至最後瓦解的時候，……始終很勇敢地站在民族主義文藝底陣營中」[60]。在《開展》月刊的發刊詞〈開端〉裡，「開展文藝社」宣稱「民族主義文學以水到渠成之勢，無疑的成為支配中國文壇的一種新的勢力了」，「我們應該幫同來開展著，給中國的文學，開展一條新的路徑，建設起一種文學的革命的文學來」。[61]在民族主義文藝和三民主義文藝的論爭中，「開展文藝社」堅定地站在了民族主義文藝一邊，認為三民主義文藝雖與民族主義文藝「實出一轍，而旗幟之鮮明與堂皇，更非民族主義文藝所可並肩而語」，自然就更「容易被人淡焉而置之」。他們認為「三民主義文藝在文藝上不能單獨成為一個理論，只能是民族主義文藝內容的一大部分。我們要在文藝上表現三民主義，……是為了我們的民族」，而「為了民族」正是民族主義文藝理論的精義之一，所以三民主義文藝「到了今天，便應該是民族主義文藝的內容之一」。[62]「開展文藝社」的民族主義文藝立場甚至比「前鋒社」還要強硬，《開展》創刊號上的一篇重頭文章就聲稱：「在中國的現在狀況之下，只有民族的生活意識，而不許可有個人的生活意識」，文學應該「以指導和解決民族的物質生活為其外緣的意義的最高原則」。[63]「開展文藝社」的激進姿態尤其表現在它的極端嚴屬的批判立場上，它不僅猛烈而持續地攻擊普羅文學，而且也不忘批評《生活》這樣的雜誌，指責它把「一般血氣未定，認識力不堅」的青年男女引入了「不可救藥」的歧途，[64]甚至對國民黨的文學刊物，它也痛下針砭，指斥《流露》、《橄欖》、《呢喃》等刊物「篇幅甚

多而實是烏合之眾」，並進而指出「所謂南京的文藝界，原是幾個在社會上以及其他什麼界裡沒有地位的人，硬生生自己造起的一個廟宇」，「以求得一種可憐得很的自解自慰與自詡而已」，這批人「都在一步一步的向自以為是的幼稚與醜惡裡走去，同時還極力要將這種醜惡與幼稚像糞坑的臭氣一樣地表現於外」；[65] 對《中央日報》的副刊「青白」它也不依不饒，譏諷其「天天替大偉人鑄版登刊詩詞，……以遂其個人捧大卵泡之奸計」。[66]

「開展文藝社」的創作主要集中在《開展》月刊上，其主題內容絕大多數都是演繹民族主義的「精義」，即民族的生存和民族的利益是高於一切的首要目標。這方面最有代表性的作品是潘子農的〈決鬥〉（第 4 號）和〈她在跳躍著〉（第 6、7 號合刊）。前者講述的是日本某紗廠的工人為增加工資而罷工，起先日本工人還站在無產階級的共同立場上一起罷工，但在廠主利用民族意識的挑撥和煽動下，他們獨自復工了，這使中國工人的民族意識得到了覺醒，兩國工人之間遂爆發了一場聚鬥，至此，工人和資本家之間的鬥爭遂演變成了民族之間的鬥爭。在這一號的編輯後記裡，潘子農借此發揮道：「民族的爭執，是比階級的爭執來得切要，而且也就證明了階級意識，縱使共產黨把它叫喊得屬害，結果還是要給民族意識克服了的」。〈她在跳躍著〉的主題與此相仿，大學生執中出身貧寒，銀行家的女兒蓉仙卻深深地愛上了他。執中雖然覺得蓉仙各方面都挺好，可就因為她是資本家的女兒而不肯接受她的愛。執中後來遇見了一個日本女工，兩人常在一起大談階級鬥爭、階級意識一類的話題。有一次，報紙上登了一條日本水兵無故傷人的新聞，執中和日本女工都站在各自民族的立場上發

表看法，在大吵一場後，兩人不歡而散。執中由此猛醒到民族間的鬥爭要遠遠高於階級間的鬥爭，他最後接受了蓉仙的愛，並決心到蓉仙父親的銀行裡去做事。除了這類小說外，《開展》月刊也有一些作品描寫了底層民眾的不幸，劉祖澄的〈掙扎在泥淖裡的靈魂〉（第 8 號）和〈刹那的互惠〉（第 9 號）即描寫了「在麵包線下掙扎的人們的苦痛」，[67] 但這類作品數量較少，在《開展》月刊裡只能算是難得一見的異數。總的來說，《開展》月刊上的創作概念化的痕跡較露，藝術上成就不高。

　　《長風》半月刊是南京的另一份打著民族主義旗號的刊物。它創刊於 1930 年 8 月 15 日，由徐慶譽主編，南京時事月報社印刷發行。《長風》半月刊自稱其發行的動機是想從學術的立場來「整理紊亂頹廢的思想」，它負有兩個重大使命：一是介紹世界學術，二是發揚民族精神。[68]《長風》半月刊把學術看得很重，認為當今世界「生存競爭，愈演愈烈，競爭的武器，即是學術。有學術者生，無學術者死，學術進步者勝，學術幼稚者敗」，中國要想「取消次殖民地的徽號，一洗八十年來的奇恥大辱，除力謀學術發達外，旁的沒有辦法」。[69] 為此，《長風》半月刊特闢「專論」一欄，廣泛討論科學、教育、文化、政治乃至青年思想等方面的問題。《長風》半月刊所謂的民族精神，其內容偏重於傳統的道德文明，它聲稱「中國人的固有道德，如忠孝仁愛信義和平，是中國立國的基石，也是中國民族五千年綿延不絕的命脈」，[70] 其思想立場在民族主義文藝陣營中要算是比較保守的了。《長風》半月刊上的創作數量不多，內容多半是攻擊影射普羅文學，或是宣講民族主義的大道理；王墳的〈誘惑的掙脫〉（第 3 號）寫的是兩個文學青年去拜訪普羅文學家張叔子，他們沒想到張竟住在租界的洋房

裡，過著豪侈的生活。這使他們覺醒到普羅文學作家「是煽惑青年的狗賊」，他們「自己高踞在豐富的生活中，儘自去誘騙一班意志不強的青年人去上當」，從而意識到「要救目前的中國，民族文學是要提倡」。乒蘇的〈一條血路〉（第 2 期）講的是愛國青年 C 投筆從戎，在戰鬥中致殘，在給友人的遺書裡，他說出了自己的最終認識：「民族主義確是我們從戰爭中結晶出來的一條血路，——他便是全民眾全民族的生途」。《長風》半月刊在理論和創作兩方面都沒有大的建樹，在當時影響不大，它甚至還遭到了包括「前鋒社」在內的國民黨文學社團的批評，所以不久就默默而終了。[71]

和《長風》半月刊相比，《流露》持續的時間要長得多。「流露文藝社」是一群自稱「僅只知道哭的愚笨的小孩」[72] 組建的一個文學社團，主要成員有卓麟[73]、左漱心、曠夫、叔寒、掀波、程夢如等。在創辦《流露》月刊之前，這批人就已辦有一份名為《無定河邊》的小刊物，出版將近一年，至《流露》月刊創刊方告停。《流露》月刊創刊於 1930 年 6 月 1 日，它雖說是月刊，可實際上除了前兩期尚能按期出版外，幾乎是每期都要延期出版。從第 2 卷起，改為半月刊，自 3 卷 1 期（1933 年 3 月 1 日）起又恢復為月刊。[74]

思揚在〈南京通訊〉裡說「流露社」的「背景是陳立夫」[75]，但從《流露》的內容和傾向看，它和「前鋒社」及「開展文藝社」顯然有所不同。[76]「流露社」宣稱「文學是什麼，我們沒有什麼理論，我們只知道要哭，字裡面有我們真情的淚和聲音，便是文學，至少是我們自己的文學」，「我們要流露的是淚和聲的迸出」，「要儘量自由地哭」，倘若非要在文學上面加兩個字，那「我們的便是『哭的文學』」。[77] 這就在某種

程度上決定了《流露》的精神氣質。《流露》上有很多作品表現了青年人對現實世界的不滿以及由此而起的難以排遣的鬱悶和悲憤，吳茜的詩〈死去吧〉（創刊號）就這樣絕叫道：「如果你想生存在這醜惡的世上／首先你就要知道相殘相傷！／……在這廣大的野獸的戰場呀／殺人多者才能稱王！／……這叫你怎不悲歌哀傷？／這叫你怎不痛哭癲狂？／到你夢的天國去吧，／爲何還在這萬惡的人間散發流浪？!」類似的作品並不在少數。《流露》的編者也坦陳這種煩惱和苦悶是「（我們這些）年靑而有力的傢伙們」「共通的病症」，戀愛、「名利衣食的滿足，乃至革命，都不能減消這份苦悶」，於是，「大家都一致地覺得只有永久地流亡，不讓一刻兒的停留給予這不安靜的心。……永久地流亡到連自己也不知道的地方，甚至最好能離開這世界，到一個近乎夢幻的天國，那也許可以重新找到快樂而丟掉了苦悶」，但是這終究只是一個夢，所以，就只有「將生的一切一炬而盡。……酒，女人，一切，凡是可以燒毀生的一切的，我們都瘋狂地需求著它們」。[78] 這就難怪要被「開展文藝社」斥罵爲一幫「向自以爲是的幼稚與醜惡裡走去」的「烏合之衆」了。[79]

　　當然，《流露》也並不只會「哭」，「罵」和「叫」也是他們所拿手的。他們從來就沒有放鬆對普羅文學的批判，曠夫在其長篇論文〈普羅文學之批判〉（創刊號至 2 卷 2、3 號合刊連載，未完）裡就責罵普羅文學是「世紀末的殘忍的霸道的文學」，「使社會更烏煙瘴氣，人心更殘險惡烈，黑漆一團」。[80] 他們希望黨內同志在創作和理論方面都「築成堅固的壁壘，向反動的文藝撲攻」，「以文藝征服文藝」。[81] 但同時他們又意識到自身的無力，感歎道「所有反普羅的文字，那是多麼的

貧乏呵！縱有也不過是從所謂普羅文學家生活上說幾句，什麼住洋房子哪！什麼吃大餐哪！什麼上跳舞廳哪！什麼什麼都是一些眞正無產階級者絕對不能享受的生活，理由雖有，然而效力怕要少些」。[82]「流露社」雖然從來沒有正式提出民族主義文藝的口號，但它對民族主義文藝的主張顯然是贊同的。在《流露》月刊 1 卷 5 號的〈編者前言〉裡，「流露社」聲稱在現在之中國，「因著國際帝國主義的宰割，自然這被宰割的弱小民族的慘痛的呼聲，形成了劃時代的民族主義文學的陣營」，這實際上暗中認可了民族主義文學的重要價值。在 1 卷 6 號上署名「亞孟」的一篇文章裡，這種態度就更加明朗了。這篇文章稱「反普羅文學的戰線，因著時代的關係，現在漸次的在民族主義文藝運動中統一起來了」，並認爲「民族主義文藝的使命，在中國尤其重大，一方面是在發揚弱小民族的民族精神，同時在予以時代的認識」。[83]《流露》月刊上也有一些與民族主義文學同調的作品，比如夢如的〈戰場之上〉（1 卷 3、4 號合刊）寫的就是「革命軍人」「爲著求民族的生存，求社會的安寧，謀大家的福利」，在中原大戰的戰場上奮勇搏殺的故事。這一類型的作品在《流露》前兩卷裡並不算很多，只是從第三卷開始，才漸漸多了起來，但那已經是在 1933 年以後了。

第三節　杭州：從「初陽」到《黃鐘》

在上海、南京兩地掀起民族主義文藝運動的初潮之後，杭州西子湖畔也一改往日之岑寂，蕩起了民族主義文藝的波瀾。最早回應民族主義文藝之號角的是「初陽社」。大約在 1930 年 11 月中下旬，「初陽社」推出了《初陽旬刊》。[84]《初陽旬

刊》的「發刊詞」追溯了自鴉片戰爭以來中國文學的發展軌
跡，得出了如下結論，即「民族文藝的興衰，是與民族意識的
盛替，民族國家的成敗互爲因果的」，而在眼下之中國，在政
治上「促進民族國家的統一與建立」，是時代的要求，在文藝
上相應的就是民族主義文藝的勃興。它宣稱「中國現代的中心
文學，是民族主義的文學。它的使命，是喚起民族意識，促進
民族發皇，發揚民族的奮鬥精神」。「發刊詞」還尖銳地批評
了普羅文藝論者，認爲「他們不幸秉承了民族性中頹廢的不長
進的遺傳，忘記了自己的民族，看不見自己民族的特質，做了
異族的留聲機，硬要毀滅了自己民族的一切，竟自瀆的反時代
而任時代的巨輪碾死了自己的生命，反民族而在民族的唾沫中
淹沒了自己的靈魂」。[85]《初陽旬刊》創刊不久，「前鋒社」
就在《申報・本埠增刊》「書報介紹」上作了熱烈的介紹，肯
定了它對民族主義文藝運動的正確認識及積極的態度，但對其
創作實績卻不甚滿意，認爲其內容還不夠充實，特別是詩歌尙
缺乏「詩的情操」和「美的條件」。[86]「前鋒社」尙如此評價，
想必其創作確實比較幼稚。

　　比《初陽旬刊》稍後面世的還有《靑萍月刊》，[87]它大約
創刊於 1931 年初。在《靑萍月刊》的發刊詞《我們的開端》
裡，「靑萍社」的一幫年輕人驕傲地聲稱「我們抓住了時代，
這時代在我們的生命的節奏上占著很重要的一段」，他們的任
務就是要「平凡地記錄」這個時代裡的「平凡的故事」，「同
時，把內心的美妙的顏色顯示出來，作我們靈魂生存上的一個
紀念」。[88]能夠表現《靑萍月刊》的民族主義文藝傾向的是創
刊號上的論文〈民族性文學與人生〉，該文認爲「現在是二十
世紀了，我們應負起這時代所需要的文學——民族主義文學

——底使命」。[89] 因見不到《青萍月刊》原刊，我們無法得知其實際創作面貌究竟如何，但即便僅從其創刊號的篇目 [90] 也能看出，「青萍社」實際上和民族主義文藝的要求之間尚有一段距離，至少是不像「前鋒社」所說的那樣合拍。

《初陽旬刊》和《青萍月刊》估計延續的時間都不長，[91] 因此無論在時間、規模上還是在影響上都遠遠不能和《黃鐘》相比。《黃鐘》創刊於 1932 年 10 月 3 日，原為週刊，從創刊號到第 17 號，隨杭州《民國日報》附送，17 號起單獨發行，[92] 21 號後改為半月刊，[93] 並一直出到抗戰爆發前夕。《黃鐘》是國民黨浙江省黨部直接策劃領導的雜誌，創辦者胡巘子（即胡健中）是國民黨浙江省黨部委員，前期編輯馮白樺和接編者陳大慈 [94] 也都是國民黨黨內文藝積極分子。《黃鐘》的作者基本上都是在杭州的文藝界人士，如陳大慈是杭州《東南日報》「沙發」文藝副刊的編輯，李朴園和林文錚是杭州中國藝術學院的教授，其他如劉延陵、王夫凡、孫福熙、鐘敬文、郁達夫、許尚由、汪錫鵬、盛明若、程一戎等人也多數是住在杭州的文藝界名流。單從這樣一份作者名單，就可以知道《黃鐘》與《初陽旬刊》和《青萍月刊》這樣的主要以學生為主幹的雜誌有多大區別了。《黃鐘》雖然也以鼓吹民族主義文藝為己任，但既然要拉名流的稿子以裝飾門面，自然就無法完全做到圍繞民族主義文藝來組稿了。從《黃鐘》的用稿來看，內容緊貼民族主義文藝題旨的文章基本上都出自編者以及在國民黨內任職的官員之手，而象郁達夫、鐘敬文、孫福熙等人雖然被列入「執筆者」並偶爾有文章發表，但其內容卻基本上與民族主義文藝無關。來稿的多元化決定了《黃鐘》在整體立場上遠不如稍前的上海「前鋒社」以及南京的「開展文藝社」等來得激進。

作爲國民黨浙江省黨部苦心經營的一份文藝刊物，《黃鐘》被國民黨黨內同志認爲是「提倡民族主義文學甚力，是中華民族的忠實的懇摯的代言人！是這個偉大的悲劇的時代的聲訴者！是現代中國的最有意義的純文學刊物！」[95]因被認爲「內容充實，思想健全」，《黃鐘》甚至被國民黨浙江省黨部指定爲在校學生之「課餘補充讀物」。[96]1934 年上半年，在國民黨浙江省黨部宣傳部門的組織下，《黃鐘》與杭州《民國日報》聯合舉行浙江省中學生文藝競賽，在獲獎徵文中，竟有五篇論文是以「民族文藝」爲題，[97]這既暴露了國民黨浙江省黨部試圖借徵文競賽來爲民族主義文藝壯大聲勢的用意，另一方面也足以證明在一般人的心目中，《黃鐘》確實是一個不折不扣的民族主義文學刊物。

《黃鐘》非常重視民族主義文藝的理論探討，在數年時間裡先後發表了數十篇理論性文章，其中有 8 篇被收入 1934 年出版的《民族文藝論文集》，[98]入選論文數量在 1930 年代前期的民族主義文學社團中名列首位。在對「民族主義文學」的闡發上，《黃鐘》表現得相對溫和些，試圖使「民族主義文學」具有更大的包容性。柳絲在〈關於民族主義文學〉中就認爲，民族主義文學不能局限於「抗強扶弱」的主題，「抗強扶弱，這只是民族主義對外的方面」，自己內部的組織情況，尤其是「當前各項急需革除的不良現象」，也應該是民族主義文學加以檢討的對象。因此，民族主義固然要「以積極表現新理想的事物爲主體」，「同時仍得採用自然主義文學底方式」，「注意灰暗方面的描寫」。[99]柳絲甚至認爲「民族主義的文學，也並不限於宣揚民族主義，事事直接有益於民族的；只要於民族主義不相抵觸，於人生的實際有用，都可以算作廣義的民族主

義文學。」[100] 柳絲也許沒有想到，這種「廣義的民族主義文學」由於其幾乎無所不包，也就失去任何界定意義了。許尙由在〈民族主義的文學〉裡也強調民族主義文學不能只注重「積極地範示幾種理想化的模型人物」，要使「所範示的能夠發生實效，必先使用一番破除障礙的手段，這手段，就是消極的攻擊，暴露和諷刺的文學。」[101] 他認爲「凡是於民族有害的，如自私自利的個人主義，放浪無羈的自由空想，卑鄙齷齪的貪污行爲，老是無病呻吟，垂頭喪氣的頹廢態度，麻木不仁的生活情形和迷信固執的惡劣習俗，都具體地描寫出來，或者湊成一種典型，或者藉口議論，總之給人一種刺激，使人反省，有則改之，無則加勉。」[102] 強調民族主義文學必須擔負起諷刺和暴露生活中消極、灰暗的現象，這是民族主義文學在「前鋒社」瓦解之後提出的一個新的主張，它和 1934 年前後的社會政治環境是緊密相關的。

　　《黃鐘》還很重視探討民族主義文學與通俗文學之間的關係。許尙由認爲「民族主義文學應該是新的社會文學，它可以利用現成的民衆文學和固有的民俗文學」，[103] 而「民俗文學是平民的，是普遍的，重在社會現象和風俗習慣的描寫，和貴族文學、心境文學是相對立的」，「民族主義者利用文學來培養民衆，使民衆健全起來，所用的文學當然不能是貴族文學和心境文學，一定是民俗文學，爲著『普遍』和『深入』。因此，民俗文學原是民族主義文學的一種。民族主義者應該儘量創造民俗文學，在寫作時要注意民衆心理。」[104] 柳絲也同樣強調民族主義文學應該充分利用大衆文學，他認爲大衆文學和民族主義文學不是相互對立的，兩者都是以包括工農商學兵在內的民衆爲對象的。「民族主義者要達到自己的目的，其在文學上必

須具有三個條件：文字淺顯，題材普遍，技巧單純」，在這方面民族主義者可以借鑒、「利用一般的大衆文學」，甚至可以把大衆文學當作「民族主義文學的代用品」，當然，在此同時，民族主義者也要對大衆文學「隨時檢查，加以批評和指導」，但「不宜於用高壓力去任意禁止」。[105] 對通俗的大衆文學的重視表明民族主義者們已經意識到民族主義文學要能在普通民衆中產生影響，就必須走通俗文學的路子。柳絲就認爲民族主義文學「是要以能夠普及爲原則的」，它「要使得多數的民衆都能夠發生關係，才是眞正的民族主義文學。」由此他進而認爲小說在民族主義文學中應該佔據最高的地位，因爲小說和劇本相比，有多方面的便利，它的表現手法多樣，易於普及，而且所費甚少，小說諸體中也以短篇最妙，因爲在國難當頭之日，大家不可能有久長的時間來閱讀文學作品。[106]

此外，《黃鐘》還強調民族主義文學應該多多宣揚民族歷史上的英雄人物和光榮業績，以激發民氣。許尙由認爲，「積極的鼓勵的民族主義文學」可以「以歷史上的懷抱民族主義的英豪，和有益於民族的事物爲題材，具體地描寫成功史事，或者作成評傳」，同時他又指出，「這並非盲目地守舊，並非復古；以爲凡是固有的都保守起來就是民族主義，那是非常幼稚低能的。」[107] 我們知道，歷史在民族的想像建構中是至關重要的，Anthony Smith 就認爲形成民族認同的五個基本特徵之一就是「共同的神話和歷史記憶」，[108] 他指出：在族群團體在向民族建構的轉變過程中，爲了強化群體的凝聚力，一方面要提供群體成員自我認知的「地圖」，另一方面更要從族群的歷史記憶中發掘過往的英雄人物和光榮事蹟，作爲民族成員效仿師法的道德模範。這些「民族英雄」是否眞有其人，其事蹟是否確

切可考，這些都不重要，關鍵是他們必須被表述成民族精神的具體表徵，化身為忠誠、高貴與自我犧牲的偉大楷模，以便激發後代子孫仰慕追法、為民族奮鬥奉獻的信念與決心。[109] 早在晚清時期，中國知識份子便開始有意識地發掘岳飛、文天祥、史可法、鄭成功等抗禦外侮的民族英雄以及張騫、班超、鄭和等開疆拓域、宣揚國威的豪傑之士的事蹟，通過編織一個「民族英雄的譜系」來構造現代中華民族這一「想像的共同體」。[110] 《黃鐘》要求民族主義文學多宣揚民族英雄，這種主張在其創作上也得到了一定的反映。《黃鐘》上發表的歷史題材的作品比之於 1930 年代的任何一家民族主義文學刊物都要多，其主要作者如李樸園和陳大慈等，更是對歷史題材情有獨鐘，李樸園發表有〈陽山之歌〉（取材於春秋時吳越爭霸的故事，第18、19 號連載）、〈鄭成功〉（6 卷 1-5 期連載）、〈畫網巾〉（7 卷 1、2、3 期連載）、〈豫讓〉（7 卷 6、7、8 期連載）等劇作，陳大慈發表有〈新野〉（18 號）、〈新亭〉（19 號）、〈玉門關〉（6 卷 1、2 期連載）、〈寧遠之守〉（8 卷 1 期）等歷史小說，這些作品中大多數描寫的都是抵禦外族入侵的英雄人物，歌頌他們的英勇不屈的精神和氣節。但是這些作品似乎並沒有受到讀者的熱烈歡迎，反倒招來了一些批評。比如李樸園的〈畫網巾〉本是頌揚明朝末年儒生馮舜為保全氣節而自甘求死的高義，但是有讀者卻批評說「盡節不過是為明帝的一種虛名」，讀書人應該把才學用在大眾身上使他們受益才對，要是像馮舜那樣「徒然以才學自負，為了一點無裨實際的虛名，愛慕什麼『氣節』，白白地把自己一個有才學的身心犧牲了，那有什麼好處呢？」[111] 這種批評恰好擊中了此類作品的要害之處，即其思想觀念上的陳腐和迂闊。就刊物的整體風格而言，

《黃鐘》確實是民族主義文學陣營中最守舊的，這不只是表現
在它偏好歷史題材創作，更主要的是在這些作品中常常會不自
覺地流露出對傳統的道德氣節的不加批判的讚頌，以及對傳統
的藝術形式、情趣、格調的迷戀。在這點上，《黃鐘》和「前
鋒社」的區別是相當明顯的。「前鋒社」雖然也認為「民族對
於自己光榮的歷史的追維或紀念，也是民族形成的一種元
素」，[112] 因此民族主義文藝也應該「表現民族在增長自己的光
輝底進程中一切奮鬥的歷史」，但是他們強調「民族的歷史一
定要是整個的全民族的運動與努力為中心的記載」，而過去的
「二十四史」只是歷朝帝王的家史，因此「要追維中華民族光
榮的歷史，目前也只有用斷代的辦法，從興中會起以至現在的
國民革命。」[113] 在對待傳統文化上，他們不僅沒有表現出依依
不捨的眷戀，反而透露出比較堅決的反傳統的態度。比如朱應
鵬在討論了中國傳統繪畫的思想精神以及技巧形式等問題之
後，得出了這樣一個結論：「中國固有的繪畫絕對不能認為民
族的藝術」，[114] 它「不僅不是民族生活意識的產物，並且是一
種畸形的藝術的表現，給予民族種種不良的影響」，[115] 對這種
「阻礙民族進展」的固有繪畫，「應該起來努力排除」。[116] 與
此相同，楊民威在檢討了中國的建築史後，也認為中國的傳統
建築不是「屬於帝王的建築物」，就是「屬於僧道的建築
物」，他們所代表是「帝王的淫威與窮極奢侈」和「僧道的封
建勢力與宗教的氣焰」，「不能代表我們中華民族的精神」，
因此，「過去的中國建築物，我們只能夠承認它是建築上的材
料而已。」[117] 這種比較徹底的否定過去的精神是《黃鐘》所缺
乏的。也許正是因為缺少了這麼一種新鮮、生動、凌厲的氣
勢，《黃鐘》在創刊幾個月後，就有讀者不滿地說「我們至今

還沒有看到那腥風血雨、烽火呼號的描繪，而和他們所揭櫫的目標不甚吻合的文字，數量卻反不少。」這位讀者希望能在《黃鐘》上看到更多的描繪「冰天雪地裡的義軍」、「淒涼忿辱的同胞」、「麻木冷淡的社會意識」的文字，來「激蕩同胞的熱血」。[118]

當然，《黃鐘》上也還是有一些比較激進的文字，其中尤其引人注目的是那些鼓吹法西斯主義的文章，它們多數都出自編輯馮白樺的手筆。《黃鐘》第 11 至 13 期連載了馮白樺翻譯的〈希特拉傳〉（原作者是日本的澤田謙），白樺在譯者前言裡對希特勒「愛祖國的熱烈之情，他的為民族的忠勇的努力，和他的鋼鐵一般的堅強意志」稱讚不已，並稱希特勒「是我們這個又偉大又悲劇的時代的一位力的化身的巨人」。在介紹義大利詩人鄧南遮時，他同樣強調鄧南遮的偉大就在於「他是一個力的說教者」，他的作品裡有著「一種超人間的偉大的力量」，「這力量能夠把和它接觸著的許多青年男女的勇氣與熱情提起來，提起來，並且能夠把這被提起來的勇氣與熱情引導向一個目標集注了去。」[119] 白樺對力的崇拜和鼓吹在〈一九三三年的前奏曲〉這首詩裡表現得更加淋漓盡致：

> 呵，遠遠地，遠遠地，在西方，
> 　在亞得里亞海的西岸，
> 　在古羅馬的光榮的都城，
> 我們隱約的聽見
> 有雄雞引吭劃然長鳴！
>
> 這西方的雄雞之聲，

引起了全世界的共鳴：
力的追求，
　力的淨化，
　　力的強化，
　　　力的結晶！
力的生命線是人類的光榮，
力的金字塔是世紀的典型！
……

兄弟們，振起！振起！
振起來重新改造我們的陣容！
我們需要力的淨化，
我們需要力的集中，
我們更需要一位鋼鐵的英雄！
在這一位英雄的鐵腕指揮之下，
我們集結了一切的力量，
我們貢獻了一切的生命，
來為我們的民族創造出劃時代的殊榮！

　　無論是對力的崇拜，還是對英雄的崇拜，其實都是在為法西斯獨裁統治張目。白樺似乎毫不諱言這一層意思。他還翻譯了〈墨索里尼傳〉，連載於杭州《民國日報》「沙發」副刊上，在「譯者緒言」裡，他明確表示「我之翻譯這部書，那動機是想要借這部英雄的傳記的力量來喚起我們中華民族的久已銷沉的崇拜英雄的群眾心理的。……我們如果期待著一個不世出的大英雄產生出來打破這中華民族的當前的難局，那麼當務之急便是要向一般群眾尤其是青年男女灌輸崇拜英雄的高尚情

緒。」[120]

　　當時公然鼓吹法西斯主義的當然並不止《黃鐘》一家，在國民黨控制的許多刊物——比如《社會新聞》、《前途》等——上都有類似的言論，法西斯主義一時之間成爲了最新潮、最時髦的思潮，而法西斯德國的迅速崛起，更是讓國民黨內的鷹派認爲中國也應該用法西斯主義來救起沉疴，這是當時法西斯主義氾濫一時的一個主要原因。[121]

　　總之，從《黃鐘》的辦刊歷程看，它的創辦及時地填補了上海「前鋒社」瓦解之後民族主義文學陣營中出現的空缺，在其後的數年時間裡，它一直隨著社會政治環境的變化而不斷地調整自己的言論立場和創作方向，經過相對長久的堅持，終於在民族主義文學陣營中爲自己贏得了重要的一席之地。

　　在同一時期，由國民黨浙江省黨部宣傳機關主辦的文學刊物還有《西湖文苑》和《文學新聞》。《西湖文苑》創刊於1933 年 5 月 1 日，由程一戎、胡蘅子主編。據國民黨浙江省黨部的工作報告稱，《西湖文苑》是「一個發表比較軟性的發揚民族思想和精神的文藝作品的刊物」，其讀者對象是青年學生群，[122] 但是從創刊號的內容看，它基本上還是一個普通的文學刊物，李輝英、林庚、臧克家、何其芳等都有作品刊登其上，刊登的作品題材多樣，內容廣泛，和民族主義似乎並沒有直接的關聯，偶爾有一兩篇稍具民族主義氣息的作品，也基本上出自國民黨內作家的手筆。《文學新聞》據說其創刊目的是「儘量揭穿所謂左翼機關之虛僞詐欺，一切買空賣空之行爲，使青年目睹後不致再受共黨麻醉」，執筆者則是「一班熱心於民族文藝運動之青年」。《文學新聞》曾出過「反普羅文學專號」（第 9 期）和「文化統制運動專號」（第 14 期），印數也從

一千份逐漸增加到兩千份。[123]

　　綜合上面所述的上海、南京、杭州三地的民族主義文學社團和刊物的情況來看，1930 年代初前期的民族主義文藝運動確實形成了一定的規模，甚至還頗有聲勢，但實際上只有「前鋒社」在理論、創作和組織建制等各方面都比較成熟，在文藝界也產生了比較大的影響，其餘應聲而起的民族主義文學社團，要麼其成員太年輕——都是二十歲左右的文學青年，他們在思想觀念以及藝術修養上都遠不夠成熟，如「草野社」、「開展文藝社」和「流露社」，要麼思想觀念顯得過於陳腐保守，缺乏新鮮有力的衝擊，如「黃鐘文藝社」，總之這種種缺陷使得1930 年代初前期的民族主義文藝運動不免在某種程度上流於虛浮，根基不夠扎實。所以，等到為首的「前鋒社」垮下來時，整個民族主義文藝運動頓時大為減色，民族主義文藝的陣腳也不免有些浮動了。

1　〈民族主義文藝運動宣言〉，原連載於 1930 年 6 月 29 日、7 月 6 日《前鋒週刊》第 2、3 期，亦載於《前鋒月刊》創刊號，後收入吳原編《民族文藝論文集》，第 132-133 頁。

2　1930 年 8 月 24 日《前鋒週報》第十期。

3　朱應鵬（1895－？），浙江杭縣（今杭州市）人，曾任國民黨上海特別市區黨部執行委員，上海市黨部監察委員，中國公學秘書長兼總務長，《申報》編輯。

4　〈朱應鵬氏的民族主義文學談〉，1931 年 3 月 23 日《文藝新聞》第 2 號。

5　范爭波（1901-1983），河南修武人。上海震旦大學機械工程系、中

法工業專門學校畢業。1929 年 11 月 11 日曾遭共產黨特務狙擊，身披重創，其幼弟范爭洛當場身亡（見 1929 年 11 月 12 日《申報》「本埠新聞」）。范爭波與陳果夫、陳立夫兄弟關係密切，和黃金榮等青紅幫頭目亦交情不淺。范爭波後調往江西，先后任國民黨江西省黨部常務委員、江西省反省院院長、南昌行營秘書兼文藝主任。在新生活運動中任總會第一股股長。劉百川（《汗血月刊》的主要編輯）、徐慶譽（《長風》半月刊主編）等同為總會幹事。1943 年任重慶《益世報》常務董事兼總主筆。1946 年辦上海《益世報》。1946 年 11 月當選為「制憲國民大會」代表。1950 年創辦香港《益世報》。1953 年在台灣創辦鳴鳳唱片公司，任當局監察委員等職。

6　當時甚至傳言〈民族主義文藝運動宣言〉都是花了重賞請人起草完成，又經過許多人的討論，並由國民黨中央宣傳部加以最後的決定的。（見茅盾：〈「民族主義文藝」的現形〉，《茅盾全集》第 19 卷，第 250 頁。）這種說法頗令人生疑，「前鋒社」與陳氏兄弟掌櫃的中央組織部關係較密切，其時，中央組織部和葉楚傖掌管的中宣部之間關係並不融洽，「前鋒社」似無將〈民族主義文藝運動宣言〉送交中宣部最後審定之理。「前鋒社」不列於中宣部系統，亦可從它與中宣部的主要陣地——上海《民國日報》「覺悟」文學專刊的交惡得到證明，它們雖然同處一地，但從來不刊載對方陣營中人的文章，更別提互通聲氣、攜手合作了。所謂雇人起草〈民族主義文藝運動宣言〉之說，恐屬不實之詞。早在一年前，朱應鵬、傅彥長、張若谷三人就曾出版過宣揚民族主義文藝的《藝術三家言》一書（開明書店 1929 年出版，被列入文學週報叢書），傅彥長更是早在 1927 年就寫下了一組探討文學與民族之關係的文章（這組文章收入傅彥長的文集《十六年之雜碎》，上海金屋書店 1928 年 4 月初版），〈民族主義文藝運動宣言〉中的一些基本觀點在這組文章中已大體成形，所謂請人代為起草〈宣言〉之說，大概是左翼文人為醜化民族主義文藝運動者而捏造出來的。

7　魯迅：〈「民族主義文學」的任務和運命〉，1931 年 10 月 23 日《文學導報》第 1 卷第 6、7 期合刊。

8　國民黨中宣部在其審查報告中把《前鋒週報》與《文藝月刊》、《開展》月刊等並列為較良好的刊物，評價道：「這個刊物，每週雖僅出版兩小張，但是她那勇猛向前的精神，在上海方面首先揭出了民族主義文藝運動的旗幟，衝破一切的障礙，努力宣傳民族主義文藝運動的主張，卻是引起了一般左翼作家非常的注意。」〈國民黨中央宣傳部審查全國報紙雜誌刊物總報告（十九年七八九月份）〉，南京：中國第二歷史檔案館藏，全宗號 718、卷號 925。
通常認為「前鋒社」的後台策劃人和支持者是當時任國民黨上海市社會局局長的潘公展，但潘在「前鋒社」的刊物上卻極少露面，「前鋒社」中人在文章中也很少提到他。潘與「前鋒社」的關係也許並不像以前所認為的那般密切，潘和范爭波同為 CC 系在上海方面的頭

目，為「前鋒社」出力想必是有的，但至少就我目前所掌握的材料來看，還無法證明他是「前鋒社」的後台老闆。

同一時期的其他國民黨文學社團如「中國文藝社」、「開展文藝社」、「流露社」和「線路社」都接受官方的津貼，但我目前尚未找到可以證明「前鋒社」也曾接受官方津貼的材料。《前鋒週報》前期的稿件都為「前鋒社」成員義務承擔，不計稿酬，只是從第 21 期起才略付稿酬，稿酬分為三種：甲、現金千字 1-1.5 元；乙、書券；丙、《前鋒週報》。（見 1930 年 11 月 2 日《前鋒週報》第 20 期「談話」）

9　「前鋒社」從未公佈其成員名單，因此很難確定哪些人是其正式成員。在《前鋒週報》第 1 期上，「前鋒社」刊登了一個徵求會員啟事，所開列的條件是：「凡與本刊宗旨相同，不分性別，曾在本社出版之《前鋒週報》投稿三篇以上，經本社認為合格者，均得為本社會員。」我基本上是按照這一條來確定「前鋒社」成員的身份的，即在「前鋒社」的核心刊物《前鋒週報》和《前鋒月刊》上發表三篇以上文章者，即視其為「前鋒社」成員。

10　傅彥長（1891-1961），湖南寧鄉人。原名傅碩家，又名傅碩介，筆名有包羅多、穆羅茶等。上海南洋公學畢業，「五四」時期曾留學日本。著有《十六年之雜碎》（金屋書店，1928）、《五島大王》（開明書店，1929）、《阿姐》（世界書局，1929）等。上海淪陷後，成為汪偽組織提倡的「和平文學」運動的骨幹作家。

11　黃震遐（1907-1974），廣東南海人，筆名東方赫。學生時代即開始文學創作。其父早喪，家中尚有老母與幼妹，家境不佳。1920 年代末流落至上海，與朱應鵬、傅彥長等交好，曾在《雅典月刊》、《真美善》等雜誌上發表詩歌多篇，大約於 1930 年 5 月投筆從我，加入中央軍校教導團，隨即開赴中原大戰前線。抗戰爆發後，一度任《新疆日報》社長。1949 年到香港，歷任《香港時報》主筆，《中國評論》副社長。

12　讓人頗感意外的是「前鋒社」的另一主將朱應鵬竟從未在《前鋒週報》上發表過文章，與朱應鵬關係甚好的傅彥長、黃震遐、陳抱一等人也幾乎未在《前鋒週報》上露過面。或許正如左聯作家所譏諷的那樣，「前鋒社」不過是范、朱合組的文藝公司，兩人之間不免也會有點小小的磨擦。這可能和范、朱兩人的政治背景不盡相同不無關係，范是二陳手下幹將，朱則看不出與二陳有何深厚的淵源關係，儘管他也是浙江籍人。相反，朱似乎與葉楚傖關係不壞，1934 年前後朱一度出任中宣部文藝委員會主任（很快即離任），似乎也可以說明他和中宣部的關係尚可。倘若范、朱兩人之間果有裂隙，那《前鋒週報》無疑是范記的鋪號。

13　「前鋒社」原擬於 1930 年 10 月前同時推出兩份每期可容十二萬字至十五萬字的大型雜誌，即《前鋒月刊》和《民眾文藝》（見《前

鋒週報》第十期「編輯室談話」），《前鋒月刊》總算是按期出版了，《民眾文藝》卻一直未能出版。

14 張靜廬在其自傳《在出版界二十年》裡說：《前鋒月刊》（原文為《前鋒》）和稍後的《現代文學評論》都是國民黨方面強迫現代書局出版的（另一項條件是推薦一位編輯主任，此人疑即《現代文學評論》主編李贊華）。張的說法疑點頗多。首先他未交代清楚時間，就其行文看，現代書局被封應是在其離開上海赴漢口就新職之後，而據他說他是在大水災前回到上海，在漢口共滯留六個月。全國性大水災自 1931 年 7 月始，8 月 2 日，漢口全市被淹。依此推算，張應是 1931 年 1 月離開上海的，而此時《前鋒月刊》創刊已有數月之久，時間上顯然不符。疑點之二是，張提到國民黨方面要脅的條件是要書店印行《現代文學評論》和《前鋒》，他把《現代文學評論》放在《前鋒月刊》之前，而事實上，《現代文學評論》遲至 1931 年 4 月 10 日才創刊，而這一天也正好是《前鋒月刊》出至最後一期。綜合以上兩點，合理的解釋可能是：現代書局出版《前鋒月刊》後，受到了來自左翼文化界的巨大壓力，（張靜廬在其自傳中也談到每天要讀到幾十封讀者寄來的責罵的信，各式各樣離奇的話都有。另外，據 1931 年 5 月 11 日《文藝新聞》第 9 期報導，1931 年 5 月 3 日上午，有數十位青年佯裝顧客闖進現代和光華兩書店的門市部，將《前鋒》、《現代文學評論》、《南風月刊》等各種民族主義刊物恣情撕毀，並發散「打倒民族主義文學宣言」的傳單，最後高呼口號揚長而去。估計類似事件此前也曾發生。）故而意欲停辦《前鋒月刊》，國民黨方面則借封閉書店施加壓力，最後雙方達成妥協，停辦《前鋒月刊》，改出民族主義文學色彩要薄弱得多的《現代文學評論》。張靜廬的相關敘述，見其自傳《在出版界二十年》，上海雜誌公司，1938，上海書店 1984 年複印，第 140 頁和第 144-147 頁。

15 《前鋒月刊》1 卷 1 期「編者的話」。

16 這類文章主要有：傅彥長的〈以民族主義意識為中心的文藝運動〉（第 2 期），楊民威的〈中國的建築與民族主義〉（第 1 期）和〈中國的陶瓷與民族主義〉（第 4 期），朱應鵬的〈中國的繪畫與民族主義〉（期 2 期），谷劍塵的〈怎樣去幹民族主義的民眾劇運動〉（第 4 期）等。

17 據 1931 年 5 月 18 日《文藝新聞》第 10 期報導，「《前鋒月刊》出版以來很受到讀者的歡迎」。《文藝新聞》是一份中間偏左的週報，後來更是成為左聯的週邊刊物，它的報導應該具有一定的可信度。有趣的是，瞿秋白在其戲仿之作〈「矛盾」的繼續〉裡寫到，主人公燕樵從買辦公司下班回家，人還在樓梯上，就聽到他老婆「歡迎」的聲音：「你回來了，《前鋒月刊》你替我買了沒有？今天不是領著薪水回來了嗎？」當聽到燕樵說什麼都沒買時，她馬上嘀咕道「一

本新小説都沒得看」。這個細節固然是意在譏嘲，但似乎也能看出
《前鋒月刊》在當時確實頗有影響，至少是引起了左聯的高度重視。
注〔14〕中所述衝擊現代和光華兩書店門市部的事件（1931 年 5 月
25 日《開展》月刊第 9 號也曾報導過此事，言「五月三日下午，有
普羅作家二十餘人，闖入上海四馬路現代書局門市部，撕毀《前鋒
月刊》一百餘冊，《開展》月刊四十餘冊，打碎玻璃兩塊，高呼口
號而倉惶離去」云云），估計也是由左聯策劃的，這種做法是當時
左右雙方都喜歡採用的打擊、搞垮對方的慣常手法。〈「矛盾」的
繼續〉見《瞿秋白文集・文學編》第 2 卷，北京，人民文學出版社，
1986，第 20-30 頁。

18 「前鋒社」的這一招並非全無效果，葉靈鳳在《現代文學評論》創
刊號上發表了〈現代丹麥文藝新潮〉一文，同月即被左聯開除，罪
名是「實際的為國民黨民族主義運動奔跑，道地的做走狗」；不久，
周毓英也因同樣的罪名被左聯除名。見 1931 年 8 月 5 日《文學導
報》1 卷 2 期。

19 〈給《長風》〉，1930 年 9 月 28 日《前鋒週報》第 15 期。

20 湯彬：〈《長風月刊》創刊號〉，1930 年 9 月 7 日《申報・本埠增
刊》。原文標題有誤，徐慶譽所辦《長風》系半月刊，而非月刊。

21 「前鋒社」的解體，以前一般認為應歸功於左聯的批判。這種説法
與事實不太相符。左聯作家批判「前鋒社」的文章幾乎都出現在
1931 年 8 月以後，而此時「前鋒社」早已呈頹勢，左聯的猛烈批判
讓人感到像是在打死「老虎」。「前鋒社」的迅速解體想必另有原
因，估計其主要成員的離散和分赴異地也是原因之一。陳立夫在
1934 年召開的文藝宣傳會議上發表訓詞，對前鋒社的解體有過一番
檢討，他認為前鋒社失敗的直接原因是「因為有幾位同志離開了上
海，同時又沒有補充辦法，力量不足」。至於是哪幾位離開了上海，
現在已很難考證清楚。見《文藝宣傳會議錄》，國民黨中央宣傳委
員會編印，1934。

22 鄒枋（1908-1989），字閏卿，浙江鄞縣人。復旦大學經濟學碩士，
1930 年畢業後執教於上海勞動大學，後曾任復旦大學教授，上海社
會科學講習所主任秘書兼講師，國民政府實業部《中國經濟年鑒》
編輯。1933 年任全國經濟委員會專員兼土地委員會專員。

23 我迄今尚未查閱到《草野週刊》原刊，文中關於《草野週刊》基本
情況的介紹，均據《申報》「書報介紹」和「青年園地」以及其他
刊物上的二手材料，不確之處想必難免。《草野年刊》亦未查見，
據我所掌握的第二手材料，它至少出過兩集。「草野叢書」共計出
版有《靈肉之間》、《玫瑰色的夢》、《姊姊的殘骸》、《婚前小
記》、《香吻》五種，前兩種內容不詳，《姊姊的殘骸》為湯增敭
的詩文集，《婚前小記》是金寬生的帶有自敍色彩的中篇創作，《香

吻》是鄒枋的一首抒情長詩,冠有趙景深、傅東華的序文。

24　金鼎:〈《草野週刊》革新號〉,1930 年 8 月 7 日《申報‧本埠增刊》「書報介紹」。

25　同上注。

26　南心:〈《草野週刊》三卷十號〉,1930 年 10 月 6 日《申報‧本埠增刊》「書報介紹」。

27　魯迅:〈「民族主義文學」的任務和運命〉。

28　見因竹:〈《草野週刊》第四卷四、五、六號〉,1931 年 2 月 4 日《申報‧本埠增刊》「書報介紹」。

29　南心:〈草野社的新氣象〉,1931 年 2 月 12 日《申報‧本埠增刊》「青年園地」。

30　1930 年 9 月 15 日,「草野社」在杭州設立分社(見徐宜:〈草野滬東支社〉,1931 年 4 月 22 日《申報‧本埠增刊》「青年園地」),由此可見「草野社」在當時的青年學生中可能確實有一定影響。

31　南心:〈《時代青年》第八、九期〉,1930 年 10 月 13 日《申報‧本埠增刊》「書報介紹」。

32　我尚未查閱到《時代青年》原刊,此處只能據《申報》上的二手材料約略概述。

33　一位民族主義文藝運動者在介紹《當代文藝》時稱:就「思想的正確」和作品「充滿著力的美」而言,除《前鋒月刊》外,要首推《當代文藝》。吳曉田:〈《當代文藝》第二期〉,1931 年 3 月 21 日《申報‧本埠增刊》「書報介紹」。

34　朱應鵬就認為「中國文藝社」提倡的是三民主義文學,出處同注〔4〕。

35　「中國文藝社徵求社員啟事」,見《中央日報》1930 年 7 月 4 日至 7 月 9 日廣告欄。

36　王平陵在晚年回憶道:「民國十九年,共黨宣傳階級鬥爭的『普羅文藝』,氣焰囂張,不可一世,青年們盲目附和,如瘋若狂,腐蝕中國優秀文化傳統,為禍甚烈。葉楚傖先生首先倡導『民族主義』的文藝運動,力圖挽救頹風。我在他的指導下,擔任下列四項工作……(下略——引者注)」他所說的四項工作中的第一項即是創辦

《文藝月刊》。王平陵的回憶顯然有誤。但從他把創辦《文藝月刊》視為民族主義文藝運動的一項工作,也可看出當時「中國文藝社」和民族主義文學唱的是同一個調子。「中國文藝社」和「前鋒社」也曾互相吹捧過,《文藝月刊》剛創刊,《申報‧本埠增刊》「書報介紹」就積極介紹並給予高度評價(終一:〈文藝月刊〉,1930年9月15日《申報》),《文藝月刊》也數次提到《前鋒週報》和《前鋒月刊》且給予好評(繆崇群:〈亭子間的話〉,《文藝月刊》1卷2期;烽柱:〈我所見一九三〇年之幾種刊物〉,《文藝月刊》1卷4期)。可見它們是引以為同道的。需要指出的是,國民黨中宣部系統和二陳的CC系雖有矛盾,但多半是在同一城市的同一級別的組織和團體之間,這種矛盾才會暴露得比較明顯,甚至還會激化,比如「前鋒社」和上海市黨部宣傳部之間就有磨擦,但若是不在同一地,且級別層次不同,那麼彼此之間反倒容易和睦相處。所以,所謂的國民黨中宣部與中央組織部之間的矛盾和鬥爭(當時左聯就誇大了它們之間的矛盾和鬥爭,見思揚:〈南京通訊〉,1931年9月13日《文學導報》1卷4期),應當具體分析,不可一概而論。王平陵的回憶,見袁道宏:〈王平陵之文藝生活〉,《王平陵先生紀念集》,台北:正中書局,1975,第162-163頁。

37 李初梨:〈怎樣地建設革命文學〉,1928年2月15日《文化批判》第2號。

38 關於這方面的相關論述,見麥克昂(郭沫若):〈英雄樹〉(1928年1月1日《創造月刊》第1卷第8期),李初梨:〈怎樣地建設革命文學〉(1928年2月15日《文化批判》第2號),麥克昂:〈留聲機器的回音〉(1928年3月15日《文化批判》第3號)等文。

39 謝壽康(1897-1973)字次彭,江西贛縣人,比利時布魯塞爾大學畢業,曾任巴黎中國民主促進會秘書長、里昂中法大學校董、中央大學文學院院長等職。著有法文《東方與西方》、《中國思想與種族問題》等書。

40 沈從文:〈論中國現代創作小說〉,《文藝月刊》2卷4期,5、6合期。

41 沈從文:〈現代中國文學的小感想〉,《文藝月刊》1卷5期。

42 同上注。

43 同注41。

44 同注40。

45 南京「流露社」的一位作者就認為沈從文「是一個反普羅文學比較

有姿勢的一位作家，近來因著民族主義的興起，在反普羅文藝這一立場上而與民族主義的中心刊物中國文藝月刊社很密切地聯繫著，同時也可以說是文藝月刊的中心作家，……所以我把他認作是民族主義文藝的有力的作家，他的作品的內容，為我們必須檢閱的第一人。」亞孟：〈論民族主義文藝的作家與作品〉，1931 年 1 月 15 日《流露》1 卷 6 號。

46　這份簡略的名單系統計到 1931 年底，1932 年以後為其撰稿的作家人數更多。

47　據說「中國文藝社」的津貼直接由中央支付，每月一千二百元，而同一時期南京的其他國民黨文學社團的津貼則由南京市黨部支付，其數額自然也少得多，如「開展文藝社」每月僅一百二十元，「線路社」更是只有六十元。見〈首都文壇新指掌〉，1931 年 3 月 23 日《文藝新聞》第 2 號。

48　〈現代中國文壇雜訊·南京通信〉，1931 年 8 月 20 日《現代文學評論》2 卷 1、2 期合刊。

49　〈達賴滿 DYNAMO 的聲音〉，《文藝月刊》創刊號。

50　辛予：〈一九三一年南京文壇總結算〉，1932 年 5 月 25 日《矛盾月刊》第 2 期。「新壘社」南京分社也在其《新壘》半月刊中批評《文藝月刊》是「有些『老爺味』的刊物，給青年們得不到什麼」。1933 年 12 月 1 日《新壘》（半月刊）1 卷 7 期。

51　潘子農：〈從發動到今朝〉，1934 年 2 月 1 日《矛盾月刊》2 卷 6 期。

52　潘子農（1909-）。浙江湖州人。畢業於東北大學中文系。歷任南京民眾劇社、中國舞台協會、上海影協所救亡協會、中華全國戲劇界抗敵協會、中電劇團、上海劇藝社及上海戲劇實驗學校編導。著有《龍套人語》、《劇影生涯五十年》等。當時左聯中人稱潘是中央組織部內設立的「秘密的文壇情報機關」的「調查員」，見思揚：〈南京通訊〉，1931 年 9 月 13 日《文學導報》1 卷 4 期。

53　即外國文學翻譯家、作家朱雯（1911-1994），其時尚在蘇州東吳大學就讀，主編文藝刊物《白華》。朱雯這一時期與民族主義文學社團有較密切的關係，曾在《草野週刊》和《當代文藝》上發表不少翻譯和創作，他與「草野社」關係尤為密切，和羅洪、王一心等均為「草野社」特約撰稿人。在《草野週刊》上他曾發表過〈民族主義文藝的創作理論〉（3 卷 11 號）〈生前死後〉（創作小說，4 卷 5 期）。

54　婁子匡（1905-2005）著名民俗學家，浙江紹興人。杭州中國民俗學

會的創始人之一，時任職於杭州浙江反省院。1931 年 7 月 25 日出版的《開展》月刊「民俗學專號」（第 10、11 合刊）估計即由其策劃編輯。1932 年夏，妻子匡在曾仲鳴主編的《南華文藝》上發表〈回教徒怎樣不吃豬的肉〉一文，引起軒然大波，並直接導致《南華文藝》停刊。

55　辛予：〈一九三一年南京文壇總結算〉，1932 年 5 月 25 日《矛盾月刊》第 2 期。

56　見翟開明：〈寫在前面〉，1931 年 4 月 15 日《開展》月刊第 8 號。

57　《開展》月刊辦至 1931 年 11 月 15 日告停，共出 12 號。「開展文藝社」內部的分化，除了《開展》月刊編輯權之爭外，還糾雜有人事糾紛。據說「開展文藝社」的經濟保管人王某盜用公款，潘主張徹底追查，曹卻因某種緣故庇護王某，雙方僵持不下，導致內部分裂。後來，曹趁潘赴上海之機，召開社員大會，開除了潘的社籍。之後，與潘關係密切的卜少夫、翟開明、劉祖澄、洪正倫等相繼退出，「開展文藝社」遂告解體。見辛予：〈一九三一年南京文壇總結算〉，1932 年 5 月 25 日《矛盾月刊》第 2 期。

58　劍萍：〈有所表白〉，1931 年 4 月 28 日《中央日報》。

59　辛予：〈一九三一年南京文壇總結算〉，1932 年 5 月 25 日《矛盾月刊》第 2 期。

60　辛予：〈一九三一年南京文壇總結算〉，1932 年 5 月 25 日《矛盾月刊》第 2 期。思揚在〈南京通訊〉中說「開展文藝社」是陳派為抵制西山派而策劃組建的，倘如此，則「開展文藝社」和「前鋒社」關係密切，亦屬意料中事。《開展》月刊創刊後，《申報‧本埠增刊》「書報介紹」上曾發表文章，稱讚《開展》月刊是一份「認識了光明的途徑」的「時代的刊物」。（楊紹志：〈《開展月刊》第二期〉，1930 年 10 月 5 日《申報本埠增刊》。）

61　《開展》月刊同人：〈開端〉，1930 年 8 月 8 日《開展》月刊第 1 號。

62　1930 年 11 月 15 日《開展》月刊第 4 號「編者後記」。

63　一士：〈民族與文學〉，1930 年 8 月 8 日《開展》創刊號。

64　乙巳：〈蛙草蔓延〉，1931 年 4 月 25 日《開展》第 8 號。

65　《開展》創刊號「開展線下」。

66　1930 年 9 月 9 日《開展》「開展線下」。

67 辛予：〈一九三一年南京文壇總結算〉，1932 年 5 月 25 日《矛盾月刊》第 2 期。

68 〈本刊的使命〉，1930 年 8 月 15 日《長風》半月刊創刊號。

69 同上注。

70 同上注。

71 《長風》半月刊停刊時間不詳，我僅見第 1 卷的 5 期。估計 1931 年初即已停刊。

72 卓麟：〈火山決了——代卷頭語〉，1930 年 6 月 1 日《流露》月刊 1 卷 1 號。

73 即蕭作霖（1908-1987），湖南邵陽人。黃埔六期出身，後畢業於中央軍校研究班和陸軍大學將官班。蕭是「力行社」的骨幹成員，曾任「力行社」湖南分社書記。抗戰後曾任國民黨湖南保安司令部中將副司令、長沙警備司令，1949 年隨程潛在長沙起義。解放後歷任湖北省政協副主席、民革中央監察委員會委員、全國政協委員。

74 《流露》不能按期出版，經濟上的困難是一個重要原因。左漱心在 1 卷 6 號的「編後余談」裡就吐露了因拖欠印刷費而致使月刊不能定期出版的苦衷。除此之外，「流露社」成員文學熱情的減退以及主要成員的離京，也是原因之一。見披露：〈編後〉，1931 年 10 月 15 日《流露》2 卷 2、3 號合刊。

75 思揚：〈南京通訊〉，1931 年 9 月 13 日《文學導報》1 卷 4 期。

76 「流露社」的靈魂人物是蕭作霖。蕭是「力行社」成員，「力行社」是由黃埔出身的青年軍官在蔣介石的授意下組建的一個秘密團體，思想極端激進，二陳把持的 CC 系恰恰是「力行社」反對最烈的對象。在蕭領導下的「流露社」斷無拉陳立夫作靠山之理。而且，《流露》是由南京拔提（英文 party 之諧音）書店出版，該書店是鄧文儀以黃埔同學會名義開辦的，成立時間約在 1930 年，經費主要由黃埔同學募捐，它後來成為「復興社」的出版機構。由此也可看出「流露社」的背景主要是黃埔同學會，而非二陳的 CC 系。關於拔提書店的情況，參見康澤：〈復興社的緣起〉，《文史資料選輯》第 37 輯，北京：文史資料出版社，1963，第 140 頁；干國勳：〈三民主義力行社〉，見《藍衣社　復興社　力行社》，台北：傳記文學出版社，1984。

77 卓麟：〈火山決了——代卷頭語〉，1930 年 6 月 1 日《流露》月刊 1 卷 1 號。

78　謝爾維諾夫：〈關於「暴露」〉，1930 年 11 月 30 日《流露》月刊
　　1 卷 5 號。

79　《開展》月刊創刊號「開展線下」。

80　曠夫：〈普羅文學之批判〉，《流露》月刊創刊號。

81　孤舟：〈通信一則〉，1930 年 10 月 30 日《流露》月刊 1 卷 3、4 號
　　合刊。

82　披露：〈編後〉，1930 年 10 月 30 日《流露》月刊 1 卷 3、4 號合刊。

83　亞孟：〈論民族主義文藝的作家與作品〉，1931 年 1 月 15 日《流
　　露》月刊 1 卷 6 號。

84　因未見到《初陽旬刊》原刊，在此只能憑一些有限的二手材料略作
　　介紹。

85　〈《初陽旬刊》發刊辭〉，吳原編：《民族文藝論文集》，412-416
　　頁。

86　高偉：〈《初陽旬刊》第一、二期〉，1930 年 12 月 16 日《申報‧
　　本埠增刊》「書報介紹」。

87　因未見到《青萍月刊》原刊，在此只能憑一些有限的二手材料略作
　　介紹。

88　湯彬：〈《青萍月刊》創刊號〉，1930 年 2 月 17 日《申報‧本埠
　　增刊》「書報介紹」。

89　同上注。

90　《青萍月刊》創刊號的部分篇目如下：〈我們的開端〉、丁淚鴻〈狂
　　奏著吧〉、微波〈民族性文學與人生〉、幽澈〈心曲〉、曉風〈像
　　樣的紳士〉（小說）、公助〈你怎能盡情地留戀〉、佚名〈為了不
　　忠實〉（小說）、排霞〈咱們的世界〉等。出處同上注。

91　在 1934 年召開的國民黨中央宣傳會議上，浙江省黨部提交的報告中
　　稱：「（本會）二十年春，曾刊行《初陽旬刊》，從事民族文藝之
　　提倡，惟不久以經費無著因而中輟。」（《文藝宣傳會議錄》國民
　　黨中央宣傳委員會編印，1934）《初陽旬刊》正式創刊於 1930 年 11
　　月，而此處所言創刊時間稍遲幾個月，我懷疑《初陽旬刊》本是青
　　年學生自發印刷，經上海「前鋒社」「提攜」後，浙江省黨部後來
　　給予資助，故而時間稍有出入。

92　1933 年 1 月 30 日《黃鐘》第 17 號「本刊重要啟事」。

93 〈浙江省黨部文藝宣傳工作報告〉，《文藝宣傳會議錄》，國民黨中央宣傳委員會編印，1934。

94 陳大慈被聘為國民黨浙江省黨部文藝運動指導委員，同時被聘為委員的還有胡健中、王世穎、劉湘女、葉溯中等，他們五人組成文藝運動指導委員會，「秘密負責計畫及推進文藝運動。」「浙江省黨部文藝宣傳工作報告」，《文藝宣傳會議錄》。

95 〈浙江省黨部文藝宣傳工作報告〉，《文藝宣傳會議錄》，國民黨中央宣傳委員會編印，1934。

96 〈浙江省黨部文藝宣傳工作報告〉，《文藝宣傳會議錄》，國民黨中央宣傳委員會編印，1934。

97 這五篇獲獎徵文是高中組兩篇：王祝春（杭州師範）〈論民族文藝〉、朱鼎成（杭州蕙蘭中學）〈論民族主義文學〉，初中組三篇：壽蕭郎（諸暨農業職校）〈民族主義文藝論〉、方緝熙（淳安縣立初中）〈談民族文藝〉、王啟鏐（寧波效實中學）〈文學和時代與民族性的關係〉。見 1934 年 5 月 15 日《黃鐘》（半月刊）4 卷 6 號「徵文競賽專號」。

98 《民族文藝論文集》，吳原編，杭州正中書局，1934 年出版。「浙江省黨部文藝宣傳工作報告」稱該論文集系由浙江省黨部編定，作為「民族文藝論文集」的第一輯，目的在於「先使理論普植於社會，以後當賡續編行論文集續編及詩歌小說戲劇創作集等。」這個計畫似乎未能得以實現。選入該論文集的 8 篇文章是衡子〈《黃鐘》發刊辭〉、柳絲〈關於民族主義的文學〉、許尚由〈民族主義的文學〉、沙亞〈第二次世界大戰爆發前的中國文學〉（第 19 號）、白樺〈法西斯蒂文豪唐南遮及其代表作《死的勝利》〉（第 19 號）、白樺〈新興捷克斯洛伐克的雙翼〉（第 10 號）、白樺〈新希臘的愛國詩人巴拉瑪滋〉（第 8 號）、白樺〈大戰前後的波蘭民族文學家〉。

99 吳原編：《民族文藝論文集》，第 36-37 頁。

100 吳原編：《民族文藝論文集》，第 40 頁。

101 吳原編：《民族文藝論文集》，第 45 頁。

102 吳原編：《民族文藝論文集》，第 42-43 頁。

103 尚由：〈三民文學〉，1934 年 11 月 15 日《黃鐘》5 卷 7 期。

104 上游：〈民俗文學與民族主義的文學〉，1934 年 10 月 15 日《黃鐘》5 卷 5 期。

105 柳絲：〈大眾文學與民族主義文學〉，1934 年 11 月 30 日《黃鐘》5 卷 8 期。

106 柳絲：〈小說在民族主義文學的地位〉，1934 年 12 月 15 日《黃鐘》5 卷 9 期。

107 許尚由：〈民族主義的文學〉，吳原編：《民族文藝論文集》，第 42 頁。

108 Smith, A. *National Identity*. Harmondsworth: Penguin, 1991. 15-21. 轉引自 Philip Spence & Howard Wollman, Blood and Sacrifice: Politics Versus Culture in the Construction of Nationalism, *Nationalism: Old and New*, ed. Kevin J. Brehony and Naz Rassool, Macmillan Press, 1989. 106.

109 Smith, A. *National Identity*, 65、128、164. 轉引自沈松僑：〈振大漢之天聲——民族英雄譜系與晚清的國族想像〉，台北：中央研究院近代史研究所集刊第 33 輯（2000 年 6 月），第 87 頁。

110 關於這個論題，請參看沈松僑先生的詳瞻的論述。

111 1935 年 11 月 30 日《黃鐘》7 卷 4 期。

112 朱應鵬：〈中國的繪畫與民族主義〉，吳原編：《民族文藝論文集》，第 343 頁。

113 朱應鵬：〈中國的繪畫與民族權〉，《民族文藝論文集》，第 344 頁。

114 朱應鵬：〈中國的繪畫與民族權〉，《民族文藝論文集》，第 331 頁。

115 朱應鵬：〈中國的繪畫與民族權〉，《民族文藝論文集》，第 332 頁。

116 朱應鵬：〈中國的繪畫與民族權〉，《民族文藝論文集》，第 338 頁。

117 楊民威：〈中國的建築與民族主義〉，吳原編：《民族文藝論文集》，第 379-380 頁。

118 冰鳳：〈評《黃鐘》文學週刊〉，1932 年 12 月 11 日《黃鐘》第 12 號，轉載自第 24 期《讀書週報》。

119 白樺：〈法西斯蒂文豪唐南遮及其代表作《死的勝利》〉，1933 年 2 月 13 日《黃鐘》第 19 號。《民族文藝論文集》，第 265 頁。

120 轉引自 1935 年 2 月 15 日《黃鐘》6 卷 2 期。

121 關於這個問題，我在後面還將涉及，此處暫不贅述。

122 〈浙江省黨部文藝宣傳工作報告〉，《文藝宣傳會議錄》，國民黨中央宣傳委員會編印，1934。

123 〈浙江省黨部文藝宣傳工作報告〉，《文藝宣傳會議錄》，國民黨中央宣傳委員會編印，1934。

第三章
民族主義文藝的理論與創作

第一節　民族主義：理論與問題

　　民族主義文藝運動發動之後，一時之間搞得頗有聲勢，各社團紛紛叫嚷著要建立民族主義文藝的理論基礎，也炮製了一批「理論性」的文章，對民族主義文藝的理論基礎、題材、創作方法、批評原則以及民族主義和國家主義的區分、民族主義與新文藝運動的關係等，都有所涉及。[1] 從表面上看，對民族主義文藝的理論探討不可謂不細，比如對民族主義文藝的題材 [2]，民族主義的詩歌、戲劇、繪畫、建築 [3]，甚至民族主義文藝中的戀愛問題 [4]，都有文章闡發，但幾乎所有這些文章都不過是〈民族主義文藝運動宣言〉（以下簡稱〈宣言〉）中揭舉的幾條綱領和原則的注腳和引申，因此，〈宣言〉在一定程度上可以說是民族主義文藝運動唯一的理論文獻。

　　〈宣言〉的核心觀點是認為文藝「不是從個人的意識裡產生而是從民族的立場所形成的生活意識裡產生的」，「文藝底最高的使命，是發揮它所屬的民族精神和意識。換一句說，文藝的最高意義，就是民族主義。」〈宣言〉沒有詳細闡發何謂民族主義，而只是指出「民族主義底目的，是在形成獨立的民

族國家」，民族文藝與民族國家是相輔相成的，一方面「民族
文藝底充分發展必須有待於政治上的民族國家的建立」，另一
方面「文藝上的民族運動，直接影響及於政治上民族主義底確
立」。因此，民族主義文藝的任務是以文藝「喚起民族意
識」，「創造那民族底新生命」，亦即在精神意識上推進民族
國家的建立。爲了證明這一觀點，〈宣言〉舉埃及的金字塔和
獅身人面像、古希臘的建築和雕刻、英法德等國的史詩，以及
德國的表現主義、義大利的未來主義、俄國的原始主義等藝術
流派爲例，申言所有這些藝術作品都是各自所屬民族之民族精
神和意識的表露。〈宣言〉尤其津津樂道的是以南斯拉夫爲
例，來說明「文藝上的民族運動」可以如何推動民族國家建
設：「巨哥斯拉夫底民族藝術運動較巨哥斯拉夫民族國家底誕
生爲先」，南斯拉夫藝術家們集中表現「南斯拉夫民族底歷史
的烈風和其民族的意志。由於巨哥斯拉夫民族藝術的確立，我
們在歐戰後就看見有巨哥斯拉夫民族國家底出現。」這似乎是
在暗示正是民族藝術的確立直接推進了民族國家的建立。

　　〈宣言〉對民族主義理論的闡述明顯很粗糙、很簡單，在
材料引證上也有不少常識性的錯誤。茅盾就曾譏嘲這篇〈宣
言〉內容「支離破碎，東抄西襲，捉襟見肘」，完全是「一味
『雜拌兒』」，而且其「原料都已經臭爛了」。[5] 他運用階級
分析的方法，以埃及金字塔爲例，駁斥了金字塔是埃及民族意
識之顯示的觀點。他認爲包括金字塔和獅身人面像在內的埃及
藝術雖然是宗教的，但這宗教「卻是埃及『法老』（就是埃及
的皇帝）及其貴族僧侶的統治階級『牧民』的武器，因之絕對
不是什麼『民族的意識』」。就金字塔來說，其「廣大的基盤
是象徵了埃及的廣大的農奴群衆，金字塔尖端是象徵了統治階

級及其最上層的『法老』。所以金字塔所代表的，是埃及帝國的構成，而不是什麼埃及的民族意識！」[6]茅盾雖然也承認，「一般地說來，在被壓迫民族的革命運動中，以民族革命為中心的民族主義文學，也還有相當的革命作用」，但是「被壓迫民族本身內也一定包含著至少兩個在鬥爭的階級，——統治階級與被壓迫的工農大眾。在這狀況上，民族主義文學就往往變成了統治階級欺騙工農的手段，什麼革命意義都沒有了。」在中國，「則封建軍閥、豪紳地主、官僚買辦階級、資產階級聯合的統治階級早已勾結帝國主義加緊向工農剝削，所以民族文學的口號完完全全是反動的口號」。[7]民族主義文學強調的是有一個超越於階級、地域之上的至高存在——民族，民族的利益高於一切，文藝當然應該以民族為中心意識；而茅盾（亦即代表著左翼）則強調區分階級的重要性，指出民族只是統治階級用來欺騙工農的幌子而已。可見雙方的分歧根本在於對中國當時的社會現實有著截然不同的判斷。

　　民族主義文藝的主張也遭到了左聯之外的其他一些文藝界人士的批評。曾虛白聲稱「要為純潔的文藝提出嚴重的抗議」，他認為「文藝家除掉了他自己的意識以外，絕對不承認任何樣的權威。他意識的琴弦上感到了時代和風的吹拂發出共鳴的諧音來，這是他靈感中自然流露的天籟，決不能預先給他規定某條某項是你的『使命』，是你『應有的責任』。」他還認為，「一時代中心意識的形成總是在文藝產生之前，必須有了中心意識才可以有文藝，決不能用著文藝去創造中心意識的。」[8]王家棫則認為民族主義文學所犯錯誤根本上是和普羅文學一樣的，它們都是「『為』的文學，民族主義文學者，乃『為』民族的文學，普羅文學者，乃『為』普羅而文學也。

……這個『爲』字，在文學上是要不得的。……假使硬要一個作家『爲』什麼而文學，那是滑稽的。」他還指出民族主義文學和普羅文學另外還有一個共同的錯誤，即「只注重思想，而忽略外形」，使得作品令人不堪卒讀，「前鋒上的幾篇創作，使人沒有看完就頭痛了」，就是不注意形式所致。[9]

　　被馮雪峰指斥爲托派文藝理論家[10]的「自由人」胡秋原對民族主義文藝的批判更是銳利。胡秋原認爲民族主義文藝是中國的法西斯蒂文學，其產生的原因與意、德、日等國的法西斯蒂文學是一樣的。「法西斯蒂是資本主義末期的必然產物，他們眼見自己社會之頹敗，同時看見新興勢力的怒長，於是非以極端的國家主義，以十二分的氣力，『振作』起來，集中國家力量，整頓自己本身，強壓新生勢力，不足以圖存」。法西斯蒂的文學因而「是特權者文化上的『前鋒』，是最醜陋的警犬，他巡邏思想上的異端，摧殘思想的自由，阻礙文藝之自由的創造」。[11]他還認爲民族實際上「只是一個地理上政治上的名稱，一種抽象的存在，在今日，民族與國家成了一個東西，實際上只是統治階級所統治的地域與人民之名稱」，而民族主義也是「統治階級的一個護符」。民族主義雖然在某些特定歷史時期——如 18 世紀以前法國革命時期資產階級國家的形成時代，以及 19 世紀法國對抗普魯士的侵略時代——是革命的。「但在帝國主義時代，民族的口號逐漸失去其進步意義了，帝國主義國家利用民族口號做侵略主義的護符，壓迫本國革命的護符，現代的民族主義只有在殖民地半殖民地之徹底的反帝國主義運動上，才有進步的意義。然而若是一個單純民族主義運動，離開其眞實的同盟者，不僅不能達到目的，而結果必形成民族主義的反面」。[12]顯然，在胡秋原看來，民族主義文藝所

標舉的民族主義正是那種脫離了眞實的同盟者的「單純民族主義運動」，這場運動是中國「買辦金融階級，軍閥豪紳，流氓三位一體」的「土司政治」在文化領域的延伸。[13] 雖然胡秋原正確地指出了民族主義有可能變成統治階級維護其特權利益的「護符」，但直接把民族主義文藝等同於意、德、日等國的法西斯蒂文學，畢竟難以服人。中國的語境與意、德、日等國完全不同，中國的民族主義文藝恰恰是以反帝國主義爲號召的，它所提出的「民族的口號」儘管充塞著膚淺乃至陳腐的內容，但是這種民族主義話語的興起卻無疑有著異常眞實的歷史合理性。脫離當時國內外的政治、經濟和文化條件，教條地搬用列寧等人的理論，或是固執地站在文藝自由論的立場上，無法對民族主義文藝運動作出合理的解釋，反而會在暢快淋漓的批判中忽略掉民族主義話語背後的一些眞實的社會歷史因素。

　　倘若把民族主義文藝運動僅看作是一場文學運動，卻看不到其背後更深刻的社會的、歷史的、文化的動因，而只是站在文學系統內來加以評判，顯然無法抓住這場運動的核心要害。同樣，我們也不能因爲〈宣言〉在理論闡釋上的簡單、粗疏而忽視其重要性。〈宣言〉明確地在文學上提出了民族主義的要求，並把文藝創作與民族國家建設直接聯繫起來，這在新文學史上還是第一次。所以，〈宣言〉作爲文學史現象的重要性遠遠超過了其理論上的建樹。實際上，不僅是〈宣言〉，整個民族主義文藝運動——包括理論與創作在內，其意義都主要不是體現在文學創作和理論建樹的成就上，而在於它從某個方面體現了中國社會在 1920 年代末和 1930 年代初所面臨的巨大的結構性變化，這個變化反映在社會思想和意識形態層面，就是民族主義再次蔚然興起。

　　從表面上看，民族主義文藝的興起，是為了對付普羅文學，加強國民黨對文藝領域的控制，但是在這直接的動因背後，也還有著更加深刻的社會的、歷史的、文化的原因。[14]《開展》月刊在其發刊詞中聲稱「民族主義文學，以水到渠成之勢，無疑的成為支配中國文壇的一種新的勢力了。」[15] 說民族主義文學已經成為「支配」文壇的新勢力，這固然是吹噓，但是說民族主義文學乃是水到渠成，倒並非全是大話，讓民族主義文學沖決而出的「水」就是民族主義。

　　當然，在二、三十年代的中國，民族主義已經算不上什麼新東西。早在 20 世紀初，民族主義作為一種新興的意識形態就已經受到知識群體的關注。1902 年 6 月，《政藝通報》就刊出了題為〈民族主義〉的文章，1903 年 3 月《新民叢報》刊出〈近世歐人之三大主義〉，民族主義即為其中之一，並指出「近日世界之大事變，推其中心，無不發於民族主義之動力。」[16] 這一時期對民族主義闡發最力的是梁啟超。在二十世紀最初數年間，梁啟超先後撰成〈國家思想變遷異同論〉、〈新民說〉等文，從「社會達爾文主義」的觀點來觀察世界大勢，指出歐洲各國自 16 世紀以來拜民族主義之賜而日臻發達，到 19 世紀末擴張而為民族帝國主義。可中國「於所謂民族主義者猶未胚胎焉」，以此自然無法與「世界所以進步」之「公理」相抗衡。中國若要抵禦列強的侵淩，只有從速養成「我所固有之民族主義」。[17] 民族主義遂成為知識群體幻想中的救國保種的利器。不用說，民族主義在晚清末年的興起完全是受國勢陵夷的危局所激。儘管圍繞保皇立憲還是排滿革命，知識群體內部發生了激烈的爭論，但是無論是立憲派還是革命派，他們顯然都承認傳統的王權統治已經無力因應 20 世紀的世界局

勢了，中國要富強，就必須完成由老大帝國向現代民族國家的轉變。而民族主義正是由以建立民族國家的唯一途徑。蔣方震在其頗具影響的〈民族主義論〉中即把民族主義定義為「合同種，異異種，以建一民族的國家，是曰民族主義。」他認為「民族主義之大目的，在統一全族以立國」，而「凡立於競爭世界之民族而欲自存者，則當以建民族的國家為獨一無二義」，「故今日而再不以民族主義提倡於吾中國，則吾中國乃真亡矣！」[18]

　　晚清末年民族主義論雖然蔚然成一時風氣，但是其受眾面非常狹小。在數量本就極小的識字人口中，幾乎只有接受新式教育的學生[19]和通商口岸的新式知識份子[20]才有機會與聞關於民族主義的種種闡述，而思想最活躍的學生又多數是海外的留學生，其中尤以留學日本的學生為多。[21]晚清末年關於民族主義的論述絕大多數都發表在日本出版的各類中文書刊上，這些書刊儘管也會通過各種管道流傳到國內，但由於流傳管道畢竟有限，又加上晚清學堂的校方常常禁止學生傳閱宣揚新思想的書刊，[22]民族主義在中國本土的傳播範圍估計不會太大，其影響恐怕也要遠比我們所想像的小。這一時期關於民族主義的種種論述，主要是圍繞排滿問題而展開的，[23]其中以章太炎為代表的帶有種族論色彩的民族主義影響較大，直接推動了辛亥革命。在辛亥革命之後，中華民國的建立至少標誌著中國在形式上完成了現代民族國家的建立，民族主義思潮此時亦開始轉入低潮。一般而言，現代民族國家的建立大致可分為三個階段：民族的解放或獨立，建立在國民充分認同基礎之上的民族國家的統一，以及民權的建立與拓展。[24]以此來衡量，中華民國頂多只是完成了民族國家建設的第一步，即獲得了獨立的主權[25]，

但國內軍閥林立、擁兵割據一方的狀態則表明國家在形式上的統一都還談不到，能夠確保普通民眾擁有廣泛的政治參與權的民主政治也未見實行，普通民眾對國家還缺乏高度自覺的認同。因此對於初創的中華民國來說，民族國家的建立實際上還是一項遠沒有實現的計畫。然而，包括孫中山在內的許多人卻認為隨著民國的建立，「民族、民權兩主義俱達」。[26] 這種想法反映出當時多數人對民族主義其實還都沒有深入的認識，他們所理解的民族主義與如今通常意義上的民族主義相比，還有相當大的差距。總之，綜觀 20 世紀前十年的民族主義思潮，我們不難發現在這十年裡，由於教育水準落後、媒體欠發達等現實因素的制約，民族主義並沒有得到廣泛的傳播，其影響主要還是局限在極少數接受了西式教育的知識份子群體之中，對普通民眾還沒有太大的觸動。此外，就論述內容看，這一時期的民族主義基本上是圍繞著排滿以及立憲還是共和的問題而展開的，對民族主義在文化特別是經濟上的要求則絕少談到，就此而言，這一時期的民族主義大體上可以稱作是種族的、政治的民族主義。[27] 對民族主義的這種狹隘理解，尤其是對種族與民族關係的錯誤理解，對其後民族主義的發展也有消極的影響。

在談到 20 世紀初期的民族主義時，我們不應該忽略一個重要的社會群體，即商人，尤其是其中的紳商。[28] 這個社會群體的民族主義意識雖然遠不如學生和新式知識份子那般系統化、條理化、激情化，對民族主義的理念也沒有豐富的闡發，但他們卻是體現民族主義理念的最重要的社會群體之一，他們所領導的經濟上的抵制活動在一定程度上推動了民族主義的發展壯大。比如 1901 至 1903 年的抵俄運動和 1905 年的抵制美

貨運動，[29] 在社會上產生了廣泛的影響。1905 年的抵制美貨運動展示了與以義和團運動爲代表的傳統排外主義迥然不同的對外方式和理念，「包括人民主權思想和全民國家觀念的興起、新式社團和報刊等現代傳媒的運用、民衆政治參與意識的成長和現代輿論的崛起，以及文明理性的對外精神」，它不僅喚起了中國民衆的民族主義意識，而且也直接推動了中國近代民族主義運動的發展。[30] 抵制美貨運動的成功使得「保護國家利益和捍衛民族榮譽的運動迅速地擴大到中國沿海各地區，在此後數年裡，各種抵制活動大大增加了，抵制發展成爲達到政治目的的一種經濟武器。」[31] 第一次世界大戰期間，中國民族工業得到了千載難逢的發展良機，現代工業的快速發展，不僅完成了由紳商向近代工商資產家的轉化，而且在沿海城市還產生了現代的產業工人階級。中國社會的這種結構性變化雖然還不是根本性的，但爲民族主義的發展培植了力量。1915 年的抵制「二十一條」、1919 年的五四運動以及 1921 年華盛頓會議前後的一系列反帝愛國運動都充分表明民族主義浪潮在逐步高漲，尤其值得注意的是，參與的社會群體已不僅僅限於青年學生，民族資本家和產業工人也在逐漸成爲民族主義運動的重要力量。[32] 當然，正如白吉爾所指出的，民族資本不一定是民族主義賴以存在的基礎。民族資本與外國資本之間雖然也存在利益衝突和經濟競爭，但考慮到外國資本在中國經濟發展過程中的重要作用，而中國資產階級又是這種發展最大的受益人，兩者之間存在的共同利益必然會使他們「團結一致，持有同樣的觀點」。[33] 五四運動中上海總商會曖昧的親日立場，即充分暴露了民族資產階級的搖擺性。[34] 因此，民族資產階級的民族主義立場是不徹底的，「他們反對外國滲透的鬥爭，主要發生在

政治領域，……資產階級利益的特異性，還不足以賦予該階級民族主義一種眞正的獨特性，而只是使它打上了某些特有的印記，僅僅構成了中國民族主義的一種清晰的變體。」[35]

當然，指出紳商和民族資產階級在民族主義發展過程中的作用，並不是爲了證明他們就是民族主義產生的階級基礎。白吉爾認爲民族主義是資產階級所特有的，[36] 這是一個過於狹隘的觀點。準確地說，民族主義是現代化的產物，工業化和城市化的進程必然會給民族主義的生長提供良好的土壤和氣候，資產階級的形成和壯大同樣是這一過程中的現象，它和民族主義之間其實並沒有因果性關係。Ernest Gellner 在其經典著作《民族與民族主義》（*Nation and Nationalism*）中指出民族主義的出現應歸因於前工業經濟向工業經濟的劃時代的轉變，他認爲隨著社會組織形式變得越來越錯綜複雜，它們開始要求有更加同質化也更具協作性的勞動力和政策。因此，是工業社會生產了民族意識得以產生的經濟條件，而這種民族意識在政治上通過民族國家的監督作用得到了鞏固。用他的話來說就是：

> 受渴望富裕和發展的工業秩序的影響，社會流動和通訊──其規模要歸因於精細的專門化──迫使其社會單位必須擴大，而且在文化上也要做到同質化。要維持這種不可避免是高層次的文化（因爲識字率的緣故），就需要獲得來自國家的保護。[37]

安德森（Benedict Anderson）的觀點也與此相近，他認爲民族主義在西歐的產生是與宗教思想模式的衰落同時發生的。啓蒙運動那種理性主義的世俗化瓦解了中世紀以來人們理解世

界的方式，世界性宗敎共同體、王朝以及神諭論式的時間觀念
走向沒落，代之而起的是民族這種「世俗的、水平的、橫斷時
間的」共同體。[38]

　　儘管有論者認爲，Gellner和安德森對民族國家產生的目的
論式的闡述暴露了黑格爾式的偏見，即認爲「歷史」是理性的
自我意識的傳達工具，在理性自我實現的過程中，個體公民異
化的本質將在民族的共同生活中得到粘合和修補，[39] 但是民族
主義與現代性之間的確有著異常緊密的關係。霍布斯鮑姆（Eric
Hobsbawn）在研究 1830 年以後歐洲新興的民族主義運動時指
出，民族主義代表著 19 世紀 30 年代雙元革命後出現的強大的
社會力量，其中「最立即且強大的是小地主或鄉紳的不滿，以
及在許多國家當中突然冒出的民族中產階級、甚至低層中產階
級」，「中產階級民族主義的強大支持者，是下層和中層的專
業、行政和知識階層，換句話說，即受過教育的階層。……確
切地說，中產階級民族主義的先鋒，是沿著教育進步的路線進
行戰鬥，而教育進步，則顯現在大批『新人』進入當時仍被少
數精英佔據的領域。學校和大學的成長顯示出民族主義的進
展，因爲學校尤其是大學，正是其自覺的鬥士……」[40] 霍布斯
鮑姆所說的這種情況與中國現代民族主義的發展過程頗爲相
似。正如前面所述，民國建立前十年是民族主義論述最繁盛的
時期，梁啓超、章太炎等一代巨擘也都加入到論戰之中，但是
民族主義的影響範圍卻仍然有限，其中主要原因之一就是作爲
民族主義生力軍的學生群體還沒有發育成熟，還不具備在其後
的五四運動中表現出來的那種強勁的社會影響力。而在民國前
十年中得到迅速發展的民族資產階級雖然也構成了民族主義運
動的一支力量，但他們對國外資本的依賴決定了他們有軟弱的

一面，因而不可能成爲民族主義的中堅力量。民族主義的崛起有待於教育的進步，即霍布斯鮑姆所說的受教育階層的壯大。

再來看中國在 20 世紀前 30 年教育發展的歷史，我們可以發現教育發展的速度異常驚人，1902 年全國學生總數（包括高等、中等和初等三級教育）僅 6912 人，1905 年已達到 258876 人，1906 年更是猛增到 468220 人。其後 20 餘年中，除了 1916-1917 年間略有下降外，每年都在增加，到 1929-1930 年間，全國學生總數已達 8331990 人，在不到 30 年時間裡增長了一千二百多倍。[41] 當然，在學生總人數中，有可能被民族主義所吸引的接受中等以上（包括中等）教育的學生人數還是相對較少，以 1929 年的統計數字爲例，接受中等和中等以上教育的學生僅占全國學生總數的 4.7%，[42] 但其絕對數量則無疑是在飛升。以在校大學生人數爲例，1911 年全國僅有 2076 人，而 1925 年已經達到 25278 人，1930 年更是達到 41966 人。儘管大學生的數量在全國人口總數中顯得微不足道，[43] 但他們已經形成爲一個具有相當的社會影響力的社會群體。1919 年的五四運動和 1925 年的五卅運動就都充分地展現了學生的社會動員力量。因此，到 1930 年左右，在校學生以及在各地黨政機關、學校任職的已畢業學生已經形成了一個規模相當可觀的「受教育階層」。當然，一個相當規模的受教育階層的存在畢竟只是民族主義興起的前提之一，接受現代教育的學生也不一定都會傾向民族主義。但是現代中國內憂外患不絕的歷史境況卻很容易激發起民族主義情緒，從 1915 年的抵抗「二十一條」到 1919 年的五四運動，再到 1925 年的五卅運動，每一次運動都是以外抗強權爲導火線的，而且受教育階層都在其中發揮了重大的作用。因此，在一定程度上，可以說中國現代民族主義

是與教育進步同步發展的。1930 年代初期展開的民族主義文藝運動也證明了民族主義與受教育階層之間的同步發展關係。從民族主義文藝的陣營來看，青年學生以及剛走出校門在政府部門供職的年輕人構成了其基礎力量。「前鋒社」除了幾位骨幹如范爭波、朱應鵬、傅彥長、葉秋原年紀稍長、在三四十歲以外，其餘的積極分子如黃震遐、萬國安、徐蘇靈、湯增敭等人，都是二十出頭的年輕人，他們或是青年軍官（黃、萬），或是在讀的大學生，而作為「前鋒社」最主要盟友的「草野社」更是清一色的大學生。《申報》的副刊「青年園地」也成為鼓吹民族主義的主要陣地之一，魯迅在〈『民族主義文學』的任務和運命〉中所譏嘲的那些聲稱要用「肉身塞住仇人的炮口」的「憤激和絕望」的民族主義的「小勇士們」恰恰都是「青年園地」的作者。杭州的「初陽」和「青萍」這兩個團體的情形也與此相仿，其主要成員都是青年學生。南京的「開展」與「流露」則稍有不同，其成員除了學生之外，還有在政府機關供職的年輕人，如「流露」的蕭作霖、左漱心，「開展」的曹劍萍、潘子農，甚至包括「中國文藝社」的繆崇群，都是二十出頭、在國民黨黨政機關供職的文學青年。因此，民族主義文藝運動雖然是由國民黨內的文藝幹才發動的，但也不能否認它確實擁有一定的社會基礎，構成其群眾基礎的就是以青年學生為主體的「受教育階層」。1931 年「九一八事件」之後，民族主義的發展勢頭更是有增無減，而左翼則因為其「保衛蘇聯」的口號不得人心，力量遭到很大削弱。

　　促進民族主義產生、發展的因素當然不止限於教育的進步，傳媒的快速發展也是一個相當重要的原因。安德森在《想像的共同體》中仔細探討了印刷資本主義對於民族主義所起到

的重大的推動作用。他認為：「在積極的意義上促使新的共同體成為可想像的，是一種生產體系和生產關係（資本主義），一種傳播科技（印刷品），和人類語言宿命的多樣性這三個因素之間半偶然的，但卻富有爆炸性的相互作用。」[44] 在 16 世紀後的歐洲，印刷資本主義創造了在拉丁文之下、口語方言之上的印刷語言，使得「原本可能難以或根本無法彼此交談的人們，經由印刷字體和紙張的中介，變得能夠相互理解了。在這個過程中，他們逐漸知覺到那些在他們的特殊語言場域裡面的數以萬計，甚至百萬計的人的存在，而與此同時，他們也逐漸知覺到只有那些數以十萬計或百萬計的人們屬於這個特殊的語言場域。這些被印刷品所連結的『讀者同胞們』，在其世俗的、特殊的、『可見之不可見』當中，形成了民族的想像共同體的胚胎。」[45] 在 18 世紀的美洲，報紙則在一個相對穩定的讀者群中創造了一個有共同歸屬感的想像的共同體。[46] 報紙——還包括小說——之所以顯得如此重要，是因為它們創造出了一種「依循時曆規定之節奏，穿越同質而空洞的事件的想法」，[47] 而這種同時性概念對於民族這一想像的共同體的形成有著至關重要的意義。中國的情況當然與 16 世紀後的歐洲以及 18 世紀的美洲不同，中國的印刷術有著悠久的歷史，在北宋年間即已達到很高的水準，而更為重要的是中國的印刷語言一直很固定，這不僅使不同地域的人們可以互相交流、溝通，而且也使思想文化得以跨越王朝的更迭而延續下來。因此，在中國古代實際上已經產生了類似於「民族」的想像的共同體。[48] 但是，我們也不能因此而否定印刷出版的發達對於民族主義的產生、傳播所起到的重大作用。事實上，印刷出版業的迅猛發展對於包括民族主義在內的所有的來自西方的思想和意識形態的傳播

都起到了決定性的作用，可以說沒有現代印刷傳媒的發展，民族主義就不可能得到如此迅速、廣泛的傳播。

在中國現代出版史上，1919 年是一個意義重大的分水嶺。在 1919 年以前，中國的出版業雖然有所發展，但依然比較沉寂，「大多數出版物依然是舊式的，內容陳腐。」[49] 當時剛從美國回國的胡適就慨歎道：

　　總而言之，上海的出版界——中國的出版界——這七年來簡直沒有兩三部以上可看的書！不但高等學問的書一部都沒有，就是要找一部輪船上火車上消遣的書，也找不出！[50]

1919 年前介紹到中國的西方著作大都限於 17 或 18 世紀的作品，西方知識的輸入極其有限，[51] 像民族主義這樣完全來自西方的思想理論體系當然不可能得到廣泛的傳播。

1919 年五四運動之後，中國出版業有了顯著的發展，僅在「五四」之後的半年中，中國就出現了大約 400 種新的白話文刊物，[52] 而一些老刊物也紛紛改弦易轍，如《東方雜誌》（1904 年創刊）即於 1919 年 6 月宣佈根本改變編輯方針，以「順應世界之潮流」；[53] 同樣《小說月報》也於 1921 年起面目一新，轉向新文學的創造以及西方文學的介紹與研究。同樣值得注意的是報紙的副刊，《時事新報》和《民國日報》的副刊致力於傳播新思想、新學說，在社會上產生了很大影響，尤其是《民國日報》的「覺悟」和「星期評論」等副刊在葉楚傖等國民黨人的領導下，成為國民黨最重要的言論陣地，它們對國民黨的重新組建以及其後的北伐都在思想輿論上作好了準備。

　　新書和翻譯作品也在大量出版，在五四後的幾年裡，至少有 48 家出版社出版西方著作的中譯本。就以商務印書館爲例，1912 年出書 407 種，1915 年出版 552 種，1919 年出版 602 種，但到 1920 年卻猛增到 1284 種，[54]1923 年更是達到 2454 種。[55]中國印刷出版業在 20 世紀第二個十年裡的飛速發展也可以從紙張進口數量的劇增得到證明：1919 年中國的紙張進口數量爲862037 擔，1920 年是 1026511 擔，從 1921 年以後逐年增長，1929 年達到 2299735 擔，增長了近 3 倍。[56]談到這十年的出版，我們不應忽視圖書館運動的重要作用。1923 年，中國教育改進社決定以美國庚子退款的三分之一，來建造一批圖書館。1925 年，美國圖書館協會代表包茲威克在中國旅行時提議創辦一批公共圖書館，1928 年的全國教育會議要求每個學校均建立圖書館，並以每年流動經費的 5%用於購置圖書。圖書館運動無疑極大地推動了中國出版業的發展，商務印書館推出的著名的「萬有文庫」就是在圖書館運動中應運而生的產物。[57]

　　總之，五四後的十年裡印刷出版業的高速發展使西方的各種思想學說迅速傳播開來，懷疑論、實證主義、自由主義、無政府主義、社會主義、國家主義等各種思想群流並進，形成了一個極度繁盛的思想局面。儘管我們還找不到一個直接打著民族主義旗號的思想流派，但實際上在許多思想流派中我們都能看到民族主義的一些影子，比如自由主義、無政府主義、社會主義和國家主義就都牽涉到了現代國家的問題，其中中國青年黨所標舉的國家主義實際上就是民族主義。從 1922 年底起，曾琦、李璜、余家菊、左舜生、陳啓天等人開始系統地宣揚國家主義，宣稱「國家主義是以超越個人、民族、宗教、階級、黨派的利益而擁護整個國家利益的主義」，[58] 其核心是「國家

至上」、「民族至上」。李璜是這樣來定義國家的：

> 　　（國家是）一定的人民，佔有一定的土地，保有一定
> 的主權，而此人民本其自愛的心情和其生活的條件，此土
> 地也，不容人侵奪，此主權也，不容人干犯，有前人時時
> 締造的艱難，即有後人世世保守的責任，有一種特殊文化
> 的貽留，即有一種相當感情的回顧，因而國家不獨有其實
> 質，又複有其靈魂。[59]

　　儘管如凱爾森（Hans Kelsen）所指出的那樣，「『國家』
的定義由於這一術語通常所指對象的多樣化而弄得很難界
定」，[60] 但是「國家」的概念通常強調的是其人為設計的一整
套政治制度和法律秩序的運轉，亦即其作為政治共同體的一
面。[61] 然而，李璜的這個定義強調的不只是國家的政治形式，
而且著重強調了歷史和文化的歸屬感，因此這裡定義的與其說
是「國家」（state），倒不如說是「民族」（nation）來得更為
準確。[62] 中國青年黨的宗旨是「本國家主義之精神，采全民革
命之手段，以外抗強權，力爭中華民國之獨立與自由，內除國
賊，建設全民福利的國家」。[63] 很顯然，中國青年黨的目標是
要建立一個獨立自由的現代民族國家，這就在根本上與民族主
義的目標相一致了。因此，中國青年黨的國家主義其實就是民
族主義。1924 年 10 月，中國青年黨在上海創辦《醒獅》週報，
大力鼓吹國家主義，同時曾琦、李璜等人還借兼任上海各大學
教授之便，在青年學生中進行宣傳鼓動，並著手在全國各地建
立組織。1925 年五卅運動爆發後，國內民族主義情緒極度高
漲，在國內外一下子冒出了數十個國家主義團體，[64] 它們有的

隸屬於中國青年黨，有的則是與其有著共同的國家主義政治立場。值得一提的是，梁實秋、聞一多、羅隆基、何浩若、時昭瀛、吳景超等留美學生也於1924年夏在芝加哥大學成立了「大江會」，認為鑒於國家危急的處境，不能「侈談世界大同或國際主義的崇高理想，而宜積極提倡國家主義（National-ism）」，[65]這些後來成為著名的自由主義分子的知識份子向民族主義的靠近，證明在當時民族主義已經成為聲勢最大的思想潮流之一。

儘管國家主義在1920年代民族主義的傳播上起到很大作用，但應該看到民族主義影響迅速擴大根本上還是由20年代中國大革命的歷史條件所決定的。五四運動後期，激進的知識份子已經開始試圖與民眾相結合，他們通過在城市和農村的演講以及開設平民夜校，宣傳科學知識、愛國主義以及其他社會和政治思想。[66]知識份子動員民眾的努力最集中地體現在現代的群眾動員型的革命政黨的出現上，中國共產黨的成立以及稍後國民黨的改組標誌著大革命風暴的即將來臨。亨廷頓認為，「只有城市和農村的反對派聯合起來，才能產生一場革命」，[67]也就是說只有當激進的知識份子和城市中以產業工人為主體的貧民階層以及農村中的貧苦農民結成聯盟，革命才有可能發生。發動革命的困難在於知識份子與工人和農民在利益訴求上常常不一致，工人和農民的要求通常是具體的，他們要求經濟利益的再分配，而知識份子的要求則通常比較抽象，他們更關注政治性的而非經濟性的權利和目標。[68]因此，革命政黨在動員工人和農民加入革命時，除了給予社會地位和經濟利益上的許諾之外，還必須求助於民族主義的吸引力，因為只有訴諸民族主義才能動員包括工人、農民在內的廣大民眾參與政治，結

成一個範圍廣泛的政治聯盟。1920 年以後，國民黨開始注重在城市產業工人和手工業工人中進行組織動員，而後起的共產黨在以後數年中更是將動員的範圍擴展到農村中。這一時期的國民黨通過對廣東地區的城市工人的動員和組織，[69] 逐漸積蓄起力量，並借助與共產黨結盟之力，完成了向民族主義政黨的轉變。1924 年孫中山第一次系統地闡述了其三民主義理論，民族主義在其中佔據了最主要的地位，並從此成為國民黨最基本的建黨理念和施政綱領。1925 年的五卅運動在某種程度上反映了民族主義的宣傳和動員已經取得了相當的實效，反帝愛國的口號已成為國人盡知的口號，而北伐則借助革命的氣勢一舉掃蕩割據各地的軍閥，北伐的完成在某種程度上也可以看作是民族主義的勝利。到 1928 年南京政府建立時，國內民族主義達到了前所未有的高潮，人們對南京政府寄予了厚望，[70] 這表明一個統一獨立的現代民族國家已經成為廣大民眾普遍認同的目標。

總之，從 1920 年代的歷史進程來看，民族主義和革命是相互鼓蕩、裹挾著一塊兒向前發展的。革命以民族主義為動員手段，而民族主義也借助革命的席捲之勢迅速滲透到工人、農民等社會下層階級之中。

無論是教育的進步、現代印刷傳媒的發達，還是革命的爆發，這些影響到民族主義在 1920 年代中國迅猛發展的決定性因素，都是現代性的產物，[71] 在這個意義上，我們可以說中國的民族主義不能簡單地看作是西方思想的舶來品，它也是從中國特殊的政治、經濟和文化的艱難的轉變過程中生長出來的。

在明白了中國民族主義產生和發展壯大的歷史條件和背景之後，再回過頭來看民族主義的理論論述，便會發現其內容竟

是如此蒼白，這與其賴以產生的歷史語境之豐富複雜形成了鮮明的反差。其實，民族主義在哲學思想上的貧乏不獨中國為然，它也是一個相當普遍的通病。安德森就指出，民族主義儘管在「政治上」力量強大，但在哲學上卻極端貧困，「民族主義從未產生它自己的偉大的思想家」。他認為我們不必把民族主義「視為一個具有特定專屬內容的存在實體」，也「不要把它理解為像『自由主義』或『法西斯主義』之類的意識形態」，這樣也許反而能夠更好地理解民族主義。[72] 當然，中國民族主義在思想上的貧困並不意味著它就沒有值得予以探討的問題，接下來還是讓我們把範圍縮小，看看在民族主義文藝運動的理論建構中所暴露出來的一些問題。

　　如前面所述，民族主義文藝的目的是要借助文藝促進民族國家的建立，說得更直白一點，就是要在文藝上為南京政府奠定合法性基礎。我們知道，儘管 1920 年代末一個統一的民族國家已經成為廣大民眾普遍認同的目標，但是南京政府卻並沒有獲得全體國民的認可，除了共產黨的武裝暴動之外，各地殘存的軍閥割據勢力依然是南京政府的心腹大患。要真正實現全國統一，除了軍事和經濟上的努力之外，思想意識領域的控制也相當重要，尤其重要的是要形成統一的「民族意識」。在民族主義文藝家們看來，「民族」是一個能夠有效地消弭各種思想意識分歧的概念範疇，而他們全部的努力就是試圖說服別人相信南京政府就是這個「民族」的現實化身。在這裡，對民族的想像實際上就是對於國家政權的想像。那麼，民族主義文藝家們是如何想像民族的呢？〈民族主義文藝運動宣言〉是這樣來定義民族的：

　　　　民族是一種人種的集團。這種人種的集團的形成，決
　　定於文化的，歷史的，體質的及心理的共同點，過去的共
　　同奮鬥，是民族形成的唯一的先決條件；繼續的共同奮
　　鬥，是民族生存進化的唯一的先決條件。

　　這顯然是一種典型的自然決定論，即認爲是一些先在的特
質──如種族特徵、文化傳統、風俗習慣等──劃定了民族的
邊界，也就是說民族是一種必須接受的自然存在，而不是通過
主觀認同建構起來的想像的共同體。以先定的自然本質來區分
族群在今天已經被證明是站不住腳的，當代研究族群理論的學
者們大都揚棄了以血統、膚色、發色等體質特徵與語言、服
飾、宗教、風俗習慣等文化特徵來區分族群的傳統論述形式，
轉而將族群視爲其成員主觀認定的範疇，區分族群的邊界也不
必是具體的地理邊界，而往往是由各類符號所建構的「社會邊
界」。民族，按照安德森的界定，「它是一種想像的政治共同
體──並且，它是被想像爲本質上有限的（limited），同時也
享有主權的共同體。」[73] 強調民族是一種建立在主觀認同基礎
上的政治共同體，也就是強調建構民族的文化和政治過程，它
承認想像在民族神話和歷史主體性創制中所起的核心作用，並
提醒我們文化是通過口耳相傳或是書寫的模式創造和建構起來
的。[74] 指出民族乃是想像的共同體，更重要的意義在於它迫使
我們進一步去追問如下一些問題，即是誰運用了什麼材料在想
像？又有哪些人作了回應？產生了怎樣的政治後果？
　　循著這一思路追索下去，我們就會發現民族主義文藝對
「民族」的界定不僅沒有向前發展，反而是往後退了。前面說
過，國家主義所謂的「國家」其實是「民族」（nation），而

不是通常意義上的「國家」（state），他們儘管也強調歷史和
文化認同的重要性，但同時也非常注重制度的建構。在政治
上，他們主張實行民主憲政，在經濟上承認私有財產權，但鐵
路、郵電、礦山、水利、森林等則收歸國有，在外交、國防、
財政、教育等方面，他們也都有比較詳細的制度設計。[75]因此，
在國家主義那裡，「民族」（nation）決不是一個空洞的概念，
而是與一整套的制度設計連在一起的，或許正是因為這個原
因，國家主義寧願把nation譯為「國家」，而不是「民族」。
與國家主義的「國家」概念相比，〈民族主義文藝運動宣言〉
中的「民族」概念則要空洞得多。令人驚奇的是，即使與孫中
山關於民族的論述相比，〈宣言〉也顯得後退了。孫中山在
《三民主義》中明確指出「民族主義就是國族主義」，他還試
圖區分民族和國家這兩個概念，他認為「民族就是國族」這個
說法在中國是適當的，而在外國就不適當，因為「外國有一個
民族造成幾個國家的，有一個國家之內有幾個民族的」，比如
英國——「大不列顛帝國」——就是由白人、棕人和黑人等民
族組成的。[76]孫中山的闡述雖然明顯帶有種族論的痕跡，但他
顯然還是認為民族（即他所謂的國族）是超越於種族（相當於
他所說的民族）之上的政治共同體，所以才進一步強調民族是
「由於王道自然力結合而成的」，[77]而所謂「王道」也就是強
調民眾的主觀認同意願。但是〈宣言〉卻剔除了孫中山關於民
族論述中暗含的主觀認同因素，而把種族論直接端了出來。
「民族是一種人種的集團」，這種論斷不禁讓人想到晚清末年
的種族的民族主義論述。那麼，在民族主義文藝運動中所表現
出來的這種思想上的後退究竟意味著什麼呢？除了把這歸因於
民族主義文藝提倡者們糟糕的理論修養之外，是否還有其他的

原因呢？

　　在前面我們已經稍稍提到，強調民族是由血統、膚色、髮色等體質特徵和語言、文化、宗教、風俗習慣等文化特徵所決定的，實際上即取消了主體的主觀認同作用，民族因而成為一種脫離主體的超越性存在，它在歷史中自然生成，其存在先於一切社會階級、集團和個人。換言之，任何社會階級、集團和個人都必須屈從於民族這一神聖實體，無條件地認同它，並以民族的利益為最高利益。可見，強調民族的自然特質，真正的用意還是在於試圖抹煞民族共同體內部的種種現實差異。〈宣言〉要求以民族意識為文藝的中心意識，其潛台詞也在於此。因此，民族主義文藝運動中關於民族的論述向種族的自然特質論的後退，似乎應當視為一種現實的策略，其目的即在於用民族這一超越性的非歷史存在來模糊乃至抹煞現實存在的嚴重的階級差異，以此反擊左翼的階級論。

　　但是，強調民族是人種的集團，也會帶來難以克服的矛盾。晚清末年章太炎等鼓吹種族的民族主義，是為排滿革命張目，在當時的語境中有其現實合理性。民國成立後，孫中山即明確宣告「合漢、滿、蒙、回、藏諸地為一國」，[78] 五族共和。而到了 1930 年代，民族主義文藝家們卻反而強調民族的種族因素，這不僅是理論上的倒退，而且也給現代民族國家的想像建構造成了障礙。這種因為種族論因素的滲入而產生的認識上的困惑在具體創作中也有所反映。《前鋒月刊》曾刊登易康的三個短篇創作：〈勝利的死〉（第1期）、〈陰謀〉（第3期）和〈盜寶器的牧師〉（第4期），它們都以川藏交界處的西康特區為背景。易康的本意是要揭露英國人怎樣利用藏人和傳教士試圖將力量滲透到西康、從而達到霸佔西康的罪惡目的，但

是更讓我們感興趣的是他所描繪的西康特區那極其複雜的民族關係。西康的居民有這麼三類：一是住在城鎮中的漢人，他們是特區的統治者；二是漢蠻，即漢化的蠻子，他們住在城鎮裡或是附近；三是蠻子，他們由土司統治，住在僻遠的山區。而再往西，是在英國人控制下的藏人，一直窺伺著要打過來。這個地區的民族關係極其不穩定，漢人雖說是統治者，卻根本無力控制全局，漢人邊防軍都是鴉片煙鬼，毫無戰鬥力，漢人地方官只知搜刮血脂民膏，如甘孜縣的知事王國昌任職三年就已搜刮到幾千兩金子，讓當地土著痛恨不已（〈勝利的死〉）。蠻子對漢人則「具有一種惡毒的心理」，「因為在漢人許多年代的統治下並沒有給它們相當的教育，根本的改造，而且所謂五族共和，根本沒談到它們的問題」（〈勝利的死〉），他們受不了漢人的剝削和壓迫，就屢屢造反，殺向城鎮，每次又都是由漢蠻在中間作調解，化干戈為玉帛。作為近鄰的藏人又常在英國人的唆使下，夥同蠻子，想把漢人從西康特區徹底趕出去。但蠻子又不完全聽從藏人和英國人的使喚，他們在成功地把漢人從自己的地盤趕出去以後，又拒絕了藏人和英國人的進一步煽動，「他們宛然成立了一個與世隔絕的部落」。（〈勝利的死〉）在辛亥革命時期，這裡的居民對革命都有著自己的利益盤算：漢人早已厭惡滿人的統治，盲目地認為只要推翻滿清，由漢人來統治，天下便太平無事了；漢蠻也覺得滿清對他們不好，因而總是想跟著漢人也能享一點福；蠻子的態度則有點複雜，他們有的還戀著滿清安撫、綏靖、封官封爵的好處，有的也希望漢人起來反滿，這樣他們就可以乘機作亂，奪回被漢人占去的土地，還有的也願意漢人推翻滿清，因為他們聽說滿清已經把他們地盤內的礦山賣給洋人了，而只要漢人打勝

了，他們是會把洋人趕走的。（〈盜寶器的牧師〉）可見，在西康這塊族群關係如此錯綜複雜的土地上，根本就沒有一個統一的民族共同體，也不存在能為各族群一致接受的共同利益，每個族群考慮的都是自身的利益。在這種情況下，對「民族」的認同如何得以建立呢？顯然，按照民族主義文藝那套論述，這個問題根本就無從解決。因為如果按照體質特徵和文化特徵來建構民族認同的底線的話，漢人、蠻子和藏人怎能有共同的認同，又如何合為一族呢？可見，種族論的民族主義完全無力回應多族群國家的民族認同問題。要完成對於民族這一想像共同體的建構，必須拋棄自然本質論，重新創造一種各族群平等的共同文化（common culture）[79]，通過政治、經濟、文化等方面合理的制度安排來構築各族群對於統一的民族國家的認同基礎。而這恰恰是 1930 年代國民黨民族主義所有意或無意地予以忽略的重大關節。

　　這裡也暴露出了 1930 年代初期國民黨民族主義所面臨的一個尷尬境地：即既要利用民族主義來抹掉種族、階級、集團之間的種種差異，以造成全體民眾對南京政府所代表的民族國家的普遍認同，同時又要防止民族主義的動員走向具體的政治訴求。國家主義之所以遭到南京政府的鎮壓，根本原因就在於國家主義由民族主義立場推進到了非常具體的政治訴求，明確要求建立憲政，反對國民黨一黨專政。所以，儘管蔣介石也承認「三民主義也實在是一個國家主義」、「國民黨也是國家主義派」，[80] 但國家主義公然挑戰國民黨的統治權威則是斷然不能接受的。民族主義文藝的提倡者們當然也沒忘記在文藝上清算國家主義。程景頤在〈民族主義文藝與國家主義文藝〉[81] 一文中就竭力把民族主義與國家主義區分開來，他依據孫中山在

〈三民主義〉中對民族和國家概念的區分，認爲「民族是一個自然的集團，國家卻是一個人爲的組合」，「民族主義，在退的方面，是求本國民族全體的解放，以保持本國民族整個的生命；……在進的方面，既不妨害他民族的利益，並且援助被壓迫的民族，使之獨立生存，以求得全世界各民族的共同發展」，而國家主義「在退的方面，是特殊階級的少數人，拿國家這個名詞，來欺騙民衆，使每一個人，都在作著富國強兵的迷夢，而結果，民衆只是徒然的犧牲，卻替特殊階級的少數人，造成了特殊的、御用的勢力；在進的方面，則憑藉著他們由於欺騙民衆得來的特殊的、御用的勢力，以積極的掠奪他民族的利益，並剝奪他民族的生命」，國家主義正是造成帝國主義的「原動力」。他由此得出一個結論：「民族主義的結果，是促進人類和平世界大同；國家主義的結果，是造成國際競爭和世界大戰！」[82] 程景頤對民族主義的闡述雖然沒有什麼新意，但他在比較民族主義和國家主義的異同時，顯然強調了國民黨民族主義的國際主義的一面，亦即孫中山所強調的「濟弱扶傾」的天職。

　　民族主義和國際主義的奇怪結合是中國現代民族主義的一個獨具的特點。這恐怕要歸因於社會主義思想在近現代中國的廣泛影響。孫中山的三民主義本身即深受社會主義思想的影響，其民生主義也就是社會主義的同義詞，[83] 他在闡發民族主義時同時強調國際主義的重要性，似乎亦在情理之中。從政治實踐的角度看，孫中山一直沒有放棄尋求國外援助的努力，從清末在日本東京組織「東亞民族青年協會」，到 1913 年與桂太郎發起「中日同盟會」，再到 1920 年代尋求蘇俄的幫助，這些政治上的努力表明孫中山並不希望因提倡民族主義而導致

排外主義，而他本人也始終認爲要發展中國的實業，必須要借助外資，僅靠中國自身之力求發展，那就太迂緩了。因此，從這個角度看，在鼓吹民族主義的同時強調國際主義，實際上爲靈活的政治實踐開啓了一道暗門。同樣，民族主義文藝對民族主義之國際主義取向的強調，除了恪守孫中山的論述之外，也有著非常現實的政治目的，即勉強製造出民族主義與國家主義的區別，達到在政治上打擊對手的目的。因此，在這裡相關的論述其實並不具有理論上的意義，而純粹是出於現實政治的需要。這其實正是民族主義話語的一個主要特點，即其內容上的貧乏反而使其能夠在現實政治中發揮靈活多變的作用。

第二節　李贊華：〈變動〉與〈矛盾〉

　　1930 年代初期的民族主義文藝運動雖然看上去聲勢浩大，有不少社團和刊物，但其總體創作實績卻略顯蒼白。考慮到一些民族主義文學社團的主要成員在當時都還只是 20 歲左右的年青人，[84] 而且他們中絕大多數人不是學生就是職員，都不是靠賣文爲生，創作上缺少錘煉，作品相對貧弱，似乎也在意料之中。「前鋒社」卻是個例外，其骨幹人物朱應鵬、傅彥長在當時文壇上已經有相當的知名度，他們約請的作者中也有比較成熟的作家，因此創作水準相對高一些，可以說是代表了 1930 年代初期民族主義文學的最高水準。[85]

　　「前鋒社」作家中藝術技巧最圓熟的當數李贊華。他在《前鋒月刊》和《現代文學評論》上發表了多篇創作小說，這些作品有的描繪了屢遭「匪禍」的內地農村動盪、蕭條的景象（〈變動〉、〈飄搖〉），有的叙述了貧苦無告的窮人鋌而走險、殺人越貨的驚栗故事（〈魔〉、〈殺害〉），還有的則刻

畫了都市中的男女內心的矛盾、苦悶和荒涼（〈矛盾〉、〈醉亂之夜〉、〈女人〉）。李贊華的作品不著力於構造曲折複雜、富有傳奇色彩的故事情節，敘事簡明流暢，而且十分注意刻畫在特定情境中人物的動作行爲和內心思緒，尤其擅長渲染氣氛，以烘托出人物內心的緊張狀態。

　　被推舉爲民族主義文學的「偉大的創作」[86] 的短篇小說〈變動〉（載《前鋒月刊》第 2 期），最能夠體現出李贊華的創作立場和藝術才能。這篇小說的故事非常簡單：梅家莊的寡婦臘梅阿娘和小臘梅相依爲命，過著貧苦的日子，她把所有的希望都寄託在自家饋養的豬身上。但是那件風傳了很久的事情（暗指共黨的「劫掠」）終於降臨了，臘梅阿娘只得含淚別豬，和小臘梅躲進山裡。站在山上，遠望村子裡放出的火光，臘梅阿娘心裡牽掛著，不知道她的豬是死是活。從這樣一個角度來描摹內地農村的「變動」，是相當別致的。在整篇小說裡，共產黨始終是以既虛又實的影子出現的，人們早在傳說「那件事」就要來了，人心惶惶，不可終日，而等它終於來了，卻依然只是遠處沖天的火光而已。這種避實就虛的手法確實很高明，如果直接描寫「匪亂」，難免會有臆造失實之處，反而不能令人相信，而把「匪亂」作爲一個惘惘的背景，突出一般老百姓對兵亂的恐懼和對富足和平生活的嚮往，則不僅能使描寫顯得眞實可信，而且也易於煽動起人們對於作爲「禍亂」之因的共產黨的敵視。這種含蓄的手法是一般的反共作品所普遍缺乏的。李贊華長於把握人物的內心活動，不僅能捕捉到不同人物不同的內心活動方式，而且也能敏銳地體察到人物在不同情境中的內心變化，比如小說開頭寫到臘梅阿娘的豬：

　　臘梅阿娘的豬，是那麼肥，那麼高大，常逗起臘梅阿
娘的笑容。這笑容，在周圍十余里的梅家莊是不很常見。
年歲不好，大家有的只是皺眉。皺眉的人，自己難得笑，
更不願看別人笑。臘梅阿娘心裡很明白村裡人的情形，笑
容也就收斂得很快，望著豬，呆呆地暗自盤算：到年底這
又是一注錢了。償清梅大爺的債，替小臘梅製件新衣，剩
餘的買個小豬，明年又是這麼高大，這麼肥，這樣一年年
下去，不難替死鬼臘梅爺爭口氣。這些希望都在豬身上。
豬不會答話，但繞著她的膝，很親昵，似乎並不會負她這
番希望。歡喜又佔據她的心，笑的浪紋不期然地又在她瘦
削的臉上蔓延開來。

　　臘梅阿娘對豬的疼愛是非常實在的，因為豬是她生活中的
全部希望所在。有了前面這番鋪墊，後面臘梅阿娘拋下豬躲進
山中時內心的憂慮、痛楚和絕望就顯得更加深刻有力了：

　　臘梅阿娘是多年不曾爬過山，跟不上，只攙著小臘梅
哭。心想，沒有了豬，逃了命做什麼？腳步便格外遲緩。
回頭望望梅家莊，又傷心，什麼時候回來，這沒有一定。
豬，鬍子阿伯雖那樣說，怕是一句話。別人的東西總不能
看得和自己一樣重，何況在這個時候！即使有回來的一
日，能夠見著豬，怕也沒有那麼肥，那麼高大了。

　　這裡對臘梅阿娘一波三折的內心活動的刻畫既細膩又準
確，是很具有說服力的。
　　〈飄搖〉（載《現代文學評論》創刊號）也是一篇從側面

反映「匪亂」之害的作品。中學教員芳谷為躲避廣信府 [87] 的變亂，雇了一隻小船逃往省城。在河口鎮中途歇船時，陷入沮喪和絕望中的芳谷上岸到妓寮買笑，碰到的姐兒卻也是為了「鄉下鬧土匪」而逃出來的，同是天涯淪落人，兩人不免有點彼此憐惜。小說對信江邊的河口小鎮以及水手、娼妓生活的描寫，讓人想起沈從文筆下的湘西，但筆調要更流暢、更清淡一些；而對「紅門簾」裡面的情景描寫則讓人想起郁達夫，但又沒有郁達夫的那種無所顧忌的直露，而是要含蓄精緻一些。雖然我們能在〈飄搖〉裡看到別人的影子，但李贊華的縫合術是相當高明的，通篇都很流暢，讓人看不到有生硬拼湊的痕跡。這篇小說最讓人稱道的也許是清麗而又生動的情景描寫，比如下面這個細節：

> 艙外莎莎地一陣響，船身在蕩動，客人心裡慌，便推開牌，怕外面有什麼變動，靜靜地聽。船家也猛然打斷了念頭警覺地抬起頭，從艙板的隙孔朝外望，外面的雪是彌漫著，岸上依然是那樣的冷寂，只見許多積雪從篾蓬上溜下水，隨著流水飄去了。

寥寥幾句，逃難中的那份警覺和驚懼的心情已是躍然紙上，而最後輕淡的幾筆雪景描寫，更是映襯出了人物內心的荒涼和無奈。諸如這樣的細節描寫，讓人不由地想起中國傳統小品文明麗雅潔的情致。〈飄搖〉由於表現手法的新穎別致，在當時也博得了一些好評。有人即認為其「感覺裝置」「新鮮」，「表現情態適當而且深刻」，頗有新感覺派的風味。[88] 把李贊華劃入新感覺派雖然並不妥當，但是他那種強調人物的

主觀感知的寫作手法,確實與新感覺派有某些相通之處。

　　〈魔〉(載《現代文學評論》1卷2期)則是一篇主觀感覺色彩更濃烈的作品。楊大迫於貧窮,決定去盜取財主五大爺停厝在同善堂的棺材。在經受了種種驚嚇之後,楊大終於艱難地撬開了五大爺的棺材,但令他萬分失望的是,他得到的僅僅是五大爺嘴裡含著的一枚錢。這篇小說的特點是比較成功地渲染了同善堂陰森可怖的氣氛,對楊大在盜棺過程中內心的膽怯、恐懼和猶豫,以及最後的瘋狂,都有比較細緻的刻畫。由於採用了內聚焦式的敘述視點,一切景物都是從楊大的眼中看出去,因此楊大周遭的一切似乎都成了他內心的緊張和恐懼情緒的外化:

　　　　楊大癡望著前面,陡的覺得那座樹林有些異樣,像是一個巨人昂然地站在眼前,千百條巨大的手,在擺動,在展開,在向他攫襲,一種莫名的驚悸愣住了他,使他悚然地倒退了幾步。

　　　　……

　　　　貓頭鷹嗚嗚地像是鬼哭,蛇像是成群地在腳下盤繞,山路這樣的不平,眼前樹葉隱蔽著有如一盤濃墨。

　　　　……

　　　　他大膽地翻身進去,偷偷地東張西望著,這裡的浮棺很多,都靜悄悄地有一股陰森與嚴肅。楊大似乎看見那棺材裡的死人面孔,還有那結著不散的冤魂,惡鬼,僵屍,會把人抱住,會向人襲擊,頓時不覺毛骨悚然起來。使他簡直想逃走出這個恐怖的世界。

　　情與景互相融合，又互相生發，共同營造出讓人心悸的恐怖氣氛。作為一個短篇創作，〈魔〉雖然在內容上還談不上厚實，但是其嚴謹而簡練的敘事手法還是顯示了李贊華出色的藝術才能。

　　李贊華的創作中與民族主義文藝運動的思想主旨最合拍的要算是〈矛盾〉（載《前鋒月刊》第 3 期）了。這篇短篇創作在面世以後，被認為是「國內創作界罕見之作」，「含有民族主義文藝的中心意識」，[89] 堪稱「前鋒社」創作小說中的代表之作。在這篇小說中，李贊華仍然採用了他運用得相當熟練的內聚焦式的敘事視點，通過意識流式的精細描繪，揭示了洋行職員燕樵內心鬱結的苦悶與矛盾：他好歹也曾是一個革命青年，如今卻在洋人手裡討生活，為了每月 36 塊的薪水，忍受那「豬也似的」洋買辦的肆意侮辱。他也想擺脫這種「狗也似的生活」，痛痛快快地做回自己，但想到自己寒酸的境況和妻子巴望著靠那一點薪水改善生活的神情，又只得頹然作罷，繼續忍辱含垢地在洋行裡討生活。選取這樣一個創作題材，顯然是經過深思熟慮的。在作者看來，在當時上海租界的洋行裡供職的這一群人，以及他們所代表的那種生活方式，是與中國革命（國民黨意義上的革命）的要求格格不入的，他們的世界是一個腐化墮落的世界，是與民族運動的時代潮流相悖逆的。所以在小說開頭，他即以隱喻的手法指出了洋行生活世界與現實世界的孤離和隔絕：

　　　　辦公室裡的空氣永遠是這樣呆板，這樣濃厚，仿佛是凝滯住的霧塊。這霧塊似與外間隔成了兩個世界，外間的風雨是那樣猛烈地奔來，迅捷地退去。……

　　這個世界不僅是凝滯的、游離於風驟雨急的時代之外，更主要的是它根本就是屬於別人的──它是洋人統治的世界，是中國土地上的國中之國，在這裡討生活的中國人只能仰洋人的鼻息。這種屈辱的感覺正是燕樵在被洋買辦喚到房間裡問話時所尖銳地感受到的：

　　　　燕樵在想望中的世界裡，感到拘禁、不自然，身子不知放到什麼地方好。那白白胖胖、豬也似的人，指點面前的椅子給他坐。他曲著腰才坐下，明白這世界是屬於別人的。

　　在自己國家的土地上卻要「在洋大人支配之下混飯吃」[90]，忍受著種種侮辱，這確乎可以喚起民族主義的情緒了，所以小說在其後便直截地歸結到民族主義的要義上去了：

　　　　他（燕樵）想到自己本身是在革命怒潮中經過的青年，明知一朝闖進這樣的牢籠是很大的錯誤，兩年來使他的勇氣消沉了許多。我為什麼應該跳出我們的時代以外？我為什麼能夠拋棄民族的生死不顧，度過這兩年懵懂的生活呢？望著那勇氣在生活的磨下逐漸化成粉，望著年青人的一切都歸於消失，這是自己能甘心的麼？

　　李贊華對人物內心活動的描摹一向很自然貼切，但是燕樵的這一番自我反省卻顯得很生硬，一聽就知道是作者自己的聲音。李贊華想把燕樵個人的羞辱提升到民族的高度，告訴人們燕樵所遭受的侮辱並不是個人性的，而是整個民族的集體恥

辱。但是個人和民族畢竟是跨度極大的兩個範疇，要把「個人的」轉換爲「民族的」，是非常困難的，倘若忽略了許許多多的社會的、歷史的中介物，而把「個人的」與「民族的」生硬地搭在一起，肯定是缺乏說服力的。而且就小說敘述而言，敘述本身亦有其內在的發展動力和邏輯，若是違背這種內在發展邏輯，刻意地用自己的思想來拔高人物，只會使人物變得虛假不眞實。所以，即使燕樵的受辱感是眞實的，但一旦硬把它拔到民族的高度，這種受辱感在急遽上升、泛化的同時，也會迅速地喪失其原有的一點眞實感。正是由於這層原因，儘管這篇小說採用了內聚焦的敘述視點，人物內心的思緒顯得逼眞且近在眼前，但不時冒出來的敘述者的不和諧聲音，卻使得這種敘述方式產生了與預期相反的效果：讀者不免會覺得燕樵的感覺實在有點病態，所謂的侮辱其實多半出自燕樵的臆想，或者至少是被誇大了。比如下面這樣一個心理描寫細節：

> 他想到那豬也似的人，眼睛裡是要射出火。自己是忍受了他兩年的侮辱，在他的束縛下是失了整個的自由。豬也似的人教他不要做個人，教他忍耐著甘心做奴隸。每月在他手裡取那三十六塊錢，仿佛把自己的一切都出賣了，然而，被他更轉賣給別人了。

就顯然是把燕樵的受辱感放大得近乎失眞了。可見，一旦勉強把小說拉向預先設定的思想高度，必然會傷害到作品的眞實性，從而連帶著使那一思想的說服力遭到削弱。

當然，問題的關鍵並不在於〈矛盾〉所描寫、所反映的那個世界是否眞實，而是在於作者爲何要那樣想像？爲何要把洋

行所代表的那個生活世界看作是孤離於中國社會主潮之外的？
而且還是一個腐朽沒落的世界？這種想像得以產生的具體的社
會歷史語境又是什麼？它本身包含著哪些政治的和文化的張力
和內涵？

事實上，只要稍稍翻檢二三十年代的書刊報紙，就會發現
對於洋行或是租界的這種否定性的想像，實際上是非常普遍的。
比如魯迅就認爲上海的租界是一個充滿了層層壓迫的世界，
「外國人是處在中央，那外面，圍著一群翻譯，包探，巡捕，
西崽……之類，是懂得外國話，熟悉租界章程的。這一圈之外，
才是許多老百姓。」[91] 而「西崽」們「倚徙華洋之間，往來主
奴之界」，「圓通自在」，「自得其樂」。[92] 魯迅的批評著眼
於中國社會的階級壓迫，在他看來，租界這個特殊的世界所展
示的強與弱層次鮮明的社會壓迫結構，分明是整個中國社會的
一個縮影。魯迅的這種認識是相當深刻的，但是他所勾畫的社
會結構圖景儘管並非完全出自想像，卻未免過於簡單了些。如
果完全從階級論出發來分析，那麼華洋二分的模式又豈能站得
住腳？更不用說「洋人」本身就是一個極其模糊的概念了。
「洋人」與「外國人」這兩個概念顯然是不相等的，沒有人會
把印度阿三看作「洋人」，他們的地位更在一般租界華人之
下。即使是白膚碧睛的歐美人在租界也並非都是高高在上的
「主子」，他們之中不乏潦倒失意的流浪漢和一無所成的冒險
家，以及更多的從歐洲以及其他地方湧來的避難者，[93] 而在租
界裡自然也有不少很有勢力的華人，其權勢地位又豈是一般
「洋人」可比？

顯然，上海租界的社會結構圖景因爲有種族、階級等多種
因素摻雜其間，事實上要遠比魯迅所勾畫的複雜。魯迅以種族

身份排序的租界社會結構圖景，實際上等於說上海的租界根本就是「洋人」的樂園，而中國人在這裡不是被驅策就是遭壓迫。但事實是，儘管租界的最高行政權力由外國人掌管，但日常事務的實際管理大半還是抓在中國人手裡。到 1930 年，上海公共租界的公務機關中大部分職位都由中國人擔任，英國行政和員警官員總數還不到 500 人；在法租界，法國行政人員大概只在 100 到 150 人之間。[94] 可以說租界社會的主體仍然是中國人，沒有中國人的努力勞作，也就不可能有上海租界的繁榮。[95] 然而那些在租界公務機關供職的中國人卻常常遭到自己的同胞們的斥罵，蒙上「西崽」的惡名，他們甚至被指責忘掉了自己的祖國，在道德上腐化墮落：

> 租界裡的中國人脫離「母國」已久，處處享受著揩油得來的物質文明，雖然每人腦中還依稀地印著一個祖國的印象，曉得自己還是個中國人，但對於外國人所建設的一切市政、路政、享樂的場所，以及那一種近代文明裡類似自由平等的空氣，卻深深地存下了一種迷戀的心理，根深蒂固地不易磨滅。
>
> ⋯⋯
>
> 舉凡西洋小人們所應有的刻薄，狡猾，勢利，薄情等等手段，他們都應有盡有，甚或比西洋人還要伶俐一點。
>
> ⋯⋯
>
> 「洋行先生」們是美國近代文明的崇拜者（當然是只找皮毛來崇拜），外表自然修飾得異常漂亮，關於吃大菜，「社交舞」，開房間，以及各種所謂 High Class（上流）的消遣，也無不在 After Office Hours（洋行時間之

後）儘量地去追求，但每逢談起天邊海角的中國問題來，
卻總是搖一搖頭，唉兩聲，表示祖國是無可救藥了。

……

　　總之，上海租界的社會現在就為這一種人所把持，漸
漸陷入了無可救藥的深淵之中，他們並不曉得自己是在頹
廢下去，反而以為有了正常職業引以為榮。美國的近代文
明到了他們手中就成為腐化的消遣，在在足以使上海的租
界裡充滿了滅亡的、頹廢的、沒落的文明，使得外國人對
我們的奴性作更深一步的承認。[96]

　　「洋行先生」們似乎純粹是依附於洋人的寄生蟲，他們不
僅自甘墮落，而且污染了整個上海社會的空氣，連帶著使國格
蒙受恥辱。這種指責當然是與事實不相符合的。

　　白魯恂曾指出，在現代中國，接受了現代西方教育、因而
也在一定程度上接受了西方的價值觀念以及生活方式的華人
（他們基本上集中在通商口岸）一直被主要來自內陸的政治階
層看成是「一群污染了、有缺陷、因而不配領導中國民族主義
的人」，當時大多數的作家和文化人也都對那些最有作為的租
界華人所創造的文化嗤之以鼻，並攻擊他們的道德品質。宣揚
口岸華人的罪惡，指責他們受到西方精神的污染，成了 1930 年
代中國電影最流行的主題之一，而與之相反，中國內地卻被描
繪成充滿了高尚純樸和美德的地方。白魯恂把對口岸華人的這
種污蔑歸因於中國獨特的現代境遇：獨一無二的通商口岸制度
使中國與其他直接或間接接受殖民主義統治的國家區別開來，
形成了通商口岸和內地兩種不同的發展軌道，或者說是兩種不
同的社會類型。租界的繁榮和內地的衰敗所形成的強烈對照，

不僅「生動地證明了中國統治的軟弱和外國統治的明顯優
勢」，而且也對中國人的精神和心理產生了深刻的影響：「對
租界的中國人來說，當他們發展出民族意識的時候，便無法擺
脫一種負罪感；而內地的中國人則在愈來愈感受到現代化的同
時，感到恥辱和羞愧。」那些致力於批判口岸華人及其文化的
作家和文化人基本上都有租界生活的體驗，他們「曾以行動選
擇外國統治。結果，他們似乎爲背叛中國文化而感到深切內疚
和羞愧。……爲了減輕負罪感，他們不得不攻擊一切與『帝國
主義』有關的東西，讚揚苦難工農的革命精神。」[97]

　　白魯恂的觀點雖然不乏洞見，但是過於濃厚的心理分析色
彩不免削弱了其論證效力。而且他所援引的早已流爲俗套的通
商口岸與內地的二元論述模式，究其實還是西方與中國的二分
模式在較小的中國範圍內的複製而已。[98]這種二分模式儘管提
供了一個簡明的論述角度，但也容易導致把通商口岸和內地割
裂開來，看作是彼此影響甚微的兩個世界。而對通商口岸成功
經驗的肯定和對內地發展滯後的批評，更是暴露出通商口岸和
內地的二分模式與西方與中國的二分模式一樣，內含有歐洲中
心論的因素。事實上，近代中國的通商口岸和內地不能被割裂
成相互對立的兩面──即現代的與反現代的。通商口岸的繁榮
只有放在整個中國乃至整個世界的社會歷史背景中才能得到充
分的解釋，[99]在這一視野中，通商口岸與內地將呈現出更爲複
雜的互動關係。也就是說，通商口岸和內地決不是分別居於本
雅明所說的同質、空洞的時間中的兩個不同時段，代表著「現
代的」與「前現代的」這兩個不同世界的對立，它們都在「當
下」（Jetztzeit）的時間之中，彼此間有著千絲萬縷的聯繫。

　　儘管通商口岸與內地的二分模式是一種過於簡單化的抽

象，但我們注意到，在現代中國，這種二分式想像卻是非常普遍、非常頑固的，鄉村與都市的對立即是此種想像之變體，鄉村被認為有著純潔、樸素、高尚等美德，而都市則被看作是罪惡的淵藪。[100] 我認為，主要來自知識份子群體的對通商口岸城市文明以及生活其中的資產階級化的口岸華人的批判，不能用白魯恂的簡單化的心理還原方法加以解釋。對通商口岸的城市文化以及這種文化的生產者和踐行者的資產階級化群體的攻擊和批判，當然不僅僅是為了宣洩因通商口岸和內地這兩種不同統治而引發的知識份子內心的焦慮、羞愧和負罪感，而是一種相當自覺的民族主義訴求。對通商口岸城市文明的批判不能被看作是反現代的衝動，事實上，幾乎所有這些批判都是非常空洞的道德批評，其矛頭所向總是某些特定的人群——他們被認為受到了西方文化中的腐朽因素的污染，道德敗壞，尤其不能饒恕的是他們竟然忘掉了自己的國家——而不是西方文化本身，現代化則仍然被認為是不易的人類公理。前面引述的〈洋行先生們〉一文即把洋行先生們和美國代表的西方近代文明作了嚴格的區分：洋行先生們雖然是美國近代文明的崇拜者，但他們學到的只是一些皮毛，或者說是糟粕，「美國的近代文明到了他們手中就成為腐化的消遣」，因此洋行先生們所代表的「滅亡的、頹廢的、沒落的文明」和西方的近代文明完全是兩回事。既然如此，那麼批判西化的口岸華人以及口岸都市文明又是意欲何為呢？

　　要回答上述問題，還得從民族主義說起。民族與民族主義作為現代性的產物，「通常不是被視為對現代社會結構的一種功能反應，就是被看作是一種原生性的因而也是自然的人類歸屬形式。」[101] 馬克思主義和自由主義的理論家們都把民族主義

理解為民族國家的意識形態粘結劑，比如它在霍布斯鮑姆那裡被認為是為資本主義市場經濟提供了最好的政治外殼，在蓋爾納（Ernest Gellner）那裡被認為是滿足了以發展為導向的現代社會的文化需求，斯克雷爾（Leslie Sklair）則認為民族主義掩蓋了現代社會中的階級衝突和摩擦。這些理論家都是從功能主義的角度來論述民族與民族主義的。倘若換一個角度來看，民族主義也可以被看作是民族這一空洞能指的某種表述，它賦予「民族」、「人民」這些空洞的能指以具體實在的內容，從而建構起一個同質化、實體化的民族空間，而這個民族空間則以一系列界定民族是什麼的肯定陳述為其形式。然而，儘管此類陳述可以羅列出許多，但是民族的真正本質卻仍然是無法陳述的，所以民族的同質化、實體化最後只有通過對「民族之敵」的論述性建構才能得以實現。「民族之敵」當然是想像性的，他們同時存在於民族內外。[102] 對「民族之敵」的想像性建構，能夠增進共同體成員對於作為想像的共同體的民族的集體認同。對西化的口岸華人的批判，顯然也可以被看作是建構「民族之敵」的方式之一。這些西化的華人也許還夠不上是民族的敵人，但至少被看作是數典忘祖的民族罪人，他們喪失了傳統的美德，只知道沉湎於個人享樂，對民族、對國家卻全無關愛。在民族主義的語彙中，還有什麼比這更為嚴厲的指責呢？因此，對西化的口岸華人的批判和攻擊，與其說是宣洩了知識份子內心的羞辱和愧疚之情，倒母寧說是表現了一種建構民族共同體的強烈願望和自覺努力，即試圖通過對假想之敵的攻擊和批判，強調個體對於民族共同體的無條件的依附，以及個體對民族所肩負的不可推卸的責任。

與此相應，對口岸都市文明的批判和對純潔高尚的鄉村生

活的歌贊，也不能被簡單地看作僅僅是對現代性的拒斥。正如我們在許許多多文本中所看到的，對都市文明的批判基本上都是非常抽象的道德批判，都市之所以惡，就在於它是一個花花世界，物質的繁盛刺激了欲望的膨脹，從而可能會造成大面積的道德腐化。在這裡，我們確實可以看到對現代性及其後果的某種憂慮和恐懼，而這種近乎本能然而卻未加反思的反應也得到了中國傳統道德的有力支撐。在中國文化傳統中，繁複奢華向來是遭到否定的，對物質的欲望尤是如此，而簡單樸素的生活則被認為是最高的理想，返樸歸眞的道德神話在某種程度上已經成為中國文人牢不可破的心理情結。但是我們應該看到，所謂的都市與鄉村的對立畢竟是現代性的產物，只是在通商口岸城市這樣的現代城市興起之後，這種想像性的二元對立才得以產生並在知識界逐漸流行開來。鄉村與都市，中國與西方，這些二元對立其實是相互纏結在一起的，在某種程度上鄉村被等同於中國，而都市則被認為是受西方影響的產物。因此，鄉村在道德上的純潔和高尚，也即喻示著中國擁有一種美好、高尚的道德本質，這種本質化的美和善轉換為民族主義的語彙，那就是「民族性」。一種本質化的、不受污染的民族性是民族主義最核心的命題之一，它被當作一個神聖的符號，用來喚起人們的自豪感、自信心以及忠誠，從而使每一個個體自覺而自豪地認同於自身的民族身份。薩依德指出，對作為形而上本質的民族性的過分強調，會導致人類互相敵對。[103] 但是在中國的歷史語境中，我們似乎沒有發現對自身民族性的宣揚引發了對其他民族以及外來文化的敵視。強大的西方一直被看作是必須追趕的榜樣，而民族主義則不過是實現這一目的的一種工具或是手段而已。也許正因如此，中國現代知識份子對都市文明

（在某種程度上即等同於西方文化）的批判向來嚴格限制在個體的道德實踐這一範圍之內，它遭到指責，主要是因為它被認為會腐蝕作為道德承擔者的個體的意志，使在他們在物欲的洪流中忘掉了對民族對國家所肩負的責任，而不是說它本身即是徹頭徹尾的惡。同樣，對鄉村的讚美也不是要認同於現實中的鄉村，恰恰相反，現實的鄉村被認為充滿了黑暗，它愚昧而落後，急需通過引進現代知識和文化來加以改良、進行拯救。[104]由此可見，作為都市對立面的鄉村完全是想像性的，它絕對不是現實之中的鄉村，而是一個集一切美善於一身的烏托邦。構造這樣一個烏托邦，當然不是為了寄託虛無縹緲的幻想，而是試圖由此建構中國的民族性，為一個純潔、健康的民族共同體提供想像的基礎。

總之，在現代中國的歷史語境中，無論是對西化的口岸華人的不實的指責，還是對鄉村與都市的對立區分，都糾結了許多複雜問題，不能被簡單地歸結為一種反西方、反現代的衝動。在某種程度上，它們可以被看作是民族主義意識形態的運作策略，即通過對「民族之敵」以及對一種本真的民族性的想像，為民族這一「想像的共同體」打造基礎。

第三節　黃震遐：〈隴海線上〉和〈黃人之血〉

作為「前鋒社」力推的作家，黃震遐無疑是「前鋒社」中最重要的人物之一。他的創作，特別是他的詩歌創作，確實較好地體現了民族主義文藝的創作理念，代表了「前鋒社」創作的最高水準。唯其如此，以往的文學史在談到「前鋒社」的民族主義文藝運動時，總忘不了要把他拉出來「陪鬥」。

黃震遐在成為「前鋒社」作家之前的情況，已經無法確

知。從一些第二手資料，我們得知他是廣東南海人，與寡母和妹妹一起流寓上海。他從學生時代起即開始創作，在《雅典月刊》和《眞美善》等文藝刊物上發表過詩歌，估計即由此而與朱應鵬、葉秋原、傅彥長等「前鋒社」的骨幹分子交好。1930年5月，黃震遐在一位朋友鼓動下，一起投筆從戎，加入中央軍校教導團。在經過三個月艱苦的訓練之後，隨軍開赴中原大戰前線。不久，他在前線失踪的消息傳到上海，葉秋原隨即在8月22日《申報》「藝術界」發表〈紀念詩人黃震遐〉，以示悼念，《眞美善》也接著發表了他的三首「遺作」——〈靑白戰士的前進〉、〈香妃〉和〈怪夢〉。[105] 中原大戰結束後，黃隨軍駐紮杭州，並乘間返滬，尋訪妹妹和滬上諸友。又應朱應鵬之約，在杭州軍次先後寫下激起巨大反響的紀實性創作〈隴海線上〉和長詩〈黃人之血〉。

在談到自己爲何從軍時，黃震遐解釋說是「因爲懷了苦悶，因爲認識了人生百般的矛盾，因爲瞭解了悲哀而尚能奮鬥，所以才毅然決然地在一個『天堂般五月』的下午，瞞了一切的朋友，賣了許多常年不肯分離的書籍，而靜悄悄地，神不知鬼不覺地，潛入了閘北中央軍校教導團的招兵處」。[106] 但是，這次傳奇式的從軍經歷似乎並沒有使他在「血與火的洗禮」中徹底成爲一個頭腦堅定的「靑白戰士」，他甚至覺得「我的從軍也只不過是喜劇中的一幕特別比較發笑的穿插而已，無聊而已」。[107] 這種灰色的看法似乎直接地影響到〈隴海線上〉的總體風格，所以儘管他聲稱「要將戰爭的背景，民族奮鬥的歷史的過程，以及團體生活中那一種眞正的精神，千金難買的友誼，盡我的能力烘托出來供於大眾之前」，[108] 但是這篇作品卻全然沒有與此主題相襯的莊重肅穆的神態，而是顯得

過於放鬆，甚至有點滑稽了。

　　〈隴海線上〉其實算不上是一篇創作小說，而更像是一篇自述，它記述了黃震遐短短幾個月的軍旅生涯，其中尤其詳細地描述了他在中原前線的親身經歷。從創作的角度看，〈隴海線上〉無疑是一部失敗之作，儘管作者有許多寶貴的素材和親身體驗，但由於藝術功力不足，他未能有效地對材料進行合理的組織、編排，整部作品結構渙散，支離破碎，敘述語言也顯得奔放有餘，收束不足，蕪雜零亂，凡此種種缺陷都極大地影響到作品的表現力，使得作者意圖中的主題未能得到充分而深刻的表達。然而，從另一面看，筆墨的放縱而不加拾掇也給作品增添了一些意想不到的效果，尤其是其詼諧甚至近乎油滑的語言，沖淡了籠罩在這場戰爭之上的「民族」、「革命」等「神聖」而虛幻的光環，從而暴露了這場殘酷內戰的非正義的一面。這場戰爭的荒誕性在「七人的遠征隊」這一節裡得到了充分的暴露。「我」率領著幾輛鐵甲車從前線後撤到野雞崗，原以爲可以好好休整一陣，卻沒有想到在慌亂中和當地土匪發生了衝突。魯莽無知的「我們」竟組織了一支「遠征隊」，在周圍幾個村落「剿匪」，結果，「在密密麻麻的高粱地裡苦戰了六小時，便終於被不怕死的大刀衝破，死了一個親愛的同志，白費了三百發的子彈，狼狽不堪地逃回來。」在其後的數天時間裡，「我們」只得龜縮在村寨裡，「吃著從老百姓田裡偷來的蔬菜、老鴉，挨著饑餓，孤立於四面環攻的土匪和紅槍會的圈套中。」高粱地裡的戰鬥竟成了「我」在前線最驚險的經歷，這豈不是一個絕妙的諷刺？諸如此類的具有反諷色彩的細節還真不少。比如，「我」在夜間放哨時，想起外國電影裡常見的美國兵和法國女郎相戀的浪漫故事，而有了種種淒艷的

幻想，但想到「河南的女人對我們真是多麼的冷淡」，便不免氣憤不平：「（她們）就是不冷淡，我們亦安能以丘八的資格，屈身去求愛於終年不沐浴裹著臭腳的娘兒們！」又比如這樣描寫軍營生活：「天昏地暗，石走沙飛，我們都像老鼠般地躲在營房裡，吃飯，睡覺，賭牌，吸煙，無聊萬分。」這些信手寫下的片段給整部作品塗上了一種古怪的反諷色彩，並有力地解構了作者原先的創作意圖。因此，儘管作者是想通過描寫這場戰爭來反映「民族奮鬥的歷史的過程」，但作品本身卻讓人覺得這場殘酷的戰爭倒更像是一出荒誕的喜劇。

〈隴海線上〉雖然說不上好，但其中的細節描寫卻非常真實，如寫大戰前夕冒著大雨整夜匍匐在戰壕中那種饑寒交加的感覺：

> 傾盆的大雨瀑布般地滴下，四面黑黯的空中都仿佛蒙了一層層的白幕。散兵壕的泥水越積越深，幾乎達到膝蓋以上，兩隻腳毫無希望地泡在裡面，連骨頭都酸麻起來。帽上的雨水流到眼睛裡頭，再從眼眶中流到鼻尖，順著凍出來的鼻涕一直流進領子裡面，將全身的汗毛管都凍得蜷伏起來，拼命地保持著心底裡一點點的熱氣。

對戰後屍橫遍野的狼藉場面的刻畫更是驚心動魄：

> 黯灰色的沙地上堆滿了死人，於黑藍色的破衣中，顯出黃蠟般的臉與手，許多半睜著的眼睛也是青灰色，堅硬有如石頭的胸部上停了許多烏鴉，在奇妙的晨光之中，閃爍著它們那小而亮的紅眼睛，醜態百出地啄食著死人半幹

的血和肉塊。

……

在我機關槍陣地的前面，像十字架放在地上一般，朝
天躺著一個排長的死屍，腦漿已經迸裂在頭顱外面，那一
道道像玫瑰糕的漿液，就順著他的耳朵一直流到地上，和
冰冷的露水混在一起。[109]

像這些細節如若沒有在戰場上的親身體驗，恐怕很難描寫
得這般精細、準確。黃震遐不僅在細節描寫上表現出良好的藝
術才能，給人印象更為深刻的是他極其敏銳的心理感受能力。
他這樣寫到行軍途中所見的河南老百姓：

「沿途年青力壯的農夫們都惡狠狠地望著我們，使我
幻想到紅槍會的危險。」
「老百姓是頑固的，無可勸解的，他們臉上殺氣騰騰
的表示，便是證明他們心中對於我們的厭惡，簡直要吃我
們的肉。」
「這裡老百姓們的臉上都罩著一層險惡的表示，屢次
殺氣沉沉地偷望著我們。」
「男人的臉上充滿了騰騰的殺氣，女人的臉上顯露著
淒顫奮激的表示。」

這種感覺雖然不免帶有較明顯的主觀印象色彩，卻異常真
實地反映出了河南老百姓對戰爭的厭憎和仇恨之情。黃震遐在
文中對老百姓的這種敵視心理賴以產生的歷史根源作了簡略的
分析：

　　自從民國十六年起，張宗昌便在這一帶和馮玉祥打仗，一直打到現在。老百姓們對於屠殺、焚燒、姦淫擄掠的故事，都已看得不要看，一望見穿上制服的人就發生同仇敵愾之心，馬上想動手收拾掉他。所以河南境內，民眾們自身的團結力也特別的大，所有的土匪、黃龍會、紅槍會等，都不過是民眾變態的自願兵保衛團而已。

　他一方面同情河南百姓的遭遇，認為老百姓做土匪是為了自身的生存，另一方面又嘆惜這些百姓「真可憐」，什麼都不曉得。

　　打仗，他們已是司空見慣的事，絲毫不以為奇。國家，他們連自己是河南人都不曉得，更何況國家！……他們對於國家沒有絲毫瞭解，尤其是看見了我們中央軍也發生厭惡之心，遂於不知不覺中，將一個完好的民族運動，改寫為迷信擾亂的土匪行為。

　黃震遐的分析雖然不免流於表面，卻指出了一個在當時為一些人所忽視的事實，即中國的普通老百姓還完全沒有國家意識，他們的全部認同只局限於家庭、宗族和鄉土的狹小範圍，他們憎惡一切戰爭，因為任何戰爭——不管它們是為了什麼目的，有著如何冠冕堂皇的旗幟——都毫無例外地毀壞了他們的家園，使他們流離失所，他們的仇恨因而也是不擇對象的，不管是張宗昌的兵，還是馮玉祥的兵，抑或是中央軍，只要是穿制服的兵，他們一律視其為敵人。由此可見，在 1920 年代末和 1930 年代初，中國內地廣大的鄉土社會和更廣泛的社會——

國家組織之間還存在著巨大的懸隔，被軍閥或土匪控制的內陸鄉村，尤其是一些僻遠的山區村落，根本還沒有被整合進統一的民族國家組織之內，一般民眾的民族意識和國家意識極其薄弱，而這正是民族主義所要解決的首要問題，即培養普通民眾的民族意識和國家意識，由此推動民族國家的建設。因此，〈隴海線上〉所反映的雖然只是一場內戰，但是卻在一些細部真切地觸及到了民族主義的一些核心問題，這就難怪會獲得民族主義者們的一片喝彩了。

就在民族主義者們把〈隴海線上〉吹捧為「壓倒《西線無戰事》」的戰爭力作時，[110] 左翼批評家們也蓄勢待發，準備清算民族主義文學。瞿秋白在 1931 年 8 月 20 日出版的《文學導報》1 卷 3 期上率先發難，責罵民族主義文學是鼓吹殺人放火的「屠夫文學」，其批評對象就是〈隴海線上〉。[111]《文學導報》在隨後幾期陸續推出了瞿秋白的〈青年的九月〉（1 卷 4 期）、茅盾的《「民族主義文藝」的現形》（1 卷 4 期）和〈《黃人之血》及其他〉（1 卷 5 期），以及魯迅的〈「民族主義文學」的任務和運命〉（1 卷 6、7 合期），對民族主義文學進行了猛烈的攻擊，在這些文章中，〈隴海線上〉都是最主要的靶子。在左翼批評家們看來，〈隴海線上〉之所以重要，就在於它「無意中表現了『弔民伐罪』的軍隊是屠殺民眾的劊子手」，[112] 從而徹底暴露了民族主義文藝的「真實」面目。瞿秋白和魯迅特別「鄭重」摘引了〈隴海線上〉中的一個片段：

每天晚上站在那閃爍的群星之下，手裡執著馬槍，耳中聽著蟲鳴，四周飛動著無數的蚊子，樣樣都使人想到法國「客軍」在菲洲沙漠裡與阿剌伯人鬥爭流血的生活。

在他們看來，這幅「『民族主義文學家』的自畫像」是「不打自招的供狀」，由此他們得出這樣的結論：

> 原來中國軍閥的混戰，從「青年軍人」，從「民族主義文學者」看來，是並非驅同國人民互相殘殺，卻是外國人在打別一外國人，兩個國度，兩個民族，在戰地上一到夜裡，自己就飄飄然覺得皮色變白，鼻樑加高，成為臘丁民族的戰士，站在野蠻的菲洲了。那就無怪乎看得周圍的老百姓都是敵人，要一個一個的打死。法國人對於菲洲的阿剌伯人，就民族主義而論，原是不必愛惜的。僅僅這一節，大一點，則說明了中國軍閥為什麼做了帝國主義的爪牙，來毒害屠殺中國的人民，那是因為他們自己以為是「法國的客軍」的緣故；小一點，就說明中國的「民族主義文學家」根本上只同外國主子休戚相關，為什麼倒稱「民族主義」，來朦混讀者，那是因為他們自己覺得有時好像臘丁民族，條頓民族了的緣故。[113]

瞿秋白還提到「七人遠征隊」和當地「土匪」發生的槍戰，並譏諷地稱之為「七個人的中華國族（其中有兩名白俄雇傭兵——筆者注）和三個村落的『土匪民族』之間的戰爭」。[114]

放哨時偶然的浮想，被一步步引申，竟至推導出中國軍閥「做了帝國主義的爪牙，來毒害屠殺中國的人民」及「民族主義文學家根本上只同外國主子休戚相關」此等結論，這種批評恐怕很難說服人吧。當然，如果僅僅指出這是欲加之罪的誅心之論，或是指出所謂的被「屠殺」的「小百姓」也極可能是貨真價實的土匪——因為當時的河南已經成了「土匪王國」，

「幾乎人人」都捲入了土匪活動，[115] 似乎都沒有什麼意義，關鍵的問題是什麼原因導致出現這兩種截然相反的評判？知識份子中出現的這種深刻的分歧又說明了什麼問題？這才是需要進一步探討的問題。

作為一名詩人，黃震遐在詩歌上的造詣顯然要比其創作小說高出一籌。他的詩歌受拜倫影響，情調熱烈豪壯，想像幽深奇特，而且尤其喜歡用繁促的尾韻，從而大大加快了詩的節奏和速率，宛如繁弦急管，平添了一分粗豪之氣。和拜倫詩風在某種程度上的相象，為黃震遐在朋友圈子裡贏得了「東方拜倫」的稱譽，這當然是諛美之詞。

從所能找到的為數不多的詩作看，黃震遐的詩歌大體上可以分為兩類：一是以軍旅生活為題材、直接抒發其為民族、為黨國奮鬥之決心的詩作，比如〈《隴海線上》序詩〉（《前鋒月刊》第 5 期）、〈哨兵的夢〉、〈黃埔路上的微塵〉（以上載《前鋒月刊》第 7 期）、〈青白戰士的前進〉（《真美善》6 卷 5 期）等。這些詩題旨過於明確，直露淺白，鮮有回味的餘地，藝術上又沒有什麼特色，不足以代表黃震遐的詩歌創作水準。此類詩作中值得稍加注意的是〈《隴海線上》序詩〉和〈哨兵的夢〉。

〈哨兵的夢〉中，一位哨兵站在墳頭上放哨，中原的月夜荒涼寂寞，眼前是「一片灰色的海——無窮盡的高粱」，而「二千裡外的南天有一點紅，一線微光」，那便是哨兵「妖艷的故鄉」——上海。接下來是哨兵對上海紙醉金迷生活的想像：

……

又是那些，酒，女人，亂髮蓬鬆，

爵士樂聲的音符像飛泉迸湧！

看呀，高跟鞋踏遍了烈士的墳堆，
四周旋轉著長長的睫毛，朵朵的紅嘴。
香檳，紙牌，絲襪向空亂丟，
濃香的泡沫混和了他的眼淚。

正當哨兵浮想聯翩之際，

突然，一陣馬號向天狂吹，
淒厲，雄猛，將宇宙打碎。
鐵蹄踏出光明的火焰，
沿著白沙大路，一隊又是一隊。

望著這一隊隊人馬，哨兵猛然醒悟到

大家是一樣啊——這草綠色的制服裡面
誰沒有一副西裝的靈魂。

於是他才瞭解什麼叫犧牲，
為民族而戰的男兒又何止他一人；
南天的紅光漸漸幻滅了——
他舉槍——「立正！」

　　在這首詩裡，上海及其生活方式顯然被放在了民族革命的
對立面，西裝革履的生活固然是每個人所嚮往的，但為了民

族、為了革命，卻必須放棄這種生活。

〈《隴海線上》序詩〉表達了同樣的觀點。此詩開頭兩節用四弦琴、朱唇銀齒、舞廳、香檳、少女、沙發、花、蝴蝶等等華麗柔靡的意象編織出一個頹廢、浮華、「沉淪在肉與死中」的都市生活世界，第三節則筆鋒一轉：

可是朋友們——
你可聞見號筒的雄音？
你可聞見戰馬的悲鳴？
在朔風凜冽的天然裡，
你可聽見前進的步伐聲？
嗚呼，先驅者啊，先驅者的心！

在這裡，我們再一次看到以上海為代表的處於現代化進程之中的通商口岸城市及其生活方式是如何被想像成負面的東西的：它們誘使人沉湎於聲色享樂之中，而忘掉了對民族、對國家所肩負的責任，並使人的意志和雄心漸漸湮滅在物欲之中。現代都市及其生活方式因而被認為阻礙了民族意識的生長，自然也就被看成是民族主義的敵人了。這當然是一種誤解。實際情形正好相反，正是現代都市的生長為民族主義的產生和傳播創造了必要的條件，站在民族主義立場上對現代都市生活橫加批評的人，幾乎全部來自都市，這一事實也在某種程度上證明了民族主義和現代都市文明之間的共生關係。

黃震遐詩作中另一類也是最具個人色彩的是歷史敘事詩，這些詩中除了著名的〈黃人之血〉外，還有〈讀史雜感（三首）〉（《前鋒月刊》第 2 期）、〈韃靼人的墳〉、〈死駱駝

的長呼〉（以上《真美善》4卷2期）、〈香妃〉（《真美善》
6卷5期）等，它們大都從史料中汲取靈感，對沉沒在歷史長
河中的遙遠的異域馳騁想像，憑弔古代英雄們的壯烈業績，藉
以發抒自己的民族主義情懷。這些詩有著濃烈的異域色彩，想
像瑰奇，格調雄壯，令人不由聯想到拜倫那些以神秘的東方為
題材的詩歌。在幾首短詩中，〈韃靼人的墳〉敘寫的是在南西
伯利亞的荒原上「孤立著一個韃靼人的墳」，沒有一個當地的
俄羅斯人敢走近，因為他那凶屬的魂每夜都會出沒，披著鋼
甲，騎著鬼馬，在黑色的原野上飛奔。據說這荒墳裡依舊藏著
千軍萬馬，「只要一打開那陰沉的塚門，／全世界便又將萬騎
奔騰，／斡羅斯又要全部陸沉，／波蘭日爾曼亦將大遭屠
焚。」[116] 這首詩的主題在〈黃人之血〉中得到了更加明確有力
的表現。在〈黃人之血〉第三部分「四騎士」中有非常相似的
描寫：「午夜的荒漠上沙雪紛紛」，黑暗的地底裡忽然發出了
震撼天地的呼聲：「我就是世界的主人！！我就是世界的主
人！！」這是死去的韃靼人在悲吼。接著便是詩人的一段充滿
信心的告慰之詞：

> 安心吧，死去的韃靼人，
> 靜靜的安息吧，亞細亞之魂！
> 誰說你沒做過世界的主人！
> 誰敢說你就此一蹶不振？
> 在那將來的時候，嚴冬或是晚春，
> 無論是何年，何月，何晨，
> 你這充滿了恥辱的屍身，
> 你這金色民族的公墳，

再也用不著什麼退避，堅忍，

就會突然地灌滿了新血，新生。

太陽沒有你光明，烈火沒有你興奮，

到了那時喲，我再看鐵血的飛滾！

〈韃靼人的墳〉這首詩表明〈黃人之血〉絕非一時興來之作，早在幾年前，黃震遐就已對元朝蒙古人西征的故事產生了濃厚的興趣。[117]

〈死駱駝的長呼〉也是一首追懷昔日榮光的詩作，所不同的是韃靼人被換成了伊斯蘭的英雄。一千年前的伊斯蘭榮耀無比，來自歐洲的美女名姝都只能忍氣吞聲地做哈利發的婢奴，「然而勇士的後裔已不復振興奮發，／可蘭之魂與天方大食的隆盛光華，／早已隨著末代哈利發的絕望之淚，／深深地埋進了這寂寞無語的黃沙。」在北非深夜寂寞的星光下，只能聽到死駱駝一陣陣的長呼。[118]

〈讀史雜感〉包含了三首短詩，〈BEDOUIN 騎士的自誇〉刻畫了馳騁於沙漠中的貝都因騎士飲血刀口、快意恩仇的豪邁形象；〈赤衣軍的航行〉以 1860 年義大利民族英雄加里波的率千人赤衣軍攻佔西西里島為題材，讚頌了赤衣軍以弱勝強、從異族手中收復西西里島的英勇壯舉。〈蘇魯的兵〉則熱情歌贊了非洲蘇魯部族的士兵英勇抵抗荷、英殖民侵略的事蹟，英勇善戰的蘇魯士兵「是人類中的虎狼」，頸間掛著敵人的骷髏作為飾物，他們行軍的時候「像一陣黑色的旋風，／狂焰烈火都不能消滅他們的英勇。」在他們的矛鋒下，

一百個荷蘭侵犯者的鮮血染遍了威甯的原野，

一千個蘇格蘭的高原戰士都抵不住他們鏖戰的猛烈。
那好望角三萬個白人皆顫抖於遠方的蘇魯凱歌之下，
天下無敵的大不列顛破碎的國旗充滿了那依山德臘那
的山峽。

　　蘇魯士兵以肉體與炮彈相搏的死戰，「至今全球的人還在那裡驚顫」，「今日英吉利女郎香閨裡鋼琴中所發出的聲音，／似乎還在那裡哀悼那古蘇魯戰歌的消沉。」

　　事實上，這些敘事短詩的主題基本上都已被包含進〈黃人之血〉中。作為一首三萬多字的敘事長詩，〈黃人之血〉的內容相當龐雜，其傳達的主題思想亦多有含混之處，並非如人們通常認為的那樣，僅僅是在緬懷一千年前黃種人征服白種人的「偉績」。按照黃震遐自己含糊的解釋，他是想表現中世紀三種思想——希臘思想、希伯來思想、遊牧思想之間的爭鬥競逐，同時又為這幾大思想沒能融合而感到可惜。詩中的幾個主要人物就是這幾大思想的代表：希臘女子慕尼瑪和威尼斯國王海中人代表了希臘思想，俄羅斯基輔大公國的郡主華蘭地娜有著「一副希伯來典型的容貌和舉止，但她的靈魂卻也是希臘化」，所以其實無人真正代表希伯來思想；蒙古大軍的千戶哈馬貝是遊牧思想的代表，然而真正能代表遊牧思想的卻是從小被擄到塞外在契丹長大的羅英，但羅英「依舊還脫離不掉中國禮教思想的根性，不然，他和慕尼瑪便可以將遊牧與希臘思想，融和一起了。」[119] 黃震遐的解釋有點不知其所云，我們不知道他所謂的希臘思想究竟意指什麼，希伯來思想、遊牧思想又該作何理解，它們之間的差異究竟在哪裡。這些問題他顯然都沒有考慮清楚，因此，單從人物身上，我們完全看不出他們

如何體現了這三種思想。

　　在展開進一步的分析之前，有必要先簡要地介紹一下〈黃人之血〉的故事梗概。韃靼人哈馬貝、女真人白魯大、漢人宋大西和契丹人羅英是蒙古西征大軍中的四員悍將，他們四個人「四匹馬走著同一的路徑，／四把刀兒一顆心」，在西征路上一直所向披靡。在攻打計掖甫（即今基輔）的前夕，他們遇見了希臘女子慕尼瑪和遊吟詩人——原威尼斯國王海中人，慕尼瑪愛上了羅英，但羅英卻被海中人盛讚的計掖甫郡主華蘭地娜所吸引。在攻城中，羅英親手殺死了華蘭地娜的未婚夫彼得羅依，華蘭地娜在得知真情後發誓要為未婚夫報仇。羅英對華蘭地娜一見傾情，但因華蘭地娜被選入蒙古大軍統帥拔都的行轅，兩人終不得聚首。兩年後，蒙古軍開始分崩離析，羅英和白魯大、宋大西率軍反叛，欲退回中原，途中巧遇被商賈擄獲的華蘭地娜。華蘭地娜為報前仇，有意把羅英等人引入蒙古軍的包圍圈，兩軍經過血戰，落得兩敗俱傷。就在此刻，歐洲的追兵殺來，寡不敵眾的黃種人遂告全軍覆沒。深愛羅英卻不得其愛的慕尼瑪殺死了華蘭地娜，自己也死在了羅英身邊。黃震遐自己說這個故事「是披了一件五角戀愛的外衣，但它的主要點卻還是『友誼』與『團結的力量』」。[120] 黃震遐似乎在暗示，正是內部的分裂導致了黃人軍隊的最終失敗，如果他們能夠像西進時那樣團結一致，就不會吞下如此苦果了。黃震遐也意識到「這裡面似乎還有一種『大亞細亞主義』的傾向」，但讓人感到意外的是，他卻馬上轉而指出「『大亞細亞主義』就是『軍國主義』，不能當作偶像崇拜」，所以羅英等人的反叛實際上是代表了各民族的紛起反抗，雖以失敗告終，但無疑是正當的，而且這也表明了「『軍國主義』的大不可靠」。[121] 黃

前後矛盾的解釋充分暴露了其思想上的混亂和衝突，而在我看來，這種內在的衝突和混亂恰恰是由對民族主義的錯誤理解所導致的。

就藝術價值而言，〈黃人之血〉當然算不得上乘之作。這首長詩的前五章故事敘述還比較從容，線索也比較清晰，而後面兩章敘寫蒙古西征軍的潰敗和羅英等的戰死，卻顯得過於匆促，交待不夠清楚，給人感覺像是故事難以爲繼，因而草草收場。結構的前重後輕顯然會影響到主題表達的深度，它被許多人認爲是在刻意渲染黃種人對白種人的屠戮之功，似與此不無相關，因爲相比之下，它對各民族反抗主題的表現顯得太蒼白無力了。〈黃人之血〉的詩歌語言如果說有什麼特色的話，那就是粗獷有餘而含蓄不足，語言缺乏錘煉，詩的意味少了些，而且由於黃震遐過於逞才，每節幾乎是逐行押韻，致使語句時有窒礙，表現的準確性也受到損害。作爲拜倫的崇拜者，黃震遐顯然深受浪漫主義詩歌的影響，喜歡選用帶有感官色彩的神秘意象，如夜鶯、月亮、黑夜、死亡等，但是對暴力的不加節制的渲染以及過於快速的語言節奏，使其詩歌完全沒有浪漫主義詩歌那種委婉深秀的韻致，而是顯現出一種粗獷不羈的力量。即以下面這一節詩爲例：

這是大戈壁，這是大戈壁呀！
愁慘慘一片灰色的沙。
空中飛著行行歸巢的征鳥，
天邊有著一行駱駝，一串胡笳。
低垂著的矛鋒，饑疲的瘦馬，
鐵衣破舊，迸出黯淡的光華。

> 唉，北風蕭蕭，沙礫雨點般地飛灑，
>
> 穿透了人心，打著蒼老的面頰，
>
> 西面的太陽落了，一片血紅的晚霞。
>
> 北面是阿勒泰，座座尖峰披著雪花。
>
> 大宋的孩兒們呀，努力踐遍天涯，
>
> 那裡，有萬裡的長城，過去便是漢家！
>
> （六、大戈壁的途中）

這裡描寫的是蒙古軍中的漢人軍團東撤途中的景象，雖然意象鮮明，畫面感也很強，但是在意象的組織和語言的錘煉上似仍欠火候，尤其是對此情景中人物的精神和心理未加刻畫，致使外在的景物和人物內在的精神情緒未能融為一體，在技巧上就顯得不夠細膩了。

當然，〈黃人之血〉之所以還能引起我們的注意，值得作進一步的分析，並非它在詩藝上有何高妙之處，而主要在於其選取的題材和所要表達的主題在現代文學史上比較罕見，它暴露出來的問題也具有一定的代表性。在展開深入的分析之前，還是先讓我們來看看當時的左翼批評家們是如何看待這部敘事長詩的。

茅盾嘲諷說，〈黃人之血〉用元朝蒙古人西征俄羅斯的史實作材料，「也就是『過屠門而大嚼』的意思」，而更重要的一個作用，「就是企圖喚起『西征』俄羅斯的意識，以便再作第二次的進攻蘇聯」。茅盾還把詩中的四騎士一一坐實在現代的歷史語境中：哈馬貝「暗射著現代的日本」，「宋大西暗射著現代的中國，而羅英則暗射著現代黃色人種之蒙藏回等。」茅盾由此認為黃震遐是在暗示讀者黃色人種應該聯合起來，在

日本帝國主義的指揮下西征俄羅斯。[122] 魯迅的看法與此相近。他同樣認定〈黃人之血〉的目標是「對著『幹羅斯』，就是現在無產者專政的第一個國度，以消滅無產階級的模範——這是『民族主義文學』的目標」。他還諷刺道，「可以擬爲那時的蒙古的只有一個日本」，但日本人似乎並「不知『團結的力量』之重要」，竟「『張大吃人的血口』，呑了東三省了。」[123] 在今天看來，魯迅和茅盾的看法不免讓人吃驚，但在當時發生那種聯想似乎並不奇怪。1929 年「中東路事件」爆發後，中共中央根據共產國際的指示，向全黨發出第 70 號通告，把「武裝保衛蘇聯」列爲黨的中心任務之一，[124] 黨領導下的左翼不過是在奉命在文藝戰線上保衛蘇聯而已。當然，左翼的批評也不完全是穿鑿附會的想像。在中東路事件之後，國內反蘇情緒高漲，民族主義者表現尤其積極，得到「前鋒社」讚賞的萬國安的短篇創作〈國門之戰〉[125] 就取材於「中東路事件」中的中蘇邊境之戰。黃震遐在〈黃人之血〉裡不免也流露出反蘇的情緒是很自然的，寫蒙古西征軍攻陷基甫大公國，也確有茅盾所說的「過屠門而大嚼」之嫌。但是問題並不在於〈黃人之血〉是否如左翼批評家所言，是在影射要「進攻蘇聯」，我們更關心的是在這部作品中，黃震遐是如何想像民族以及民族之間的競爭的，他的想像又存在哪些問題？

　　在〈黃人之血〉第三節「四騎士」中有這樣一段總結性的詩：

> 這就是歷史上兩大民族的競賽，
> 不用上帝也可以判明優勝劣敗，
> 一個是末世紀荒淫頹廢的玉台，

> 裡面充滿了黑黯的瘟疫和不義之財；
> 另一個是清潔而直率的人海，
> 浩浩蕩蕩地將一切淫穢整個淹埋。
> 等到將來歷史的輪回翻轉過來，
> 然後今日的得勝者再受明日的淘汰。

很顯然，在黃震遐的想像中，世界歷史就是東方和西方之間互相爭雄、輪回勝出的歷史，他把這看作是兩大民族——即西方白種人和東方黃種人——的競賽。中世紀的西方黑暗荒淫，而東方卻是「清潔而直率」，蒙古軍西征因而堪稱正義之舉：

> 拔清了腐爛的害草之根，
> 燒盡了黑暗淫穢的古城，
> 鐵蹄將罪惡踏成了粉，
> 劍鋒點著了自由的燈！

黃震遐關於黃種人和白種人之間的種戰的看法，沿襲了晚清以降盛行的種族論述。十九世紀 90 年代，西方的種族觀念開始傳入中國，並與宣揚適者生存、優勝劣汰的社會達爾文主義相結合，形成了一套「藉以瞭解世界秩序的基本概念架構」，即「種戰」。[126] 梁啓超即認爲，所謂歷史，就是「叙人種之發達與其競爭而已」，[127] 而「今全世界大異之種，泰西人區其別爲五焉，彼三種者，不足論矣，自此以往，百年之中，實黃種與白種人玄黃血戰之時也。」[128]

晚清種族論述的蔚然興起與其時中國喪權辱國、被迫開放的歷史境況有著直接的關係，西方人強行以堅船利炮轟關而

入，使國人首次感到非我族類的異族入侵的威脅，而在通商口岸尤其是廣東等東部沿海地區，在當地人特別是那些與洋人有頻繁接觸的人中間開始形成了種族意識，這種種族意識後來逐步傳遍了全國。種族是人類學和生物學上的範疇，它以人的體質形態上所具有的某些共同遺傳特徵——如膚色、眼色、髮色、血型、骨骼等——為區分標誌，但是在現代中國的歷史文化語境中，種族這一概念所承載的豐富複雜的內容遠遠超出了人種學和生物學的範圍。種族作為一個虛構的具有生理區別特徵的符號，實際上突破了以往對於地方宗族的較為狹隘的認同，而創造出對一種範圍要廣泛得多的想像的共同體的嶄新認同，這個新的想像的共同體就是黃種種群。黃種因而在某種程度上成了國人的一種新的身份。種族觀念對於國家和民族觀念的形成起了直接的推動作用，「國」和「種」常常被作為並置的範疇出現在一些短語中，如「愛國愛種」、「種界國界」等等，這表明關於種族的論述實際上已經被整合進中國現代民族主義的論述之中。[129]

　　種族觀念固然促進了中國現代民族主義的形成，但是也帶來了一些問題。其中最令人感到困惑的是如何區分民族和種族這兩個概念？在中國現代民族主義的論述中，種族和民族這兩個概念常常是重疊的。比如，章太炎出於排滿革命的需要，把「中華民國」構想成一個以「血統」為聯繫紐帶的群體，它只能以漢族為主體，其他各族如回、蒙、藏等，血統、語言都與漢族相異，自應「任其去來」，否則亦當以二十年之力使其「醇化於我」，[130]而即便如此，它們也不應取得與漢族平等的地位。章太炎的民族主義顯然是一種狹隘的種族論的民族主義。相對於章太炎的小民族主義，梁啟超提出了「大民族主

義」的口號，所謂「大民族主義」，就是「合國內本部、屬部之諸族，以對於國外之諸族」。[131] 孫中山的民族主義與梁啓超的「大民族主義」大致相近，同樣強調「種族團結」，認為「就大多數說，四萬萬中國人，可以說完全是漢人。同一血統，同一語言文字，同一宗敎，同一習慣，完全是一個民族。」[132]不管這些論述有何差異，有一點卻是相當一致的，即它們都是建立在種族論基礎之上的。以血統、膚色、發色等體質特徵與語言、服飾、宗敎、風俗習慣等文化特徵來區分族群，這種傳統的本質論如今已經遭到極大的挑戰，越來越多的人開始認為族群與民族一樣，也是安德森所說的那種「想像的共同體」。族群乃其成員主觀認定的範疇，這可以在許多方面得到證實，比如被認定為某一族群的成員卻可能會拒絕認同該族群，族群的本質特徵也常常會成為統治階級和被統治階級爭訟不休的論題。因此，祖巴伊達（Zubaida）認為族群的同質性可能是長期的歷史和政治過程的結果，而非其原因。[133] 旣然連族群的認定都不能完全依據本質化的體質特徵或是文化特徵，那麼對現代民族的界定更應該拋棄本質論，否則面對各族群在體質尤其是文化特徵上的差異，將無法創立一個超越於各族群之上的一致的民族認同。對於像中國這樣的多族群國家來說，這個問題尤為尖銳，如果不拋棄本質論化的種族觀念，而訴諸於一個為國內各族群普遍接受的政治、經濟和文化建設方案，將很難建立起對統一的民族國家的認同。然而，中國現代的民族主義卻掉入了「種族」的陷阱，它們強調華夏文明的正統地位，常常試圖通過徵引漢族的光輝歷史，來喚起民眾對於民族和國家的認同，而意識不到這種方式本身的局限性。而且，需要指出的是，在這種「種族」化的民族主義論述中，各族群因其人口數

量、居住地域以及經濟文化發展水準的不等，在地位上肯定是不平等的。且不論章太炎的狹隘民族主義，即使是在梁啓超和孫中山的強調種族團結和融合的民族主義論述中，漢族也還是被放在了其他各族群所無法比擬的最高地位。這與現代的民族概念中所包含的自由平等原則還是存在著不小的差距。

　　種族和民族概念的糾纏不清，顯然常常會使民族主義者感到困惑。回過頭來看〈黃人之血〉，黃震遐原是想翻開中國歷史上武功最盛的這一頁，由此催發頹靡的民氣，使國人樹立起自信。但稍許尷尬的是，橫掃歐亞的赫赫武功畢竟屬於蒙古人，自視爲中華民族之主體的漢人其時也是被征服、遭屠戮的對象。因此這裡面就有魯迅所指出的那種矛盾：「我們的詩人所奉爲首領的，是蒙古人拔都，不是中華人趙構，張開『吃人的血口』的，是『亞細亞勇士們』，不是中國勇士們」。顯然，這裡凸現的是民族認同的問題，即在這樣一個設定的語境中，現代中國人究竟應該如何確立自己的認同？是認同其時作爲世界之主宰的蒙古人？還是認同於漢人？在今天看來，這當然是一個僞問題。我們知道，民族根本就是現代性的產物，對民族歷史的叙述，是創造民族的一種方式和一種努力，元朝蒙古人的西征雖然看來只是蒙古人的歷史，但對這段歷史的叙述卻並非是爲了認同於蒙古族群，而是爲了認同包括蒙古族在內的中華民族，因此它實際上也是關於中華民族的種種表述之一。但是在 1930 年代中國民族主義的理論架構裡，由於種族觀念的滲入，這個問題對於人們來說卻是實實在在的。魯迅的譏諷實際上是在強調對同一段歷史各族群有著不同的記憶，蒙古人的輝煌恰恰映襯出漢族在當時遭奴役的事實，因此在他看來，求助於這樣的歷史，恰恰是民族主義者的悲哀。魯迅的這

種看法表明，他在意識深處認同的依然是漢族，而非現代的中華民族。這也難怪魯迅，在那個時候又有誰能夠認識到現代的民族其實是一個主觀認定的範疇，而與種族並沒有根本的關聯呢？實際上，就連黃震遐自己也覺察到其間存有齟齬，在如何處理蒙古族和漢族、契丹、女眞等族群之間的關係上，顯得有些躊躇。在最後兩章，他拋出了「友誼」和「團結」的主題，含糊地指出蒙古人「努力成功以後一變而爲『帝國主義』」，各被壓迫民族起而反抗，終於使橫跨歐亞的蒙古帝國陷於崩潰。他暗示倘若黃種人能夠團結一致，就不會被白種人打敗了。在這裡，種族的民族主義論述的內在矛盾迫使黃震遐一下子退到了種戰的陳詞濫調上了，「黃種」成了各族群唯一的共同之處，而「黃人之血」的意象似乎也在暗示某種血統上的淵源關係。把「黃種」當作可供認同的身份，這種幻想在晚清的「大亞細亞主義」論述中已有表露，[134] 而且早已被鐵的事實擊得粉碎。黃震遐對此顯然也是知道的，因此才要在〈寫在《黃人之血》前面〉裡強調「大亞細亞主義」就是帝國主義，是「不能當作偶像崇拜的」。

總之，〈黃人之血〉就其表達的思想主題看，是明顯受到了近代以降一度盛行的「種戰」論述的影響，但是到了 1930 年代，種戰之說實際上已經破產，而在此時〈黃人之血〉卻借屍還魂。雖然這個「魂」並非全是舊「魂」，其中也包含了一些新的歷史內容，但這一現象卻在一定程度上反映出 1930 年代初民族主義論述的內在貧困，它依然還是以「種族」爲核心，並沒有在新的時代發展出新的論述格局。

黃震遐的歷史題材詩歌有一個非常鮮明的特點，即幾乎所有這些詩不僅在時間上而且在空間地域上都顯得很遙遠，〈黃

人之血〉雖然是中國的題材，但是故事地點卻是在遙遠的俄羅斯和中亞細亞，其他詩作如〈讀史雜感〉和〈死駱駝的長呼〉等則取材自阿拉伯和非洲歷史。我們還可以注意到，所有這些詩都是在追慕昔日英雄的壯烈業績，從韃靼武士到貝都因騎士，再到蘇魯的兵，他們都曾是悍勇無比、令人膽寒的英雄，但是他們昔日的榮耀早已黯淡，「勇士的後裔已不復振興奮發」，這不免讓詩人爲之扼腕歎息。叙寫想像中的遼遠的異域，塑造無堅不摧的英雄形象，這原是浪漫主義詩歌的傳統之一，黃震遐的詩歌顯然也受此影響。但是仔細分析，便能發現兩者之間其實有著根本的差別。西方浪漫主義詩歌中的異域主要是作爲西方之他者的東方，東方──連同其地理和人民──是充滿異國情調的神秘存在，它既代表了一種可藉以擺脫西方古典傳統之束縛的解放力量，因而可以說寄託了西方人在現實中所無法實現的幻想，同時又使他們在這個想像的客體身上「找到了與其自身的神話、迷戀和要求心心相印的東西」[135]。因此，在西方浪漫主義詩歌中作爲異域出現的東方是只爲西方而存在的東方，是西方的鏡像客體，在其身上西方投射了自身的欲望和想像，同時也印證了自身的強大。在浪漫主義詩歌中出現的東方人，男人都是殘忍、野蠻、荒淫好色之徒，而女人則常常是一些神秘、妖艷、充滿欲望的克麗奧佩特拉式的人物（比如〈唐璜〉中的蘇丹皇后古爾佩霞），她們象徵著西方人心目中的東方──一個神秘而富有誘惑力並有待征服的客體，而作爲征服者的英雄則永遠都是西方男子，他們既勇敢又多情，是東方女子迷戀和崇拜的偶像。[136]因此，浪漫主義詩歌中的東方又常常是色情化的東方。[137]在黃震遐的詩歌中，情況稍有不同。黃震遐所想像的西方世界之外的異域卻是作爲與西方相對抗的

力量而出現的，它不是色情想像的對象，因此在這些詩歌中出
現的並不是妖艷、性感而又危險萬分的女子，而是驃悍勇猛的
戰士——貝都因騎士、阿拉伯戰士和蘇魯的兵，他們是他所要
謳歌的英雄。如果說黃震遐詩歌中的非洲和阿拉伯也同樣是鏡
像客體，那麼這個客體不是與自我相對立的他者，而恰恰是自
我的面影。作為他者的東方在西方的凝視中，是對其先在身份
的必要的否定，代表著一種（美學上的）解放的力量，而在黃
震遐這裡，我們發現的卻是對自我身份的再認定。因此，對客
體的凝視所引起的不是一種異己意識，而是一種認同，正是在
非洲和阿拉伯身上，「我」看到了自己的過去和現在。值得注
意的是，東方對於西方來說，是象徵著某些未能實現的幻想，
哪怕是作為一種否定性因素，它也總是指向未來的，意味著創
造的機會，[138] 但是黃震遐對非洲和阿拉伯的凝視卻是一種反
顧，是對歷史廢墟的憑弔。雖然這種反顧不完全指向過去，其
根本的用意是詢喚主體——即在現代的歷史處境中能和西方相
抗衡的強力主體，但問題在於這種主體卻是業已完成的，是給
定的，其內涵是如此的貧瘠，以至我們無法在此主體身上找到
多少新鮮質實的內容。這一主體僅僅為了西方而存在，倘若失
去了西方這個假想敵，那麼它還剩下什麼？因此，對主體的這
種詢喚從根本上來說是無效的，它除了印證了自我在一個想像
的異域他者身上的自戀式反思之外，並沒有太大的意義。

　　實際上，黃震遐詩歌中真正的他者絕不是非洲和阿拉伯，
而是西方。在他的詩歌中，我們能夠明顯地感覺到西方無所不
在的存在：它是一種壓迫的力量，是一個無法擺脫的夢魘，而
黃震遐的努力則是逃遁到一個更加古老、更加縹緲的夢之中，
以此來擺脫這個原本虛幻的噩夢。那麼，黃震遐詩歌中的西方

究竟是怎樣一副面目呢？在幾首短詩中，西方的面目是模糊不清的，它僅僅是失敗的入侵者，除此之外，似乎再沒有更充沛的想像。在〈黃人之血〉裡，西方的面目變得清楚了些，它是「荒淫頹廢的玉台，／裡面充滿了黑黯的瘟疫和不義之財」，到處都是腐爛和罪惡，人們「醉生夢死」、「意志消沉」，而與此形成對照的則是東方「清潔的靈魂，勇敢的肉身」，東方的黃種是「宇宙的選民，洪水後的眞人」。西方被看作是需要來自東方的清潔之水予以滌蕩的荒淫邪惡之域，這樣的道德判定似乎正好是東方主義的翻轉，因爲在東方主義的論述中，被認爲是荒淫、愚昧、黑暗之化身的正是東方。在〈黃人之血〉裡，我們可以爲這種簡單的翻轉找到許多例證。比如，征服者被置換成了黃種的勇士，而誘惑者則變成了西方的女子，西方令人吃驚地成了色情想像的對象：深宮中的郡主和含辛茹苦的修女都成了黃種勇士強姦、蹂躪的對象。這種性角色的置換顯然意在通過換喻顛覆或改寫東西方之間的權力關係。於是我們看到，在一個新造的舊夢中，衰病的東方（中國）儼然成了世界的主人，驕橫的白種人也匍匐在腳下顫抖不已。這確乎是一個令人心醉神馳的幻景，然而幻景終歸是要破滅的，所向披靡的黃種勇士最後還是只落得個血灑疆場的結局。

　　〈黃人之血〉中對西方的他者化雖然通過角色置換實現了對東方主義的翻轉，但是東西方之間簡單的角色換位，實際上絲毫沒有改變東方主義的論述格局，倒是從一個相反的方向強化了東方主義。打個比喻來說，這就好像從西方拿來了一副有色眼鏡，通過它來重新打量「東方─西方」的世界格局。很顯然，正如「你」不可能站在「我」看「你」的地方看「我」，「我」同樣也不可能站在「你」看「我」的地方看「你」，因

此，「我」透過眼鏡看到的「你」，實際上恰恰是「你」眼中的「我」。雖然觀看者變了，但看到的卻是同一個東西。當然這裡還不僅僅是對象的置換，更值得注意的是主體的認同。為了說清這個問題，我們不妨借用法儂（Frantz Fanon）對殖民主體的分析方式。法儂認為，在殖民地條件下，白人和黑人都把對方當作自己的他者，所不同的是，白人在黑人他者的身上再度確證了自身的優越，重新肯定了自我，而黑人卻在白人他者身上看到了他所追求、渴慕的一切。因此，法儂認為，對於黑人來說，「白人不僅是他者，也是主人，無論是真實的還是想像的主人。」[139] 與此相似，在黃震遐那裡，主體「我」（黃種）在白人他者身上看到了自己追求、渴慕的東西，即對西方的支配，成為世界的主宰，而〈黃人之血〉作為現實的顛倒，正好滿足了這一夢想。在這裡，「我」所認同的正是作為世界的征服者和支配者的西方白種人。Homi Bhabha 指出，身份認同與他者有關，「認同問題從來就不是對一個預先給定的身份的證實，也不是自我實現的預言——它總是某一身份形象的生產，以及僭居此一形象的主體的變形。認同的需求——即趨近他者——必然需要主體再現於他性（otherness）的區分秩序之中。」[140] 但是正如前面已經指出的那樣，〈黃人之血〉認同的卻是作為征服者的西方的形象，對這一形象的認同其結果便是主體「我」完全落入了西方的區分秩序之中。

其實，仔細想想，這個問題並不只是出現在〈黃人之血〉中，而是一直潛伏在近代以來中國人對西方的想像和認同之中。我們可以借用 Bhabha 提出的重要概念「刻板印象」（stereotype）來就此稍作分析。Bhabha在其重要論文〈他者問題：刻板印象、歧視和殖民主義話語〉中指出，殖民主義話語

總是把他者想像為固定不變的、已知的也是可以預言的對象，「刻板印象」就是把這些想像固定化的模子。但是這些「刻板印象」常常是互相矛盾的，比如在西方殖民者的想像中，東方既是「一個充滿創造機會的地方」，被「視為對人們所想像的一切美好事物的最終實現和確認」，但同時又被認為是黑暗、愚昧、荒淫的化身，因此「刻板印象」其實體現了西方殖民者在面對東方時既充滿渴望又心懷恐懼、憎惡的矛盾心態。Bhabha 套用佛洛德關於「戀物癖」（fetishism）的相關論述來解釋他所說的殖民「刻板印象」。佛洛德認為「戀物癖」即是正常的性對象被與其相關的某物（fetish）取代，fetish 可能是身體的一部分，也可能是無生命的物品，但它必須與性對象有依屬關係。「戀物癖」源自男孩對性別差異的發現。當男孩發現母親沒有陽具是可能被閹割過時，便深深陷入對於閹割的恐懼之中，接著就會有一個fetish——即物戀對象——出來替代他想像中被閹割掉的陽具。Fetish 掩飾了母親的陽具缺失，它使男孩得以否認性別差異，並減輕了對於閹割的恐懼。戀物癖者由此達成了妥協，他既接受了母親沒有陽具的事實，同時又為此而選擇了一個替代品。戀物癖者控制住了自己選定的選擇對象，並不斷地感到自己從這種替代中獲益匪淺。在 Bhabha 看來，殖民「刻板印象」和 fetish 在兩個方面非常相似。首先是結構上的相似，它們都把陌生的、令人憂慮不安的東西（性別差異／種族差異）與那些熟悉的、可以接受的東西（fetish／「刻板印象」）聯繫在一起。殖民「刻板印象」和fetish一樣，也是一種病態的固執，在歡愉（由那些看來賞心悅目的熟悉之物或是異國情調所引起）和恐懼或輕蔑（對那些完全陌生或是過於熟悉的東西）之中搖擺不定。其次是功能上的相似，「刻

板印象」在形構膚色、種族和文化上的差異時，也會和 fetish
一樣，在對缺失和差異的焦慮（對文化或種族差異的恐懼在功
能上類似於對性別差異的恐懼）與對一種完整性和相似性的證
實（「刻板印象」使種族和文化上的差異變得正常了，並掩飾
了這種差異的他性）之間搖擺不定。就如同 fetish 代替了母親
的陽具並減輕了孩子對閹割的恐懼，「刻板印象」也代替了種
族的純粹或是文化上的支配地位，而這正是殖民主體害怕失去
的。此外，和 fetish 一樣，「刻板印象」的替代也使殖民主體
有一種能加以控制和掌握的感覺。「刻板印象」的功能是雙重
性的，一方面它是殖民主體的面具或替代，另一方面它通過一
些假定的特徵再現了殖民主體。殖民話語把被殖民者作爲一種
社會現實生產出來，被殖民者作爲一個他者，其在膚色、種
族、文化的差異會引起殖民者既愛又恨的矛盾心理——那些新
奇的東西讓他既感到興奮、神往，又感到害怕乃至恐懼；但
「刻板印象」作爲對眞實的種族和文化差異的替代，則緩解了
殖民者在面對他者時因自身缺失以及差異而起的焦慮，而更重
要的是，「刻板印象」對他性的替代把他者放在了殖民者所熟
悉的、已知的事物中間，這實際上也就是拒斥了種族和文化上
的差異。對他者的控制和掌握，證實了自身的完整性和在文化
上的支配地位。[141]

　　如果不把「刻板印象」看作僅僅是在殖民條件下的再現模
式，而是把它看作一個有普遍意義的建構他者的結構和再現模
式，那麼我們便會發現在近代中國對西方的認知與想像中，同
樣也存在「刻板印象」的影子。一方面是對西方的妖魔化，比
如把西方人描述成既可怕又醜陋的魔鬼，腿腳僵硬，[142]吃小孩
的心肺，殘暴、貪婪、好色，傲慢無禮；另一方面，西方的強

大，它的奇技淫巧，它在政治制度和文化藝術上的成就，又讓中國人羨慕不已，西方因而又是學習、追趕的對象。中國人對西方的態度始終陷於這種既好奇、崇拜又害怕、恐懼的矛盾心態中，而且隨著國際環境的變化而不停地在這兩極之間搖擺：當來自西方帝國主義的侵略壓力增大時，民族主義情緒迅速升溫，西方馬上被妖魔化；而當國際環境寬鬆時，西方又成了讚美的對象，西化主義成為主流。這種內在對立的再現西方他者的模式，清楚地顯露出中國人矛盾的心理態度。在中國對西方的他性認知中，我們也可以發現與「刻板印象」相似的對他性的替代。比如 20 世紀初，「中國人種西來說」盛極一時，廣受歡迎，晚清知名學者如章太炎、蔣智由、劉師培、黃節、陶成章等人，紛紛考稽古史，多方比附，對此說深信不疑，[143] 這實際上是對中西種族差異的拒斥。又比如對西方民主的價值原則和制度實踐，康有為等用孔孟的民貴君親思想以及大同說加以比附，乃至發展到「凡西方所有，則吾國固已有之」的極端荒謬的地步，這又是在拒斥中西文化價值上的差異。總之，在近代中國對西方的建構之中，我們總能發現一些固定不變的原型，因此西方作為他者，總是固定不變的、已知的和可以預見的，但是被認為與其同一的「刻板印象」卻是混亂無序、未加控制的，這些「刻板印象」作為西方種族和文化他性的替代，在被置放到中國人熟悉的歷史文化背景之中後，西方在種族尤其是文化上的真正差異就被掩蓋了，我們所看到的西方的形象只是我們自己虛構出來的西方，也是我們能夠理解並加以控制的西方，由此我們似乎也證實了中國「無所不備」的完整性以及文化上的支配地位。

　　Homi Bhabha 還指出，對「刻板印象」的認同與拉康所說

的鏡像認同一樣，既是侵略性的，又是自戀性的。〈黃人之血〉為此論點提供了再好不過的證據：它對暴力的迷戀和頌贊是因為作為主體的「黃種」（中國）在作為「刻板印象」的西方身上看到了自我的形象，這個形象既熟悉又陌生——熟悉是因為它似曾相識，陌生是因為它畢竟與己不同，早已是前塵舊影，「刻板印象」的這種疏離和對立激起了侵略性的衝動，這表現在文本中就是黃種勇士對白種人的肆意的屠戮。另一方面，西方「刻板印象」又提供了自戀的形象，即一個有著無堅不摧的征服力的強大的主體形象，這個在西方「刻板印象」中顯現出來的主體其實就是中國。黃種勇士羅英對慕尼瑪和華蘭地娜的不可抗拒的吸引力，就充分暴露了這種根深蒂固的自戀心理。所以，在我看來，〈黃人之血〉雖然是一部毫不起眼、甚至早已被人忘記的作品，但是它卻以一種極端的方式，暴露出近代以來國人以西方為他者建構自我主體時常常踏入的一個盲區：作為「刻板印象」的西方遮蔽了國人對一個真實的西方世界的認知，這些「刻板印象」作為對缺失的替代，不僅展露了國人在面對西方時複雜而矛盾的心理態度，更致命的是它們不僅對建構一個批判性、反思性的主體毫無裨補，反而常常會把主體固鎖在一個既具侵略性又顧影自戀的形象之上。

---

1 比較有代表性的文章有：葉秋原的〈民族主義文藝之理論的基礎〉（連載於 1930 年 8 月 10 日、17 日 24 日《前鋒週刊》第 8、9、10 期）、襄華的〈民族主義的文藝批評論〉（連載於 1930 年 8 月 31 日、9 月 7 日、14 日《前鋒週刊》第 11、12、13 期）。

2　張季平：〈民族主義文藝的題材問題〉，1930 年 10 月 5 日《前鋒週刊》第 16 期。

3　湯冰若：〈民族主義的詩歌論〉，連載於 1930 年 10 月 12 日、19 日、26 日、11 月 2 日《前鋒週刊》第 17、18、19、20 期；襄華：〈民族主義的戲劇論〉，連載於 1930 年 11 月 9 日、16 日、23 日、30 日、12 月 7 日《前鋒週刊》第 21、22、23、24、25 期；朱應鵬：〈中國的繪畫與民族主義〉，《前鋒月刊》第 2 期；楊民威：〈中國的建築與民族主義〉，《前鋒月刊》創刊號。

4　張季平：〈民族主義文藝的戀愛觀〉，1930 年 9 月 21 日《前鋒週刊》第 14 期。

5　石萌（茅盾）：〈『民族主義文藝』的現形〉，1931 年 9 月 13 日《文學導報》1 卷 4 期。《茅盾全集》第 19 卷，北京，人民文學出版社，1991，第 250-251 頁。

6　《茅盾全集》第 19 卷，第 253 頁。

7　《茅盾全集》第 19 卷，第 257-258 頁。

8　虛白：〈民族主義文藝運動的檢討〉，1930 年 11 月 16 日《真美善》7 卷 1 期。

9　「王家楨來信」，附於虛白文後，出處同上注。

10　見洛揚（馮雪峰）：〈並非浪費的論爭〉。《三十年代「文藝自由論辯」資料》，第 303 頁，上海文藝出版社，1990。

11　胡秋原：〈阿狗文藝論──民族文藝理論之謬誤〉，《三十年代「文藝自由論辯」資料》，第 7-8 頁，上海文藝出版社，1990。

12　同上注，第 14-15 頁。

13　胡秋原：〈錢杏邨理論之清算與民族文學理論之批評──馬克思主義文藝理論之擁護〉，《三十年代「文藝自由論辯」資料》，第 63-64 頁。

14　民族主義者同樣否認民族主義文學「是專為『打倒』『普羅文學』而發生的」，他們認為民族主義文學「早已有久長的歷史」，「在民族英雄或者隱逸者的詩文中，很可以找出民族主義的文學來」，這種看法當然是錯誤的，其原因在於未能認識到民族主義乃是近代以來的產物，這個問題我將在稍後展開分析。上引文出自柳絲：〈關於民族主義的文學〉，《民族文藝論文集》，第 39 頁。

15　〈開端〉，1930 年 8 月 8 日《開展》月刊創刊號。

16 轉引自姜義華：〈中國民族主義的特點及新階段〉，香港：《二十一世紀》1993 年 2 月號總第 15 期。

17 參見沈松僑：〈振大漢之天聲——民族英雄系譜與晚清的國族想像〉，台北：《中央研究院近代史研究所集刊》第 33 期（1999 年 6 月），第 90 頁。

18 余一（蔣方震）：〈民族主義論〉，《浙江潮》第 1、2、5 期連載。

19 接受新式教育的國內學生數量極少，以 1909 年的統計為例，專門（含大學、高等、文、理、法、醫、藝術）、實業（含農、工、商各級各類）、師範（含優、初級、傳習所、講習科）和中學 4 項相加，只有學生 99113 人。〈宣統元年份教育統計圖表〉，轉引自桑兵：《晚清學堂——學生與社會變遷》，上海：學林出版社，1995，第 153 頁。

20 這種類型的新式知識份子 19 世紀末開始出現於通商口岸，他們很少與農村和官僚發生聯繫。作為「社會邊緣分子」，他們未能進入傳統仕途，而是接受了近代教育，供職於洋行、海關、學校等部門。1905 年科舉制度取消，使得此類新式知識分子的人數大為增加，但可以想見，他們在人口總數中所占比例仍然是微乎其微的。關於口岸新式知識份子的闡述可參見【法】白吉爾：《中國資產階級的黃金時代 1911-1937》，上海人民出版社，1994，第 43-44 頁。

21 1903 年在日本的中國留學生有 1000 多人，1905-1906 年間激增到 8000 多人。見〈出使日本大臣楊樞密陳遊學生在東情形並籌擬辦法折〉，1906 年 7 月 16 日《東方雜誌》第 3 卷第 6 號。1906 年留學日本的中國學生的準確數字為 7283 人，而同一年留美學生人數僅為 60 人，1906 年以後留日學生人數逐年減少，1912 年已經銳減到 1437 人。見《中國近代教育史資料彙編‧留學教育》，上海教育出版社，1991，第 686-689 頁。1906 年中國國內學生總數已達 468220 人，但若是按 1912 年中等學校學生在全部學生總數中的比例推算，則其中接受中等以上教育者還不到兩萬人。

22 參見桑兵：《晚清學堂——學生與社會變遷》，第 77-78 頁。

23 關於排滿問題上各方的爭論，可參見沈松僑：〈我以我血薦軒轅——黃帝神話與晚清的國族建構〉，台北：《台灣社會科學研究季刊》第 21 期（1996 年 1 月）。

24 郭少棠：〈建立民族國家的階段——從德國經驗談起〉，香港：《二十一世紀》1993 年 4 月號總第 16 期，第 50 頁。

25 實際上就連這也大有問題，租界的存在，以及在列強逼迫下簽訂一系列不平等條約，足以說明民國初年的國家主權仍然是不完全的。

26　《孫中山選集》上冊，北京：人民出版社，1986，第 86 頁。

27　參見姜義華：〈中國民族主義的特點及新階段〉，香港：《二十一世紀》1993 年 2 月號總第 15 期。

28　紳商兼有紳士和商人的雙重身份，紳商是傳統紳士向近代工商資本家轉化的中介橋樑。陳旭麓先生認為：「紳商（由商而紳，由紳而商）和鄉紳是官與民的中介，前者多在市，後者多在鄉；前者與工商業結緣，後者與宗法、地租聯姻；從他們身上可以捕捉到中國近代社會的脈絡。」《陳旭麓學術文存》，第 1378 頁，轉引自馬敏：《官商之間：社會劇變中的近代紳商》，天津人民出版社，1995，第 3 頁。關於近代紳商階層形成和演變的歷史，可參看此書。

29　關於這兩次運動的較詳細的論述，可參見馬敏：〈官商之間：社會劇變中的近代紳商〉，第 311-318 頁；虞和平：〈商會與中國早期現代化〉，上海人民出版社，1993，第 341-346 頁；徐鼎新、錢小明：《上海總商會史（1902-1929）》，上海社會科學出版社，1991，第 67-92 頁。

30　參見王立新：〈中國近代民族主義的興起與抵制美貨運動〉，《歷史研究》2000 年第 1 期。

31　【法】白吉爾：《中國資產階級的黃金時代 1911-1937》，上海人民出版社，1994，第 52 頁。

32　關於這一時期民族資本家參與或領導反帝愛國運動的論述，可參見虞和平：《商會與中國早期現代化》，上海人民出版社，1993，第 346-356 頁。

33　【法】白吉爾：《中國資產階級的黃金時代 1911-1937》，第 272-274 頁。

34　參見徐鼎新、錢小明：《上海總商會史（1902-1929）》，上海社會科學出版社，1991，第 231-242 頁。

35　【法】白吉爾：《中國資產階級的黃金時代 1911-1937》，第 277 頁。

36　【法】白吉爾：《中國資產階級的黃金時代 1911-1937》，第 274 頁。

37　Ernest Gellner, *Nation and Nationalism*, Cornell University Press, 1983, P141.

38　參見班納迪克・安德森（Benedict Anderson）：《想像的共同體》第 2 章「文化根源」，吳叡人譯，台北：時報文化，1999，第 17-48

頁。

39 參見 Leela Gandhi, *Postcolonial Theory*, Columbia University Press, 1998. 105.

40 【英】艾瑞克‧霍布斯鮑姆：《革命的年代：1789-1848》，南京：江蘇人民出版社，1999，第 175-177 頁。

41 見古楳：《現代中國及其教育》，中華書局，1934，第 349 頁。

42 1929 年全國各級學校學生人數統計數字是：高等教育 52410 人，中等教育 341022 人，初等教育 7937558 人。引自古楳：《現代中國及其教育》，中華書局，1934，第 347-349 頁。

43 霍布斯鮑姆指出：「學生在 1848 年革命中的突出表現，使我們很容易忘記下述事實：整個歐洲大陸，包括未進行革命的不列顛群島，可能總共只有 4 萬名大學生，雖然數目仍在上升之中。」《革命的年代：1789-1848》，第 178 頁。同樣，聲勢浩大的五四運動也很容易使人忘記當時整個中國大概只有 2 萬名左右大學生（這個數字是以 1930 年大學生在全國學生總數中的比例為基準而推算出來的）。這表明學生儘管在人口總數中的比例很低，但只要達到一定的規模和數量，就能形成為一支不容忽視的社會力量。另據周策縱的研究，1919 年 5 月 4 日參與集會和示威遊行的學生人數約為 3000 人，參與「五四事件」的北京的大專學校中，在校學生人數已知的 10 所大學總人數為 6111 人。周策縱：《五四運動：現代中國的思想革命》，南京：江蘇人民出版社，1996，第 525-527 頁。

44 班納迪克‧安德森：《想像的共同體》，第 53 頁。

45 《想像的共同體》，第 54 頁。

46 《想像的共同體》，第 69 頁。

47 《想像的共同體》，第 29 頁。

48 杜贊奇（Prasenjit Duara）即認為早在現代西方民族主義傳入中國之前，中國人就有類似于「民族」的想像了；對中國而言，嶄新的事物不是「民族」這個概念，而是西方的民族國家體系。見 *Rescuing History from the Nation: Questioning Narratives of Modern China*, Chicago and London: Chicago University Press, 1995. 此處轉引自《想像的共同體》，「導讀」第 xvii 頁。

49 周策縱：《五四運動：現代中國的思想革命》，第 245 頁。

50 胡適：〈歸國雜感〉，1918 年 1 月 15 日《新青年》第 4 卷第 1 期。

51　周策縱：《五四運動：現代中國的思想革命》，第 246 頁。

52　周策縱：《五四運動：現代中國的思想革命》，第 249 頁。

53　〈本社新定投稿簡章〉，1919 年 6 月 15 日《東方雜誌》第 16 卷第 6 期，扉頁。

54　李澤彰：〈三十五年來中國之出版業〉，轉引自周策縱：《五四運動：現代中國的思想革命》，第 250 頁。關於五四後幾年裡出版和文化傳播的發展的狀況，可參見此書第 246-251 頁。

55　【法】戴仁：《上海商務印書館 1897-1949》，商務印書館，2000，第 49 頁。

56　戴仁：《上海商務印書館 1897-1949》，第 55 頁。

57　戴仁：《上海商務印書館 1897-1949》，第 37-42 頁。

58　李璜：〈國家主義淺說〉，第 9 頁。轉引自周淑真：《中國青年黨在大陸和台灣》，北京：中國人民大學出版社，1993，第 29 頁。

59　李璜：〈釋國家主義〉。轉引自周淑真：《中國青年黨在大陸和台灣》，第 29 頁。

60　【奧】凱爾森：《法與國家的一般理論》，北京：中國大百科全書出版社，1996，第 203 頁。

61　關於國家概念的簡要的解釋，可參見《布萊克維爾政治學百科全書》，北京：中國政法大學出版社，1992，第 738-742 頁。另可參見【美】賈恩弗蘭科·波齊：《近代國家的發展——社會學導論》，商務印書館，1997，第 94-100 頁；凱爾森：《法與國家的一般理論》，第 203-215 頁。

62　國家主義非常強調共同的歷史記憶，他們認為共同的歷史是國家存在的最重要的因素。（周淑真：《中國青年黨在大陸和台灣》，第 30、33 頁）而我們知道，訴諸共同的歷史記憶來形成對民族的認同正是民族主義的最常用的策略。關於這個問題，我將在稍後論述。

63　周淑真：《中國青年黨在大陸和台灣》，第 38 頁。

64　國內有北京的「國魂社」、「救國團」、「中國少年衛國團」，廣州的「獨一社」、「國家協進會」、「獅聲社」，四川的「惕社」、「光國社」、「起舞社」，湖南的「固中學會」、「少年中國自強會」、「新民學社」、「自強團」，上海的「商界青年同學會」、「大夏青年團」、「復旦國家主義青年團」，浙江的「浙江青年

社」、「愛國青年社」、「保華青年團」，安徽的「安慶青年社」，雲南的「複社」，河南的「光華學會」，山西的「山西愛國青年同志會」、「國家教育協會」；國外有日本的「孤軍社」、「獨立青年社」、「華魂會」、「江聲社」，美國的「大江會」、「大神洲會」，歐洲的「工人救國團」、「國際同志會」等。見周淑真：《中國青年黨在大陸和台灣》，第 56-57 頁。

65　周淑真：《中國青年黨在大陸和台灣》，第 57 頁。

66　關於五四後期的大眾教育運動參見周策縱：《五四運動：現代中國的思想革命》，第 7 章第 6 節「新知識份子發起的大眾教育運動」，第 262-265 頁。

67　亨廷頓：《變化社會中的政治秩序》，北京：三聯書店，1989，第253 頁。

68　亨廷頓：《變化社會中的政治秩序》，第 276 頁。

69　關於國民黨在廣東開展的工人運動，可參見【日】廣田寬治：〈廣東工人運動的各種思潮──廣東省總工會成立經過〉，載《國外中國近代史研究》第 23 輯，北京：中國社會科學出版社，1993，第231-258 頁。

70　喬治‧索凱爾斯基（George Sokolsky）在 1929 年寫道：「在中國，沒有哪個政府能夠享受南京政府的殊榮，在一片讚揚聲中開始自己的工作，……人民熱望他們成功。」當時有許多知識份子對未來也抱有美好的希望，何廉就寫道：「我們住在北方，我們卻真心實意地擁護南京政權，例如 1928 年，我、蔣廷黻和幾個朋友從天津到南京。我們在南京見到新國旗時是多麼激動呵──對我們來說，那或許是一個偉大新時代的象徵。」轉引自【美】易勞逸：《流產的革命：1927-1937 年國民黨統治下的中國》，北京：中國青年出版社，1992，第 11 頁。

71　亨廷頓認為「革命是現代化的一個方面……它最可能發生在曾經經歷過某些社會和經濟發展，而政治現代化和政治發展進程又已落後於社會與經濟變化進程的社會裡。」這個結論用在現代中國身上，也是很貼切的。參見亨廷頓：《變化社會中的政治秩序》，第 242 頁。

72　安德森：《想像的共同體》，第 10 頁。

73　安德森：《想像的共同體》，第 10 頁。

74　Philip Spence & Howard Wollman, "Blood and Sacrifice: Politics Versus Culture in the Construction of Nationalism", *Nationalism: Old and New*, ed. Kevin

J. Brehony and Naz Rassool, Macmillan Press, 1989. P98.

75 周淑真：《中國青年黨在大陸和台灣》，第 105-107 頁。

76 孫中山：〈三民主義〉，《孫中山全集》第 9 卷，北京：中華書局，1986，第 185-186 頁。

77 孫中山：〈三民主義〉，《孫中山全集》第 9 卷，第 186 頁。

78 〈臨時政府公報〉，第 1 號。

79 關於共同文化與民族主義之間關係的論述，可參見 Philip Spence & Howard Wollman, Blood and Sacrifice: Politics Versus Culture in the Construction of Nationalism, *Nationalism: Old and New*, ed. Kevin J. Brehony and Naz Rassool, Macmillan Press, 1989. 103-106.

80 轉引自周淑真：《中國青年黨在大陸和台灣》，第 87 頁。

81 原載 1930 年 12 月 25 日《開展月刊》第 5 期，收入吳原編：《民族文藝論文集》。

82 《民族文藝論文集》，第 68-70 頁。

83 【美】蕭公權：《近代中國與新世界：康有為變法與大同思想研究》，南京：江蘇人民出版社，1997，第 434-435 頁。

84 比如「流露社」的核心人物蕭作霖在 1930 年創辦《流露月刊》的時候，年僅 22 歲，「草野社」、「初陽社」和「青萍社」的成員更是年輕，都是在讀學生。

85 從總體創作水準看，《文藝月刊》要比「前鋒社」刊物強，但是《文藝月刊》上發表的創作傾向性不強，不像《前鋒月刊》、《前鋒週刊》上的創作基本上都有著比較鮮明的民族主義的思想立場。所以，儘管《文藝月刊》上也有好的作品，比如沈從文的創作小說，但不能說它們也是民族主義文學創作的一部份。

86 湯增敭：〈變動〉，1930 年 12 月 18 日《申報》「書報介紹」。

87 廣信府即今上饒地區，位於江西省東北部，清代時轄有上饒、玉山、弋陽、貴溪、鉛山、廣豐、興安七縣，府治在上饒。從 1927 年 10 月到 1928 年 1 月，方志敏在弋陽、橫峰兩縣相繼發動年關大暴動，後迅速將勢力擴大到信江流域，1929 年 10 月信江蘇維埃政府正式成立，方志敏任主席。參見：舒龍、凌步機主編：《中華蘇維埃共和國史》，南京：江蘇人民出版社，1999，第 25-28 頁。

88 天狼：〈論新感覺派〉，《新壘》（月刊）第 5 期（1933 年 5 月 15

日）。

89 湯彬：〈矛盾〉，1931 年 2 月 12 日《申報》「書報介紹」。

90 同上注。

91 魯迅：〈現今的新文學的概觀〉，《三閑集》。《魯迅全集》第 4 卷，第 133 頁。

92 魯迅：〈「題未定」草〉，《且介亭雜文二集》。《魯迅全集》第 6 卷，355 頁。

93 1931 年日本入侵東三省後有大批白俄從東北遷入上海，其後又有大量猶太人湧入。據統計，1936 年上海租界內外僑總人數達 6 萬人，其中俄國僑民和以猶太人為主體的德、奧難民達 2 萬人。羅茲・墨菲（Rhoads Murphey）：《上海——現代中國的鑰匙》，上海人民出版社，1986，第 26 頁；轉引自費成康：《中國租界史》，上海社會科學院出版社，1991，第 274 頁。

94 參見【美】白魯恂（Lucian W. Pye）：〈中國民族主義與現代化〉，《二十一世紀》（香港）1992 年 2 月號。

95 白魯恂認為，那種只有洋人的租界形象忽略了一個基本事實：上海以及從天津到廣東等地的那些較小的通商口岸，其實都是中國人的城市。上海的傑出成就，正如香港戰後類似的驚人成就一樣，可以說幾乎全部由勤勞、有創造力和稟賦的中國中產階級造成。白魯恂似乎過於誇大了中產階級的作用。中產階級固然在近代上海的現代化進程中起了帶頭作用，但上海繁榮的功勞絕對不應由他們獨享。設若沒有上海本地以及更多的來自內地的貧苦大眾為上海提供極其低廉且穩定的勞動力，上海的繁榮是不可想像的。白魯恂的觀點，出處同上注。

96 宗漢：〈洋行先生們〉，《前鋒月刊》第 7 期（1931 年 7 月 10 日）。宗漢疑為黃震遐，黃報名入中央軍校時用的化名是黃宗漢，見〈隴海線上〉，《前鋒月刊》第 5 期（1931 年 5 月 10 日）。

97 參見【美】白魯恂（Lucian W. Pye）：〈中國民族主義與現代化〉，《二十一世紀》（香港）1992 年 2 月號。需要指出的是，通商口岸制度其實並非中國獨有，在印度、爪哇、呂宋等地都有作為擴張殖民統治根據地的通商口岸，所不同的是，在印度和大部分東南亞地區，外國人最後建立了自己的殖民地，因此在這些國家和地區的通商口岸，其影響可以直達內地，從而深刻地影響到大眾。相比之下，中國的通商口岸對內地的影響要小得多。墨菲（Rhoads Murphey）則認為它們之間的差異主要是在社會文化方面而不是在經濟方面，在南亞和東南亞地區，西方人的殖民統治「引起了民族主義和民族意

識」，「而中國的通商口岸在這一方面並沒有引起什麼新的東西，只是使傳統的中國人重新注意到並維護他們自己自足的認同，而對外來的模式加以抗拒。」（墨菲：〈通商口岸與現代化：走錯了哪一步？〉，羅榮渠、牛大勇編：《中國現代化歷程的探索》，北京大學出版社，1992，第 98-115 頁）墨菲的觀點值得商榷。在我看來，通商口岸在中國同樣「引起了民族主義和民族意識」，只不過中國的民族主義在許多方面有其獨特性，與南亞和東南亞的民族主義有所區別而已。關於這個問題，我在後面將會作進一步的討論。

98 費正清最早把通商口岸當作與內地相對立的範疇加以論述，對通商口岸的相關論述無疑是構築其著名的「衝擊—反應」模式的最主要的基礎之一。費正清這方面的論述可參見《劍橋中華民國史》第 1 章「導論：中國歷史上的沿海與內陸」，上海人民出版社，1991，第 23-31 頁。

99 通商口岸何以能夠得到迅猛發展，成為中國經濟以及文化的心臟地帶，需要另作研究，此處不贅述。關於這個問題的相關論述可以參見【法】白吉爾：《中國資產階級的黃金時代 1911-1937》第 1 章和第 2 章；墨菲：〈通商口岸與現代化：走錯了哪一步？〉，羅榮渠、牛大勇編：《中國現代化歷程的探索》，北京大學出版社，1992，第 98-115 頁；許紀霖、陳達凱主編：《中國現代化史》第 1 卷「1800-1949」第 6 章第 2 節「通商口岸：中國的現代化中心」，上海三聯書店，1995，第 166-175 頁。

100 李大釗在〈青年與農村〉一文中這樣告誡在都市中漂泊的青年人：「你們要曉得：都市上有許多罪惡，鄉村裡有許多幸福；都市的生活，黑暗一方面多，鄉村的生活，光明一方面多；都市上的生活，幾乎是鬼的生活，鄉村中的活動全是人的活動；都市的空氣污濁，鄉村的空氣清潔。你們為何不趕緊收拾行裝，清結旅債，還歸你們的鄉土？」（《李大釗文集》上卷，北京：人民出版社，1984，第 651 頁。）李大釗的看法是非常有代表性的。這方面的材料很多，恕不一一徵引。

101 Jocob Torfing: *New Theories of Discourse: Laclau, Mouffe and Zizek*. Blackwell, 1999. 191-192.

102 此處論述主要采自 Torfing 上揭書，第 192-194 頁。

103 Edward Said, *Culture and Imperialism*, Vintage Books, 1994. 276.

104 李大釗在同一篇文章（〈青年與農村〉）中即認為「中國農村的黑暗，算是達於極點」，贓官、汙吏、惡紳、劣董魚肉老百姓，而「那些老百姓，都是愚暗的人，不知道謀自衛的方法，結互助的團體。」「農村中絕不見知識階級的足跡，也就成了地獄。把那清新雅潔的田園生活，都埋沒在黑暗的地獄裡面，這不是我們怠惰的青年的責

任，那個的責任？」（《李大釗文集》上卷，第 650 頁）

105　《真美善》6 卷 5 期（1930 年 9 月 16 日）。

106　〈隴海線上〉「小引」，《前鋒月刊》第 5 期。

107　黃震遐：〈給申報藝術界編輯的一封信〉，1931 年 3 月 28 日《申報》「藝術界」。

108　同上注。

109　〈隴海線上〉，《前鋒月刊》第 5 期。下面的引文出處與此相同，不再另行出注。

110　蕭君：〈詩人的歸來——黃震遐的新著《隴海線上》〉，1931 年 3 月 28 日《申報》「藝術界」。

111　史鐵兒（瞿秋白）：〈屠夫文學〉，《文學導報》1 卷 3 期（1931 年 8 月 20 日）。後收入《亂彈》，改名為〈狗樣的英雄〉。

112　石萌（茅盾）：〈《黃人之血》及其他〉，《文學導報》1 卷 5 期（1931 年 9 月 28 日）。《茅盾全集》第 19 卷，北京：人民文學出版社，1991，第 284 頁。

113　晏敖（魯迅）：〈「民族主義文學」的任務和運命〉，《文學導報》1 卷 6、7 合期（1931 年 10 月 23 日）。收入《二心集》，《魯迅全集》第 4 卷，第 313-314 頁。

114　史鐵兒（瞿秋白）：〈屠夫文學〉。

115　關於民國時期河南的土匪活動，參見【英】貝思飛：《民國時期的土匪》第 3 章「土匪活動的搖籃：河南土匪的分析」，上海人民出版社，1992，第 51-88 頁。蔣馮閻中原大戰剛剛結束，平時在馮玉祥的軍隊鎮壓下不敢露頭的土匪迅速利用軍隊撤走的時機，攻打城鎮，大肆擄掠，極其猖獗。因此，〈隴海線上〉裡遭遇土匪襲擊的描述極可能是真實的。關於中原大戰後土匪的活動情形，可參見【英】衛牧師（E.Weller）：〈城市中的冒險〉，收入徐有威、貝思飛主編的《洋票與綁匪——外國人眼中的民國社會》，上海古籍出版社，1998，第 601-613 頁。

116　〈韃靼人的墳〉，《真美善》4 卷 2 期（1929 年 5 月 16 日）。

117　黃震遐原本是想以蒙古人的西征為題材做一篇小說的，「但因材料的缺失，時間的不允許，尤其是關於出版的困難」，拖延了幾年沒有動筆。見〈寫在《黃人之血》前面〉，《前鋒月刊》第 7 期。

118　〈死駱駝的長呼〉，《真美善》4 卷 2 期（1929 年 5 月 16 日）。

119　〈寫在《黃人之血》前面〉，《前鋒月刊》第 7 期。

120　同上注。

121　同上注。

122　石萌（茅盾）：〈《黃人之血》及其他〉，《文學導報》1 卷 5 期（1931 年 9 月 28 日）。《茅盾全集》第 19 卷，北京：人民文學出版社，1991，第 285-288 頁。

123　晏敖（魯迅）：〈「民族主義文學」的任務和運命〉，《文學導報》1 卷 6、7 合期（1931 年 10 月 23 日）。收入《二心集》，《魯迅全集》第 4 卷，第 316 頁。

124　《中共中央文件選集》（5），北京：中共中央黨校出版社，1990.

125　萬國安：〈國門之戰〉，《前鋒月刊》第 6 期。

126　沈松僑：〈我以我血薦軒轅──黃帝神話與晚清的國族建構〉，《台灣社會科學研究季刊》第 21 期。

127　梁啟超：〈新史學〉，《飲冰室合集》，北京：中華書局，1989，第 1 冊，「飲冰室文集之九」，第 11 頁。

128　梁啟超：〈論變法必自平滿漢之界始〉，《飲冰室合集》第 1 冊，「飲冰室文集之一」，第 83 頁。

129　【英】馮客：《近代中國之種族觀念》，南京：江蘇人民出版社，1999，第 100 頁。

130　章太炎：〈中華民國解〉，《章太炎全集》第 4 卷，上海人民出版社，1985，第 257 頁。

131　梁啟超：〈政治學大家伯倫知理之學說〉，《飲冰室合集》第 2 冊，「飲冰室文集之十三」，第 75-76 頁。

132　孫中山：〈三民主義〉，《孫中山全集》第九卷，第 188 頁。

133　Philip Spence & Howard Wollman, "Blood and Sacrifice: Politics Versus Culture in the Construction of Nationalism", *Nationalism: Old and New*, ed. Kevin J. Brehony and Naz Rassool, Macmillan Press, 1989. 105.

134　梁啟超在〈論變法必自平滿漢之界始〉一文中即指出，「直當凡我黃種人之界而悉平之，而支那界、而日本界、而高麗界、而蒙古界、

而暹羅界，以迄亞洲諸國之界、太平洋諸島之界，而悉平之，以與白色人種相馳驅於九萬里周徑之戰場，是則二十世紀之所當有事也。」《飲冰室合集》第 1 冊，「飲冰室文集之一」，第 83 頁。

135 愛德華・W・薩義德：《東方學》，北京：三聯書店，1999，第 220 頁。關於西方文學中對東方的想像，可參見此書第 2 章第 4 節「朝聖者和朝聖行為，英國和法國」，第 214-255 頁。

136 關於浪漫主義詩歌中的東方主義問題，可參見 Naji B. Oueijan, "Orientalism：The Romantics' Added Dimension; or, Edward Said Refuted", *Romanticism in its Modern Aspects: Review of National Literatures and World Report*. General Editor Anne Paolucci, ed. Virgil Nemoianu. Wilmington: Council on National Literatures, 1998: 37-50. 另外亦可參見 Naji B. Oueijan, *The Progress of an Image: The East in English Literature*, New York: Peter Lang, 1996.

137 關於浪漫主義詩歌中色情化東方的論述，可參見 Frederick Garber, "Beckford, Delacroix and Byronic Orientalism", Comparative Literature Studies, 18（1981）.

138 薩義德指出，「在拜倫的〈異教徒〉中，在歌德的《東西詩集》中，在雨果的〈東方人〉中，東方是一種可以使人獲得解脫的形式，是一個充滿創造機會的地方，……人們總是轉向東方──『我將以我純潔正直之軀回歸人類最深的本原』──將其視為對人們所想像的一切美好事物的最終實現和確認」。《東方學》，第 215-216 頁。

139 Fanon, *Black Skin, White Masks*, New York: Grove Press, 1967. 138. 此處中譯文引自羅鋼：〈從「心理遊擊戰」到「第三度空間」──霍米・芭芭的後殖民理論〉，《思想文綜》NO.5，北京：中國社會科學出版社，2000，第 3 頁。

140 Homi Bhabha, "Interrogating Identity: Frantz Fanon and the Postcolonial Prerogative", *The Location of Culture*, London: Routledge, 1994. 45.

141 關於 Homi Bhabha 的「刻板印象」概念，可參見 Peter Childs and Patrick Williams, *An Introduction to Post-Colonial Theory*, Prentice Hall Europe, 1997. pp. 125-29. 另可參見羅鋼：〈從「心理遊擊戰」到「第三度空間」──霍米・芭芭的後殖民理論〉，第 4-6 頁。

142 關於西方人因其外貌特徵的差異而在 19 世紀中國人中間引起的恐懼和偏見，可參見【英】馮客：《近代中國之種族觀念》，第 49-51 頁。

143 參見沈松僑：〈我以我血薦軒轅──黃帝神話與晚清的國族建構〉，《台灣社會科學研究季刊》第 21 期。

第四章
文化統制與民族文藝

第一節　統制與獨裁

　　1931 年的「九一八事變」在民國史上是一個重大的轉捩點，日本的侵略威脅使中國國內的政治、經濟、軍事乃至思想文化狀況都發生了重大的變化。在政治上，寧粵對立暫告結束，1931 年 12 月召開的國民黨四屆一中全會，宣告了國民黨內蔣、汪、胡各派的暫時統一。1932 年後，蔣介石在南京政府中的核心地位得到進一步鞏固，中國的政局也獲得了相對的穩定。在經濟上，確立了優先發展以軍事工業為骨幹的重工業的政策，並加快鐵路和公路建設的步伐。1932 年 11 月，成立了國民政府參謀本部國防設計委員會，由翁文灝實際負責。國防設計委員會集中了一批無黨派的學術精英，圍繞國防建設的目標制定了切實可行的工業發展戰略。軍事上則在德國顧問團的建議下，逐步開始整編軍隊，配備先進的武器。總之，為抵抗日本侵略而備戰成了南京政府在政治上、經濟上和軍事上的一個核心目標。[1]

　　與此同時，思想文化上的變動也相當明顯，民族主義情緒極端高漲，學生請願運動此起彼伏，報章雜誌上也盈耳都是魯

迅所譏嘲的「小勇士們」的「發揚踔厲」和「慷慨悲歌」之
聲。[2]1932年的「一二八事變」更是使極端民族主義得以抬頭。
1932年3月1日,在蔣介石授意下,賀衷寒、鄧文儀、康澤等
人在南京發起成立「三民主義力行社」,「力行社」由黃埔骨
幹分子組成最高核心決策機構,其週邊組織分兩層,即「青
會」(「革命青年同志會」和「革命軍人同志會」)和「復興
社」,「復興社」是實際推動工作、執行任務的機構,其成員
是下級軍官、學生和政府機關職員。[3]「復興社」標榜一個主
義、一個領袖,主張「酌采德、意民族復興運動精神」,實行
鐵血救國。「復興社」特別重視對青年的組訓,著重培養青年
的民族國家意識,為此還在各省市舉辦暑期青年軍事集訓。[4]在
思想文化方面,「力行社」依託於各地的文化學會,創辦了不
少報刊雜誌,宣傳其鐵血救國的主張,尤其引人注目的是發表
了一系列介紹德、意法西斯主義並主張用法西斯主義救中國的
文章,以致從1932年底起法西斯主義一時之間成了國內思想
界的熱門話題。

對法西斯主義幾乎毫無保留的接受,實際上是近代以來一
浪高過一浪的民族主義運動的一個合乎邏輯的結果。當時很多
人都把法西斯主義當作是一種更為強烈、也更有力量的民族主
義。20年代群眾性政治動員範圍的擴大和加深,使社會階級和
群體之間的利益分歧越發明顯,如何整合不同階級、族群、地
區之間的利益差異,使之歸攏到民族國家建設的總體目標上
來,是一個非常現實的問題,而日本侵略的巨大威脅更要求必
須儘快平息國內紛爭,由中央政府統一調配全國資源,做好戰
爭準備。鼓吹鐵血主義和極權統治的法西斯主義在德國和義大
利獲得的巨大成功,似乎使國民黨內的鷹派深受鼓舞,他們把

法西斯主義看成是可以用來救急的良藥。

　　從 1932 年 12 月起，《黃鐘》就開始登載鼓吹法西斯主義的文章，到 1933 年，隨著《前途》、《汗血》等的創刊，對法西斯主義的介紹和宣傳一時之間頗有聲勢。鼓吹法西斯主義最得力的幾個刊物，如《前途》、《社會新聞》、《汗血》、《人民週刊》等，基本上被「復興社」所控制，[5] 其核心觀點就是在目前之中國，法西斯主義是唯一可行之路。在〈國民黨與法西斯蒂運動〉這篇有代表性的文章中，作者認為在近代史上有四種民族奮鬥方式，一是蘇俄式共產主義革命，二是土耳其民族革命，三是法國民主革命，四是義大利法西斯蒂。他認為唯有第四條路是行得通的，中國「除了仿效義大利、德意志的法西斯蒂精神，以暴力奮鬥外，決沒有其他出路。」[6]《汗血月刊》上的一篇文章則把墨索里尼和希特勒列為近代以來的「兩大實幹人物」，認為他們「烈火的精神，鋼鐵的毅力，更覺值得我們絕對的敬佩與效法」，「中國的國情、環境，既不同於義大利，亦不類似德意志，而今日客觀之需要，與唯一的出路，卻與意德殊無二致」，作者呼籲要「努力擁戴我們唯一的實幹領袖，以拯救將就滅亡的國家、民族！」[7]《前途》上的一篇文章〈三民主義與法西斯蒂〉更加全面地闡述了三民主義與法西斯蒂之間的關聯。這篇文章從外交手段的強硬、民族精神的提倡、民族道德的恢復、個人自由的犧牲以及社會經濟的調協這五個方面，對三民主義和法西斯蒂作了比較，認為兩者「具有同一之精神與同一之方法」，因而主張採用「法西斯蒂之革命精神與其行動手段，以實現三民主義，而挽救危急之國運，以團集渙散之人心，而復興垂亡之民族。」[8]

　　這些刊物還竭力鼓吹領袖獨裁論。《社會新聞》從 1933 年

4 月起發表一系列文章，聲稱民主政治在現階段，不僅已不適應於進步，反而阻礙進步，「所以在俄羅斯、義大利、德意志、土耳其和日本，民主代議制度均已先後崩潰，即使在民主政治行之最有成績的美國，最近也賦權力於羅斯福，行部分的專制。可見，反民主政治，已成了二十世紀三十年代世界政治中的主要潮流」，「我們現在的要求，不是人民參政——自己分贓，而是統一內部，以禦外侮」，爲此「首先須要建立一個強有力的中央集權，作爲領導全國的政治中心」，[9] 而要建立有絕對權力的中央集權的獨裁，「必須要樹立一個有權威的領袖」，有了這樣一個領袖，「才能統一國民黨，也才能使國事趨於軌道」。他們甚至赤裸裸地宣稱「我們應該毫不掩飾的說，我們要求中國的莫索利尼，要求中國的希特勒！要求中國的史達林；這個唯一的領袖，是國民黨的生命的重心，也是中國民族復興的靈魂。」[10] 此類言論在 1933 年到 1936 年間的報刊雜誌上是相當普遍的。[11]

易勞逸認爲法西斯主義在 1930 年代的中國得以流傳，是與德國軍事顧問團對國民黨軍人精英集團的灌輸分不開的，[12] 柯偉林（William Kirby）的研究也令人信服地指出了法西斯主義如此受歡迎，與中國對德國「國家形象」的認識不無關係。德國被認爲是一個有著嚴謹、理性、忠誠、樸素等優點的優秀民族。德國在一戰後備受帝國主義列強壓迫、敵視的遭遇，似乎也使中國人從中看到了自己的影子。更重要的是，德國被認爲具有「喚醒民族意識，調動國民力量，度過困難時期」的驚人能力，「它的歷史，對中國來說，是一種重要的教材。」[13] 1933 年後發展迅速的對德經濟和軍事交流，使得對德國的這種認知進一步得到強化，許多人開始把法西斯主義看作是可以

用來爭取國內統一和國際自主的一種有效手段，甚至認爲法西斯主義是世界潮流所趨。對法西斯主義的這種認識當然包含有許多誤解，人們看到的只是法西斯主義如何使一個國家走向統一和強大的驚人之「力」，對它包含的種族主義以及反知識、反理性的一面卻毫無覺察，對法西斯主義由以產生的社會歷史條件更是未作深究。

　　法西斯主義不能簡單地視爲一場徹頭徹尾反動的思想和社會運動。一旦把法西斯主義放在現代世界史的進程中，便不難發現它與現代化有著密切關聯。格雷戈（James Gregor）就根據義大利語原義把法西斯主義看作「在行動和動機方面是一種工業化和現代化的運動」，他把法西斯主義的特徵概括爲一種「適用於部分發達或不發達國家的發展性的獨裁」。**14** 法西斯主義作爲「第一個革命性的大眾運動式的政治制度，它企圖將一個有自身歷史的社會的全部人力和自然資源用於民族的發展」，它的出現並非出於偶然，而是近現代以來現代化運動的一個產物。**15** 在這個意義上講，法西斯主義也是現代以來的多樣化的民族運動的一種形式。法西斯主義政權的高度集中，它對包括政治、經濟、文化在內的社會各領域的全面控制，是以廣泛深入的群眾動員爲前提的，沒有大眾運動式的政治動員，法西斯主義就不可能獲得廣泛的認同，甚至連針對「敵人」的暴力威懾也無法奏效。德、意法西斯政權得以上台掌權，就得力於其極具煽惑力的群眾動員。然而，國民黨內的法西斯主義鼓吹者們卻完全忽視了群眾動員在確立法西斯主義之合法權威的過程中所起的重要作用，他們希望不經充分的群眾性政治參與即能獲得對整個社會的政治、經濟和文化資源的全面控制，這個願望當然要落空。此外，法西斯主義的動員也依賴於現代

的技術條件，在技術條件落後的國家，群眾不能被充分動員起來，宣傳和暴力恐怖的威力也無法完全施展。[16] 從納粹德國和義大利的經驗來看，「法西斯主義者宣傳的重點總是更多地放在口頭語言上而不是書面語言上，他們認定只有極少數人才閱讀報紙的政治欄目和社論欄目。」廣播卻可以同時觸及幾百萬人，而不是至多千把人，因此廣播便成了最重要的宣傳載體。[17] 除了廣播，電影也是一種有力的宣傳手段。為納粹德國拍攝了不朽的紀錄影片〈意志的勝利〉的著名導演萊尼・里芬斯塔爾曾談到：

> 元首（即希特勒——引者注）把攝製影片的重要性提到如此異乎尋常的高度，足以證明他像預言家一樣看到了這種藝術形式的尚未被認識的潛力。紀錄影片已為人們所熟悉，它既有政府委託製作的，也有政黨為自己的目的而加以利用的。但是，國民的真實的、強烈的感受是通過電影這個媒介而激發起來的。這種信念起源於德國。[18]

〈意志的勝利〉攝錄了 1934 年納粹黨代會的宏偉場面，這部影片「使許多人聚集在希特勒的奮鬥目標之下」，在宣傳上是一個巨大的成功。[19] 而在 1930 年代的中國，落後的技術條件使得廣播和電影不可能成為主要的宣傳手段，對法西斯主義的宣傳基本上依託於紙質媒體，其接受群體相當有限。《前途》出版以後銷路就並不見好，[20] 而《汗血》（包括月刊和週刊）因其「硬性文字較多」，一般讀者「除朝氣蓬勃之青年及有志立功業之事業家樂意閱讀外」，其餘「普通職業界人士」還是較難接受，因此其讀者對象主要還是局限在軍隊和政治集

團之中。[21] 總之，由於主觀認識上的局限以及技術條件的限制，法西斯主義在 1930 年代的中國完全缺乏茁壯生長的條件，國民黨對法西斯主義的鼓吹在很大程度上也就只能流爲空喊。

儘管法西斯主義的影響主要還是局限在國民黨軍政系統內部，但它對獨裁的鼓吹不免也波及到知識階層。1934 年以《獨立評論》爲主戰場展開的「民主與獨裁」的論戰與此思想文化背景亦不無關係。1933 年 12 月，清華大學教授蔣廷黻有感於剛剛發生的「閩變」，[22] 在《獨立評論》第 80 號上發表〈革命與專制〉一文。他認爲中國近二十年來的革命儘管目的也許十分純潔，但其結果卻是「國權和國土的喪失」。中國的基本現狀是政權不統一，還沒有進入民族國家，所以眼前最重要的還是建國，完成政權的統一。蔣廷黻雖然沒有明確主張實行專制，但他指出英、法、俄三國民族國家得以形成，進行革命而能避免割據和內亂，實賴於此前有一專制時期。這實際上暗示了專制是建立統一民族國家的一個必要階段。此文發表後馬上遭到胡適的批評。胡適指出蔣廷黻本來只是要說「統一的政權是建國的必要條件」，但「統一政權不一定要靠獨裁專制」，而且從英、法、俄三國的歷史看，民族國家的形成並非全賴專制之功，新的民族語言和文學的產生與傳播，經濟和教育的發展，中產階級的興起等等，都是民族國家形成的重要因數。胡適認爲「中國自從兩漢以來，已可以算是一個民族國家了」，因此今日之所謂「建國」，「只是要使中國這個民族國家在現代世界裡站得住腳。」[23] 他還進而討論了民主和專制這兩種政治制度的區別：「民主政治是常識的政治，而開明專制是特別英傑的政治」，需要大批出類拔萃的人才，而中國目前民眾的知識程度以及人才缺乏的狀況顯然不能滿足專制政體的需要，

民主憲政作爲一種幼稚的政治制度，倒是最適宜於「收容我們這種幼稚阿斗。我們小心翼翼的經過三五十年的民主憲政的訓練之後，將來也許可以有發憤實行一種開明專制的機會。」[24] 針對胡適的批評，蔣廷黻強調指出「西洋的政治和中國的政治截然是兩件事」，民主制度從理想說來，確實比任何專制都好，但是從中國的現實來看，這種制度卻根本行不通，因爲政權在軍人手裡，「民衆又樂爲軍人所使用」，再好的制度也無從得到保障。所以，他坦陳「我所要求的是政治的最低限度的條件；換言之，有一個中央政府。」這個中央政府有能力維持國內安定，「能取締內戰及內亂」，這樣「我們的環境就自然而然的會現代化」。[25] 蔣廷黻的這層意思在丁文江那裡說得更加清楚，丁文江認爲「在今日的中國，獨裁政治與民主政治都是不可能的，但是民主政治不可能的程度比獨裁政治更大。」「我們的國家正遇著空前的外患，——不久或者要遇著空前的經濟恐慌。在沒有渡過這雙重困難以前，要講民主政治，是不切事實的。」「美國『到了近年的非常大危機，國會授權給大總統，讓他試行新式的獨裁』。我們的國難十倍於美。除去了獨裁政治還有旁的路可走嗎？」[26] 蔣廷黻和丁文江當然知道獨裁並非理想的政治制度，但是他們認爲在當下的中國，獨裁卻是唯一可行的權宜之計。這顯然是一種更爲務實的看法。

　　論戰雙方的立場都很鮮明。以胡適爲首的民主派捍衛了民主政治的價值，他們認爲不能因爲中國民衆文化素質低下就斷定民主政治決不可行，應該讓民衆在民主政治的過程中受到訓練，學習民主的精神。民主政治在中國不僅可行，而且也有助於統一，是挽救國難的唯一出路。比如，胡道維就認爲「惟民主政治始能培養民族的粘貼性，惟民族粘貼性始能產生團結而

統一國家。」民主政治並不妨礙建立強有力的政府，認為「民國二十年來的擾攘的現象完全是試行民治的結果，外侮頻仍與領土喪失也是民治的陷害」，這種觀點完全是誤解。[27] 他們對專制獨裁論的批評主要集中在指出獨裁並不是建國的一種必要手段，而且在中國事實上也不可能實行，鼓吹獨裁極可能會導致「殘民以逞的舊式專制」捲土重來。贊成實行開明專制和新式獨裁的一批人，如蔣廷黻、丁文江、錢端升、吳景超等，則強調中國的民族國家建設還遠未完成，國內政權不統一，內亂不絕，給現代化建設造成很大掣肘，日本的侵略更使中國有亡國的危險。在內憂外患的雙重煎迫下，傳統的民主政治緩不濟急，獨裁政治則因其權力高度集中，運轉起來敏捷靈活，有很高的效率，可以作為一種非常手段用來幫助中國渡過目前的難關。可見，專制獨裁派並非是在理論層面上來考量制度安排，而完全是從現實的需要和可行性出發的。

　　單純從理論的角度看，這場論戰並沒有太大的創獲，對於民主政治，雙方都還存在理解上的混亂。但若是把它放在當時的歷史語境中，我們還是能夠從中捕捉到當時一些知識份子的思想軌跡。胡適等自由主義知識份子對民主政治制度的堅持固然不錯，但在當時危殆萬分的處境下卻未免顯得陳義太高。民主政治是一種試錯政治，又是成本最為高昂的政治。在和平時期自然可以通過民主政治的操練訓練民眾，慢慢養成其對於民主制度的信仰和對於國家政權的認同，但是在中日戰爭隨時都有可能爆發的 1930 年代，顯然無法以如此高昂的代價來試行民主政治。此時唯一的要務是儘快統一國內政權，由一個高效率運作的中央政府統一調配全國資源，積極備戰。民主政治雖然應能有助於政權的統一，但在中國的政治文化中，「私忠」

遠甚於「公忠」，非個人性的政治制度很難有克服認同危機的功效，而且中國政治文化中合法性的來源主要是傳統型和奇理斯瑪型，民主制度的形式還不能一舉奠定政權的合法性基礎。[28] 因此，要在短時間內通過制度約束完成政治集團之間的權力磋商，以民主制度來完成國內政權的統一，奠定中央政府的合法性基礎，這種可能性可說微乎其微。[29] 比較可行的辦法仍然是調動傳統的政治文化資源，以奇理斯瑪型權威來聚合民心，整合分裂的政治權力。有論者認為，蔣廷黻、丁文江等人的言論是在籲求一個權威主義烏托邦（Authoritarianist Utopia），「其中存在著一個至善至美的獨裁者，無論是個人還是一個政黨，他（或它）擁有強大的權威，巨大的動員能力，同時具備現代性的一切要素。」[30] 這似乎並不符合事實。蔣廷黻等主張實行開明專制和新式獨裁，是基於對統一的中央政府之重要性的認識。蔣廷黻認為「一個現代的銀行和現代的工廠都是超省界的，甚至超國界的。一條鐵路的統一人民意願的功效是很大的。」[31] 這表明他認識到要推進現代化，必須要有一個統一的國內市場，而一個統一的國內市場反過來也會有力地促進國家政權的統一。地方割據不僅使得現代經濟的諸要素無法在不同地區之間得到合理的流動和調配，而且也會使本來就稀薄的資源大量耗費在地區軍備上。[32] 這一基於對近代中國分裂之政局的深刻認識是極其沉重的，蔣廷黻並沒有輕信到認為專制獨裁可以解決中國的一切問題，他只是認為在中國當時的情勢下，獨裁是能夠統一國內政權的最方便的手段，而一個統一的中央政府實在是「政治的最低限度的條件」。相比之下，丁文江的看法要更加悲觀。丁文江雖然認為新式獨裁比民主政治更易實行，但在他看來，在當時的中國，即使是新式的獨裁也不可能

實現，中國式的專制都是不徹底的，「所以我們飽嘗專制的痛苦，而不能得到獨裁的利益。」胡適批評說「今日提倡獨裁的危險，豈但是『教猱升木』而已，簡直是教三歲孩子放火」，[33] 對此丁文江反駁說，胡適「忘了今日中國政治的實際了。『猱』也罷，『三歲孩子』也罷，木已經升了，火已經放了，我們教不教是毫無關係的。我們的責任是使這種火少燒幾間有用的建築，多燒幾間腐朽的廟堂。」[34] 這實際是說中國的政治實踐其實根本就不是知識份子所能左右的，他們發發議論，頂多只能減輕災害的程度而已。他批評民主政治派「只列舉民主政治在英美的成績，和民主政治理論上的好處，這並不能告訴我們這種英美式的政治如何可以實現於今日的中國。」[35] 這一反詰是十分有力的，再好的制度設想倘若沒有實行的條件與可能，那終究還是紙上畫餅而已。

民主與獨裁的論戰在一定程度上反映出知識份子群體在1930 年代的中國異常嚴峻的情勢下的思想轉變與分化。相當一批知識份子，尤其是自然科學領域的知識份子開始以更加務實的態度看待中國的現實問題，他們拋開意識形態或是抽象的主義的論爭，強調要在現實可行的範圍之內努力做一點實事，為國家貢獻一點力量。翁文灝認為「無論信仰什麼主義，或採取什麼制度，都要用好好的人去好好的做」，信奉什麼主義是次要的，要緊的是認識到並認真地解決存在的實際問題，「實際問題的研究和解決，比什麼獨裁雙裁民主憲政等等名詞爭辯更為重要。」他主張大家「不用煩悶，不要彷徨，我們還是要向實際工作上努力」，「說到極點，即使中國暫時亡了，我們也要留下一點工作的成績，叫世界上知道我們尚非絕對的下等民族。只要我們真肯努力，便如波蘭如捷克也還有復興的日

子。」[36] 翁文灝的意見是相當有代表性的。在他領導下的國防設計委員會和國家資源委員會集結了一大批知識界的精英,他們的工作在其後的抗戰中顯示了不可替代的重大價值。[37] 這批知識份子與左翼知識份子的反差是極其明顯的,他們在同一歷史情境下卻做出了截然相反的選擇,其間的消息頗耐人尋味。[38]

無論是對法西斯主義還是對開明專制和新式獨裁的鼓吹,其實都是要求在政治、經濟上加強中央集權,集全國之力加速現代工業化進程,解決國內經濟危機,同時爲不可避免的中日戰爭積蓄力量。思想文化上的這種導向使統制論在 1933 年後成爲輿論界的熱門話題,不僅經濟統制論甚囂塵上(許多刊物都紛紛發表了討論統制經濟問題的文章),[39] 而且文化統制的論調也越唱越高,其中《前途》和《汗血》表現尤爲賣力。《前途》在第 2 卷第 8 號上推出「文化統制專號」,《汗血》則分別在月刊 2 卷 4 期和週刊 2 卷 1 期上推出「文化剿匪專號」。文化統制論其實是政治上的專制獨裁論在文化領域的迴響,《前途》上的一篇文章就露骨地聲稱「文化統制是適應獨裁政治的需要而產生的」,它「可以推進獨裁政治的發展,也只有在獨裁政治的卵翼之下,文化統制才能順利地完成」。[40]《汗血月刊》上的一篇文章更是認爲「要救民族,要救國家,非先從文化統制不爲功」。[41]

文化統制論者要求剷除一切他們認爲反動、頹廢、萎靡的文化。他們首先把矛頭對準了左翼文化。在他們看來,左翼普羅文化不僅沒有肅清,反而變本加厲,從文學侵入到了電影業之中,「差不多電影界弄成非普羅作者不能編劇,非普羅作品不上鏡頭的風氣」。[42] 他們認爲普羅文化「完全是帝國主義文

化侵略的舶來品的又一種形式」，即「赤色帝國主義文化侵略」的工具，[43] 其最大罪惡「便是消失民族意識，迷醉青年心理」，[44] 因此要求「除禁止出版自由外，必得封閉反動的左翼書店，焚燒反動的左翼書籍，逮捕反動的左翼作家。」[45] 文化統制論者對左翼文化的攻擊沒有什麼新意，相比之下，他們對當時頗爲興盛的商業性文化的批評倒更值得注意。

《汗血月刊》的一個主要批判對象是所謂的「亡國文化」。他們認爲「遞遺至廿世紀的現在，中國所存之文化，足以亡國而有餘。……今日中國的文化，尖酸刻薄之作風，空闊無用之學說，爭執不定之理論，消極無聊之品評，不負責任之攻擊，巧避挖苦之諷刺，已形成亡國現象，絲毫無積極向上氣概，所以，今日中國的文化，只好名之爲『亡國文化』」。亡國文化在文學上的代表是「文丐主義」。所謂文丐是指「充滿於各大城市」的「失意政客和落伍的古董文販」，他們「藉報屁股或辦小報爲其發洩臭氣之園地，不事挑撥離間，便即嬉笑怒罵。……運用其落伍之思想以開倒車，專門以尖酸刻薄之作品，傳播於社會人士耳目之前，釀成一種不負責任，專管別人，放棄自己之風氣，以摧殘一般稍有振作之人心。」[46] 幽默文學就是這種「文丐主義」的典型。

1930 年代所謂的幽默文學其實就是指當時風行的小品文。[47] 自 1932 年林語堂等創辦《論語》開始有意提倡「幽默」以後，語含諧諷的小品文忽然流行開來，林語堂接著創辦《人間世》和《宇宙風》，加上當時風格相近的《十日談》、《新語林》、《文藝風景》、《小品文月刊》、《文藝茶話》等刊物，小品文在 1934 年前後達到了極度的繁盛。[48] 李長之在總結 1934 年的文藝狀況時，把幽默文學列爲與民族文藝、左翼文藝

和第三種人並峙的四種文學主潮之一，[49] 可見在當時幽默小品文的影響是何等巨大。需要指出的是，在當時不少人——尤其是國民黨文人——的眼裡，幽默文學雖然以《論語》、《人間世》等林氏刊物上的小品文爲主要代表，但也包括《申報自由談》、《太白》、《芒種》等左翼刊物上的文章。[50] 之所以會有這種誤解，主要是因爲它們確實有著一些相同的特點。《論語》在前幾十期，諷刺色彩還是相當濃烈的，而且矛頭常常直指時政。每期「論語」欄裡的一些短文多半是以諷刺筆法議論時政，如第四期「論語」欄裡幾篇短文的標題是：〈斷爛朝報〉、〈吾家主席〉、〈汪精衛出國〉、〈興國之徵〉、〈諸葛亮復活〉、〈尊喇嘛教爲國教議〉，由此亦可見其鋒芒之銳利。其餘像「半月要聞」、「雨花」、「古香齋」等欄目在風格上也都極爲辛辣：「半月要聞」是以諷刺筆法概述每半月發生的政治時事，常常涉及政界要人，批評當局政策；[51]「雨花」所收多是短則三五十字、長則三四百字的幽默短文，內容廣泛涉及社會、倫理、風俗等各個方面；「古香齋」則輯錄各地逸聞奇事，內容多關於政治、陋俗以及社會生活中的荒謬事件，是《論語》最有特色的欄目之一。[52] 前期《論語》的這種辛辣的諷刺特色也得到了左翼作家的認可，曹聚仁就認爲「林語堂提倡幽默，《論語》中文字，還是諷刺性質爲多。即林氏的半月《論語》，也是批評時事，詞句非常尖刻，大不爲官僚紳士所容，因此，各地禁止《論語》銷售，也和禁售《語絲》相同。」[53] 因此，《論語》的幽默文學在當時被視爲與《申報自由談》同調，也是情理中事。從另一方面看，左翼的《太白》、《芒種》雖然意在糾《論語》、《人間世》、《宇宙風》等雜誌提倡的幽默的、閒適的小品文之偏，提倡戰鬥性的

雜文，[54] 但它們顯然也受到上述小品文雜誌的影響，這不僅表現在封面設計、版式、印刷字體的相似上，而且在文章的內容和風格上也有所體現。事實上，《太白》、《芒種》上也有不少閒適的文字，它們與林語堂所提倡的獨抒性靈的小品文未必真有那麼大的區別。《論語》的核心作者章克標認為，雖然左聯想通過創辦《太白》等雜誌來糾彈林氏幽默小品文，「但是自出版了《太白》之後，也不奏膚功，反而幫林語堂擴大拓展了地盤，讓他再去出版《人間世》和《宇宙風》這兩種相類似的同調刊物，在這條道路上再縱深發展下去。」[55] 正是因為上述兩方面的原因，左翼的戰鬥性雜文和林氏的幽默的、閒適的小品文才會在當時被許多人籠統地稱為幽默文學。[56]

　　國民黨文人對於立意在諷刺的幽默文學當然要視為仇敵，他們甚至認為幽默是普羅文學的新「伎倆」，劉百川即認為「普羅之計畫，暗中複侵入於幽默，變成幽默的普羅，普羅的幽默。由是人民只有怨憤，慨歎，怨恨，甚至鋌而走險，入山為匪。最好的也是暗罵當局，不負責任，造成今日之現象。」[57] 文公直在〈亡國文化的肅清與文化統制的建設〉一文中列舉了現代中國文化的十大蠹，「幽默文藝」在「共產主義」、「帝國主義」、「個人觀念」、「德謨克納西」、「鄉土觀念」、「無政府主義」之後，位列第七，其罪狀是「消蝕意志，離散團結」。[58] 國民黨文人對幽默文學的攻擊主要集中在以下幾個方面：一是指責幽默文學「惟事謾罵」，「一意指摘他人，辱罵政府」，[59] 助長了一種「喜笑怒罵的尖刻作風，催促民族意識極度衰落」；[60] 二是認為「帶有滑稽玩樂性的幽默文學，正和中國人的苟且、散漫、狎昵的態度相近，這種文章不只是不能使中國人興奮、緊練、勇敢，簡直是讚美中國人的

劣性;這些文學作品,在我們看來出版的越多,流毒也越大,中國民族的劣根性,越不能變換。」[61] 三是嘲諷「『幽默』運動之真諦,發財而已矣!」林語堂、陶亢德之流「一方面榨取讀者之血汗,一方面剝削投稿者之心血,坐收巨金,其手段毒辣,視『文賊』、『文商』之流,則有過無不及也。」[62] 總之,在他們看來,幽默文學不啻是「奸商」藉以斂錢的幌子,它沮壞民心,挑動人們反政府的情緒,使他們在麻醉中喪失民族意識和國家意識。

對幽默小品文的這種批評,我們其實並不陌生。魯迅在談到幽默時認為,在做諷刺家危險的時代,人們只能借著笑的幌子,把肚中的半口悶氣吐出來,這便是幽默流行的原因。但是「幽默既非國產,中國人也不是長於『幽默』的人民,而現在又實在是難以幽默的時候。於是雖幽默也就免不了改變樣子了,非傾於對社會的諷刺,即墮入傳統的『說笑話』和『討便宜』。」[63] 在魯迅看來,幽默「是只有愛開圓桌會議的國民才鬧得出來的玩意兒」,[64] 中國是只有唐伯虎、徐文長和金聖歎式的滑稽,「但這和幽默還隔著一大段。……中國之自以為滑稽文章者,也還是油滑,輕薄,猥褻之談,和真的滑稽有別。」[65] 魯迅對《論語》提倡幽默的不滿,主要是因為在他看來,在那樣一個嚴峻的時代,「重重迫壓,令人已不能喘氣,除呻吟叫號而外,能有他乎?」[66] 這個時候還來提倡什麼幽默,也就和金聖歎式的「幽默」一樣,「是將屠戶的兇殘,使大家化為一笑」了。[67] 對《人間世》、《宇宙風》所代表的閒適的小品文,魯迅也多有微詞,認為它們「既小品矣,而又嘮叨,又無思想,乏味之至」,[68] 這種「文學上的『小擺設』」只會「靠著低訴或微吟,將粗獷的人心,磨得漸漸的平滑」,他強

調「生存的小品文，必須是匕首，是投槍，能和讀者一同殺出一條生存的血路的東西」，[69]幽默小品文學離這個要求自然相差甚遠。左翼年輕作家們的批評則更加苛刻。廖沫沙批評《人間世》是「只見『蒼蠅』，不見『宇宙』」，「和近來的《論語》相似，俏皮埋煞了正經，肉麻當作有趣」，他甚至把這種小品文比作「嗎啡紅丸」，認為其特點就是「個人的玩物喪志，輕描淡寫」：「西方文學有閑的自由的個人主義，和東方文學筋疲骨軟，毫無氣力的騷人名士主義，合而為小品文，合而為語堂先生所提倡的小品文，所主編的《人間世》。」[70]徐懋庸乾脆稱幽默文學為「冷水文學」，他指責幽默文學家「以超脫派自居，冷眼觀世，嘲笑一切，不但笑孳孳為利的人，同時也笑孳孳為義的人；不但笑他人之所哭，同時也笑他人之所笑。事無大小，人無賢愚，一概以冷水潑之自以為得意」，「是一面詛咒現世，而一面仍藉現世的一切麻醉自己的靈魂。」[71]對於魯迅等人的批評，林語堂頗不以為然。他在一則跋語裡說：「關心世道之笑與靈機天成之笑，期間雖只有毫髮之差，卻不可不辨。或謂辦《論語》之意義是使現代人之苦痛化為一笑，或謂幽默非諷刺時事不可，此皆不懂靈機天成之笑者之論也。」[72]針對廖沫沙的批評，他反唇相譏道：埜容之輩「古已有之」，他們「處盛世則揖讓王庭，歌頌聖德，處亂世亦只有慷慨激昂，長籲短歎」，「其深惡小品文之方巾氣與前反對白話維持道統之文人無別」，《論語》和《人間世》「遭此等人之白眼，數中事也」。[73]在〈今文八弊〉中，林語堂認為對幽默小品文的斥罵乃是傳統的「載道觀念」的「遺賜」，「載道文人，必欲一謦一笑，盡合聖道，吃牛扒而思來耜，聞蛙聲而思插秧，世間豈有是理？揣其為人，必終日正襟危坐，

一聞花香，便懼喪志，一聽鳥語，便打寒噤，偶談兩句笑話，則慮其亡國，一讀抒懷小品，便痛其消閒」，他認為「必有人敢挨罵，做些幽深淡遠無所謂的幽默文品，替幽默爭個獨立地位，然後可稍減道學派之聲勢。」[74]

　　總之，以《論語》、《人間世》為代表的幽默小品文學儘管在商業上獲得很大成功，[75] 但在知識界和文化界卻遭到左右雙方的夾攻。在給一位質問「《論語》為何不停刊」的讀者的答辭中，《論語》的主要編輯陶亢德這樣感歎道：「世人對於《論語》，憤怒咒詛者實在不少，無論左派右派，第三種人，對《論語》均曾揮其如椽之筆，大肆誅罰，……左派說《論語》以笑麻醉大眾的覺醒意識，右派說《論語》以笑消沉民族意識。」或許是迫於這種強大的壓力，他認為《論語》今後的用稿「不能不比以前嚴格」，要求「一不要油滑，二不要冷嘲」。[76] 這種輿論壓力連《論語》的作者也感到了其不能承受之重。以辟「京話」欄出名的姚穎女士[77] 說，「不知是我連累了《論語》，抑或《論語》連累了我？責備我最厲害的，是一般以革命自負的朋友，他們怪我不去談民族復興二次大戰莫索里尼希特勒，而談煙的作用主席購物夏日的南京，他們說我清談誤國，並引晉朝的先例作證，義正辭嚴，令我不能作答。」[78] 甚至連《論語》的讀者也會因為愛讀《論語》而遭到「大人先生」們的鄙視，一位署名明遠的讀者就訴說：「讀《論語》也有讀《論語》的悲哀，因為在有些大人先生的心目中，讀《論語》是犯罪的，所以我在他們瞧不起的目光下，是犯罪了。」[79] 幽默小品文學被圍攻的境況由此可見一斑。[80]

　　那麼，我們該如何來看待幽默小品文學的這一遭遇呢？來自左右兩個方面的夾攻又說明了什麼問題？在展開分析之前，

還是先來看看到底是什麼原因使得幽默小品文學在 1933 和 1934 年迅速地流行開來。幽默小品文學的流行實際上是和雜誌出版的繁盛局面緊密關聯的。自 1932 年起，世界經濟大蕭條開始影響到中國，國際市場白銀價格上漲，致使大量白銀從內地農村流入上海，再從上海流失到國外，[81] 農村經濟因資金不足而陷入凋敝，沿海城市的工業經濟也很不景氣。經濟危機也影響到出版業，據張靜廬說，當時「書業的出路只有學校用書，一折八扣標點書，雜誌三項尚可存在」，學校用書資金投入比較大，標點書又不願幹，剩下來的就只有雜誌了。[82] 雜誌因價格低廉[83]、內容也比較豐富而受到購買力薄弱的讀者的歡迎，這是 1933 年和 1934 年雜誌出版得以繁榮的經濟背景。[84] 帶有很強消閒性質的幽默小品文學其實正是隨著雜誌的繁盛應運而生的，因為許多雜誌都需要靠易於大量生產的幽默小品文來充實版面，可以說若是沒有雜誌的大量出版，幽默小品文學是不可能如此廣泛地流行開來的。但是僅僅指出經濟上的客觀條件還遠遠不夠，幽默小品文學的流行當然也和當時的文化需求也即大多數讀者的閱讀口味有很大關係。在前面我們談到，魯迅認為幽默文學能流行開來，是因為人們肚子裡有悶氣，又不便或不敢直言諷刺，便只好出之於哈哈一笑的幽默。這種說法雖然不能說沒有道理，但未免過於政治化了。我認為幽默文學成功的主要原因是它把握住了當時正在發生變化的閱讀趣味。1932 年以後，隨著國內政治局面的逐漸趨於穩定，以及民族主義的上升，前兩年極為活躍的左翼普羅文學已呈衰落之勢，革命的口號顯然已經不能吸引讀者的興趣，新的文學風尚正在醞釀之中。其時國內經濟雖然總體上不景氣，農村更是一片蕭條，但是上海等沿海城市以及周邊城鎮仍有相當活力，現代化發展的

跡象還是相當明顯，這在南京政府發展現代重工業和交通運輸
的雄心勃勃的計畫中也能得到部分體現。在社會結構方面，也
在慢慢地發生著不為人注意的變化，民國以來教育的迅速發
展，使得在東部沿海城市和鄉鎮中逐漸形成了一個數量龐大的
受教育階層，它包括教師、職員、政府公務員、下級軍官、學
生等各色人等，這批人實際上構成了新式的市民階層，他們多
數都有比較穩定的職業，對社會現狀雖然也有所不滿，卻並沒
有激進的革命思想。他們的閱讀趣味總的來說是偏向於消閒性
和娛樂性，幽默文學那種格調輕鬆又略含現實諷喻的風格是比
較符合他們的口味的。[85]一位錢莊練習生說自己一開始看到《論
語》裡邊「都是些簡字和之乎者也的別解」，覺得不夠味，就
丟開了。後來如廁時「無書可取，只得再看《論語》」，不知
不覺就迷上了，竟至於肯拿出 4 元月薪中的一半訂了一年的
《論語》。[86] 一位政府部門的職員則認為，《論語》「除了好
笑以外，又覺得有一種別的刊物所沒有的『真』」，即敢於說
真話，可以讓人消一消胸中的「一口鳥氣」。[87] 還有一位職員
則說自己當初把幽默當成了「打趣無聊」的玩意兒，「在這個
國難熏暈了我的腦子的時候」，「看了又只是憤歎，總以為這
是弱者的行為——躲在床下閒談的事」，所以在《現代》上
「寫了一篇談笑《論語》的文章」，為此受到了「論語諸賢的
訓責」。他氣憤之下忍耐著看了五六期《論語》，終於喜歡上
了《論語》，從此「走路，吃飯，大便」的時間「也給讀《論
語》占去了」。[88] 從這些讀者的反映來看，以《論語》為代表
的幽默文學最受人歡迎的還是其平易輕鬆的風格，它不同於以
往那種高談主義或是滿紙血淚的文學作品，[89]它內容輕鬆活潑，
所涉又多是日常生活中的事件和現象，所以讓人感到既真實又

親切，不必正襟危坐讀之。這也正是《論語》所自我標榜的。《論語》38 期上刊載了一篇〈《論語》讀法 ABC〉，即聲稱「讀《論語》之地……當在清靜悠閒之所，廁上枕上最佳，或一個人在爐旁也妙。廁上讀時，更須手撚煙捲，蓋《論語》主張吸煙，煙捲與《論語》已成不可分離之勢。枕上亦當吸煙為是，或以小壺沖清茶一壺，不用茶杯，就壺嘴飲之，每完一章或一頁，吸一二口，其味深長，非言語所能形容。爐旁亦然。」[90]這種「有閑」的口吻正是魯迅所深惡的，因為對於「那些炸彈滿空，河水漫野之處的人們」來說，這份風雅、悠閒和幽默是根本談不到的。[91]國民黨文人對這種趣味主義同樣深惡痛疾，他們不僅把幽默文學看作是灰色的麻醉劑，甚至對當時的其他一些商業性的娛樂雜誌比如《文華》、《美術生活》、《良友》、《時代電影》、《大眾小說》、《萬象》等也一概否定，認為它們「意識很曖昧」。[92]

幽默小品文學真正令人印象深刻的並不是其文學成就，而是它所體現的文學生產的商業化機制，以及由此展示的文學脫離思想意識形態控制的可能性。這正是令左右雙方都感到不滿乃至不安的根本原因所在，因為無論是左翼還是國民黨一派的文人，他們都極為強調文學的工具性價值，或是要求文學喚起民族意識，或是要求文學成為階級鬥爭的武器，成為「匕首」、「投槍」，他們主張的內容雖然不同，但對文學的要求卻是一致的，即文學必須聽命於總體上的思想意識形態要求。幽默文學竟公然不慚地以「如廁」文學自居，把文學的消遣性放在首位，這不僅背離了五四的傳統，而且也脫離了晚清以降的文學工具論的軌道，無怪乎要遭到包括魯迅在內的嚴肅文人的攻擊了，在他們看來，這簡直就是對文學的褻瀆。[93]

其實，文學的商業化也並非自幽默文學始。從晚清以來，在文學生產中始終有這麼一脈，也就是以鴛蝴派為代表的商業化的通俗文學，它們在新文學誕生以前甚至還一度佔據了文學的主流地位。但自五四新文化運動確立了新文學的正統地位之後，新文學作家就不再把鴛蝴派認真當作對手，這大概是因為鴛蝴派的讀者都是些半新不舊式的人物，其數量在逐漸減少，而新文學的讀者則是接受新式教育的學生，人數在不斷增加。此漲彼消，鴛蝴派顯然無法和新文學爭奪讀者，對於這樣一個註定要衰亡的對手，新文學自然不需再施以重擊。幽默文學與鴛蝴派一樣，也是現代商業文化的一個產物，但在像魯迅這樣堅守五四傳統的新文學家眼裡，卻是更加危險。這不僅是因為幽默文學的生產體現了更加成熟的商業化生產的特徵，生產的規模也更加大，更主要的是它搶奪的正是新文學的讀者群，幽默文學的基本讀者對象恰恰是在五四後接受新式教育的那幾代人。在某種程度上，這似乎是對五四啟蒙運動的一個嘲諷，魯迅所謂的「隔世之感」或許也是出於這種慨歎吧。

站在現在來看，無論幽默文學，還是作為新文學正統的五四啟蒙文學，以及蒙受惡諡的鴛蝴派，其實都是中國現代性的產物。五四啟蒙文學的正統性是通過文學之外的主導性的思想意識形態尤其是後來的國家權力而建立起來的，這種佔據統治地位的文學傳統壓抑或是消抹了文學史上的其他流派、其他傳統的聲音，使得現有的文學史敘述呈現出一種線性發展的模式。這種敘述是對歷史的一種扭曲。現代性並不是理性設計的產物，而是有其自身的發展邏輯。文學的生產和演變是與現代性的展開過程交織在一起的，現代性的世俗化和市場化進程使得商品生產的原則滲透到社會的每一領域之中，文學生產當然

也不例外。隨著社會結構的變動，以及政治、經濟和文化狀況
的變化，文學的對象內容和生產方式也會相應地發生變化。從
表面上看，文學趣味和風尚的變化是由於某一文學群體的有意
識的提倡，但從根本上看則是由特定的政治、經濟和文化狀況
所決定的。從晚清狹邪小說到鴛蝴派，再到 1930 年代的幽默
文學，它們之間雖然沒有明顯的前後遞陳關係，但有著一個共
同的特點，即其商業化的色彩。它們雖然也會說一點世道人
心，但並不著意宣揚某種思想，在文學上也沒有非常明確的要
求，它們注重的是文學的消遣、娛情的功能。五四新文學是出
於自覺的提倡，有其規範性的傳統，而這一路商業化的文學卻
是自然長成，隨著時代風尚的變化而宛轉隨形，沒有定規。商
業化的文學都有其固定的讀者群，是讀者支撐起其市場份額。
狹邪小說和鴛蝴派的讀者主要是舊式文人和市井小民，他們的
趣味總體上偏於傳統、守舊，而幽默文學的讀者則主要是五四
後接受新式教育而成長起來的受教育階層，其趣味明顯地帶有
時尚化的色彩，而且幽默文學本身也是文學中的一種摩登，帶
有西洋的「牛油氣」，即使是林語堂所提倡的那種之乎者也的
閒適小品文也與復古無關，其內在的情調依然是西洋 Essay 的
精神。[94] 張夢麟就認爲當時所流行的小品文「便等於西洋所謂
的 Essay」。他認爲小品文在西洋特別是在資本主義社會以後
的發達是與個人主義的抬頭聯繫在一起的，「個人覺醒以後，
然後才會對於人生感覺喜歡，或者悲痛，對於外界感覺光明或
者黑暗，對於命運感覺酷虐或者寬大，於是發而爲詩，或者筆
而爲文。從這種內容便產生出抒情詩和小品文的兩種形式。」
小品文在中國的流行，當然也與最近十幾年來個人主義在中國
的抬頭和自我的覺醒分不開。小品文作爲「主觀的東西」，還

是動搖轉變時代的產物，「在轉變不安定的時代裡，人們的心也失掉了平衡，不能客觀地去觀察現實，不能冷靜地去認識人生。於是，或者預感著新時代的到來而感覺前途光明，或者痛惜舊時代的淪落而追念過去，──這些都是主觀的東西，因而表現出來，便成為小品文了。」[95] 張夢麟試圖從分析社會思潮和歷史環境入手來指出小品文在中國的興起有其社會現實的必然性，這在當時還是難能可貴的。但是，如果說小品文是動搖轉變時代的產物，似乎不如說是現代商業社會的產物來得更恰切一些。1930 年代以上海為代表的現代都市的發展，已經使中國的都市生活染上了摩登的色彩，消費主義開始流行，我們只要翻閱一下當時流行的一些時尚雜誌，比如《良友畫報》、《電聲週刊》、《明星半月刊》等，就能真切地感受到一種濃郁的商業化氣息。而這些時尚雜誌的巨大發行量則表明在當時有著一個非常穩定、數量龐大的文化消費群體，這個消費群體也正是《論語》等幽默小品文學刊物的基本讀者對象。儘管幽默小品文學的興起是中國社會（主要是沿海城市）現代化過程中的一個文學上的副產品，有其現實的必然性和合理性，但它卻與正統的文學觀格格不入。近代以來中國嚴酷的國際生存環境和社會現實使得政治制度、經濟組織和思想文化都缺乏一個寬鬆的自由生長的環境，很容易滋長一種工具論的傾向，在民族、國家、階級等宏大語詞的籠罩之下，一切看似無關宏旨的日常生活化的聲音都會遭到斥責，幽默小品文學不過是其中一個小小的例子而已。

　　國民黨文人站在政府的立場上對幽默文學的攻擊十分清楚地表明了他們鼓吹文化統制的真正目的所在。他們對隨著現代化的進程而逐漸得到擴展的社會思想文化空間持懷疑和否定的

態度，左翼文人利用這一空間所積極進行的反政府活動，更加使他們堅信必須利用國家政權力量擠迫這一空間，從而獲得對它的完全控制，使之為國家政權服務。對游離於國家政權控制之外的社會思想文化空間的極度不信任還集中地表現在對整個知識階層的猛烈批判上。《華北月刊》上的一篇文章指斥說「中國民族散漫的原因，就是中國文人的無恥文字所造成！……中國已經到了要亡國地步，一般文人──知識份子，處社會中堅的地位，沒有救國救民的志願，終日舞文弄墨，……把有為的光陰，做無聊的事情，醉生夢死，不知羞恨。」[96]《汗血月刊》更是組織了不少文章對知識份子展開批判。在 1 卷 4 號上刊出的「徵求『亡國大夫研究』文稿啟事」就宣稱：「國難日亟，民族衰亡，危在旦夕。其原因要皆專作政治生活的動物──士大夫們，圖尚逸樂，各存意氣，爭相漁利，置國事於不顧，使民族意識衰落，不能領導同胞以求振作。」[97]《汗血月刊》2 卷 3 號上的刊頭語更是「悲憤」地指責了包括「黨內同志」在內的整個知識份子階層的集體「墮落」：

> 有革命歷史的所謂元老，文裝同志的領袖，投機而中的大官，奔競所獲的縣老爺，失意的黨販政客，落伍的舊官僚，投機取巧的幽默派，互相吹牛的左翼作者，盲目的新青年，都是在開倒車，拼命地催促走上亡國的途徑。他們在朝為「大夫」，在野稱「文人」，而他們無論在朝在野，都不斷地在製造亡國的因數。他們的伎倆是：努力煽動政潮，分裂同志，製造內戰，挑撥人民和政府的情感，唆使社會騷動不安，麻醉青年學子的思想，東拉西扯，紛鬧不息，弄得整個民族意識分裂不堪，歷年政治基礎，難

得鞏固，全國人民情感，四分五裂，新舊思想學術，互相阻礙進展。而這般文人與大夫，就由此而獲其大利，生財有道，大官攫取，以遂其忿欲之私。所以，他們在朝為「亡國大夫」，在野為「亡國文人」。[98]

　　文章最後總結說：「國家之亡，亡在全國智識分子自作聰明，沒有集結的力量，加之以私欲發達，浸假而成分裂，衰亡之象。」作者還警告知識份子要「趕快覺悟」，「在一個大力量的領導之下集結，共同努力於民族復興的一條大路」，否則就「只有亡國」，做「亡國大夫」和「亡國文人」。[99]《汗血月刊》上的這種言論雖然僅是國民黨內鷹派的極端聲音，還不足以代表整個國民黨政權對於知識份子的態度，[100]但也在某種程度上表現了國民黨政權對知識份子以及作為其活動區域的社會思想文化空間的疑慮和不安。

　　國民黨文人雖然倡言實行文化統制，但實際上卻拿不出什麼積極的具體措施，而只能消極地查禁書籍，封閉書店，乃至逮捕、殺害反政府的左翼作家。1934年6月，國民黨中央宣傳委員會在上海設立中央圖書審查委員會，由吳開先、潘公展、吳醒亞等任委員，內設總務、文藝、社會科學三組，並公佈了〈圖書雜誌審查辦法〉，規定一切圖書雜誌付印前應將稿件送中央圖書審查委員會審查，被准予出版的圖書雜誌必須在封面底頁上印審查證號碼。圖書雜誌出版後還要送中央圖書審查委員會備案，以供審查委員進行核對，如發現與審查稿件不符時，就會受到內政部的處分。中央圖書審查委員會的成立表面上似乎加強了對圖書出版的管理，但由於圖書雜誌數量繁多，要一一審查是根本做不到的，所謂的審查也就成了走過場的形

式。1935 年國民政府立法院又修正通過了〈出版法〉，規定一
切出版物須先經地方主管官署核准後始能出版，出版物審核權
力在內政部，地方政府有監督、取締新聞紙和雜誌發行之權。
新的出版法公佈以後，引起了新聞界的強烈反對，紛紛要求國
民政府另訂原則，重行修改，迫使政府出面承認新出版法「不
無束之過嚴」之處。除了新聞出版之外，國民黨還加強了對電
影業的管制。1933 年 11 月，吳醒亞、潘公展等人呈文國民黨
中央執行委員會，聲稱「我國之電影界為共產分子所羼混，電
影片為共產主義所佔領」，由內政部和教育部合組的電影檢查
委員會「對此殊嫌放任」，建議立刻改組電影檢查委員會，絕
對禁止「宣傳共產之影片」流傳。[101]1935 年 5 月，國民黨中執
委通過「中央電影事業指導委員會組織大綱」，決定成立中央
電影事業指導委員會，以加強對影片及電影劇本的審查。1936
年 2 月，國民黨中執委又通過「中央廣播事業指導委員會組織
大綱」，設置中央廣播事業指導委員會，對廣播事業實行統
制。所有這些舉措雖表明了統制文化的努力，卻收效甚微。[102]

　　文化統制論遭到了知識界的普遍反對。胡適等站在自由主
義立場，強調個人思想自由乃是社會發達的基本前提，「個人
沒有自由，思想又何從轉變？社會又何從進步？革命又何從成
功？」[103]胡適認為「文化統制不是可以輕易談或作的事」，在
「今日的中國有多少文化可以統制？又有多少專家配做『統制
文化』的事？」，他強調中國的文化落後，「應該努力鼓勵一
切聰明才智之士依他們的天才和學力創造種種方面的文化，千
萬不要把有限的精力誤用到消極的制裁壓抑上去。」[104]政治學
家張佛泉雖然承認為了建立一個統一的民族國家，「在適當範
圍內限制個人自由是有『必要』的」，實行社會統制也是社會

安定的條件，但他強調統制有其適用的範圍，對經濟可以實行
統制，教育也可以在一定範圍內予以統制，「採取一個中心思
想，一個劃一的目標」，但是思想則斷不可統制。「思想如果
加以統制，尤其是長時期的統制，使人人的思想都與一個模型
裡鑄出的銅錢一樣時，則這社會必不會再有新的開展。」事實
上，「思想在今日也是不能統制的」，在閉關自守的古代，也
許還可以通過焚書坑儒、罷黜百家的方式來統制思想，但「在
交通發達，人以天下爲家的今日」，思想上的交流是無法阻斷
的，是不可能加以統制的。[105] 在另一篇文章中，他指斥那些見
世界上有「統制」的趨向，即贊成國民黨在黨、政、軍各方面
實行統制，並推波助瀾地鼓吹思想文化統制的人是「淺學者
流」，他強調統制是有條件的，「『統制』本是近代新式社會
的一種產物，非得這一個國家工業化的程度高了，交通靈便
了，統制是不能談的。」中國目前的政治機構、經濟狀況和人
才準備都不足以言統制，勉強實行統制只會造成不必要的混
亂，比如新聞檢查即常因檢查官素質低劣而弄出令人哭笑不得
的鬧劇來。[106] 其實，國民黨內的文藝人士也認識到文化統制是
難以實現的，蕭作霖就認爲文化統制不在於「成立一個統制機
關」，統制機關是沒有用的，因爲「人的思想是最自由的，文
字也最自由，無可限制」，所謂統制只能是一種「無形的統
制」，即「建立一個共同的信念」，「以復興民族奪回民族生
存權的抗爭精神爲今日中國文化的基本精神。」[107]

　　1930 年代獨裁和統制論調的出現有其特定的歷史語境。在
國際上是德、意法西斯的崛起，以及西方資本主義國家因經濟
蕭條而加強政府對於經濟的控制和干涉力量，這種國際形勢使
一些知識份子誤以爲自由民主制度已經衰落，開明專制與獨裁

標示著一種新的政治發展方向；在國內是中央政權的脆弱，南
京政府能夠控制的地區實際上只限於浙江、江蘇、安徽、湖
南、江西、湖北以及福建等省，其餘各省雖然名義上歸順中
央，實際上卻自成王國，[108] 廣東、廣西的地方政府還不時對南
京政府的統治發起挑戰。[109] 1932 年 11 月爆發的閩變事件，更
是充分暴露了南京中央政府政權控制力的脆弱。在日本侵略的
威脅步步逼近的嚴峻形勢下，迅速完成國內政權的統一，以便
中央政府能夠合理地調配資源，進行備戰，這確實是一個亟需
解決的問題。[110] 獨裁統制論可以說是對上述國際和國內形勢的
一個合乎情理的反應，其核心主張是要求加強中央集權。

　　葛蘭西在談到中央集權至上論時指出，「對某些社會集團
而言，由於它們步入自主的國家生活之前，各自的文化和道德
沒有經歷相對的獨立發展（由於法律上存在特權階級或等級，
在中世紀或專制政權中可能如此），中央集權至上的階段的確
是必要而恰當的。而這裡的『中央集權至上』就是普通的『國
家生活』形式，或者至少是開始步入自主的國家生活形式，或
者開始創造『市民社會』的形式。而在步入自主的國家生活之
前，『市民社會』在歷史上不可能存在。」[111] 1930 年代中國的
政治和社會現狀顯然要惡劣得多，不僅是多數社會集團未能有
效地步入生活形式，而且就連正常的國家生活形式都還談不
到，國家建設還遠沒有完成，在這種情況下，加強中央集權，
通過政治權力的集中來創建國家生活形式，是必要的，更何況
是在面臨日本侵略的危險情勢下呢。所以，獨裁統制論在某種
程度上有其歷史合理性，它能夠得到相當一批知識份子的同
情，也合乎情理。但是，葛蘭西也提醒道，「對於『中央集權
至上論』千萬不要放任，尤其不要盲目迷信，不能把它當作

『萬靈藥』。必須對它進行批判，才能發展和創造新的國家生活形式，使個人和集團的主動權即使不從『官員政府』的角度考慮，仍具有『國家』的特點（使國家生活具有『自主性』）。」[112]1930 年代的獨裁統制論者恰恰是犯了葛蘭西所說的盲目迷信的病，他們把獨裁統制當成了「萬靈藥」，以為只要對社會實行全面的統制，就能消除國內混亂，使國家建設迅速走上正軌。這當然是不切實際的幻想。高壓的統制，尤其是對思想和言論的鉗制使得文化統制流為一種荒謬的形式，它不僅起不到什麼積極的作用，反而進一步強化了知識份子對政府的不信任情緒，使他們之中的一部分人更加堅定地投身到反政府的左翼運動中去，這恐怕是國民黨裡那些獨裁統制論的鼓吹者們所始料不及的吧。

第二節　通俗文藝運動

1931 年 11 月，「左聯」執委會通過決議，提出了中國無產階級文學最重要的六項當前任務，其中之一便是「組織工農兵通訊員運動，壁報運動，及其他的工人農民的文化組織；並由此促成無產階級出身的作家與指導者之產生，擴大無產階級革命文學在工農大眾間的影響。」[113]文學大眾化的問題於是被作為當前重大而迫切的任務提了出來。決議強調指出，文學大眾化問題之解決「實為完成一切新任務所必要的道路。在創作，批評，和目前其他諸問題，乃至組織問題，今後必須執行徹底的正確的大眾化，……只有通過大眾化的路線，即實現了運動與組織的大眾化，作品，批評以及其他一切的大眾化，才能完成我們當前的反帝反國民黨的蘇維埃革命的任務，才能創造出真正的中國無產階級革命文學。」[114]1932 年 3 月「左聯」

秘書處擴大會議通過決議，指出「『左聯』的鬥爭還沒有在實際生活鬥爭中產生很大的效果，那關鍵就在『左聯』現在還沒有真正地實行著轉變——『向著群衆』」，「左聯」必須「向著群衆」轉變，「以革命的大衆作品，以壁報，以通訊員運動的工作，以講報說書等，進行鼓動和組織群衆鬥爭！並且要廣大的有計劃的動員青年文藝者來從事這些工作」。[115]

　　儘管早在 1930 年春天，《大衆文藝》就已經展開了關於文藝大衆化的討論，[116] 但大衆化成爲「左聯」明確提出的文學發展方向，卻無疑是直接受第三國際的指示。1930 年 10 月，國際作家聯盟在哈爾科夫會議[117] 上通過了關於中國無產文學的十一條決議，其中頭兩條就是：「發展工人通訊員及工人出身的作家，俾無產文學運動得深入工人群衆而成爲工人群衆的運動」，「使工作進展於勞動階級的讀者，使無產文學普遍化，用種種方法加強無產文學對於大衆的影響」。[118] 其時工農通訊員運動正在蘇聯開展得如火如荼，[119] 日本的無產階級文學作家也在利用大衆文藝的口號從事文藝通俗化的工作，[120]「左聯」的「向著群衆」的轉向在某種程度上也可以說是流風所染。除了在《大衆文藝》等刊物上討論、鼓吹文藝大衆化之外，「左聯」也開展了一些具體的工作，成立了大衆化工作委員會，在工廠和郊區青年農民中進行組織活動。工人文藝小組和夜校是「左聯」大衆化工作委員會的主要活動形式，也是共產黨發動工人鬥爭，培養幹部和黨員的基礎。1934 年 2 月，大衆化工作委員會就通過工人文藝小組，成功地領導了震動上海的美亞綢廠數千工人的大罷工。[121] 可見，大衆化運動主要還不是一個文學運動，而是把文學當作組織手段來發動工人，發展黨組織，培植自身力量的一個政治性的運動。就此而言，它其實是 1928

年發軔的革命文學運動的延伸和實踐，在那場論爭中，李初梨
就已明確指出，文學的主要機能就是對社會生活的組織，文學
應該是階級鬥爭的有力武器。[122]

　　對文藝大眾化運動的潛在政治目的，包括魯迅在內的不少
非共產黨左翼作家似乎都沒有充分的認識，他們基本上還是站
在文化普及和啓蒙的立場上看待大眾化運動的。魯迅就認爲文
藝大眾化的目的是爲大眾「竭力來作淺顯易懂的作品，使大家
能懂，愛看，以擠掉一些陳腐的勞什子」，「多作或一程度的
大眾化的文藝，也固然是現今的急務。若是大規模的設施，就
必須政治之力的幫助，一條腿是走不成路的，許多動聽的話，
不過文人的聊以自慰罷了。」[123]「左聯」的大眾化運動雖然沒
有得到魯迅所說的「政治之力的幫助」，但也絕非「文人的聊
以自慰」，它所能起到的政治組織和動員的作用是魯迅等黨外
作家無法完全認識到的。

　　相比之下，反倒是國民黨文化官員的政治嗅覺更加靈敏
些，他們知道共產黨領導的左翼提倡大眾文藝，是「想把一般
知識程度尙在水準低下的民眾，引誘到他的階級鬥爭的路上
去」。[124]有鑒於此，他們也迅速地制定了相應的對策。1932 年
8 月，國民黨中央宣傳委員會制定了〈通俗文藝運動計畫書〉，
並經國民黨第四屆中央執行委員會三十五次常務會議通過，
「後密函頒發各省市黨部依照辦理」。[125]〈計畫書〉所謂的通
俗文藝是指「中國歷來流行民間之傳奇、演義、歌謠、曲調之
類」，大體相當於通常所說的民間文藝。「此種文藝因其內容
切近現實生活，題材通俗，趣味濃厚，隨爲一般民眾所愛好，
而視爲日常精神生活上必需之品，故於無形中對於民眾心理發
生一種極大影響，而一般民眾對於人生及社會的觀念和認識，

即由此種影響聯繫而來。惟中國流行的通俗文藝,其內容所表現的,大都關於神怪、迷信、封建思想,狹義的英雄崇拜主義,俚俗的個人享樂主義等。此種思想迄今還是深根蒂固的盤踞於一般民眾心裡,所以他們對於人生社會始終沒有正確的認識,對於民族國家始終沒有正確的觀念。」[126] 這裡所表達的意思與瞿秋白在〈大眾文藝問題〉一文中所述基本上是一致的。瞿秋白在那篇文章中劈首即指出「中國的勞動民眾還過著中世紀的文化生活。說書,演義,小唱,西洋鏡,連環圖畫,草台班的戲劇……到處都是」,他把這些東西稱為「反動的大眾文藝」,勞動民眾的「宇宙觀和人生觀,差不多極大部分是從這種反動的大眾文藝裡得來的」,它們被中國的紳士資產階級當作工具,「來對於勞動民眾實行他們的努力教育」。瞿秋白認為必須在無產階級領導下來一個文化革命和文學革命,創造革命的大眾文藝。[127] 可見,不管是國民黨還是共產黨,它們對當時普通民眾的文化生活狀況的認識和判斷是一致的,都承認民間流行的文藝形式對民眾的思想和生活有著極大的影響和塑造作用,同時又都不滿於自然生長的民間文藝的內容,希望能用本黨意識形態去加以改造。民間文藝遂成為兩黨爭奪的一個文化領域,其政治意義是不言而喻的。

當然,國民黨推出〈通俗文藝計畫書〉也不完全是為了有針對性地「遏止共產黨之惡化宣傳」,更主要的恐怕還是為了貫徹其民族主義的建國思想。民族主義文藝論者就曾探討過民族主義文藝與民間文藝的關係,他們認為對民間文藝的研究應是民族主義文藝運動者的重要工作之一,民族主義文藝可以部分地採用民間文藝的題材,在技巧上也「必需襲用民間文藝的簡單,淺顯,俚俗,粗糙的特色,為新的技巧作有力的補充與

後備。這樣，民族主義文藝始有到達民間的可能，而不致鎖閉在城市一部分智識者的書室中，沒有出路。」[128]《黃鐘》上類似的文章還有不少，它們或是談民俗文學，[129] 或是談民眾文學，[130] 或是談大眾文學，[131] 其實討論的都是民間通俗文藝與民族主義文藝之間的關係問題。柳絲的〈大眾文學與民族主義文學〉一文就認為大眾文學和民族主義文學並不是互相對立的，它們都是以包括工農商學兵在內的廣大民眾為對象的。表面上看，民族主義文學重在主義的宣揚，而大眾文學只是供給大眾以精神上的營養，但大眾文學同樣不能忽視思想主義，也得按照時代的需要，灌注應有的思想主義，才能夠滿足大眾的欲望；而民族主義文學也應該借鑒大眾文學的長處，做到「文字淺顯，題材普遍，技巧單純」。總之，「大眾文學原是民族主義文學中應有的一種，民族主義文學是需要大眾文學補助的，而大眾文學也可以作民族主義文學的代用品。」[132] 民族主義文藝論者的這些論述雖然仍不免有些空疏，但也在一定程度上揭示了通俗文藝運動與民族主義文藝運動的目標是一致的，即借助文藝培養普通民眾的民族國家意識。

通俗文藝運動的民族主義目標在〈通俗文藝運動計畫書〉裡表述得非常清楚。在為通俗文藝規定的 12 條題旨中，前四條都帶有比較明顯的民族主義傾向，它們分別是：1.「激發民眾應有之民族意識及民族自信力」，2.「灌輸民眾以犧牲個人自由及為民族及社會而工作之精神」，3.「指導民眾以正確的反帝思想」，4.「激勵民眾使其有繼續抗日之耐心」。其他各條——比如第 7 條提高民眾的普通知識和科學常識，以及第 8 條訓練民眾的技能等——其實也與現代民族國家建設的目標有關聯。〈計畫書〉還對通俗文藝的題材、形式、體裁以及組織

實施的辦法作了規定。根據內容的不同，它把通俗文藝分爲兩種，即都市通俗文藝和農村通俗文藝，前者以都市生活爲題材，以都市市民和職工爲讀者對象，後者則以農村生活爲題材，主要以農民爲讀者對象。〈計畫書〉強調，依照「目前農村情形，農村通俗文藝實較都市通俗文藝尤爲切要」，這和「左聯」著重在都市工廠中開展文藝大衆化運動適成對照。之所以會出現這種各自不同的偏重，主要是因爲國共兩黨所要爭取的動員對象有所不同。雖然有很多人認爲國民黨政權缺乏堅實的社會基礎，不代表任何社會階級、集團的利益，[133] 但事實上國民黨在城市中，特別是江浙一帶的大城市及其周圍的城鎮中，仍然有著一定的社會基礎，[134] 而且它借助於青紅幫這樣的黑社會組織，獲得了對上海工人階級中來自北方的半熟練操作工人的控制。[135] 相比之下，南京國民黨政府對於廣袤農村尤其是內地農村，卻幾乎完全失去控制，如何把農村組織到國家生活中來，加以有效的控制，一直是南京政府在 1930 年代所致力實現的目標之一。[136] 而其時的共產黨雖然自稱是以城市工人階級爲領導主體的政黨，但事實上它對城市工人階級的控制和動員遠遠不能與它在內地農村所取得的巨大成功相比。從這裡，我們也看出通俗文藝運動的主要目的仍然還是政治動員。

〈計畫書〉從形式上把通俗文藝分爲兩種，即文學類的——包括小說、話劇、劇詞、書詞、歌詞、小曲、歌謠及其他新體等八種，和圖畫類的——包括繪畫與照片兩種。對通俗文藝的體裁則要求「必須用淺明的文字及簡易的圖形與結構，俾民衆易以瞭解」，除了創造新形式外，也可以採用演義、流行的或傳統的曲調、歌曲、俚曲等舊形式來創編各類作品。在組織實施方面，〈計畫書〉要求各省市黨部應努力羅致黨內人才

組織研究社,搜集整理中外通俗文藝作品,研究推進通俗文藝運動之各種問題,並編印各種通俗文藝期刊和讀物。此外,「各省市黨部應用各種方法,秘密取得當地報紙副刊或畫刊之編輯權,藉以刊載有關通俗文藝之作品」,同時還「應會同當地主管機關(如社會局及通俗或民眾教育館等)選擇娛樂場所中可造就之藝員加以誘導及訓練,使其演唱新編通俗歌詞」。

〈通俗文藝計畫書〉雖然被密函發給各省市黨部依照執行,但事實上並沒有得到很好的貫徹,就連國民黨中央宣傳委員會也承認「兩年來通俗文藝運動之實施甚少成績」。單以出版通俗文藝刊物這一項而言,本來要求重要都市必須於一個月內創辦一種以上,可實際上「各省市執行者甚少」,除了江西、浙江、雲南、甘肅等地辦過一些短期的刊物以外,南京、上海、漢口、北平等特別市黨部以及河北、河南、山西、陝西等省都「尚付闕如」,[137]「其他邊遠省區,人財兩缺,就更不用提了。」[138] 據中央宣傳委員會 1934 年的工作報告,通俗文藝運動的成績主要也就是以下幾項:創作了三種劇本,據說「內容皆為激勵民族意識者」,曾先後印發給前線抗日士兵閱讀;大鼓詞 16 種,「內容採取總理從事革命史實,及諸先烈犧牲奮鬥以及抗日將士再接再厲之光榮歷史,編為新詞,並聘請著名鼓詞藝員,每星期在中央廣播電台播唱」;歌曲三種,歌詞兩種,唱片兩種(「總理倫敦蒙難」、「秋瑾就義」);組織各地通俗劇團,有學校、工廠、軍隊、農村劇團等幾種,已著手組織的有河南、隴海、第 30 師、第 55 師和新編第 2 師等。

就推進通俗文藝運動的成績來看,漢口市無疑是各地中做得較好的。漢口市雖然沒有編印通俗文藝期刊,但是在對民間曲藝演出的指導和管制上卻頗有成效。漢口本有民間自發組織

的巡迴歌曲社，其成員都是沿街賣唱的藝人，「其曲詞多取民間流行故事，譜以時曲小調而成者，頗爲工人婦孺所愛好」。漢口市黨部宣傳委員會見「其足供宣傳之用，乃召集該社社員來會談話，改善其組織，並規定所有曲本須呈本會審定修正，同時以中央印發之各種抗日剿匪歌曲，供其翻印唱賣。」再就是把全市各茶室和娛樂場所的說書藝人組織起來，組成評書宣講公會，由漢口市黨部宣傳委員會發給各種宣傳手冊，令說書人「於演講小說時，比附解釋，或於開始演講時說明暴日赤匪之罪惡，藉以激動人心」。此外，漢口市黨部宣傳委員還加強了對劇院的檢查，他們在武漢戲劇審查委員會安挿人員，隨時派人赴各劇院檢查，「凡不合現代思想及有傷風化之戲劇，俱予以修正或禁止」，查禁的戲劇達三十餘種。在加強檢查的同時，他們還命令劇院要排練公演中央印發的有關抗日剿匪的劇本和唱詞，據說還「頗能激動觀眾革命情緒」。[139] 漢口市黨部的這些措施顯然已經嚴重干涉了民間藝人以及劇院的演藝自由，雖然我們無從得知那些受到如此嚴厲管束的民間藝人們的眞實感想，但這些管制的不得人心應該是可想而知的，試想有誰會願意花錢來聆聽黨義宣傳呢?! 若是通過這樣的強制措施來推行通俗文藝運動，那這一運動遭到人們抵制，也是宜其所然。

通俗文藝運動在並不成功地推行了兩年後，於 1934 年又成了國民黨文藝宣傳部門的一個熱門話題。通俗文藝的問題之所以會再度被提出來，和當時開展的新生活運動有很大關係。從 1934 年 2 月起，蔣介石連續在江西南昌剿匪行營發表演講，鼓吹爲了復興民族就必須實行新生活運動，即以禮義廉恥爲基準，從衣、食、住、行入手，使全國人民生活整齊、清潔、簡單、樸素，徹底軍事化。[140] 新生活運動顯然受到當時正在流行

的法西斯主義思想的影響，[141] 蔣介石試圖把傳統的儒家道德規範和德國法西斯主義對民衆的組織動員方式有機地結合在一起，通過一場全民性的運動來重振國民精神，同時通過「軍事化」來組織和訓練民衆，使整個社會達到有機、協調、一致的地步，以完成國家建設的目標。儘管新生活運動受到了德國法西斯主義和日本軍國主義精神的影響，但是因此而斷定新生活運動就是法西斯主義的中國版本，則未免過於簡單了。細讀蔣介石的幾次演講，便不難發現他念茲在茲的還是國民精神的渙散、頹靡，以及知識和道德上的淪喪。蔣介石一向堅信精神道德的力量勝於物質，國民的精神和道德水準直接決定著國家和民族的盛衰存亡，中國要復興，「一定要根本上先從提高國民的知識、道德這一點來做」，而要提高國民的知識、道德，應該先從「一般國民的基本生活，即所謂『衣、食、住、行』」做起，使國民「改革過去一切不適於現代生存的生活習慣，從此能真正做一個現代的國民！」可見，新生活運動的根本目的還是在於訓練民衆使之成爲現代國民，它與 1930 年代中國的現代化運動在根本方向上是一致的。新生活運動以禮義廉恥爲綱，表面上看是在倡導恢復中國固有的道德文明，但其所謂的禮義廉恥實際上已經越出了傳統道德的規範。蔣介石在〈新生活運動之要義〉中說道：「外國人無論吃飯，穿衣，住房子，走路，和一切的行動，統統合乎現代國民的要求，表現愛國家和忠於民族的精神。總而言之，統統合乎禮、義、廉、恥。……表現有現代文明國家的國民之知識、道德。」[142] 由此可見，新生活運動所謂的禮義廉恥實際上是一套合乎現代國民要求的道德和行爲準則，它和傳統儒家的教義並不完全是同一個東西。1934 年中央宣傳委員會舉行的文藝宣傳會議上再次明確

要求加緊通俗文藝宣傳，其中一個主要議題就是如何改良民間文藝，肅清其對於封建思想和不良風俗的傳播，使民間文藝黨化。[143] 改良社會風俗成為通俗文藝運動的主要任務之一，這或許是希望以通俗文藝之力來推進新生活運動的展開吧。

　　民間戲劇和歌曲作為通俗文藝中的一種，其作用在 1934 年的文藝宣傳會議上得到了進一步的強調，因為「對於知識低落之農民，當以戲劇宣傳為最有力量，如編制各種劇詞、歌曲、小曲等類。至鄉村演唱，皆為當務之急。」[144] 各省市黨部在提案中也紛紛指出地方戲曲和歌曲對於普通民眾具有的深入廣泛的影響力。浙江省黨部在提案中認為，「歌曲在文藝中感人至深，其影響社會心理及青年情緒，厥力至大，是以在推進民族文藝運動中，對歌曲運動尤應肆力」，因此建議「中央及地方黨部從事於當地民間歌曲如灘簧大鼓盲詞小調等內容之改良，及新歌詞之創造，並編集出版」，「商聘平劇昆劇兒童劇專家，編制激勵民族意識之歷史劇，表現本黨革命史跡歌劇，及小學適用之兒童歌劇」；[145] 河北省黨部在提案中甚至說，「如果宣傳黨義能從歌謠方面入手去貫注一般民眾的思想，作一番基本的工作，則『新中國』之造成，當在目前也。」他們還建議「設立一關於小曲時調彈詞灘簧鼓書等實習所或研究所，施以主義之訓練，付之實習。」[146] 中央宣傳委員會則在「加緊通俗文藝宣傳」議案中提議要組織書詞雜耍改進社，逐漸淘汰誨淫誨盜思想不正確之舊書詞歌曲，代之以「含有革命史實及發揚民族精神改革社會心理的新詞歌曲」，「以謀各項詞曲之改進，使一般聽眾，於娛樂中漸漸為本黨此種宣傳力量所潛移默化」。

　　早在 1931 年底和 1932 年初，瞿秋白在一系列討論大眾文

學的文章中就已經指出，「舊式的大眾文藝，在形式上有兩個
優點：一是它和口頭文學的聯繫，二是它是用淺近的敘述方
法。」「革命的大眾文藝」一方面「應當運用說書灘簧等類的
形式」，另一方面也要「隨時創造群眾所容易接受的新的形
式。例如，利用流行的小調，夾雜著說白，編成功記事的小
說；利用純粹的白話，創造有節奏的大眾朗誦詩」，等等。[147]
他甚至認爲要實行普洛大眾文藝運動，還應該開展一個街頭文
學運動，組織革命的「文學青年」，「一批一批地打到那些說
書的，唱小調的，賣胡琴笛子的，擺書攤的裡面，在他們中間
謀一個職業。茶館裡，空場上……工廠裡，弄堂口，十字街
頭，是革命的『文學青年』的出路。移動劇場，新式灘簧，說
書，唱詩……這些是大眾文藝作品發生的地方。」[148] 瞿秋白還
身體力行地寫了一首上海話和北方話對照的歌詞〈東洋人出
兵〉。[149] 從這裡我們看到，左翼普羅大眾文藝運動和國民黨的
通俗文藝運動雖然具體目的不同，但它們都很重視戲曲、歌詞
等民間文藝形式，這種一致性是建立在對中國民間社會的相同
的認識基礎之上的，即在他們看來，中國社會仍然是缺乏組織
的，廣大民眾基本上還是游離於現代政治生活之外，這種狀況
在共產黨看來，是群眾未能組織成革命的力量，而在國民黨政
府看來，則是民眾還沒有訓練成爲現代的國民。或許正是出於
這種相同的認識，國民黨的宣傳機構才會這般樂意吸取、採納
左翼大眾文藝運動的一些主張，把它們納入到自己的通俗文藝
運動的綱領中去。

在 1935 年 12 月召開的國民黨第五次全國代表大會上，陳
石泉等人提交了「確定文化建設原則與推進方針以復興民族
案」，要求中央設立文化委員會，「主持全國文化運動之推

進」。[150] 這項提案在大會上獲得通過，1936 年 3 月，中央文化事業計畫委員會正式成立，下設禮俗、教育、史地、語言文字、出版、新聞、廣播、電影、戲劇、音樂、美術等 11 個研究會。〈中央文化事業計畫綱要〉確定了這樣一個原則，即「對於一切文化事業切實發起保育扶持之責任，以督促指導獎勵及取締等辦法，除莠培良，促成協同一致之發展」，〈綱要〉第 19 條和第 20 條還規定電影戲劇和音樂美術都必須「以喚起民族意識、保存民族美德、提倡積極人生爲主要目標」，舊有之音樂、繪畫、戲劇以及電影應加以改進，對一切「頹廢淫靡冷酷殘暴之作品」應予取締。[151] 陳立夫在中央文化事業計畫委員會的工作報告中強調民眾讀物的重要性，他認爲中國大多數人文化程度極淺，缺少判斷能力，如果看的書無益而有害，容易使他們思想漸趨不良，於國家社會影響甚大；對美術他要求「一定要畫些與中國歷史和現代人生有關係的畫，去使一般國民生出國家民族觀念」，戲劇則同樣有深入研究的必要，要整理改良劇本，該取締的也要取締。[152] 1937 年中央文化事業計畫委員會開始擬訂統制民眾讀物的有關辦法，其中所制定的一份〈民眾讀物改進方案〉聲稱「民眾讀物，乃訓練民眾之有效工具，世界各國莫不資爲利器而作系統之運用。我國年來，內憂外患，未遑及此，以致邪說淫詞，家弦戶誦，影響所至，層出不窮。間或有少數較好讀物之刊行，又因步伐不齊，製作生硬，亦未能盡合目前之需要。當此非常時期，深感人心未穩，禮義廉恥之事，敎之未易爲功；荒誕淫靡之情，縱之立蒙其禍，故對民眾讀物，亟宜力加改進，盡去不良之薰染，而使納身於軌物，庶幾可副復興之大計。」〈方案〉要求按照一元性——即以「三民主義爲唯一之出發點，不許有其他思想存在其

間」，非常性——即「應適合非常時期之需要，特別注重民族意識之提高及自衛能力之增強」，科學性——即「應充實科學上之智慧」，藝術性——即「應表現藝術上之意味」，這四項標準來改進包括小說、戲曲、圖畫、通俗刊物、補充讀本等在內的流行民間的通俗讀物。在實施上，一方面要取締淫穢猥褻、荒唐怪誕、腐敗萎靡、殘暴冷酷以及其他有害黨國利益的讀物，另一方面也要積極地改良舊型讀物，編制新型讀物。〈方案〉尤其強調舊型讀物改良之重要性，因為「舊型讀物之接近民眾，仍超越於新型讀物，如各種新型之民眾叢書，遠不及舊式小說、連環圖畫及彈詞小曲之普遍。」改良舊型讀物，要利用章回小說、筆記小說、彈詞、小曲、鼓書、灘簧、戲本、連環圖畫以及其他畫册等的形式，灌輸進新的內容，注入時代精神，激發民眾的高尚情操，培養其愛民族、愛國家的意識。[153] 中央民眾訓練部在〈方案〉簽呈意見上表示「應劃限讀物標準，以期逐漸改進」，特別是應「先由文字粗淺之讀物，著手改進」，若是「一律強而改進，則事難任巨，實際上恐難徹底辦到」。另外對於各種彈詞小曲鼓書灘簧戲本等，則要求「一律須有統治辦法，以供其演奏，凡茶坊酒肆，私人編制演奏，而不合改進標準者，概行焚毀。」[154] 1937 年 8 月，國民黨中央宣傳部「爲改良民間圖畫，推進藝術宣傳起見」，會同中央文化事業計畫委員會、中央民眾訓練部、內政部、教育部、中央研究院、新生活運動總會，設立了民間圖畫改良委員會，負責民間圖畫的研究、改良、審查與取締等事項。[155] 同年 7 月，中央文化事業計畫委員會還制定了〈推進美術事業計畫書〉，對公共場所的壁畫、人物畫、風景畫、故事畫的題材內容乃至廣告、傳單、圖案上的文字都作了規定，其主要原則還

是發揚民族精神，宣揚革命事蹟和忠孝仁愛、信義和平之精神，摒棄一切頹廢淫靡的內容。[156]

抗戰爆發前的十年裡，國民黨政府雖然對通俗文藝極為重視，而且也設立了一些相應的機構，制定了不少政策和措施，但從實際執行情況看，仍然還是說得多、做得少，很少有建設性的成果。通俗文藝運動方面的成績，基本上也就體現在對民間文藝尤其是戲曲的管制和取締上。浙江省政府就曾多次發令禁演地方戲。1927年的一則批文明文規定：「除年規社廟酬神或慶祝事項，不得無故演戲，凡演戲需報警蒞場監視並呈送劇本審定之。」[157]1931年，浙江省民政廳和教育廳聯合組成民眾娛樂審查委員會，對演出劇本加以審查，凡有下列情況者，須糾正或禁止：一、違反黨義、提倡邪說者；二、跡近煽惑，有礙治安者；三、提倡封建思想者；四、提倡迷信者；五、跡近誨盜，引導作惡者；六、描摹淫褻，誘惑青年者；七、情狀慘酷，有傷人道者；八、侮辱個人或團體之情事者；九、其他有害於觀眾身心者。僅1932年和1933年所公佈的禁戲就有杭劇〈白蛇傳〉、紹劇〈沉香救母〉、平劇（京劇）〈走麥城〉、〈遊西湖〉等三十餘本。[158]在禁戲方面，漢口市的成績更加突出。1929年，漢口市以「徒滋狎邪之風，亂色奸聲誨淫誨盜、傷風敗俗流毒社會」的罪名，全面禁演花鼓戲、四明文戲（即寧波灘簧）以及楚劇平民劇；[159]據1933年《武漢日報》載，武漢戲劇審查委員會第一次審查，就以「誨淫誨盜，有傷風化，迷信神權」為名，禁演平劇、漢劇、楚劇共七十八出。[160]即使是在桂系軍閥所控制的廣西省，也於1932年頒佈了〈南寧戲劇審查委員會取締戲劇規則〉，並於1934年2月修訂為〈廣西戲劇審查委員會審查通則〉，由廣西省政府發佈〈修正

戲劇審查通則訓令〉，對於「有損中華民國及民族之尊嚴
者」、「違反三民主義及廣西建設綱領者」、「妨害善良風
俗、公共秩序者」、「提倡迷信邪說者」等予以禁演。[161] 在戲
劇改良方面，只有江西省有過一些積極的努力。1931 年，江西
省教育廳成立「推行音樂教育委員會」，下設總務、音樂、戲
劇、宣傳四股，戲劇股聘請戲劇家裴德煌任平劇組主任，後來
創辦「改良平劇班」和「平劇研究社」。1934 年，裴德煌創辦
「改良平劇班」，招收學員，並自行編導演出了〈胡阿毛〉
（又名〈平民抗日記〉）、〈西門豹〉、〈宮井埋香記〉等改
良京劇，影響頗大。「平劇研究社」則對傳統京劇提出了一些
改良的標準，比如原則上採用自編劇本，採用舊劇則須合乎教
育與藝術原則，取消男旦和女生，不勾臉譜，採用科學佈景，
動作及道具在可能範圍內力避虛擬，等等，[162] 這些改良方法儘
管還稱不上成功，但也為後來的戲劇改革提供了一些經驗。

　　國民黨的通俗文藝運動雖然並沒有取得多大的實際成效，
但是這種目的非常明確的努力卻給我們留下了許多值得思考的
問題。我們注意到，無論是國民黨所謂的通俗文藝，還是左翼
所鼓吹的大眾文藝，他們所指的基本上是同一個東西，即用政
黨意識形態來改造廣泛流傳的民間傳統文藝形式，在此基礎上
形成的黨派文藝。這種通俗的或謂大眾的文藝，和現代意義上
的通俗文化是有區別的。今天通常所說的通俗文化儘管也有眾
多各不相同的定義，但有一點卻是各家所一致認同的，即通俗
文化是一種伴隨著工業化和城市化的出現而興起的文化，[163] 這
種文化依託於現代文化工業的生產機制，具有規模生產、可複
製性等特徵。作為接受群廣泛的流行文化，通俗文化不僅建構
了人們的日常生活，而且也是現代社會中各種權力互相衝突、

鬥爭的場所。[164] 很顯然，1930 年代中國所討論的通俗文藝或大眾文藝都不具備這些特徵，它們的形式和生產方式基本上都還是前現代式的，更準確地說，它們其實是傳統的民間文藝的現代變體。即便如此，1930 年代的通俗文藝運動仍然應當被視為現代性的產物，因為只有放在現代性的語境中，我們才能準確地理解和把握這一自上而下地提倡卻又未能完全實現的文化運動。

其實，從前面所援引的一些國民黨的政策言論，我們已經不難發現通俗文藝運動與近代以來的民眾啟蒙運動之間有著一脈相承的聯繫。通俗文藝運動的思想前提是認為中國民眾在知識和道德水準上都遠遠未能達到現代國民的要求，愚昧落後的封建思想還牢牢地盤踞在民眾尤其是鄉村中的農民的頭腦之中，他們的思想意識和言語行為都還停留在前現代的狀態，遠遠稱不上是合格的現代公民，普通民眾的低劣素質當然會給國家的現代化造成掣肘。通俗文藝運動除了黨化的目的之外，也試圖借助一般民眾所喜聞樂見的民間文藝形式，來宣傳現代的知識和道德，並剷除與現代生活不相適應的陳舊腐朽的思想和道德。因此，通俗文藝實際上被當作了塑造現代國民的一種便利工具，這種啟蒙的思想是我們諳熟能詳的。梁啟超在〈論小說與群治之關係〉裡就談到了小說、戲曲這些通俗的文藝形式與政治之間的關係，他把古代的小說看作是「吾中國群治腐敗之總根源」，並指出：「欲新一國之民，不可不先新一國之小說。故欲新道德，必新小說；欲新宗教，必新小說；欲新政治，必新小說；欲新風俗，必新小說；欲新學藝，必新小說；乃至欲新人心，欲新人格，必新小說。」[165] 對於傳統的地方戲曲，晚清時也有許多人提出過改良的主張。箸夫在〈論開智普

及之法首以改良戲本爲先〉裡就認爲：「中國文字繁難，學界不興，下流社會，能識字閱報者，千不獲一，故欲風氣之廣開，教育之普及，非改良戲本不可。」[166]天僇生更從民族主義的立場指出戲劇的重要性：「吾以爲今日欲救吾國，當以輸入國家思想爲第一義。欲輸入國家思想，當以廣興教育爲第一義。然教育興矣，其效力之所及者，僅在於中上社會，而下等社會無聞焉。欲無老無幼，無上無下，人人能有國家思想，而受其感化力者，舍戲劇末由。」[167]陳獨秀還對戲曲改良提出了五項具體意見：一、宜多新編有益風化之戲；二、採用西法；三、不可演神仙鬼怪之戲；四、不可演淫戲；五、除富貴功名之俗套。[168]五四新文化運動時期，《新青年》雜誌也曾就舊戲改革問題展開過討論，錢玄同、劉半農、周作人、胡適等都站在啓蒙的立場上全盤否定了舊戲的價值。周作人認爲「中國舊戲沒有存在的價值」，因爲它是「野蠻」的，而且「有害於『世道人心』」。中國舊戲理應廢棄，而代之以「歐洲式的新戲」。[169]國民黨的通俗文藝的主張特別是對於地方戲曲的取締和改良，顯然和上述自晚淸以降的思路是一致的。[170]當然，國民黨的通俗文藝運動由於是借政治之力自上而下地推行的，而且又發生在 1930 年代獨特的歷史語境中，因此也有著一些新的特點。最引人注目的是政黨意識形態的介入，即要求通俗文藝必須以三民主義爲唯一的思想指導，這就使通俗文藝的表現範圍受到了很大的限制；其次是民族主義的要求更加明確，培養下層民衆的民族國家意識成爲通俗文藝的主要目標，通俗文藝因而不僅被當作啓發民智的工具，而且在某種程度上也成了組織民衆的手段之一。

　　1930 年代國民黨的通俗文藝運動和當時的民俗改良運動也

有一定的聯繫。在 1930 年代，南京國民政府對婚喪嫁娶等民間習俗都制定了改良的措施，1934 年新生活運動開展以後，更是先後頒佈了由中央民衆運動指導委員會制定的〈民俗改善運動大綱〉和中央民衆訓練部所擬定的〈宣導民間善良習俗實施辦法〉等政策文件，其中要求運用戲劇、電影、圖畫、歌謠等通俗文藝形式進行移風易俗的宣傳。[171] 可見，通俗文藝運動在當時並不是孤立進行的，而是和以普通民衆爲對象的整個國民教育運動結合在一起的，是 1930 年代的現代化運動在文化上的相應產物。耐人尋味的是，另一支文藝潮流，即更接近於現代意義上的通俗文化的帶有比較濃厚的商業化色彩的文藝，比如鴛蝴派之流的通俗小說，還有幽默小品文，甚至還包括當時的一些影片，卻都遭到了國民黨政府的抨擊和批判，這和他們對實質上爲民間文藝的通俗文藝的提倡恰好形成了鮮明的對比。我們當然不能因此而認爲國民黨政府是反現代的，國民黨在意識形態上的現代化指向是相當明確的，只是在現代化的推進過程中，他們強調社會必須在政府的控制和導引之下，而不容其有脫離政府掌控的自由發展的空間。在國民黨人看來，中國還沒有完成現代國家的結構性建設，政權不統一，民衆也如同一盤散沙，因此當務之急是要加強中央集權，在黨國的保育之下來推進現代化進程。這種高度的集權和專制雖然有其一定的歷史合理性，但把社會置於官方和政府的對立面而加以嚴厲的管束，則不僅會使社會在嚴厲的約束下喪失自我生長的活力，更嚴重的是它會在社會上引發廣泛的反政府的敵對情緒，使政府最終失去民衆的支持。而這正是一切專制統治的必然後果。

　　借用葛蘭西的政治分析來看通俗文藝，它可以被看作是統

治階級與被統治階級之間以及主導文化與從屬文化之間意識形態鬥爭的場所。貝內特（Tony Bennett）就認為：「通俗文化的領域是由統治階級奪取霸權的企圖以及與之相抗衡的鬥爭形式所構成的。因此，它既不是簡單地由與統治階級意識形態相一致的強制的大眾文化構成的，也不是簡單地由自發對立的文化構成的，而確切地說，它是兩種文化交融滲透的領域。在該領域中——在通俗文化不同的特定形式中——統治的、被統治的以及對立的文化與意識形態的價值和要素錯綜複雜地『混合』在一起。」[172] 中國 1930 年代的通俗文藝或是大眾文藝儘管並非今天意義上的通俗文化，但是它同樣是各種意識形態鬥爭的場所。在這個文化領域，國共兩黨意識形態的對峙是很明顯的，它們都試圖把自己的意識形態理念灌輸進去，由此獲取對這一領域的領導權，樹立自身在文化上的統治權。然而透過表面上的意識形態分歧，我們不難發現，兩者的立場其實是相當一致的，它們都秉承了近代以來的啟蒙精神，站在現代性的立場上批評傳統的民間文藝，認為其思想內容以及藝術形式都是與現代社會的要求相悖的，必須加以改良。在批判的同時，它們又看到傳統的文藝形式對一般民眾尤其是下層階級仍然具有相當大的吸引力，因而仍具有利用的價值。提倡通俗文藝或是大眾文藝，無非是想把現代意識形態內容與傳統的民間文藝形式嫁接在一起。這種嫁接在當時因為種種因素而沒有取得成功，但它卻為以後類似的努力提供了啟發。而站在國共兩黨所代表的主導性的現代意識形態對立面的傳統民間文藝，則是一個沉默的他者，它被指責為愚昧、落後、荒淫、頹廢，是一個必須加以改造的對象。在政治力量的重壓下，以地方戲曲為代表的傳統的民間文藝確實遭到了壓抑甚至打擊，許多傳統劇目

被取締，民間藝人也被強制唱演宣傳黨義的所謂通俗文藝。[173]
來自民間的唯一反抗也許就是觀眾的抵制，下層階級才不理會
官方或是精英階層的苦心，他們的喜愛一如既往，那些宣講黨
義的所謂通俗文藝作品根本就激不起他們的興趣。煞費苦心的
改良也自然會以失敗告終。在 1930 年代中國的所謂通俗文化
領域，意識形態的鬥爭就是這樣既複雜又簡單，既沒有激烈的
抗衡，也沒有各種文化的交融和滲透，我們看到的是一幅極端
消極的圖景，官方代表的主導性的現代意識形態試圖兼併、消
融以民間文藝為載體的各種蕪雜零亂的思想觀念，但是這個自
成一體的獨立王國卻漠然不為所動，以沉默將一切穿透和兼併
的企圖擊碎於無形之中。

　　我們知道，葛蘭西的霸權概念是用來指一個儘管存在剝削
和壓迫但仍然高度一致和高度穩定的社會，在這個社會裡居從
屬地位的各階級和集團對把自己束縛或「融入」到主要權力結
構中的各種價值觀、理想、目標、文化及政治含義都表示支持
和贊成。[174]換言之，即只有在一個組織得很好的成熟的現代社
會裡，霸權才可能成為現實，即各社會階級和集團在某些一致
認同的價值目標的基礎上，經過不間斷的持續的談判和妥協，
才能維持起一種霸權。很顯然，在 1930 年代的中國，社會的
結構性動盪和斷裂使得各階級和集團根本不可能擁有共同的價
值底線，那種爭奪霸權的談判和妥協的過程自然無從發生，而
在社會的結構斷裂之中孕育的必然是暴力革命的種子。具體到
文化領域，通俗文藝運動雖然意在取得對於文化的統治權，但
是由於不存在建立文化霸權的社會條件，官方文化、主流文化
以及民間文化等各種文化不可能在對抗中充分地互相交融、滲
透，彼此之間依然還是毫不相干。因此，通俗文藝運動的失敗

在根本上可以說是由當時中國的社會歷史條件所決定的。事實上，這種社會條件的限制也是現代以來中國的文化和思想始終缺乏生產性活力的深層原因之一，因為在不同的文化和思想之間若是只有征服和壓制，而沒有交鋒中的談判和妥協，那麼它們就不可能在交融滲透中獲得發展。

第三節　民族文藝

上海「前鋒社」解體後，民族主義文藝運動陷入了低潮，在 1932 年裡幾乎已聽不到民族主義文藝的什麼聲音了。對民族主義文藝運動突如其來、倏爾而去的盛衰，當時有人這樣譏諷道：「這一個運動來勢雖然兇猛無比，去勢也非常迅速，在一九三一年中曾有一個高度的發展之後，便也衰落了。過去一年中可以說是不見有民族主義文藝的活動，所有的也不過是幾個無名小卒在掘著自己的墳墓工作。」[175] 但是自 1932 年 10 月《黃鐘》創辦之後，民族主義文藝又漸漸有復蘇之勢，1933 年《前途》、《汗血》、《民族》等雜誌又重新揭起民族主義的旗幟，紛紛開設文藝專欄以鼓吹民族文藝或是汗血文藝，再加上《文藝月刊》、《黃鐘》、《民族文學》、《矛盾月刊》以及改版後的《流露》（半月刊）等刊物的助陣，民族文藝的陣容已漸成氣候。1934 年，又有《華北月刊》等刊物加入，民族文藝遂成為當時主要的文學潮流之一。李長之在總結 1934 年的文藝主潮時，就把民族文藝放在了首位。[176]

在 1934 年前後的民族文藝熱潮中，並沒有出現象「前鋒社」這樣組織得比較好的突出的文學社團，倒是幾份雜誌比較活躍，以其民族主義的傾向推動了民族文藝的展開。其中比較突出的有《民族文藝》（後改名《國民文學》）、《矛盾月

刊》、《華北月刊》、《中國文藝》、《文藝月刊》，以及
《前途》、《汗血》等綜合類雜誌。《矛盾月刊》創刊於 1932
年 4 月，在某種程度上它可以看作是《開展月刊》的繼續。
1931 年下半年，「開展文藝社」內部因嚴重的財務和人事糾
紛，潘子農、翟開明、劉祖澄、洪正倫、卜少夫等五人正式退
出，「開展文藝社」遂宣告解散。1931 年秋，潘子農即計畫與
劉祖澄、翟開明、蔣山青、王平陵、卜少夫、洪正倫、趙光
濤、閻哲吾、莊心在等人聯合發起組建一個出版合作性質的組
合，但因缺乏資金，一直拖延到 1932 年春末，才在潘的同鄉
中統頭目徐恩曾的幫助下，正式成立了矛盾出版社。矛盾出版
社除了出版《矛盾月刊》外，還出版「矛盾叢輯」，聘請劉吶
鷗擔任主編。據《矛盾月刊》3 卷 3、4 合期上的預告，「矛盾
叢刊」計有戲劇 4 種（袁牧之、馬彥祥、唐槐秋、閻哲夫四人
的劇作），論文集 4 種（向培良、王平陵、潘子農、劉吶鷗四
人的論文集），小說集 6 種（汪錫鵬、劉吶鷗、潘子農、徐蘇
靈、劉祖澄、莊心在），隨文隨筆集 4 種（蔣山青、卜少夫、
林予展、翟開明），詩集兩種（黃震遐、陳凝秋），畫集 2 種
（洪正倫、徐蘇靈）。從內容上看，《矛盾月刊》基本上是
《開展月刊》的一個延續，無論是骨幹作者還是刊物的欄目設
置，都和《開展月刊》有一致之處。在「發動號」上的〈我們
的話〉裡，編者聲稱要「以我們鋒利的矛，去刺破一般醜惡者
拿來遮隱他們底罪孽的盾，更以我們堅實的盾，來抵抗一般強
暴者用作欺凌大眾的兇器的矛。」創刊號上的創作和理論批評
文字都很明顯地帶有民族主義的色彩。〈明日底文學——論民
族主義文學〉裡宣稱「民族主義文學是站在全人類的利益的立
場上，為全人類服務的思想，當作中華民族的情緒在文學上的

表現，這是一種明日的文學，他將展開歷史上最偉大的一頁！」[177] 劉祖澄的〈辱〉幾乎就是李贊華的〈矛盾〉的翻版，日商洋行的雇員慕先生在「一二八」淞滬之戰後，便不想再為日本人做事，但是妻兒老母又需要他養活，這使他陷入了痛苦和矛盾之中。最後還是日本同事的侮辱性的話使慕先生鼓起勇氣提出了辭呈。潘子農的〈鹽澤〉從日本海軍少將鹽澤的視角來寫淞滬之戰，驕橫不可一世的鹽澤在遭到中國軍隊的頑強抵抗後，信心遭受重挫，陷入了惶恐沮喪之中。此外如王平陵等人的詩歌〈前哨的急奏〉、〈九一八之哀歌〉等都流露出強烈的抗日情緒。本期還刊登了一則啟事，言為了紀念上海淞滬之戰「這一次偉大的民族鬥爭」，特以每千字 2 元至 5 元的酬金徵求以此次戰事為題材的小說、劇本、詩歌等稿件。〈鹽澤〉發表後引來了日本領事館的抗議，認為其「有侮辱該國國體之處」，在外交部門下令要「敘述理由，以便答復」的壓力之下，矛盾社被迫賠禮認錯，並受到停刊兩個月的處分。[178] 受此打擊，《矛盾月刊》1 卷 3、4 合期遷延到半年之後才得以出版。1 卷 3、4 合期雖然稍稍收斂了些鋒芒，但反日色彩依然很明顯。潘子農的〈尹奉吉〉以朝鮮愛國義士尹奉吉在上海虹口公園刺殺侵華日軍上海派遣軍總司令白川義則大將的真實事件為題材，是一篇紀實性的創作。趙光濤的獨幕劇〈戰壕中〉寫一個韓國士兵在中日交戰的前線反戈以向，掉轉槍口和中國士兵一起打擊日本兵。1933 年 3 月，《矛盾月刊》推出「戲劇專號」，除了刊登袁牧之、歐陽予倩、馬彥祥、熊佛西、洪深等人的戲劇論文之外，還登載了歐陽予倩的〈上海之戰〉、袁牧之的〈東北女生宿舍之一夜〉等劇本。「戲劇專號」出版後受到各方好評，商業上也頗為成功，先後印刷了六千多份。[179] 自

2 卷 1 期起，《矛盾月刊》進行革新，由原來的 24 開本改為 16 開本，字數也由原來的每期七、八萬擴充到 15 萬左右，並增聘汪錫鵬和徐蘇靈兩人任編輯。第 2 卷以後的《矛盾月刊》明顯增加了戲劇方面的內容，幾乎每期都必有關於戲劇的論文以及劇本，同時隨著袁牧之、歐陽予倩、老舍、施蟄存、王魯彥等中間派作家以及左翼作家作品的加入，《矛盾月刊》創刊時那種激進的民族主義立場有所減弱，更接近於一般的純文藝刊物了。需要指出的是，矛盾出版社的大股東雖然是中統頭子徐恩曾，但它畢竟不同於國民黨自己的地盤，因此《矛盾月刊》在內容上不免也會有與國民黨的政策主張相抵觸之處。《矛盾月刊》2 卷 2 期即在河南遭到郵政檢查所的扣壓，並聲言要永遠禁售。[180]《矛盾月刊》上也確實時有對政府有關政策不滿的聲音。潘子農在〈文藝政策〉這篇短文中就批評當局的文藝政策不從事於「建設自己」，專著力於「消滅人家」，以致流弊不絕：珍藏了一部《馬氏文通》的人變成「危害民國」，封面上有些紅色的刊物就有「赤化嫌疑」。「文藝政策的正旨未見發展，文藝政策的流弊卻一應齊全了。此外如召集幾位政治宣傳員來開一次『文藝宣傳談話錄』之類，其更流於空泛無聊。」[181]這種批評是相當尖刻的。

　　1933 年 3 月，南京的「流露社」在沉寂了一年多之後，出版了《流露》3 卷 1 期革新號，由原來的月刊改為半月刊，版式也由 24 開改成 16 開。這期中的一篇文章〈最近文壇之巡閱〉很能代表革新後的《流露》的基本立場。在這篇文章中，作者批評了「第三種文學」，認為它是「我們這時代不需要的，也不能成立」，「在現代世界裡，壓迫民族（帝國主義）與被壓迫民族構成了兩大對立的極端的民族階級。這時代的文

學就應該把握住被壓迫者方面，反映出現時代的壓迫者種種暴行、橫蠻無道，而促進時代的進展與改善。」在中國，所需要的文學應該是「一種客觀的把握時代思潮的，所謂全面反映現實社會的作品，一種堅強被壓迫民族意識的，鞏固民族自信力的，聯合各弱小民族成爲一陣線的反映的，能鞏固民族的團結力的一種偉力的文學」。[182] 和前期相比，「流露社」顯然更加強調自身的民族主義立場，這在其創作中也有所表現。蕭作霖的〈紅對聯〉是根據現實生活中發生的事件而創作的，1933 年春節，南京市黨部印發了一批宣傳抗日的紅對聯，結果引來日本人的抗議，南京市政府只好下令撕掉紅對聯。蕭作霖通過一個 6 歲的小女孩霏霏的視角婉轉而細膩地反映了這一眞實的事件。在作者對霏霏內心的困惑和不解的細緻刻畫中，讀者分明能感受到一種鬱悶、悲哀的情緒。左漱心的〈鏈子〉描寫生活在上海閘北的下層人民的貧困生活，一二八滬戰更是給他們雪上加霜，他們家給毀了，無以維生，完全陷入絕望之中。作者意在指出日本的侵略將會象鐵鏈一樣束縛、扼殺全體中國人的生路，同時也借作品中人物之口，對官員的腐敗、奢糜表達了極大的憤慨和痛恨。最有趣的是一篇題爲〈信〉[183] 的創作。在作品中，當叙述者「我」驚悉「九一八事變」的消息後，在憤怒和茫然之中，幻想自己「變成了個英勇的將軍，天賦我有通神的能力」，帶領著成千上萬的士兵，「殺氣騰騰地立在東京城頭，混著黃沙血液與頭顱的寒風兒猛地撲來，將我染滿了血跡的征裳吹起。我又看見扯著青天白日滿地紅的旗幟的軍艦，自東京灣開過浩浩蕩蕩的日本海，自己挺胸地立在船頭，遙望著和平的充滿了秀氣的大陸而悲壯地奏著凱旋之曲……」這種征服異族的想像在一定程度上暴露出當時的民族主義含有狹隘

的種族復仇的思想，而且帶有強烈的暴力色彩，對民族國家內部的矛盾以及相應的制度建設則有意無意地予以忽略了。1933年4月，「流露社」在南京組織了一次話劇公演，由卜少夫、徐蘇靈、吳歌等人策劃，演出劇目有〈南歸〉、〈S.O.S〉、〈母歸〉、〈一個女人和一條狗〉、〈父歸〉、〈一致〉。這次演出據說主要是爲東北義勇軍募捐，但其演出劇目卻遭到了批評，凡夫就認爲「這次公演因過分浸淫於傷感幽默的氣分」，所以儘管有〈S.O.S〉這樣「一個時代色彩較強烈而充滿反帝鬥爭的呼聲的劇本」，但從總體上說，啓示觀眾的意義畢竟太少，甚至還有可能會有壞的影響。[184] 針對這種批評，卜少夫反駁說「我們不是站在某一特定政治企圖上來作時髦的宣傳行動」，也「不用一些新鮮的術語或許多非驢非馬的理論來自炫或炫人」，「我們是爲了維護民族，爲了初次表現我們在藝術上的力量而努力的。」[185] 卜的辯解表明「流露社」並沒有要自覺地成爲黨國的文藝陣地，它實在只是國民黨內愛好文藝的一些人以文自娛的一個園地而已。[186] 也正因爲如此，「流露社」並沒有堅持多久，《流露》的出版也是時斷時續，最後是不了了之。

　　和《流露》相比，《華北月刊》因是國民黨河北省黨部辦的文藝刊物，其立場要強硬許多，對民族文藝的鼓吹也更賣力。他們認爲「民族文學，是代表全體國民的利益的，站在國家民族的立場上，表現全民族全國家人民的一切活動的，主張國民聯合的，抨擊階級對立的。古典主義，寫實主義，民族主義，法西主義，行動主義，是其指導的原理，創作的方法。」[187] 有人批評民族文藝是當局所策勵的御用文學，對此他們回擊說「批評一件物事，應該就其本身而言，不應該牽到其外的一

些題外的事情」，民族文藝本身是時代的產物，「即使是御用，也不失為正當的，眞理的。」[188] 對民族文藝以外的其他文學派別，《華北月刊》多有批評，對當時流行的幽默小品文的批評尤其猛烈。他們批評「小品文的復古運動在今日實爲一時代的反動。……此之謂小資產階級的革命，旣以專制使人們變作冷嘲，又懼怕流血以回避革命，兩不討好，騎虎又難下。」[189]「許多含蓄不露的幽默文字，恰與中國人齷齪、不公開的劣性相符合，所以好的幽默文字，不過僅能使中國人更齷齪，更含蓄，更不公開罷了；再說帶有滑稽玩樂性的幽默文字，正和中國人的苟且，散漫，狎昵的態度相近，這種文章，不只是不能使中國人興奮，緊張，勇敢，簡直是讚美中國人的劣性；這些文學作品，在我們看來出版的越多，流毒也越大，中國民族的劣根性，越不能變換。」他們認爲，現在中國急切需要的是爲民族的文學，不是幽默作品，「這種民族文學的內容，爲嚴重，爲悲壯，爲慷慨激昂；它的目的在振發民氣，挽救頹風，指導民族團結，運用民族力量，以挽救災難危亡的中國。」[190]在創作方面，《華北月刊》並沒有太多自己的特色，無論是在思想主題還是在使用的題材上，基本上是民族主義文學的老一套。如廖江榮的〈紅的花，黃的花〉（2卷2期）寫旅居日本的潔之雖然在日本有了自己的家庭和孩子，卻始終認爲自己是中國人。中日戰爭中中國方面的每一次失敗都讓他深感恥辱，而他的日本籍妻子春綺子卻是興高采烈，這深深刺痛了潔之的心，使他陷入到痛苦的矛盾之中。廖江榮的〈黑笑〉（2卷3期）寫流亡的東北女子珍妮流落他鄉，只能靠賣身度日。這篇小說在寫法上借鑒了新感覺派的表現手法，外部生活環境的快速節奏和人物內心轉瞬即逝的思緒流動融合在一起，有一種恍

惚的夢幻般的感覺。《華北月刊》上也有部分作品表現了底層民眾的艱苦生活。周弗亭的〈桂姑娘〉（2卷3期）寫桂姑娘和阿林因為家鄉乾旱、疫病流行，來到城裡打工。紗廠老闆見桂姑娘美貌，欲圖不軌，桂姑娘則在無錫阿姊的啟發下，參加罷工，結果被關進牢裡。在釋放後，桂姑娘和阿林一起回到了家鄉。小說還流露出對城市的厭憎：「這地方的人心是死的，好像是冰冷的，對於洋人是那麼的有勢力，那麼的懼怕他們。」昆河的〈罪〉裡的王小二是個可憐的孤兒，靠乞討為生，後來跟著扒手高小三，幫著做下手，結果在事發後被當作替罪羊抓進了偵緝隊。

　　《前途》和《汗血》雖然不是專門的文藝刊物，但在民族文藝的提倡上也出了不少力。《前途》極力鼓吹文化統制論，他們認為文藝的自由是有限制的，只有「在求民族生存的抗爭意識情緒範圍之內」，文藝才是可以絕對自由的，否則就不可以，「因為中國人目前，只是一個民族抗爭意識是合理的。」「中國人現在不需要象牙之塔的象徵藝術，卻只需要武器戰鬥的抗爭藝術，一幅亙萬古而有餘光的名畫，微妙得雖無可以形容，然而卻不如一把小刀子或一顆子彈之有用。我們只需要小刀子和子彈，有用而人人懂得並需要拿去用。」這種有用的抗爭藝術就是「為中國民族宣傳，即必為向資本帝國主義者抗爭的民族文藝」。[191]《前途》闢有「文藝」欄，也登載小說、劇本等創作。其中雖然也有民族主義色彩比較濃厚的，比如殷作楨的五幕劇〈總退卻〉就以一二八淞滬之戰為題材，但從整體上來說，其面貌比較模糊，許多作品都與他們所鼓吹的民族文藝的要求並不很吻合。《前途》上發表創作比較多的有蕭作霖、殷作楨、賀玉波等人，其中蕭作霖的三篇創作相對來說要

突出些。〈庚子年〉（3卷1期）以第一人稱視角回憶了童年時家裡的長工有之老倌講述的庚子年大饑荒的可怕故事，並感歎眼下年歲又不好，鄉村凋敝，十室九空，民不聊生，庚子年的陰影又籠罩上來。〈三點十分〉（3卷2期）是一篇諷刺小說，儘管新生活運動在熱熱鬧鬧地推行，首都的官僚們如丁部長流卻是依然故我，過著跳舞、喝酒、捧戲子、軋姘頭的荒淫生活，新生活運動對於他們來說，除了以「新生活運動與××　×」爲題多作幾個演講之外，就只是用來互相調侃的玩笑話而已。丁部長忙著趕場子應酬、玩樂，只恨時間安排不過來，而他的手錶卻永遠只是三點十分。作者通過這個細節諷刺丁部長等官僚已經遠遠落在了時間的後面，成了這個時代中醉生夢死的一群。〈糠的糾紛〉則是一出鄉村悲喜劇，陳四嫂偷了朱老大家兩升糠，被朱老大打了一頓，她想借此讓朱老大賠上個十吊八吊的，誰知朱老大不買這個賬，陳四嫂便回娘家莊上請族裡的大生老爺出面講理。大生老爺領著一幫老爺來評理，吃吃喝喝，抽抽鴉片，消磨了四五天，臨走時想起評理，由團總老爺主持評判，每人又領了幾十元車馬費，團總老爺等人也都各有進帳，唯有當事人陳四嫂分文未得，而朱老大則賠掉了四百多大洋，本來還算殷實的家底一下子給掏空了，落到和陳四嫂一樣，以吃糠果腹了。這篇小說以喜劇筆法寫出了鄉紳惡霸橫行鄉裡、魚肉百姓的醜惡嘴臉，諷刺頗爲有力。蕭作霖的這三篇創作，確實看不出其中有什麼民族意識。可見民族文藝的主張眞要落實到創作上，要麼使作品落入固定的套路，要麼作品就會與其主張無涉。

《汗血月刊》從1卷4期起增設「汗血文藝」欄，「提倡以汗血精神向前幹的作風，培養快樂向上的情緒」，其要求是

「描寫汗血生活之小說，喜劇，故事，詩歌等。如：工農生活，民族戰爭，社會現狀之寫實。」[192] 發表在《汗血月刊》上的創作普遍比較粗糙。楊昌溪的〈鴨綠江畔〉（1 卷 5 號）寫在鴨綠江畔活動的朝鮮遊擊隊的戰鬥生活；公靂的〈亡國同盟〉（2 卷 2 號）則諷刺救國會的職員、左翼作家、幽默作家等，都是迷醉於個人享樂而把國難拋到腦後的「亡國奴」，他們結成了一個「亡國同盟」。這些作品都極其概念化，描寫粗糙凌亂，乏善可陳。《汗血月刊》還有一些「剿匪文學」，卜少夫的二幕「剿匪劇本」〈第三十一〉（3 卷 1 號）是勃洛克的〈第四十一〉的拙劣翻版，寫一幫女子別動隊員的剿匪「壯舉」，令人吃驚的是這些剿匪女「英雄」們滿嘴粗話，而且極具暴力傾向。在人物對話中，作者常常插進一些生硬的標語口號，比如「我們的革命軍，我們的黨，都只有義務，沒有權利；只有祖國，沒有個人；只有服從，只有紀律，只有犧牲。」「中國革命的方向，只有這麼一條路，而這條路就是用統一政府、集權政治的最高領袖來解除國內外人民一切痛苦與壓迫而使中華民族復興起來。」陳又盦的「剿匪電影劇本」〈生路〉（3 卷 3 號）與此相似，同樣令人不忍卒讀。

民族文藝儘管在 1934 年左右熱鬧了一陣子，但其內容卻很空洞，理論上沒有提出新的命題，創作也貧弱，沒有貢獻出有特色的作品。當然，民族文藝的產生也有新的歷史文化背景。日本學者池田孝認為：「一九三三至一九三四年，由於中央集權化領袖獨裁化的主題之擴大加強，民族文學勢力雄健，展開了民族主義的文藝理論，顯示了進展的形勢。一九三四年的中國文壇，一言以蔽之，可以說是民族主義文藝之活躍與普羅文學之沒落。」[193] 這是相當敏銳的看法。《華北月刊》的編

輯林國材更是從世界政治、經濟和文化的背景指出了民族文藝
興起的根源：

　　一九三四年，是世界危機的新的階段，世界各國都陷
於經濟恐慌的難局，帝國主義又瘋狂地競擴軍備，世界大
戰一觸即發。此時，因為法西斯主義之雄飛世界，各國先
後實行統制政策；政治上，經濟上，文學上，都以民族主
義乃至國民主義為中心，而加以強烈的保護，干涉，管
制；結局，在政治上產生了獨裁制度的「強力政治」，
「民族國家」，在經濟上顯現了自給自足的國民經濟，統
制經濟，集團經濟，在文學上體現了發揚民族光榮代表全
民利益的民族文學，國民文學，乃至國社文學，法西文
學。[194]

　　這段話清楚地表明民族文藝的產生是為當時政治和文化上
的統制服務的，即企圖用民族文藝來打擊包括左翼文學、第三
種人文學和幽默文學在內的所有與國民黨的意識形態相悖的文
學派別，用民族主義完成對文學的統制。當然，正如上面已經
指出的，民族文藝僅僅是一些抽象的教條，無法充分落實在創
作上，所以，儘管民族文藝看上去聲勢不小，但實際上其內容
和主題卻是五花八門，有的甚至跟民族文藝的要求完全不相干。
　　對民族文藝，當時也有不少的批評。李長之認為民族主義
文藝若是就「發揮中國民族的優長，以完成中國民族所特有的
文化」而言，是應該的，因為我們現在也需要有能夠充分運用
現代國語之優長的「民族詩人」和合乎「現代本國人的情調的
作品」，但是民族主義文藝的另外一面卻要不得，「以外國民

族爲仇，這就落了偏狹了，以在作品中寫民族勝利就喜形於色，從而只許這樣的作品的存在，這就是低級淺薄了。」¹⁹⁵更加嚴厲的批評來自「新壘社」。「新壘社」是前爲國民黨改組派幹將的李焰生一手組建的文學社團，集合了一群失意的國民黨左派人士以及部分退黨的前國民黨黨員，《社會新聞》攻擊說其「負有改組派之政治使命」。李焰生駁斥了這種指責，他聲稱《新壘》「是純文藝的刊物」，「我們擺脫一切黨派，我們不滿於一切黨派，才辦此《新壘》。」¹⁹⁶從《新壘》月刊和半月刊的內容看，「新壘社」確實有著獨立的立場，他們不滿於現代中國文壇的「烏煙瘴氣荒蕪頹廢」，認爲割據文壇的各種文藝派別不論新舊，「或爲一般少爺紳士們所迷戀爲精神的鴉片，或爲一般政治運動者利用爲黨派的工具，甚而至於以之做巴結要人之進身階，求名求利之敲門磚」，「他們曲解文藝本身的意義和價值，把文藝帶上歧路。」¹⁹⁷他們尤其反對「把文藝作爲黨派政爭的工具」，認爲黨派文藝的產生雖然有其必然性，但「其價值不過等於一張政治傳單，只能收一時的政治煽動的效果」，「對於人生斷難有其他的有價值的貢獻」。¹⁹⁸在他們看來，左翼文學和民族文藝就是黨派文藝的突出代表。李焰生認爲，民族文藝與普羅文藝一樣，是在特定的時間和空間中自然產生的結果，「旣有民族鬥爭的金鼓齊鳴，民族掙扎的血汗同流，民族文藝的產生是自然的結果，非議或反對，是一種麻木與愚妄的行爲」，但是，文壇上所謂民族文藝的運動者「不是爲民族文藝及民族而努力，……而是爲他們背後的黨派而努力，希圖以文藝名義，掩藏其黨派的罪惡，運用其黨派作用。此種政治吹打手和宣傳員，是傷害文藝，混亂人生，我們站在文藝和人生立場而反對之。」¹⁹⁹另一篇文章對民族文藝

的批評顯得更加犀利：「提倡民族文學的人，不能眞正反映其民族意識，而專以宣傳民族間的仇視爲其職志，而形成了帝國主義及資產階級之利用，以麻醉其壓迫下的民衆，使其忘卻其政治與經濟上的革命意識，進而爲其所謂愛護祖國的名義，替那一般野心的政客官僚去擋炮灰。」[200] 這樣的批評可謂擊中了民族文藝的一處要害。

　　1935 年以後，民族文藝又呈頹勢，但到 1936 年底，國民黨中央宣傳部正式頒發了〈文藝宣傳要旨〉十四條，明確指出「當此外侮方殷，國勢阽危，應積極提倡『民族文藝』」，民族文藝「對內當以『聯結整個民族，激勵愛國思想，肅清漢奸，消滅殘匪，積極爲民族利益奮鬥』爲原則。對外當以『聯結我內部之民族，整齊步調，抵抗外來民族之侵略，使中國民族獲得自由獨立與平等』爲原則。」[201] 國民黨中宣部重提民族文藝的口號，看來主要是針對左翼提出的「國防文學」和「民族革命戰爭的大衆文學」這兩個口號而來的。〈宣傳要旨〉第三條就指出這兩個口號的文學是「以宣傳民族革命爲煙幕，而以鼓吹階級鬥爭爲目的」，對這兩個口號「應予以辟斥，並嚴禁引用及刊登。」對左翼所提出的「人民陣線」以及「中國文藝家協會」和「中國文藝工作者協會」，〈宣傳要旨〉中也認爲它們「爲左翼分子別有企圖之非法組織」，應「予以勸止」，「或徑予解散，而防止其活動。」同時，在民族文藝口號之下，各地作家可舉行「民族文藝座談會」，並逐步在民族文藝的立場上組織「中國文藝作家協進會」，由各地黨部予以指導及贊助。除此之外，〈宣傳要旨〉還指斥純文學作品，認爲「近來此項寫作，或有性感享樂主義與無聊的幽默之傾向，應力加防止。」對情節「涉及迷信，或誨盜誨淫」的新舊戲劇

及歌曲，應予以嚴厲的批評與駁斥。〈宣傳要旨〉倡導農民文藝，「以『描寫農民生活狀況，促進農村經濟建設』為其主旨，以促起國人對於農民及鄉村生活之注意，藉求其改進與發展」，但是此種農民文藝「應避免左翼公式主義之鼓吹抗租運動或農民暴動等惡化文字」；通俗文藝如演義、傳奇、鼓詞、說書、小曲、連環圖畫等，內容淺顯，為一般民眾所歡迎，「故各地作家，宜依據『民族文藝』之原則，分別編為此項體裁之作品，俾文藝宣傳之力量，得深入於民間之下層」；此外，還應依據民族文藝的原則，儘量多編印民族的兒童文藝，如童話、名人故事、寓言等。〈宣傳要旨〉附錄的〈報紙文藝副刊編輯要旨〉同樣確定了報紙文藝副刊應「多量刊載以『剿匪除奸禦侮救國發揚民族精神，鼓吹自力更生』為主題之作品」，在理論上要樹立並充實民族文藝的理論，「指示青年以今後文藝之動向」，同時要駁斥所謂「國防文學」的理論，「並指摘所謂左翼作家及其作品」。總體上說，〈宣傳要旨〉基本上只是重複了前幾年的民族主義文藝以及通俗文藝運動的一些主張，沒有多少新的內容。

　　〈文藝宣傳要旨〉頒發後，各地先後創辦了一些文藝刊物，再次鼓吹民族文藝的論調。在這些刊物中比較突出的有江西的《民族文藝月刊》、安慶的《火炬》（旬刊）、武漢的《文藝》和《奔濤》（半月刊）。《民族文藝月刊》創刊於1937 年 1 月，由江西民族文藝社發行，何勇仁 [202] 主編，發行人是劉百川。劉百川在〈開張詞〉中聲言，「民族文藝最大的敵人，是普羅毒物，與頹廢的殘骸。……我們的目的在建設唯生主義的文化，裡面是充實著民族的、實幹的、生產的、樂觀的重大意義。作品的表現方式，以表現力的、表現愛的、表現

真的爲標的，極端排擊虛僞、幽默、無病呻吟、洋八股。」[203]
何勇仁的〈我們所需要的思想〉（第 1 號）也鼓吹要以陳立夫
的唯生主義作爲「國民思想之正宗」。可見這個刊物和 CC 系
有很深的關係。《民族文藝月刊》依然鼓吹文化統制的必要
性，他們認爲「這幾年來中國的出版界受有種種的限制，作家
的創作也不能有絕對的自由，這固然是值得遺憾的事」，但這
是「出於不得已的苦衷」，因爲「現在作家團裡面發生了瘟疫
病，政府爲了愛護作家，爲了防止病症擴大到整個的社會，它
不准作家創作自由，也就是帶有道德的要素的，這種帶有道德
要素的限制，並不是專制，而是一種合理的，有益的，光明的
政治文化的統制。」「我們要求有絕對的有創作自由，那麼，
首先要肅清毒素（指頹廢文學和普羅文學），使作家的思想共
同走入三民主義的路線去。所以，現在的統制文化思想的具體
方案有強化擴大的必要。」[204]《民族文藝月刊》第 1 號上還煞
有其事地就統制中學生文藝思想的方案展開了討論。何勇仁建
議全江西建立一個中學國文教師的聯合戰線，導引中學生抵禦
普羅文學和頹廢文學的毒害，培養一種以唯生主義爲中心的文
學思想。[205] 司徒宣則提出了兩個具體方案，即統一教科書，統
一中學生的刊物，所謂中學生刊物包括校刊、壁報以及各種由
中學生辦的刊物。[206] 九江的一位中學教員梅南雖然贊同要有這
樣一條聯合戰線，但他認爲中學國文教育中事實上已發生「國
文與文學分家」的現象，一般學生對文學的興趣已不甚濃厚，
而且中學教員中各色人等都有，要把這些人拉攏在一起聯成一
條戰線，似乎很不容易。[207]《民族文藝月刊》上關於戲劇的內
容比較多，而且主張建設民族戲劇。劉百川提出了關於民族戲
劇內容的五點原則：1. 以發揚民族意識爲主旨；2. 以「敎」、

「養」、「衛」爲表現中心；3. 揭穿「反統一」的陰謀，推進
「禦侮」「除奸」「剿匪」「救國」的國策；4. 提高民族的國
防自衛的情緒；5. 以唯生的「汗血」實幹精神，爲人生中心思
想。在實施方面，則要集中人才，訓練人才，組織劇團和巡迴
表演隊，到各縣以及大都市表演，形式可以多樣化，話劇、通
俗劇、方言劇（如採茶劇）、傀儡劇、銀幕劇、平劇、鼓詞、
唱本、樂歌、口技等都可以，編印成冊，供一般戲劇界應用。
與此同時，也要取締各種不良劇本，對戲劇實施統制。[208]《民
族文藝月刊》也刊載了一些所謂的「唯生主義」的民族戲劇，
其中較有代表性的有何勇仁的獨幕劇〈最後一幕〉和〈匪區之
夜〉，它們都是緊扣著「禦侮」和「剿匪」的主旨而炮製的非
常概念化的作品，藝術上是很失敗的。[209]

　　《火炬》（旬刊）創刊於 1937 年 2 月，由安徽民族文藝
社編輯發行。《火炬》自稱其「唯一的願望，是給時代克盡喇
叭和號筒的工作。」[210]《火炬》上關於民族文藝的論述基本上
是按照〈文藝宣傳要旨〉展開的，它們強調「今日中國文藝，
只有向民族文藝這一條路前進，不許有其他文藝形態同時存
在」，[211] 而民族文藝的使命「對外是抗敵，暴露帝國主義的武
力的政治的經濟的文化的多角的侵略，對內是促成國家的統
一，徹底肅清賣國漢奸，殘餘赤匪的理論以及封建勢力的落後
的思想，激發民氣的高揚，愛國意識的加深。」[212] 民族文藝在
題材上不能僅僅描寫幾個民族英雄便算了事，「舉凡民族存
亡，民族解放戰爭有關的事實，都是民族文藝極好的題材。比
如漢奸的活動，敵人的暴行，東北義勇軍的奮勇，走私的實在
情況，軍用馬路的開闢，糧食的儲藏，壯丁學生的訓練，均可
用對比的筆法襯托出來。」[213] 當然，也有文章認爲民族文藝不

能狹隘地局限於描寫反帝、反共和反封建，它還應該肩負更重
要的使命，即「民族性的改造」，特別是民族心理的改造。
「中國民族所以日趨衰弱，很顯明的是因為民族自信力的消
失，以及紀綱不明，禮義不振，道德淪亡，民族心理的苟安，
浪漫，頹廢等所致」，所以民族文藝應「注重國民生活的批
評，克盡文藝『批評人生』的任務」，積極的方面則要「著眼
於國民心理的建設」。[214] 王平陵在給一位讀者的回信中也指出
民族文藝的內容「並不專限於掘壕溝，擋炮灰，凡能增進國
力、民德等等作品，都是民族文藝」。[215]《火炬》上的創作總
的來說都缺乏新意，不是表達仇日情緒，就是鼓吹「剿匪」。
〈哈爾濱之役〉（1 卷 2 期）寫哈爾濱市民不堪忍受日本帝國
主義的壓迫，奮起反抗，與義勇軍一起奪回了哈爾濱，但在敵
人優勢兵力的攻擊下最終失敗。小說中流露出一種盲目排外的
情緒，如寫老祖父深夜磨刀時，誇張地訴說了老人家六十年來
所受的××人、高×人和白×人的氣；在收回哈爾濱之後，則
露骨地寫道：「把那些兇惡的××巡捕，淫亂的高×人、白×
人，都一個個攫住，殺死。」「祖父也以一種稀有的興奮，把
那浴了血的殺豬刀，在高×人屍身上，橫七豎八地砍。」這些
充滿暴力的語言和細節，都暴露了一種近乎瘋狂的對異族的仇
恨，這是民族主義文藝中的糟粕。費力夫的〈平凡的故事〉（1
卷 6 至 8 期連載）是一篇典型的反共小說。福兒被共黨軍隊抓
了伕，他的家庭被毀於國共兩軍的戰火中，父母也喪身於戰亂
中，福兒於是決心投身國軍，向共黨復仇。相比之下，《火
炬》上的詩歌要更為引人注目些。知之的長詩〈長城〉和〈悲
壯的火焰〉詩句簡短，節拍急促，與其後為人稱道的田間的詩
歌風格極為相似：

我們淚水
已化成血流，
流！流啊！
流啊！流！
向四野——
揚子江黃河一樣。

抱緊記憶
那偉大的五千年
我們的
思想，
熱血，
靈魂，
是永隨著歲月的。

〈長城〉這首長詩得到了王平陵的讚賞，認為其寫作技巧「已經成熟」。[216] 但也有讀者批評〈長城〉的表現方式「似新實舊」，「仗著『才氣』任感情之流橫奔猛撞，不加理性地訓練和整治，想到哪裡便寫到哪裡，因之使讀者覺到情節的過於鋪張和形式的缺乏整齊。」[217]

《文藝》（月刊）創刊於 1935 年 3 月，由湖北省立實驗學校教師胡紹軒和湖北省黨部宣傳處總幹事魏紹征（即魏韶蓁）編輯，每月從官方領取一些固定津貼。《文藝》的作者中有蘇雪林、陳銓、袁昌英、凌叔華等武漢大學的教授，更多的則是武漢的政府職員、教師和學生。[218] 從《文藝》前兩卷的內

容看，其民族主義的傾向並不是很鮮明，但從 1936 年 4 月的 3
卷 1 期「周年紀念號」起，民族主義的傾向明顯地加強了。在
周年紀念號的卷首獻辭中，魏韶蓁宣稱：「垂危的中華民族，
……需要有民族精神的文學的灌注。……我們不需要吟風弄月
無病呻吟的使人頹廢而成為無用的落伍的文學，更不需要蠱惑
階級鬥爭唆使同胞自殘的使人瘋狂而失了人性的普羅文學，所
需要的是有『力』的情緒，有『鐵』的精神，有慷慨悲哀的奮
發音調，有衝鋒陷陣的戰鬥聲勢，來叙述民族過去光榮史跡以
激發民族上進的志氣，來描寫國家當前的艱難情狀以激起民族
的革命情緒，像這樣眞正代表時代精神和民族意識的文學。」
[219]《文藝》還提出了「非常時期的文學」的口號。所謂「非常
時期的文學」，即民族主義的文學，其任務是對內「消滅封建
勢力的侵蝕，建立強有力的國家基礎」，對外「抗禦列強帝國
主義的壓迫，發揚民族的獨立精神」。[220] 在創作方面，有發揚
民族意識的歷史小說，如叙寫李陵降匈奴後悔恨交加心情的
〈悔〉（3 卷 1 期）；有反日小說，如〈流亡〉（3 卷 3 期）
描寫了東北人民被日本鬼子追殺而四處逃亡的艱苦生活；還有
剿匪文學，這方面代表性的作品是成其志的〈東線無戰事〉（3
卷 2 期），寫前十九路軍的倖存士兵參加第五次「剿匪」戰役
內心的激動和興奮以及激烈、殘酷的戰鬥經歷。

　　《奔濤》（半月刊）是魏韶蓁繼《文藝》之後又創辦的一
份文藝刊物。它創刊於 1937 年 3 月，由國民黨中宣部駐武漢
特派員兼武漢日報社社長王亞明擔任主編。《奔濤》的傾向性
比起《文藝》要更鮮明一些。在創刊號「前言」中，編者指斥
「近若干年來的文藝刊物，多半不失於狂躁叫囂，便失於萎靡
頹廢，或偏激狹隘，或泛漫無歸，甚至邪褻淫穢，鄙劣不

堪」，並希望借著提倡民族文藝而使「現在一般龐雜零亂的思想，趨於純一，痲木不仁的人心，蘇醒轉來。」[221]〈文藝界的淨化〉一文則指出民族文藝者既要「謹防國防文學者的掛羊頭賣狗肉」，也要「嚴杜鴛蝴派的借屍還魂」，用民族文藝來淨化文藝界，使之成爲中國文藝的「正統」和「主潮」。[222]〈論文學通俗化及其寫作〉呼應了《文藝宣傳要旨》中關於創作通俗文學的要求，認爲通俗文學創作應分三個步驟：「首先，盡可能的應用舊形式；次之，變更了舊形式，揉進較進步的，更適宜的表現方法；然後，創造通俗文學的新形式。」通俗文學在形式上要能夠接近民眾，爲此可以部分地借鑒舊形式，在內容上則要求不與時代和社會相背離，要能與民眾生活密切相關。[223]在創作方面，〈忠勇的船主〉[224]是一篇隱喻小說，寫一艘難民船的船主如何鎮定沉著地擊退盜匪，同時平息了內部的紛爭，終於帶領難民們到達了「光華燦爛的對岸」。很顯然，那艘難民船是中國的隱喻，而船主自然是指黨國「唯一的領袖」了。《奔濤》上也有幾篇歷史題材小說，如〈塔〉[225]即以唐朝安史之亂中南霽雲乞救兵於賀蘭欲解睢陽之圍爲故事題材，〈遺恨〉[226]則寫岳飛部將施全欲趁秦檜到靈隱進香之際加以謀刺，結果未能得手，撞柱而死。這些作品都意在借史事宣揚反抗異族的民族精神。

　　《奔濤》上最值得注意的文章是胡適和蘇雪林的書信〈關於當前文化動態的討論〉（第1期）。胡適和蘇雪林圍繞《獨立評論》以及流行的救國論，對當時的文化界和知識界的狀況進行分析和討論。蘇雪林認爲由於前幾年「政府態度不明瞭，抵抗的決心也不充分顯露」，使得一般青年人「感覺萬分苦悶而向左轉」，就連「我們中年人也曾不由自主地發生動搖」，

這時候《獨立評論》卻以其清醒的聲音使人漸漸明白中國只要統一，實行現代化，就有辦法。但是《獨立評論》態度又過於平和，持論過於穩健，色彩未免不甚新鮮，而「現在所謂反動刊物，其所有言論無不慷慨激昂，有光有熱，極鼓舞讀者精神之能事」，青年讀慣了那種文字，自然就覺得《獨立評論》不能吸引人了。因此她希望《獨立評論》態度要再明朗化，再積極一些。她批評韜奮等人「一說到中國和日本的問題，便高唱『抵抗』或『抗戰』，大言炎炎，頗足動青年之聽，至於中國實力究竟如何，政府準備究竟充實與否，卻從不過問」，她認為這是淺薄而謬誤的救國論調，亟需予以糾正。對當今政府，她認為它「雖還不合我們理想的標準，但肯作平心之論的人，都承認她是二十五年來最好的一個政治機關。她有不到處，我們只有督責她，勉勵她，萬不可輕易就說反對的話。……我們現在誰都希望這一盤散沙的民眾和漫無紀律的國家中，能產出一種強大的中心勢力，內以促現代化的成功，外以抵抗強敵的侵略。要是一國中最富活力的青年與政府站在相反的地位，並常常以毀滅這中心勢力為企圖，則中國好容易儲蓄出來的一點實力，有將因互相乘除而等於零。」所以，她提出要從左派的掌握中奪回新文化的領導權，這其實也就是要奪回青年。胡適則謙虛地認為《獨立評論》只是在「狂潮」之中「略盡心力」而已，「只如鸚鵡濡翼救山之焚，良心之譴責或可稍減，而救焚之事業實在不曾做到。」他坦承「我們（至少可說我個人）的希望是要鼓勵國人說平實話，聽平實話。這是一種根本治療法，收效不能速。」胡適認為蘇雪林對左派控制新文化的擔憂，未免過於誇大了左派文學的勢力。青年思想左傾並不足慮，「政府的組織若能繼續增強，政府的力量若繼續加大」，

能夠維持社會秩序，那麼左傾的思想文學不足爲害，一部分人的反對也不足慮。蘇雪林看來並不贊同胡適的這種樂觀態度，她強調現在政府機構還不象英美那樣健全，「她的基礎尚在風雨飄搖之中，遇著一點震撼的力量，便有傾坍的危險」，因此「統制的思想，似更爲實際所需要」。倘若，中國的政治機構能象胡適所說的那樣繼續增強，度過這非常時期，那麼到那時候青年思想無論向哪一方傾斜，都不會有人反對的。胡適和蘇雪林的討論凸現了當時一批較冷靜的知識份子的基本態度。蘇雪林對當時流行的不顧實際國力而侈言抗戰的激進左派的批評，對新文化領導權的思考，以及對南京政府的寬容態度，基本上承襲了前兩年《獨立評論》上的一些觀點，這些在當時屬於非主流的低調言論，頗值得深思。但是，我們也可以看到，作爲一個堅定的自由主義者的胡適卻對當時的文化狀況似乎缺乏足夠的敏感，他過於樂觀的態度在某種程度上也可以說是知識份子過於自信的迂腐，而沒有充分認識到文化與政治之間的緊密關聯。

　　總的來說，1933 到 1937 年間的民族文藝緊承了此前的民族主義文藝運動的基本主張，即強調文藝要發揚民族精神，培養民族意識。民族文藝呼應了 1930 年代中期的文化統制論，爲了配合政治上「攘外安內」的主張，民族文藝確定其基本主題是對外抵抗強敵，對內肅清「赤匪」、「漢奸」。儘管關於民族文藝的相關論述並不算少，而且這些論述還對民族文藝的內容、形式、題材都作了具體規定，但它們幾乎都是些空洞的言論，在理論上毫無建樹，對創作也起不到什麼積極的作用。民族文藝在創作上沒有什麼出色的成績，其中民族主義色彩較鮮明的作品基本上都是抽象的政治理念和主張的圖解，除此之

外就是一批面目模糊、看上去與民族文藝的主張聯繫不很緊密的作品。民族文藝的失敗在某種程度上證明了對文化實行統制是根本行不通的，試圖用民族主義來規範文藝創作，一統文壇，只能是給文壇罩上一層陰霾，增添一些不成功的作品而已。

1　關於南京政府的備戰努力可參見【美】柯偉林：《蔣介石政府與納粹德國》第四章「國民黨的工業戰略 1931-1933」、第五章「新的關係 1933-1936」以及第七章「德國與中國的現代化 1935-1937」，北京：中國青年出版社，1994。

2　魯迅：〈「民族主義文學」的任務和運命〉，1931 年 10 月 23 日《文學導報》6、7 合期。《魯迅全集》第 4 卷，北京：人民文學出版社，1981，第 316-318 頁。

3　復興社是力行社的第三級週邊組織，1933 年 7 月提出以此名義吸收各界青年，後經力行社會議通過。因此，外界只知有復興社，而不知道還有更為神秘的力行社在背後操縱一切。附屬力行社的其他週邊組織還有：1.民族運動委員會，轄有「朝鮮義烈團」，舉辦過數期「朝鮮革命訓練班」；2.中國童子軍勵建社，3.西南青年社；4.中國文化學會，在各省市都設有分會，大都由當地「青會」兼辦；5.忠義救國會。關於「力行社」的詳細材料可參見《藍衣社　復興社　力行社》，台北：傳記文學出版社，1984.

4　《藍衣社　復興社　力行社》，第 74 頁。

5　《前途》的編輯劉炳藜、孫伯騫以及骨幹分子白瑜、倪文亞等都是「力行社」或「復興社」成員，《社會新聞》和《人民週刊》也與「復興社」上海分社有密切的關係。《汗血》的骨幹分子劉百川、何公魯供職於江西剿匪行營，估計也應是「力行社」或「復興社」中人。參見白瑜：〈我所知道的復興社〉，1976 年 10 月、11 月《傳記文學》第 29 卷第 4 期和第 5 期；干國勳：〈三民主義力行社〉，《藍衣社　復興社　力行社》。

6　1933 年 8 月 21、24 日《社會新聞》第 4 卷第 17、18 期。

7　王夢非：〈墨索里尼與希特勒〉，1934 年 3 月 15 日《汗血月刊》2
卷 6 號。

8　陳秋雲：〈三民主義與法西斯蒂〉，1935 年 1 月 16 日《前途》3 卷
1 期。

9　〈論民主政治〉，1933 年 4 月 21 日《社會新聞》3 卷 7 期。

10　〈組織與領袖〉，1933 年 5 月 15、18 日《社會新聞》3 卷 15 期、
16 期。類似觀點的文章還有〈華北危急與中國出路〉（《社會新
聞》3 卷 8 期）、〈民權與自由〉（《社會新聞》3 卷 9 期）、〈集
權與分治的利弊〉（《社會新聞》3 卷 17 期）等。

11　當時有不少雜誌還出了法西斯主義研究的專號，比如《汗血月刊》
4 卷 3 號的「意德法西斯研究專號」，《進展月刊》2 卷 9 期的「法
西斯蒂研究專號」。

12　易勞逸：《流產的革命》，第 52-54 頁。

13　【美】柯偉林：《蔣介石政府與納粹德國》，第 179-181 頁。

14　參見【美】柯偉林：《蔣介石政府與納粹德國》，第 211-212 頁。

15　A. James Gregor, *The Ideology of Fascism: The Rationale of Totalitarianism*,
轉引自 Lyman Tower Sargent, *Contemporary Political Ideology*, California:
Brooks/Cole Publishing Company, 1987. 21.

16　參見【美】沃爾特‧拉克爾：《法西斯主義——過去　現在　未
來》，北京出版社，2000，第 17 頁。

17　沃爾特‧拉克爾：《法西斯主義——過去　現在　未來》，第 77-78
頁。

18　引自【美】埃里克‧巴爾諾：《世界紀錄電影史》，北京：中國電
影出版社，1992，第 97 頁。

19　關於《意志的勝利》的較為詳細的背景資料，可參看《世界紀錄電
影史》，第 95-101 頁。

20　水手：〈上海四種新出的刊物〉，1933 年 3 月 6 日《社會新聞》2
卷 22 期。

21　1935 年 9 月 1 日《汗血週刊》5 卷 9 期「苦幹信箱」。

22　1933 年 11 月 20 日，李濟深、陳友仁、陳銘樞、蔣光鼐、蔡廷鍇等
在福建發表反蔣宣言，隨即成立了中華共和國人民革命政府，此即

「閩變」事件。

23　胡適：〈建國與專制〉，1933 年 12 月 17 日《獨立評論》第 81 號。

24　胡適：〈再論建國與專制〉，1933 年 12 月 24 日《獨立評論》第 82 號。

25　蔣廷黻：〈論專制並答胡適之先生〉，1933 年 12 月 31 日《獨立評論》第 83 號。

26　丁文江：〈民主政治與獨裁政治〉，1934 年 12 月 30 日《獨立評論》第 133 號。

27　胡道維：〈中國的歧路——為民治與獨裁問題就商於丁文江先生及時下諸賢〉，1935 年 2 月 18 日、25 日《國聞週報》第 12 卷第 6、7 期。

28　顧昕：〈民主思想的貧瘠土壤——評述一九三〇年代中國知識份子關於「民主與獨裁」的論戰〉，原載《知識份子》1992 年春季號，《二十世紀中國思想史論》上卷，上海：東方出版中心，2000，第 387-388 頁。

29　蔣廷黻沉重地指出，一般民眾毫無國家觀念，容易被軍閥驅使。一般士兵「倘有忠心，還是私忠（對官長）比公忠（對國家）要緊」。「公忠必須有相當的環境及相當的時期始能培養出來」，不是「寫一篇文章，演一次說可以喚起的」。蔣廷黻：〈論專制並答胡適之先生〉，1933 年 12 月 31 日《獨立評論》第 83 號。

30　顧昕：〈民主思想的貧瘠土壤——評述一九三〇年代中國知識份子關於「民主與獨裁」的論戰〉，第 369 頁。

31　蔣廷黻：〈論專制並答胡適之先生〉，1933 年 12 月 31 日《獨立評論》第 83 號。

32　據谷春帆估計，在 1937 年以前中國新式工業，包括生產工業、交通運輸、礦業，總資本積累不過九億八千七百三十萬元，而從 1912 年到 1928 年十六年間，以每個兵每年需要 120 元餉為標準，中國軍費最低在 24 億元左右。如果再加上北伐以後到 1937 年的軍費，再加上團防土匪的費用，中國用來打仗的費用會幾倍於新式工業的總資本。陳志讓：《軍紳政權——近代中國的軍閥時期》，北京：三聯書店，1980，第 160-161 頁。

33　胡適：〈答丁在君論民主與獨裁〉，1934 年 12 月 30 日《獨立評論》第 133 號。

34 丁文江：〈再論民主與獨裁〉，1935 年 2 月 10 日《獨立評論》第 137 號。

35 丁文江：〈再論民主與獨裁〉，1935 年 2 月 10 日《獨立評論》第 137 號。

36 翁文灝：〈我的意見不過如此〉，1932 年 8 月 28 日《獨立評論》第 15 號。

37 關於這兩個委員會在戰前所做工作的評述可參見柯偉林：《蔣介石政府與納粹德國》，第 111-120 頁，第 246-259 頁。

38 左翼知識份子基本上都是搞文學的，而與政府合作的知識份子多數是工程技術專家，還有就是治經濟學、社會學和政治學等應用性較強的社會科學學科的知識份子，而且他們多數都有留學歐美的經歷。學文學的易於偏於激進和極端，而治自然科學和社會科學的知識份子則相對要務實得多。

39 較有代表性的文章有：羅敦偉〈國難出路與統制經濟〉（1933 年 9 月 25 日《國聞週報》第 10 卷 38 期）、前溪〈統制經濟問題〉（1933 年 10 月 2 日《國聞週報》第 10 卷 39 期）、茹春浦〈實行統制經濟的重要問題〉（1933 年 11 月《前途》1 卷 11 期）、丁文江〈實行統制經濟的條件〉（1934 年 7 月 1 日《大公報》「星期論文」）、龍永貞〈我國工業經濟之危機以及統制計畫〉（1934 年 7 月《中央銀行月報》第 3 卷 7 期）、張素民〈統制經濟與計劃經濟〉（1933 年 8 月 1 日《復興月刊》1 卷 2 期）等。社會學家吳景超認為，在國家政權統一之前，經濟統制根本就無從實現。他詰問道：山西的煤、江西的米糧、四川的石油，中央能夠統制麼？「在四分八裂的局面之下，來談經濟統制，豈非畫餅充饑？」〈革命與建國〉，1934 年 1 月 7 日《獨立評論》第 84 期。

40 殷作楨：〈文藝統制之理論與實際〉，1934 年 8 月 1 日《前途》2 卷 8 號。

41 吳一鳴：〈復興民族文化之創立及其統制〉，1934 年 2 月 15 日《汗血月刊》2 卷 5 號「民族文化建設專號」。

42 〈普羅毒的傳佈〉，1933 年 10 月 15 日《汗血月刊》2 卷 1 號。

43 徐導之：〈怎樣剷除普羅文化〉，1934 年 1 月 15 日《汗血月刊》2 卷 4 號「文化剿匪專號」。

44 〈普羅毒的傳佈〉，1933 年 10 月 15 日《汗血月刊》2 卷 1 號。

45 殷作楨：〈文藝統制之理論與實際〉，1934 年 8 月 1 日《前途》2

卷 8 號。

46　〈亡國文化〉，1833 年 7 月 15 日《汗血月刊》1 卷 4 號。

47　張夢麟認為幽默是小品文最主要的情緒，可見在當時不少人眼裡，幽默文學和小品文實在是同一個東西（張夢麟：〈一年來的中國文學〉，1935 年 1 月 10 日《新中華》3 卷 1 期）。當然實際上幽默文學和小品文還是有所區別的，用茅盾的話說是：「『幽默的』，不一定是小品文，小品文亦不限於『幽默』一格」（茅盾：〈小品文半月刊《人間世》〉，原載 1934 年 7 月 1 日《文學》3 卷 1 期，《茅盾全集》第 20 卷，第 96 頁）。小品文更偏重於一種發抒個人性靈的閒適的格調，其代表刊物是《人間世》和《宇宙風》，它們和《論語》確有所差別，但《論語》後來卻漸漸閒適起來，以致幽默和小品的界限越來越模糊。在《前途》、《汗血》等刊物的批評文章中，幽默文學通常也包括小品文，其中也有左翼的諷刺雜文。在那些國民黨批評家們的眼裡，幽默文學、小品文和左翼的諷刺雜文根本就是一路貨色。

48　章克標在一篇題為〈論隨筆小品文之類〉的文章中說道：「以幽默號召的《論語》半月刊既有最廣泛的讀者群眾，而同性質的刊物，不下數十種，各能維持相當的銷數。連本來不注重此種雜文的大雜誌，也都另辟專欄來登載此類文章，可見其確有風靡一時之概。」見 1934 年 3 月 1 日《矛盾月刊》3 卷 1 期。茅盾在談到雜誌年時說，1934 年的三百餘種定期刊物中有百分之八十出版在上海，而且是所謂「軟性讀物」，即純文藝或半文藝的雜誌，而最近創刊的「軟性讀物」又幾乎全是「幽默」與「小品」的「合股公司」。〈所謂「雜誌年」〉，原載 1934 年 8 月 1 日《文學》3 卷 2 期，《茅盾全集》第 20 卷，第 132 頁。

49　李長之：〈一年來的中國文藝〉，1935 年 1 月日《民族》3 卷 1 期。

50　比如《黃鐘》上的一篇文章就把「申報自由談」看作是幽默文學的一個主要陣地，認為「新自由談標榜幽默小品，它的價值與快活林（新園地）沒有兩樣。」柴紹武：〈文藝副刊編輯術〉，1935 年 2 月 15 日《黃鐘》6 卷 2 期。

51　如諷刺國民黨的對日不抵抗政策：「四中全會，絕口不言外交。一說弱國無外交，故不談。一說外交不成問題，故不談。又一說，外交重實踐不重空談，故亦不談。又一說，長期抵抗，一面，忍耐抵抗等字面皆已用完，故不談。」1934 年 2 月 16 日《論語》35 期「半月要聞」。

52　魯迅自言在《論語》中他最愛看的是「古香齋」這一欄，認為其中登載的荒誕可笑的事情斷非滑稽作家所能憑空寫得出來。〈「滑稽」例解〉，收入《准風月談》，《魯迅全集》第 5 卷，第 343 頁。

53　曹聚仁：《文壇五十年》，上海：東方出版中心，1997，第271頁。

54　曹聚仁：《文壇五十年》，第269頁。

55　章克標：〈林語堂兩則〉，見《文苑草木》，上海書店出版社，1996，第91頁。

56　比如有人就認為各種刊物和報紙副刊上的小品文都「露著諷刺，含一點使人輕笑的『隱語』，使人在疲憊之際看了，感著沁骨的輕快」，其代表就是《論語》和《自由談》。黎君亮：〈談小品文〉，1934年1月1日《矛盾月刊》2卷5號。

57　劉百川：〈建設民族文化〉，1934年2月15日《汗血月刊》2卷5號「民族文化建設專號」。

58　文公直：〈亡國文化的肅清與文化統制的建設〉，1934年2月15日《汗血月刊》2卷4號「文化剿匪專號」。

59　文公直：〈中國政治之史的觀察〉，1933年10月15日《汗血月刊》2卷1號。

60　〈自己的檢舉〉，1933年5月15日《汗血月刊》1卷2號「抗日問題研究專號」。

61　漠野：〈論小品文雜誌〉，1934年10月1日《華北月刊》2卷3期。

62　魯迅：〈幽默有價〉，1934年5月30日《社會新聞》7卷20期。

63　魯迅：〈從諷刺到幽默〉，《偽自由書》，《魯迅全集》第5卷，第43頁。

64　魯迅：〈「論語一年」〉，《南腔北調集》，《魯迅全集》第4卷，第567頁。

65　魯迅：〈『滑稽』例解〉，《准風月談》，《魯迅全集》第5卷，第342頁。

66　魯迅：〈致林語堂〉（1933年6月20日），《魯迅全集》第12卷，第187頁。

67　魯迅：〈「論語一年」〉，《魯迅全集》第4卷，第567頁。

68　魯迅：〈致鄭振鐸〉（1934年6月21日），《魯迅全集》第12卷，第466頁。

69　魯迅：〈小品文的危機〉，《南腔北調集》，《魯迅全集》第4卷，

第 576-577 頁。

70　埜容（廖沫沙）：〈人間何世〉，1934 年 4 月 14 日《申報自由談》。

71　徐懋庸：〈冷水文學〉，《徐懋庸選集》（一），成都：四川人民出版社，1983，第 102-103 頁。

72　1934 年 12 月 1 日《論語》第 54 期，「論語與我」欄，跋常燕生文。

73　林語堂：〈論以白眼看蒼蠅之輩〉，1934 年 4 月 16 日《申報自由談》。

74　林語堂：〈今文八弊〉（中），1935 年 5 月 20 日《人間世》第 28 期。

75　《論語》每期大約印 2 萬份左右，再加上每半年 12 期的合訂本的印數在內，其發行數在當時的許多雜誌中是領先的。見章克標：〈雲龍鱗爪錄——唯美詩人邵洵美漫憶〉，《文苑草木》，第 112 頁。另外，章克標在〈古代的戀愛觀〉（1933 年 9 月 16 日《論語》第 25 期）一文中也說到《論語》的發行量達四五十萬之多，這個數字估計是前二十幾期的印行總數，這恰可印證前面所說的每期 2 萬份的印數。另據《汗血週刊》5 卷 12 期（1935 年 9 月 22 日）上的一篇文章〈雜誌年之廈門雜誌市場〉稱，《論語》在初期僅良友公司的代銷數即已達一千份以上，後來逐漸掉落到 750 份，但即便如此，《論語》在文學類雜誌中的銷量仍然居於首位。以下是各大雜誌在廈門的銷售數量：《生活週刊》3600 份，《新生週刊》2 千餘份，《電聲週刊》1000 份，《良友圖畫雜誌》900 份（其中含訂閱 200 份），《明星半月刊》850 份，《論語》750 份，《人間世》380 份，《文學》與《文學季刊》各 370 份，《人言週刊》360 份，《青年界》300 份，《太白》250 份，《讀書生活》230 份，《東方雜誌》200 份，《申報月刊》80 份，《文化建設》30 份。

76　1934 年 9 月 16 日《論語》49 期「群言堂」。

77　姚穎，生卒年月不詳，國民黨高官王漱芳（1901-1943）之妻，王1932 年始任南京市政府秘書長。（見黃季陸編《革命人物志》第三集「王漱芳」條，台北：1969.）姚穎是《論語》主要作者，被喻為「論語八仙」中的何仙姑，其「京話」亦即南京通信，所談多關於南京市政以及達官要人的言行。林語堂對姚穎及其專欄「京話」極為推崇，他認為「京話」是《論語》最出色的專欄，姚穎女士也「是能寫幽默文章談言微中的一人」。（〈姚穎女士說大暑養生〉）「論語八仙」的說法不一，一說是林語堂、周作人、老舍、老向、老談（何容）、姚穎、大華烈士（簡又文）、黃嘉音，另一說是海戈和陶亢德兩人取代何容和黃嘉音，另還有一說是林語堂、周作人、老

舍、姚穎、大華烈士、俞平伯、豐子愷、郁達夫。參見施建偉：《林語堂在大陸》，北京十月文藝出版社，1991，第 331 頁。

78　姚穎：〈我與《論語》〉，1934 年 11 月 1 日《論語》第 44 期。

79　「論語與我」之十一，1934 年 12 月 1 日《論語》第 54 期。

80　有意思的是，在當時許多學校都把《論語》列為禁書。一位軍校學生稱在他們那所「中國最革命的學校」裡，「《論語》是和赤化書籍同樣被禁止閱讀」，犯禁者要被關禁閉。（《論語》第 59 期「我與《論語》」之十）而江蘇的一位中學生說，自己是聽了校長的訓詞才知道有這麼一份刊物，並從此愛上了它。那位校長在訓詞中稱《論語》是麻醉青年意志的幽默雜誌的代表。1934 年 12 月 1 日《論語》第 54 期，「論語與我」，署名斐如。

81　1931 年末上海的白銀存底是二億六千六百萬，一年後增加到四億三千八百萬，1933 年達到五億四千七百萬，並於 1934 年 4 月達到五億九千四百萬的最高峰。參見【美】亞瑟・恩・楊格：《一九二七至一九三七年中國財政經濟情況》，第 230 頁。

82　張靜廬：《在出版界二十年》，上海雜誌公司，1938，上海書店 1984 年複印，第 157 頁。

83　比如《論語》半年 12 期合訂本，原紙型印刷，硬面精裝，售價僅 1 元。很多雜誌的售價都只有一兩角，相當的便宜。1934 年 6 月 1 日《現代》5 卷 2 期上的一篇文章〈文壇展望〉（署名編者）就認為雜誌的流行主要還是在價格便宜，「一本十三四萬字的書籍定價至少是一元，而包含字數同樣多的雜誌則僅有三角左右」。

84　茅盾認為雜誌的繁盛不僅有經濟和定價方面的因素，他另外舉出三個原因：一是讀者愛吃「消閒的零食」，而這種脾胃的養成卻主要是因為中國的「特別國情」不許有新鮮的「大魚大肉」供給讀者；二是出版商一窩蜂地追風；三是想辦雜誌的人非常多，各種各樣的人都想借著辦雜誌遂其目的。〈所謂「雜誌年」〉，原載 1934 年 8 月 1 日《文學》3 卷 2 號，《茅盾全集》第 20 卷，第 133-135 頁。

85　《新壘》（月刊）上有一篇文章這樣說，「創作幽默文學非格外有閒不可，否則，就不能語妙幽默──事實如此，無容（庸）證明。而先要有格外有閒的一群，才能產生幽默文學，就更是事實。故所謂幽默文學，實即為有閒文學。」這裡所謂的「有閒的一群」其實就是新式的市民階層。威廉：〈文藝咖啡〉，1933 年 5 月 15 日《新壘》（月刊）第 5 期。

86　1935 年 3 月 1 日《論語》第 60 期，「我與《論語》」之十六，署名張惟德。

87　1934 年 12 月 16 日《論語》第 55 期。

88　1935 年 1 月 16 日《論語》第 57 期，署名沈琴。

89　一位讀者就這樣說：「我尤喜歡《論語》不以救國為己任。」1935
　　年 3 月 1 日《論語》第 60 期，署名文幽。

90　廣五：〈《論語》讀法 ABC〉，1934 年 4 月 1 日《論語》第 38 期。

91　魯迅：〈「論語一年」〉，《魯迅全集》第 4 卷，第 570 頁。

92　賀玉波：〈中國新文藝運動及其統制政策〉，1934 年 8 月 1 日《前
　　途》2 卷 8 號「文化統制專號」。茅盾把《良友畫報》等文畫並茂
　　的刊物稱為「軟性中最軟性的讀物」，是「頹廢的醉生夢死的小市
　　民」所特別喜歡的「狂亂的刺激的低級趣味的『奢侈的藝術品』」。
　　〈奢侈的消閒的文藝刊物〉，原載 1935 年 3 月 1 日《文學》4 卷 3
　　號，《茅盾全集》第 20 卷，第 412-414 頁。

93　魯迅在給台靜農的信中說：「北平諸公，真令人齒冷，或則媚上，
　　或則取容，回憶五四時，殊有隔世之感。《人間世》我真不解何苦
　　為此，大約未必能久，倘有被麻醉者，亦不足惜也。」（1934 年 5
　　月 10 日）（《魯迅全集》第 12 卷，第 406 頁）魯迅所齒冷的正是
　　《人間世》上鬧得沸沸揚揚的周作人的〈五十自壽詩〉風波。

94　林語堂自言《人間世》專意在提倡一種「娓語式筆調」。所謂「娓
　　語式筆調」，也就是西洋小品的「個人筆調」（personal style）或
　　「閒談體」（familiar style），「此種文字認讀者為『親熟的』（fam-
　　iliar）故交，作文時略如良朋話舊，私房娓語。此種筆調，筆墨上極
　　輕鬆，真情易於吐露，或者談得暢快忘形，出辭乖戾，達到如西文
　　所謂『衣不鈕扣之心境』（unbuttoned moods）。」〈論小品文筆
　　調〉，1934 年 7 月 5 日《人間世》第 6 期。

95　張夢麟：〈一年來的中國文學〉，1935 年 1 月 10 日《新中華》3 卷
　　1 期。

96　漠野：〈論小品文雜誌〉，1934 年 10 月 1 日《華北月刊》2 卷 3 期。

97　「徵求『亡國大夫研究』文稿啟事」，1933 年 7 月 15 日《汗血月
　　刊》1 卷 4 號。

98　〈亡國大夫亡國文人〉，1933 年 12 月 15 日《汗血月刊》2 卷 3 號。

99　同上注。

100　在同一時期，我們分明還可以看到知識份子和南京國民政府關係融

洽的合作，比如翁文灝領導的國防設計委員會和資源委員會就組織
了一批傑出的專家和學者來為政府服務。1935 年翁文灝、蔣廷黻、
吳鼎昌、張嘉璈、王世傑等著名學者入閣，更是標誌著政府與非共
產黨知識份子關係的和解與融洽。

101 「國民黨上海市黨部致中央執行委員會呈（11 月 21 日）」，《中
華民國史檔案資料彙編》第五輯第一編「文化」（一），南京：江
蘇古籍出版社，1994，第 348 頁。

102 邵元沖在致國民黨中央秘書處公函中稱：電影檢查委員會的檢查委
員都為兼職，且又不懂外語，對電影實無力作切實之批評，以致所
謂的檢查常常是草草了事。《中華民國史檔案資料彙編》第五輯第
一編「文化」（一），南京：江蘇古籍出版社，1994，第 354-355
頁。

103 胡適：〈個人自由與社會進步〉，原載 1935 年 5 月 12 日《獨立評
論》第 150 號，《胡適文集》第 11 卷「胡適時論集」，歐陽哲生
編，北京大學出版社，1998，第 588 頁。

104 胡適：〈汪蔣通電裡提起的自由〉，原載 1934 年 12 月 9 日天津《大
公報》「星期論文」，又載 1934 年 12 月 16 日《獨立評論》第 131
號。《胡適文集》第 11 卷「胡適時論集」，第 524 頁。

105 張佛泉：〈個人自由與社會統制〉，1935 年 7 月 22 日《國聞週報》
第 12 卷 28 期。

106 張佛泉：〈論統制之宜審慎〉，1935 年 8 月 19 日《國聞週報》第
12 卷 32 期。

107 蕭作霖：〈文化統制與文藝自由〉，1934 年 8 月 1 日《前途》2 卷
8 號「文化統制專號」。

108 胡適也慨歎道「今日各省與中央之間的維繫實在是很薄弱。不是要
錢，不是告急，各省都不感覺中央的需要」，他認為政治上的統一
是亟需建立的。〈政治統一的意義〉，《胡適文集》第 11 卷「胡適
時論集」，第 489 頁。

109 參見《劍橋中華民國史》第 2 部，上海人民出版社，1992，第
163-166 頁。

110 蔣廷黻當時提出了一個著名的觀點：「政權不統一，政府不能好。」
他認為中國必須要有一個強有力的中央政府，「縱使它不滿人望」，
也「比有三四個各自為政的好，即使這三四個小朝廷好像都是勵精
圖治的。」〈知識階級與政治〉，1933 年 5 月 21 日《獨立評論》
第 51 期。

111 葛蘭西：《獄中札記》，北京：中國社會科學出版社，2000，第
223-224 頁。

112 葛蘭西：《獄中札記》，第 224 頁。

113 〈中國無產階級革命文學的新任務〉，1931 年 11 月 15 日《文學導
報》1 卷 8 期。

114 同上注。

115 〈關於『左聯』目前具體工作的決議〉（1932 年 3 月 9 日秘書處擴
大會議通過），《文藝大眾化問題討論資料》，文振庭編，上海文
藝出版社，1987，第 4-5 頁。

116 《大眾文藝》2 卷 3 期和 2 卷 4 期分別發過關於大眾文藝的兩組筆
談，參加討論的有魯迅、郭沫若、沈端先（夏衍）、鄭伯奇、陶晶
孫、馮乃超、王獨清、郁達夫、柔石、潘漢年、戴平萬、洪靈菲、
王一榴、余慕陶、孟超、華漢（陽翰笙）、周全平、錢杏邨、畫室
（馮雪峰）、穆木天等人。

117 即第二次國際革命作家代表會議，在這次會議上，決定將革命文學
國際局改名為國際革命作家聯盟，中國的「左聯」被吸收為聯盟成
員。

118 〈國際革命作家聯盟對於中國無產文學的決議案〉，1931 年 11 月
15 日《文學導報》1 卷 8 期。

119 《文學導報》1 卷 8 期上發表了署名黃達的〈最近的蘇聯文學〉，
文中聲稱蘇聯全國有「五萬七千個工人俱樂部，沒有一處沒有文學
研究會和戲劇研究會的活動。每星期十五個銅子的《小說新聞》，
《工廠新聞》，《壁報》這些都由工廠裡的工人們撰稿。三十萬人
的工廠通信員和農村通信員，大規模的生產著直接地批判政治和生
產的作品。」

120 參見郭沫若：〈新興大眾文藝的認識〉，1930 年 3 月《大眾文藝》
2 卷 3 期。《文藝大眾化問題討論資料》，第 10 頁。

121 〈吳奚如回憶「左聯」大眾化工作委員會的活動〉，《文藝大眾化
問題討論資料》，第 401-403 頁。

122 參見李初梨：〈怎樣地建設革命文學〉，1928 年 2 月《文化批判》
第 2 號。

123 魯迅：〈文藝的大眾化〉，《文藝大眾化問題討論資料》，第 17-18
頁。《魯迅全集》第 7 卷，第 350 頁。

124 〈通俗文藝運動計畫書〉（1932 年 8 月 25 日），國民黨中央宣傳委員會制定，《中華民國史檔案資料彙編》第五輯第一編　文化（一），南京：江蘇古籍出版社，1994，第 321 頁。

125 〈中央宣傳委員會文藝宣傳工作報告〉，《文藝宣傳會議錄》，國民黨中央宣傳委員會編印，1934.

126 同上注。

127 宋陽（瞿秋白）：〈大眾文藝的問題〉，《文藝大眾化問題討論資料》，第 54-56 頁。

128 憶初：〈民族主義的文藝方法論〉，《民族文藝論文集》，吳原編，杭州正中書局，1934，第 24-24 頁。

129 上游：〈民俗文學與民族主義的文學〉，1934 年 10 月 15 日《黃鐘》5 卷 5 期。

130 尚由：〈三民文學〉，1934 年 11 月 15 日《黃鐘》5 卷 7 期。

131 柳絲：〈大眾文學與民族主義文學〉，1934 年 11 月 30 日《黃鐘》5 卷 8 期。

132 同上注。

133 持這一觀點的著名學者有易勞逸和科布林。易勞逸認為國民黨的政權是一個沒有任何社會基礎而完全靠軍事力量支撐的「自主政體」。在 1927 年以後，國民黨已失去了往日革命政黨的性質，腐敗成為國民黨統治集團的特徵。這個政權不代表任何社會集團的利益，當然也就得不到任何社會力量的支援。參見《流產的革命》以及《劍橋中華民國史》第二部第 3 章「南京時期的國民黨中國（1927-1937）」。
科布林通過對江浙資本家和南京政府關係的研究，也指出國民黨既不代表資本家的利益，也不代表任何城市社會階級的利益。因此，不論是資本家還是其他城市集團，都不是國民黨的社會階級基礎。參見帕克斯‧M‧小科布林：《江浙財閥與國民政府（1927-1937）》，蔡靜儀譯，天津：南開大學出版社，1987。

134 齊錫生指出，從南京時期起，國民黨「已經逐漸成為以城市為基礎的政治運動，主要在東南沿海省份樹立自己的地位。它較多地是從教育程度較高的現代階層（政府職員、商界或學生）而不是其餘階層中吸收黨員。」齊錫生：〈國民黨的性質〉（上），《國外中國近代史研究》第 26 輯，北京：中國社會科學出版社，1994，第 58 頁。

135 參見裴宜理（Elizabeth J. Perry）：*Shanghai on Strike: The Politics of Chinese Labor*，中文可參見裴宜理：〈中國近代史上的民眾反抗與政治進步〉，收入《中國現代化問題──一個多方位的歷史探索》，汪熙、魏斐德主編，上海：復旦大學出版社，1994.

136 保甲制度是實現這一目標的重要的制度手段。保甲制正式恢復是在1929年，隨著「剿匪」的深入，保甲制首先在原來的「匪區」即江西、湖北、安徽和河南等省份得到恢復，到1934年11月，才擴展到全國。《汗血月刊》曾組織過「民團保甲研究專輯」（1933年9月15日1卷6號），刊頭文章〈國家組織力的基點〉認為，要救中國必須「先從『組織』上著想」，「現在要把中國成為有組織的國家，……必須從農村中整個的培養其守秩序，負責任的習慣。這種基礎，必在民團保甲上去著手進行。民團保甲是基本的國家組織，也是最好的使人民接受組織習慣的方法。」

137 上海市黨部對執行〈通俗文藝計畫書〉不力解釋道：「對於所頒辦法，頗覺無從進行，蓋出版通俗文藝刊物（文字或圖畫）本屬易事，但查該項運動之對象，應以農工群眾下層階級為主體，而農工群眾下層階級識字者十無一二，縱有大量圖畫之產生，收效亦鮮。復查若輩之日常生活，好動不好靜，每日工作之餘，除飲食睡眠外，常好觀聽俚語歌劇戲曲，若大鼓彈詞本灘簧對口相聲等，此種俚語歌曲，雖一無足取，惟靡靡之音，固足以舒散若輩疲倦之精神也。」「上海市黨部提案：促進通俗文藝運動案」，《文藝宣傳會議錄》，1934。

138 江西省有江西文藝社，發行《民鋒》（半月刊），後停刊，另發行通俗文藝一種（未詳）；浙江有民間文藝社，發行《民間文藝》（週刊）及《國光週報》；雲南有昆湖文藝社；甘肅發行有《民間生命線》。參見〈中央宣傳委員會文藝宣傳工作報告〉，《文藝宣傳會議錄》，國民黨中央宣傳委員會編印，1934。

139 〈漢口市黨部文藝宣傳工作報告〉，《文藝宣傳會議錄》。

140 蔣介石所作的幾次相關的演講分別是：〈教養衛〉（1934年2月12日），〈新生活運動之要義〉（2月19日），〈新生活運動之中心準則〉（3月5日），見《先總統蔣公全集》第2卷，張其昀主編，台北：中國文化大學出版部，1974，第803-815頁。

141 關於新生活運動與法西斯主義的關係，柯偉林和易勞逸都有相關的論述，比如易勞逸就認為「新生活運動是蔣介石和藍衣社試圖把他們的精神──法西斯精神──輸入中國人民中間的嘗試之一。」（《流產的革命》第84頁）柯偉林的更加精彩的論述參見《蔣介石政府與納粹德國》，第214-225頁。

142 蔣介石：〈新生活運動之要義〉，《先總統蔣公全集》第2卷，第

809 頁。

143 「請中央推進民眾文藝運動案」，《文藝宣傳會議錄》。

144 「加緊通俗文藝宣傳」，《文藝宣傳會議錄》。

145 「推進民族歌曲初步計畫案」，《文藝宣傳會議錄》。

146 「請中央推進民眾文藝運動案」，《文藝宣傳會議錄》。

147 宋陽（瞿秋白）：〈大眾文藝的問題〉，《文藝大眾化問題討論資料》，第 59 頁。

148 史鐵兒（瞿秋白）：〈普洛大眾文藝的現實問題〉，《文藝大眾化問題討論資料》，第 51-52 頁。

149 刊載 1931 年 9 月 28 日出版的《文學導報》1 卷 5 期上。

150 《中華民國史檔案資料彙編》第五輯第一編「文化」（一），第 26-28 頁。

151 〈國民黨中央文化事業計畫綱要〉（1936 年 4 月 2 日），《中華民國史檔案資料彙編》第五輯第一編「文化」（一），第 28-30 頁。

152 〈陳立夫關於中央文化事業計畫委員會成立以來工作狀況的報告〉，《中華民國史檔案資料彙編》第五輯第一編「文化」（一），第 31-37 頁。

153 〈民眾讀物改進方案〉，《中華民國史檔案資料彙編》第五輯第一編「文化」（一），第 57-63 頁。

154 「國民黨中央民眾訓練部屠方義簽呈」（一），《中華民國史檔案資料彙編》第五輯第一編「文化」（一），第 63-64 頁。

155 參見〈民間圖畫改良委員會組織章程〉，《中華民國史檔案資料彙編》第五輯第一編「文化」（一），第 331-332 頁。

156 參見〈國民黨中央文化事業委員會推進美術事業計畫書〉，《中華民國史檔案資料彙編》第五輯第一編「文化」（一），第 332-336 頁。

157 《中國戲曲志‧浙江卷》，中國 ISBN 中心出版，1997 年，第 24 頁。

158 《中國戲曲志‧浙江卷》，第 45-46 頁。

159 見 1929 年《新漢口》第二卷，轉引自《中國戲曲志‧湖北卷》，北

京：文化藝術出版社，1993 年，第 608-609 頁。

160 見 1933 年 3 月 13 日《武漢日報》，轉引自《中國戲曲志‧湖北卷》第 609-610 頁。

161 《中國戲曲志‧廣西卷》，中國 ISBN 中心出版，1995，第 15 頁。

162 《中國戲曲志‧江西卷》，中國 ISBN 中心出版，1998 年，第 34 頁。並參見該卷《傳記》中「裘德煌」條，第 812 頁。

163 關於通俗文化的各種不同定義，可參看【英】約翰‧斯道雷：《文化理論與通俗文化導論》第一章「什麼是通俗文化？」，南京大學出版社，2001，第 7-22 頁。

164 參見：Graeme Turner, *British Cultural Studies: An Introduction*, Second Edition, Routledge, 1996. 6.

165 梁啟超：〈論小說與群治之關係〉，《飲冰室合集》第 2 冊，「飲冰室文集之十」，第 6 頁。

166 箸夫：〈論開智普及之法首以改良戲本為先〉，《芝罘報》第 7 期（1905），轉引自葉長海：《中國戲劇學史稿》，上海文藝出版社，1986，第 517 頁。

167 天僇生：〈劇場之教育〉（1908），《月月小說》第 2 卷第 1 期。轉引自葉長海：《中國戲劇學史稿》，上海文藝出版社，1986，第 517 頁。

168 三愛（陳獨秀）：〈論戲曲〉（1904），《安徽俗話報》第 11 期。另有文言文本發表於《新小說》第 2 卷第 2 號。

169 周作人：〈論中國舊戲之應廢〉，《新青年》5 卷 4 期。

170 上海「前鋒社」也曾對舊劇進行過批評。襄華就認為舊劇之不合理早已使其失去了戲劇的意義。象男旦、「怪聲怪氣的歌唱」都是舊劇的致命傷，臉譜、嗓子、台步、武把子、唱工、鑼鼓、馬鞭子、跑龍套等，無一不是封建制度下的遺留物，「為中國人極可恥的保守性的象徵」。舊劇代表的忠君、利祿、迷信鬼怪、頹廢和出世、誨淫誨盜、下流的滑稽、男尊女卑這七種思想也「都是封建的、傳統的、卑賤的、下流的產物，必須予以摧毀、剷除。」襄華：〈民族主義的戲劇論〉，《前鋒週報》第 21 至 25 期連載。

171 〈民俗改善運動大綱〉和〈宣導民間善良習俗實施辦法〉的具體內容，見《中華民國史檔案資料彙編》第五輯第一編「文化」（一），第 441-448 頁。

172 貝內特（Tony Bennett）：〈通俗文化和對葛蘭西的熱衷〉，轉引自《文化理論與通俗文化導論》，第 15-16 頁。

173 京劇表演家周信芳對政府的舊戲改革也頗為不滿。他說舊戲自辛亥以來即企圖改革，但一直沒有結果。北伐以後，改革意志雖然強起來，也還是沒有定出具體辦法。戲曲檢查會只有消極的限制而無積極的指導，而且檢查的標準也不統一，常常有在甲地能演的戲到乙地去卻不能演，也有用原來劇名不能演的戲換一個名字卻又能演。象〈思凡〉、〈下山〉被禁演，但改稱〈夕陽橋〉卻又能演。而〈思凡〉、〈下山〉實在有反封建反禮教的意思，不知為何要禁演。他認為應該有一個可以遵行的標準才行。見田漢：〈抗戰與戲劇〉，《田漢文集》第 15 卷，北京：中國戲劇出版社，1983，第 32-33頁。

174 參見【英】約翰‧斯道雷：《文化理論與通俗文化導論》，第 169頁。

175 天狼：〈一九三二年中國文壇之回顧〉，1933 年 1 月 10 日《新壘月刊》1 卷 1 號。

176 其他三種文學主潮是左翼文藝、第三種人的文學和幽默文學。見李長之：〈一年來的中國文藝〉，1935 年 1 月 1 日《民族》3 卷 1 期。

177 裘柱常：〈明日底文學〉，1932 年 4 月 25 日《矛盾月刊》「發動號」。

178 潘子農：〈從發動到今朝〉，1934 年 2 月 1 日《矛盾月刊》2 卷 6期。

179 潘子農：〈從發動到今朝〉。

180 1933 年 11 月 1 日《矛盾月刊》2 卷 3 期，「讀者‧作者‧編者」。

181 潘子農：〈文藝政策〉，1934 年 4 月 15 日《矛盾月刊》3 卷 2 期。

182 爾雅：〈最近文壇之巡閱〉，1933 年 3 月 1 日《流露》（半月刊）3 卷 1 期。

183 慧林：〈信〉，1933 年 3 月 1 日《流露》（半月刊）3 卷 1 期。

184 凡夫：〈流露劇社公演觀後〉，1933 年 5 月 31 日《流露》（半月刊）3 卷 2、3 合期。

185 卜少夫：〈咱們公演後〉，1933 年 5 月 31 日《流露》（半月刊）3卷 2、3 合期。

186 當時有人批評《流露》「像個和善的老婆婆」，「一個怎説怎好的
和善的老太婆」，「自創始到現在沒有嚷叫什麼，只是『流露……
流露……流露著！』」。鐵君：〈衰老的南京文壇〉，1933 年 12 月
1 日《新壘》（半月刊）1 卷 7 期。

187 林國材：〈一九三四年世界文壇的總清算〉，1935 年 2 月《華北月
刊》3 卷 1 期。林是《華北月刊》的編輯之一。

188 南生：〈再論民族文藝〉，1935 年 2 月《華北月刊》3 卷 1 期。

189 索之：〈問人間何世〉，1934 年 9 月 1 日《華北月刊》2 卷 2 期。

190 漠野：〈論小品文雜誌〉，1934 年 10 月 1 日《華北月刊》2 卷 3 期。

191 蕭作霖：〈文化統制與文藝自由〉，1934 年 8 月 1 日《前途》2 卷
8 號「文化統制專號」。

192 「徵稿啟事」，1933 年 7 月 15 日《汗血月刊》1 卷 4 期。

193 池田孝：〈一九三〇—三四年中國文學的動向〉，1935 年 2 月《華
北月刊》3 卷 1 期。

194 林國材：〈一九三四年世界文壇的總清算〉，1935 年 2 月《華北月
刊》3 卷 1 期。

195 李長之：〈一年來的中國文藝〉，1935 年 1 月 1 日《民族》3 卷 1
期。

196 焰生：〈新壘漫話〉，《新壘》（月刊）1 卷 5 期。

197 焰生：〈新的壁壘〉，1933 年 1 月 10 日《新壘》（月刊）1 卷 1 期。

198 持大：〈文藝與黨派〉，1933 年 5 月 15 日《新壘》（月刊）1 卷 5
期。

199 焰生：〈關於文藝的幾個問題之討論〉，1933 年 6 月 15 日《新壘》
（月刊）1 卷 6 期。

200 （彭）榮楨：〈文學派別之產生及其對壘〉，1933 年 1 月 10 日《新
壘》（月刊）1 卷 1 期。

201 《文藝宣傳要旨》，中國國民黨中央執行委員會宣傳部編印，1936
年 12 月。

202 何 1931 年前後在兩廣從事話劇運動，曾任廣西省黨部編譯委員兼樂
群社副總幹事，主編《南方雜誌》和《廣西青年週刊》。後轉至上

海支持文藝茶話會的戲劇工作，曾組織公演〈茶花女〉、〈嬰兒殺
戮〉、〈父歸〉、〈咖啡店之一夜〉、〈屏風後〉等劇。

203　劉百川：〈開張詞〉，《民族文藝月刊》第 1 號（1937 年 1 月 15
日）。

204　何勇仁：〈論自由創作動向〉，《民族文藝月刊》第 1 號（1937 年
1 月 15 日）。

205　何勇仁：〈中學國文教員的聯合戰線〉，《民族文藝月刊》第 1 號
（1937 年 1 月 15 日）。

206　司徒宣：〈讀了《中學國文教員的聯合戰線》以後〉，《民族文藝
月刊》第 1 號（1937 年 1 月 15 日）。

207　梅南：〈回應《中學國文聯合戰線》〉，《民族文藝月刊》第 1 號
（1937 年 1 月 15 日）。

208　劉百川：〈民族戲劇之建設〉，《民族文藝月刊》第 3 號（1937 年
3 月 15 日）。

209　這兩個獨幕劇都發表在《民族文藝月刊》第 3 號上，〈匪區之夜〉
是何與狄克合作的。

210　費力夫：〈創刊辭〉，《火炬》1 卷 1 期（1937 年 2 月 1 日）。

211　佛玄：〈民族文藝的使命〉，《火炬》1 卷 2 期（1937 年 2 月 11
日）。

212　草心：〈關於「民族文藝」〉，《火炬》1 卷 2 期（1937 年 2 月 11
日）。

213　佛玄：〈民族文藝的使命〉，《火炬》1 卷 2 期（1937 年 2 月 11
日）。

214　飛絮：〈民族文藝的本質〉，《火炬》1 卷 4 期。

215　王平陵：〈什麼是民族文藝？〉，《火炬》1 卷 10 期（1937 年 5 月
12 日）。

216　王平陵致費力夫信，《火炬》1 卷 4 期。

217　翼風：〈新的事實必須運用新的方式表現——《長城》讀後感〉，
《火炬》1 卷 6 期。

218　見胡紹軒：〈《文藝》月刊出版始末記〉，《武漢文學藝術史料》

第 3 輯，武漢市文聯文藝理論研究室編，1986。第 76-77 頁。

219 魏韶蓁：〈本刊一周年紀念卷首獻辭〉，1936 年 4 月 1 日《文藝》3 卷 1 期。

220 一怒：〈民族主義的文學略論〉，1936 年 6 月 1 日《文藝》3 卷 2 期「非常時期的文學專號」。

221 「前言」，《奔濤》第 1 期（1937 年 3 月 1 日）。

222 公爽：〈文藝界的淨化〉，《奔濤》第 1 期（1937 年 3 月 1 日）。

223 劉念渠：〈論文學通俗化及其寫作〉，《奔濤》第 9 期（1937 年 8 月 1 日）。

224 胡紹軒：〈忠勇的船主〉，《奔濤》第 1 期（1937 年 3 月 1 日）。

225 宗秉新：〈塔〉，《奔濤》第 2 期（1937 年 3 月 16 日）。

226 魏韶蓁：〈遺恨〉，《奔濤》第 4 期（1937 年 4 月 16 日）。

第五章
抗戰建國與文藝政策

第一節　文藝：入伍與下鄉

　　1937 年 7 月 7 日「蘆溝橋事變」爆發後，中國進入了全面抗戰的時期。9 月 22 日，國民黨中央通訊社公佈了《中國共產黨為公佈國共合作宣言》，中共在宣言中承認了三民主義並表示願為其徹底實現而奮鬥，並承諾取消蘇維埃政府名義以及一切推翻國民黨政府的暴動政策，把紅軍改編為國民革命軍。次日，蔣介石發表談話，對中共表示願「開誠接納」，至此長達十年的國共之間的武裝對抗宣告結束。國共兩黨在共赴國難的政治基礎上的和解為文藝上統一戰線的形成奠定了基礎。

　　1937 年 12 月 31 日，中華全國戲劇界抗敵協會在武漢成立，張道藩、田漢、陽翰笙等被選為理事。1938 年 1 月 29 日，中華全國電影界抗敵協會也宣告成立。緊接著，包容國共兩黨作家、藝術家以及其他無黨派文藝人士的中華全國文藝界抗敵協會於 1938 年 3 月 27 日在武漢正式成立，「文協」的成立標誌著全國文藝界實現了空前的團結，至少是暫時消除了主要因國共兩黨的鬥爭而引起的文藝界內部的長期的分裂和敵對。[1]「文協」的機關刊物《抗戰文藝》的發刊詞號召全國文藝工作

者「爲著鞏固文藝的國防，首先強固起自己營陣的團結，清掃內部一切糾紛和摩擦，小集團觀念和門戶之見，而把大家的視線一致集注於當前的民族大敵」，同時認爲要「把文藝運動和各部門的文化的藝術的活動作密切的機動的配合，謀均衡的普遍的健全的發展」，「要把整個的文藝運動，作爲文藝的大眾化的運動，使文藝的影響突破過去的狹窄的知識份子的圈子，深入於廣大的抗戰大眾中去！」[2] 這實際上闡明了「文協」的基本宗旨和任務。1938 年 4 月 1 日，國民黨軍事委員會政治部第三廳在武漢建立，政治部主任陳誠力邀郭沫若擔任廳長，陽翰笙、田漢、洪深等人也擔任了相應的職務。[3] 第三廳具體負責戰時全國的宣傳和組織發動工作，作爲一個直屬於軍委會政治部、每月經費達 6 萬元的重要機構，[4] 第三廳彙集了全國各界的文化人士，它的成立表明文藝界確實已在很大程度上達成了團結。[5]

　　大批左翼文化人的加入，給國民黨政府的文化機構增添了許多活力，各項文化工作也開展得有聲有色。這在抗戰初的武漢時期表現尤爲突出。政治部第三廳成立後的主要工作就是開展各種形式的宣傳活動，激發民眾和士兵的抗日救國的熱情。在成立不到兩個月的時間裡，第三廳就組織或參與了一些大型宣傳活動，其中包括 1938 年 4 月 7 日至 13 日的武漢各界第二期抗戰擴大宣傳周和 5 月 3 日至 9 日的雪恥與兵役擴大宣傳周。這些宣傳活動組織得相當成功，充分運用了標語、美術、戲劇、電影、歌詠等多種藝術形式。就以雪恥與兵役擴大宣傳周來說，在文字宣傳方面，共散發了 20 萬份包括宣傳大綱、告同胞書、傳單、標語等各類宣傳品，在漢的各大報社紛紛刊發了「雪恥與兵役宣傳特刊」，街頭貼滿了各種壁報宣傳畫，

散發了兩種連環畫小冊子《王老五當兵打鬼子》和《從軍樂》，電影院放映〈台兒莊戰績〉等抗戰影片，並組織戲劇宣傳隊和化裝宣傳隊赴傷兵醫院以及武漢街頭和附近鄉村演出。此外，還製作了諸如〈壯丁好〉、〈當兵去〉、〈戰時兒童教育歌〉等新歌，分發於城市和鄉村中，同時組織歌詠大會和數十個歌詠團隊，分赴農村進行宣傳。[6] 第三廳在成立後的一年多時間裡做了大量工作，其主要工作包括制定各種宣傳綱要（如戰地宣傳綱要、兵役宣傳綱要、民眾宣傳綱要等）和宣傳計畫，編印中央各級長官的演講錄和中央各種文件、叢書，組織訓練抗敵宣傳隊、演劇隊派赴各戰區工作，拍攝抗戰影片和幻燈片，印發各種宣傳品（傳單、宣傳大綱、小冊子、專冊、特輯、標語、畫幅、畫冊、歌譜、歌集、壁報、畫報、地圖、劇本等），等等。[7] 第三廳開展的各類宣傳活動激勵、鼓舞了全國軍民抗敵的意志和決心，其成績是比較突出的。

「文協」雖然是一個民眾團體，但由於其常務理事中有邵力子、葉楚傖、張道藩等國民黨高級官員以及華林、王平陵、老向等國民黨文藝人士，馮玉祥還擔任其下設的通俗文藝工作委員會召集人，因此得到了國民政府的資助，每月從政府領取經費（中宣部 500 元，軍委會政治部 500 元，教育部 200 元，後略有增加），而且得到了國民黨中央社會部的批准、備案並接受部分指導。[8]「文協」和政府有關機構的聯繫比較密切，常常承擔中宣部和政治部有關宣傳文字的製作，接受中宣部和教育部委託的一些任務，比如受中宣部之托編制民眾遊藝指導法[9] 受教育部所托，開辦通俗文藝講習會[10] 等等。正是由於和政府之間有著這種委託和協作的關係，「文協」曾被指責為「御用」機關。面對這種指責，老舍表示「我們只知道盡力於抗戰

和與政府合作，是我們的天職；而我們的團體是有它存在的價值的。」[11]1942 年，老舍在一次演講中更是明白指出「文協」是「絕對受政府的支配，補助。受政府的委託，做政府要做的事。如在武漢時，文協受政府委託為民眾軍隊編寫許多讀物。到重慶後組織訪問團，到前線去考察，收集抗戰史料。政府予以補助及方便。」[12] 與政府之間的良好的關係，使得「文協」在某種程度上與政治部第三廳一樣，成了抗戰前期國民政府所依賴的主要的文化活動機構。

在 1941 年皖南事變發生之前，國民政府在文藝上的活動和工作基本上是依託於政治部第三廳和「文協」而展開的，而他們工作的重心之一就是利用文藝為抗戰服務，即組織訓練各種宣傳隊、演劇隊，深入前線和鄉村，激勵戰士英勇殺敵，發動群眾一致抗戰。這也就是通常所說的「文章入伍，文章下鄉」。1938 年 3 月，全國政工會議議決各師旅政訓處都應組建隨軍抗敵劇團，「以增強宣傳工作效能」。[13] 但事實上由於軍隊經費和文藝人才的缺乏，部隊自身並沒有能力組建劇團，[14] 只有依靠政治部第三廳，由其統籌安排。所以，在抗戰時期，深入部隊前線、表現最活躍的文藝宣傳隊伍基本上都直屬於政治部。在統一整編之前，附屬於政治部的演劇團隊達 800 餘個，[15] 後整編成 10 個演劇隊、4 個宣傳隊、3 個電影放映隊，以及孩子劇團和政治部特約的新安旅行團，分赴各戰區進行演劇宣傳。從抗敵宣傳隊第三隊第一分隊的一份工作報告，我們可以得知他們的工作主要是安撫民眾，慰勞將士，採訪報導前方將士的英勇事蹟，用文字或圖畫的形式作擴大宣傳，此外也做一些軍民協調的工作。[16]

在政治部下屬的文藝團隊中，抗敵演劇第一和第二隊表現

較爲突出。演劇一二隊的前身是上海救亡演劇三四隊，八一三
滬戰爆發後，曾在京滬一帶開展演劇宣傳，著名的「好一記鞭
子」（即〈三江好〉、〈最後一計〉、〈放下你的鞭子〉）就
是它們的拿手節目。不久，救亡演劇三四隊被收編爲軍委會政
訓處抗敵劇團，由南京經蕪湖、安慶、九江等地撤退到武漢。
政治部成立後，改稱軍委會政治部抗敵劇團。台兒莊大捷之
後，劇團奉令赴徐州前線勞軍，卻不意陷入敵軍包圍圈，艱苦
突圍之後才回到上海，經由香港、廣州返回武漢。1938 年 9 月
初，抗敵劇團被編爲抗敵演劇隊第一二隊，赴第二兵團防區大
冶、陽新等地。政治部撤至長沙，演劇一二隊奉赴湘西，長沙
大火後又奉調回長沙參加火災救濟。其後，演劇一二隊開至第
四戰區，一隊改稱「第四戰區抗敵藝術宣傳隊」。在第四戰
區，他們除了赴兩廣前線各地進行慰勞演出之外，也積極參與
了地方政府的組織發動工作。如南寧收復後，他們與演劇九隊
一起組織由第四戰區各青年團體參加的青年聯誼會，開赴收復
區進行工作，消除當地「義民」和「順民」之間的矛盾，組織
青年座談會、婦女識字班、兒童歌詠隊等，還幫同縣政府辦政
治訓練班。有感於當地文化的落後，他們還辦起了圖書館，組
織青年音樂訓練班，召集各部隊團連指導員政治隊員、機關及
商店職員、學生軍團團員及中學生參加，又在《曙光報》每期
出「音樂與戲劇」。此外，他們還搜集、研究當地民間小調，
在此基礎上創作了諸如〈王老二當順民〉、〈皇軍的悲哀〉等
歌曲。1941 年 10 月，他們在柳州演出了曹禺的〈蛻變〉，對
戰區各級官員和公務員觸動很大。1941 年 12 月，他們赴中越
邊境的靖西龍州等地巡迴演出勞軍，在長年封閉的邊陲掀起了
演劇的熱潮。在三年多的時間裡，他們輾轉湖北、湖南、廣

東、廣西、福建、雲南等地，創作、演出了不少劇作，在部隊和地方上都產生了很大影響。活躍於第二戰區的演劇第三隊表現同樣出色，他們曾開入太行山敵後根據地，每次演出都將幕布與服裝道具馱上騾背，隊員除隨身行李與化妝品外，還背上槍，掛上手榴彈，冒著雨雪迂迴於大山峭壁之間。演劇三隊四年裡跋涉數萬裡，出入晉東南敵後，演劇 192 次，觀衆超過 21 萬以上，除了音樂戲劇外，還到處開展詩歌朗誦活動與美術展覽，並出版《一月間》與《藝術部隊》等定期刊物。[17]

在戰地文化工作方面做得比較出色而值得一書的還有「第五戰區文化工作委員會」。徐州失守以後，戰時書報供應所的錢俊瑞，全民抗戰社的胡繩，自由中國社的孫陵，反攻半月刊社的關夢覺等人開始籌建一個戰地文化工作團體。經過兩個多月的準備，於 1938 年 9 月下旬以「第五戰區文化工作委員會」，開赴鄂東從事戰地文化工作。文工會下設秘書處、研究設計部、軍民文化部、出版部等機構。研究設計部下分調查、徵集、研究三組，另附設一個資料室，主要負責徵集、調查各種戰時資料，並研討開展戰地文化工作的各種方案、計畫。出版部的主要工作是編輯出版報紙、雜誌和書籍，以供應戰地文化食糧。軍民文化部的主要工作則是以戰地軍民爲對象開展文化工作，在各地設立文化站、軍民俱樂部、識字班、補習學校、文化工作幹部訓練班、文化隊等，是委員會中最重要的一個部門。「第五戰區文化工作委員會」雖然是由文化人自發組建而成，但它隸屬於第五戰區司令長官部，每月領取五千元經費，而且其組織形式也採用了機關的形式，可以說是一個半官方的文化機構。由於委員會成立未久武漢即告失守，所以文工會眞正開展工作是在第五戰區移駐襄樊以後。爲了滿足戰地文

化工作的需要，他們選拔部分當地的知識青年，舉辦了戰地文化幹部訓練班，由文工會的工作人員講授三民主義、抗戰建國綱領、抗戰形式、國際問題、戰地文化教育工作、民眾運動等科目。在訓練期滿後，即把學員編為文化隊，或是分派各地組建文化站和軍民俱樂部。通過這種方式，文工會在短期內培訓了不少戰地文化工作幹部，為順利開展工作創造了條件。文化站、文化隊和軍民俱樂部是最重要的戰地文化機構。作為「固定於交通要鎮軍事重心的文化工作細胞組織」，文化站的工作內容相當多樣，如出版壁報和油印小報，設置書報閱覽室，舉辦兒童、農工、店員的識字班，舉行軍民聯歡大會，對民眾作時事報告等。有些地方還「隨時舉辦各種事業」，如谷城的軍民茶園（內設抗敵講座），石花街的保甲長講習會，草店的鄉紳座談會，均縣的青年補習班，青山港的碼頭工人休息室，樊城的碼頭工人識字班，張家灣、雙溝的傷兵招待所，雙溝的運輸隊擔架隊，石花街、雙溝的軍民問事處等等。由於文化站工作人員基本上是經過培訓的當地知識青年，所以文化站和當地政府以及鄉紳都建立了良好的關係，這使得文化站不僅是地方的文化娛樂中心，而且也是當地民眾運動的中心，「每一個紀念會和每一次徵募慰勞運動，大多都在文化站的主持與推動之下去進行的。」這樣的文化站在當時的鄂北共有 24 個。文化隊是流動的戰地文化工作團體，它用來補充文化站工作的不足。除了在所到各地出版壁報油印小報，散發宣傳品、書報雜誌等文化食糧，以及做一般的宣傳演劇工作之外，文化隊還幫助溝通文化站與文工會以及各文化站之間的聯繫，協助當地機關團體建立經常性的戰地文化工作，在必要時還協助當地訓練壯丁，辦理農民補習班等。文化隊還要跑到戰壕中去從事士兵

的文化教育工作，把文化食糧送到戰壕中，召開士兵聯歡會，演劇慰勞前線戰士。整個第五戰區共有 4 支文化隊，它們對戰區的文化工作特別是文化落後區域的文化工作的開展，起到了很大作用。軍民俱樂部則僅在戰區司令部所在地裏樊設立了一個。俱樂部擁有書報閱覽室以及乒乓球、籃球、網球以及棋類等設施，經常組織各種比賽和活動，每天都有抗敵講座，講演抗戰知識和做時事報告，每星期日舉行軍民聯歡會，演劇宣傳，更常利用節日組織民眾參加娛樂活動，此外還舉行過數次戰利品展覽，進行獻金、徵募寒衣等運動。[18]

從抗敵演劇隊以及第五戰區文工會的活動情況看，它們所承擔的任務和所起到的作用，實際上已經遠遠超出單純的文化宣傳的範圍，而和當地的基層政權組織緊密地結合在一起，通過文化教育來發動民眾、組織民眾，為戰區的抗敵工作打下廣泛的群眾基礎。其實在戰前，南京政府就已經認識到組織、動員底層民眾尤其是內地鄉村農民的重要性，《前途》等雜誌關於保甲制度和民團組織的一系列討論，以及通俗文藝運動以內地農村作為主要接受對象的政策等等，都表明了一種非常明顯的意圖，但是由於城市與鄉村的結構性斷裂，又加上南京政府對鄉村基層組織控制力薄弱，這種努力除了在所謂收復的剿匪區域確有一定成效之外，對其他廣漠的內地鄉村基本上沒有大的觸動。抗戰爆發後，隨著整個國家的政治、經濟、軍事和文化重心由東部沿海城市向內地傾移，一些長久以來掉落於國家的現代化進程之外的內陸鄉村也被捲進了戰爭之中，從而有機會接受到現代文化的薰染。由此，我們分明可以看到「文章入伍，文章下鄉」在客觀上起到了這樣一種作用，即對傳統的鄉村社會結構造成了衝擊，並通過對社會基層組織的組建，在一

定程度上把內陸鄉村社會納入到現代國家的政治文化生活之中，[19] 使得全民抗戰成為可能。[20]

　　文藝入伍下鄉的要求也使通俗文藝重新成為熱門話題。通俗文藝的問題從一開始就是文協關注的工作重心之一。他們認為，「前方軍事與後方民眾的讀物缺乏，成了極嚴重的問題。就民眾讀物言，通行的還是舊有的那些玉堂春與小大姐逛廟。這些東西絕對不會提高抗戰的精神。至於前方的軍士，據我們到徐州慰問的代表來信說，多去到民家借看彭公案等，而連這種小書也不易借到。」[21] 就怎樣編制士兵通俗讀物的問題，文協還舉行過一次座談會，大家認為士兵與民眾所需要的通俗讀物大體上應該是一致的，因為前線士兵多半是來自農村，當然在題材上也可以稍稍側重於表現尚武精神。至於是否應該利用舊形式，大家認為利用舊形式寫新作品在目前是必要的，「因為當前的政治任務是在爭取最廣大的群眾來參加抗日戰爭，所以藝術作品也必須採取為大眾所最熟悉的形式」。形式的新舊並不是問題所在，關鍵在於其內容是不是新的，以及其表現的方式夠不夠通俗。田漢還指出在推行通俗文藝的過程中還要注意避免枝枝節節的毛病，改革舊的東西必須系統化地進行，使之成為一個運動；其次要改革舊的東西，還必須先能把握舊的東西，否則就收不到好的效果。[22] 在採取舊形式的問題上，當時除了極少數人站在新文學的立場上反對外，大多數人都持贊同意見，這就象茅盾所說，「為了抗戰的利益，應該把大眾能不能接受作為第一義，而把藝術形式之是否『高雅』作為第二義」，因此作家們「應當不怕自己的作品形式的通俗化！」何況「任何民間的文藝形式，在一個真正藝術家的手裡是『要什麼，有什麼』的，──換言之，即形式並不能限制內容。」[23]

既然多數人都認為舊的民間文藝形式應該被利用來為抗戰服務，那接下來的問題就是怎樣來利用了。老舍探討了大鼓書自清末以來賴以在北方乃至京滬等地流行開來的一些優勢，認為其「有雅素共賞之妙。唱多激亢，亦能委婉，剛柔相濟」，在抗戰通俗文藝中有其突出的長處，概言之有以下幾點：一是其唱腔高亢，能傳達並激起壯烈情緒；二是其用官話寫成，在宣傳上易於普遍；三是形式上可以寫成比較規整的七字句，容易寫，而在演唱中也能穿插加上一些演說詞，不失靈活；四是京音大鼓詞拿到鄉下去用，可以改用各處原有的大鼓調子，句子無需大變。總之，大鼓書具有「雄壯、俐落、普遍（較比的）、容易寫、活動、讀唱兩可」等優點。[24] 他還身體力行地創作了〈王小趕驢〉、〈張忠定計〉、〈打小日本〉三篇鼓詞。[25]

　　基於對舊文藝形式的這種認識，在當時幾乎所有的舊形式都曾被用來表現抗戰的內容。洪深在總結抗戰十年來的戲劇運動時說「從那鄉土性濃厚的山歌、小曲、金錢板、高台曲等，到楚、漢、湘、桂、豫、陝、川、滇、粵等各類地方戲，到那集地方戲之大成的平劇——在抗戰開始後，都曾由愛國的從業人員，用來服務於抗戰，從事宣傳、慰勞、徵募。」[26] 在當時還湧現了不少通俗文藝報刊，如《抗到底》、《大家看》、《七日報》、《大衆報》、《通俗文藝》就都是專登通俗文藝作品的刊物。其中最有代表性的是《抗到底》和《通俗文藝》。《抗到底》1938 年 1 月 1 日創刊於武昌，由老向和何容先後任編輯。《抗到底》起初是政治與文藝的綜合性刊物，「既有政論，又有文藝，既有新小說，又有大鼓詞」，為了「顧及宣傳的普遍性」，編者除了給士兵和老百姓寫通俗的東西，「也到難民區及傷兵醫院等處去拉稿子」，終於從第四、

五期後，轉到了通俗文藝的路子上來。[27]《抗到底》除了刊登宣導和研究通俗文藝的論文之外，發表了大量用舊形式創作的通俗文藝作品，如京劇、大鼓詞、民歌、小調、章回小說等，主要作者有老向、老舍、何容、蘇子涵、穆木天等。《通俗文藝》是文協總會與成都分會合編的一份專事提倡與推行通俗文藝的小型刊物，1938 年 8 月 25 日創刊於成都，主要編輯人員有蘇子涵、朱孟引等人。《通俗文藝》的刊眉印有這樣的文字：「讀者諸君：請念本刊文章給不識字的人聽，請將本刊貼在人多的地方或送給前線將士。」上面所發表的作品也大都利用鼓詞、彈詞、歌謠、川戲、京戲、章回小說、故事、連環畫等民間舊形式或通俗形式，形式多樣，內容也比較活潑，在當時的軍民中有一定的影響。

　　為了推動通俗文藝的發展，教育部專門成立了通俗讀物編刊社，編印出版通俗文藝叢書，教育部教科用書編輯委員會下面的民眾讀物組編輯出版了「民眾文庫」，政治部則編印了「抗戰小叢書」，這些叢書絕大部分都是「舊瓶裝新酒」的通俗文藝作品。文協在推動通俗文藝的發展上也起到了重要的作用。文協的章程中就規定了其中一項任務就是指導會員或協助政府努力於「通俗讀物之改善與創作」，為此還專門成立了通俗文藝工作委員會，計畫編印一百種通俗文藝讀物，後因經費不足而擱淺。文協接受政府各部門的委託，在通俗文藝方面做了不少工作，如「代中宣部擬制民眾讀物，民眾遊藝指導法」。[28] 中宣部希望文協能每月供給五本通俗讀物，由中宣部負責印行，[29] 在武漢時就曾由老舍、老向、何容、胡紹軒編了五種通俗讀物，送交中宣部。[30] 受中宣部委託編制的民眾遊藝指導法是為民間宣傳而使用的遊藝材料，共分為歌曲、戲劇、

鼓詞、遊戲、故事、附錄六個部分，包括了各種新舊歌曲，話劇和新寫的舊劇，新編的反映抗日的鼓詞和故事等等。[31] 教育部民眾讀物組編印的民眾文藝讀物以及政治部編印的抗戰小叢書也大部分是由文協會員寫作的。到 1939 年春天為止，文協編印一百種通俗文藝讀物的計畫已經實現了大部分。[32] 值得一提的是，文協會接受教育部的資助，開辦了兩期通俗文藝講習會，由老舍、老向、何容、蕭伯青以及通俗讀物編刊社的趙紀彬等講授通俗文藝的理論、方法、技巧、音韻等，講稿後以《通俗文藝五講》為題結集出版。[33]

　　儘管寫作通俗文藝作品在當時已成為許多作家的自覺要求，也出現了諸如老舍、老向、何容這樣多產的通俗文藝作家，但是通俗文藝的生產仍然存在著一些困難。首先是作家心理上仍然有障礙。老舍談到，創作通俗文藝最初給他帶來的是「工作上和心理上的雙重彆扭」，寫慣了新文藝，「赤足已久」，而現在卻要穿上「舊樣子的不合腳的鞋，怎受得了呢？」沒有自由，也就沒有樂趣，寫作通俗文藝「完全是為了文字的實際效用」，為此就得「犧牲了文藝，犧牲了自己的趣味，名譽，時間，與力氣！」[34] 其次是在作品的流通上，由於缺乏合理的組織和統一的安排，通俗文藝作品實際上還不能很順暢地送到真正需要它們的前線士兵和鄉間村民手中，「鼓詞沒人唱，舊劇沒人演，歌曲沒人作譜」，[35] 作家辛苦創作出來的通俗文藝作品未能充分發揮其宣傳效力。此外，新編通俗文藝是否能為普通民眾尤其是偏僻鄉村的農民所接受，也是一個疑問。據下鄉的劇團反映，歌詠的宣傳效果就遠不如楚腔調，而農民最喜歡的無疑還是傳統舊戲，每演到他們熟悉的舊戲，「一唱一和，台下觀眾幫腔，打成一片，情緒至為熱烈」。[36]

由此可見，新編通俗文藝要做到如舊文藝一樣深入人心，並非那麼容易。

在抗戰時期通俗文藝的各種形式中，戲劇無疑影響最大，而且也是各方面最爲重視的一個藝術門類。據統計，抗戰時期的戲劇工作者（包括創作者和演出人員）總數達十五萬人之多，僅劇協晉東南分會就轄有五百多個演劇團體。[37]抗戰初期，爲了適應入伍下鄉的需要，宣傳抗日的小型化和通俗化的短劇風行一時，街頭劇、活報劇、茶館劇等因便於在前線和村鎭演出，在當時是最常見的戲劇形式。這些劇作絕大多數都是獨幕劇，[38]劇情簡單，色彩鮮明，宣傳效果比較強烈，當時膾炙人口的「好一計鞭子」就是最著名的代表作。但是在內地偏僻鄉村，新編劇的受歡迎程度卻仍然比不上舊戲，因此許多戲劇團體在下鄉演出時，仍然忘不了帶上幾出舊戲。象漢劇流動宣傳隊所準備的演出劇目就幾乎全部是〈穆桂英〉、〈岳母刺字〉、〈大破金兵〉之類以反抗異族入侵爲題材的傳統舊戲。[39]

在戰前，舊戲的改造就已經引起了南京政府有關部門的關注，在抗戰爆發後，如何整編舊戲又成了一個令人關注的問題。國民黨漢口市黨部認爲「擁有廣大觀眾之各種舊戲及地方劇尚少改革，致國內現行各劇，迷信者有之，不合時代需要者有之，不惟無俾宣傳，抑且貽害風化」，因而將原漢口市戲劇審查委員會擴大組織爲漢口市戲劇編修委員會，重行整編各種新舊劇本。編修委員會下設平劇、漢劇、話劇、楚劇、雜劇五組，分別負責各劇種傳統劇目的審查和修訂以及新編劇目的創作等。漢口市戲劇編修委員會的成立得到了政治部第三廳的支援，每月撥給經費兩百元。[40]

整改舊戲也是田漢領導的政治部第三廳第六處的工作重點

之一。早在南國社時期，田漢就已經關注舊戲的改革問題，
1934 年曾經就梅蘭芳應邀赴蘇演出之事發表〈中國舊戲與梅蘭
芳的再批判〉等數篇文章，[41] 力辯必須對中國舊戲進行再批判。
抗戰爆發後，田漢認識到：「因爲抗戰的支持必須動員社會的
各層，而且必須使每一落後的民眾都能接受抗戰的眞義，所以
現階段的戲劇運動，不能再局限在以小布林知識層爲對象的話
劇，而當擴大範圍到任何戲劇部門。」[42] 舊戲改造因而又重新
成爲他關注的一個重要問題。田漢認爲舊戲擁有龐大的演員隊
伍和觀眾群，一旦能夠充分動員舊戲演員，「給他們以必要的
組織、教育，洗滌他們戲劇內容中封建的甚至漢奸思想的毒
素，而把新生命灌注進去，使它起質的變化，同時運用進步的
舞台技術和表演法來改革並豐富其藝術形式，那麼國家不僅在
目前陡然增加無數抗戰宣傳的生力軍，也替中國戲劇文化奠下
了平均發展的基石，即由各種地方劇的健康發展形成中國民族
歌劇絢爛的開花。」[43] 而抗戰則爲舊戲改革提供了千載難逢的
良機。抗戰以前雖有部分有識之士熱心於舊戲改革，但收效不
大，如今藝人們流離轉徙，且又都懷著一腔愛國心，只要政府
尊重他們，循循善誘，幫他們解決問題，「他們必定極願受國
家領導」，一旦錯過這個機會，「將來抗戰勝利以後，緊張之
極必有鬆弛。中國舊劇界又習氣極深，無數的毛病積重難返。
……戲劇界每一小小的改革，許也得費十年八年艱苦的鬥
爭。」[44]

　　在武漢撤退前兩個月，「爲著動員歌劇演員參加抗戰工
作，特別是防止一部分落後的舊劇演員在不幸淪陷後的武漢替
敵人歌舞昇平，麻醉民眾」，第三廳特別組織了「留漢戰時歌
劇演員訓練班」，批評舊劇藝員們過去的生活與藝術，「灌輸

他們必要的藝術知識」，還發給《抗戰一年》等宣傳品，爲他
們解釋抗戰建國綱領等等。那次集中留漢的各劇種的演員約七
百五十人，包含平、漢、楚、崩崩、清唱、馬戲等各種演員。
「訓練班」原先只準備辦一周，結果卻延長到一個多月。當時
還寫了一個班歌，由冼星海作曲後敎藝人們唱：「同志們別忘
了：我們第一是中華民族的兒女，第二是戲劇界的同行。抗戰
使我們打成了一片，抗戰使我們歡聚在一堂。我們要救亡必先
自救，要強國必先自強。戲劇的盛衰，關係國家的興亡。我們
要把舞台當作炮台，要把劇場當作戰場；讓每一句話成爲殺敵
的子彈，讓每一位觀衆舉起救亡的刀槍。……同志們，大家團
結起來吧，永久爲光明而舞蹈，永久爲自由而歌唱，歌唱，歌
唱，永久爲自由而歌唱！」[45] 舉辦這個訓練班是整改舊戲使之
組織化的一個初步嘗試。政治部遷移到長沙後，第三廳集合入
湘的平劇隊和原在長沙的湘劇團體二三百人，舉辦了戰時講習
班。集訓六天后長沙發生大火，講習班組織成兩個平劇隊和七
個湘劇隊分赴內地作抗敵宣傳。長沙大火後，田漢把留在長沙
的平、湘劇隊重新集結起來加以訓練，並嘗試改革演員的生
活，施以軍事訓練。[46] 組織訓練舊戲藝人，其目的是「改革舊
劇演員的生活，使他們過得象一個文化上的民族戰士」，[47] 因
此當時提出了兩個口號，一是改革生活，一是供給劇本。改革
生活的具體方案，是提出了軍事化（嚴申紀律，消滅過去不良
習慣與嗜好）、學校化（敎隊員識字讀書報，批評解釋每日所
演之劇）、單位化（隊員責任獨立，經濟獨立）。改革生活顯
然是想把本來居無定所的流動的舊戲班子體制化，把他們納入
抗戰的軌道，爲抗戰服務。這種努力儘管在短期內似乎頗見成
效，但實際上卻難以堅持下去。不僅許多人對戲班的這種改革

態度冷淡，「懷著多餘的猜異」，而且銳意於新的生活和抗戰工作的劇團反而常常「遭受意外迫害，而出賣神仙鬼怪、誨淫誨盜的舊戲班反見容許」，「有些人便開始視改革爲畏途了。」[48] 政治部第三廳對長沙舊劇界的組訓本意是「令此種劇團悉演抗敵戲劇」，但結果卻是「一時仍只好讓此輩藝人演他們老的那一套，聊以止市民當前藝術上的饑渴。」[49] 第三廳在湖南組訓舊戲班子的成績主要還是體現在抗敵宣傳隊的組建上。1939 年 5 月，田漢率平劇宣傳隊赴南嶽，隨即在衡陽把當地的幾個湘劇班子改編爲「湖南抗敵湘劇宣傳總隊」和一隊、二隊共三個隊，分赴衡陽、桂陽、郴州等地巡迴宣傳。在他們的發動下，常德戲、祁陽戲、巴陵戲、益陽花鼓戲、衡州花鼓戲等也都先後成立了抗敵宣傳隊。此外，在新劇編創上，田漢也帶頭作了一些努力，他取湘劇傳統劇目〈搶傘〉的形式而寫成宣傳抗日內容的新戲〈旅伴〉。這種「舊瓶裝新酒」的方法，對當時的湘劇藝人來說，易學易演，所以很受歡迎。後來湘劇藝人羅裕廷、徐紹清等也用這種方式，把〈胡迪罵閻〉改編成〈罵漢奸〉，將〈掃松〉改編爲〈新掃梧桐〉，〈打花鼓〉改編成〈流浪者之歌〉等。[50]

對舊戲改革之不易，老舍也深有體認。他認爲「如果以五四以來攻擊舊戲之各點來改良」，還「只能算去毛病，不能算建設了新歌劇」，比如去掉行頭和臉譜，就未必不會失去其「定型的藝術美」。倘若不改舊劇，只改劇本，那就談不上是改革了。「民間的劇本，是由多少年修改成的，能博得民眾的歡心，因爲民間的劇人知道民眾需要什麼」，而新編歷史劇卻往往太簡潔，「而不爲民眾所喜」。總之，舊戲作爲「定型的」、「完成的藝術」，是「棄之可惜，改之又不易」。他還

指出由於二黃在大後方的流行，許多地方戲都在受其影響而逐漸改變，結果蒙受了損失。比如湖北的花鼓戲在移入四川後，採用二黃的鑼鼓，加入二黃腔調，結果原來的兩百多個調子現在只能唱兩三個了，這是很可惜的。[51]

從舊戲改革，我們可以看到抗戰通俗文藝在內在理路上是和戰前的通俗文藝運動一脈相承的，它們都把通俗文藝當作了組織、動員民眾的最好的工具，所不同的僅只在於，在戰前是強調要移風易俗，把民眾塑造成現代國民，而在抗戰中則更加強調要激發民眾抗敵的意志和決心。戰前的通俗文藝運動因為只是有關政府部門的倡舉，而沒有成為文藝界的普遍的自覺，因而其影響範圍有限，而在抗戰中，由於大批文藝作家的熱情的投入，通俗文藝的創作極為繁盛，而且深入到偏僻的鄉村之中，真正起到了發動民眾的作用。

值得一提的是，隨著抗戰的深入，對抗戰初期掀起的通俗文藝熱潮，有一些人提出了尖銳的批評。林曦在〈大眾文藝小論〉中說：「在抗戰初期就有趙景深先生那樣文縐縐的鼓詞兒，後來有老向、何容諸先生，以及通俗讀物編刊社，各政治部等機關的各種大小長短的製作。這中間，不少是曾經演唱出來過的，象在重慶，山藥旦、富貴花就常常和上列諸位先生合作。已經出版的小冊子，也不下 1000 多種。可是效果怎麼樣呢？我可一口說不上來。不過到現在為止，似乎還沒有一種這樣的作品在人民大眾的中間廣泛流傳，使我們可以提出它的名字來，倒是一件事實。這兩年來通俗文藝小冊子越出越少，幾乎快要看不見了。只有逢年過節或者什麼特別喜慶大典，才有一兩位老作家寫那麼一兩段兒，應應景兒。大眾文藝（或者就叫通俗文藝也好）的作用如果只這麼一丁點兒，我不知道打那

麼一道牆，辟那麼一個小天地有什麼必要！」[52] 林曦站在純文藝的立場上評價通俗文藝，自然會得出這樣的結論。他沒有認識到通俗文藝的價值其實不在於文藝本身，因而它不能用文藝的標準來加以衡量。抗戰初期的通俗文藝運動與其說是一場文藝運動，倒毋寧說是一場政治運動來得更為恰切。正是借助於通俗文藝的入伍下鄉，長久以來沉睡的內陸鄉村才被真正地攪動起來，游離於現代國家的政治生活之外的農民也在一定程度上被發動、組織起來。這樣一場運動的影響已遠遠超出了文學的範圍，其深遠的意義指向了遙遠的未來。[53]

第二節　戰國派

抗戰進入相持階段以後，戰爭初期那種各黨派、各團體同仇敵愾、一致戮力抵抗的團結的氣象漸漸消退了，原先一直存在的國內矛盾，尤其是國共兩黨之間的政治裂隙，又重新暴露出來。1941 年初發生的「皖南事變」把國共兩黨暗中進行的角力、鬥爭完全抖露出來。此後，國內的政治鬥爭就成了與抗戰相伴的一條潛伏的副線。

配合著政治上的鬥爭，共產黨領導的左翼文藝界也掀起了一場「戰役」，其鬥爭目標就是「戰國派」。1940 年 4 月，西南聯合大學教授陳銓[54]、雷海宗[55] 和雲南大學教授林同濟[56] 等人在昆明創辦《戰國策》半月刊，認為當今世界乃是「戰國」時代的重演。《戰國策》半月刊於 1941 年初停刊，共出十七期。同年年底，陳銓等人又在重慶《大公報》辟「戰國」副刊，繼續宣揚其「戰國」論和「力」的哲學。人們遂把以陳銓、林同濟、雷海宗為核心的這個知識群體稱為「戰國派」。《戰國策》半月刊的作者還有賀麟、何永佶、沈從文、陶雲

達、郭岱西、費孝通、童雋等人，他們基本上都是西南聯大的教授。「戰國派」其實並沒有什麼政黨背景，陳銓等人也是知識圈中人，算不得在政治場上行走之人。然而，儘管他們聲稱「抱定非紅非白，非左非右」的立場，但其「民族至上，國家至上」的主旨[57]卻與國民黨的意識形態甚是契合，所以很得國民黨有關方面的嘉許。[58]正是出於這個緣故，「戰國派」在當時乃至其後的很長一段時間裡被目爲國民黨的「御用文人」，在左翼文藝界眼裡自然也就是敵人了。在左翼刊物《野草》[59]上發表的一篇批判「戰國派」的文章中，作者提出了「不打老虎打蒼蠅」的論調，認爲老虎兇猛，不必冒危險去打虎，「硬充好漢」；可「嗡嗡營營，搖頭晃腦」的蒼蠅實在比老虎還要討厭，老虎打不得，但對這些「洋洋自得」的「卑小的物類」，卻是可以「給它們猛力一掌的」。[60]很顯然，在左翼文藝界眼裡，「戰國派」就是那「嗡嗡營營，搖頭晃腦」的蒼蠅，而對「戰國派」的攻擊自然是意在打蒼蠅給老虎看。

　　那麼，這些「比山上的老虎還討人厭」的「蒼蠅」究竟「嗡嗡」了些什麼，竟要惹得左翼文藝陣營猛力掌擊呢？

　　「戰國派」首要的論點就是所謂的「戰國時代重演論」。林同濟在〈戰國時代的重演〉中認爲，「現時代的意義」即在「戰」這一個字。當今世界已進入了群雄逐鹿的「大戰國時期」，在這個戰國時代，戰爭已經成爲「最顯著最重要的事實，而且要積極地成爲一切主要的社會行動的標準。……社會上一切的一切都要逐步地向戰的影子下取得存在的根據。」這種戰爭還是「全體」的「殲滅戰」，「人人皆兵，物物成械」，弱國爲強國所滅。處此「爭於力」的戰國時代，一個國家要謀生存，只有一條路可走，即「建設道地的『戰國式』的

國家」，「把整個國家的力量，組織到最高度的效率以應付戰國時代勢必降臨，勢已降臨的殲滅戰，獨霸戰。」中國雖然「早已踏過了它的戰國階段而悠悠度過了二千多年的『大一統』的意識生活」，但如今卻需要「再建起『戰國七雄』時代的意識與立場，一方面來重新策定我們內在外在的各種方針，一方面來仔細評量我們兩千多年來的祖傳文化。」[61]「戰國時代重演論」在立論上深受斯賓格勒、湯因比等人的影響。斯賓格勒在《西方的沒落》中認為每一種文化都是一個有機體，必須經歷生、長、衰亡的生命週期。儘管每種文化都有自己的特點，但它們的發展軌道卻是相同的，都要走向同一歸宿。西方文化已經度過其創造階段，正在無可挽回地走向衰亡。林同濟在斯賓格勒這套理論的基礎上提出了歷史三階段說，認為每個自成體系的文化都經過了封建、列國和大一統帝國這三個階段，在每個階段，不同體系的文化雖各有其特點，但在根本形態上卻大致類同。[62] 雷海宗則把歷史劃分為封建時代、貴族國家時代、帝國主義時代、大一統時代和政治破裂和文化滅亡時代五個階段，並提出了中國文化兩周說。他認為中國歷史可分為兩大周，第一周從殷商到東晉淝水之戰，可稱為古典的中國；南北朝以下為第二周，鴉片戰爭以迄當下則是傳統政治文化總崩潰的時代，可稱是第二周的最後階段，抗戰的勝敗則直接決定著中國能否開創第三周文化的偉業。[63]

　　林同濟和雷海宗的歷史分段說顯然不免帶有歷史循環論的色彩。正因如此，林同濟所推崇的「文化統相法」被左翼批評家斥為形而上學的「玄學」，在學術上是一個退步。[64] 在今天看來，戰國派的「戰國時代重演論」雖然呼應了當時國際上流行的文化形態史觀，但由於只是籠統地概括每一階段文化的共

同特徵，而對同一階段的不同文化體系各自獨具的特徵缺乏分析，故而仍不免有靜止、抽象之弊。

　　既然戰國時代「爭於力」，「力」自然為戰國派所推崇備至。「力」「乃一切生命的表徵，一切生物的本體」，「力」是歐洲人的精神與靈魂，但是在中國，儒家的德感主義卻輕視、排斥「力」，而「一個民族不瞭解，甚至於曲解誤解『力』字的意義，終必要走入墮萎自戕的路程」。[65]「力」就是「自主和主動」，它象徵著光明。「力」的人格型就是「力人」，這是有力的主人型的人格。「力人」創造歷史，唯有他們才能達到真與美的理想。中國的悲哀是奴隸型的人格始終占上風，少數「力人」幾千年來卻在奴隸型的人群中湮滅而死亡。[66]「力」是超善惡的，在「力」的方程式中並不包含「德」這個字。陳銓在尼采那裡找到了為「力」辯護的理論根據。在陳銓看來，尼采的道德觀是一種更加積極樂觀的「主人道德」，權力意志支配一切，人生的意義就在發展權力意志，生活就是一種弱肉強食的戰爭。憐憫、同情、抑強扶弱等傳統的道德價值是違背自然、阻礙進步的，「真正合乎自然的道德，就是權意志的伸張，強者行動，弱者服從，道德就是龐大的力量，不顧一切的無情和勇敢。」尼采的這種「主人道德」顯然比傳統的「奴隸道德」更合乎戰國時代「民族人格鍛煉的目標」。在〈指環與正義〉中，陳銓把崇「力」的權力意志說擴展到了民族國家的層面。「指環就是力量，力量就是滿足生存的意志的根本法寶」，「民族和民族，國家和國家，團體和團體之間，永遠需要指環。拋棄指環，便要遭滅亡的慘禍。」一個國家或民族要「圖謀自全以至發展」，首先就要取得指環，使用指環，這時且莫管正義不正義，因為正義已在其中了。[67]

這實際上是說「力」即正義所在。

由推崇「力」，戰國派進而鼓吹英雄崇拜說。「人類意志是歷史演化的中心，英雄是人類意志的中心」，他們有「超群絕類的力量」，是「群衆的救星」，「沒有他們，宇宙間萬事萬物也許就停止了」。對於天生有著「不可思議的魔力」的英雄，「我們就得相信他們，驚美他們，服從他們，崇拜他們。」[68]「一個不知崇拜英雄的時代，一定是文化墮落民族衰亡的時代。」人人都自以爲是，不知崇拜英雄，結果必然是團體的生活陷於渙散。從這個意義上來說，「『英雄崇拜』，不僅是一個人格修養的道德問題，同時也是一個最迫切的政治問題。」[69] 陳銓認爲中國人本來是能夠崇拜英雄的，在中國的下層階級特別是農村中，人們對英雄仍然有著眞誠的崇拜。但是士大夫階級的腐化，尤其是「五四運動以來個人主義的變態發達」，卻使得中國的士大夫階級只要求伸張自我，「對於任何英雄，都不佩服」，「在這一種空氣之下，社會一切都陷於極端的紊亂」，中國民族「更是一盤散沙」。[70] 他認爲中國目前需要的是一種健全的向心力，極端的個人主義和無限的自由主義都必須剪除，同時養成英雄崇拜的風氣，這樣中國才能成爲「一個有組織有進步的有冷有熱的國家」。

戰國派的「力」和英雄崇拜論顯然從尼采的學說那裡汲取了一些東西，而這恰成爲左翼批判的一個主要突破口。歐陽凡海指出，戰國派「眞正的靈魂還是尼采的超人主義」，「尼采是『戰國』派眞正的堡壘」。[71] 由於尼采學說在希特勒德國受到狂熱追捧，當時國際學界特別是左翼思想界都傾向於把尼采看作法西斯主義的預言者和哲學代言人，[72] 中國的左翼文藝界自然也不假思索地把尼采哲學與法西斯主義劃上了等號。歐陽

凡海就認爲尼采哲學雖然與法西斯主義之間「有些小差別」，
但它的「深刻的反動性」在本質上卻是與法西斯主義相通的：
「尼采的『磨難的價值』學說，成爲『蓋斯塔波』國內恐怖政
策的理論根據」，他「頌揚主人對奴隸的壓迫，……簡直是把
現代法西斯主義者對工人階級的野蠻與壓迫加以公開的歌
頌」，總之，尼采哲學是「窮兇極惡的反動哲學」，而戰國派
唯尼采是從，他們的一套學說自然也是「反對民主、反對文明
的法西斯學說」。[73] 今天看來，左翼的批判是對尼采的誤解。
尼采雖然備受法西斯德國的推崇，儼然成了第三帝國的官方哲
學家，但尼采哲學本身卻豐富、博大、深刻，是不能和法西斯
主義劃等號的。值得注意的是，戰國派對尼采思想的援用同樣
也存在著明顯的誤解。陳銓把權力意志理解成對權力的渴望和
追求，這顯然是對尼采的極大誤解。在尼采那裡，權力意志並
不意味著意志渴望權力，或者說意志希望支配，它既不在於欲
求，更不在於索取，而在於創造和給予。一旦把權力意志理解
成「希望支配」的意思，就不可避免地使權力意志依存於既成
價值，即「依存於在這樣那樣的情況下，在這樣那樣的衝突
中，唯一有權決定誰必定是『公認的』的最強者的既成價
值」，這恰恰是與權力意志相對立的。「主人」與「奴隸」、
「強者」與「弱者」這些尼采的術語，也不能被誤解成僅僅是
力量的對比和區分，奴隸不因有了力量就不再是奴隸，弱者也
不因有了力量就不再是弱者，決定是「主人」還是「奴隸」，
是「強者」還是「弱者」，關鍵在於「質的類型學」，是卑劣
還是高貴。當權力意志不再表示希望創造，而是意味著渴望權
力、希望支配時，這個權力意志顯然是奴隸的權力意志，這也
就是尼采所痛恨的虛無主義的勝利。[74] 戰國派對權力意志的誤

解使他們的一套主張恰恰落入了尼采所批判的奴隸哲學的泥淖。而簡單化地崇尚力量，把權力意志與道德、正義諸範疇相對立，也使戰國派在論述上暴露出致命的弊病。在〈指環與正義〉中，陳銓聲稱「指環」——即力量——是滿足生存意志的根本法寶，相對於「指環」，正義是其次的，首先要獲取「指環」，然後才配談正義。陳銓也意識到完全排斥正義是荒謬的，因此區分了正義原則的運用範圍，「一個國家，一個民族，對內要正義，對外卻不能放棄指環」，儘管他沒有明確說對外是不需要正義的，但他顯然認為在國與國、民族與民族之間，「指環」是首要的，對「指環」的獲取優先於正義的原則。正是在這點上，戰國派遭到了來自左翼的猛烈批評，既然國與國之間的戰爭是力的較量，是管不了正義不正義的，那麼戰爭也就不存在正義與非正義的區別了，誰有「指環」，誰就是勝利者。這種說法具體落實到現實之中，自然會模糊包括抗日戰爭在內的世界反法西斯戰爭的正義性質。這正是左翼緊抓不放的一個漏洞，他們嚴厲地指斥戰國派的這些論調是在替法西斯侵略者張目，是在散佈「中國必亡論」。[75] 這種指責雖然是不實的誅心之論，但確實也放大了戰國派論述上的一個死穴。

當然，僅僅指出戰國派對尼采的誤讀是遠遠不夠的，我們需要進一步探討的是這種誤讀是如何發生的？即它是在怎樣的現實的政治、文化情境中產生的，其指向的現實目標是什麼？陳銓在談到英雄崇拜時坦言這不是一個道德修養的問題，而實在是一個迫切的政治問題，這句話實際上已經在一定程度上表明戰國派的理論主張並不是純粹的學理上的探討，而是對當下政治、文化情境的一種回應。「戰國時代重演說」雖然直接受到眼前的戰爭的啟發，但它所包含的內容仍然相當豐富，對一

些問題的思考也是戰前的一些社會文化思潮的延續，其中尤其引人注目的是對五四以來以個人主義爲代表的社會文化思潮的反思和批判。

　　林同濟在剖析戰國階段的具體特徵時指出，戰國階段有兩種最深入、最廣大的潮流，即「個性的喚醒」與「國力的加強」，它們「往往同時產生而並肩推進」，但實際上個性潮流在戰國階段的前期較爲活躍，愈到後面，「國力運動愈要把占上峰」，成爲時代的主題。個性潮流「根據著個人才性的尊嚴與活力而主張自由平等，是一種離心運動」，而國力潮流「注重統一與集權，是一種向心運動」，目的是要把原子化的個人「收拾起來而重建一個新集體」，它具體表現爲「政權集中，軍權統一，經濟干涉，國教創立」等等，其「最適當的象徵可說是百家爭鳴後多少都要產生出來的思想統制的主張。」[76] 當今世界的全能國家 [77] 紛紛出現，足以證明國力運動已蔚成主流。在林同濟看來，死抱住民主理念不放而批評全能國家乃是一種對民主的反動，這是「淺見者流」的觀點。在戰國時代，一種政體的好壞要看它是否適應「全體戰」的需要，即便是民主亦不例外，而「一切爲戰，一切皆戰」的全能國家相比於民主政體顯然更能適合戰國時代的需要。在〈廿年來思想轉變與綜合〉這篇文章中，林同濟運用其戰國論把五四以來二十年間中國社會思潮的發展概括爲「由個人的個性解放到民族的集體認識」，即一步步「側重到民族生存」。他認爲五四運動「把個人的尊嚴與活力，從那鱗甲千年的『吃人的禮教』裡解放出來，伸張出來」，是絕對必須的，但是五四運動的毛病在於不能把個性解放「放在一個適當的比例來談，放在民族生存的前提下來鼓勵提倡」。當下的中國文化建設應當尋求新的綜合，

由對個人的權利和自由的崇信向國家和民族皈依，由強調個人
的平等轉而強調整個集體的功用，由幻想和理論上的空談蘄向
現實和行動，由依賴於公理和理智轉而依靠自力和意志。[78]

　　與林同濟相比，陳銓對五四運動的批評要更加嚴厲。他批
評五四運動沒有象德國的狂飆運動一樣奠定本民族的文化根
基。五四運動犯下三大錯誤，一是把戰國時代誤認為春秋時
代，「處在戰國的時代，自己毫無力量，不積極備戰，反而削
弱全國的民族意識，養成全國國民厭戰的心理」；二是把集體
主義時代誤認為個人主義時代，「一切以個人主義為出發
點」，結果致使社會秩序紊亂，缺乏組織力，「愛國熱情不
高，戰鬥意志薄弱」；三是誤認非理智主義時代為理智主義時
代，「五四運動膚淺的理智主義，並不能擔當新時代的使命，
即如民族主義，是二十世紀的天經地義，然而民族意識發展，
不是膚淺的理智所能分析的，它是一種感情，一種意志，不是
邏輯，不是科學，乃是有目共見，有心同感的。具體事實，一
經分析，就瓦解冰消。」從上述三點不難看出陳銓對五四運動
的批評主要是因為在他看來五四過於注重個性的解放，而沒有
把民族和國家放在首位，使得一般民眾民族意識、國家意識薄
弱，所以才會出現「驚濤忽至，舉國倉皇」的局面。[79] 在另一
篇文章〈政治理想與理想政治〉中，陳銓幾乎全部否定了五四
以來的種種社會政治思想：「五四運動提倡了個人主義，華盛
頓會議彌漫了和平正義，在遼遠的天邊，又傳來了唯物史觀，
階級鬥爭。這一切美麗的政治理想，不管理論上如何到家，實
際影響乃減弱了民族團結的精神，增加了民族倚賴的心理，甚
至延遲了政治的統一，分散了軍事的力量。」[80]

　　林同濟和陳銓對五四運動以及個人主義的批評[81]當然是站

不住腳的，民國以來中國社會缺乏組織，民族凝聚力不夠，在政治、經濟、軍事上都顯得極其脆弱，根本上是因為中國還處在巨大而緩慢的社會轉型之中，民智的開啟，制度的建設，都還只是開了個頭，社會秩序紊亂、結構失調，是轉型期社會必然會有的振盪，這一切怎能都歸咎於五四運動以及個人主義呢？對五四運動及個人主義的批判其實早已不是什麼新鮮事。在 1928 年的革命文學論爭中，左翼作家們就鮮明地提出：「一切個人主義，自然主義……，已是歷史上的陳列品，我們所需要的，就是非個人主義的集體的以群眾的意志為意志底模型的文學」，[82] 無產階級文學應該是對無產階級階級鬥爭的組織，是「反個人主義的」集團主義的文學。[83] 民族主義文藝運動者們同樣視個人主義為敵，他們認為個人主義的猖獗「吞滅了民族意識的長成」，因而極端地認為在中國目前的狀況下，只允許有民族的生活意識，「而不許可有個人的生活意識」。[84]1932 年以後，隨著國內獨裁專制論的高漲，對個人主義以及五四運動的批評越來越多，[85]《汗血月刊》上的一篇文章便很能代表當時批評的聲音。這篇文章把個人主義列為現代中國文化的十大蠹蟲之一，並認為五四運動的勃發是資本主義文化的抬頭，「輸入的是帶有病態的，不健全的文化」，胡適等人鼓吹的民主主義、自由主義等，都是「在歐美已經腐朽敗壞的枯骸」，「所謂『民主自由』，除卻消滅了一部份人的民族精神而外，並不曾收得效果」。作者在最後認為只有民族主義的文化才能救中國，在文化上實行統制，在政治上採取領袖獨裁制。[86]1930 年代中期反個人主義的思潮是與對民主自由制度的批評聯在一起的，在當時知識界很流行。比如馬寅初就認為，「今日之世界情勢，已非斯密當年可比」，「國際競爭，日益激烈，皆以

國爲單位，個人殊無足道」，斯密那一套以個人主義爲根基的古典自由主義已經不宜採用，在中國就更是行不通了。[87]「中國人民本如散沙一般，知有個人而不知有團體。自歐化東漸，更益之以英美個人主義之潮流，於是人人倡言自由而團結之觀念益薄。外侮一至，便如秋風之掃落葉，莫之能禦矣。今者內憂外患，交相煎迫，若不力改個人主義之積習，講求團結之方策，則亡國之禍，可立而待。」[88]馬寅初認爲，觀乎當今世界，「各國均有放棄自由競爭，採取計劃經濟之趨勢。其在政治上，則獨裁已戰勝民主。故今日之潮流，已由個人主義進入於全體主義。」[89]不用說，對個人主義以及自由民主制度的這種批評是建立在誤解基礎之上的，是對個人主義和自由主義價值原則的簡單化和歪曲。而事實上，從 1920 年代後期以來，對個人主義的批判幾乎都不是在學理層面上進行的，個人主義總是被當作一個靶子，各家各派都借它來闡發自家的一套主張，左翼把個人與階級相對立，民族主義者則把個人與國家和民族相對立，他們都強調要取消無限制的個人自由，要求個人必須無條件地融入到階級、民族、國家這些更大的單位中去，使個人的利益服從於階級、民族、國家的利益。這股左右合力的反個人主義思潮與五四的個性解放運動確實形成了鮮明對比。產生這種轉向的原因有多種，比如當時國際上集權和統制思潮的流行，使相當一部分中國知識份子誤認爲這就是時代發展的必然趨勢，此外日本侵略的威脅也確實使許多人有一種緊迫感，認爲必須加強中央集權，以積聚全部資源和人力來強國備戰。但是從中國社會自身的發展演變來看，這種由個人主義到集團主義的轉向也有其必然性。在辛亥革命顛覆了封建王權，五四運動解構了傳統的道德倫理價值之後，中國社會在結構變動中

確實陷入了混亂無序的狀態：在政治上，各地軍閥蜂起，擁兵割據，政權極不穩定；在思想文化上，表面上的豐富、活躍其實掩蓋了多元價值的尖銳衝突，這些衝突常常通過低水準的、缺乏生產性的思想論爭的形式表現出來。總之，無論是在政治上還是在文化上，都缺乏共同的價值認同，其結果是社會的制度建設推進極其緩慢，社會因缺乏組織而顯得凝聚力不夠。20年代中期以後，思想文化領域裡反個人主義思潮漸漸興起，可以說是表露了中國社會在原有結構碎裂之後試圖尋求重建的潛在要求，無論是階級，還是國家、民族，這些集團性概念作為個人認同的目標，其實都被當作了重新組織社會的手段。把個人主義看作是一種反組織力而加以批判，其目的在於突顯、強化集體價值的重要性。因此，從 1920 年代末開始流行開來的反個人主義思潮，與其說是一種思想學理上的自覺的反思和掘進，到不如說是對國內外多重處境的一種回應，而在根本上則是出於轉型期社會自我組織、重建的內在要求。

在對上述思想文化脈絡有所瞭解之後，再來看戰國派的相關論述，就會發現他們其實是接續了戰前知識界的一些思考路向，稍有不同的是他們運用了一些更加精緻的理論來構建自己的論述。但是透過外在的理論裝飾，我們還是可以發現戰國派全部立論的基礎仍然是民族主義。林同濟認為，「列國時代，一切價值，建立在『內外』兩字上。內外之分，就是以民族（或國家）為准的。」因此，民族主義應當放在第一條。[90] 大戰國時代「比任何時代都要絕對地以『國』為單位，不容局限於個人與階級，而也不容輕易擴大而多言天下一體。國家是『時代的界線』！是『時代的大前提』。」個人的力「必須以『國力』的增長為它的活動的最後目標」，任何個人的力都

「不可背國力而發展」。[91] 因此，「國家至上，民族至上」乃是戰國時代「一種世界時代精神的回音」。[92] 陳銓更是乾脆直接地說：「抗戰以來，中國最有意義，最切合事實的口號，莫過於『軍事第一，勝利第一』，『國家至上，民族至上』，『意志集中，力量集中』。」林同濟把這三個口號巧妙解釋成：第一個是「戰」，第二個就是「國」，第三個就是「策」。[93] 同樣，戰國派的「力」的哲學強調的是民族、國家之力，生存意志和權力意志也是求民族生存的意志，英雄崇拜也不過是領袖崇拜的一個漂亮的說法而已。可見，無論是「戰國時代重演論」，還是權力意志說和英雄崇拜論，實際上都只是重複了戰前的統制獨裁論的一些基本命題。

當然，戰國派對民族主義的闡述要遠比以前的各種闡述複雜、精緻。他們是在「戰國時代重演論」這樣一種歷史形態史觀的宏闊背景下來闡發民族主義的。民族主義不僅是一種現實的需要，更是歷史發展的必然，它是「任何文化行到列國時代的產品」。[94] 戰國時代初期的主潮是個人意識的伸張，由此而「逐漸有個人主義，自由主義的提倡」。而到戰國時代的後期，政治組織的強化運動逐漸成為主流，集體主義於是凌越於個人主義之上，民族主義也成為一種自覺的追求。林同濟以西方歷史發展為例，認為西方從文藝復興迄今，可分為文藝復興、宗教改革、地理發現、工業革命、民主主義運動和社會主義運動六幕，這六幕正是上述兩大潮流相繼勃發、遞演的過程，而且這兩大潮流的「相反相克」也使得如何協調這兩者的關係成為關乎近代西方的社會重建和心靈重建的重大問題。民族主義則是解決這個問題的藥方，它能夠為獨立的個人提供一個超越個人之上的認同目標，這個「同源的集體」就是民族。

由於民族是個人「經過自覺工夫而自動接受的」，而不是從外部強加的，所以民族主義「能夠在這兩個矛盾觀念之間，搭起來一座橋樑，使之融合於一體」，個人意識的伸張與政治組織的強化兩大潮流遂得以「在西洋人的靈魂上同居而相安」。[95] 林同濟的論述雖然是對歷史的形而上抽繹，但他沒有把民族主義與個人主義直接對立起來，而是強調民族主義能夠給個人提供一種價值和情感認同，從而可以在一定程度上協調個人與國家、民族這些政治組織之間的對立緊張關係。這比戰前的民族主義論述顯然是往前推進了一步。

戰國派在文學上也提出了相應的主張。陳銓認為既然中國已經由個人主義經由社會主義而進入到民族主義的時代，那麼文學上也應該有相應的民族文學運動來推進民族主義的政治進程。「政治和文學，是相互關聯的。有政治沒有文學，政治運動的力量不能加強；有文學沒有政治，文學運動的成績也不能偉大。」因此，政治和文學必須在民族主義的軌道上攜手並進。「現在政治上民族主義高漲，正是民族文學運動最好的機會；同時民族政治運動，也急需文學來幫助它，發揚它，推動它。」[96] 陳銓對中國思想界前兩個階段即個人主義和社會主義階段的文學提出了批評。前一階段，一般文學作品都在摹仿西洋，表現的都是個人問題，就是政治社會問題也站在個人立場上來衡量一切，這對於打破舊傳統固然有偉大的貢獻，但是對於建設新傳統卻是不切實的，而且還會滋長極端個人主義的流弊。後一階段，仍然是摹仿外國，俄國作家成了最時髦的作家，一般作品說來說去總離不了階級鬥爭，一切「都用社會主義的名詞來解釋」，民族意識極其薄弱。[97] 民族文學應該是第三階段即民族主義的時代所要求的文學，但是究竟何謂民族文

學，陳銓似乎沒有能力給出令人滿意的回答。在〈民族文學運動試論〉裡，陳銓列舉了民族文學的否定的和肯定的各三條原則，否定的三點是：第一，民族文學運動不是口號的運動，應多多創作示範作品；第二，民族文學運動不是排外的運動；第三，民族文學運動不是復古的運動。肯定的三點是：第一要發揚固有精神；第二要發揚固有道德，第三要發揚民族意識。[98]那麼所謂的固有精神和固有道德又是指什麼呢？陳銓解釋說中華民族的固有精神就是「三代以上，文武合一，任何人都可以『執干戈以衛社稷』，放下武器又可以登高而賦」的那種精神，而在另一篇文章中，他認為中華民族的固有精神就是戰鬥的精神，固有道德就是「奉公守法，誠實忠信」。[99]可見，陳銓所謂的民族文學內容空泛，與 1930 年代初的民族主義文藝運動相比，在理論上沒有絲毫新的建樹。

戰國派的民族文學論很快遭到了左翼文藝界的批判。他們指出，民族主義文學並不是什麼新東西，早在十年前民族主義文學就遭到了魯迅的反對和憎惡，「即在今日，中國最大多數的人民大眾也依然要堅決地反對！」「隨便地在作品中加上幾個民族主義的口號，掛上一個民族主義的尾巴」，這不等於就有民族性。民族性應當來自於作家對民族生活現實的忠實描寫，而現實主義的創作方法最能引導作家「最真實、最正確地把握社會的和民族的現實」。[100]陳銓對五四以來中國新文學的否定性批評，尤其令左翼文藝界感到不滿。他們指出，中國的新文藝運動「從來就沒有和中華民族的解放運動分離過」，它「是中國民族解放鬥爭的總任務中的最重要的一環」，魯迅的《吶喊》、茅盾的《子夜》以及其他一些新文學作品難道不都含有濃厚的民族意識嗎？他們指斥陳銓對民族主義的狹隘理解

尤其是對正義原則的放逐，是與法西斯主義的主張相吻合的，由此他所提倡的民族文學的「眞實面貌和本質，便可了然於心了」。[101]

戰國派在文藝論述方面有自家特色的並不是其民族文學的濫調，而是其頗受詬病的創造說。林同濟的〈寄語中國藝術人──恐怖‧狂歡‧虔恪〉模仿查拉圖斯特拉的口吻，提出了藝術創造的三層境界或是說三個母題：恐怖、狂歡和虔恪。恐怖是個體面對無窮時空時的靈魂顫慄，是自我被時空壓倒和毀滅，只有體驗到恐怖，即認識到自我的有限和脆弱，靈魂才會在顫抖後有所渴慕，有所追求，才有能力創造。狂歡是與恐怖相對的一極，它是對恐怖的否認，「是自我鎭伏了無窮」，自我包容了一切，「自我外不認有存在」。狂歡由恐怖中來，又終必歸於恐怖，自我與時空永遠在鬥法，一切歷史──眞正的歷史──就都是狂歡，都是恐怖。虔恪則是對自我與時空的超越，個體在自我和時空之上「發現了一個絕對之體！它偉大，它崇高，它聖潔，它至善，它萬能，它是光明，它是整個！」個體在這神聖的絕對體面前屏息崇拜，這就是虔恪。恐怖、狂歡、虔恪是互爲關聯的，「不有恐怖，無由狂歡。不有恐怖與狂歡，也必定無由虔恪！」[102] 在林同濟的論述中，顯然可以看到尼采的影響。尼采認爲正是由於默察到大自然殘酷的暴力，窺見個人生存中的恐怖，才會產生藝術創造的衝動，生活因爲藝術而得到拯救。在洋溢著酒神精神的創造中，個體體驗到一種醉境的狂歡，日常生活的清規戒律被打破了，一種惝恍迷離的意境不僅淹沒了一切個人的過去經驗，而且也使日常生活世界與醉境的現實分隔開來。個體一旦從醉境中醒來，便會滿懷厭世的情緒，這也就是林同濟所說的「狂歡的最高峰必引入恐

怖的最暗谷」。儘管在創造的暫時的歡欣中也會感受到痛苦的鋒芒，但是「我們畢竟是快樂的生靈，不是作為個人，而是眾生一體，我們就同這大我的創造歡欣息息相通」。[103] 通過對尼采思想的挪用，林同濟強調的是意志創造的自由。創造的衝動首先源自個體的覺醒，即個體獨自面對無限時空時所感受的恐懼和顫慄。意志的創造又是一場酒神的狂歡，它打碎了日常生活世界的結構和戒律，是無法用普通的道德來衡量、來規範的，因此「俗徒」和「道德先生」都不能見證、體驗這種「自由亂創造」的狂歡。虔恪作為一種超越性的境界本應當是在這種充滿活力的創造中實現的，但是林同濟卻假定了虔恪是由對一個至善至美的「絕對之體」的屏息崇拜而起的，這是與尼采的思想相悖的。在我看來，對尼采思想的這種修改，與戰國派內在的民族主義立場不無關係。只有在個體的自由創造之上樹立一個超個體、超時空的「絕對之體」，林同濟才能在其整個論述結構中為民族主義找到一個能夠避開邏輯上的齟齬和衝突的安妥的位置。在這個意義上，如果徑直把「絕對之體」視為民族或是國家，似乎也不能說就全無道理。

林同濟對恐怖、狂歡、虔恪這三個母題的論述，實際上是從另一個角度闡述了他意欲在個人創造和民族國家認同之間搭建溝通橋樑的一貫立場。對「絕對之體」的膜拜是與個人的創造活動分不開的，是個體自覺認同的結果。這與前面所述的民族主義能夠在個人意識的伸張與政治組織的強化這兩大潮流之間搭起橋樑的觀點顯然有著內在的一致。除此之外，我們還注意到，林同濟對恐怖、狂歡、虔恪三母題的論述明顯地有反理智的傾向。對「絕對之體」的屏息崇拜不是靠著理性的認識，而是出自天啟式的靈光一瞥，就像人們跋山涉水來到大荒之

野，佇立於黎明前的黑暗中，驀然間，東方天邊射出紫紅的光浪，「緊跟著，一輪黃金之球，地底湧出，莊嚴華麗」，此時人們「不由自主地張著口，呆著目，一起站起來迎駕。萬籟無聲，一輪高耀——這剎那我們認識了她——絕對，這剎那我們嚴肅肅合掌皈依！這叫做虔恪！」[104] 這段文學化的描繪明白告訴人們，對「絕對之體」的崇拜完全是靠瞬間的領悟。這種反理智的態度當然不是偶然的。陳銓也認為民族主義是二十世紀的天經地義，民族意識的發展是不能用理智分析的，「它是一種感情，一種意志，不是邏輯，不是科學，乃是有目共見，有心同感的」，如果硬要用邏輯和科學來分析，就瓦解冰消了。[105] 指出民族認同中非理性的情感因素的重要性固然沒錯，但如果完全排斥理性認識在其間所起作用，自然是過猶不及。在這點上，左翼文藝界的批評顯然是有道理的。[106]

在文學創作方面最能夠表現戰國派的思想主旨的是陳銓的劇作〈野玫瑰〉。這部被左翼文化人斥為抗戰以來最壞、最有毒害的劇作採用了當時頗為流行的特務題材。[107] 身為特務的舞女夏艷華出於工作需要，忍痛拒絕了劉雲樵的愛，嫁給了大漢奸王立民。難捨舊情的她來到北平後又把身為王立民前妻內侄的劉雲樵從南方調來協助工作。劉借著與王立民女兒曼麗的關係搜集情報，卻一點都不知道夏艷華的真實身份。劉身份暴露後，夏對他說出了真情，並利用警察廳長對她的覬覦之心，差使警察廳長把劉和曼麗送出了險地。隨後她又告訴王立民警察廳長對她有非份之想，而且他本人也是南方的特務，致使王立民在盛怒之下一槍打死了警察廳長。王立民自己也隨即隱患突發，在他服毒自殺即將死去之前，夏向他說出了真相。〈野玫瑰〉的劇情構思可說少有精采之處，情節上有不少不合情理的

漏洞，[108] 其所要宣揚的也無非是「為了一個崇高的理想……願意犧牲一切，甚至於生命，亦所不惜」的精神，陳銓把這種精神稱之為「擺脫物質主義的浪漫精神」，它正是「中國現代人最需要的」。[109]〈野玫瑰〉真正令人印象深刻的是對人物的塑造，尤其是漢奸王立民的形象在現代文學史中堪稱絕無僅有。這是一個權力意志的信徒，他認定「一個人生在世上，必須要爭取支配的權力，沒有權力，生命就毫無意義」。為了獲得權力，國家可以拋到腦後，因為在他看來，「國家是抽象的，個人才是具體的」。這個人有鐵一般的意志，也是「世界上最驕傲的人」，他「永遠不會向命運低頭」，他需要的是別人的服從和尊重，而不是同情和憐憫，所以在知道自己會失明並隨之喪失思想的能力和意志後，便毅然服毒自盡。但這樣一個強悍的人物內心也不乏柔情，他愛他的女兒，即使在女兒以民族大義責備自己的時候也不生氣，他尊重女兒的思想，因為她的「態度是誠懇的」。這樣一個厲害的漢奸形象得到了陳西瀅的讚賞。他認為抗戰以來的漢奸戲和間諜戲「十個裡面有九個是把漢奸寫得太膿包」，也就不能反襯出間諜的高明。但王立民卻是「一個有才智的人」，而且有自己的人生觀，「這樣的敵人才不辱沒了英雄的刀尖」。[110] 可是，相比王立民的堅定，無論是曼麗還是夏艷華，都顯得缺乏力量，她們那一套民族大義、國家利益的話語並不能說服王立民，他認為那都是理論而不是事實，而且至死都認為自己並沒有失敗，「我有我的理想主義」。夏艷華是劇中另一個重彩塑造的人物，她有著超人一等的堅強意志，為了國家利益，犧牲了愛情，委身於敵，不僅要同這個仇人朝夕相處，「還要花言巧語博得他的歡心」，贏得他的信任。這樣一朵寂寞開無主的野玫瑰雖然無人欣賞，但

她「開得多有精神！……她並沒有憔悴。」連陳西瀅都要驚歎「這樣的一個女人似乎不是血做的，肉做的，也只有尼釆式的超人才做得到。」[111] 但是這樣一個「尼釆式的超人」卻並沒能充分展現其過人才智，我們看到的只是她對警察廳長的玩弄。讓王立民在臨死之際承認她是自己生平遇見的最厲害的敵手，不免牽強了些。而諸如「立民，你最利害的敵手，就是中國四萬萬五千萬人的民族意識」之類的話，在王立民堅強的意志力面前是顯得何等的虛弱！兩者在力量上的差距是很明顯的。夏艷華和王立民這兩個人物的對立，顯然是民族主義和個人主義之間的對立的形象圖解，在陳銓看來，象王立民這樣的漢奸的根本病症就在於其不惜犧牲國家民族的利益而只求滿足個人的權力幻想的「極端個人主義」，而這個論調正是戰國派反復申述的。

〈野玫瑰〉在公演後遭到了左翼文藝界的猛烈批判。這些批評主要集中在對王立民這個人物形象的處理上。他們認為作者把王立民寫成了一個意志堅強而且有感情有良心的英雄，而沒有揭露其卑鄙、無恥、醜惡的嘴臉，而且還讓他說出了一套做漢奸的理論，這樣的人物形象「極容易召來最大的同情與喜愛」。[112] 所以這個劇在意識上是有毒的，是在「散播漢奸理論」。[113]「將『指環與正義』中的『英雄豪傑』寄託在王立民身上，而忽略了王立民是個賣身投靠的奴才！」這使人們「看見了主張『指環與正義』的人們情急的嘴臉」。[114] 〈野玫瑰〉散發的浪漫感傷的情調也成了一條罪狀，在這個劇裡「簡直聞不到什麼火藥氣息」，[115] 那些虛構的故事、漂亮的修辭和甜蜜的感傷，在「抗戰的現時代裡」都是不應該迷戀的「死去了的骷髏」。在戲劇藝術方面，〈野玫瑰〉「助長了頹廢的、傷感

的、浪漫蒂克的惡劣傾向」。[116]

　　國民黨官方對〈野玫瑰〉似乎大體上是滿意的，教育部學術審議會還授予其文學類「三等獎」，以資鼓勵。〈野玫瑰〉的獲獎引來了重慶戲劇界人士的抗議，他們要求教育部撤銷「獎勵」，並禁止其上演。抗議當然是被拒絕了。中央圖書雜誌審查委員會主人潘公展甚至稱，〈野玫瑰〉「不惟不應禁演，反應提倡；倒是〈屈原〉劇本『成問題』」。[117] 當然，也有一些戲劇界人士對左翼的批評很不以為然。聯大劇團主演王立民的演員汪雨就認為，那種認為作者在袒護王立民、為漢奸製造理論根據的指責，完全是對劇本的歪曲，他反問說難道漢奸就應該永遠是曹操式的人物嗎？[118] 更多的觀眾似乎並不理會這種爭論，他們仍然會興高采烈地去看〈野玫瑰〉的演出，跟著劇中人物一起歡笑、歎息。一位女學生在看了演出之後，「像發現了真理般釋然叫道：『說〈野玫瑰〉有毒，我看一點毒都沒有！』」[119] 這或許更能代表一般觀眾的意見。他們在聽到王立民辯說那套「漢奸理論」時，會大聲地嗤笑，[120] 完全沒有被「毒倒」的跡象，當然更不會有這個劇是在散播什麼漢奸理論的想法。不管人們怎麼評說，單就受歡迎的程度而言，〈野玫瑰〉確實算得上是抗戰時期最為成功的劇作之一。

　　戰國派雖非國民黨的御用文人集團，但由於其一整套理論主張與國民黨官方政策基本相吻合，因而得到了官方的默許和讚賞。如此，它被左翼陣營看作是與「老虎」同聲相應的「嗡嗡營營」的蒼蠅，也是宜其所然。對戰國派的批判，實際上便成了左翼陣營與國民黨官方較力的一塊戰場。在「蒼蠅」的嗡營聲背後其實潛伏著更加驚人的無聲的雷霆，但這卻是「蒼蠅」以及其他一些浮游生物們所難以聽到的了。

第三節　文藝政策論爭

1938 年 3 月 29 日至 4 月 1 日召開的國民黨臨時全國代表大會確定了抗戰建國的基本綱領，這次會議也通過了陳果夫等人提出的關於確定文化建設原則綱領的提案。提案認爲「建國之文化政策，即所以策進抗戰之力量」，「而現階段之中心設施，則尤應以民族國家爲本位。所謂民族國家本位之文化，有三方面之意義，一爲發揚我固有之文化，一爲文化工作應爲民族國家而努力，一爲抵禦不適合國情之文化侵略。」這項提案基本上重申了戰前的基本政策，強調文化建設必須以民族國家建設爲本位，這在具體的內容條文上也有所體現，比如「表彰先賢先烈民族英雄之言行事蹟」，「以民族至上、國家至上爲準則，重新估定各地風俗習慣，訂頒國民生活曆，以齊一全國之習俗」，「訂頒與國家、社會、家族、個人現代生活相應，繁簡適中，文質合度之禮制」等等，都表明民族主義仍然是國民黨的文化綱領的基本精神。[121] 在整個抗戰時期，文化建國一直是國民黨文化工作的一個中心目標。但是在 1942 年以前，國民黨在文化工作方面除了消極的查禁書刊以外，[122] 鮮有積極的舉措。第三廳在抗戰初期雖然做了不少工作，但由於共產黨人在其間活動越來越活躍，國民黨實際上已無力控制。1940 年 10 月，以郭沫若爲首的左翼人士正式退出第三廳，組成了隸屬於政治部的文化工作委員會。對第三廳的整改，雖然對國民黨來說是去掉了一塊心病，但也使國民黨的文化工作變得更加沒有效率了。

1942 年 5 月，國民政府軍事委員會在致教育部「關於實施當前之文化政策與宣傳原則」的密電中稱，抗戰軍興本應能推

動民族文化運動的發展，但由於種種原因，民族文化未能充分發展，其中首要的一條就是「由於共產黨及其週邊強調民主鬥爭，使民族運動之精神爲之分散」。密電還稱要「在不違背三民主義與抗戰國策之下，放任文化論戰，使各種思想各以其眞面目並陳於世，互相激蕩」。[123] 這無疑是一個信號，表明國民黨將會加強文化鬥爭的力度。9 月，張道藩依據蔣介石的有關訓示創辦《文化先鋒》，並在創刊號上推出張道藩的長文〈我們所需要的文藝政策〉，詳細地闡述了國民黨方面對於當下文藝的要求。

在這篇文章中，張道藩舉出了與文藝相關的四條基本原則，即「（一）謀全國人民的生存，（二）事實定解決問題的方法，（三）仁愛爲民生的重心，（四）國族至上」，並進而提出了「六不」和「五要」的文藝政策。所謂「六不」就是「（一）不專寫社會黑暗，（二）不挑撥階級的仇恨，（三）不帶悲觀的色彩，（四）不表現浪漫的情調，（五）不寫無意義的作品，（六）不表現不正確的意識。」「五要」是「（一）要創造我們的民族文藝，（二）要爲最苦痛的平民而寫作，（三）要以民族的立場而寫作，（四）要從理智裡產作品，（五）要用現實的形式。」「六不」「五要」政策顯然主要是針對左翼文藝界而來的。抗戰進入相持階段尤其是在皖南事變發生後，國內的政治空氣變得凝重起來，抗戰初期那種蓬勃奮發的氣象早已衰退。這種精神氛圍表現在文藝創作上，便是作家們漸漸把眼光落在國統區腐敗墮落的社會現實上，暴露黑暗的作品越來越多，許多作品都明顯染上了沉鬱憤懣的情感色調。張道藩所謂的「不專寫社會黑暗」、「不挑撥階級的仇恨」、「不帶悲觀的色彩」，顯然是對此而發的。爲了扭轉這種沉鬱的創作空

氣，張道藩還重新打出了民族文藝的旗幟。他認爲，所謂民族文藝，就是表現民族意識的文藝，而中華民族的民族意識「就是忠孝仁愛信義和平」這所謂的「八德」。民族文藝的葫蘆裡裝的竟然全都是舊藥，而沒有一點新鮮的玩意，這葫蘆自然就難以吸引人了。「五要」中「要爲最苦痛的平民而寫作」這一條倒是頗讓人感到意外，因爲一旦寫到平民的苦痛，就很難不與「六不」中的「不專寫社會黑暗」、「不挑撥階級的仇恨」發生衝突。[124] 張道藩似也覺察到這種潛在的衝突，因而強調說表現勞工勞農的悲慘苦痛的生活以及他們所受到的「暴虐的統治者的蹂躪，大資本家的剝削，與大地主的壓迫」，其目的是「一方面使勞工勞農認清自己的實況，自己的地位，自己的前途而自動地來參加國民革命，另一方面使統治者大資本家大地主知道自己的錯誤自己的墮落，自己的罪過而幡然悔改，自動地爲勞工勞農謀利益。」這樣的寫作「處處是從仁愛，而不是從憎恨爲出發點」的，與「六不」並不相悖。[125] 這樣曲爲解說，其蒼白無力已是不言自明。

　　張道藩的文章發表後，引起了一些討論，《文化先鋒》先後組織了兩期「文藝政策討論專輯」（第 8 期和第 21 期），《文藝先鋒》上也辟出了討論專欄，一時之間弄得煞是熱鬧。從這兩個姊妹刊物上發表的討論文章看，多數都是國民黨黨內人士的捧場之作，對張道藩頗多諛詞，但都提不出有價值的意見來。其中表現最爲活躍的是丁伯騮和李辰冬這兩位《文化先鋒》的編輯。丁伯騮認爲，「一個確定的文藝政策是必要的」，「一個具有完整建國理論的國家必需有一個與那理論一致的文藝政策」，這個文藝政策應根據總的政治綱領制定，如果運用得當，則可加速推進政治綱領的實現。他認爲確立文藝

政策，「可以達成輔佐政治完成國民革命和新中國社會建設的
任務」，同時在消極的意義上可以阻止「不正當作品的產
生」，在積極的意義上則能確立「正確的寫作標準」，健全作
家的意識，「故易於產生為時代所需大眾所歡迎的偉大作
品」。[126] 李辰冬則檢討了中國當代為什麼沒有偉大的文藝的原
因，即作家沒有堅定的信仰和高深的哲理，尤其是缺乏廣泛的
生活經歷。他認為，「每一時代的社會都有一種中心的組織，
……參加這些組織的人員，都是該社會的中堅份子，如果能瞭
解他們的精神，就可瞭解該時代的精神。如果文藝家能表現他
們的精神，那就表現了時代的精神。」而現階段中國的中堅社
會組織是人民團體和政府機關，所以文藝家應該多多參加人民
團體的活動與政治機構的行政，只有這樣，才「足以開闊他的
胸襟，宏大他的度量，使他不偏頗，不狹隘，而豐富生活的體
驗，民生的認識。」[127] 李辰冬還提出了推行文藝政策的一種辦
法，即由文藝獎助金每年籌措 40 萬元（物價增漲後遞增），
在文藝作品（暫限於文學、繪畫、雕刻、音樂四類，建築和其
他應用藝術俟戰後增補）裡選出二十種水準以上的作品，每種
予以兩萬元獎金。每年再在這 20 種當選作品中，選出三種，
分甲乙丙三等，分別授予孫總理、蔣總裁、林主席勳章「以示
尊崇」。[128]

　　當然，也有少數「黨內同志」對張道藩的文藝政策論提出
了不同看法。王夢鷗認為文藝政策這個詞是把「不同的二物並
為一談」，「文藝是人類的，而政策則是政府的，……文藝之
存在，不因政策之有無，並且，以有限的政策作用來範圍無限
性的文藝，是否可能？」他還說其實只發表「我們所需要的文
藝」便夠了，不必再綴以「政策」二字，「文藝不是政策！文

藝政策儘管多似牛毛，也無益於文藝之存在」，無論是在個人的立場還是在政府的立場上說，都只是「我們所需要的文藝」，所不同者，個人表示其需要，是一種「願望」，而政府的表示，雖不名爲政策，而實際卻可能成爲政策。[129] 這個看法得到了王平陵贊同。他認爲，「爲了宣傳某種政策而寫出的文藝，常是政策的附庸，政策的配合，至多是在政策的推動上能夠發生宣傳作用的一個因素，對於文藝本身，殊無絲毫的補益」，而且「政策」這個詞已經讓人看到都覺得頭痛，所以還是不如不提「文藝政策」，乾脆以「我們所需要的文藝」爲號召，這似乎要更爲「允當而恰且」。[130]

更加尖銳的批評當然來自黨外。其中第一個站出來明確表示反對的是梁實秋。早在十多年前，梁實秋就對文藝政策的論調提出過批評，他認爲，「『文藝』而可以有『政策』，這本身就是一個名辭上的矛盾」，而左翼和國民黨都表示讚賞的俄共的文藝政策，其實「裡面並沒有什麼理論的根據，只是幾種卑下的心理之顯明的表現而已：一種是暴虐，以政治的手段來剝削作者的思想自由；一種是愚蠢，以政治的手段來求文藝的清一色。」[131] 在回應張道藩的這篇文章中，梁實秋的言辭明顯比十多年前和緩了許多，他甚至認爲如果政府想把文藝政策當作達到某種政治經濟目的的工具，那麼文藝政策的建立是有其必要的。但是梁實秋的根本立場其實並沒有改變。他首先指出，如今世界各國對文藝的態度可以分爲兩種：一種是「由著文藝自由發展」，一種是「用鮮明的政策統制文藝的活動」，前者以英美爲代表，後者則以蘇、德、意爲代表。「在英美，各種樣的文藝作品都可以自由的創作，自由的刊印，自由的銷行，政策不加限制，……這種思想自由出版自由可說是民主政

治之最值得令人稱羨的一端」，在蘇聯、德國和義大利，作家卻要受到嚴格的紀律約束，「不合於某一種『意德沃洛基』的作品是不能刊行的，有時還連累作者遭受迫害，不能在本國安居，或根本喪失性命」。由此他認為文藝自由與否，與所在國家的社會制度和經濟狀況並無必然關係，直接影響到文藝自由的是現實的政治。在他看來，文藝政策與過去文學上的各種主義是不同的。古典主義、浪漫主義、寫實主義等，「乃是對於文藝之某一元素特別加以重視，實在並不限於某一時代」，而且它們「也不過是幾個私人（且時常是無意的）的倡導，不過是一種風氣的提倡，既無明確的條文，更沒有具體的執行的機構與辦法。」而文藝政策根本是文學以外的事情，它是「配合著一種政治主張和經濟主張而建立的，必然要有明確條文，必然要有縝密的步驟，以求其實現。」「文學上的各種主義可以同時出現於同一個時代，可以雜然並陳於同一個國家，任人採納；而文藝政策則在某一國家某一時代僅能有一種存在，而且多少總應該帶有一些強迫性。」實行文藝政策的辦法，不外獎勵與取締兩項。其中取締「有賴於審查制度，這其間困難重重，例如審查標準的建立，審查人員的養成，都不是簡單的事。取締若是從嚴，必將步蘇聯德義的後塵，而釀成慘酷的文字獄，這對於文藝的打擊是致命的。即或從寬，在作者的情緒上也留下一些不愉快的痕跡，不會產生好的結果。」他以曹禺的〈北京人〉為例說明文藝審查之困難，張道藩認為〈北京人〉「意識不正確」，但教育部學術審議會卻認為有價值且授予其獎金，可見真要推行文藝政策該有多困難。故而他委婉指出：「文藝政策如果寫在紙上便了，那麼便無關緊要，如果認真推行起來，在文藝方面恐怕有時候是不無遺憾的。」對張道

藩認爲中國新文藝「受西洋文藝的束縛」的觀點，他也提出了異議。他認爲西洋文藝對新文藝只有好影響，沒有惡影響，事實上我們對西洋文藝的介紹和研究其實還做得遠不夠，而且今後文學國際化的潮流將更加不可阻遏，外來影響的激蕩總是免不了的，「唯有受外來影響的激蕩，新文藝才更容易發揚滋長。」[132]

　　與梁實秋這篇文章同期的《文化先鋒》上刊登了張道藩的〈關於文藝政策的答辯〉。張道藩首先聲明三民主義的文藝政策是與蘇聯、德、意不同的。三民主義是民主政治，所以不會發生蘇聯、德、意那種強制文藝的現象。「我們提出的文藝政策並沒有要政府施行統治文藝的意思，而是赤誠地向我國文藝界建議一點怎樣可以達到創造適合國情的作品的管見，使志同道合的文藝界同仁有一個共同努力的方向。」他緊接著說，在抗戰建國的時期，「文藝作家是一種戰士」，這已經爲大家所共同接受，既然是「戰士」，就必須受紀律的約束，提出文藝政策問題來討論，就是要建立一種適合我國現實需要的文藝紀律。但是張道藩又強調提出「文藝政策」並不是「奉命開場」，「所以我們並未稱爲『政府的文藝政策』或『中國的文藝政策』，而只稱爲『我們所需要的文藝政策』，這裡含蓄著盼全國的文藝界來批評，補充，以求一全國一致同意的文藝政策。」[133]

　　相比張道藩的這種首鼠兩端的曖昧態度，陳銓的觀點反倒更加堅決徹底。他認爲一般人反對政府制定文藝政策，是基於這樣一種認識，即認爲文藝是個人心靈自由的創造活動，是最容不得外在的限制的，政府爲文藝定下一種政策，就會在無形中損害文藝，使文藝不能發展。這種認識根源於 18 世紀以來

形成的自由主義理念。但是自由主義在如今已經行不通了，因為它沒能擺脫個人的立場。陳銓認為歐洲政治思想有兩大潮流，一是亞里斯多德的個體主義，一是柏拉圖的集團主義。亞里斯多德注重個體，以個人為目的，而柏拉圖則注重集團，以國家、民族為目的。陳銓從戰國派的一套理論出發，認為在二十世紀的戰國時代，每個國家都在爭取生存，在軍事、政治、經濟、教育、社會等各方面都撇開了個人的自由而定下了爭取全民族生存自由的政策，柏拉圖的集團主義正風行一時。在民族衝突到了生死存亡的時候，個人方面，根本談不上自由不自由，一切都得以是否有利於集體為取消的標準，以民族生存為最終依歸。在這樣一個時代，自然不能再死抱自由主義不放，而必須另外開闢一條新路徑。至於是否需要文藝政策，這也要以民族生存為大前提，如果需要，是沒有多少討論的餘地的。[134]

另外一篇值得注意的批評文章是沈從文的〈「文藝政策」探討〉。沈從文認為，文藝政策的意思，本來無非是「把文學當成一個工具，達到『社會重造』『國家重達』的理想」，這種試驗從晚清就已經開始，對辛亥革命、五四運動和北伐都有直接的推動。但是一旦國家「想把它當成一種政策來好好運用時，作來似乎總不見得十分順手」，其原因一是因為把文學當作工具的「誤用和濫用」已經種下了惡果，另外是因為政策設計者「對文學『是』什麼『能』什麼認識不大清楚，處理的方式因之也不大妥當，主持其事的既保持個習慣的心理狀態，把作家當成介於『副官』『庶務』『秘書』三者間身份相等的人物，從不當作個『專家』看待，因此一切設計上的弱點，即自然好好存在，想去去不掉，想改改不來。」結果是「國家對文藝有政策，已經有了十多年」，但「文藝政策」卻始終是個空

洞名詞，「採用的方法居多是消極的，防衛的。或用收容制度消耗他們的能力，使用之於無意義方面去，或用檢查制度限制他們的發展，使有能力的亦無從好好使用。負責人對這件事儘管好像有個理想，在培養作家來實現它，事實上就只有一句話『請莫搗亂』。」沈從文還簡略地回顧了國民黨政府十幾年來在文藝政策上的努力。當左翼以上海租界爲根據地，與書商聯合炒作革命文學和普羅文學，弄得熱鬧異常時，南京方面才感到這問題麻煩，「方從限制上著手，加以查禁。查禁不濟事，才一面提出個文學主張相對抗，『民族主義文學』一名詞，因而產生。」但是南京政府在積極推行文藝政策方面所耗費的金錢數目卻「小得令人失笑」，上海的兩個刊物[135]是略帶強迫性與書店合作的，不花一文，南京辦的《文藝月刊》也每月耗費不到兩千元。在他看來，當時代表政府的「文藝政策」，也就只是用那麼一點點錢辦個刊物，除此別無更好的設計。如果文藝政策的本意原「不在培養作家鼓勵優秀偉大作品的產生，倒側重在抵制那些投機分子（指左翼的革命文學和普羅文學的鼓吹者——引者注）的活動，並爭取幾個無所爲的作家，來幫忙點綴點綴政治場面，增加首都一點文化空氣，我們還得承認，這是北伐成功後國家花錢最少而成功最大的一件工作。」抗戰爆發後，先是政治部設立了第三廳，接著是設立帶有賑濟性質的戰時作家獎助金，以及教育部的「學術獎金」，但是政府的這些「文藝政策」都不能算成功。設立第三廳是想有計劃地收容一些作家——其中居多還是原來與政府不合作的，但當時流行的第三廳是跳舞廳的嘲謔以及其後人事的一再變動，可以說明其與理想相去如何之遠；獎助金則「只做到消極救濟性質」，而且處理方法也不甚妥當；學術獎金「頭一次戲劇獎，

即引起種種不必要的糾紛」，失去了其應有的莊嚴性。單從政府在文藝政策上的花錢投入，就可以看出「目前的『文藝政策』，實說不上什麼政策了。它的存在不過近於『裝點』，即以裝點應有的作用而言，還是不夠的！」沈從文認為，要使文藝政策不只是作為裝點而存在，首先要改變把作家當成政策點綴品的傳統看法，把他們看成是一種專家，並把他們聚集在一起，由國家提供研究和創作的基金；其次在辦法上也要改變，文藝政策的「主事者最好是一個或一群專家，莫用官僚」，對出版物的審查制度更應改良，檢查員得先受嚴格檢查。總之，國家的文藝政策必須要有一種遠大的設計，才能吸引國內優秀作家投身到工作中去，產生偉大的作品，國家也才能運用這些作品，把民族潛伏的智慧和能力、熱情與勇氣一一發掘出來，而向一個未來的理想推進。[136]

沈從文對國民黨政府十餘年來的文藝政策的檢討和批評可以說是相當尖銳，在某種程度上也擊中了問題的要害。但是他的意見在當時並沒有引起注意，國民黨方面也沒有人站出來進行反批評。張道藩親自編輯的《文藝論戰》一書收入了關於文藝政策問題的幾乎所有的重要的論爭文章，沈從文此文卻是付諸闕如，這多少也讓人感到有點意外。

關於文藝政策的論爭也引起了左翼陣營的注意。《新華日報》1942 年 9 月 27 日上的一篇文章〈鴕鳥〉諷刺了「近來嚷嚷得頗為熱鬧的『不描寫黑暗』」的論調，作者認為在光明與黑暗之間是劃不出一條絕對的界線的，黑暗中包含著光明，光明中也包含著黑暗，更何況描寫黑暗也是改造現實的起始，「其功用，亦正不減在人世間播散一些溫暖與友愛」。不敢正視現實的黑暗，那是鴕鳥主義在作祟，於是任黑暗的陰影擴展

開來，「自身固不免仍爲黑漆一團」，而且也把文藝置於死境
了。這篇文章顯然是針對張道藩所說的「不專寫社會黑暗」這
一條而來的。有意思的是，左翼陣營把更多的批評火力集中在
了梁實秋身上，他們對梁實秋把蘇聯的文藝政策與德、意的文
藝政策相提並論尤爲不滿。吳往認爲蘇聯的文藝政策是正確
的，因爲「蘇聯的文藝政策並不是單純的『政令』。蘇聯任何
關於文藝運動的決議和措置，都是民主的作風，集全國作家於
一堂，由作家們根據當時的社會客觀趨勢作縝密研究，由全國
作家們自己作出決議，然後才以此爲根據來作決定。所以蘇聯
的文藝政策並不是文藝之外的東西，而是從文藝運動本身中產
生出來的。」他還堅持說「蘇聯從來沒有用文藝以外的高壓力
對付過文藝，蘇聯對文藝出版物向來不檢查，對忠實地從事著
作的作家也向來沒有迫害的事情。」他還批評梁實秋與沈從文
一樣，「對中國新文藝運動上的文藝武器論……有不正確的瞭
解」，他認爲中國新文藝在理論上指出的文藝的宣傳和組織作
用，是文藝本身的客觀性能，指出這種性能，「就可以有目的
有意識地把這種性能予以發揮。這是順水推舟，而並不是硬把
文藝拿來作什麼工具。」[137] 楊華則指責道，梁實秋認爲蘇聯與
德、意的文藝政策「異曲而同工」的說法，「如果不是對於蘇
聯實情的無知，就是對於蘇聯有意的誣衊。」他認爲權衡一種
政權或一個政府的文藝政策的是非得失，必須從它對文藝是扶
持還是迫害來區別。蘇聯組織「全蘇作家協會」，負責幫助作
家，指導文藝活動，並且置有大量基金，用以改進作家生活及
獎勵作家寫作，諸如此類的「有計劃」的文藝政策是對文藝的
扶持，這和德意的迫害性的文藝統制是完全不一樣的。他還認
爲把世界各國的文藝劃分爲「自由」和「統制」兩種類型是不

必要的，「眞正的區別，只有以政治力量扶持文藝或壓殺文藝的兩種。」[138] 我們不知道這些左翼文化人果眞是對蘇聯的情況一無所知，抑或還是在有意隱瞞，但有一點卻是很明顯的，即他們認爲蘇聯實行的那一套文藝政策是完全正確的，這和張道藩的看法其實是一致的。張道藩就認爲蘇聯的文藝政策是成功的，因爲它合於蘇聯的國情和現實需要，所以儘管開始老作家們也反對，但最後還是取得了極大的成功。[139] 張道藩們當然也會認爲自己所提出的一套文藝政策是在「扶持」文藝，而不是在「壓殺」文藝，所以楊華所謂的「眞正的區別」其實是虛假的，因爲任何政策都必須根據其實際造成的後果而不能從制定者的主觀意願來判定其優劣好壞。所以，楊華們對蘇聯文藝政策的捍衛，實際上只是表明了他們與張道藩們其實並無區別，一旦他們掌權，必然會馬上搖身一變，變成「楊道藩」或是「吳道藩」。在這點上，國共雙方實在沒有大的分歧，因爲國民黨對蘇聯的那一套文藝政策其實也早已心嚮往之，只是苦於無法實現而已。

關於「文藝政策」的論爭最後自然還是不了了之。署名「本社」的〈關於文藝政策的再答辯〉一文聲稱文藝政策之必須建立已不成問題，一個有計劃的國家，不僅政治、經濟、社會、教育上要有計劃，對文藝也要有計劃。該文還以福斯特（E. M. Forster）的〈社會對於藝術家的責任〉一文爲例，認爲在英美等自由主義國家如今也有文藝統制的趨勢。然而，有意思的是，這篇由丁伯騮翻譯的文章卻是被做了手腳的，譯文中所謂的「統制」在福斯特的原文裡只是「官僚化」，而象「在未來的時日中只有國家才是唯一的主人」這句在譯文被放大的驚人之語，在原文中也不過是說國家在將來大概會成爲藝術家

的唯一有力的贊助人。[140]經過一番處理，原本極力反對柏拉圖理想國之極權主義的福斯特竟然被硬塞進了統制論擁護者的行列，這真是一個莫大的諷刺。

「文藝政策」論，尤其是張道藩提出的「六不」「五要」政策，實際上是在為國民黨的戰時文化統制政策張目。1941年後，國民黨明顯加強了對圖書出版業的檢查和控制，1942年度審核的已出版圖書中，准予發售238種，查禁196種，停止發售120種，就地取締32種，不准再版14種，准予備查472種，在總共1072種審查圖書中，審查合格准予發售的竟然只占五分之一略強，查禁力度之強簡直令人咋舌。[141]在1941年5至12月查禁的138種書刊中，凡涉及共產黨的均以「以派系私利為立場」為由予以查禁，另外有相當部分書刊被禁的理由是「強調階級鬥爭」。在這批被禁書刊中，茅盾的《虹》、巴金的《萌芽》、華漢的《兩個女性》和《田野的風》、許傑的《南洋漫記》、宋之的的《小夫妻》、《周作人代表作選》、林語堂等的《幽默文選》都赫然在目，甚至連陳銓的《天問》也未能倖免。[142]1943年1至10月查禁的部分書刊中則包括了魯迅的《准風月談》和《二心集》，查禁理由是「無積極價值」和「詆毀民族主義文學者」。[143]1943年6月，中央圖書雜誌審查委員會指令廣西省圖書雜誌審查處，魯迅的《祝福》和〈狂人日記〉兩稿均不准編入《模範小說選》，7月10日該委員會在密函中稱「魯迅著作及有左傾思想之文章，應一律不准出版者任意列入所編各種文選及國文教本之內」。[144]1943年12月廣西圖書雜誌審查處認為茅盾的《速寫與隨筆》「多系以都市病態及農村痛苦為題材，不僅頹喪、失望之情溢於紙上，且暗示有再革命之必要」，鄒韜奮等著的《抗戰總動員》「其內

容多幼稚、偏激之處」，故呈請中央予以查禁。[145] 在戲劇電影方面，1941 年 4 月 15 日國民黨中宣部致函中央圖書雜誌審查委員會，傳達了關於戲劇電影劇本取材和風格的指示，聲言「目前一般戲劇描寫頹廢及暴露社會罪惡者觸目皆是，此種作風亟應革除」，「今後戲劇應著重表現理想生活及揚善方面，同時對於成仁之故事，亦應避免，而應以成功之英雄事績爲劇本之材料，以增人民對本黨主義之信心與抗戰之意志」。[146] 1943年 3 月 12 日爲國民精神總動員四周年紀念日，國民黨國民精神總動員會要求各地查禁「反動書籍」並於此日在公共場所當衆焚毀，是日僅陝西省就焚書 322 冊，在中國現代歷史上留下了「焚書」的污點。國民黨對圖書雜誌的審查異常的鹵莽滅裂，凡語涉共黨的一律被禁，稍含階級意識者也難以倖免，甚至連《性的知識》、《性的衛生學》等普及醫學衛生知識的書籍也一概以「妨害善良風俗，不合抗戰要求」爲由予以查禁。[147] 在當時出版的一本電影新歌集中有八首歌曲被禁唱，它們的罪名是：〈漁光曲〉「消沉勞動者興趣，怨恨政府重稅」，「無流行必要」；〈勝利進行曲〉中的「我們有鋤頭，他有坦克大炮奈我何」是「意識不正確」，應刪去；〈孤島天堂〉中「這裡看不見抗戰的火光」一句「意識模糊」，應改爲「這是抗戰必勝的戰場」，另一句「脫下你華貴的衣裳」則「有強調階級意識之嫌」，應改爲「豎起你熱烈的胸膛」，等等。[148] 由此我們可以看出國民黨對圖書雜誌的審查是多麼的拙劣和可笑，它遭到文化人普遍的抵制和嘲弄，自然也在情理之中。

在積極的推進方面，國民黨也沒有拿出有效的舉措。1943年 9 月國民黨第五屆中央執行委員會第 11 次會議通過的〈文化運動綱領〉雖稱要「建立三民主義的哲學、社會科學及文藝的

理論體系」，「推廣與提倡文藝、戲劇、電影、廣播及新聞事業」等，但實際上這個綱領與以前通過的政策文件一樣，只是一些空洞陳腐的條文，沒有什麼新鮮的東西。在文藝方面略值得一提的是三民主義文藝獎金的設立。1943 年國民黨中常會227 次會議決定設立三民主義文藝獎金。在中宣部的通告中稱，受獎作品範圍爲：「闡揚總理遺教總裁言論及本黨政綱政策」的理論著作，以及「闡揚總理遺教總裁言論本黨革命歷史革命先烈事蹟本黨政綱政策或有裨於抗戰建國之優良小說戲劇（包括電影劇本）詩歌繪畫雕塑音樂（包括樂譜及歌詞）通俗讀物」等。獎金額暫定爲每年 50 萬元，其中理論與文藝作品各占一半份額。[149] 除此，就是《文藝先鋒》的創辦了。《文藝先鋒》1942 年 10 月創刊於重慶，初爲半月刊，由王進珊主編。1943 年 1 月 20 日 2 卷 1 期起改爲月刊，到 1948 年冬停刊爲止，前後共出 76 期，歷任主編或參與編務的主要有徐霞村、李辰冬、丁伯騮、趙友培、徐文珊、刁汝鈞等人。作爲抗戰後期和解放戰爭時期國民黨官辦的唯一的大型文藝刊物，《文藝先鋒》是體現國民黨各個時期文藝政策的一扇視窗，在創刊初期它宣稱「以發揚抗戰建國精神，加強文藝界總動員，促進三民主義文藝建設，供給全國作家發表作品爲宗旨」；[150] 在文藝政策論爭中，它與《文化先鋒》相配合，重新登載了張道藩的〈我們所需要的文藝政策〉，並刊發了一些捧場文章，同時也鼓吹「民族文藝」。但是從編排內容上看，《文藝先鋒》基本上承襲了以前《文藝月刊》的方式，採用稿子的範圍相當廣泛，茅盾、陽翰笙、姚雪垠、臧克家、任均、王亞平、葉以群、羅蓀等左翼作家都曾在上面發表過文章，其餘如老舍、沈從文、張駿祥、林庚等中間派作家也是常客。這說明在抗戰時

期，文藝界內部雖然有黨派分歧，但至少還維持著表面上的團結，《文藝先鋒》的存在便算得上是一個象徵了。抗戰勝利後，隨著「文藝復員」，這種表面上的團結也宣告結束，《文藝先鋒》從 1946 年 1 月 8 卷 1 期起，撰稿作者面明顯地變窄了，不僅左翼作家完全絕跡，許多以前常出現的中間派作家也身影漸稀，《文藝先鋒》的黨派色彩逐漸變得濃厚起來。1947年後，《文藝先鋒》先後發表張道藩的〈生活中的藝術使命〉（10 卷 2 期）、〈文藝作家對當前大時代應有的認識和努力〉（11 卷 2 期），以及由官方文人擬訂的〈文學再革命綱領〉（草案）（12 卷 1 期）、余公敢的〈我們需要戡亂文學〉等文章，鼓吹「三民主義文藝」和「戡亂文學」，而且也推出了一些「剿匪戡亂」的作品，但是他們發出的言論在文藝界幾乎沒有人予以理睬，那一點鼓噪的聲音恐怕也只有他們自己才聽得到了。

1 　對「文協」的順利成立，王平陵曾感慨道，過去中央召集了六次文藝人，終於召集不起來，而「文協」卻一下子就使全國文藝人在抗戰的共同目標下團結起來了。見〈莊嚴熱烈的文藝陣——記全國文藝界抗敵協會籌備大會〉，原載 1938 年 2 月 25 日《新華日報》，轉引自《中華全國文藝界抗敵協會史料選編》，文天行、王大明、廖全京編，成都：四川省社會科學院出版社，1983，第 9 頁。

2 　轉引自《中華全國文藝界抗敵協會史料選編》，第 269 頁。

3 　陽翰笙任第三廳辦公室主任秘書，田漢任主管藝術宣傳的第六處處長，洪深任第六處第一科科長，管戲劇、音樂。

4 　關於第三廳的經費，郭沫若在《洪波曲》中說直到政治部南遷衡陽

以後,「才得批准了四萬多塊錢的預算。在這之前,我們一直做的是零工。」(《洪波曲》,北京:人民文學出版社,1979,第 52 頁)但據政治部第三廳 1939 年 7 月的工作報告,1938 年 8 月初,每月 6 萬元之預算即已實施。(「軍委會政治部第三廳關於抗敵宣傳工作概況的報告」,《中華民國史檔案資料彙編》第五輯第二編「文化」〔一〕,南京:江蘇古籍出版社,1998,第 63 頁)而第三廳從長沙撤出抵達衡山的時間是 11 月 15 日。(《洪波曲》,第 217 頁)沈從文曾說:「第三廳的成立,最先聞每月可動用一百萬元經費,可見起始期望相當大。但事到後來,可供使用經費尚不及十分之一,從數目變更上又可見出若不是這筆錢在當局認為用不得當,就是主持者錢用不了。因為這個工作固然值得花錢,但也要會花錢。倘若只在表面上裝點一下,出幾個刊物,辦兩份報紙,插一下老朋友小夥計,那麼每月百萬元自覺太多,有三五萬元也很夠點綴場面,敷衍敷衍某某人或某某方面了。」(〈「文藝政策」探討〉,原載 1943 年 1 月 10 日《文藝先鋒》2 卷 1 期,《沈從文批評文集》,珠海出版社,1998,第 69-70 頁)此說被郭沫若斥之為「自命清高的文人」的「謠言」。(《洪波曲》,第 52 頁)據郭沫若說,陳誠當初答應給第三廳兩個國防軍編制的預算經費,即每月 80 萬元,但是這並沒有兌現。(《洪波曲》第 40-41 頁)

5　關於第三廳,以往的說法是:它實際上是中共中央長江局和重慶時期的中共中央南方局所領導、由周恩來具體負責的。(陽翰笙:〈革命回憶錄・從第三廳到文工會〉,《陽翰笙選集》第 5 卷,成都:四川人民出版社,1989,第 162 頁)這個說法值得探討。第三廳的職員中雖然有不少共產黨員,而且還在周恩來(時任政治部副部長)的直接領導下成立了組織嚴密的黨支部和黨小組,但在第三廳兩千多職員中,共產黨員畢竟還是少數(陽翰笙也承認「在三廳,地下共產黨員只占極少數」,《陽翰笙選集》第 5 卷,第 272 頁),把第三廳完全看作共產黨領導的機構,這個說法恐怕不能成立。沈從文認為第三廳的設立是政府想有計劃地「收容」一些作家(「居多還是原來與政府不合作的」),「擬好好運用它」。(〈「文藝政策」探討〉,《沈從文批評文集》,第 70 頁)這個說法似乎更符合當時的情況。
第三廳下設三個處,第五處主管一般宣傳,由沈鈞儒領導的救國會和東北救亡總會負責,處長胡愈之,第一科科長徐壽軒是東北救亡總會的代表,第二科科長張志讓是救國會的,第三科科長尹伯休。第六處主管藝術宣傳,處長田漢,第一科科長洪深,管戲劇、音樂;第二科科長鄭用之,是國民黨的,管電影製作和發行;第三科科長徐悲鴻,負責美術宣傳。第七處主管對日宣傳和國際宣傳,處長是無黨派人士范壽康,第一科科長杜國庠,第二科科長董維健,第三科科長馮乃超。(《陽翰笙選集》第 5 卷,第 178-179 頁)從第三廳的機構組成看,把它看作一個由各黨派和社會團體共同參與組成的一個政府機構,應該更準確些。正是出於這種考慮,我在本節的論述中,把第三廳看成是國民黨政府體制內的機構,而在事實上,

第三廳前期的活動也基本上是與國民黨當時的政策相符合的。

6 「軍委會政治部第三廳報送成立以來工作報告呈」,《中華民國史檔案資料彙編》第五輯第二編「文化」(一),第 41-44 頁。「雪恥與兵役擴大宣傳周」由政治部第二廳與軍政部兵役處主持,第三廳從旁協助。但郭沫若回憶說這個宣傳周是「無聲無臭地渡過了」,而這正是國民黨方面所「企圖」的,因為他們害怕發動民眾。(《洪波曲》,第 72-73 頁)

7 「軍委會政治部第三廳關於抗敵宣傳工作概況的報告」,《中華民國史檔案資料彙編》第五輯第二編「文化」(一),第 62-68 頁。

8 1938 年 10 月中央社會部即對「文協」今後的工作要點作了幾點指令:(一)從速發動各省分會組織,使各地文藝界人士均能有組織、有計劃參加抗敵文化工作;(二)指導並鼓勵文化作家從事民族文藝基礎之建立及抗戰文藝作品之寫作;(三)發動並鼓勵文藝界人士往戰區及敵人後方工作,擴大抗敵宣傳,建立文藝通訊網。見《中華民國史檔案資料彙編》第五輯第二編「文化」(一),第 211-212 頁。

9 參見「文協」總務部的〈會務報告〉,1938 年 10 月 15 日《抗戰文藝》第 2 卷第 6 期,《中華全國文藝界抗敵協會史料選編》第 109-111 頁。

10 參見「文協」總務部的〈會務報告〉,1938 年 11 月 5 日《抗戰文藝》第 2 卷第 9 期,《中華全國文藝界抗敵協會史料選編》第 112-113 頁。

11 老舍:〈五年來的文協〉,原載 1943 年 3 月 21 日《抗戰文藝》「文協成立五周年紀念特刊」,《中華全國文藝界抗敵協會史料選編》第 207 頁;《老舍文集》第 15 卷,北京:人民文學出版社,1990,第 589 頁。

12 老舍:〈抗戰以來文藝發展的情形〉,原載 1942 年 7 月、9 月《國文月刊》第 14、15 期。《老舍文集》第 15 卷,第 494 頁。

13 「軍委會政治部關於組建隨軍抗敵劇團的訓令」,「郭沫若關於各師旅政訓處設立隨軍抗敵劇團辦法的簽呈」,《中華民國史檔案資料彙編》第五輯第二編「文化」(一),第 87-88 頁。

14 老舍在一篇文章中曾談到軍隊的這種窘境:「他們得不到真正的劇團,而不能不東拼西湊的,弄起個可以勉強登台的小組來;或是,找不到話劇人才,而硬教地方上的秦腔班子或二黃班子來演抗戰的文明戲;或是,有劇團而因為一點什麼事不能演戲,只好教演員們暫且唱些抗戰歌曲,或說一段相聲……」〈抗戰戲劇的發展與困

難〉，原載 1940 年 1 月 1 日《掃蕩報》「元旦增刊」，《老舍文集》第 15 卷，第 395 頁。

15 「洪深致抗敵演劇隊第十隊電」，《中華民國史檔案資料彙編》第五輯第二編「文化」（一），第 121 頁。

16 「軍委會政治部抗敵宣傳第三隊第一分隊鄂北會戰前線工作報告書」，《中華民國史檔案資料彙編》第五輯第二編「文化」（一），第 143-146 頁。

17 關於抗敵演劇一二隊和第三隊的具體活動情況見田漢：〈關於抗戰戲劇改進的報告——軍委會政治部的範圍〉，《田漢文集》第 15 卷，北京：中國戲劇出版社，1983，第 127-166 頁。關於演劇一二隊的前身「抗敵劇團」，陽翰笙說它實際上是由共產黨領導的，在被軍委會政訓處收編前「我方」曾提了十個條件，如人事自主、劇目自主、不穿軍裝等。（〈革命回憶錄〉，《陽翰笙選集》第 5 卷，第 258 頁）但據田漢文，上海救亡演劇三四隊在收編後，即開入南京編隊受訓，並發給青布制服與軍氈，「制服穿上身時，大家在街頭闊步，得意非凡。」（《田漢文集》第 15 卷，第 130 頁）另陽翰笙說趙丹其時亦在劇團中，此說有誤，趙丹因不願「入朝」，與葉露茜、顧而已、朱今明等在鎮江即已離隊。（田漢文，出處同上）關於抗敵演劇隊和抗宣隊，陽翰笙認為它們是「周恩來同志親自領導和派遣的」，把它們派到各個戰區前線去，「這是巧妙地利用合法手段，打入國民黨的禁區」，「這是抗日戰爭時期我黨在國統區的宣傳鬥爭和抗日民族統一戰線鬥爭中的一項重要的戰略部署」。演劇隊和抗宣隊在活動過程中，遭到了「國民黨反動派越來越殘酷的迫害」。（《陽翰笙選集》第 5 卷，第 261-264 頁）

18 關於第五戰區文工會的活動情況均見張佐華：〈二年來戰地文化工作的經驗與教訓〉，《中華民國史檔案資料彙編》第五輯第二編「文化」（一），第 865-885 頁。

19 漢口向藝楚劇團流動宣傳隊在呈送政治部第三廳的報告中曾談到，他們到坪房等地演劇，發現當地鄉民「對於抗戰毫無認識，經屬隊宣傳，均感奇異，對中日戰爭始有認識。」這也許是一個極端的例子，但至少可以說明在當時確有許多鄉村地方對現代國家的政治、經濟和文化生活幾乎是完全隔膜的。見《中華民國史檔案資料彙編》第五輯第二編「文化」（一），第 58 頁。

20 文藝的入伍和下鄉所起到的動員民眾的作用是非常巨大的，河南偃師縣的老太婆劇團就是一個有趣的例子。劇團的 11 位老太太昔日都是吃齋念佛的農村婦女，在下鄉的演劇隊的影響和帶動下，她們組織起來，用方言土語進行演出。由於不識字，她們實際上沒有劇本，只是你一句、我一句地湊成個調子，她們的歌詠大部分是用念佛的調子換上抗日救亡的內容，有時也學唱些流行的救亡歌曲。參見蘇

　　　光文：《抗戰文學概觀》，重慶：西南師範大學出版社，1985，第
　　　155 頁。

21　總務部「會務報告」，原載 1938 年 5 月 10 日《抗戰文藝》1 卷 3
　　　期，轉引自《中華全國文藝界抗敵協會史料選編》第 94 頁。

22　〈怎樣編制士兵通俗讀物〉，原載 1938 年 5 月 21 日《抗戰文藝》
　　　1 卷 5 期，轉引自《中華全國文藝界抗敵協會史料選編》第 68-74
　　　頁。

23　茅盾：〈文藝大眾化問題〉，原載 1938 年 3 月 9 日、10 日廣州《救
　　　亡日報》第 154、155 號。轉引自《國統區抗戰文學研究叢書‧文學
　　　理論史料選》，蘇光文編選，成都：四川教育出版社，1988，第
　　　115-124 頁。

24　老舍：〈關於大鼓書詞〉，《老舍文集》第 15 卷，第 325-329 頁。

25　老舍在這一時期的通俗文藝作品曾以《三四一》為名結集出版，即
　　　內含三篇鼓詞、四出二簧戲和一篇舊型小說。〈我怎樣寫通俗文
　　　藝〉，《老舍文集》第 15 卷，第 218-221 頁。

26　洪深：〈抗戰十年來中國的戲劇運動與教育‧民間形式與地方戲〉，
　　　轉引自藍海：《中國抗戰文藝史》，濟南：山東文藝出版社，
　　　1984，第 74 頁。

27　老舍：〈本刊半年來的回顧〉，原載 1938 年 9 月 25 日《抗到底》
　　　第 15 期，《老舍文集》第 15 卷，第 349 頁。

28　「總務部報告」，原載 1939 年 4 月 10 日《抗戰文藝》4 卷 1 期，
　　　轉引自《中華全國文藝界抗敵協會史料選編》第 32 頁。

29　總務部「會務報告」，原載 1938 年 5 月 28 日《抗戰文藝》1 卷 6
　　　期，轉引自《中華全國文藝界抗敵協會史料選編》第 99 頁。

30　總務部「會務報告」，原載 1938 年 7 月 2 日《抗戰文藝》1 卷 11
　　　期，轉引自《中華全國文藝界抗敵協會史料選編》第 103 頁。

31　總務部「會務報告」，原載 1938 年 10 月 15 日《抗戰文藝》2 卷 6
　　　期，轉引自《中華全國文藝界抗敵協會史料選編》第 110-111 頁。

32　出版部「出版狀況報告」，原載 1939 年 4 月 10 日《抗戰文藝》4 卷
　　　1 期，轉引自《中華全國文藝界抗敵協會史料選編》第 46 頁。

33　老舍：〈《通俗文藝五講》序〉，《老舍文集》第 15 卷，第 376-377
　　　頁。

34　老舍：〈製作通俗文藝的苦痛〉，原載 1938 年 10 月 15 日《抗戰文藝》2 卷 6 期，《老舍文集》第 15 卷，第 351-358 頁。

35　老舍：〈保衛武漢與文藝工作〉，原載 1938 年 7 月 9 日《抗戰文藝》1 卷 12 期，《老舍文集》第 15 卷，第 341 頁。

36　「漢口向藝楚劇團流動宣傳隊呈」，《中華民國史檔案資料彙編》第五輯第二編「文化」（一），第 57 頁。

37　蘇光文：《抗戰文學概觀》，第 154 頁。田漢在〈關於當前劇運的考察〉中稱，中央通信社曾就全國各地及全軍各單位所屬的戲劇團體作過統計，獲悉全國話劇工作者達 6 萬餘人，演劇團體凡二千五百至三千單位。《田漢文集》第 15 卷，第 295 頁。

38　據葛一虹〈抗戰劇作編目〉統計，到 1938 年止，出版獨幕劇即達 142 種。轉引自蘇光文：《抗戰文學概觀》，第 162 頁。

39　「漢劇流動宣傳隊二隊呈」，《中華民國史檔案資料彙編》第五輯第二編「文化」（一），第 61 頁。

40　「國民黨漢口市黨部關於組織漢口市戲劇編修委員會致軍委會政治部公函及審批檔」，《中華民國史檔案資料彙編》第五輯第二編「文化」（一），第 88-93 頁。

41　這些文章還包括〈蘇聯為什麼邀梅蘭芳去演戲〉、〈致《戲》週刊編者的信〉、〈關於戲劇運動的幾個信念〉、〈評《西施》〉、〈重接周信芳先生的藝術〉等，詳見《田漢文集》第 14 卷。

42　田漢：〈抗戰與戲劇〉，《田漢文集》第 15 卷，第 15 頁。

43　田漢：〈關於抗戰戲劇改進的報告──軍委會政治部的範圍〉，《田漢文集》第 15 卷，第 113-114 頁。

44　田漢：〈關於抗戰戲劇改進的報告──軍委會政治部的範圍〉，《田漢文集》第 15 卷，第 114 頁。

45　田漢：〈怎樣從蘇聯戲劇電影取得改造我們藝術文化的借鑒〉，《田漢文集》第 15 卷，第 83-84 頁。

46　田漢：〈關於抗戰戲劇改進的報告──軍委會政治部的範圍〉，《田漢文集》第 15 卷，第 115 頁。

47　田漢：〈關於舊劇改革〉，《田漢文集》第 15 卷，第 58 頁。

48　田漢：〈關於抗戰戲劇改進的報告──軍委會政治部的範圍〉，《田漢文集》第 15 卷，第 115 頁。

49 田漢：〈關於舊劇改革〉，《田漢文集》第 15 卷，第 58 頁。

50 《中國戲曲志・湖南卷》，北京：文化藝術出版社，1990》第 22-23 頁。

51 老舍：〈抗戰以來文藝發展的情形〉，原載 1942 年 7 月、9 月《國文月刊》第 14、15 期。《老舍文集》第 15 卷，第 514 頁。

52 轉引自文天行：〈國統區抗戰文學史稿〉，成都：四川教育出版社，1988，第 71-72 頁。

53 在延安解放區，我們可以看到這一運動發育得較好的雛形，而延安文藝對 1949 年以後新中國文藝的巨大影響早已眾所周知。

54 陳銓（1905-1967），四川富順人。1928 年畢業於清華大學西語系，赴美國入奧伯林大學，獲文學士及碩士銜，後又留學德國。1934 年歸國，任武漢大學教授，旋返清華大學教德文。抗戰期間任西南聯大德文教授。

55 雷海宗（1902-1962），歷史學家。1922 年畢業於清華大學，後入芝加哥大學，獲哲學博士銜。回國後先後任教於中央大學、金陵女子大學、武漢大學、清華大學和西南聯大。1949 年後任南開大學教授。

56 林同濟（1906-1980），著名學者和文學翻譯家。1922 至 1926 年就讀於清華大學。1926 至 1933 年留學美國，攻讀國際關係和歐洲文學史，重點研究社會政治思想、文學和哲學。1928 年獲密執安大學文學士銜，1930 年獲加利福尼亞大學碩士銜，1933 年獲加利福尼亞大學博士銜。1931 至 1934 年先後執教於密執安大學和加利福尼亞大學，任中國文化史教授。1934 年回國，任南開大學政治系教授。抗戰期間任雲南大學文學語言研究所所長。1949 年後任復旦大學外語系教授。

57 〈本刊啟事（代發刊詞）〉，《戰國策》第 2 期（1940 年 4 月 15 日）。《「戰國派」》（一），重慶師範學院中文系編，1979，第 147 頁。

58 陳銓的政治和哲學文章在當時引起了國民黨當局的注意，因而被調到重慶中央訓練團受訓，不久轉任中央政治學校教授，兼中國青年劇團編導，稍後任正中書局總編輯。陳銓、林同濟、雷海宗在當時也受國民黨各級黨部邀請，發表演講。

59 《野草》（月刊）1940 年 8 月 20 日創刊於桂林，由夏衍、孟超、秦似、聶紺弩、宋雲彬等編輯。

60　徐曼：〈剪燈碎語之二〉，《野草》5 卷 2 期（1943 年 1 月 1 日）。

61　林同濟：〈戰國時代的重演〉，《戰國策》（半月刊）第 1 期（1940 年 4 月 1 日）。

62　林同濟：〈形態歷史觀〉，1941 年 12 月 3 日《大公報》（重慶版）「戰國」副刊第 1 期。

63　雷海宗：〈獨具二周的中國文化〉，1942 年 3 月 4 日，《大公報》（重慶版）「戰國」副刊第 14 期；〈此次抗戰在歷史上的地位〉，〈中國文化與中國的兵〉。

64　參見茅盾：〈「時代錯誤」〉1941 年 1 月 1 日《大公報》（重慶版）；胡繩：〈論反理性主義的逆流〉，1941 年 1 月 1 日《讀書月報》2 卷 10 期；〈渝文化界應該討論文化之進步問題〉，1942 年 12 月 21 日〈大公報〉（重慶版）。

65　林同濟：〈力〉，1940 年 5 月 1 日《戰國策》第 3 期。

66　陶雲逵：〈力人——一個人格型的討論〉，1940 年 10 月 1 日《戰國策》第 13 期。

67　陳銓：〈指環與正義〉，1941 年 12 月 17 日《大公報》（重慶版）「戰國」副刊第 3 期。

68　陳銓：〈論英雄崇拜〉，1940 年 5 月 15 日《戰國策》第 4 期。

69　陳銓：〈再論英雄崇拜〉。1942 年 4 月 21 日《大公報》（重慶版）「戰國」副刊第 21 期。

70　陳銓：〈論英雄崇拜〉，1940 年 5 月 15 日《戰國策》第 4 期。

71　歐陽凡海：〈什麼是「戰國」派的文藝〉，1942 年 4 月 15 日《群眾》7 卷 7 期。

72　1937 年的《理論與實踐》1 卷 1 號就譯載了一篇〈尼采哲學與法西主義〉，1941 年潮鋒出版社出版了段洛夫譯的《尼采哲學與法西主義之批判》，可見在當時國際左翼思想界對尼采哲學的批判已經傳入了中國。〈尼采哲學與法西主義〉和《尼采哲學與法西主義之批判》的節選，可參見成芳編《我看尼采——中國學者論尼采（1949 年前）》，南京大學出版社，2000 年。

73　歐陽凡海：〈什麼是「戰國」派的文藝〉，1942 年 4 月 15 日《群眾》7 卷 7 期。

74　關於尼采哲學的簡要分析，可參看【法】吉爾・都魯茲（Gilles Deleuze）：《解讀尼采》，張喚民譯，天津：百花文藝出版社，2000。

75 歐陽凡海：〈什麼是「戰國」派的文藝〉，1942 年 4 月 15 日《群眾》7 卷 7 期。

76 林同濟：〈從戰國重演到形態歷史觀〉，1941 年 12 月 3 日《大公報》（重慶版）「戰國」副刊第 1 期。

77 林同濟所謂的全能國家疑即 totalitarian state，即極權主義國家。

78 林同濟：〈廿年思想轉變與綜合〉，1941 年 7 月 20 日《戰國策》第 17 期。

79 陳銓：〈五四運動與狂飆運動〉，1943 年 9 月 7 日《民族文學》1 卷 3 期。

80 陳銓：〈政治理想與理想政治〉，1942 年 1 月 28 日《大公報》（重慶版）「戰國」副刊第 9 期。

81 雷海宗雖然沒有正面地批評五四運動和個人主義，但他認為在文化發展的第五個階段即末世階段，自私自利的極端的個人主義成了社會生活的主要原動力，而五四以來的二十年也被納入他所認為的中國文化的第二周的末世階段，從這裡可以隱約看出他在這方面的認識基本上還是與林、陳兩人同調的。參見雷海宗：〈歷史的形態——文化歷程的討論〉，1942 年 2 月 4 日《大公報》（重慶版）「戰國」副刊第 10 期，〈獨具二周的中國文化〉，1942 年 3 月 4 日，《大公報》（重慶版）「戰國」副刊第 14 期。

82 顧鳳城：〈文學與時代〉，1928 年 3 月《泰東月刊》1 卷 7 期。

83 蔣光慈：〈關於革命文學〉，1928 年 2 月《太陽月刊》第 2 期。

84 一士：〈民族與文學〉，1930 年 8 月《開展月刊》第 1 期。《民族文藝論文集》，第 89-100 頁。

85 從革命文學時期起，對五四的反思逐漸成為文化界、思想界所注目的一個問題。文藝大眾化運動批評了五四白話文運動，民族主義者、國家主義者也站在國家、民族的立場上批評五四，一些超越於政治和黨派之外的知識份子，如李長之，也對五四提出了批評。見李長之：〈五四運動之文化的意義及其評價〉，《迎中國的文藝復興》，商務印書館，1946 年。

86 文公直：〈亡國文化的肅清與文化統制的建設〉，1934 年 1 月 15 日《汗血月刊》2 卷 4 號「文化剿匪專號」。

87 馬寅初：《中國經濟改造》，商務印書館，1935，第 3 頁。

88　馬寅初：《中國經濟改造》，第 20 頁。

89　馬寅初：《中國經濟改造》，第 53 頁。

90　林同濟：〈民族主義與二十世紀〉，原載 1942 年 6 月 17 日、24 日《大公報》（重慶版）「戰國」副刊第 29、30 期。《「戰國派」》（一），第 56 頁。

91　林同濟：〈柯伯尼宇宙觀──歐洲人的精神〉，原載 1942 年 2 月 14 日《大公報》（重慶版）「戰國」副刊第 7 期。《時代之波──戰國策派文化論著輯要》，溫儒敏、丁曉萍編，北京：中國廣播電視出版社，1995，第 219 頁。

92　林同濟：〈第三期的中國學術思潮──新階段的展望〉，原載 1940 年 11 月 1 日《戰國策》第 14 期。《「戰國派」》（一），第 47 頁。

93　陳銓：〈政治理想與理想政治〉，原載 1942 年 1 月 28 日《大公報》（重慶版）「戰國」副刊第 9 期。《「戰國派」》（一），第 22 頁。

94　林同濟：〈民族主義與二十世紀〉，《「戰國派」》（一），第 56 頁。

95　林同濟：〈民族主義與二十世紀〉，《「戰國派」》（一），第 58-62 頁。

96　陳銓：〈民族文學運動〉，《時代之波──戰國策派文化論著輯要》，第 375-376 頁。

97　陳銓：〈民族文學運動〉，《時代之波──戰國策派文化論著輯要》，第 373-375 頁。

98　陳銓：〈民族文學運動試論〉，原載 1942 年 10 月 17 日《文化先鋒》1 卷 9 期。《「戰國派」》（一），第 123-125 頁。

99　陳銓：〈民族文學運動〉，《時代之波──戰國策派文化論著輯要》，第 377-378 頁。

100　楊華：〈關於文學底民族性〉，原載 1943 年 2 月 16 日《新華日報》第 4 版，《「戰國派」》（一），第 226-230 頁。

101　戈矛：〈什麼是「民族文學運動」？〉，原載 1942 年 6 月 30 日《新華日報》第 4 版，《「戰國策」》（一），第 220-225 頁。

102　獨及（林同濟）：〈寄語中國藝術人──恐怖‧狂歡‧虔恪〉，原載 1942 年 1 月 21 日《大公報》（重慶版）「戰國」副刊第 8 期。

《「戰國派」》（一），第 126-133 頁。

103 尼采：《悲劇的誕生》，北京：三聯書店，第 33、82 頁。

104 獨及（林同濟）：〈寄語中國藝術人——恐怖·狂歡·虔恪〉，《「戰國派」》（一），第 133 頁。

105 陳銓：〈五四運動與狂飆運動〉，原載 1943 年 9 月 7 日《民族文學》1 卷 3 期。《時代之波》，第 347 頁。

106 反理性、反科學是左翼文藝界批判戰國派的主要罪狀之一。這方面有代表性的批評文章是洪鐘的〈「戰國」派文藝的改裝〉，原載 1944 年 12 月 25 日《群眾》9 卷 23、24 期，《「戰國派」》（一），第 199-212 頁。

107 關於 40 年代國統區文藝中的特務形象的簡單討論，可參見【日本】阪口直樹：〈四〇年代抗戰文學與「特務」形象〉，彭小妍編《文藝理論與通俗文化》（下），台北：中央研究院中國文哲研究所，1999，第 529-545 頁。

108 如象陳西瀅所指出的，在王立民家裡安插了三個特務，而且劉雲樵和王安都彼此不知對方身份，兩人對夏豔華的身份更是毫無知覺。此外，象王立民這樣精明的奸雄竟然會輕易地相信夏豔華的一面之詞而相信警察廳長是南方特務，也不能令人信服。見陳西瀅：〈野玫瑰〉（書評），原載 1941 年 1 月《文史雜誌》2 卷 3 期，《「戰國派」》（二），第 249-252 頁。

109 陳銓：〈青花〉，原載《國風》第 12 期，轉引自《「戰國派」》（二）「前言」。

110 陳西瀅：〈野玫瑰〉（書評），原載 1941 年 1 月《文史雜誌》2 卷 3 期，《「戰國派」》（二），第 249-250 頁。

111 陳西瀅：〈野玫瑰〉（書評），《「戰國派」》（二），第 251 頁。

112 方紀：〈糖衣毒藥——《野玫瑰》觀後〉，原載 1942 年 4 月 8、11、14 日《時事新報》第 4 版。《「戰國派」》（二），第 239-247 頁。

113 谷虹：〈有毒的《野玫瑰》〉，原載《現代文藝》5 卷 3 期。《「戰國派」》（二），第 237 頁。

114 顏翰彤：〈讀《野玫瑰》〉，原載 1942 年 3 月 23 日《新華日報》第 4 版。《「戰國派」》（二），第 217 頁。

115 方紀：〈糖衣毒藥——《野玫瑰》觀後〉，《「戰國派」》

（二），第 246 頁。

116 谷虹：〈有毒的《野玫瑰》〉，《「戰國派」》（二），第 237、238 頁。

117 〈《野玫瑰》一劇仍在後方上演〉，原載 1942 年 6 月 28 日《解放日報》第 2 版。《「戰國派」》（二），第 248 頁。

118 林少夫：〈《野玫瑰》自辯〉，原載 1942 年 7 月 2 日重慶《新蜀報》。《中國新文學大系 1937-1949》「文學理論卷二」，上海文藝出版社，1990，第 482-483 頁。

119 余士根：〈指環的貶值〉，原載 1943 年 3 月 1 日《野草》5 卷 3 期。《「戰國派」》（二），第 227 頁。

120 余士根：〈指環的貶值〉，《「戰國派」》（二），第 226 頁。

121 《中華民國史檔案資料彙編》第五輯第二編「文化」（一），南京：江蘇古籍出版社，1998，第 1-3 頁。

122 據國民黨中宣部的報告稱，從 1938 年 1 月到 1939 年 8 月的 20 個月內，由中宣部及中央圖書雜誌審查委員會通行查禁及停止發行的書刊總數為 253 種，其中 90%以上都是觸犯「異黨問題處理辦法」的共產黨的宣傳品。「國民黨中宣部關於圖書審查工作的報告」（1939 年 9 月），《中華民國史檔案資料彙編》第五輯第二編「文化」（一），第 713 頁。

123 「軍委會關於實施當前之文化政策與宣傳原則致教育部密代電」（1942 年 5 月 1 日），《中華民國史檔案資料彙編》第五輯第二編「文化」（一），第 16、19 頁。

124 梁實秋就指出這裡面有衝突，既然前面說「要絕對泯滅階級的痕跡而創造全民性的文藝」，那麼就不必再特別強調勞苦工農與統治階級資本階級地主階級的對立了，「富有同情心的作者，當然就會為受痛苦的人而寫作，但並不必限於勞工勞農。並且文藝的題材是很廣泛的，亦不必一定『要為最受痛苦的平民而寫作』。」梁實秋：〈關於「文藝政策」〉，1942 年 10 月 20 日《文化先鋒》第 8 期。

125 張道藩：〈我們所需要的文藝政策〉，1942 年 9 月 1 日《文化先鋒》（週刊）第 1 期。蘇光文編選：《國統區抗戰文學研究叢書‧文學理論史料選》，成都：四川教育出版社，1988，第 369-400 頁。

126 丁伯騮：〈從建國的理論說到文藝政策——《我們所需要的文藝政策》讀後感〉，1942 年 10 月 20 日《文化先鋒》第 8 期。

127 李辰冬：〈為什麼我們當代沒有偉大的文藝〉，1942 年 11 月 3 日《文化先鋒》第 10 期。

128 李辰冬：〈推行文藝政策的一種辦法〉，1943 年 2 月 1 日《文化先鋒》第 21 期。

129 王夢鷗：〈戴老光眼鏡讀文藝政策〉，1943 年 2 月 1 日《文化先鋒》第 21 期。

130 王平陵：〈評《我們所需要的文藝政策》〉，張道藩編：《文藝論戰》，正中書局，1944，第 146-150 頁。

131 梁實秋：〈所謂「文藝政策」者〉，《新月》3 卷 3 期，收入《偏見集》。徐靜波編：《梁實秋批評文集》，珠海出版社，1998，第 152-155 頁。

132 梁實秋：〈關於「文藝政策」〉，1942 年 10 月 20 日《文化先鋒》第 8 期。

133 張道藩：〈關於文藝政策的答辯〉，1942 年 10 月 20 日《文化先鋒》第 8 期。

134 陳銓：〈柏拉圖的文藝政策〉，1943 年 1 月 20 日《文化先鋒》第 20 期。

135 指《前鋒月刊》和《現代文學評論》，它們都由現代書局出版發行。

136 沈從文：〈「文藝政策」探討〉，1943 年 1 月 10 日《文藝先鋒》2 卷 1 期。劉洪濤編：《沈從文批評文集》，珠海出版社，1998，第 66-80 頁。

137 吳往：〈關於「文藝政策」與「文藝武器論」〉，1943 年 1 月 4 日《新華日報》。蘇光文編選：《國統區抗戰文藝研究叢書·文學理論史料選》，第 403-405 頁。

138 楊華：〈文學的「自由」和「統制」——文藝時論之六〉，1943 年 3 月 19 日《新華日報》。蘇光文編選：《國統區抗戰文藝研究叢書·文學理論史料選》，第 403-405 頁。第 406-410 頁。

139 張道藩：〈關於文藝政策的答辯〉，1942 年 10 月 20 日《文化先鋒》第 8 期。

140 E. M. Forster：〈社會對於藝術家的責任〉，丁伯驤譯，1943 年 2 月 1 日《文化先鋒》第 21 期。今譯本可參見福斯特：〈社會對藝術家的義務〉，收入《時代的挑戰》，李向東譯，北京：作家出版社，

1998，第 109-115 頁。

141 「國民黨中央圖書審查委員會民國三十一年度工作考察報告」，《中華民國史檔案資料彙編》第五輯第二編「文化」（一），第 823 頁。

142 「國民黨中央圖書雜誌審查委員會民國三十年五月至十二月查禁書刊目錄一覽表（1942 年 1 月）」，《中華民國史檔案資料彙編》第五輯第二編「文化」（一），第 776-790 頁。

143 「國民黨中央圖書雜誌審查委員會民國三十二年查禁的部分書刊目錄一覽表（1943 年 1-10 月）」，《中華民國史檔案資料彙編》第五輯第二編「文化」（一），第 795 頁。

144 「國民黨中央圖書雜誌審查委員會關於刪禁魯迅著作的令文（1942 年 6 月-1943 年 7 月）」，《中華民國史檔案資料彙編》第五輯第二編「文化」（一），第 638-639 頁。

145 「國民黨中央圖書雜誌審查委員會查禁茅盾著《速寫與隨筆》及鄒韜奮著《抗戰總動員》二書的令文」，《中華民國史檔案資料彙編》第五輯第二編「文化」（一），第 644 頁。

146 「國民黨中央宣傳部關於審查戲劇及電影劇本應注意取材與作風方面的意見」，《中華民國史檔案資料彙編》第五輯第二編「文化」（二），第 12-13 頁。

147 「國民黨中央圖書雜誌審查委員會民國三十二年查禁的部分書刊目錄一覽表（1943 年 1-10 月）」，《中華民國史檔案資料彙編》第五輯第二編「文化」（一），第 793 頁。

148 李道新：《中國電影史 1937-1945》，北京：首都師範大學出版社，2000，第 63 頁。

149 其獎金具體分配如下：理論設一等獎一名，獎金 5 萬元，二等獎兩名，獎金各 3 萬元，三等獎 12 名，各獎一萬元；文藝分小說、戲劇、詩歌、繪畫、雕塑、音樂、通俗讀物七類，每類設一等獎一名，獎金一萬元，二等獎兩名，獎金五千元，三等獎三名，各獎三千元。「中央宣傳部三民主義文藝獎金審議委員會通告」，1943 年 8 月 20 日《文藝先鋒》3 卷 2 期。

150 〈徵稿簡章〉，1942 年 10 月 10 月《文藝先鋒》創刊號。

結語

　　從 1928 到 1949 這二十餘年間，國民黨內要求政府確立文藝政策的呼聲始終沒有斷絕過，在某些時期，國民黨政府也確實制定了一些文藝方面的政策，並組織了一些頗有聲勢的文藝運動，比如 1930 年代初的民族主義文學運動和 1930 年代中期的民族文藝運動，但是這些政策及運動顯然沒有收到預期的效果。正如沈從文所諷刺的，從 1920 年代末到抗戰中期這十幾年裡，國民黨政府所謂的文藝政策實際上只是起到了點綴品的作用。這確實是一個莫大的諷刺。

　　國民黨在文藝方面的失敗其原因當然有很多，比如人力和財力的投入都很不夠，而且始終缺乏一個全面負責推動的統一機構，致使政策的推行缺乏連續性，二十餘年裡一波又一波的文藝運動幾乎都沒怎麼往前推進，總是在原地踏步，有時甚至還有大幅度的退步。有兩個深層次原因制約了國民黨文藝政策的成功實施。一是社會政治局面的不穩定。從南京政府建立後，國內政治始終沒有完全統一，兩廣對中央政府權威的屢屢挑戰，以及江西和兩湖的蘇區，始終是令南京政府寢食難安的心腹大患。而且 1930 年代前幾年頻發的洪澇等自然災害以及後滯的世界經濟蕭條的影響也使中國經濟瀕於崩潰的邊緣，從

而加劇了中國社會的動盪不安。除此之外，日本的侵略事實上
也激化了國內矛盾，而國民黨一再地忍讓和退縮，使其逐漸失
去了許多人的信任和支持。1935 年和 1936 年，中國的政治和
經濟局面都有了極大的改觀，幣制改革的成功使經濟出現了大
幅度的增長，國內政治也相對穩定，[1]然而戰爭卻打斷了這一
發展勢頭。抗戰雖然使國內政治獲得了前所未有的統一，但在
嚴峻的戰爭中以及異常艱苦的物質條件下，文化的生產與發展
根本就缺乏良好的外部環境。所以，這二十多年動盪不寧的社
會政治局面可以說在根本上制約了國民黨文藝政策的推行，雖
然國民黨政府有關方面也屢有舉措，但文藝從來沒有被當作攸
關生命的大事而眞正得到重視，所以才會出現沈從文所譏諷的
那種奢望以最少的錢辦最大的事的可笑現象。[2]在這種現實狀
況制約下，要指望文藝政策的推行能取得什麼實質性的成果顯
然是不現實的。二是文藝界普遍的不合作態度。國民黨各級機
構在談到實施文藝政策的困難時，總是感歎人才匱乏，[3]都要
靠自己培養顯然不現實，但黨外文藝人才又招攬不到。黨外的
文藝人士不僅取不合作態度，而且很多都團聚在共產黨領導的
左翼旗下，與政府唱對台戲。如此，要推行文藝政策自然是難
上加難。導致相當大一部分文藝人士向左轉的原因自然有很
多，比如說搞文藝的人本性中就有挑戰現存權力秩序的傾向，
但是更令人關注的是一些歷史的和現實的因素。其中，從晚清
末年就已初露端倪的思想上的狂躁和激進的傳統所產生的影響
不容忽視。在這種思想傳統影響下，很多知識份子總是樂意擔
當慷慨激昂的現實的批判者和破壞者，他們不能容忍滿目瘡痍
的現實，更不能在正視現實條件限制的前提下耐心地做點滴的
改良工作，而是寄希望於一場暴風驟雨式的革命來迅速徹底地

掃蕩一切腐朽和污穢，因此在思想上和情感上自然會自覺地向左轉。這些人註定要成爲南京政府的批判者。而從國民黨方面來說，其過於穩健甚至不免有些陳腐的思想理論缺乏一種思想上的鼓動力，難以讓人產生精神共鳴並由此達成認同。而且國民黨在制定文藝政策上所暴露的顢頇無能以及在執行過程中所表現出來的驚人的愚蠢和無知，進一步使其陷入到自我孤立之中，也把更多的文藝人士變成了自己的敵人。這種人心向背決定了國民黨的文藝政策及其文學運動必然要在多數文藝人士的抵制和敵視下以失敗告終。

　　儘管國民黨的文藝政策及文學運動在一定程度上可以說是黨派政治鬥爭的產物，但是如果完全把其歸結爲黨派政治鬥爭的工具和策略，也不盡符合事實。這二十多年間，國民黨的文藝政策及文學運動雖然時起時落，但民族主義卻是貫穿始終的思想主線。他們把建立現代民族國家看作是至高無上的目標，強調一切都要圍繞著這個目標進行，文藝也不能例外，必須自覺地承擔起喚醒民眾的民族意識的任務，使現代民族國家的觀念通過文藝的宣傳和感染的力量牢牢地紮根在人們頭腦之中，這其實就是把文藝當作建立民族國家認同的一種重要手段。1930 年代的中國民族主義雖然受到當時世界上盛行的法西斯主義的影響，一度錯誤地把統制與獨裁當成世界政治潮流所趨，而走上過激的歧路，但是民族主義在當時的興起卻有其現實的和歷史的必然性。早在清末，民族主義就是國內知識界熱烈討論的話題，許多人把它看作救國保種的良方，但在當時，民族主義是與排滿革命論交織在一起的，因此當民國建立後，不少人認爲民族主義已經完成其歷史使命，民族主義遂逐漸爲人們所淡忘。五四運動興起後，個性解放成爲時代潮流，啓蒙主

義、自由主義、社會主義、無政府主義等各種思潮洶湧激蕩，沖刷、改變了中國原來的社會思想文化結構。這種結構性的碎裂是中國邁向現代化的必要的過程。但社會在經歷了結構性的震盪和碎裂之後，也面臨著重建的任務，如何重新整合社會，這在五四後期實際上已經開始成為許多知識份子思考的問題。到了 1920 年代中期，隨著大革命的興起，個人主義開始遭到批評，階級、民族、國家這些集體性概念則逐漸被抬上高位。在「革命文學」時期，組織社會生活已經成為左翼知識份子的十分自覺的思想要求。左翼是在階級論的框架內尋求社會動員和社會整合的路向，而剛剛取得政權的南京政府則強調要加強中央政府的權威以及國家的全盤控制能力，走威權主義國家的道路，在國家主導下實現現代化。一部分國民黨人敏銳地認識到了民族主義在新的歷史條件下所具有的巨大的社會動員和整合能力，而率先在文學上提出了民族主義的口號。1931 年「九一八事變」之後，民族主義一躍而上升為最具影響力的社會思潮，南京政府也開始有意識地以民族主義為標榜，借機鼓吹統制和獨裁，以期收到攘外安內的作用。因此，民族主義的再度興起是中國社會結構變動和重建的內在發展邏輯所決定的。此外日本步步緊逼的侵略也是民族主義高漲的一個相當重要的外部刺激因素。從這個角度說，三四十年代的民族主義是有其一定的歷史合理性的。而以民族主義為思想主線的國民黨的文藝政策，儘管內涵貧乏，卻是民族主義的要求在文藝上的具體展現。國民黨文藝政策的演變史，從一個角度展露了中國現代民族主義的內在發展脈絡。

國民黨的文藝政策以及文學運動也引出了一些值得深思的問題。文藝政策論實際上是近代以來一直佔據主導地位的文藝

工具論的發展和應用，但與以前不同的是，文藝政策論卻體現了國家政權將文藝體制化的企圖，這在中國現代歷史上還是第一次。文藝體制化必然涉及到如何看待和處理國家與社會之間關係的問題。南京政府奉行的黨國一體的訓政模式顯然對國家與社會之間必要的分野認識不足，過於強調中國社會缺乏組織的現狀，而沒有認識到社會也具有一定的自組織能力。這反映在具體的政策措施上，就是國家權力的無限制膨脹，社會空間遭到極度擠壓，因而喪失了良性發展的必要的活力。1930年代國民黨的高壓文化統制，對以幽默小品文為代表的現代商業性文化的打壓，新生活運動的推行以及通俗文藝運動對民間文藝的不失粗暴的干涉，這些都是國家權力蠶食社會空間的明顯表徵。雖然通過國家主導的形式來快速推進現代化進程是後發國家通常採用的發展模式，但是國家權力的擴張需要有相應的比較健全的制度以及大批訓練有素的官僚，這樣才能使國家權力在有效的行使過程中樹立起權威，否則就會導致權力的誤用和濫用，從而使國家權力喪失其權威性和合法性基礎。在三四十年代的中國，顯然不具備高度專制統制的現實條件，制度不健全，官員素質低劣，這決定了一切政策和運動都不免在具體運作中流弊叢生。國民黨的圖書雜誌審查常常犯下低級錯誤，不僅激起民怨，而且也成為人們嘲笑的對象，新生活運動也流為一場鬧劇，就都部分地說明了國民黨的威權主義統治實際上缺乏現實基礎，一味地以國家權力侵淩社會生活空間，不僅絲毫收不到預期的效果，反而會引發民眾的對立情緒，動搖政權的合法性根基。國民黨在文藝領域與共產黨角逐的失敗，在很大程度上要歸因於其僵硬而粗暴的干涉主義。

當然，國民黨政府控制文藝、將文藝國家體制化的努力畢

竟也爲後世提供了一些可資參照的經驗教訓。從世界範圍內看，由國家掌管文藝的生產與流通，把文藝當作傳播統治意識形態的工具，直接服務於國家政權的需要，這是二十世紀出現的新現象，國民黨雖然不是這種方式的始作俑者而且也遠算不上成功（實際上國民黨也是受蘇聯經驗的影響），但在中國的現實語境中，這種嘗試卻是開創性的。而且國民黨的經驗表明，對文藝的控制需要借助於一種擁有廣泛號召力的意識形態的力量。在國民黨統治時期，民族主義一度曾起到過這種作用，尤其是在抗戰初期，民族主義成爲壓倒一切的思想潮流之時。此外，國民黨的通俗文藝運動也可謂意義深遠，它表現了一種試圖通過對民衆日常娛樂生活的干預和改造進而重塑國民主體的努力。這種主體首先是現代的、社會性的主體，而不再是前現代的游離於社會結構之外的孤立的個體；其次，這種主體又是統治意識形態詢喚的產物，是統治意識形態得以延續其統治的社會基礎或者說是傳承性的鏈環。因此，對民衆日常生活的干預和改造實際上展示了一種極其巧妙的控馭術。在這方面，國民黨的作爲雖遠遠談不上有多麼成功，但是這種思路，尤其是對傳統戲曲的有意識的改良和利用，無疑對後來有所啓迪。1949 年以後由國家全面推行的戲曲改造工程可以說是在民國時期戲曲改良基礎上的進一步推進。從這一細小的例子，我們不難窺見國民黨政府統治時期的文藝政策及文學運動實際上也是近代以來中國文藝發展演變歷史中不可缺少的一環，在許多方面，它都承接了晚清以來甚至五四的一些思想遺產，並在某些方面因應現實需要而作了調整和改造，這些發展和變化所具有的歷史意義並不局限於那一特定時代，它們的影響在其後的歲月裡也在不絕地迴響著。

1 戰爭爆發前的兩年是南京政府的黃金時光，美國駐華商務參贊在其〈經濟年報〉中評述說：「1937 年初，中國面對著更為有利的形勢。因為政治統一、幣制穩定、經濟恢復、農業的改良、社會文化狀況的好轉，都是多年以來沒有見過的。到了 7 月 1 日中國的商業和經濟發展前景，呈現出一幅更加美好的圖景。」（【美】楊格：《一九二七至一九三七年中國財政經濟情況》，第 470 頁）

2 沈從文：〈「文藝政策」探討〉，1943 年 1 月 10 日《文藝先鋒》2卷 1 期。劉洪濤編：《沈從文批評文集》，珠海出版社，1998，第74 頁。

3 在 1934 年中宣部舉行的全國文藝宣傳會議上，浙江省黨部和山東省黨部就都提出「本黨文藝運動最感缺陷者，為文藝運動之缺乏幹部基本人材」，因而建議在中央政治學校中設立中國文學系或是附設文藝研究班，由各省市黨部選派具有文藝興趣與才能者入學受訓，期滿後分至各地工作。這項建議後來並沒有實行。《文藝宣傳會議錄》，1934。

參考文獻

一、報刊雜誌

1. 《中央日報》,「文藝戰線」、「青白」、「大道」、「微言」、「文藝週刊」、「橄欖」、「青年文藝」、「抗日救國特刊」、「青年週刊」等副刊。

2. 《民國日報》(上海),「覺悟」、「閒話」、「青白之園」、「星期評論」等副刊。

3. 《申報》,「藝術界」、「書報介紹」、「青年園地」、「自由談」等副刊。

4. 《大公報》(重慶),「戰國」(週刊)。

5. 《新月》(月刊),新月社主辦。1卷1期-4卷7期(1928年3月-1933年6月)。

6. 《眞美善》(半月刊、月刊、季刊),上海眞美善書店出版發行。2卷1期-7卷3期(1928年5月-1931年1月)。

7. 《前鋒週報》,上海前鋒社編輯。1-26期(1930年6月-12月)。

8. 《前鋒月刊》,上海前鋒社編輯。1-7期(1930年10月-1931年4月)。

9. 《流露》(月刊),南京流露社編,南京拔提書店出版。1卷1期-2卷3期(1930年6月-1933年5月)。

10. 《長風》（半月刊），南京時事月報社印行。1-5 期（1930 年 8 月-11 月）。

11. 《開展》（月刊），南京開展文藝社編輯，開展書店發行。1-12 期（1930 年 8 月-1931 年 11 月）。

12. 《文藝月刊》，南京中國文藝社編。1 卷 1 期-11 卷 2 期（1930 年 8 月-1937 年 8 月）。

13. 《當代文藝》（月刊），上海神州國光社印行。1 卷 1 期-2 卷 5 期（1931 年 1 月-11 月）。

14. 《文藝新聞》，上海文藝新聞社印行。1-60 號（1931 年 3 月-1932 年 6 月）。

15. 《現代文學評論》，上海現代書局發行。1 卷 1 期-3 卷 1 期（1931 年 4 月-10 月）。

16. 《南風月刊》，上海南風月刊社編。1 卷 1-3 期（1931 年 4 月-6 月）。

17. 《前哨（文學導報〉》，左聯機關雜誌，上海湖風書店出版。1 卷 1-8 期（1931 年 4 月-11 月）。

18. 《線路》（半月刊），南京線路社編。1-35 期（1931 年 8 月-1933 年 11 月）。

19. 《橄欖》（月刊），南京線路社編輯。19-24 期（1931 年 11 月-1932 年 9 月）。

20. 《社會新聞》（三日刊、旬刊、半月刊），上海社會新聞社編。1 卷 1 期-13 卷 24 期（1932 年-1935 年）。

21. 《南華文藝》（半月刊），上海南華文藝社編。1 卷 1-19 期（1932 年 1 月-10 月）。

22. 《矛盾月刊》，南京（後遷至上海）矛盾出版社編輯發行。1 卷 1 期-3 卷 4 期（1932 年 4 月-1934 年 6 月）。

23. 《獨立評論》（週刊），1-244 期（1932 年 5 月-1937 年 7 月）。

24. 《黃鐘》（週刊、半月刊），杭州黃鐘文學社編輯。1 卷 1 期-10 卷 7 期（1932 年 10 月-1937 年 5 月）。

25. 《論語》（半月刊），上海時代書店出版。1-117 期（1932 年 9 月-1937 年 8 月）。

26. 《新壘》（月刊），上海新壘社編。1 卷 1 期-5 卷 6 期（1933 年 1 月-1935 年 6 月）。

27. 《新壘》（半月刊），新壘社南京分社編。1 卷 1-8 期（1933 年 8 月-12 月）。

28. 《前途》（月刊），南京前途雜誌社編。1 卷 1 期-4 卷 11 期（1933 年 1 月-1936 年 11 月）。

29. 《汗血月刊》，上海汗血書店印行。1 卷 1 期-10 卷 1 期（1933 年 4 月-1937 年 10 月）。

30. 《汗血週刊》，上海汗血書店印行。1 卷 1 期-9 卷 19 期（1933 年 7 月-1937 年 11 月）。

31. 《西湖文苑》（月刊），杭州西湖文苑社編。1-2 期（1933 年 5 月-6 月）。

32. 《華北月刊》，北平華北月刊社編。1 卷 1 期-3 卷 1 期（1934 年 2 月-1935 年 2 月）。

33. 《人言週刊》，上海，郭明、謝雲翼編。1 卷 1-46 期（1934 年 2 月-12 月）。

34. 《人間世》（半月刊），上海良友圖書印刷公司出版發行。1-42 期（1934 年 4 月-1935 年 12 月）。

35. 《民族文藝》（後改名《國民文學》），上海民族文藝社編。1 卷 1 期-2 卷 2 期（1934 年 10 月-1935 年 6 月）。

36. 《文化建設》，上海文化建設月刊社編。1 卷 1 期-3 卷 7 期（1934

年 10 月-1937 年 7 月）。

37. 《文藝》（月刊），武漢文藝社編。1 卷 1 期-6 卷 3 期（1935 年 3 月-1948 年 4 月）。

38. 《宇宙風》（半月刊），上海宇宙風社出版發行。1-45 期（1935 年 9 月-1937 年 7 月）。

39. 《民族文藝月刊》，南昌江西民族文藝社發行。1 卷 1-3 號（1937 年 1 月-3 月）。

40. 《火炬》（旬刊），安慶民族文藝社編輯發行。1-2 卷 3 期（1937 年 2 月-6 月）。

41. 《奔濤》（半月刊），武漢奔濤半月刊社編。1-9 期（1937 年 4 月-7 月）。

42. 《抗到底》（半月刊），老向、何容等編。1-26 期（1938 年 1 月-1939 年 11 月）。

43. 《抗戰文藝》（三日刊、週刊、半月刊、月刊），中華全國文藝界抗敵協會會報（1938 年 5 月-1946 年 5 月）。

44. 《通俗文藝》（五日刊），中華全國文藝界抗敵協會暨成都分會合編。1-45 期（1939 年 8 月-1940 年 7 月）。

45. 《文藝先鋒》，文藝先鋒社印行。1 卷 1 期-13 卷 4 期（1942 年 10 月-1948 年）。

二、徵引文獻

《孫中山全集》（1-11 卷），北京：中華書局，1986 年。

《孫中山選集》（上、下），北京：人民出版社，1956 年。

《孫中山年譜長編》（上、下），陳錫祺主編，北京：中華書局，1991 年。

《飲冰室合集》（1-12），北京：中華書局，1989 年。

《獨秀文存》，合肥：安徽人民出版社，1987 年。

《陳獨秀著作選》（1-3 卷〉，上海人民出版社，1993 年。

《李大釗文集》（上、下），北京：人民出版社，1984 年。

《毛澤東選集》（1-4），北京：人民出版社，1991 年。

《瞿秋白文集・文學編》（1）、（2），北京：人民文學出版社，1986 年。

《先總統蔣公全集》，張其昀主編，臺北：中國文化大學出版部，1974 年。

《魯迅全集》（1-15），北京：人民文學出版社，1981 年。

《茅盾全集》第 19-22 卷，北京：人民文學出版社，1991 年。

《老舍文集》第 15 卷，北京：人民文學出版社，1990 年。

《田漢文集》第 14、15 卷，北京：中國戲劇出版社，1983 年。

《陽翰笙選集》第 4、5 卷，成都：四川人民出版社，1989 年。

《胡適文集》第 11 卷，歐陽哲生編，北京大學出版社，1998 年。

《沈從文批評文集》，劉洪濤編，珠海出版社，1998 年。

《梁實秋批評文集》，徐靜波編，珠海出版社，1998 年。

《共產國際與中國革命資料選輯（一九一九一一九二四）》，北京：人民出版社，1985 年。

《「一大」前後——中國共產黨第一次代表大會前後資料選編》，北京：人民出版社，1980 年。

《中共中央文件選集》第五冊，中央檔案館編，北京：中共中央黨校出版社，1990 年。

《中國國民黨歷次代表大會及中央全會資料》，榮孟源編，北京：光明日報出版社，1981 年。

《「革命文學」論爭資料選編》（上、下），北京：人民文學出版社，1981 年。

《三十年代「文藝自由論辯」資料》，吉明學、孫露茜編，上海文藝

出版社，1990年。

《文藝大眾化問題討論資料》，文振庭編，上海文藝出版社，1987
　　年。

《左翼文藝運動史料》，陳瘦竹主編，南京大學學報編輯部編輯出
　　版，1980年。

《左聯回憶錄》（上、下），北京：中國社會科學出版社，1982年。

《審查全國報紙雜誌刊物總報告（十九年七八九月份）》，中國國民
　　黨中央執行委員會宣傳部編印，1930年。

《中國近代教育史資料彙編・留學教育》，上海教育出版社，1991
　　年。

《民族文藝論文集》，吳原編，杭州正中書局印行，1934年。上海書
　　店影印，1984年。

《藍衣社　復興社　力行社》，臺北：傳記文學出版社，1984年。

《文藝宣傳會議錄》，中國國民黨中央宣傳委員會編印，1934年。

《文藝宣傳要旨》，中國國民黨中央執行委員會宣傳部編印，1936
　　年。

《十年來的中國》，商務印書館，1937年。

《中華民國史檔案資料彙編》第五輯第一編「文化」（一、二），中
　　國第二歷史檔案館編，南京：江蘇古籍出版社，1994年。

《中華民國史檔案資料彙編》第五輯第二編「文化」（一、二），中
　　國第二歷史檔案館編，南京：江蘇古籍出版社，1998年。

《國統區抗戰文學研究叢書・文學理論史料選》，蘇光文編選，成
　　都：四川教育出版社，1988年。

《中華全國文藝界抗敵協會史料選編》，文天行、王大明、廖全京
　　編，成都：四川省社會科學院出版社，1983年。

《「戰國派」》（一）、（二），重慶師範學院中文系編，1979年。

《時代之波——戰國策派文化論著輯要》，溫儒敏、丁曉萍編，北京：中國廣播電視出版社，1995年。

《文藝論戰》，張道藩編，正中書局，1944年。

《中國抗日戰爭時期大後方文學書系》，第一編「文學運動」，重慶出版社，1989年。

《中國抗日戰爭時期大後方文學書系》，第二編「理論‧論爭」（一、二），重慶出版社，1989年。

《中國現代文學資料叢刊》第二輯，上海文藝出版社，1962年。

《中國戲曲志‧廣西卷》，中國 ISBN 中心出版，1995年。

《中國戲曲志‧湖北卷》，北京：文化藝術出版社，1993年。

《中國戲曲志‧湖南卷》，北京：文化藝術出版社，1990年。

《中國戲曲志‧江西卷》，中國 ISBN 中心出版，1998年。

《中國戲曲志‧浙江卷》，中國 ISBN 中心出版，1997年。

《中國新文學大系 1937-1949》「文學理論卷二」，上海文藝出版社，1990年。

《王平陵先生紀念集》，王平陵先生遺著編輯委員會編輯，臺北：正中書局，1975年。

《武漢文學藝術史料》第 3 輯，武漢市文聯文藝理論研究室編，1986年。

《京劇叢談百年錄》（上、下），翁再思主編，石家莊：河北教育出版社，1999年。

《從「西化到現代化」——五四以來有關中國的文化趨向和發展道路論爭文選》，羅榮渠主編，北京大學出版社，1990年。

《我看尼采——中國學者論尼采（1949年前）》，成芳編，南京大學出版社，2000年。

《劍橋中華民國史》（1、2），上海人民出版社，1992年。

古楳：《現代中國及其教育》，中華書局，1934年。

傅彥長：《十六年之雜碎》，上海金屋書店，1928年。

張靜廬：《在出版界二十年》，上海雜誌公司，1938，上海書店1984年影印。

馬寅初：《中國經濟改造》，商務印書館，1935年。

曹聚仁：《文壇五十年》，上海：東方出版中心，1997年。

郭沫若：《洪波曲》，北京：人民文學出版社，1979年。

趙澍：《CC系的擴張活動》，《文史資料選輯》第37輯，北京：文史資料出版社，1963年。

張文：〈中統20年〉，《中統內幕》，南京：江蘇古籍出版社，1987年。

三、參考著作

【德】阿多爾諾，T.W：《否定的辯證法》，張峰譯，重慶出版社，1993年。

【美】班納迪克‧安德森（Benedict Anderson）：《想像的共同體》，吳叡人譯，臺北：時報文化，1999年。

【美】埃里克‧巴爾諾：《世界紀錄電影史》，北京：中國電影出版社，1992年。

【法】白吉爾：《中國資產階級的黃金時代1911-1937》。張富強、許世芬譯，上海人民出版社，1994年。

【美】白魯恂（Lucien W. Pye）：〈中國民族主義與現代化〉，香港：《二十一世紀》1992年2月號。

【英】鮑桑葵：《關於國家的哲學理論》，汪淑鈞譯，北京：商務印書館，1995年。

【英】貝思飛（Billingsley，Phil）：《民國時期的土匪》，徐有威等譯，上海人民出版社，1992年。

【美】布萊克，西里爾.E（Black，Cyril. E）編：《比較現代化》，
　　楊豫、陳祖洲譯，上海譯文出版社，1996 年。

【俄】尼・別爾嘉耶夫：《俄羅斯思想》，雷永生、邱守娟譯，北
　　京：三聯出版社，1995 年。

【美】賈恩弗蘭科・波齊：《近代國家的發展——社會學導論》，商
　　務印書館，1997 年。

陳伯海、袁進（主編）：《上海近代文學史》，上海人民出版社，
　　1993 年。

【加拿大】陳志讓：《軍紳政權——近代中國的軍閥時期》，北京：
　　三聯書店，1980 年。

【法】戴仁：《上海商務印書館 1897-1949》，商務印書館，2000
　　年。

【英】戴維・米勒／韋農・波格丹諾（編）：《布萊克維爾政治學百
　　科全書》，北京：中國政法大學出版社，1992 年。

【法】吉爾・德勒茲（Gilles Deleuze）：《尼采與哲學》，周穎、劉
　　玉宇譯，北京：社會科學文獻出版社，2001 年。

【法】吉爾・都魯茲（Gilles Deleuze）：《解讀尼采》，張喚民譯，
　　天津：百花文藝出版社，2000 年。

丁易：《中國現代文學史略》，北京：作家出版社，1957 年。

費成康：《中國租界史》，上海社會科學院出版社，1991 年。

【英】馮客：《近代中國之種族觀念》，南京：江蘇人民出版社，
　　1999 年。

【英】E. M. 福斯特：〈社會對藝術家的義務〉，收入《時代的挑
　　戰》，李向東譯，北京：作家出版社，1998 年。

【義大利】葛蘭西：《獄中札記》，北京：中國社會科學出版社，
　　2000 年。

【日】廣田寬治：〈廣東工人運動的各種思潮——廣東省總工會成立
　　經過〉，載《國外中國近代史研究》第 23 輯，北京：中國社會科
　　學出版社，1993 年。

《國外中國近代史研究》第 5 輯，北京：中國社會科學出版社，1983
　　年。

《國外中國近代史研究》第 24 輯，北京：中國社會科學出版社，1994
　　年。

《國外中國近代史研究》第 26 輯，北京：中國社會科學出版社，1994
　　年。

郭少棠：〈建立民族國家的階段從德國經驗談起〉，香港：《二十一
　　世紀》1993 年 4 月號（總第 16 期）。

郭緒印主編：《國民黨派系鬥爭史》，上海人民出版社，1992 年。

【德】哈貝馬斯：《交往與社會進化》，張博樹譯，重慶出版社，
　　1989 年。

【英】弗里德利希・奧古斯特・哈耶克：《通往奴役之路》，北京：
　　中國社會科學出版社，1997 年。

【英】弗里德利希・奧古斯特・哈耶克：《自由秩序原理》，北京：
　　三聯書店，1997 年。

賀淵：《三民主義與中國政治》，北京：社會科學文獻出版社，1995
　　年。

【英】艾瑞克・霍布斯鮑姆：《革命的年代：1789-1848》，南京：江
　　蘇人民出版社，1999 年。

【德】霍克海默、阿多爾諾：《啓蒙辯證法》，渠敬東、曹衛東譯，
　　上海人民出版社，2006 年。

【德】霍克海默：《批判理論》，李小兵等譯，重慶出版社，1989
　　年。

【美】亨廷頓:《變化社會中的政治秩序》,王冠華等譯,北京:三聯書店,1989 年。

姜義華:〈中國民族主義的特點及新階段〉,香港:《二十一世紀》1993 年 2 月號(總第 15 期)。

江沛:《戰國策派思潮研究》,天津人民出版社,2001 年。

曠新年:《1928:革命文學》,濟南:山東教育出版社,1998 年。

【奧】凱爾森:《法與國家的一般理論》,北京:中國大百科全書出版社,1996 年。

【美】(小)科布爾,帕克斯・M(Coble,Parks.M):《江浙財閥與國民政府(1927-1937)》(The Shanghai Capitalists and the the National Government),蔡靜儀譯,天津:南開大學出版社,1987 年。

【美】柯偉林(William Kirby):《蔣介石政府和納粹德國》(Germany and Republic China),陳謙平等譯,北京:中國青年出版社,1994 年。

【美】沃爾特・拉克爾:《法西斯主義——過去 現在 未來》,北京出版杜,2000 年。

藍海:《中國抗戰文藝史》,濟南:山東文藝出版社,1984 年。

李道新:《中國電影史 1937-1945》,北京:首都師範大學出版社,2000 年。

【美】李普塞特(Lipset,Seymour Martin):《一致與衝突》,張華青等譯,上海人民出版社,1995 年。

【美】李普塞特:《政治人》,張紹宗譯,上海人民出版社,1997 年。

劉綬松:《中國新文學史初稿》,北京:作家出版社,1956 年。

【英】史蒂文・盧克斯:《個人主義:分析與批判》,朱紅文、孔德

龍譯,北京:中國廣播電視出版社,1993年。

羅鋼:〈從「心理遊擊戰」到「第三度空間」——霍米‧芭芭的後殖民理論〉,《思想文綜》No.5,北京:中國社會科學出版社,2000年。

羅鋼、劉象愚編:《後殖民主義文化理論》,北京:中國社會科學出版社,1999年。

羅榮渠:《現代化新論》,北京大學出版社,1993年。

羅榮渠、牛大勇編:《中國現代化歷程的探索》,北京大學出版社,1992年。

馬龍閃:《蘇聯文化體制沿革史》,北京:中國社會科學出版社,1996年。

馬敏:《官商之間:社會劇變中的近代紳商》,天津人民出版社,1995年。

彭小妍(編):《文藝理論與通俗文化》(上、下),臺北:中央研究院中國文哲研究所,1999年。

【美】裴宜理(Elizabeth J. Perry):《上海罷工:中國工人政治研究》,南京:江蘇人民出版社,2001年。

【美】愛德華‧W‧薩義德:《東方學》,北京:三聯書店,1999年。

【義大利】Samarani, Guido: "The Nanjing Government and the Chinese and Far Eastern Policy of Fascist Italy."《民國研究》第一輯,南京大學出版社,1994年。

桑兵:《晚清學堂——學生與社會變遷》,上海:學林出版社,1995年。

【美】史扶鄰(Schiffrin, Harold Z):《孫中山與中國革命的起源》,丘權政、符致興譯,北京:中國社會科學出版社,1981

年。

【美】史扶鄰：《孫中山——勉爲其難的革命家》（Sun Yat-sen: Reluctant Revolutionary），丘權政、符致興譯，北京：中國華僑出版社，1996 年。

沈松僑：〈我以我血薦軒轅——黃帝神話與晚清的國族建構〉，臺北：《臺灣社會研究季刊》第 21 期。

——，〈振大漢之天聲一民族英雄系譜與晚清的國族想像〉，臺北：《中央研究院近代史研究所集刊》第 33 期（1999 年 6 月）。

時和興：《關係、限度、制度：政治發展過程中的國家與社會》，北京大學出版社，1996 年。

施建偉：《林語堂在大陸》，北京十月文藝出版社，1991 年。

舒龍、淩步機主編：《中華蘇維埃共和國史》，南京：江蘇人民出版社，1999 年。

【英】約翰·斯道雷：《文化理論與通俗文化導論》，南京大學出版社，2001 年。

蘇光文：《抗戰文學概觀》，重慶：西南師範大學出版社，1985 年。

蘇國勳：《理性化及其限制——韋伯思想引論》，上海人民出版社，1988 年。

【蘇】舍舒科夫斯：《蘇聯二十年代文學鬥爭史實》，馮玉律譯，上海譯文出版社，1994 年。

【印度】泰戈爾：《民族主義》，北京：商務印書館，1982 年。

唐光華：《政治文化的沉思者——白魯恂》，臺北：允晨文化實業股份有限公司，1982 年。

唐文權：《覺醒與迷誤——中國近代民族主義思潮研究》，上海人民出版社，1993 年。

【日】丸山眞男：《日本近代思想家福澤諭吉》，北京：世界知識出

版社，1997年。

王瑤：《中國新文學史稿》（修訂本），上海文藝出版社，1982年。

王奇生：〈論國民黨改組後的社會構成與基層組織〉，《近代史研究》2000年第2期。

——，〈工人、資本家與國民黨——20世紀30年代一例勞資糾紛的個案分析〉，《歷史研究》2000年第5期。

——，〈黨政關係：國民黨黨治在地方層級的運作（1927-1937）〉，《中國社會科學》2001年第3期。

汪民安、陳永國編：《尼采的幽靈——西方後現代語境中的尼采》，北京：社會科學文獻出版社，2001年。

汪熙、魏斐德（主編）：《中國現代化問題——一個多方位的歷史探索》，上海：復旦大學出版社，1994年。

【美】韋慕廷(C. Martin Wilbur)：《孫中山——壯志未酬的愛國者》（Sun Tat-sen: Frustrated Patriot），楊慎之譯，廣州：中山大學出版社，1986年。

文天行：《國統區抗戰文學運動史稿》，成都：四川教育出版社，1988年。

向青、石志夫、劉德喜主編：《蘇聯與中國革命》，北京：中央編譯出版社，1994年。

【美】蕭公權：《近代中國與新世界：康有為變法與大同思想研究》，南京：江蘇人民出版社，1997年。

徐鼎新、錢小明：《上海總商會史（1902-1929）》，上海社會科學出版社，1991年。

徐有威、貝思飛（主編）：《洋票與綁匪——外國人眼中的民國社會》，上海古籍出版社，1998年。

許紀霖（編）：《二十世紀中國思想史論》，上海：東方出版中心，

2000 年。

許紀霖、陳達凱（主編）：《中國現代化史第一卷 1800-1949》，上海三聯書店，1995 年。

徐矛：《中華民國政治制度史》，上海人民出版社，1992 年。

【德】卡爾・雅斯貝爾斯：《尼采其人其說》，北京：社會科學文獻出版社，2001 年。

【美】阿瑟・恩・楊格：《一九二七至一九三七年中國財政經濟情況》（China's Nation-building Effort, 1927-1937: The Financial and Economic Record），北京：中國社會科學出版社，1981 年。

葉長海：《中國戲劇學史稿》，上海文藝出版社，1986 年。

殷克琪：《尼采與中國現代文學》，南京大學出版社，2000 年。

尹保雲：《韓國的現代化——一個儒教國家的道路》，北京：東方出版社，1995 年。

【美】易勞逸（Eastman, Lloyd）：《流產的革命：1927-1937 年國民黨統治下的中國》，陳謙平等譯，北京：中國青年出版社，1992 年。

虞和平：《商會與中國早期現代化》，上海人民出版社，1993 年。

袁進：《中國文學觀念的近代變革》，上海：上海社會科學出版社，1996 年。

章克標：《文苑草木》，上海書店出版社，1996 年。

張大明：《不滅的火種——左翼文學論》，成都：四川文藝出版社，1992 年。

【美】張灝：《梁啓超與中國思想的過渡（1890-1907）》，南京：江蘇人民出版社，1993 年。

《中國國民黨與文化教育》，臺北：正中書局，1984 年。

周策縱：《五四運動：現代中國的思想革命》，南京：江蘇人民出版

社，1996 年。

周淑眞：《中國青年黨在大陸和臺灣》，北京：中國人民大學出版
社，1993 年。

四、英文參考書目

Bhabha, Homi K. The Location of Culture. London : Routledge, 1994.

——— . Nation and Narration. London: Routeledge, 1990.

Bill, James A.and Robert L. Hardgrave, Jr. Comparative Politics : The Quest for Theory. Ohio: Charles E. Merrill Publishing Company, 1973.

Bottomore,Tom. Political Sociology . London: Hutchinson & Co. Ltd., 1979..

Childs, Peter, and Patrick Williams. An Introduction to Post-Colonial Theory. London: Prentice Hall, 1997. Print.

Chu-yuan, Cheng. ed. Sun Yat-sen' s Doctrine in the Modern World. London: Westview Press, 1989. Print.

Furth, Charlotte. The Limits of Change: Essays on Conservative Alternatives in Republic China. Cambridge: Harvard University Press, 1975.

Gandhi, Leela. Postcolonial Theory. New York: Columbia Univeisity Press, 1998.

Gellner, Ernest. Nation andNationalism. New York: Cornell University Press, 1983..

Giddens, Anthony. ed. Durkheim on Politics & the State. London: Polity Press, 1986.

Hawkesworth, Mary, and Maurice Kogan. ed. Encyclopedia of Government And Politics. Vol. 1, London: Routledge, 1992.

Kautsky, John H. Political Changes in Underdeveloped Countries: Nationalism and Communism. New York: John Wiley and Sons, 1963.

Mannheim, Karl. Ideology and Utopia. Trans. Louis Wirth and Edward Shils, New York: Harcourt, Brace & Company, 1940.

——. Man and Society in an Age of Reconstruction. Trans. Edward Shils, London: Kegen Paul, Trench, Trubner & Co. Ltd., 1944.

Reolofs, H. Mark. The Language of Modern Politics: An Introduction to the Study of Government. Illinois: The Dorsey Press, 1967.

Roseman, Mark. "National Socialism and Modernization." Fascist Italy and Nazi Germany: Comparisons and Contrast, ed. Richard Bessel, Cambridge: Cambridge University Press, 1996. 196-229.

Rossiter, Clinton. "Conservatism." International Encyclopedia of Social Science. Vol.8. ed. David L.Sills, New York: The Macmillian Company & The Free Press, 1968.

Sargent, Lyman Tower. Contemporary Political Ideologies. 7th ed. California: Brooks/Cole Publishing Company, 1987.

Shils, Edward. "Ideology: The Concept and Function of Ideology." International Encyclopedia of Social Science. Vol. 8, ed. David L.Sills, New York: The Macmillian Company & The Free Press, 1968.

Smith, Anthony D. Nationalism and Modernism. London: Routledge, 1998.

Smith, Bruce L. " Propaganda." International Encyclopedia of Social Science.Vol.8, ed. David L.Sills, New York: The Macmillian Company & The Free Press, 1968.

Spence, Philip, and Howard Wollman, "Blood and Sacrifice: Politics Versus Culture in the Construction of Nationalism." Nationalism: Old and New. ed. Kevin J. Brehony and Naz Rassool, New York: Macmillan Press, 1989.

Torfirig, Jocob. New Theories of Discourse: Laclau, Mouffe and Zizek. London: Blackwell, 1999.

Turner, Graeme. British Cultural Studies: An Introduction. 2nd ed. London: Routledge, 1996.

Weber, Max. From Max Weber: Essays in Sociology. ed. and Trans. H. H. Gerth and C. Wright Mills, New York: Oxford University Press, 1946.

Williams, Raymond. Keywords. 7th ed. London: Fontana/Croom Helm, 1981.

初版後記

　　當我在鍵盤上敲入最後一個句子時，竟絲毫沒有那種如釋重負的感覺，而是平靜得近乎麻木，似乎是幾年來的辛勞已讓我變得異常遲鈍，再也感受不到成就的喜悅。

　　當初選擇這個課題，多少是有點自我懲罰的意思，因為這樣一個課題肯定不容許我再徘徊在個體的心靈世界，咀嚼那些沉重卻又輕飄的生存悲歡。這正是我所需要的。我希望自己能撥開那些永遠猜不透的迷霧，變得像石頭一般冷靜、堅強、沉穩。

　　這個課題對於我，不僅是智力和學識上的一次挑戰，更是一場精神的磨練。當我日復一日地面對那些枯燥乏味的作品，重溫前人光華黯淡的思想言論時，我常常絕望地想：這一切是否值得？畢竟任你有鬼斧神工之力，也絕無可能把朽木雕成不朽之作。思想的昇華畢竟也離不開研究對象的激發。

　　然而，除了鬱悶，也有一些瑣碎卻難以磨滅的記憶。記得在南京圖書館查閱舊報刊的那些寒冷而漫長的日子裡，每天面對那些半個多世紀沒人翻過的發黃變脆的紙頁，常常會感到一絲傷感。那些凝結著作者心血的文字，倘若不是遇見我，也許還會在圖書館的某個陰暗角落裡繼續沉睡下去。沒有人知道它

們的存在，它們是沉積在時光中的灰塵，有誰會需要它們再度
飛舞呢?也許這正是人類絕大多數文字的命運。

如今，我也以自己的心血吹噓出一粒灰塵，我希望在它升
騰和飄落的過程中，也許會有那麼一刹那的旋舞，令我在萬千
色相中有所憬悟。

這部書稿凝聚的當然不止我一個人的心血。我首先要感謝
恩師王曉明教授，是他領我進入學術之門，我從他那裡獲得的
遠不只是知識和學問，還有超出學術之外的更為寶貴的東西，
它們是我終生享用不盡的一筆財富。我特別要感謝我的博士後
導師陳思和教授，正是由於他的賞識，我才得以有兩年安靜的
時光來完成這一讓人疲憊的課題，沒有他悉心的關心、幫助和
督促，這本書絕無可能如期完成，他的寬厚、細緻和耐心也讓
我銘感不已。復旦大學中文系博士後流動站專家組的章培恆教
授等諸位先生曾給予點撥，錢谷融先生、錢理群教授、吳福輝
研究員、袁進教授、殷國明教授、徐麟教授等在對我的博士論
文作評議時，給予了珍貴的鼓勵和建設性的批評意見，這些都
是我所不敢忘懷的。台灣中央大學中文系的李瑞騰教授審閱了
我的書稿，提出了一些修改意見，並贈送了相關書籍;好友賀
照田閱讀了本書部分章節，提出了中肯的意見，並細心地糾正
了其中的一些錯誤;復旦大學博士後辦公室的顧美娟老師和中
文系負責博士後工作的李玉珍老師在我做博士後期間給了我很
多幫助，在此一併表示感謝。我還要感謝薛毅、倪文尖、羅
崗、毛尖、張煉紅、雷啓立、郭春林、汪躍華、朴姿映等好
友，這些年來和他們一起討論問題，切磋學問，使我獲益良
多。最後我還要感謝上海教育出版社為此書出版提供了方便，
此書能夠順利出版是與他們積極的努力和認真的工作分不開

的。

　　本書從開題到完成寫作，歷時近 7 年時間，期間雖四處奔波，多方搜羅相關資料，但資料浩瀚，掛一漏萬，在所難免，評斷亦容或有失當之處，凡此尚祈海內外專家學者批評指正。

2002 年 1 月

附錄
民族、階級與文學──
與倪偉對話

薛　毅

倪偉前後花了 7 年時間，完成了《「民族」想像與國家統制──1928-1949 年南京政府文藝政策及文學運動》一書（上海教育出版社 2003 年 9 月第 1 版）。此書以對歷史材料的詳盡佔有和梳理見長，它所包含著的對現有文學研究方式的挑戰性更不容小覷。倪偉在引言中提出，必須徹底轉換八十年代以來形成的中國現代文學研究範式：它把藝術審美價值著力提高，並將之作爲文學史研究中最重要的品評尺度。倪偉認爲：文學史研究首先應是歷史的研究，必須把文學作爲整個社會系統不可分割的一部分，要探討特定的社會歷史語境裡，文學是以何種方式實現其生產和再生產的，又是哪些因素決定了這種生產和再生產的方式。倪偉提出，要從根本上改變以作家作品爲主幹的傳統文學史研究模式，而把關注的重點轉移到作爲社會的象徵表意系統的文學在特定歷史時期裡生產機制的形成與演變，以及這一象徵表意系統與其他社會子系統之間的密切關係上。

範式的變化有助於我們拓寬文學研究的視野，並改變我們對文學的認識。長期以來，源自西方新批評的所謂文學內部規律和外部規律的區分，在文學研究中佔據霸權位置。在這種知

識的籠罩和控制下，政府的文藝政策與文學的關係不可能得到客觀和深入的探討，前者被天然地當作阻礙文學的力量而加以貶斥，研究者根本不會去考慮，文藝政策是如何參與到文學生產中來的。而要人們改變對文學的認識也許尤其困難。對於什麼是文學的回答，往往被替換為對什麼是文學作品的回答，又被替換為對什麼是好的文學作品的回答，繼而把答案鎖定在好的文學作品來自作家心靈，這樣的終極答案中。文學史的研究成為對這個答案的一次又一次重申，但全然不考慮作家的心靈並非終極答案，因為很明顯，作家的心靈也是在特定社會條件下形成的，並非來自神秘的天外。更深入一步來說，所謂「心靈」的構成要素，也並非個體所能掌控的。把文學的內外規律之分，改變為對文學生產機制的探討，把文學從個人與心靈的自足領域，開放為「社會象徵表意系統」，這是倪偉這本著作在文學研究的觀念和方法上的獨特之處。而作為倪偉朋友的筆者，不想全面評價此書對現代文學史研究的貢獻，而更願意以新的範式為基準，和倪偉展開進一步的對話。我的對話的方式是，摘錄倪偉在著作中的幾處論述，並寫出我個人對這些問題的看法。

> 蘇俄之所以能夠比較成功地全面宰制文學，一個重要的原因就是作為主流意識形態的布爾什維克主義對相當一部分俄國知識份子頗具精神吸引力。……（布爾什維克主義）繼承了馬克思關於人類歷史發展規律的充滿雄辯力量的描述，以及與之相應的一整套道德和認知模式，同時也巧妙地糅合了俄羅斯思想傳統的精髓，比如對平等和兄弟之愛的珍視，對共同體的迷戀，尤其是俄羅斯思想中根深

蒂固的彌賽亞情結。

　　三民主義缺少超越性的精神價值指向。三民主義沒能有效地和某種超越於現實層面之上、帶有終極意味的神聖價值符號結合在一起……三民主義中幾乎所有的價值單元都被手段化了，它們統統服從於一個至高無上的目標——即建立一個強大的現代民族國家。……（它）只是一套建國綱領而已。

　　這確是中肯之論。意識形態不可能依靠暴力取得文學領域的領導權的，它需要一個必不可少的說服、勸導的過程，使知識份子心甘情願地認同它。而在我看來，這個說服力的大小取決於意識形態對社會現存的價值的整合能力的大小，如何編織現有的價值，並使之得到提升，使之歸化於自身的系統中，這方面，國民黨的三民主義確實不及蘇俄之布爾什維克主義，因而國民黨文藝政策最終的失敗，也是無法用該黨不重視文藝領域或者人才缺少所能解釋的。而蘇俄政策的成功的原因，也可以用於解釋中國共產黨文藝政策。共產黨的文藝政策造就了從〈白毛女〉到革命樣板戲一大批「紅色經典」，而國民黨政策之下，只能空空如也。

　　倪偉說，三民主義「或許稱之為准意識形態反倒更為恰切」。換言之，就「民族想像」而言，三民主義之「民族主義」並不是作為意識形態的「民族主義」的源起，也不是後者的完整表達。倪偉在著作中用力之處在於完整展現作為國民黨政策之「民族主義」，它當然參與和推動了作為意識形態的「民族主義」，但並不簡單地等同於後者。前者的失敗不意味著後者的失敗，前者沒能得到廣泛認同，並不意味著後者沒有

精神感召力。由於論題的限定，倪偉沒能對後者作出有力的分析，也沒有呈現出兩者之間的區別和聯繫。

國民黨人和共產黨人對文學的看法基本上是一致的，他們都極其嚴厲地批判了文學上的個人主義傾向，要求文學必須把「階級」、「民族」、「時代精神」這樣一些集體主題作為描寫的對象，而這正是政黨意識形態在全面滲透和控制社會生活各領域的過程中對文學所提出的必然要求。

從 20 年代後期以來，對個人主義的批判幾乎都不是在學理層面上進行的，個人主義總是被當作一個靶子，各家各派都借它來闡發自家的一套主張。左翼把個人與階級對立，民族主義則把個人與國家和民族對立，他們都強調要取消無限制的個人自由，要求個人必須無條件地融入階級、民族、國家這些更大的單位中去，使個人的利益服從階級、民族、國家的利益。這股左右合力的反個人主義思潮與五四的個性解放確實形成了鮮明對比。

兩段話很相似，但後一段話，倪偉沒有把話題引向「政黨意識形態」，他指出，「這種由個人主義到集團主義的轉向也有其必然性」，它「表露了中國社會在原有結構碎裂之後試圖尋求結構重建的潛在要求」，「把個人主義看作是一種反組織力而加以批判，其目的在於突顯、強化集體價值的重要性」。面對社會結構的混亂無序而產生的重組要求，顯然更能解釋反個人主義的文化與文學思潮。

　　如何概括、歸納各種集團、黨派的觀念？當王平陵指斥文壇墮落，千篇一律「不是充滿著頹廢的色彩，就是無病呻吟，和變態的心理描寫」，當南京的流露社宣稱「在現代世界裡，壓迫民族（帝國主義）與被壓迫民族構成了兩大對立的極端的民族階級。這時代的文學就應該把握住被壓迫者方面，反映出現時代的壓迫者種種暴行、橫行無道，而促進時代的進展與改善」，這自然還是黨派的觀念，但這裡還有著超越黨派的意識形態的作用。我們肯定能發現，王平陵等人的話，也會得到左翼人士的贊同，這會使我們得出結論說左翼和右翼的看法基本一致。確實，在對待個人主義的很多方面，左翼和右翼，共產黨人和國民黨人，看法很一致。但這種一致，並不應該是最終的解釋，我更贊同倪偉從社會重組的要求，來作更有意思的闡釋，這也許是更艱難的。

　　倪偉總是談論左與右、共產黨人與國民黨人的相似。這種相似又總是定格在兩者對待個人主義、文學的觀點上。如何描述這第三方是很有意思的，如果把第三方定義為個人主義及其文學，那我們會發現這樣一個現象，三方中的任何一方，都批評和反對其餘兩方。在否認階級論上面，右翼和個人主義很相似。在否認國民黨政策宰制上面，左翼和個人主義很相似。在批評個人主義上面，左翼和右翼很相似。但是，如果繼續思考，又會發現，這三者的界限並不截然分明。以民族主義為例，當我們把民族主義的追求與右翼的國民黨的政策聯繫起來的時候，我們往往容易用有別於「民族主義」的「階級」和「個人」來定義其餘兩方。不過，實際的情況是，左翼並沒有否認民族主義問題，只是左翼談論民族主義和談論民族內部的權力關係結合在一起了。而通常被當作個人主義的文學創作

中，我們不能不看到民族主義意識形態的深厚影響，比如沈從
文的、老舍的、馮至的、穆旦的創作。如今西南聯大被當作四
十年代自由主義的大本營，而實際上，西南聯大師生的追求中
民族主義起到了更主導的作用。也許，只有好好談論了民族主
義意識形態的各種可能性，國民黨的民族主義文藝政策在文學
生產中的位置和民族主義歷史上的位置，才能得到恰當的顯
現。在著作的第三章第一節〈民族主義：理論與問題〉中，倪
偉已經著手談論超越黨派範圍的民族主義的歷史、文化動因
了。遺憾的是，他沒有因此而正面談論其他各種形態的民族主
義。

　　需要指出的是，「階級」和「個人」，特別是前者，在倪
偉著作中出現的頻率非常高，但他沒有靜下心來，重新分析這
些概念的歷史涵義。所以，兩者總是與「民族」這個概念相
遇，但總是如同鬼魅一樣，沒有真正顯身。他分析過幽默小品
文背後的商業化機制，卻又不恰當地把幽默小品文看作脫離了
文學工具論和意識形態控制的創作，他談論了幽默小品文與個
人主義的關係，卻沒有重新思考商業化機制下的個人主義到底
是什麼樣的，與新文化運動期間的個人主義有什麼區別，反而
暗示了幽默小品與「自由生長的環境」之間的關係。當倪偉說
「國民黨文人站在政府的立場上對幽默文學的攻擊，十分清楚
地表明了他們鼓吹文化統制的真正目的」，而左右的夾攻，更
顯示出左右的一致，倪偉卻放棄了一個也許是更為重要的追
問：面對「中國社會在原有結構碎裂之後試圖尋求結構重建的
潛在要求」，倪偉如何看待依照這種要求來批評幽默小品文的
行為？

　　「階級」一詞沒有得到認真對待，也許與倪偉在寫此書的

時候，對左翼的偏見不無關係吧。他這樣談論相當大的一部分
文藝人士向左轉的原因，一是搞文藝的人本性中有挑戰現存權
力秩序的傾向，二是從晚清末年就已初露端倪的思想上的狂躁
和激進的傳統所產生的影響。這顯然沒有說服力。倪偉的論題
多次觸及了國民黨文藝政策所宣揚的民族主義最致命的要害：
它總是抹煞民族內部的權力和奴役關係，但他似乎沒有興趣由
此展開「階級」論存在的歷史動因和必然性。倪偉很客觀地敘
述了 1938 年「第三廳」的成立，大批左翼人士的加入，給國
民黨政府的文化工作帶來的活力，而 1940 年左翼人士退出第
三廳使政府的文化工作更加沒效率，但他始終放棄談論左翼民
族主義的企圖。

　　把文學等同於宣傳，即意味著根本無視文藝自身的特
性，簡單地把文學看作是某種政治思想或主張的傳聲筒，
其直接的結果便是「標語文學」、「口號文學」和「傳單
文學」氾濫成災。

　　宣傳就是在人們常常爭辯不休的信仰、價值和行為方
面，有目的地通過運用符號……來操控他人的思想或行動
的一種行為方式。意圖操控他人是宣傳最本質的特徵，正
是這使它區別於通常的思想溝通或自由交流。……正像梁
實秋所說，宣傳通常訴諸人的情感，而非人的理性，它借
助於符號的魅惑力，在接受者心中煽起非理性的激情，使
他們進入一種類似催眠的狀態從而加以有效的控制。

　　文學應該是創作者個體生命的自由抒發和流露，而不

能簡單成為意識形態的傳聲筒。

　　我們需要回答的是，當社會產生了重組的要求，從這個要求而產生的具有感召力的意識形態對文學產生了新的要求，要把文學納入到重組的進程中去的時候，我們如何看待文學？「文學即宣傳」這個論斷的提出，很明顯與文學的政治組織要求相關。要批評這個論斷非常容易，只要強調文學的特性就可以了。但這樣並不能把問題引向深入，反而容易陷入歷史上曾經存在的意識形態論爭中去，倪偉對「文學即宣傳」的批評，就與梁實秋的觀點重合，八十年代以來的研究範式同樣持此批評觀點。但這無助於我們去研究這樣一個問題，為什麼二十世紀中國文學具備宣傳的功能？相比之下，排斥宣傳的文學觀念不是更狹小了一點嗎？認定宣傳是一種「操控」（這顯然是對宣傳的貶低），但還是需要清楚這個所謂「操控」行為的符號運用仍然包含著一種說服和勸導工作，包含著對現有的價值乃至情感的整合。所以，在我看來，「文學即宣傳」這個論斷提示我們要觀察的是文學如何承擔起宣傳的功能，如何宣傳，而不是談論文學要不要宣傳這個問題。否則，文藝政策在文學生產中的作用將又一次被當作「外部規律」。

　　同樣是「宣傳」，共產黨人留下了一批經典作品，而國民黨政府卻沒有能力做到。這個原因要從黨派的宣傳力度上面來尋找，那肯定是會失敗的。無論是三十年代還是四十年代，國民黨都沒有放棄宣傳上的努力。在我看來，只有從兩個黨派的意識形態的區別上，才能找到問題的癥結。兩者對時代狀況的揭示能力與回應能力，幾乎有天壤之別。就拿同為四十年代的作品來說，戰國派的代表作〈野玫瑰〉與延安歌劇〈白毛女〉

似可作一比較。〈野玫瑰〉宣傳的是爲了一個崇高的理想，願意犧牲一切，甚至於生命。爲此在舞臺上顯現民族主義與個人主義的對立圖景。〈白毛女〉宣傳「舊社會把人變成鬼，新社會把鬼變成人」，卻有能力把民族主義(抗日宣傳)運用於對階級矛盾的揭示和對惡霸的懲治上，能在抗日的背景下展現下層人的自我解放的要求。不同於〈野玫瑰〉過分單一的符號運用，正如孟悅所分析的那樣，〈白毛女〉綜合了現代化要求與鄉土文化、政治話語與民間倫理、民族主義與階級鬥爭等多種符碼。(參見孟悅：〈《白毛女》演變的啓示〉)

　　意識形態宣傳與文學的關係，令我想起日本思想家竹內好的論述：「茅盾在戰後寫道，關於中國文學的方向，戰後與戰時沒有不同，就是說根本目標在於，對內是民主的徹底化，對外是獨立於一切帝國主義。必須沿著這條線索討論個別的文學問題。這在日本文學家看來，無疑是政治性的發言，事實上，在日本如果說同樣的話，絕對要被如此看待。但是在中國不是這樣。即使是反對茅盾看法的人，也不懷疑那是文學性的發言。這裡在著政治感覺的差異。爲什麼（中國）會如此呢？那是因爲文學從行幫裡被解放出來了。」（參見孫歌：《竹內好的悖論》）

　　茅盾的話同樣也可以被當作意識形態的語言，應該說，這話確實鮮明地體現出左翼意識形態的特徵。但竹內好堅持認爲，這同樣是文學性的發言。因爲在竹內好那裡，文學不是一個獨特的領域，如孫歌分析的那樣，「現代政治與文學的關係並非是文學家所設想的那樣可以構成兩個對壘的實體，而是機能之間的交錯關係。只有在這種機能性互動中，文學才能確立自己的獨立性。」文學也不在意識形態外部的某個場所存在，

而始終與意識形態相纏繞。我的意思不是要讚美和歌頌文藝政策對文學的全面控制,而是要說明,假如我們把文藝政策、意識形態都綜合在文學生產方式中來觀察,那麼我們確實有必要重新想像「文學」,重新定義「文學」。

2004 年

台灣人間版後記

　　拙著作爲人間出版社的「中國近·現代文學叢刊」之一種，即將在台灣出版。這令我在深感榮幸之餘，又稍稍感到一點遺憾：由於時間匆促，已無可能對此書進行充分的修改，以彌補在材料以及論述方面的一些闕漏。我僅對文字做了細微的修飾，訂正了個別錯誤，並根據最新材料改寫了一些註釋，其餘則一概維持原貌。

　　本書是在我的博士論文基礎上完成的。讀博士期間，我思想上大抵傾向於自由主義，這一立場在本書第一章中表現得較爲明顯，無論是對個人自由的強調，還是對政黨意識形態的警惕，以及對「宣傳」的強烈抵觸，都能見出我當時的思想基調。1998 年畢業後，我前往深圳工作，在這個號稱改革開放的「窗口」，耳聞目睹了許多事情，內心受到震動，思想開始有所轉變。一年後，我重回學院再拾舊題，始醒悟原先的思路是有一些問題的。但也不可能全部推倒重來了，故而只將博士論文的原有內容做了大幅刪削，主要觀點則基本保留下來。後來續寫和改寫的部分，雖然試圖開出一條新的思路，但由於自己各方面準備不足，仍然留下了不少缺憾。

　　本書出版後，薛毅兄和兩位年輕學者張春田和吳子楓都曾

著文批評，這寂寞中的迴響讓我感懷。我尤其要感謝薛毅兄，他的批評很銳利，擊中了本書的要害。誠然，若是將中共的民族主義論述作為一個參照對象引入到本書的討論之中，更加具體、深入地辨析諸如「階級」、「個人」等核心概念的歷史涵義，本書論述中的一些缺陷或許就能在一定程度上得到彌補。2004 年，我曾在「當代文化研究網」上試圖回應薛毅兄的批評。現在看來，那是一個很匆促的回應，未能恰切地回答薛毅兄提出的質疑，但其中有一段話大概能表明我的基本立場：

民族主義在現代中國確實反映了社會重建的要求，但是社會重建不是通過民族主義的意識形態運作就能夠實現的，社會重建需要扎扎實實的制度建設，而民眾對民族國家的認同也只有在完善的制度能夠保障個體的權利、利益這樣的前提下才能得以實現，如果連基本的權利都不能保障，任何花言巧語或「崇高理想」都是沒有用的。這大概就是我的基本立場吧，在階級、民族、國家這些現實的或想像的集合體與具體的個體之間，我還是願意站在個體這一邊。

在內心，我恐怕至今仍不願放棄這一立場。可現實永遠是最好的老師，隨著近年來大陸社會對抗的全面升級，「階級」這個在最近三十年里被刻意抹煞的概念又重新恢復了活力，階級鬥爭也不再是一個停留在書本上的空洞口號了。和 1930 年代一樣，今天的中國知識界同樣存在著激烈的鬥爭，而思想上的分歧所暴露的，其實是社會階級及其利益的巨大分化。重溫 1930 年代的歷史，或許能夠使我們每個人都能更清楚地認識到自身立場所在，從而作出必要的抉擇。

最後，我要感謝呂正惠先生給我這個機會，得以就教於台灣的學界同仁。呂先生還撥冗賜序，不吝獎掖。前輩高義，令

我銘懷。我還要感謝薛毅兄慨允將其大作收錄於本書中。台灣師範大學華語文學科的黃文倩博士爲本書再版出力甚多，承擔了繁瑣的聯絡和校對工作，她的熱情、認眞和負責讓我感佩不已，在此亦表謝忱。

倪偉謹記

2011 年 6 月於新竹交大

國家圖書館出版品預行編目資料

「民族」想像與國家統制：1928~1949 年國民
黨的文藝政策及文學運動 / 倪偉著. --初版
. -- 臺北市：人間, 2011. 08
　面： 公分.

ISBN 978-986-6777-37-0（平裝）

1. 文藝評論史　2. 文學運動　3. 抗戰文藝

812.9　　　　　　　　　　　　100014408

中國近・現代文學叢刊 10

「民族」想像與國家統制
1928~1949 年國民黨的文藝政策及文學運動

出　版　者／人間出版社
作　　　者／倪　偉
發　行　人／呂正惠
社　　　長／林怡君
地　　　址／台北市長泰街五九巷七號
電　　　話／02-23370566
郵 撥 帳 號／11746473　人間出版社
排　　　版／龍虎電腦排版股份有限公司
印　　　刷／龍虎電腦排版股份有限公司
登　記　證／局版台業字第三六八五號
初 版 一 刷／二〇一一年八月
定　　　價／380 元